북조선 대표 소설 선집

'북한문학'은 없다!

Understanding of North Josun Literature

북조선 대표 소설 선집

'북한문학'은 없다!

ⓒ 남원진, 2019

1판 1쇄 인쇄__2019년 08월 20일
1판 1쇄 발행__2019년 08월 30일

편저자__남원진
펴낸이__양정섭

펴낸곳__도서출판 경진
　　　등록__제2010-000004호
　　　이메일__mykyungjin@daum.net
　　　사업장주소__서울특별시 금천구 시흥대로 57길(시흥동) 영광빌딩 203호
　　　전화__070-7550-7776　팩스__02-806-7282

값 23,000원
ISBN 978-89-5996-422-2 93810

※ 이 도서의 국립중앙도서관 출판예정도서목록(CIP)은 서지정보유통지원시스템 홈페이지(http://seoji.nl.go.kr)와 국가자료공
　동목록시스템(http://www.nl.go.kr/kolisnet)에서 이용하실 수 있습니다. (CIP제어번호: 2019032178)
※ 이 저서는 2017년 대한민국 교육부와 한국연구재단의 지원을 받아 수행된 연구임(NRF-2017S1A5A2A01023668).

북조선 대표 소설 선집

'북한문학'은 없다!

Understanding of North Josun Literature

남원진

Kyungjin Publishing co. 경진출판 Since 1999

황건, 탄맥, 문화전선사, 1949.

리북명, 로동일가, 문화전선사, 1950.

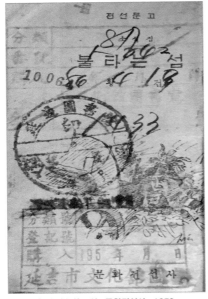

황건, 불타는 섬, 문화전선사, 1952.

황건, 행복, 문예총출판사, 1953.

황건, 개마고원, 조선작가동맹출판사, 1956.

리북명, 질소 비료 공장, 조선작가동맹출판사, 1958.

리북명, 해풍, 조선작가동맹출판사, 1959.

황건, 목축기, 조선작가동맹출판사, 1959.

아시아経済研究所
15170939

중편 소설
당의 아들
리북명

리북명, 당의 아들, 조선작가동맹출판사, 1961.

김병훈 단편집
길'동무들

조선 문학 예술 총 동맹 출판사
1963

김병훈, 길'동무들, 조선문학예술총동맹출판사, 1963.

황건
려명

황건, 려명, 조선문학예술총동맹출판사, 1963.

김병훈
봄 소나기

김병훈, 봄 소나기, 조선문학예술총동맹출판사, 1964.

김병훈, 숲은 설레인다, 조선문학예술총동맹출판사,
1965.

4.15문학창작단(권정웅), 불멸의 력사(1932년),
문예출판사, 1972.

김병훈, 불타는 시절, 문예출판사, 1973.

권정웅, 백일홍, 문예출판사, 1974.

리북명, 등대, 문예출판사, 1975.

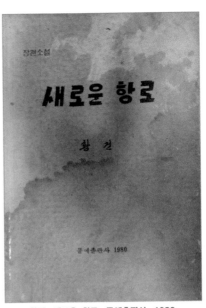

황건, 새로운 항로, 문예출판사, 1980.

엄단웅, 자기 위치 앞으로, 문예출판사, 1983.

권정웅, 시대의 숨결, 문예출판사, 1985.

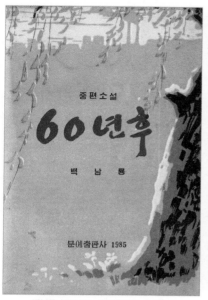

백남룡, 60년후, 문예출판사, 1985.

엄단웅, 령마루, 문예출판사, 1986.

황건, 딸, 문예출판사, 1986.

한웅빈, 푸른 잎사귀, 문예출판사, 1987.

권정웅, 빛나는 아침, 문예출판사, 1988.

백남룡, 벗, 문예출판사, 1988.

권정웅, 푸른 하늘, 문예출판사, 1992.

한웅빈, 나의 창문, 문학예술종합출판사, 1992.

김병훈, 개이지 않는 하늘, 문학예술종합출판사, 1994.

김덕철·한웅빈, 결승전, 문학예술종합출판사, 2001.

권정웅, 북으로 가는 길, 문학예술출판사, 2004.

한웅빈, 아, 조국!…, 문학예술종합출판사, 2004.

한웅빈·로정법, 평양사람, 문학예술출판사, 2005.

한웅빈·신용선, 소원, 문학예술출판사, 2006.

한웅빈, 우리 세대, 문학예술출판사, 2006.

김병훈, 불타는 시절, 문학예술출판사, 2008.

백남룡, 봄의 서곡, 문학예술출판사, 2008.

백남룡, 산촌풍경, 문학예술출판사, 2008.

황건, 개마고원, 문학예술출판사, 2016.

북 '조선문학'에 대한 하나의 라티오

한때, 이런 글을 쓴 적이 있었다.

북조선은 어떤 국가일까? 아마도 우리는 북조선이 '가장 격리되고 불가사의한 국가'나 '비이성적인 국가'라고 상상할 수도 있을 것이다. 이는 북조선의 지배권력이 타자의 시선으로부터 사회를 격리시키고 인민들이 다른 사람의 방식을 발견하지 못하도록 노력하기 때문일 것이다. 또한 흔히 미디어에서 무한반복되듯, 북조선이 예측 불가능하고 상식에 벗어난 행위를 범하는 집단으로 인지되기 때문이기도 하다. 하지만 북조선은 비이성적인 국가도 수수께끼 같은 존재도 아니며 그랬던 적도 없었다. 즉, 우리가 상상하는 '북한'은 없다. 그리고 북 '조선문학'도 마찬가지이다. 우리가 원하는 '북한문학'은 없다. 이런 측면에서, 우리는 미디어에서 배포되고 상식에서 만들어진 '이미지'가 아니라 객관적 '실체'를 갖고 북조선을 연구할 필요가 있다. 그리고 북 '조선문학' 연구도 마찬가지이다. 다시 말해서, 우리는 우리가 바라는 '북한문학'이 아니라 있는 그대의 북 '조선문학'을 받아들일 필요가 있다. 이런 의미에서 우리가 상상하는 '북한문학'은 없다는 말이다.

　위의 두 선집의 표지는 여러 가지 생각을 하게 만든다. 남북의 대표
작품 선집을 어떻게 인식해야 할까? 북조선의 정전집 ≪현대조선문
학선집≫이 사회주의 체제 하의 '정치선전물'임은 분명하다. 또한 남
한의 정전집 『현대문학전집』도 자본주의 체제의 '고급문화상품'이라
는 사실은 변함이 없다. 하지만 북조선의 작품집이 남한 작품집의
원리와 다르다는 점은 자명하다. 이는 자본주의나 사회주의 체제에
따라 서로 다른 방식으로 정전집을 재구성했다는 사실, 또는 그러한
욕망이 발현됐다는 것이기에 그러하다. 이런 사실에 대한 인정 없이
진행된 논의는 자칫 '우리 식' 연구만이 될 공산이 크기 때문에 더욱
그러하다. 하지만 근대문학의 관점에서는 큰 차이가 없다는 것도 또
한 사실이다. 단지 북조선 근대문학이 남한 근대문학에 비해 더 표층
적일 뿐이다. 즉, 북조선의 근대문학이 남한의 근대문학에 비해 정치
와 문학의 관계가 선명하게 드러나기에 그러하다.

현 단계에서 남한문학에 의해서 가려진 북 '조선문학'의 욕망에 대한 복원 작업도 절실하다. 즉, 지금의 현실에서 남북의 문학이라는 타자의 시선을 넘어선 새로운 방향성 또는 가능성을 발견할 수 있을지도 모르기에 그러하다. 여기서도 주체의 주관성을 넘어 주체와 타자를 아우르고 서로 만나는 자기 상대화의 논리가 필요함은 물론이다.

이런 비슷한 생각을 서술했던 적이 있었다. 왜 북 '조선문학'인가, 다시 '근대문학은 무엇인가'에 대한 질문을 해야 할까? 마음은 소금밭인데, 오랜만에 북 '조선문학'에 대한 여러 상념에 잠겼다. 마지막으로 "왜 '북' 조선문학인가?"에 대한 여러분의 생각을 듣고 싶다.

어리석은 저자를 항상 곁에서 지켜준 나의 가족에게 감사의 마음을 전한다. 또한 어려운 출판 여건에서도 흔쾌히 부족한 책을 출간해 준 양정섭 대표께도 이 자리를 통해 감사를 드린다.

낯설고도 때론 익숙해진 도시, 서울에서

목차

3부 북조선 대표 정전 선집 _____ 133

1부 '북한문학'은 없다!

1. '북한문학'은 없다?

한반도의 남쪽과 북쪽에 실재하는 '한국'과 '조선'은 각각 자기편에서 편리하게 부르는 '남조선'과 '북한'과는 상당한 거리가 있다. (……) 남한사람들에게 비춰지고 있는 북한은 어떤가? (……) 한마디로 도저히 사람 살 곳이 못 되는 곳으로 여긴다. 그러한 부정적 이미지는 학교나 대중매체를 통해 자연스럽게 습득된 것이라 누구를 탓할 수도 없다. 그러다 보니 지리적으로 가장 가까이에 있으면서도 태평양 너머에 있는 미국보다 훨씬 멀리 있는 존재로 생각하는 것이 현실이다. 남한은 북한의 가장 취약한 부분을 '북한'으로 형상화하여 이 세상에서 가장 끔찍한 곳으로 만들어 버렸다. 자유가 없고 극도의 인권유린이 자행되며 먹을 것이 없어 수백만 명이 죽어 나가는 곳, 정말 사람 살 데가 못 되는 곳이 바로 북한이다. (……) 그러나 그런 북한은 이 지구상 어디에도 존재하지 않는 허상일 뿐이다. (모든 밑줄-연구자)

―김병로, 『북한, 조선으로 다시 읽다』, 서울대학교출판문화원, 2016, 4~5쪽.

위의 예문에서 보듯, 한반도 남쪽의 시선은 한반도 북쪽에 대한 '인지적 무의식(cognitive unconscious)'을 드러낸다. 즉, 이는 지극히 당연하게 받아들여 왔던 그것, '사람 살 곳이 못된다'는 무의식적 구조물 말이다.[1] 사회학자 김병로는, '사람 살 곳이 못된다'는 학교나 미디어

---

1) 찰스 필모어(Charles Fillmore)는 "문화적 관례나 세상에 대한 믿음, 일을 처리하는 익숙한 방식, 사물을 바라보는 방식 등에 대해 특정하게 구조화된 심적 체계"를 '프레임'이라고 규정한다. 조지 레이코프(George Lakoff)는 "우리가 세상을 바라보는 방식을 형성하는 정신적 구조물"이라고 '프레임'을 명명한다. 여기서 "프레임은 직접 볼 수도 없고 들을 수도 없다. 프레임은 우리 인지과학자들이 '인지적 무의식(cognitive unconscious)'이라고 부르는 것의 일부이다. 인지적 무의식이란 우리 뇌 안에 있는 구조물로서, 의식적으로는 접근할 수 없지만 그 결과물을 통해 그 존재를 알 수 있다. 이른바 우리의 '상식'은 무의식적이고 자동적이고 자연스러운 추론들로 이루어져 있다. 그러한 추론은 우리의 무의식적 프레임

를 통해 체득된 북쪽의 이미지는 이 지구상 어디에도 존재하지 않는 '허상'이란 측면에서, '북한은 없다'고 단언한다. 또한, 국제관계학 전문가 박한식의 지적처럼, 북조선[2]을 "뒷골목의 조폭 집단처럼 묘사하거나, 세계를 망치려 드는 사이코패스처럼 여기는 모습"이 존재하는 것도 분명한 사실이다. 이러한 시점에서, 우리는 우리가 바라는(wishful thinking) 북한문학이 아니라 있는 그대의(as it is) 북조선 문학을 받아들일 필요가 있다.[3] 이런 의미에서 '우리가 바라는 북한문학'은 없다.

왜, 북조선 정전인가? 정전(Canon)은 공적인 가치나 규범을 창출하고, 정통과 이단의 합법화된 기준을 제시하며, 지배 이데올로기의 재생산에 기여하는 문헌이다. 특히 정치적 의미에서 정전은 확립된 또는 유력한 제도나 기관에 의해 인정받은 문헌을 말한다.[4] 여기서 북조선의 정전집은 무엇인가? 1957년부터 1961년까지 출판된 『현대 조선 문학 선집』 1~16(1957~1961)은 조선문학의 우수한 작품들을 총 집대성한 작품집이다. 그리고 1987년부터 현재까지 계속 발간되고 있는 『현대조선문학선집』은 새롭게 발굴하고 보충된 문학작품들이 수록된 북조선의 대표적 정전집이다.[5] 1950년대 중반 이후 발간된 『현대

에서 나온다."(G. Lakoff, 유나영 역, 『코끼리는 생각하지 마』, 와이즈베리, 2015, 10~11쪽; G. Lakoff, *The Rockridge Institute*, 나익주 역, 『프레임 전쟁』, 창비, 2007, 22쪽)

2) 이 글에서 널리 사용하는 '북한' 대신 '북조선'이라 쓰는 이유는 다음과 같다. '북한'이라는 용어는 북쪽에서 민감한 알레르기 반응을 일으키는 것으로 널리 알려져 있다. 또한 '북한'이란 용어는 '북한'을 타자화함으로써 주체의 자기동일성에 빠질 수 있는 위험성, 또는 주체의 척도에 맞게 타자를 재단하는 남한 중심주의의 함정에 매몰될 수 있다. 이에 따라 '북조선'이라 쓰는 이유는 '북한'이라는 용어 속에 잠재한 남한 중심주의적 시각이나 이에 대한 무감각한 현상을 경계하기 위한 목적에서 사용한 것이다.

3) 박한식·강국진, 『선을 넘어 생각한다』, 부키, 2018, 10~11쪽.

4) F. Lentricchia, T. McLaughlin 편, 정정호 외 역, 『문학연구를 위한 비평용어』, 한신문화사, 1994, 303~305쪽; Haruo Shirane, 鈴木登美, 왕숙영 역, 『창조된 고전』, 소명출판, 2002, 18쪽.

5) 「≪현대 조선 문학 선집≫」, 『문학신문』 29, 1957. 6. 20; 정원길, 「깨끗한 량심에는 인생의

조선 문학 선집』1~16(1957~1961)에는 작가 66명과 작품 902편이 실렸다. 또한 1980년 중반 이후 간행된 일명 '해방전편' 『현대조선문학선집』1~53(1987~2011)에는 작가 614명과 작품 3,834편이 게재되었고, 일명 '해방후편' 『현대조선문학선집』54~90(2011~2018)에는 작가 132명, 작품 493편이 수록되어 있다(단 작가나 작품 수는 미간행으로 추정되는, '해방전편' 『현대조선문학선집』44'과 '해방후편' 『현대조선문학선집』64, 『현대조선문학선집』78, 『현대조선문학선집』80, 『현대조선문학선집』85~89가 제외된 것이다). 즉, 이 북조선의 '현대조선문학선집'은 800여 명의 작가와 5,000여 편의 작품이 수록된, 100여 권에 가까운, 최대 규모의 북조선 작품 선집 또는 대표 정전집에 해당된다.6) 이러한 이유에서도 이 선집은 주목된다. 또한 이 선집은 '만들어진' 이미지7)가 아니라 '있는 그대의' 북조선 정전을 파악할 수 있기에 더욱 그러하다.

　1930년대 '조선문학선집'에 대한 박숙자의 지적처럼, 해방 이후 북조선에서 호명된 '현대조선문학선집'은 조선문학에 대한 회고와 선별을 공식화하고, 이를 제도화하는 근대 기획에 해당된다. 식민지 시대, 출판 자본의 영향 아래 생성된, 즉 문학 시장의 가치에 따라 '조선문학

볼만 있다: ≪현대조선문학선집≫을 편찬하고있는 작가 류희정동무에 대한 이야기」, 『문학신문』 1898, 2004. 8. 21.

6) 大村益夫, 「북한의 문학선집 출판현황」, 『한길문학』 2, 1990. 6; 김성수, 「북한학계의 우리문학사 연구 개관」, 민족문학사연구소, 『북한의 우리문학사 인식』, 창작과비평사, 1991; 유문선, 「최근 북한 근대문학사 인식의 변화: 『현대조선문학선집』(1987~)의 '1920~30년대 시선'을 중심으로」, 『민족문학사연구』 35, 민족문학사연구소, 2007. 12; 남원진, 「북조선 문학예술 연구의 동향과 첨언」, 『반교어문연구』 41, 반교어문학회, 2015. 12.

7) 북조선은 분단과 함께 '어떤 이미지의 형식'을 점차로 갖게 되는데, 가령 뉴스 영화나 TV 스크린에서 '발을 뻗쳐 걷는 기계화된 신체의 이미지'와 같은 '현재의 위협적인 이미지', 즉 '검열이 강화된 국가주도 매체'에서 나타나는 이런 위협적인 이미지의 반복 자체가 북조선으로부터 '지리적 접근성과 시간적 운동'을 빼앗고 있다(Theodore Hughes, 나병철 역, 『냉전시대 한국의 문학과 영화』, 소명출판, 2013, 146쪽).

전집'이 발간됐던 것에 반해, 북조선의 '현대조선문학선집'은 문화권력의 지배 아래, 문학의 정치적 가치에 따라 출판됐다. 이런 선집의 호명은 각 작품에 새로운 의미를 부착시키는 재해석의 작업인데, 이는 조선문학을 새롭게 배치해내는 문화정치적 기획의 산물이었다.8)

이런 '현대조선문학선집'의 구체적 구성 원리는 어떠했을까? 1950~60년대 북조선 문화권력은 식민지 시기에서부터 해방 이후의 문학예술에 대한 정전화 작업을 진행했다. 식민지 시대 선집 기획과 달리, 북조선 선집 기획은 냉전 체제의 압력 아래, 소련을 중심으로 한 사회주의 체제, 더 나아가 북조선 체제를 강화하는 방식으로 재편됐다. 이런 호명과 배치 작업은 사회주의, 더 나아가 북조선 체제의 정통성을 강화하고자 했기 때문에, 문학성보다는 정치성에 더 큰 방점을 둔 문화정치적 기획이었다. 그래서 북조선 기획자들은 프롤레타리아 작가들을 중심으로 구성하는 한편, 이런 경향의 작품들을 정전화했다. 그런데 '현대조선문학선집'의 구성 원리는 '혁명적 문학'9)의 배치로 균열 양상을 드러냈다. 왜 이런 균열 양상이 발생했을까? 이 글은 이런 의문에서 시작된다. 따라서 이 글은 '현대조선문학선집'의 구성 원리와 균열 양상을 점검하는 한편, 북조선 문학에 대한 인식적 지도

---

8) 박숙자는 "선집은 개별 작품에 새로운 의미를 부착시키는 재해석의 작업으로, 조선 문학을 새롭게 배치해내는 문화사적 기획이다. (······) 선집에 수록된 작품들은 이미 발표된 작품이지만 적극적인 선별을 통해 또 다른 문화적 기호를 생산해낸다. 그것은 이차적이거나 부차적인 결과이기도 하지만, 실은 1930년대 출판 자본의 확대라는 물질적 토대에서 생산되는 문화적 텍스트라는 점에서 새롭게 주목해서 보아야 할 징후이다."고 지적한다(박숙자, 『속물 교양의 탄생』, 푸른역사, 2012, 246쪽).

9) 1950년대 후반, '혁명적 문학'은 조선 프롤레타리아 문학 발전에 '직접적인 고무력'이 되었다고 재규정된다. 1950년대 '혁명적 문학'은 유일사상체계가 성립된 후, "위대한 수령 김일성동지께서 조직령도하신 영광스러운 항일혁명투쟁의 불길속에서 창조되고 발전된 혁명적이며 전투적인 문학"으로, '항일혁명문학'으로 명명된다(조선민주주의 인민공화국 과학원 언어문학연구소 문학연구실, 『조선 문학 통사』 하, 평양: 과학원출판사, 1959, 91쪽; 류만, 『조선문학사』 8, 평양: 사회과학출판사, 1992, 5쪽).

(cognitive mapping)[10]를 그리고자 한다. 또한 '근대문학이란 무엇인가'
에 대한 단상을 제시하고자 한다.[11]

2. 북조선 정전집의 구성원리와 균열의 징후

1950년대 중반, 북조선 문화권력은 식민지 시기와 함께 해방 후
북조선 문학을 재창조하는 작업을 신속하게 수행하려 했다. 즉, 이는
해방 이후 북조선 문학을 정리하고자 했던, 단편소설집 『개선』(1955)
이나 단편소설집 『영웅들의 이야기』(1955), 시선집 『서정시 선집』
(1955), 평론집 『해방후 10년간의 조선 문학』(1955) 등과 함께, 조선민
주주의 인민공화국 과학원 언어문학연구소 문학연구실에서 공동 집
필한 『조선 문학 통사』 상·하(1959) 등의 결과물이었다. 이를 통해,
북조선 문화권력은 북조선'만'의 조선문학의 역사를 재구성 또는 재
창조하고자 했다. 또한 이 과정에서 식민지 시대의 문학을 새롭게
배치하고자 했던, 현대조선문학선집 편찬위원회에서 엮은 『현대 조
선 문학 선집』 1~16(1957~1961)이 출판됐다.

1950년대 중반 이후 식민지 시대 문학을 재구성했던 '현대조선문학

---

10) S. Žižek, 주성우 역, 『멈춰라, 생각하라』, 와이즈베리, 2012, 22쪽.

11) 이 글은 필자의 다음 논문을 중심으로 정리한 것이다. 남원진, 「북조선 정전, 그리고 문화정
   치적 기획(1): '현대조선문학선집' 연구 서설」, 『통일인문학』 67, 건국대학교 인문학연구단,
   2016. 9; 남원진, 「북조선 정전집, '현대조선문학선집' 연구 서설: 1980년대 이후 『현대조선
   문학선집(1~53)』(1987~2011)을 중심으로」, 『통일정책연구』 26(1), 통일연구원, 2017. 6;
   남원진, 「북조선 정전집, '리기영 선집' 연구: 다시, 근대문학의 경계를 생각하다」, 『우리어
   문연구』 62, 우리어문학회, 2018. 9; 남원진, 「'현대조선문학선집'의 구성 원리와 균열 양상:
   북조선 정전집, 『현대조선문학선집(1~16)』을 중심으로」, 『한국근대문학연구』 38, 한국근
   대문학회, 2018. 10; 남원진, 「'혁명적 문학'의 발명」, 『한국언어문화』 68, 한국언어문화학
   회, 2019. 4.

선집'의 기본 설계도, 또는 이 문화정치적 기획은 어떠했을까?

초기, 현대조선문학선집 편찬위원회는 '현대조선문학의 우수한 작품들을 총집대성한 문학선집의 간행을 준비'했다. 이 선집에는 '시, 소설, 희곡, 아동작품, 평론, 수필 등의 각종 쟝르의 문학 작품을 수록할 것'이며, 그 권수 '20여 권'에 달할 것이라는 계획을 피력했다.12) 그런데 이 초기 기획은 수정되고 확장됐다.

이 선집에는 1920년대로부터 오늘에 이르기까지의 우리 문학 작품들을 수록할 것인바, 우선 8·15 해방 전에 발표된 시, 소설, 희곡, 씨나리오, 아동 문학 작품, 평론, 수필, 기행문, 서간 등 각 쟝르에 걸친 작품들을 약 30 권 예정으로 편집하여 년대순으로 간행하며 1961년에는 해방 전 시기의 선집 출판이 끝날 것이다. 선집에 망라할 8·15 전의 대상 작가들은 다음과 같다.

(가나다 순)

강 경애, 강 승한, 강 형구, 구 직회, 권 환, 김 대균, 김 대봉, 김 두수, 김 두용, 김 람인, 김 만선, 김 북원, 김 사량, 김 소엽, 김 소월, 김 수산, 김 승구, 김 영석, 김 영팔, 김 우철, 김 조규, 김 주원, 김 진세, 김 창술, 김 태진, 남궁 만, 라 빈(라 도향), 류 완회, 리 갑기, 리 규회, 리 근영, 리 기영, 리 동규, 리 륙사, 리 병각, 리 북명, 리 상화, 리 서향, 리 선희, 리 용악, 리 원우, 리 익상, 리 적효, 리 정구, 리 지용, 리 찬, 리 호, 리 흡, 림 춘길, 림 학수, 민 병균, 박 고경, 박 석정, 박 세영, 박 승극, 박 아지, 박 영호, 박 태양, 박 팔양, 박 향민, 백 석, 백 신애, 서 순구, 석 인해, 손 길상, 송 순일, 송 영, 송 완순, 송 창일, 신 고송, 안 동수, 안 룡만, 안 막, 안 평원, 안 회남, 양 운한, 엄 흥섭, 오 장환, 윤 군선, 윤 기정, 윤 복진,

12) 「≪현대 조선 문학 선집≫」, 『문학신문』 29, 1957. 6. 20.

윤 세중, 윤 규섭, 임 순득, 장 기제, 전 재경, 정 상규, 정 청산, 조 령출, 조 명희, 조 벽암, 조 운, 조 중곤, 지 봉문, 진 우촌, 차 자명, 채 만식, 최 명익, 최 승일, 최 인준, 최 학송(최 서해), 추 민, 한 설야, 한 식, 한 인택, 한 태천, 함 세덕, 함 형수, 허 리복, 허 준, 현 경준, 현 덕, 현 동염, 홍 구, 홍 명희 등 약 120명 (이상 작가들에게는 각이한 필명도 있음)

—「≪현대 조선 문학 선집≫ 편찬 위원회로부터」, 『조선문학』 131, 1958. 7, 25쪽.

위의 기본 설계도에서 보듯, 1950년대 중반 이후, 이 편찬위원회는 '1920년대부터 오늘까지의 우리 문학 작품들을 수록할 것'인데, 먼저 '8·15 해방 전에 발표된 시, 소설, 희곡, 시나리오, 아동문학작품, 평론, 수필, 기행문, 서간 등 각 장르에 걸친 작품을 수록할 것'이며, '약 30권' 예정으로 편집하여, '연대순으로 간행하여 1961년까지 해방 전 시기의 선집 출판이 끝날 것'이라는 '야심찬' 계획을 수립했다.

延邊大學 圖書館

延邊 自治州 延邊圖書館

그러면 이 '현대조선문학선집'의 구체적 내용은 어떠한가? 또한 이 선집의 구성 원리는 무엇일까?

〈표 1〉『현대 조선 문학 선집』 1~16(현대조선문학선집 편찬위원회, 1957~1961)

저작집	분야	출판사	출판년월일
『현대 조선 문학 선집』 1	소설집	조선작가동맹출판사	1957. 10. 30.
『현대 조선 문학 선집』 2	시집	조선작가동맹출판사	1957. 12. 20.
『현대 조선 문학 선집』 3	리 기영 단편집	조선작가동맹출판사	1958. 11. 10.
『현대 조선 문학 선집』 4	한 설야 단편집	조선작가동맹출판사	1959. 03. 10.
『현대 조선 문학 선집』 5	소설집	조선작가동맹출판사	1958. 05. 20.
『현대 조선 문학 선집』 6	소설집	조선작가동맹출판사	1958. 08. 10.
『현대 조선 문학 선집』 7	희곡집	조선작가동맹출판사	1958. 11. 20.
『현대 조선 문학 선집』 8	평론집	조선작가동맹출판사	1959. 06. 20.
『현대 조선 문학 선집』 9	수필집	조선작가동맹출판사	1960. 05. 20.
『현대 조선 문학 선집』 10	아동 문학 집	조선작가동맹출판사	1960. 03. 15.
『현대 조선 문학 선집』 11	시집	조선작가동맹출판사	1960. 03. 20.
『현대 조선 문학 선집』 12	리 북명 단편집	조선작가동맹출판사	1961. 01. 31.
『현대 조선 문학 선집』 13	장편 소설 고향	조선작가동맹출판사	1959. 04. 20.
『현대 조선 문학 선집』 14	소설집	조선작가동맹출판사	1959. 04. 20.
『현대 조선 문학 선집』 15	소설집	조선작가동맹출판사	1960. 11. 30.
『현대 조선 문학 선집』 16	장편 소설 황혼	조선작가동맹출판사	1959. 04. 20.

위에서 보듯, 『현대 조선 문학 선집』 1(1957)에서 『현대 조선 문학 선집』 16(1959)까지 출판된 이 선집은 작가(리기영, 한설야, 리북명) 선집 3권과 장편소설(리기영, 한설야) 2권, 시집 2권, 단편소설집 5권, 회곡집 1권, 수필집 1권, 아동문학집 1권, 평론집 1권 등으로 구성됐다. 이 선집은 식민지 시기 작품을 시, 소설 등의 문학 갈래를 중심으로 구획한 정전집이다. 이 선집은 남쪽의 일반적인 문화자본의 기획에 따른 작가별 선별과 다른 양상으로 배치되어 있다. 즉, 작가별 선별을 포함하는 한편, 시, 소설 등의 중심문학 갈래를 핵으로 배치되어 있다. 이는 식민지 시기 조선문학의 전체적 지도를 담아내려는 기획 의도가 표출된 것인데, 이 구획은 문화정치적 기획의 일환이다. 하지만 '현대 조선문학선집'은 표면적으로 완결된 형태로 보이지만 이면적으로는 불완전하다.

그러면, 이 '현대조선문학선집'은 어떤 원리에서 정전을 배치했을까? 이에 대한 구체적 내용은 '선집 1에서 '선집 16'까지의 「해제」를 중심으로 검토해 보자.

1957년 10월 출간된 '선집 1'은 4명(라도향, 리익상, 최서해, 조명회) 작가의 총 32편의 소설이 실려 있고, 1957년 12월 출판된 '선집 2'는 9명(김소월, 리상화, 조명희, 김창술, 류완희, 김주원, 조운, 박팔양, 박세영) 작가의 총 299편의 시가 수록되어 있다.

『현대 조선 문학 선집』 1(1957. 10. 30)
라 도향, 리 익상, 최 서해, 조 명희의 단편 소설들을 수록한 이 한 권의 서적 속에서 독자들은 해방전 현대 문학이 걸어 온 첫발자국들을 발견할 수 있을 것이다. 그 발자국들은 조선 인민들의 피와 눈물로 차 있으며 광명과 미래를 찾는 지향으로 련속되여 있다. (……) 따라서 『현대 조선 문학

선집』의 제一권으로 되는 이 단편 소설집은 해방전 二〇년대 우리 생활의 력사와 우리 문학의 성장 과정을 가장 집약적으로 반영하는 사상—예술적 화폭이라고 말할 수 있다.

—「해제」, 현대조선문학선집 편찬위원회, 『현대 조선 문학 선집』 1(소설집), 평양: 조선 작가동맹출판사, 1957, 3쪽.

이 '선집 1, 2'에서 보듯, 북조선 문화권력은 1920년대 라도향, 리익상, 최서해, 조명희 등의 단편소설과 1920년대 '사실주의 시가'에서, 해방 전 현대문학의 시작을 잡고 있다. 또한 '해방 전 20년대 우리 생활의 역사와 우리 문학의 성장 과정을 가장 집약적으로 반영하는 사상—예술적 화폭'이라는 구절을 통해서 볼 때, 이 '현대조선문학선집'은 '해방 전 생활의 역사와 문학의 성장 과정을 집약적으로 반영한 선집'임을 알 수 있게 한다.

『현대 조선 문학 선집』 2(1957. 12. 20)

二〇년대의 조선 사실주의 시가의 발전에서 프로레타리아 시가가 점하는 의의는 매우 크다. 그것은 당대 조선 로동 계급이 령도한 민족 해방 투쟁에 그 이데올로기적 무기의 하나로 복무하였을 뿐만 아니라 현대 조선 문학의 미학적 내용을 풍부히 하면서 문학 분야에서의 혁명적 전통을 이루었다는 점에서도 그러하다.

—「해제」, 현대조선문학선집 편찬위원회, 『현대 조선 문학 선집』 2(시집), 평양: 조선작 가동맹출판사, 1957, 17쪽.

특히, 이는 현대문학의 기점이 식민지 시기 '사실주의' 작품으로 잡고 있다는 사실을 짐작하게 한다. 이런 사실은 1950년대 활발하게

논의되었던 북조선의 '사실주의 발생 발전' 논쟁 과정에서 생성되었음을 유추할 수 있다.13)

그런데 앞의 '현대조선문학선집'의 출판 순서를 연대순으로 배치하면 어떨까? 그 배치 순서는 흥미롭다. 왜 그럴까? 이는 '혁명적 문학'의 전면적 침투 때문이다.

연대순으로 배치한 '선집 5, 6, 3, 7'의 내용은 다음과 같다. 1958년 5월 출간된 '선집 5'는 5명(송영, 윤기정, 김영팔, 최승일, 송순일) 작가의 총 31편의 소설이 실려 있고, 1958년 8월 출판된 '선집 6'은 3명(조중곤, 엄흥섭, 박승극) 작가의 총 25편의 소설이 수록되어 있고, 1958년 11월 출간된 '선집 3'은 1명(리기영) 작가의 총 25편의 단편소설이 실려 있고, 1958년 11월에 출간된 '선집 7'은 7명(조명희, 진우촌, 김수산, 김두용, 송영, 한설야, 리기영) 작가의 총 12편의 희곡이 배치되어 있다.

그런데 프롤레타리아 대표적 작가로 호출된 리기영, 한설야 등의 작품 배치 원리, 더 나아가 '현대조선문학선집'의 배치 원리는 무엇일까? 이는 '해방 전 우리 생활의 역사와 우리 문학의 성장 과정'을 집약적으로 반영한 것일텐데, 이를 핵심적으로 반영한 진술이 '조선에서의 사회주의 사실주의 발생 발전 과정'일 것이다.14) 즉, '현대조선문학선집'의 핵심적 배치 원리는 '사회주의 사실주의(사회주의적 사실주의)'에 방점을 두고 있다.

---

13) 김성수, 「우리 문학에서 사회주의적 사실주의의 발생: 북한의 사회주의적 사실주의 논쟁 1」, 『창작과 비평』 18(1), 1990년 봄, 254~264쪽; 김동훈, 「북한학계 리얼리즘논쟁의 검토」, 『실천문학』 19, 1990년 가을, 321~324쪽.

14) 「해제」, 현대조선문학선집 편찬위원회, 『현대 조선 문학 선집』 3(리 기영 단편집), 평양: 조선작가동맹출판사, 1958, 3쪽; 「해제」, 현대조선문학선집 편찬위원회, 『현대 조선 문학 선집』 5(소설집), 평양: 조선작가동맹출판사, 1958, 3쪽; 「해제」, 현대조선문학선집 편찬위원회, 『현대 조선 문학 선집』 7(희곡집), 평양: 조선작가동맹출판사, 1958, 3쪽.

보고자는 一九二〇년대 조선에서 사회주의 사실주의가 발생할 수 있는 조건을 당대 사회의 시대적 특질과 함께 쏘련에서 창시된 사회주의 사실주의 방법의 영향에서 찾았다. 즉 위대한 사회주의 一〇월 혁명의 영향 아래 일어난 三·一 폭동 후, 맑스—레닌주의 학설의 광범한 보급과 반일 민족 해방 투쟁의 령도자로서의 조선 로동 계급의 등장은 새로운 혁명 투쟁의 단계를 열어 놓았고 이와 함께 혁명 사업의 일익으로 복무할 것을 목적으로한 신경향파 작가들은 사회주의 사상의 체현자로서, 벌써 고리끼에 의해서 창시된 사회주의 사실주의 창작 방법을 습득하고 있었다고 하였다. 그러나 신경향파 시기의 문학은 당시 혁명적 정세의 미숙성과 작가들의 세계관의 제약성에 의해서 완전한 의미에서 사회주의 사실주의 창작 방법의 령역에는 도달 못 한, 그 맹아적 발생기의 문학이라고 지적하였다.

—「『조선에서의 사회주의 사실주의의 발생 발전』에 대한 연구회」, 『조선문학』 106, 1956. 6, 210쪽.

여기서 '조선에서의 사회주의 사실주의 발생 발전 과정'이란 무엇인가? 1956년 5월 5일, 조선작가동맹 중앙위원회 회의실에서 「조선에서의 사회주의 사실주의의 발생 발전」에 대한 연구회가 개최된다. 보고자 엄호석은 '조선에서의 사회주의 사실주의 창작 방법의 발생 발전을 두 시기'로, '첫 시기는 1920년 초기부터 1927년까지의 사회주의 사실주의의 맹아 시기의 문학'이며, '둘째 단계는 1927년 카프 재조직에 의한 문학에서의 목적지향성과 방향전환론이 논의된 후부터의 문학'으로 구분한다. 이 보고에 이어, 김명수, 박팔양, 안함광, 한효 등이 토론에 참가하여, 사회주의 사실주의 발생 발전 논쟁이 전개된다. 이 연구회에서 신경향파 문학을 '사회주의 사실주의 문학의 맹아적 형태'로 규정하고, '신경향파의 일부 작품에서 표현되는 방화, 살

인, 파괴의 현상을 자연주의 문학으로 보는 것은 부르주아 반동 작가들의 견해'라고 비판된다.15)

이런 '사회주의 사실주의의 발생 발전' 논쟁을 통해서, 북조선 문학 권력은 1920년대 라도향, 리익상, 최서해, 조명희 등의 작품을 사회주의 사실주의 문학의 맹아적 형태로 설정하고, 이 시기를 조선의 현대 문학의 기점으로 잡아, 식민지 시기 조선문학을 재배치한다. 즉, 이 논쟁 과정을 거치면서, '현대조선문학선집'의 배치 원리는 결정된다. 하지만, 이는 일종의 '목적론'16)을 발생시키는데, 이는 목적에 맞는 것만을 취사선택하거나 자의적 왜곡을 낳게 마련이다. 다만, 이는 '사회주의 사실주의' 작가나 작품을 중심축으로 해서, 북조선식 조선문학의 지도를 재배치하고자 했던, 북조선 문학권력의 욕망을 확인할 수 있다.

『현대 조선 문학 선집』 6(1958. 8. 10)

이 번 선집에는 『카프』 작가들인 조 중곤, 엄 홍섭, 박 승극의 해방전 작품들을 수록하였다. (……) 작가 엄 홍섭과 박 승극이 활동한 一九三〇년대는 해방전 우리의 프로레타리아 문학이 김 일성 동지의 영웅적 항일 무장 투쟁에 고무되면서 부르죠아 작가들의 각종 비방 중상을 박차고 힘있게 또 한 번 새로운 단계로 발전한 시기이면서 엄혹한 시련의 시기이기도 하다.

—「해제」, 현대조선문학선집 편찬위원회, 『현대 조선 문학 선집』 6(소설집), 평양: 조선 작가동맹출판사, 1958, 3~5쪽.

---

15) 「『조선에서의 사회주의 사실주의의 발생 발전』에 대한 연구회」, 『조선문학』 106, 1956. 6, 210~211쪽.

16) '목적론'은 어떤 궁극적인 목적에 비추어 의미들에게 중요성의 등차에 따라 질서를 부여하고 순서를 매겨 그 서열을 정하는 방식이다(T. Eagleton, *Literary Theory: An Introduction*, Basil Blackwell Publisher, 1983, pp. 131~132).

그런데 위의 '선집 6'의 '1930년대는 해방 전 프롤레타리아 문학이 김일성의 항일무장투쟁에 고무되면서 새로운 단계로 발전한 시기'라는 표현은 주목을 요한다. 특히, 이는 '김일성의 항일무장투쟁에 고무되면서'라는 구절 때문이다. 이런 역사 인식은 1959년 이후 출판된 선집에서 구체화된다.

1958년 출판된 선집의 부분적 언급과 달리,[17] 1959년 이후 출판된 '현대조선문학선집'에서 드러난 '김일성의 항일무장투쟁사'에 대한 담론은 어떠한가?

『현대 조선 문학 선집』 4(1959. 3. 10)

일제 통치의 가장 암담한 시기에도 조선 인민은 결코 굴하지 않았으며 더우기 김 일성 원수를 선두로 한 조선의 견실한 공산주의자들에 의한 견결한 항일 무장 투쟁의 전개는 우리 인민의 나아갈 길을 횃불처럼 밝게 비쳐 주었다. 카프의 진보적 작가들도 이에 고무되면서 자기들의 투쟁의 기치를 결코 숙이지 않았다. (……) 三〇년대의 정형을 회상하면서 한 설야는 후에 그의 창작 경력에서 우리에게 새로운 인식을 주는 새로운 조건이 발생하였다고 하면서 이렇게 썼다. 『그것은 바로 三〇년대 이후에 료원의 불ㅅ길처럼 일어난 김 일성 원수의 항일 무장 혁명 투쟁이다. (……) 』(『나의 창작 경력』에서)
―「해제」, 현대조선문학선집 편찬위원회, 『현대 조선 문학 선집』 4(한 설야 단편집), 평양: 조선작가동맹출판사, 1959, 7~8쪽.

---

17) '선집 6'처럼, '선집 2'에도 김일성의 항일무장투쟁에 대한 담론이 부분적으로 침투하는데, 그 내용은 다음과 같다. "조 명희는 (……) 마지막 시기에는 조국을 해방시키기 위하여 동만에서 싸우는 김 일성 항일 유격대에 대한 장편 서사시에 착수하였으나 완성하지 못하고 서거하였다."(「해제」, 현대조선문학선집 편찬위원회, 『현대 조선 문학 선집』 2(시집), 평양: 조선작가동맹출판사, 1957, 8쪽)

1959년 3월 출간된 '선집 4'는 한설야의 총 17편의 단편소설이 실려 있고, 1959년 4월 출판된 '선집 13'은 리기영의 장편소설이 수록되어 있고, 1959년 4월 출간된 '선집 14'는 3명(강경애, 리기영, 한설야) 작가의 총 4편의 중·장편소설이 배치되어 있다.

앞의 '선집 6'과 마찬가지로, '선집 4', '선집 13'에도 '김일성을 선두로 한 공산주의자들에 의한 항일 무장 투쟁의 전개'나 '김일성이 조직 지도한 항일 빨치산 투쟁' 등과 같은 항일무장투쟁 담론의 침투가 전면화되어 있다.[18] 다만, '선집 14'에는 '김일성의 항일무장투쟁사'에 대한 언급은 없다.

『현대 조선 문학 선집』 8(1959. 6. 20)

一九三〇년대 이후 프로레타리아 평론은 이 시기에 격화된 계급 투쟁의 환경 가운데서 일련의 간고한 투쟁을 거치면서 강화 발전되였다. 이 시기는 김 일성 원수를 선두로 한 견실한 공산주의자들의 지도하에 전개된 항일 빨찌산 투쟁에 의하여 우리 나라의 민족 해방 투쟁이 새로운 적극적인 단계로 이행하고 문학적 환경으로도 쏘베트 제 一차 작가 대회가 보여 준 바와 같이 쏘련에서의 사회주의적 사실주의 문학 예술이 새로운 승리를 달성하고 있었으며 그러나 다른 한편 일제의 조선에 대한 식민지적 탄압이 그 어느때보다도 강화되고 원쑤들의 파쑈적인 탄압의 강화에 따라 부르죠아 반동 문학이 진보적 문학에 대한 공세를 새로이 강화하던 때이다. 이와 같은 복잡하고 격화된 계급 투쟁의 환경 가운데서 프로레타리아 문예 평론은 항일 빨찌산 투쟁에 고무된 인민들의 앙양된 해방 투쟁의 영향하에 계속 자기의 전투적 기능을 제고하고 프로레타리아 문학을 가일층 옹호 발전시키기

---

18) 「해제」, 현대조선문학선집 편찬위원회, 『현대 조선 문학 선집』 13(장편 소설 고향), 평양: 조선작가동맹출판사, 1959, 3쪽.

위한 투쟁을 강화하였다.

—「해제」, 현대조선문학선집 편찬위원회, 『현대 조선 문학 선집』 8(평론집), 평양: 조선
　작가동맹출판사, 1959, 12쪽.

　　1959년 4월 출간된 '선집 16'은 한설야의 장편소설 「황혼」이 수록되어 있고, 1959년 6월 출판된 '선집 8'은 11명(리익상, 리상화, 김수산, 한설야, 리기영, 송영, 윤기정, 박승극, 김우철, 권환, 한식) 작가의 총 36편의 평론이 배치되어 있다.

　　'선집 16'에 수록된 한설야 작 『황혼』은 '해방 전 노동계급의 해방투쟁에 바쳐진 서사시적 작품'이며, '현대문학사에서 사회주의적 사실주의 방법을 확립한 기념비적 작품'이라고 고평된다. 특히 '선집 16'에서 제시된 '김일성의 항일무장투쟁'에 대한 전면적 침투는 주목된다. 이는 '김일성에 의하여 조직 지도된 항일혁명투쟁의 직접적인 영향 하에 국내에서 전개된 노동계급의 혁명 투쟁을 서사시적 화폭으로 일반화하고 있다'는 문장이다. 또한 '선집 8'에서도 '김일성 원수를 선두로 한 견실한 공산주의자들의 지도 하에 전개된 항일 빨치산 투쟁에 의하여'나, '항일 빨찌산 투쟁에 고무된 인민들의 앙양된 해방투쟁의 영향 하에' 등의 구절이다. 왜, 이런 기술이 침투했을까? 여기서 '선집 16'의 「해제」에 대한 구체적 설명이 필요하다.

　　그것은 그들의 올그 박 상훈의 지도 아래에서 언제나와 같이 맑스—레닌주의적 립장에서 행하여졌다. 거기에는 서울의 여러 방직 공장과 기타 몇몇 공장의 선발된 로동자들이 참가하였다. / 준식이들은 자기의 올그가 어디서 왔는지 어디 묵고 있는지 그런 것은 전연 알지 못했고 알려고도 하지 않았다. 또 그들의 회합은 일정한 날자가 있는 것도 아니고 제때제때의 련락으로

행하여지고 있었다. 이 련락선의 책임은 서울 방직 공장의 한 로동자였고 처음 준식이들을 이 회합에 인입한 것도 그였다.

—현대조선문학선집 편찬위원회, 『현대 조선 문학 선집』 16(장편 소설 황혼), 평양: 조선
작가동맹출판사, 1959, 88~89쪽(한설야, 『황혼』, 평양: 조선작가동맹출판사, 1955,
70쪽).

위의 1959년 판본 『황혼』의 내용은 어떠한가? '선집 16'의 판본은 1955년 개작된 『황혼』의 판본(개작본)이다. 1936년 판본 『황혼』보다, 1955년 개작본 『황혼』의 준식은 노동자를 이끄는 인물이며, 노동자를 의식화시키고 새로운 정치투쟁으로 지도하는 선구적인 인물로, 한층 더 변형되어 있다. 이렇게 강화된 준식의 뒤에는, 1936년 판본에 등장하지 않던 '박상훈'이라는 공작원이 존재한다. 준식은 박상훈의 지도에 따라, 자기 자신과 자기들이 하는 일에 대하여 긍지를 가지게 되고, 남들을 자기들의 길로 이끌어 갈데 대한 신념을 가지게 된다.

그러면, 박상훈은 어떤 인물인가? 박상훈은 일본인 자본가들을 추종하는 조선인 자본가들에 의하여, 조선에 도입된 산업합리화의 본질을 해명하고 폭로하는 한편, 이것에 반대하여 싸울 방법들을, 준식을 통하여 일반 노동자들에게 침투시키는데 힘을 쓰는 직업적 혁명가, 즉 지하 공작원이다.[19] 이렇게 개작된 판본 『황혼』의 의도는 무엇일까?

---

19) 김병길, 「한설야의 〈황혼〉 개작본 연구」, 『연세어문학』 30~31, 연세대학교 국어국문학과,
1999. 2, 170쪽; 이경재, 「한설야 소설의 개작 양상 연구」, 『민족문학사연구』 32, 민족문학
사연구소, 2006. 12, 302~303쪽; 남원진, 「한설야의 『대동강』 창작과 개작의 평가와 그
의미」, 『어문논집』 50, 중앙어문학회, 2012. 6, 403쪽.

『현대 조선 문학 선집』 16(1959. 4. 20)

　　장편 소설 『황혼』은 一九三〇년대 전반기의 조선의 사회적 현실을 반영하고 있다. 이 시기의 조선의 사회적 현실은 한편으로는 일제의 대륙 침공 개시와 관련된 식민지 정책의 강화와 다른 한편으로는 김 일성 동지를 비롯한 견실한 공산주의자들에 의한 조선 인민의 민족 해방 투쟁의 새로운 단계에로의 발전으로써 특징지어진다. / 『황혼』은 서울의 어느 한 방직 공장을 중심 무대로 하여 김 일성 동지에 의하여 조직 지도된 항일 혁명 투쟁의 직접적인 영향하에 국내에서 전개된 로동 계급의 혁명 투쟁을 서사시적 화폭으로 일반화하고 있다. (……) 박 상훈은 당시 조국 광복회에 소속한 지하 공작원이거나 그렇지 않으면 조국 광복회 조직 이전의 김 일성 동지에 의하여 파견된 국내 공작원을 련상시키는 인물이다. 박 상훈은 한 설야가 해방전 작품들에서 창조한 직업적 혁명가들의 초상 계렬에서 가장 의의 있는 인물의 하나이다. (……) 한 설야 작 장편 소설 『황혼』은 비단 해방전 우리 나라 로동 계급의 해방 투쟁에 바쳐진 서사시적 작품의 하나일 뿐만 아니라 또한 우리 현대 문학사에서 사회주의적 사실주의 방법을 확립한 기념비적 작품의 하나이다.

　—「해제」, 현대조선문학선집 편찬위원회, 『현대 조선 문학 선집』 16(장편 소설 황혼),
　　평양: 조선작가동맹출판사, 1959, 3~12쪽.

　　한설야가 김일성이 지도한 항일무장투쟁의 영향을 언급한 이후,[20] 여러 논자들이 이에 대해 평한다.[21] 안함광은 '김일성과 그의 전우들

---

20) 한설야는 1955년 판본 『황혼』에서 김일성의 항일무장투쟁의 영향을 "더욱 一九三〇년 이후부터 김 일성 원수의 무장 항일 투쟁의 거센 파도와 또는 김 일성 원수의 직접적 지도에 의한 정치 공작으로 말미암아 조선 로동 계급은 더욱 장성하였으며 그 투쟁과 력량은 더욱 강화되였다."고 지적한다(한설야, 「『황혼』 재간에 제하여」, 『황혼』, 평양: 조선 작가동맹출판사, 1955, 3쪽).

이 조직하고 지도한 항일무장유격 투쟁의 사상 정치적 영향'이 '조선 문학의 발전을 촉진'시켰다고 지적한다.22) 이런 안함광의 평가처럼, 『황혼』도 김일성이 지도한 항일무장투쟁에 영향을 받은 작품이 된다. 또한, 계북은 박상훈을 '조국광복회에 소속한 공작원이거나 조국광복회가 조직되기 이전에 김일성에 의하여 국내에 파견된 정치공작원'이라고 피력한다.23) 이런 북조선의 역사 인식에 따라, '박상훈'이라는

---

21) 한설야가 김일성의 항일무장투쟁의 영향을 지적한 후, 안함광은 "조선 인민의 민족 해방 투쟁을 새로운 력사적 단계에로 이끌어 올린, 김 일성 원수의 항일 빨치산 투쟁의 사상 정치적 영향은 조선 문학의 발전을 일층 높은 단계에로 촉진하였다"고 한다. 엄호석도 "민족 해방 투쟁이 김 일성 원수의 항일 무장 투쟁에 의한 적극적 무장 투쟁의 새로운 단계에 들어섬에 따라 원산 제네스트, 평양 고무 공장 파업, 부산 부두 로동자들의 파업 등 로동 계급의 투쟁이 도시들에서 일상적으로 벌어지고 함남북 일대의 농촌엣 농민 투쟁이 계속적으로 발발한 시기였으며 보천보에서 민족의 해방을 예고하는 수령의 높이 추켜든 횃불이 조선 인민의 심장을 밝게 비쳐준 시기였다"고 한다. 김명수도 "김 일성 원수가 지도한 항일 무장 투쟁과 깊은 관계를 가지는바 당시의 로동 운동은 항일 무장 투쟁의 직접 간접의 지도 및 고무 속에서 성장 발전하였다"고 한다. 한중모도 "김 일성 원수에 의하여 령도된 항일 무장 투쟁의 직접적인 지도와 영향 하에서 국내에서도 투쟁의 불'길이 일층 치렬하게 타 올랐다"고 한다. 윤세평도 "우리 나라 혁명 발전에서 새로운 무장 투쟁 단계를 열어 놓은 30년대 김 일성 동지의 영웅적 항일 무장 투쟁은 카프 작가들을 직접 고무하는 원천이 되였다"고 한다(안함광, 「해방전 진보적 문학」, 『조선문학』, 1955. 8, 177쪽; 엄호석, 「한 설야의 문학과 『황혼』」, 『조선문학』, 1955. 11, 147쪽; 김명수, 『새 인간의 탐구: 해방전의 한 설야와 그의 창작』, 평양: 조선작가동맹출판사, 1957, 128쪽; 한중모, 「한 설야의 해방전 문학 활동」, 『청년문학』 27, 1958. 7, 65쪽; 윤세평, 「한 설야와 그의 문학」, 『조선문학』 156, 1960. 8, 177쪽).

22) 안함광은 "김 일성 동지와 그의 전우들에 의하여 조직 지도되는 항일 무장 유격 투쟁의 사상 정치적 영향은 조선 문학의 발전을 또한 촉진시켰다. 조선의 진보적 문학가들은 김 일성 동지의 항일 유격 투쟁에 고무되면서 조선 인민의 민족 해방 투쟁을 좀 더 높은 사상 예술적 심도와 방대한 서사시적 화폭으로 형상하는 길에로 진출하였다. 이상의 설정은 김 일성 동지가 조직 령도한 항일 유격 투쟁이 이 시기 각 분야에 걸친 조선 인민의 혁명 투쟁에 대하여 당의 지도적 역할을 대변하고 있었다는 것을 의미한다"고 한다(안함광, 「조선에 있어서의 사회주의 사실주의 문학의 발생과 발전(2): 1930년대 조선 문학의 특성」, 『조선어문』 1956. No.3(1956. 6), 25쪽).

23) 계북은 "박 상훈의 일언 일행은 그가 당시의 진정한 공산주의자이며 직업적 혁명가—지하 공작원이라는 것을 명백히 말하여 주고 있다. (……) 여기에서 박 상훈은 조국 광복회에 소속한 공작원의 초상이거나 그렇치 않으면 조국 광복회가 조직되기 이전에 김 일성 동지에 의하여 국내에 파견된 정치 공작원의 초상이라는 것이 명백하다"고 한다(리효운, 계북,

지하 공작원을 배치함으로써, 한설야의 장편소설 『황혼』은 김일성의 항일무장투쟁의 직접적인 영향 하에서 창작된 정전으로 고착된다.24)

1950년대 중반, 한설야가 김일성의 항일무장투쟁에 대한 지적25)이 있은 후, 1950년대 후반, 김일성이 지도한 항일무장투쟁의 역사에 대한 평가가 급부상한다. 이런 1950년대 북조선의 논의에 따라, 북조선 문학의 역사는 김일성의 항일무장투쟁사의 영향에 아래에서 조선문학이 발전한 것으로 정착된다. 이는 '목적론'에 따른 '자의적 왜곡'의 한 극단이다. 이런 항일무장투쟁 담론의 침투에 따른 '혁명적 전통' 논쟁의 결정판이 '선집 10'과 '선집 11'이다.

3. 근대문학의 역동성 또는 근대문학의 탐욕성

그런데 김일성이 지도한 항일혁명투쟁사의 침투는 '현대조선문학선집'의 배치에 균열을 발생시킨다.

『≪고향≫과 ≪황혼≫에 대하여』, 평양: 조선작가동맹출판사, 1958, 200~201쪽).

24) 남원진, 「한설야의 『대동강』 창작과 개작의 평가와 그 의미」, 『어문논집』 50, 중앙어문학회, 2012. 6, 402~405쪽.

25) 이런 사실은 1956년 1월 23일~24일, 평양시 당 관하 문학예술 선전 출판 부문 열성자 회의에서 한 한설야의 보고에서, "『카프』는 一九二五년에 창건된 이후 一九三〇년대 김일성 원수의 항일 무장 투쟁의 영향으로 강화 발전되였으며 사회주의 레알리즘의 창작 방법에 립각하여 반일 민족 해방 투쟁에 기여한 혁명적 반일 문학 예술 단체입니다."라는 발언에서 그 일단을 짐작하게 한다(「평양시 당 관하 문학 예술 선전 출판 부문 열성자 회의에서 한 한 설야 동지의 보고」, 『조선문학』 102, 1956. 2, 188쪽; 「평양시 당 관하 문학 예술 선전 출판 부문 열성자 회의에서 한 한 설야 동지의 보고」, 『로동신문』 3255, 1956. 2. 15; 한설야, 「문예 전선에 있어서의 반동적 부르죠아 사상을 반대하여(평양시당 관하 문학 예술 선전 출판 부문 열성자 회의에서 한 보고)」, 한설야 외, 『문예전선에 있어서의 반동적 부르죠아 사상을 반대하여』(자료집 1), 평양: 조선작가동맹출판사, 1956, 7~8쪽).

<표 2> '출판 순서별' 『현대 조선 문학 선집』 1~16(현대조선문학선집 편찬위원회, 1957~1961)

저작집	분야	출판사	출판년월일
『현대 조선 문학 선집』 1	소설집	조선작가동맹출판사	1957. 10. 30.
『현대 조선 문학 선집』 2	시집	조선작가동맹출판사	1957. 12. 20.
『현대 조선 문학 선집』 5	소설집	조선작가동맹출판사	1958. 05. 20.
『현대 조선 문학 선집』 6	소설집	조선작가동맹출판사	1958. 08. 10.
『현대 조선 문학 선집』 3	리 기영 단편집	조선작가동맹출판사	1958. 11. 10.
『현대 조선 문학 선집』 7	희곡집	조선작가동맹출판사	1958. 11. 20.
『현대 조선 문학 선집』 4	한 설야 단편집	조선작가동맹출판사	1959. 03. 10.
『현대 조선 문학 선집』 13	장편 소설 고향	조선작가동맹출판사	1959. 04. 20.
『현대 조선 문학 선집』 14	소설집	조선작가동맹출판사	1959. 04. 20.
『현대 조선 문학 선집』 16	장편 소설 황혼	조선작가동맹출판사	1959. 04. 20.
『현대 조선 문학 선집』 8	평론집	조선작가동맹출판사	1959. 06. 20.
『현대 조선 문학 선집』 10	**아동 문학 집**	**조선작가동맹출판사**	**1960. 03. 15.**
『현대 조선 문학 선집』 11	**시집**	**조선작가동맹출판사**	**1960. 03. 20.**
『현대 조선 문학 선집』 9	수필집	조선작가동맹출판사	1960. 05. 20.
『현대 조선 문학 선집』 15	소설집	조선작가동맹출판사	1960. 11. 30.
『현대 조선 문학 선집』 12	리 북명 단편집	조선작가동맹출판사	1961. 01. 31.

그러면 '현대조선문학선집'의 균열 양상은 어떠한가? 이에 대한 대답은 '선집 10'과 '선집 11'이 제공해 준다.

1960년 3월 출간된 '선집 10'은 18명(최서해, 박세영, 송영, 권환, 엄홍섭, 신고송, 리동규, 박아지, 홍구, 정청산, 안준식, 김북원, 김우철, 리원우, 박고경, 안룡만, 남궁만, 윤복진) 작가의 총 88편의 아동문학과, 작자 미상의 총 11편의 '혁명아동가요'가 수록되어 있다.

『현대 조선 문학 선집』 10(1960. 3. 15)

이 선집에는 一九二〇——九三〇년대 항일 유격 투쟁 행정에서 빨찌산들이 창작한 아동 가요들과 카프 작가들, 진보적인 작가들의 작품들 가운데서 우수한 것들을 선택하여 수록하였다. (……) 일제의 강점하에서 二중 三중의 착취를 당하고 있으며 선풍처럼 일어 나는 로동 운동과 특히 김 일성 원수가 직접 지도하는 항일 유격 투쟁의 영향 밑에 로동 운동이 적극적인 성격을 띤 조건하에서 프로레타리아트가 새 세대에게 넘겨 줄 수 있는 랑만의 세계는 곧 일제와 싸워 이길 수 있는 혁명의 무기이다. 그것은 새 세대들의 계급적 각성이며 적에 대하여 무지비하며 혁명에 끝까지 충실하는 그 혁명성이다. (……) 이처럼 혁명 아동 가요는 해방 전 프로레타리아 아동 문학이 거둔 최고의 극치이며 사회주의적 사실주의 발전에서 획기적인 리정표로 되고 있다.

─「해제」, 현대조선문학선집 편찬위원회, 『현대 조선 문학 선집』 10(아동 문학 집), 평양: 조선작가동맹출판사, 1960, 3~7쪽.

또한 1960년 3월 출판된 '선집 11'은 16명(권환, 박아지, 송순일, 리찬, 리흡, 조벽암, 안룡만, 송완순, 김우철, 양운한, 민병균, 김조규, 조령출, 김람인, 리원우, 김소엽) 작가의 총 105편의 시와, 작자 미상의 총 81편의 '혁명가요'가 배치되어 있다.

『현대 조선 문학 선집』 11(1960. 3. 20)
이 선집에는 三○년대의 현대 시가 분야에서 거둔 성과의 일단이 포함되였다. 특히 三○년대 김 일성 동지를 위시한 공산주의자들에 의하여 조직 지도된 항일 무장 투쟁 속에서 창작된 혁명 가요들이 수록된 것은 이 선집이 현대 조선 시가 발전에서 중요한 자리를 차지하게 한다. / 항일 무장 투쟁은 조선 민족 해방 투쟁의 력사에서 새로운 단계를 이루어 놓았을 뿐 아니라 현대 조선 문학 발전에 있어서도 극히 중요한 단계로 되고 있다. 즉 항일 무장 투쟁은 일제의 탄압에 항거하면서 二○년대부터 로동 운동과 련결되여 사회주의적 사실주의 기치를 높이 추켜 든 조선 프로레타리아 문학을 가일층 발전시킨 거대한 고무력으로 되였다. 카프에 결속된 조선 프롤레타리아 작가들은 三〇년대에 들어 서면서 김 일성 동지와 그가 령도한 항일 무장 투쟁 속에서 그들이 二〇년 초기부터 그렇게도 열망하던 혁명의 도래와 조선 인민의 운명 문제의 해결의 서광을 보고 창작 발전의 넓은 시야에로 나서게 되였다. 이리하여 三〇년대 조선 프로레타리아 문학의 사상적 위력은 항일 무장 투쟁으로 고무된 三〇년대의 혁명적 인테리들의 정신적 제고의 결과다. 이 점 한 설야와 리 기영의 장편 소설들과 송 영, 발 팔양, 박 세영의 창작 활동 뿐 아니라 이 선집에 수록된 시인들의 창작 활동도 바로 항일 무장 투쟁의 영향으로 앙양된 三〇년대의 혁명적 인테리들의 지향과 내면 세계를 반영하고 있다.

—「해제」, 현대조선문학선집 편찬위원회, 『현대 조선 문학 선집』 11(시집), 평양: 조선
    작가동맹출판사, 1960, 9쪽.

특히, 이 '혁명아동가요'는 '해방 전 프롤레타리아 아동문학이 거둔 최고의 극치이며, 사회주의적 사실주의 발전에서 획기적인 이정표'가 되었다고 극찬된다. 또한 '김일성을 위시한 공산주의자들에 의하여 조직 지도된 항일무장투쟁 속에서 창작'된 '혁명가요'는 '현대 조선시가 발전에 중요한 자리를 차지'한다고 고평된다. 이러하듯, 1950년대 중반에 설정된 기본 설계도와 다른, '선집 10'의 '혁명아동가요'와 '선집 11'의 '혁명가요'의 배치는 '현대조선문학선집'의 균열 양상을 극명하게 보여준다.

그러면 '혁명적 전통'이란 무엇인가? 또한 '혁명적 전통'과 관련된 '현대조선문학선집'의 균열 양상은 어떠한가? 여기서 1958년과 1959년의 '현대조선문학선집'의 배치 원리는 균열 양상을 보인다. 바로, 이는 1959년 이후 '김일성이 조직 지도한 항일빨치산 투쟁'과 관련된

담론의 전면적 침투가 이루어진 후, 1960년대에 와서 이 선집에는 구체적 작품(가요)이 수록된다. 즉, 이는 '선집 10'에 실린 「아동가」 등의 '아동혁명가요' 11편과, '선집 11'에 수록된 「조선 인민 혁명군」 등의 '혁명가요' 81편의 배치이다. 이로 인해 균열의 징후는 구체화된다.

> 제국주의 질러 놓은 세계 대전은
> 수천만의 우리 부형 내다 죽였다
> 길가에서 방황하는 우리 아동은
> 배고파 굶어 죽고 얼어 죽었다.
>
> 반대하자, 제국주의 개떼 싸움을
> 전개하자, 무산자의 혁명 전선을
>
> 제놈들이 평화람은 양잿물이요
> 애국이란 사탕떡은 설메산이다
> 로동자의 피땀으로 총칼 만들어
> 우리 부형 죽일 전쟁 또 버러졌다.
>
> 반대하자, 제국주의 개떼 싸움을
> 전개하자, 무산자의 혁명 전선을
>
> ─「아동가」(혁명아동가요), 현대조선문학선집 편찬위원회, 『현대 조선 문학 선집』 10 (아동 문학 집), 평양: 조선작가동맹출판사, 1960, 25쪽.

'항일유격투쟁에서 빨치산에 의해서 창작된 것'으로 호명된, '아동

혁명가요'는 '직접 혁명에로의 호소성과 계몽적인 것'이 특징이라고 말해진다. 특히, 처음 호출된 「아동가」는 '어린이들의 생활처지를 환기시키면서 그들의 생활을 망친 제국주의를 반대하여 싸움에 나오게끔 시적 구조가 조직되어 있다'고 한다. 이런 '혁명에로의 호소성은 계몽적인 특성과 결부되어 자연스럽게 혁명대열에로 나오게끔 불러 일으킨다'고 역설된다.26)

백두산하 높고 넓은 만주 들판은
건국 영웅 우리들의 운동장일세
걸음 걸음 떼를 지어 앞만 향하여
활발하게 나아감이 엄숙하도다

대포 소리 앞뒷산을 뜰뜰 울리고
적탄이 우박같이 쏟아지여도
두렴 없이 악악하는 돌격 소리에
적의 군사 정신 없이 막 쓰러진다

억만대병 가운데로 헤치고 나가
우리들의 총과 칼이 획획 날릴 제
벼랑에서 떨어지는 원쑤의 머리
늦은 가을 나무잎과 다름 없구나

한양성에 자유종을 뗑뗑 울리고

---

26) 「해제」, 현대조선문학선집 편찬위원회, 『현대 조선 문학 선집』 10(아동 문학 집), 평양: 조선작가동맹출판사, 1960, 5쪽.

삼천리에 독립기를 펄펄 날릴 제

자유의 새 정부를 건설하고서

무궁화 동산에서 만세 부르자

—「용진가」(혁명가요), 현대조선문학선집 편찬위원회, 『현대 조선 문학 선집』 11(시집),

평양: 조선작가동맹출판사, 1960, 97쪽.

또한 '김일성을 위시한 공산주의자들에 의하여 조직 지도된 항일무
장투쟁 속에서 창작된 것'으로 호명된, '혁명가요'는 '공산주의자들의
고상한 정신세계를 다양하게 반영하고 있다'고 한다. 특히 「용진가」
는 '혁명적 진격의 씩씩한 웅자를 예술적인 표현으로 부각시키고 있
다'고 피력된다.27)

1950년대 중반 '현대조선문학선집'의 기본 설계도와 달리, 이런 '선
집 10'의 '아동혁명가요'와 '선집 11'의 '혁명가요'의 배치는 '현대조선
문학선집'의 균열 양상을 구체화시킨다. 그런데 왜 이런 균열이 발생
했을까?

김 일성 원수를 선두로 한 견실한 공산주의자들은 이와 같이 성숙한 조선
인민의 새로운 투쟁 형태를 일반화하며 조직하여 그것에 의식성을 부여함으
로써 반일 민족 해방 운동을 상비적인 군사력에 의한 무장 투쟁에로 제고시킴
으로써 민족 해방 운동을 보다 높은 단계에로 발전시키였다.

—리나영, 『조선 민족 해방 투쟁사(조선민주주의 인민공화국 창건 10주년 기념)』, 평양:

조선로동당출판사, 1958, 340~341쪽.

---

27) 「해제」, 현대조선문학선집 편찬위원회, 『현대 조선 문학 선집』 11(시집), 평양: 조선작가동
맹출판사, 1960, 9~11쪽.

위에 보듯, 이는 1950년대 중반 이후의 북조선의 역사 인식, 즉 1930년대 김일성을 선두로 한 항일무장투쟁이 민족해방운동을 보다 높은 단계로 발전시켰다는 인식과 관련된다.28) 이런 북조선의 역사 인식은 북조선 문학사에도 침투한다. 또한 이런 문학사 인식은 북조선 문학권력의 역사 인식을 반영하고 있다. 북조선 문학권력은 1953년에서 1956까지 전개되었던 '반종파 투쟁'을 겪으면서, 조선프롤레타리아예술동맹(KAPF)을 유일한 '혁명적 전통'으로 인식하기 시작한다. 1958년 8월 농업 집단화와 개인 상공업의 국영화의 완료와 함께, 전 사회의 사회주의적 개조가 일단락된 것과 더불어, 당의 일원적 지도체계가 성립된다. 이로 인해, 북조선 문학권력은 공산주의 교양과 부르주아 사상 잔재 비판을 진행함과 함께, 김일성이 지도한 항일혁명투쟁을 중심으로 한 역사 해석을 일원화하는 혁명적 전통 확립 운동을 시작한다. 이에 따라, 일명 '혁명적 문학'은 '혁명적 전통'으로 자리잡기 시작한다.29)

이러하듯, 1959년 이후 '현대조선문학선집'의 「해제」는 1930년대 김일성이 지도한 항일무장투쟁의 영향을 강조한 1950년대 중반 이후의 북조선 역사 인식을 그대로 반영하고 있다는 말이다.30) 이로 인해

---

28) 리재림, 『김 일성 원수 령도하의 항일 무장 투쟁(조선민주주의 인민공화국 창건 10주년 기념 출판)』, 평양: 아동도서출판사, 1958, 12쪽.

29) 김재용, 「북한문학계의 '반종파투쟁'과 카프 및 항일혁명문학」, 『역사비평』 18, 1992년 봄, 243~245쪽; 김재용, 「항일혁명문학의 '원형'과 그 변용」, 『역사비평』 25, 1993년 겨울, 382~384쪽; 김재용, 『북한 문학의 역사적 이해』, 문학과지성사, 1994, 154~157쪽; 남원진, 『남북한의 비평 연구』, 역락, 2004, 288~289쪽; 김은정, 「만들어진 전통과 '항일혁명 투쟁 시기 문학'」, 『민족문학사연구』 43, 민족문학사연구소, 2010. 8, 155~157쪽; 김성수, 「'항일 혁명문학(예술)' 담론의 기원과 주체문예의 문화정치」, 『민족문학사연구』 60, 민족문학사연구소, 2016. 4, 458~461쪽; 김성수, 고자연, 「예술의 특수성과 당(黨)문학 원칙: 1950년대 북한문학을 다시 읽다」, 『민족문학사연구』 65, 민족문학사연구소, 2017. 12, 271쪽.

30) 이는 "김 일성 동지를 선두로 한 견실한 공산주의자들에 의하여 이룩된 혁명 전통이 없이는

47

'현대조선문학선집'은 균열의 징후를 보인다.

특히, 1959년 8월 21일, 과학원 어문학연구소 학술보고회 「우리 문학의 혁명 전통에 대하여」에서 발표한, 현종호의 보고 「항일 무장투쟁 영향하에서 발전된 국내 프로레타리아 문학」이나[31] 조선문학의 역사를 정리한 결정판 『조선 문학 통사』 하(1959)에서처럼, 북조선의 평가는 프롤레타리아 운동 위에 군림한 것이, 바로 김일성이 지도한 항일무장투쟁임을 극명하게 드러낸다. 또한 이는 김일성이 조직 지도한 항일무장투쟁의 정치사상적 영향 아래 발전한 것이 프롤레타리아 문학임을 천명한 것이기도 하다.[32] 이런 인식에 따라 '현대조선문학선집'의 균열의 징후는 '혁명(아동)가요'의 재배치로 구체적 형태를 드러낸 것이다. 이는 북조선 문학권력이 가졌던 인지적 무의식, 그 자체일 것이다.

1950년대 중반 이후, 조선문학을 재배치하고자 했던 근대 기획은, 식민지 시기나 1950년대 이후 남한 문학사의 재배치 기획과 달리,[33]

오늘의 벅찬 우리 현실이 있을 수 없으며 휘황한 공산주의적 미래에 대한 전망도 오늘과 같이 가질 수 없다. 때문에 조선 인민은 항일 무장 투쟁의 혁명 전통을 자부심으로, 긍지로 간직하고 있으며 그 전통을 계승 발전시키고 있다."고 역설한다(김재하, 「혁명 전통의 심오한 형상화를 위하여」, 한설야 외, 『공산주의 교양과 창작 문제』, 평양: 조선작가동맹출판사, 1959, 52쪽).

31) "현 종호는 자기 보고에서 조선에 있어서의 프로레타리아 문학의 발전 력사는 김 일성 동지가 지도한 항일 빨찌산 투쟁의 영웅적 발전 력사와 떼여 놓고 생각할 수 없다고 하면서 1920년대에 발생된 조선의 프로레타리아 문학이 그 이후 만일 김 일성 동지를 선두로 한 견실한 공산주의자들의 항일 무장 투쟁이 없었더라면 자기의 영예로운 발전 력사를 계속할 수 없었다고 강조하였다."(김진태, 「우리 문학의 혁명 전통에 대한 학술 보고회 진행」, 『문학신문』 177, 1959. 8. 28)

32) 남원진, 『이야기의 힘과 근대 미달의 양식』, 경진출판, 2011, 219쪽.

33) 식민지 시대 조선일보출판부는 1938년 전 7권으로 구성된 '현대조선문학전집'을 4×6판 호화 양장본으로 출간했다. 이 '현대조선문학전집'은 시가집 1권, 단편소설집 3권, 수필기행집 1권, 평론집 1권, 희곡집 1권으로 편집된 문학장르를 중심으로 구분한 전집이었다. 이 전집은 작가별 기획으로 편찬하지 않고 장르별로 편집하여 조선문학의 전체적 지도를

프롤레타리아문학, 특히 사회주의 사실주의 문학을 중핵으로, 북조선식 조선문학의 인식적 지도를 재구성하고자 했던, '문예총' 중심의 권력의 욕망을 드러낸다. 하지만 김일성이 지도한 항일무장투쟁사의 침투로 조선문학의 재배치는 균열의 양상을 표출했던 것이다. 이는 근대문학 갈래에 '가요'의 배치, 즉 '혁명(아동)가요'를 전면화하려는 문화정치적 기획 때문이다. 이 기획은 유일사상체계가 구축된 후, 만들어진 주체문학, 특히 '항일혁명문학예술'의 특이한 형태의 원형을 제공한다. 그런데 이는 근대문학 갈래의 해체라 할 만하다. 이런 측면에서 북조선 문학은 근대 미달의 양식으로 나아간다. 하지만 북조선 문학이 근대문학이 아니다라는 것을 말하는 것은, 결코 아니다.

근대문학은 지칠 줄 모르고 문학을 통일하고 평준화하는 반면 문학에다가 무궁무진한 활로를 제공한다. 즉, 가요나 설화 등의 무수한 문학적 전통을 차용하는데, 그 차용 자체의 정당성을 마련하지도 않은 채 근대문학의 이익을 위해 활용한다. 또한 근대문학은 근대성이나 '전'근대성, '반'근대성, '탈'근대성 등으로 다양하게 변주되는 근대성의 역동성에 의해서 성립된 것이다. 이는 자신을 끝임없이 혁신하고자 하는 근대 내적 작동 원리의 산물이다. 이런 측면에서 '혁명적 문학'도 근대문학의 역동성 또는 근대문학의 탐욕성의 일부이기에, '근대문학이 아니다'라고 말할 수는 없다.[34] 다만, '근대문학이 무엇

담아내겠다는 의도가 엿보이며, '조선문단 총집필, 20년래 조선문학의 총수확'이라는 찬사가 덧붙인 식민지 최대의 문학전집이었다. 1950년대 후반 『한국문학전집』 1~36(1958)은 과거 카프계열이나 월북, 남북 작가들이 삭제된 자리에 이념과 무관해 보이는 순수계열의 작가들만으로 재구성됐다. 특히 신인 작가들을 대거 수록했는데, 이는 향후 남한 문학사의 방향성을 짐작케 한다(박숙자, 『속물 교양의 탄생』, 푸른역사, 2012, 216쪽; 강진호, 「한국문학전집의 흐름과 특성」, 『돈암어문학』 16, 돈암어문학회, 2003. 12, 366~367쪽).

34) M. Robert, 김치수, 이윤옥 역, 『기원의 소설, 소설의 기원』, 문학과지성사, 1999, 11~12쪽; P. Bourdieu, 하태환 역, 『예술의 규칙』, 동문선, 1999, 390~391쪽; 남원진, 『이야기의 힘과

인가'에 대한 오래된 질문은 남는다.

4. 혁명적 문학, 이토록 강력한 정치성

문학은, 근대에 특별한 의미를 부여받고, 이로 인해 특별한 가치와 중요성을 갖게 된다. 근대문학은, 공감의 공동체이며 '상상된' 공동체인 인민의 기반이 된다. 문학은, 특히 서사 양식은 지식인과 대중 또는 다양한 사회적 계급을 공감, 즉 동질적이고 공허한 시간 안에서의 동질성의 경험을 통해 인민을 창출한다.[35] 이는 근대문학이 인민을 창출한다는 것인데, 특히 정전이 균질화된 인민을 발명하는데 기여한다는 말이다. 이런 측면에서 북조선 최대 정전집 '현대조선문학선집'은 주목을 요한다.

1950년대 후반, 현대조선문학선집 편찬위원회는 1920년대로부터 1950년대까지의 조선문학을 정리한 정전집 『현대 조선 문학 선집』(1957~1961)을 출간하고자 했다. 1957년에서 1961년까지 해방 전에 발표된 시, 소설, 희곡, 시나리오, 아동문학, 평론, 수필, 기행문, 서간 등의 '약 120명'의 작가의 작품들을 '약 30권' 분량으로 편집하여 연대순으로 출판하고자 했다.

그러나 현대조선문학선집 편찬위원회가 밝힌 '야심찬' 기획은 빛을 받지 못했다. 이런 '야심찬' 기획과 달리, '현대조선문학선집'에는 120

근대 미달의 양식』, 경진출판, 2011, 380~381쪽.

35) W. Benjamin, 반성완 역, 『발터 벤야민의 문예이론』, 민음사, 1983, 352~353쪽; B. Anderson, 윤형숙 역, 『상상의 공동체』, 나남, 2002, 48쪽; 柄谷行人, 조영일 역, 『근대문학의 종언』, 도서출판b, 2005, 51쪽.

명의 절반 정도에 해당하는 60여 명 작가의 작품들만이 실렸다. 즉, 이 편찬위원회는 '프롤레타리아문학'의 대표 작가로 호출된 조명회, 리기영, 한설야, 송영 등을 중심으로, 총 66여 명의 작가와 902편의 작품을 배치했다. 또한 『현대 조선 문학 선집』 1(1957)에서 『현대 조선 문학 선집』 16(1959)까지, 연대순으로 출판되지 않았고, 30권의 절반 정도인 16권만 출간됐다. 즉, 이 편찬위원회는 1957년부터 1961년까지 소설가 강경애에서 극작가 홍구까지, 총 66명의 작가의 작품들을 수록한 『현대 조선 문학 선집』 '16권'까지만 출간했다. 이런 사실은 북조선 문화권력 내부에서, 여러 정치적 사건과 함께 여러 논쟁이 발생했음을 알 수 있게 한다. 이는 1957년부터 1961년까지, 북조선 문학예술계의 사회주의 사실주의 논쟁, 혁명적 전통, 혁명적 문학 등의 복잡한 논쟁 과정에서, 조선문학의 정리 작업이 중단되었음을 말해주는 것이기도 하다. 또한 이는 '현대조선문학선집'이 표면적으로 완결된 구성으로 보이지만 그 이면에는 불완전한 형태임을 반증한다.

또한 1980년대 중반 이후 출판된 '해방전편' 『현대조선문학선집』 1~53(1987~2011)은 작가 선집 5권, 장편소설 10권 등의 작가별 선별뿐만 아니라 각 시기별 소설집 16권, 시가집 8권, 희곡선 3권, 수필집 2권, 평론집 1권, 아동문학집 5권, 종합작품집 2권 등의, 총 52권으로 조선문학을 새롭게 재구성했다. 특히 이 선집은 작가 선집도 포함하여 각 시기별로 각 장르를 중심으로 배치하여 조선문단 전체의 지형도를 그린, 작가 614명과 작품 3,834편이 실린 방대한 북조선식 기획이었다. 이 '현대조선문학선집'은 김일성이 '친필'한 것으로 말해진 '항일혁명문학'을 중핵으로, 근접성의 원리를 따른 동심원 구조(항일혁명문학-프롤레타리아문학-부르주아문학)를 가진 정전집이었다. 또한 이 선집은 역사와 문학의 상동성을 드러낸 강력한 증표이다. 이는 북조선의 역사와 문학이 빚어낸 강력한 정치적 욕망 또는 열망을 표출한 증좌이다. 따라서 이 '현대조선문학선집'이 주체문학론의 관점에서, 각 작품에 새로운 의미를 발굴하여 조선문학을 재배치한 문화정치적 기획임은 말할 필요도 없다. 이 기획은 조선문학, 특히 혁명적 문학이 과거의 유산뿐만 아니라 재현되고 재경험되는 살아 숨쉬는 전통이어야 한다는 사실을 말해준다.

체제가 붕괴하는 것은 그 체제를 유지하는 정통성이 무너졌을 때입니다. 만약 북한이 경제성장을 정통성의 근거로 삼는 국가였다면 북한은 몇 번이나 무너졌을 것입니다. 냉정히 말해서 북한 체제는 1948년 정부 수립 이후 단 한 번도 정통성의 위기를 겪지 않았습니다. 북한의 정통성은 경제성장이 아니라 항일 무장투쟁을 지도한 김일성 주석과 조선노동당 그리고 미국 등 외세에 맞서 자주성을 지키는 것에 그 뿌리를 두고 있기 때문입니다. / 정통성은 주관적인 개념입니다. 경제가 정통성 유지에 도움은 되겠지만 기본적으로 정통성 자체는 상징적 가치관으로 유지됩니다. 북한에서 그것은 김일성 주석과 주체사상이라고 할 수 있습니다. 그런 논리로 본다면 북한은 정통성이 굉장히 강한 국가입니다.

—박한식, 강국진, 『선을 넘어 생각한다』, 부키, 2018, 21쪽.

그런데 '프롤레타리아문학'을 넘어서 '혁명적 문학'으로 나아감은 무엇인가? 이는 북조선의 역사, 또는 북조선의 정통성과 관련된 문제가 아닐까? 위의 박한식의 지적처럼, 김일성과 주체사상의 원형은 1930년대 김일성이 지도한 항일무장투쟁의 역사일 것이다. 이에 따라 유일사상체제가 구축된 후, 조선문학은 김일성이 '친필'한 것으로 재구성된, '항일혁명문학'이 중핵으로 재배치되어 있다.[36]

김 일성 동지와 그의 전우 공산주의자들에 의하여 조직 지도된 항일 무장 유격 투쟁의 사상—정치적 영향은 조선 문학의 발전을 또한 촉진시켰다. 조선의 진보적 문학가들은 김 일성 동지의 항일 무장 유격 투쟁에 고무되면서, 조선 인민의 민족 해방 투쟁을 좀 더 높은 사상—예술적 심도와 방대한 서사 시적 화폭으로 형상하는 길로 진출하였다. 특히 김 일성 동지와 공산주의자들에 의하여 조직 지도된 인민의 항일 무장 투쟁 과정에서 나타난 혁명적 문학은 조선 프로레타리아 문학 발전의 직접적인 고무력으로 되였다. 이상의 제반 실정은 김 일성 동지가 조직 령도한 항일 유격 투쟁이 이 시기 각 분야에 걸친 조선 인민의 혁명 투쟁에 대하여 거대한 고무력으로 되였다는 것을 의미한다.

—조선민주주의 인민공화국 과학원 언어문학연구소 문학연구실, 『조선 문학 통사』 하,
평양: 과학원출판사, 91쪽.

해방 후, 1946년 가을 항일무장투쟁 전적지 답사나 1953년 9월~12월 항일유격투쟁 전적지 조사단의 활동 등과 같은 지속적인 발굴 작업에서 보듯, 항일무장투쟁의 역사에 대한 복원의 의지는 해방과 함께 시작되었다. 이는 한반도 남쪽 중심의 역사에서 가려졌던 한반도 북쪽의 역사, 즉 압록강과 두만강 지역 중심의 역사에 대한 복원의 의지를 드러낸 것이다. 이는 식민지 시대 주변부의 역사에 불과했던 김일성이 지도한 항일무장투쟁의 역사를 중심부의 역사로 만들고자 했던 북조선이 가졌던 욕망일 것이다.[37] 이로 인해, 북조선의 문학사는 '김일성

36) 김정일, 『주체문학론』, 평양: 조선로동당출판사, 1992, 62쪽; 김일성 외, 『혁명시가집』(현대 조선문학선집 24), 평양: 문학예술출판사, 2002, 7~10쪽.

37) 韓載德 외, 『우리의太陽』, 평양: 북조선예술총련맹, 1946; 韓載德, 『金日成將軍凱旋記』, 평양: 민주조선출판사, 1947; 韓雪野, 『英雄 金日成將軍』, 신생사, 1947; 『김일성장군의 략전』, 평양: 조선로동당출판사, 1952; 송영, 『백두산은 어데서나 보인다』, 평양: 민주청년사,

과 공산주의자들에 의하여 조직 지도된 항일무장투쟁과정에서 나타난 혁명적 문학이, 조선 프롤레타리아 문학 발전의 직접적인 고무력으로 되었다'고 한다. 이런 역사 인식의 발현이 프롤레타리아문학에서 '혁명적 문학' 더 나아가 '항일혁명문학'으로 나아간 것이다.

> 경애하는 수령 김일성동지께서 항일혁명투쟁시기에 창시하신 주체적문예 사상과 리론은 인류문예사상사의 가장 높은 단계를 열어놓은 위대한 사상리론이며 자주시대의 민족문학예술건설에서 나서는 모든 문제에 과학적 해명을 주는 옳바른 지도적지침이다. 일제침략자들을 격멸소탕하는 류례없이 간고한 환경에서 문학예술을 혁명의 무기로, 문학예술창작을 혁명사업의 한 부분으로 삼고 손에 총을 잡은 투사들 자신이 노래를 짓고 연극을 창조한 그 전투적인 창작기풍은 오늘 자주적인 민족문학예술을 건설하는 모든 창작가들의 귀중한 본보기로 된다. 불후의 고전적명작을 비롯한 항일혁명문학예술작품과 우리 당의 지도밑에 불후의 고전적명작을 옮긴 혁명영화와 혁명가극, 혁명소설은 그 사상예술성에 있어서나 인식교양적가치에 있어서 종래의 민족문화유산이 미칠수 없는 최상의 높이에 이르렀으며 세계적으로 커다란 경탄을 자아내고있다.
>
> ―김정일, 『주체문학론』, 평양: 조선로동당출판사, 1992, 62쪽.

그리고 유일사상체계가 성립된 후, '항일혁명문학(예술)'은 유일한 '혁명적 전통'으로 굳건하게 구축된다. 김정일은 '불후의 고전적 명작을 비롯한 항일혁명문학예술작품과 우리 당의 지도 밑에 불후의 고전

1956; 和田春樹, 이종석 역, 『김일성과 만주항일전쟁』, 창작과비평사, 1992, 5~6쪽; 이종석, 『새로 쓴 현대북한의 이해』, 역사비평사, 2000, 458~461쪽; 남원진, 「한설야, '문예총' 그리고 항일무장투쟁사」, 『통일인문학』 60, 건국대학교 인문학연구단, 2014. 12, 377쪽.

적 명작을 옮긴 혁명영화와 혁명가극, 혁명소설은 그 사상예술성에 있어서나 인식교양적 가치에 있어서 종래의 민족문화유산이 미칠 수 없는 최상의 높이에 이르렀으며 세계적으로 커다란 경탄을 자아내고 있다'[38]고 역설한다. 또한 유일사상체계가 성립된 후, 주체문학은 김일성이 '친필'한 것으로 재구성된, '항일혁명문학예술'이 중핵으로 재배치된다. 이런 주체문학의 원형은 1930년대 김일성이 지도한 항일무장투쟁의 역사에 의해서 발견된 것이다. 이에 따라 주체문학은 김일성이 '창작'한 것으로 재배치된, '불후의 고전적 명작'과 함께 '혁명영화', '혁명가극', '혁명소설' 등과 같은 '항일혁명문학예술'이 혁명적 전통으로 견고하게 구획된 것이다.

그런데 북조선의 정전은 무엇일까? 이는 문학과 문학 아닌 것과 마찬가지로, 정전과 정전 아닌 것의 구별짓기 또는 경계짓기라는 장치에 의해서 배치된 것이다. 조선민주주의 인민공화국 과학원 언어문학연구소 문학연구실에서 공동 집필한『조선 문학 통사』하(1959)나 류만이 대표 집필한『조선문학사』8(1992), 김정일의 저작『주체문학론』(1992)에서 보듯, 이 구별짓기의 기준이 '혁명적 문학' 더 나아가 '항일혁명문학', 즉 '혁명가요'나 '혁명적 연극' 또는 '혁명영화'나 '혁명가극', '혁명소설'과 같은 정치적인 것이라면, 북조선의 정전은 강력한 정치성을 가진 문학의 다른 명칭일 것이다. 여기서 '혁명가요'나 '혁명소설', '혁명가극', '혁명영화' 등과 같은 '혁명적 문학' 또는 '항일혁명문학'이라고 명명된 북조선의 정전이 가진 이토록 강력한 정치성을 검토함으로써, 현 시점에서 삭제되거나 은폐된 문학을 재호출해야 할 필요성이 제기된다. 이제는 이토록 강력한 정치성이란 이름으로

---

38) 김정일,『주체문학론』, 평양: 조선로동당출판사, 1992, 62쪽.

여백처리된 문학을 복원해야 하지 않을까? 지금, 뼈아픈 심문과 성찰, 이것이 필요한 시점이다.[39]

5. 왜, 다시 근대문학의 경계인가?

현대조선문학선집 편찬위원회가 엮은 『현대 조선 문학 선집』 1~16 (1957~1961)은 시집 2권, 단편소설집 5권, 장편소설 2권, 희곡집 1권, 수필집 1권, 아동문학집 1권, 평론집 1권, 작가 선집 3권으로 재배치되었는데, 문학 갈래, 즉 근대문학의 경계를 중심으로 구획된 정전집이었다. 이는 북조선만의 조선문학의 전체적 지도를 설계하려는 의도에 따른 것이다. 또한 이 선집에는 이광수, 김동인, 염상섭 등과 같은 '부르주아문학'으로 호명된 작가들은 공백 처리된 채, '프롤레타리아문학'의 대표 작가로 호출된 리기영을 중핵으로 하여, 조명희, 한설야, 송영 등의 북조선의 정전이 재배치되었다. 그런데 이 선집에는 부르주아문학이나 작가는 배제한 채, 프롤레타리아문학이나 작가를 선택하거나 혁명적 문학이 침투하는데, 여기서 우리는 이런 선택과 배제의 문제를 어떻게 보아야할 것인가? 또한 이런 근대문학의 경계를 어떻게 인식해야 할 것인가?

한국전쟁으로 냉전체제가 한층더 고착되었던 시기에, 이전 시기의 단순 양분법의 연장 선상에서 안함광의 『조선문학사』(1956)가 나왔다. 이 책은

---

39) P. Bourdieu, 정일준 역, 『상징폭력과 문화재생산』, 새물결, 1997, 35~36쪽; 현택수 편, 『문화와 권력』, 나남, 1998, 21~34쪽; 홍성민, 『문화와 아비투스』, 나남, 2000, 312~314쪽; 이광호, 『이토록 사소한 정치성』, 문학과지성사, 2006, 15~29쪽.

혁명적 낭만주의론과 기계적인 긍정적 주인공론에 입각한 교조적 사회주의 리얼리즘론을 바탕으로 하면서 역시 우리 근대문학사의 몇몇 중요한 작가들을 제외하거나 왜곡되게 평가하는 등의 문제를 보였다. 게다가 당시 송영의 보고문학 『백두산은 어데서나 보인다』(1956)를 계기로 알려지기 시작한 항일혁명문학을 근대문학사의 체계에 끌어들이고자 함으로써, 우리 근대문학사의 전체적인 발전과정에 대한 해명은 조리가 없어지고 문학사의 실상과도 거리가 생겼다. 이러한 문제점은 1959년 무렵에 나온 사회과학원의 『조선문학통사』에도 거의 그대로 나타난다.

　　—김재용·이상경·오성호·하정일, 『한국근대민족문학사』, 한길사, 1993, 53쪽.

　위의 『한국근대민족문학사』에서는 '조선문학사'의 부르주아문학이나 작가와 프롤레타리아문학과 작가를 구분하는 단순 양분법과 '항일혁명문학'의 침투를 강경한 어조로 비판하고 있다. 이는 남쪽의 시선이 갖고 있는, 북조선 문학을 바라보는 완고한 '프레임(frame)'일 것이다. 그러면 아래의 『문학사 이후의 문학사』의 관점에서, 우리는 위의 진술을 어떻게 파악해야 할 것인가?

　1930년대부터 1950년대까지 신문사의 섭외 우선순위에 있던 작가이긴 했지만 널리, 오래도록 대중적인 작가였다고 하긴 어렵습니다. 그럼에도 염상섭이 문학사에서 차지하고 있는 자리는 우뚝합니다. 반면 최독견이나 김말봉이나 방인근이나 정비석 같은, 가장 인기리에 읽혔던 작가들이 문학사에서 차지하는 몫은 거의 없지요. 민주주의 핵심이 다수결일 수밖에 없다고 할 때, 근대 민주주의 사회에서 이런 현상이 계속되고 있다는 사실은 좀 신기하기(지—오자) 않은지요? 정치·경제의 영역에서는 다수의, 대중의 의사가 가장 결정적이지만 문화의 영역에선 그렇지 않습니다. 정치·경제에서라면 득표수가 많은, 널리 팔리는 상품이 성공할 수밖에 없지만 문학·예술 같은 영역에서는 반대 논리가 오히려 더 강력한 거죠. 다수결의 논리도 자본의 논리도 최소화하고자, 적어도 그렇게 노력하는 데 문학과 예술의 가치가 있다고 합니다. 미적 자율성이라는 관념이 그래서 생겨난 게 아닌가 합니다.

—천정환·소영현·임태훈 외 편, 『문학사 이후의 문학사』, 푸른역사, 2013, 38쪽.

위의 『문학사 이후의 문학사』의 진술은 『한국근대민족문학사』가 갖고 있는 견고한 프레임에 저항하고 있다. 이에 대해 설명하자면 다음과 같다. 근대문학이 표방하는 '미적 자율성'이라는 관념은 상품이라는 사실을 거부하는 반대의 논리, 즉 자본의 논리를 최소화하고자는 의지, 또는 부르주아 세계를 반대하는 논리, 그런 것들이 존재한다. 하지만 '미적 자율성'이란 관념은 문학의 존재방식을 묘사하는 근대적인 비평 담론임은 물론이다. 또한 문학의 세계는 자본이 지배하는 부르주아 사회에 대한 반대 속에서, 반대에 의해 형성되었음은 자명하다. 즉, 이는 일반적 사회(장)와의 거부나 단절을 통해 동떨어진 사회로서 문학의 세계, 제국 안의 제국을 형성한다. 그리고 미적 자율성을 핵으로 한 근대문학, 그의 경계에 종속된 근대문학사에 자리잡은 인식론의 근저에는 '배제의 체계'로서의 문학사의 원리가 작동한다. 즉, 근대문학사는 근대문학의 경계, 즉 시나 소설 등의 갈래를 분할하는 관습에 종속되어 있다는 말이다. 하지만 이런 인식이나 관습은 최소한, 근대문학사의 시간이 단선적인 구조로 이루어질 수 없다거나 근대문학사의 작품을 선정하거나 배제하는 준거가 타당하거나 공정하지 않다는 논리에 대해서도 한마디해야 한다는 말이다. 이는 근대문학사를 형성하는 구성물은 필요에 따라 축소되거나 과장되기도 하고, 완전히 변형되기도 한다는 사실 말이다.[40] 남쪽의 근대문학사 뿐만 아니라 북쪽의 근대문학사도 또한 그러하다. 즉, 이는 남쪽이든 북쪽이든 근대문학사에서 표방한 '미적 자율성'이나 '근대문학의 경계'에 대한 뼈아픈 심문 또는 성찰이 필요하다는 말이다. 이 시점에서, 다시 '근대문학은 무엇인가?', 더 정확히는 '문학이란 무엇인가?'에 대해 다시 질문해야 한다. 그래야 남북, 더 나아가 코리아 근대문학사에 대한 심문 또는 성찰을 다시 시작할 수 있지 않을까?

---

40) R. Williams, 김종철 역, 「浪漫主義 藝術家」, 김용직·김치수·김종철 편, 『文藝思潮』, 문학과지성사, 1977, 72~84쪽; 황종연, 「문학이라는 역어(譯語)」, 이문열·권영민·이남호 편, 『한국문학이란 무엇인가』, 민음사, 1995, 368쪽; P. Bourdieu, 하태환 역, 『예술의 규칙』, 동문선, 1999, 87~88쪽; 천정환·소영현·임태훈 외 편, 『문학사 이후의 문학사』, 푸른역사, 2013, 10~14쪽.

참고문헌

1. 기본자료

현대조선문학선집 편찬위원회,『현대 조선 문학 선집』1(소설집), 평양: 조
　　　선작가동맹출판사, 1957.

현대조선문학선집 편찬위원회,『현대 조선 문학 선집』2(시집), 평양: 조선
　　　작가동맹출판사, 1957.

현대조선문학선집 편찬위원회,『현대 조선 문학 선집』3(리 기영 단편집),
　　　평양: 조선작가동맹출판사, 1958.

현대조선문학선집 편찬위원회,『현대 조선 문학 선집』4(한 설야 단편집),
　　　평양: 조선작가동맹출판사, 1959.

현대조선문학선집 편찬위원회,『현대 조선 문학 선집』5(소설집), 평양: 조
　　　선작가동맹출판사, 1958.

현대조선문학선집 편찬위원회,『현대 조선 문학 선집』6(소설집), 평양: 조
　　　선작가동맹출판사, 1958.

현대조선문학선집 편찬위원회,『현대 조선 문학 선집』7(희곡집), 평양: 조
　　　선작가동맹출판사, 1958.

현대조선문학선집 편찬위원회,『현대 조선 문학 선집』8(평론집), 평양: 조
　　　선작가동맹출판사, 1959.

현대조선문학선집 편찬위원회,『현대 조선 문학 선집』9(수필집), 평양: 조
　　　선작가동맹출판사, 1960.

현대조선문학선집 편찬위원회,『현대 조선 문학 선집』10(아동 문학 집),
　　　평양: 조선작가동맹출판사, 1960.

현대조선문학선집 편찬위원회, 『현대 조선 문학 선집』 11(시집), 평양: 조선작가동맹출판사, 1960.

현대조선문학선집 편찬위원회, 『현대 조선 문학 선집』 12(리 북명 단편집), 평양: 조선작가동맹출판사, 1961.

현대조선문학선집 편찬위원회, 『현대 조선 문학 선집』 13(장편 소설 고향), 평양: 조선작가동맹출판사, 1959.

현대조선문학선집 편찬위원회, 『현대 조선 문학 선집』 14(소설집), 평양: 조선작가동맹출판사, 1959.

현대조선문학선집 편찬위원회, 『현대 조선 문학 선집』 15(소설집), 평양: 조선작가동맹출판사, 1960.

현대조선문학선집 편찬위원회, 『현대 조선 문학 선집』 16(장편 소설 황혼), 평양: 조선작가동맹출판사, 1959.

「≪현대 조선 문학 선집≫ 편찬 위원회로부터」, 『조선문학』 131, 1958. 7.

「≪현대 조선 문학 선집≫」, 『문학신문』 29, 1957. 6. 20.

「『조선에서의 사회주의 사실주의의 발생 발전』에 대한 연구회」, 『조선문학』 106, 1956. 6.

「평양시 당 관하 문학 예술 선전 출판 부문 열성자 회의에서 한 한 설야 동지의 보고」, 『로동신문』 3255, 1956. 2. 15.

「평양시 당 관하 문학 예술 선전 출판 부문 열성자 회의에서 한 한 설야 동지의 보고」, 『조선문학』 102, 1956. 2.

『김일성장군의 략전』, 평양: 조선로동당출판사, 1952.

김명수, 『새 인간의 탐구』, 평양: 조선작가동맹출판사, 1957.

김일성 외, 『혁명시가집』(현대조선문학선집 24), 평양: 문학예술출판사, 2002.

김정일, 『주체문학론』, 평양: 조선로동당출판사, 1992.

김진태, 「우리 문학의 혁명 전통에 대한 학술 보고회 진행」, 『문학신문』 177, 1959. 8. 28.

류만, 『조선문학사』 8, 평양: 사회과학출판사, 1992.

리나영, 『조선 민족 해방 투쟁사』, 평양: 조선로동당출판사, 1958.

리재림, 『김 일성 원수 령도하의 항일 무장 투쟁』, 평양: 아동도서출판사, 1958.

리효운, 계북, 『≪고향≫과 ≪황혼≫에 대하여』, 평양: 조선작가동맹출판사, 1958.

송영, 『백두산은 어데서나 보인다』, 평양: 민주청년사, 1956.

안함광, 「조선에 있어서의 사회주의 사실주의 문학의 발생과 발전(2)」, 『조선어문』 1956. No.3(1956. 6).

안함광, 「해방전 진보적 문학」, 『조선문학』, 1955. 8.

엄호석, 「한 설야의 문학과 『황혼』」, 『조선문학』, 1955. 11.

윤세평, 「한 설야와 그의 문학」, 『조선문학』 156, 1960. 8.

정원길, 「깨끗한 량심에는 인생의 봄만 있다」, 『문학신문』 1898, 2004. 8. 21.

조선민주주의 인민공화국 과학원 언어문학연구소 문학연구실, 『조선 문학 통사』 하, 평양: 과학원출판사, 1959.

한설야 외, 『공산주의 교양과 창작 문제』, 평양: 조선작가동맹출판사, 1959.

한설야 외, 『문예전선에 있어서의 반동적 부르죠아 사상을 반대하여』(자료집 1), 평양: 조선작가동맹출판사, 1956.

한설야, 『영웅 김일성장군』, 신생사, 1947

한설야, 『황혼』, 평양: 조선작가동맹출판사, 1955.

한재덕 외, 『우리의태양』, 평양: 북조선예술총련맹, 1946.

한재덕, 『김일성장군개선기』, 평양: 민주조선출판사, 1947.

한중모, 「한 설야의 해방전 문학 활동」, 『청년문학』 27, 1958. 7.

2. 논문

강진호, 「한국 문학전집의 흐름과 특성」, 『돈암어문학』 16, 돈암어문학회,
    2003. 12.

김동훈, 「북한학계 리얼리즘논쟁의 검토」, 『실천문학』 19, 1990년 가을.

김병길, 「한설야의 〈황혼〉 개작본 연구」, 『연세어문학』 30·31, 연세대학교
    국어국문학과, 1999. 2.

김성수, 「'항일혁명문학(예술)' 담론의 기원과 주체문예의 문화정치」, 『민
    족문학사연구』 60, 민족문학사연구소, 2016. 4.

김성수, 「우리 문학에서 사회주의적 사실주의의 발생」, 『창작과 비평』
    18(1), 1990년 봄.

김성수, 고자연, 「예술의 특수성과 당(黨)문학 원칙」, 『민족문학사연구』
    65, 민족문학사연구소, 2017. 12.

김은정, 「만들어진 전통과 '항일혁명 투쟁시기 문학'」, 『민족문학사연구』
    43, 민족문학사연구소, 2010. 8.

김재용, 「북한문학계의 '반종파투쟁'과 카프 및 항일혁명문학」, 『역사비평』
    18, 1992년 봄.

김재용, 「항일혁명문학의 '원형'과 그 변용」, 『역사비평』 25, 1993년 겨울.

남원진, 「'혁명적 문학'의 발명」, 『한국언어문화』 68, 한국언어문화학회,
    2019. 4.

남원진, 「'현대조선문학선집'의 구성 원리와 균열 양상」, 『한국근대문학연

　　　　『구』38, 한국근대문학회, 2018. 10.

남원진, 「북조선 정전, 그리고 문화정치적 기획(1)」, 『통일인문학』 67, 건국
　　　　대학교 인문학연구단, 2016. 9.

남원진, 「북조선 정전집, '리기영 선집' 연구」, 『우리어문연구』 62, 우리어
　　　　문학회, 2018. 9

남원진, 「북조선 정전집, '현대조선문학선집' 연구 서설」, 『통일정책연구』
　　　　26(1), 통일연구원, 2017. 6.

남원진, 「한설야, '문예총' 그리고 항일무장투쟁사」, 『통일인문학』 60, 건
　　　　국대학교 인문학연구단, 2014. 12.

남원진, 「한설야의 『대동강』 창작과 개작의 평가와 그 의미」, 『어문논집』
　　　　50, 중앙어문학회, 2012. 6.

유문선, 「최근 북한 근대문학사 인식의 변화」, 『민족문학사연구』 35, 민족
　　　　문학사연구소, 2007. 12.

이경재, 「한설야 소설의 개작 양상 연구」, 『민족문학사연구』 32, 민족문학
　　　　사연구소, 2006. 12.

大村益夫, 「북한의 문학선집 출판현황」, 『한길문학』 2, 1990. 6.

3. 단행본

김병로, 『북한, 조선으로 다시 읽다』, 서울대학교출판문화원, 2016.

남원진, 『남북한의 비평 연구』, 역락, 2004.

남원진, 『양귀비가 마약 중독의 원료이듯…』, 경진, 2012.

남원진, 『이야기의 힘과 근대 미달의 양식』, 경진, 2011.

민족문학사연구소, 『북한의 우리문학사 인식』, 창작과비평사, 1991.

박숙자, 『속물 교양의 탄생』, 푸른역사, 2012.

박한식, 강국진, 『선을 넘어 생각한다』, 부키, 2018.

이광호, 『이토록 사소한 정치성』, 문학과지성사, 2006.

이종석, 『새로 쓴 현대북한의 이해』, 역사비평사, 2000.

현택수 편, 『문화와 권력』, 나남, 1998.

홍성민, 『문화와 아비투스』, 나남, 2000.

柄谷行人, 조영일 역, 『근대문학의 종언』, 도서출판b, 2005.

和田春樹, 이종석 역, 『김일성과 만주항일전쟁』, 창작과비평사, 1992.

Anderson, B., 윤형숙 역, 『상상의 공동체』, 나남, 2002.

Benjamin, W., 반성완 역, 『발터 벤야민의 문예이론』, 민음사, 1983

Bourdieu, P., 정일준 역, 『상징폭력과 문화재생산』, 새물결, 1997.

Bourdieu, P., 하태환 역, 『예술의 규칙』, 동문선, 1999.

Eagleton, T., *Literary Theory: An Introduction*, Basil Blackwell Publisher, 1983.

Hughes, T., 나병철 역, 『냉전시대 한국의 문학과 영화』, 소명출판, 2013.

Lakoff, G., The Rockridge Institute, 나익주 역, 『프레임 전쟁』, 창비, 2007.

Lakoff, G., 유나영 역, 『코끼리는 생각하지 마』, 와이즈베리, 2015.

Lentricchia, F., McLaughlin T., 편, 정정호 외 역, 『문학연구를 위한 비평용어』, 한신문화사, 1994.

Robert, M., 김치수, 이윤옥 역, 『기원의 소설, 소설의 기원』, 문학과지성사, 1999.

Shirane, H., 鈴木登美, 왕숙영 역, 『창조된 고전』, 소명출판, 2002.

Žižek, S., 주성우 역, 『멈춰라, 생각하라』, 와이즈베리, 2012.

2부 북 '조선문학'과 근대 미달의 양식?

1. '근대문학'이란 무엇인가?

'조선문학'은 무엇인가? 이에 대한 대답은 의외로 간단할 수도 있고, 매우 복잡한 문제일 수도 있다. 그런데 연구자에겐 참 난감한 문제이다. 이에 대한 응답 비슷한 것이, 우회적 방법의 하나인 '근대문학이란 무엇인가'에 대한 질문이 아닐까 한다.

> 말하자면 운명 같은 건 없다. 다만 식어버린 피자 한 조각과 너무 진하거나 너무 묽은 자판기 커피 한 잔의 남루함만 존재할 뿐이다. 마치 변심한 연인이 영원한 사랑 따위가 존재하지 않는다고 믿고 싶어하는 것처럼. (……) 운명이니, 구원이니, 신이니 하는 형이상학 나부랭이들은 사양하고 싶다. (……) "인생은 도박과 같아. 한 판의 게임인 게지. 게임에선 그 누구도 승리할 수 없단 말이다. 그러니까 승자도 패자도 없다는 뜻이야. 게임에서의 본질적인 승리자는 게임 그 자체인 거야. 아무도 게임에서 승리자가 될 순 없어. 아무도." (……) 김이라고 자신을 소개한 형사에게 담배 한 개피를 얻어 피우며 물었다. 나는 순순히 모든 것을 털어놓을 준비가 되어 있었다. 어차피 인생의 궁극적인 승리자는 인생일 뿐이니까. 이 글을 읽는 당신을 게임에 참여시킬 수만 있다면 나는 기꺼이 패배자가 되어줄 각오가 되어 있다. 단 한가지 유념할 것이 있다. 절대로 뒤를 돌아보거나 해서는 안된다. 소금기둥이 될지도 모르니 말이다.
> ―김경욱, 「누가 커트 코베인을 죽였는가」, 『21세기 문학』 10, 2000년 여름, 234~235쪽.

김경욱은 단편소설 「누가 커트 코베인을 죽였는가」에서 '근대문학'에 대한 하나의 도전을 감행한다. "말하자면 운명 같은 건 없다. 다만 식어버린 피자 한 조각과 너무 진하거나 너무 묽은 자판기 커피 한 잔의 남루함만 존재할 뿐이다"라고 말하는, 이 작품은 황폐한 시대에 살고 있는 쓸쓸한 세대의 내면풍경을 담고 있다고 한다.

> 작가가 주인공이 되거나 화자를 자처할 때 작품의 의미는 유일무이한 최종심급(작가의 삶 / 작가의 이데올로기)으로 수렴되어 독자가 '생산'할 수 있는 의미의 잉여는 제로가 된다. 독자가 생산할 수 있는 의미의 잉여를 증식하기 위해서라면 작가는 화자와 주인공 위에 군림하고픈 욕망에 맞서야 한다. 바흐친이 도스토예프스키의 작품을 분석하는 자리에서 지적했듯 작가는 화자와 주인공의 타자성을 선선히 받아들여야 한다. 타자성을 획득할 때 비로소 화자와 주인공은 '주어진 내면'이 아닌 '창조된 내면'을 갖게 될 것이다. 이때 작가는 비로소 타자가 된 화자, 주인공과 대화할 수 있을 것이며 바흐친의 말대로 '최종적인 말을 남기지 않는, 그 대화의 조직자이자 참여자'가 된다. 그리하여 이 대화를 종결시키는 자는 작가도 화자도 주인공도 아닌 독자가 될 것이며 왜소해진 문학에 풍성한 육체를 부여하는 것은 '경험의 잉여'도 '식견의 잉여'도 아닌 '해석의 잉여'가 될 것이다. "타인은 지옥이다"는 실존적 전언을 떠올려본다면 화자와 주인공의 타자성이라는 지옥을 작가가 견뎌낼 때 실존의 문학은 문학의 실존을 견인하지 않겠는가.
> ─김경욱, 「작가, 화자, 주인공」, 『문학사상』 402, 2006. 4, 218~219쪽.

그런데 김경욱은 이 단편소설에서 '가상의 이야기꾼이 들려주는 거짓말'임을 강조한다.[1] 단순한 '나'(스토커)가 '김'(형사)에게 들려주

---

1) 김병익, 「존재의 허구, 그 불길한 틈」, 김경욱, 『누가 커트 코베인을 죽였는가』, 문학과지성사, 2003, 349쪽; 심진경, 「소설의 매혹」, 『문학동네』 36, 2003년 가을, 519쪽.

는 '모방 살인 사건'에 대한 이야기일 뿐인데 말이다. 하지만 현실—나(스토커)와 한지민(배우)의 이야기—과 드라마—사내와 장미의 이야기—가 섞여 있어서, 독자는 어떤 것이 '사실'인지를 파악하기란 쉽지 않다. 그래서 "이 글을 읽는 당신을 게임에 참여시킬 수만 있다면 나는 기꺼이 패배자가 되어줄 각오가 되어 있다"라고 말하듯, 이 단편소설은 근대문학의 '식견의 잉여'나 '경험의 잉여'를 넘어선, '독자'를 소설, 또는 게임에 참여시켜 '해석의 잉여'를 강요한다. 사실 '작가'가 설치한 '화자'에 대한 장치만 안다면, 그렇게 난해한 소설도 아니다. 다만 이런 '현실'과 '허구'에 대한 경계의 모호성이나 '독자'의 참여, 또는 게임의 참여를 강요하는 '해석의 잉여' 등 때문에, '탈'리얼리즘, 즉 '탈'근대문학적 경향을 드러낸다.[2]

그러면 근대문학이란 무엇인가? 근대문학은 근대소설의 다른 이름이라고도 한다. 물론 근대문학은 근대소설로 한정되는 것은 아니다. 하지만 근대문학의 본질적 특질은 근대소설이 중요한 가치를 지니고 특별한 지위를 차지한다는 것에 있다. 위의 김경욱 단편소설과 달리, 근대소설의 특징은 분명 리얼리즘에 있는데, 허구적 이야기를 사실적 이야기로 보이도록 하고자 했던 근대소설의 노력은, 리얼리즘이 고민했던 바로 그 문제이기 때문이다. 근대소설은 종교적이고 역사적인 주제에서 벗어나 흔한 풍경과 평범한 인간으로 변화시키고 원근법을 채용함으로써 이 문제를 해결하고자 한다.[3]

이에 따라 근대소설, 즉 리얼리즘은 이상적 인물이 아니라 평범한

---

2) 근대문학 담론은 근대성이나 '전'근대성, '반'근대성, '탈'근대성 등으로 다양하게 변주되는 근대성의 역동성에 의해서 성립된 것이다. 또한 이 담론은 자신을 끊임없이 혁신하고자 하는 근대 내적 작동 원리의 산물임은 분명하다.

3) 柄谷行人, 조영일 역, 『근대문학의 종언』, 도서출판b, 2006, 44~60쪽.

인물을 주인공으로 설정한다. 특히 리얼리즘의 인물은 구체적이고 생동감 있는 현실적인 정황 속에서 살아있는 인물로 형상화되어야 한다. 즉, 이는 '구체적 보편성'[4]을 지녀야 한다는 말이다. 당연히 사회주의 리얼리즘의 긍정적 인물, 또한 이상적 인물이 아니라 영웅적인 노동계급의 훌륭한 자질을 소유한 긍정적 인물임은 말할 필요도 없다.[5]

즉, 리얼리즘을 핵으로 한 근대소설은 '화자'의 발견으로 시작된다고 해도 과언이 아니다. 이는 근대소설이 고민했던 바로 그 문제이다. 근대소설의 화자는 서술의 신뢰감을 주기 위한 것인데, 이는 분명히 화자가 존재함에도 불구하고 마치 없는 것처럼 보이게 하는 기술의 발견에 해당된다. 분명히 거짓말(허구)이지만 그것이 거짓말(허구)이 아니라 사실처럼 보이도록 하는 것의 발견 말이다.[6] 특히, 근대소설의 화자는 작가의 대변자일 가능성이 높다. 작가의 대변자일 경우, 화자는 주어진 현실을 특정한 관점에 따라 분류하고 해석하며 재구성하는데, 작가의 의미부여나 가치판단은 그 밖의 어떠한 것보다도 우위에 서서, 애매성 없는 통일된 전체를 형성한다.[7] 이런 작가의 최종적인 의미적 판단은 작가의 정치적 계몽의 산물일 가능성이 높다. 여기서 화자는 작가의 속셈을 교묘하게 은폐하는 수단에 해당된다는 말이기에 그러하다.

그런데 북조선에서 말하는 '조선문학'은 이런 근대문학의 고민을 어떻게 응답하고 있는가? 이를 점검하기 위해서, 이 글에서는 주체문학과 선군문학, 그리고 민족의 서사, 북조선문학의 미학적 원리를 탐구해보고자 한다.

---

4) G. Bisztray, 인간사 편집실 역, 『마르크스주의 리얼리즘 모델』, 인간사, 1985, 72쪽.

5) Shcherbina 외, 이강은 역, 『소련 현대문학비평』, 한겨레, 1986, 276쪽.

6) 炳谷行人, 앞의 책, 59쪽.

7) M. M. Bakhtin, 김근식 역, 『도스또예프스끼 시학』, 정음사, 1988, 293쪽.

2. '조선문학'에 대한 하나의 시선

북조선[8]은 사회주의 체제이다. 그런데 주체 시대 이후 봉건사회나 가부장제 국가라고 말해지는 전근대 국가라는 평가는 북조선이 뒤떨어진 국가라는 식민주의적 사고방식을 은밀히 드러낸다. 남한에서도 가부장적 권위 구조가 일상적으로 팽배하며, 혈연이나 지연, 학연 관계와 같은 전근대적 연결망이 여전히 중요한 요소로 작용하지만, 이를 가지고 봉건사회나 가부장제 국가라고 말하지는 않는다. 왜냐하면 남한 사회의 삶과 구조를 결정하는 것은 바로 자본주의이기 때문이다. 이와 마찬가지로 북조선의 체제, 북조선 인민들의 삶을 규정하는 결정적 요소가 되는 것은 사회주의이다.[9] 그렇지만 봉건사회나 가부장제 국가라는 평가 속에는 북조선 체제의 전개 과정이 전적으로 사회주의화만이 아니라 봉건성이 강화되고 혼재되는 과정이라는 사실도 말해준다. 여하튼 북조선은 사회주의 체제이다.

자본주의와 사회주의 체제의 차이는 무엇인가?

≪집은 있습니까?≫

친구는 이번에도 대답대신 나에게 반문했다.

≪무슨 집?≫

---

8) 이 글에서 널리 사용하는 '북한' 대신 '북조선'이라 쓰는 이유는 다음과 같다. '북한'이라는 용어는 북쪽에서 민감한 알레르기 반응을 일으키는 것으로 널리 알려져 있다. 또한 '북한'이란 용어는 '북한'을 타자화함으로써 주체의 자기동일성에 빠질 수 있는 위험성, 또는 주체의 척도에 맞게 타자를 재단하는 남한 중심주의의 함정에 매몰될 수 있다. 이에 따라 '북조선'이라 쓰는 이유는 '북한'이라는 용어 속에 잠재한 남한 중심주의적 시각이나 이에 대한 무감각한 현상을 경계하기 위한 목적에서 사용한 것이다.

9) 조한혜정·이우영 편, 『탈분단 시대를 열며』, 삼인, 2000, 235쪽.

≪살림집말이지, 무슨 집이겠나?≫

≪무슨 말인지 도무지 원, 사람이 집없이 어떻게 사나?≫

나는 어이없기도 했고 화가 나기도 했다. 그는 외국인이 아니라 나와 담화하는것으로 여기는것 같았다.

≪신문을 보지 않나? 집없는 사람들이 세상에 많다는걸 읽지 못했나?≫

≪아하!―≫

그제야 둔감한 나의 친구도 약간 깨도가 되는지 긴 감탄사를 내뿜았다.

≪그러니 이 사람도 그런 나라에서 왔구만?≫

하고는 동정하듯 물끄러미 바라보며 머리를 절레절레 혼들었다.

≪살기가 헐치 않겠수다.≫

―한웅빈, 「두번째 상봉」, 『조선문학』 623, 1999. 9, 52쪽.

한웅빈의 단편소설 「두번째 상봉」은 외국 기자와 북조선 조립공의 동문서답형 대화를 통해서 두 체제의 차이를 선명하게 드러낸다.

외국 기자는 사회주의 나라에서는 모든 것이 의도적이고 조직된 선전을 위한 것으로 생각한다. 강 동무는 단순하고 고지식한 기계공장의 조립공이다. 그는 지나친 솔직성 때문에 '직사포'형 성격의 인물로 말해진다. 그래서 이 두 사람의 대화는 완전한 교활성과 완전무방비상태의 단순성의 대결로 그려진다. 위의 한웅빈 단편소설에서 드러나듯, '집이 있는가'에 대한 외국 기자의 질문에 대해 집이 없다는 것을, 강 동무는 전혀 이해하지 못한다. 그래서 외국 기자를 동정한다. 또한 '적은 한 달 수입으로 집세나 교육비 등의 전반적인 가족 생활이 가능한가'에 대한 외국 기자의 질문에, 강 동무는 의아해 한다. 왜 강 동무는 이런 반응을 보인 것일까? 이는 사회주의 사회에서 집세라는 것이 없으며, 단지 주택사용료만이 있다는 것, 무료의무교육이 실시되고 있다는 사실을 잊은 기자의 질문이기 때문이다.

통역 겸 안내원인 박 동무는 외국 기자에게 북조선에 대해서 조금만 알게 되면 그런 식의 질문은 하지 않는다고 말해준다. 좀 더 나아가, 이 작품은 멀리에서 바라본 생활과 가까이에서 본 생활의 문제를 제기한다. 그래서 외국 기자처럼 멀리에서 바라본 정치사회 체제로는 북조선을 볼 수는 없다. 다시 말해서 북조선이 사회주의 체제라는 사실을 인정하지 않는 한 외국 기자처럼 엉뚱한 질문과 왜곡된 시선을 갖게 마련이다. 이런 시선으로는 북조선은 보이지 않는다.

> 우리의 문학예술은 절대로 혁명의 리익과 당의 로선을 떠나서는 안되며 착취계급의 취미와 비위에 맞는 요소를 허용하여서도 안됩니다. 오직 당의 로선과 정책에 철저하게 의거한 혁명적문학예술만이 진정으로 인민대중의 사랑을 받을수 있으며 근로대중을 공산주의적혁명정신으로 교양하는 당의 힘있는 무기로 될수 있습니다.
>
> ―김일성, 「천리마시대에 상응한 문학예술을 창조하자: 작가, 예술인들과의 담화 1960
> 년 11월 27일」, 『조선문학』 237, 1967, 5~6쪽; 『조선문학』 238, 1967, 7쪽.10)

북조선에서 '문학'은 무엇인가? 북조선의 문학은 북조선의 정치 사회 체제에서 창작된 문학이며 공식적인 사회주의 문학이다. 위의 '공산주의적 혁명정신으로 교양하는 당의 힘있는 무기'라는 표현에서 보듯, 문학은 일정한 계급에 봉사하는 계급투쟁의 강력하고 예리한 '무기'에 해당된다.11) 이 점은 매우 중요하다. 일찍이 레닌은 「당 조직

---

10) 김일성, 「천리마시대에 맞는 문학예술을 창조하자: 작가, 작곡가, 영화부문일군들과 한 담화 1960년 11월 27일」, 『김일성저작집』 14, 평양: 조선로동당출판사, 1981, 453쪽.
11) 김일성, 『김일성장군의 격려의 말씀(전체 작가 예술가들에게)』, 평양: 문화선전성, 1951,

과 당 출판물」(1905. 11. 13)에서 당 출판물은 '일반 프롤레타리아트의
사업의 일부분으로 되어야 하며, 전체 노동계급의 전체 자각적인 전
위대에 의하여 운전되는 한 개의 유일하고 거대한 사회민주주의라고
하는 기계의 '작은 바퀴와 나사못'이 되어야 한다'고 지적한다. 여기서
그의 서술은 당 문학이 아니라 문학을 '포함한' 당 출판물에 관한 것이
다. 당 출판물은 '조직적이며, 계획적이며, 통일적인 사회민주당사업
의 일 구성 부분으로 되어야 한다.'12) 이 지적은 사회주의문학의 당파
성을 이해하기 위한 중요한 준거가 된다. 이 당파성은 사회주의문학
의 사상적 경향성 또는 사회주의의 진리를 담보한 것이어야 한다.

사회주의적사실주의문학예술의 당성은 가장 선진적인 계급인 로동계급
의 혁명사상, 공산주의사상의 예술적구현에 의하여 담보되고 로동계급의
혁명위업수행에 목적의식적으로 복무하는 문학예술의 혁명적본질을 규정
하는 점에서 그 이전시기 문학예술의 사상적경향성, 당파성과 근본적으로
구별된다. (……) 사회주의적사실주의문학예술에서 당성을 훌륭히 구현하
는 문제는 수령에 대한 충실성을 구현하는 문제와 밀접히 통일되여있으며
수령에 대한 충실성을 통하여 당성은 가장 철저하게 구현된다.
—사회과학원 문학연구소, 『주체사상에 기초한 문예리론』, 평양: 사회과학출판사, 1975,
73쪽.

"당에 대한 무한한 충실성", "백절불굴의 혁명 정신"13)으로 표현되

1~16쪽(「우리 문학예술의 몇가지 문제에 대하여: 작가, 예술가들과의 담화 1950년 6월
30일」, 『김일성저작집』 6, 평양: 조선로동당출판사, 1980, 399~407쪽); 사회과학원 문학연
구소, 『주체사상에 기초한 문예리론』, 평양: 사회과학출판사, 1975, 6쪽.
12) V. I. Lenin, 「당 조직과 당 출판물」, 『문학에 관하여』, 평양: 조선로동당출판사, 1957, 3쪽.

76   2부 북 '조선문학'과 근대 미달의 양식?

었던 북조선의 당성은, 유일사상체계가 구축된 후 '백절불굴의 혁명정신', '당에 대한 끝없는 충실성'이며 더 나아가 "수령에 대한 충실성"으로 말해지면서 굴절된다. 북조선의 당성 개념은 '문학예술의 사상적 경향성, 당파성과 근본적으로 구별'된다고 지적된다. '사회주의적 사실주의 문학예술에서 당성을 훌륭히 구현하는 문제는 수령에 대한 충실성을 구현하는 문제와 밀접히 통일되어 있으며 수령에 대한 충실성을 통하여 가장 철저하게 구현된다.' 여기서 보듯, 사실 사회주의문학이 당의 정책적 지도와 정치적 지도 아래 성립된 것이지만, 북조선의 문학은 '수령'의 지도 체계에 의해 철저하게 관리된다.

실망속에 쓰겁게 입을 다시던 그였는데 넷째가 유치원때부터 노래를 썩 잘 불러서 꾀꼬리로 불리게 되였으며 소학교와 중학시절까지 그의 노래는 경애하는 김정일장군님께서 지펴주신 경제선동의 북소리를 따라 갱막장들과 문화회관 무대에서 탄부들을 고무하게 되였다.

그때부터 정님에 대한 아버지의 관심과 기대가 달라졌다. ≪꼭 착암기를 잡아야 탄부겠나. 타고난 목소리로 한몫한다면 탄부 열에 비기겠나.≫ 하면서 입귀가 느슨해지군 하였다.

중학교를 졸업한 정님이 입대를 탄원했을 때 서만수는 ≪네가 비록 녀자이긴 하지만 아버지는 아들 맞잡이로 여긴다. 최고사령관동지의 전사답게 군사복무를 잘하고 돌아와 다시 우리 탄부들을 위해 노래를 부르거라.≫
―류정옥, 「금대봉마루」, 『조선문학』 689, 2005. 4, 59쪽.

13) 김일성, 『조선 로동당 제4차 대회에서 한 중앙 위원회 사업 총화 보고(1961년 9월 11일)』, 평양: 조선로동당출판사, 1961, 129쪽.

류정옥의 단편소설 「금대봉마루」에서 서정님은 노래를 통해서 시
대의 가수가 될 수 있었지만, 군사복무 중 건설장에서 동지를 구원하
다가 두 다리를 잃고, 제대 후 고향인 금대산 탄광에 돌아와 탄부를
위해서 맑고 깨끗한 노래를 부른다. '영예군인들에 대한 김정일 최고
사령관 동지의 위대한 사랑에 대해 의리로 보답'하려는 것이며, '아버
지의 당부'를 지키려는 것이라며, 그녀는 이런 생활을 '삶의 기쁨'으로
여긴다. 제대 군인 위순길은 서정님을 '끝없는 창조 속에 삶을 즐기고
가꿀 줄 아는 인간'이라고 평가한다. 그런데 서정님의 노래는 김정일
지도 체제가 강조하는 경제 선동의 북소리를 따라 인민들을 고무·충
동하는 역할을 한다. 지도 체제의 목소리를 재생산하는 것, 문학이
정치에 종속되는 것, 이것이 북조선문학의 본연의 임무이다.

> 다음날 그는 나를 강좌에 불렀다.
>
> 방안에 들어서는 나를 이윽히 보다가 그는 물었다.
>
> ≪요즈음 어떤 시를 쓰오?≫
>
> 나는 숨을 죽이고 서있었다.
>
> 사실 그 당시 나는 공학을 배우면서도 짬짬이 시를 쓰군 하였다.
>
> 그는 조용히 말했다.
>
> ≪아인슈타인은 바이올린을 사랑했소. 그러나 그 현줄에 과학을 용해시
> 키지 않았소. 그가 바이올린을 왜 켰는지 아오?≫
>
> 스승은 그냥 나를 뚫어지게 바라보았다.
>
> ≪과학을 위해서요. 자, 보오. 우리가 해야 할 설계요. 이속에도 시가 있
> 소.≫
>
> 림형빈부교수는 어지간히 흥분했었다.
>
> ―최윤의, 「림형빈교수」, 『조선문학』 682, 2004. 8, 59쪽.

최윤의의 단편소설 「림형빈교수」는 스승의 죽음을 계기로 림 교수의 삶을 회상하는 구조로 된 작품이다. 탄광의 막장에서 일을 끝내고 숙소에 돌아온 나(류민)는 림형빈 선생의 사망 소식을 접한다. 즉시 ㅊ시로 떠나, 장례식장에 도착한 나는, 림 교수의 사위에게 '나는 운단 말이요, 학자도 바이올린수도 못됐다고 운단 말이오. 내 형편이 이게 무슨 꼴이오?'라는 알지 못할 넋두리에 의아해한다. 이런 사위의 넋두리는 음미심장하다. 생전에 림 교수는 최우등생이지만 '심장이 차가운', '바이올린 현줄에 과학을 용해시킨' 사위에 대해서 실망감을 갖고 있었다. 그렇다면 바이올린 현에 과학을 용해시킨다는 의미는 무엇인가? 나는 과학에 시를 용해시킨 삶의 모습이라면, 사위는 음악에 과학을 용해시킨 삶의 모습이다.

이런 과학과 예술의 관계 설정은 북조선의 미학관을 유추할 수 있게 하는 일단을 제공한다.[14] 시나 바이올린 현은 예술을 지칭하는 것이며, 과학은 정치(현실)를 표상한다. 아인슈타인은 바이올린을 사랑했지만 현에 과학을 용해시키지 않는 것, 또는 나처럼 시를 쓰지만 시에 과학을 용해시키지 않는 것, 이것이 북조선에서 요구하는 문학예술이다. 내가 설계한 ㅊ제철소처럼 나의 창조물이 시가 되고 노래가 되는 것이다. 문학(예술)에 정치(현실)를 용해시키는 않는 것, 반대로 정치(현실)에 문학(예술)을 용해시키는 것. 더 나아가, 정치에 문학을 종속시키는 것. 이런 미학관의 일단을 음미하지 않는 한 북조선의 문학을 이해하기란 쉽지 않다. 다시 말해서 북조선의 문학과 정치의 일원론, 더 나아가 문학이 정치에 종속되는 미학관을 인정하지 않는 한 북조선의 문학에 대한 일방적인 폄하나 환상의 시선을

---

14) 고인환, 「작은 목소리와 스승의 메아리」, 『문학수첩』 2(4), 2004년 겨울, 314~315쪽.

갖기 마련이다.15)

3. '총대' 그리고 선군(혁명)문학

북조선은 1994년 7월 8일 김일성 주석이 사망한 후, 1997년 7월 8일 「결정서」에서 김일성이 탄생한 1912년을 원년으로 하는 '주체 연호'를 사용하고, 김일성의 탄생일인 4월 15일을 민족 최대의 명절인 '태양절'로 제정한다. 1997년 10월 8일에는 조선로동당 중앙군사위원회에서 김정일을 조선로동당의 총비서로 추대한다. 이어 1998년 9월 5일 최고인민회의 제10차 회의에서 주석제를 폐지하고 김정일을 국방위원회 위원장으로 추대함으로써 공식적인 김정일 지도 체제가 성립된다.16)

특히 북조선에서는 1995년부터 시작된 '고난의 행군'을 거치면서

---

15) 북조선의 문학은 해방 이후 문학과 정치의 일원론(마르크스·레닌주의 미학)에서 1967년 이후 정치에 문학을 종속시키기(주체문예이론)로 나아간다. 주체문학론은 '공산주의적 인간학인 사람을 중심으로 생각하고 사람을 위하여 복무하는 주체사상의 근본요구를 전면적으로 구현하고 있는 주체의 인간학'에 수렴된다. 주체의 인간학은 '수령에게 끝없이 충직하고 수령이 개척한 혁명위업수행에 몸바쳐 투쟁하는 공산주의자의 전형을 훌륭히 창조하는 것'이다. 1990년대 이후 문학예술에서 가장 선진적이고 혁명적인 창작 방법이며, 주체사상에 가장 충실한 창작 방법으로 제시된 것이 바로 '주체사실주의'이다. 이것은 현대의 유일하게 정당한 창작 방법으로 평가되었던 '사회주의적 사실주의'에서 질적으로 발전된 형태로 제시된다. 그리고 2000년대를 접어들면서 주체사실주의 문학 발전의 높은 단계, 새로운 단계로 '선군(혁명)문학'을 제시한다.

16) 「위대한 수령 김일성동지의 서거에 즈음하여: 전체 당원들과 인민들에게 고함」, 『로동신문』 17298, 1994. 7. 9; 「결정서: 위대한 수령 김일성동지의 혁명생애와 불멸의 업적을 길이 빛내일데 대하여(1997년 7월 8일)」, 『로동신문』 18395, 1997. 7. 10; 「조선로동당 중앙위원회 조선로동당 중앙군사위원회 특별보도(1997년 10월 8일)」, 『로동신문』 18486, 1997. 10. 9; 「위대한 령도자 김정일동지를 조선민주주의인민공화국 국방위원회 위원장으로 추대: 우리 당과 인민의 절대적인 지지와 신뢰의 표시」, 『로동신문』 18818, 1998. 9. 6.

지도체제의 유지와 체제 안보를 위해 '총대'로 상징되는 인민군대의 혁명적 군인정신을 강조하기 시작한다. '당이 결심하면 우리는 한다!' 는 혁명적 군인정신은 1998년 이후 군을 중시하는 '선군정치'[17) 사상을 통해 잘 드러난다.[18)

우리 당의 선군혁명령도는 군사중시사상을 구현한 우리 식의 특유한 정치방식입니다. 군사를 제일국사로 내세우고 인민군대를 무적필승의 혁명무력으로 강화하여 총대로 당을 옹위하고 조국과 혁명, 사회주의를 보위하며 인민군대의 혁명적군인정신과 투쟁기풍으로 혁명과 건설을 힘 있게 다그쳐 나가는데 우리 당 선군정치의 독창성과 백전백승의 위력이 있습니다. 당의 군사중시사상과 선군정치로 하여 오늘처럼 엄혹한 정체에서도 사회주의 우리 조국이 끄떡없이 서 있고 그 존엄과 위용을 높이 떨치며 우리 혁명, 우리의 사회주의가 승승장구하고 있는것입니다.

—김정일, 「청년동맹초급조직들의 역할을 더욱 높이자: 김일성사회주의청년동맹 모범초
　　급일군대회참가자들에게 보낸 서한 주체88(1999)년 9월 29일」, 『김정일 선집』 14,
　　평양: 조선로동당출판사, 2000, 469~470쪽.

김정일은 군사중시사상을 구현한 우리 식의 특유한 정치방식을 '선군혁명령도'라 지칭한다. 그는 총대로 당을 옹위하고 조국과 혁명,

---

17) 문일호, 「북한 선군정치(先軍政治)의 특성에 관한 연구」, 『통일전략』 4(1), 2004. 8; 서옥식,
　　「김정일 체제의 지배이데올로기 연구: '선군정치'를 중심으로」, 경기대학교 박사논문,
　　2006; 오일환, 「북한의 선군정치의 현황과 쟁점 분석」, 『아태 쟁점과 연구』 1(1), 2006년
　　봄; 신대진, 「김정일 시기 지배권력 재생산 전략으로서 선군정치: 제도, 담론, 정책의 상호
　　연결성을 중심으로」, 성균관대학교 박사논문, 2015.
18) 리철·심승건, 『위대한 령도자 김정일동지께서 밝히신 선군혁명령도에 관한 독창적사상』,
　　평양: 사회과학출판사, 2002, 19쪽.

사회주의를 보위하며 인민군대의 혁명적 군인정신과 투쟁기풍으로 혁명과 건설을 힘 있게 나아가는 것이 '선군정치의 독창성과 백전백승의 위력'임을 지적한다. 북조선에서는 당연한 것이겠지만, 이런 선군정치에 대해 김정웅은 '복잡다단한 혁명정세와 사회주의위업수행의 합법칙적 요구를 가장 정확히 반영하고 있는 과학적인 정치방식이며, 인민의 자주위업, 사회주의위업을 끝까지 완성하고 나라와 민족의 존엄과 영예를 수호하고 빛내어나갈 수 있게 하는 혁명적인 정치방식'[19]이라고까지 평가한다. 여하튼 이런 선군정치는 김정일 시대의 개막과 함께 대내외적 상황에 적응하면서 김정일 체제의 정당성을 부여하기 위해 '재발견'된 것이다.

> 1960년 8월 25일!
> 그날은 보통날이였어도
> 참으로 경사로운 날이였다
> 승리와 영광으로 수놓아진
> 주체의 건군사에
> 뜻깊은 명절날
>
> (……)
>
> 오, 영광이 있으라
> 1960년 8월 25일!
> 우리 혁명무력의 경사스러운 명절

---

19) 김정웅, 「문학예술에 선군정치의 반영과 그 정당성」, 『문학신문』 1895, 2004. 5. 8.

뜻깊은 그날로부터 이어온 승리의 길,

최고사령관 김정일장군의 위대한 선군길이여!

천세만세 불멸할 그 업적 길이 전하며

세계만방에 더욱 빛을 뿌리라!

　　　─신병강, 「빛나라, 위대한 선군길이여!」, 『문학신문』 1971, 2006. 8. 26.

　　북조선에서는 1998년 이후 언급되던 선군 담론은 2000년대를 접어들면서 김일성의 항일무장투쟁기에서 총대 중시 사상, 군대 중시 사상을 선군정치의 뿌리를 찾고, 김정일이 다박솔 초소를 찾은 1995년 1월 1일을 선군정치의 첫 걸음으로 기원을 소급한다.[20] 더 나아가 김일성이 선군사상을 창시하고, 그 출발점을 김형직이 물려준 두 자루의 권총과 '타도제국주의동맹'의 강령에 기원을 둔 것으로까지 말한다.[21] 또한 '우리 조국이 더욱 젊어진 날' '우리 군대와 인민이 축복받은 행복의 명절' '선군조선의 창창한 미래가 약속'된 날[22]이라고 김정일이 1964년 6월 19일 조선로동당 중앙위원회에서 사업을

───────────────

20) 김정학, 「선군태양찬가」(장시), 『문학신문』 1983, 2006. 12. 23; 「위대한 선군혁명령도 10돐을 문학작품창작에서의 일대 혁신으로 빛내이자」(사설), 『문학신문』 1903, 2004. 10. 9.

21) 김정일, 「기자, 언론인들은 우리의 사상, 우리의 제도, 우리의 위업을 견결히 옹호고수하는 사상적기수이다: 조선기자동맹 제8차대회 참가자들에게 보낸 서한 주체90(2001)년 11월 18일」, 『김정일 선집』 15, 평양: 조선로동당출판사, 2005, 212쪽; 김정일, 「선군혁명로선은 우리 시대의 위대한 혁명로선이며 우리 혁명의 백전백승의 기치이다: 조선로동당 중앙위원회 책임일군들과 한 담화 주체92(2003)년 1월 29일」, 『김정일 선집』 15, 평양: 조선로동당출판사, 2005, 354쪽; 오현철, 『선군과 민족의 운명』, 평양: 평양출판사, 2007, 32쪽.

22) 류명호의 시 「6월 19일」(2006), 리창식의 시 「6월을 노래한다」(2008), 권오준의 시 「그때는 몰랐네」(2008)가 선군 담론에 따라 창작된 시인데 반해, 심문경의 시 「우리의 6월 19일」(2002)은 "장군님 당령도의 첫 자욱을 새기신" "그 령도의 첫 자욱을 귀중히 안아" "해마다 인민이 더 뜨겁게 맞는" 명절로 해석한다(심문경, 「우리의 6월 19일」, 『조선문학』 656, 2002. 6, 4쪽). 이런 사실에서도 기원을 소급해서 재해석하는 북조선식 역사 발견의 징표를 확인할 수 있다.

시작한 날23)을 기념하더니,24) 이젠 1960년 8월 25일 '조선인민군 제105기계화사단'(조선인민군 근위 서울류경수 제105땅크사단)25)에 대한 김정일의 현지지도에서부터 '선군혁명령도'의 첫 걸음을 뗀 것으로까지 역사를 더 소급한다. 이는 북조선의 역사 만들기의 흥미로운 지점이다.

김정일의 선군사상에 대한 이런 역사적 소급은 김일성의 저작집과 마찬가지로 김정일의 저작집에서도 확인된다.

〈표 1〉 김일성 저작집의 역사 소급

저작집	제목	출판사	출판년월일
『조국의 통일독립과 민주화를 위하여』 1	목전 조선정치형세와 북조선림시인민위원회의 조직문제에 관한 보고 북조선 민주주의 각정당 사회단체 행정국 인민위원회대표 확대협의회에서 1946년 2월 8일	국립인민출판사	1949. 8. 5.
『김일성선집』 1	새 조선 건설과 민족 통일 전선에 대하여 각 도당 책임 일군들 앞에서 한 연설 1945년 10월 13일	조선로동당출판사	1963. 12. 25.

---

23) 김정일은 김일성종합대학 경제학부 정치경제학과를 졸업하고 조선로동당 중앙위원회에 배속된 1964년부터 본격적인 정치활동을 시작했다. 그는 4월 1일에 조선로동당 중앙위원회에 배속받았으며, 6월 19일에 본격적인 조선로동당 중앙위원회 사업을 시작하는데, 그의 최초 보직은 김일성의 호위를 담당하는 호위과 지도원이었던 것으로 알려져 있다(이종석, 『(새로 쓴) 현대북한의 이해』, 역사비평사, 2000, 496~497쪽).

24) 류명호, 「6월 19일」, 『문학신문』 1964, 2006. 6. 17; 김성일, 「강위력한 사상적무기로 보시고」, 『문학신문』 2036, 2008. 6. 21.

25) "경애하는 김정일장군님께서는 주체49(1960)년 8월 25일 조선인민군 근위 서울류경수 제105땅크사단에 대한 현지지도로부터 선군혁명령동의 첫 자욱을 떼시였다. / 위대한 김일성주석께서는 1960년대말에 경애하는 장군님께 당과 군대사업을 전적으로 맡기시였다."(오현철, 앞의 책, 108쪽)

저작집	제목	출판사	출판년월일
『김일성저작집』 1	조선혁명의 진로 카륜에서 진행된 공청및반제청년동맹지도간부회의에서 한 보고 **1930년 6월 30일**	조선로동당출판사	1979. 4. 15.
『김일성전집』 1	제국주의를 타도하자 타도제국주의동맹결성모임에서 한 보고 **1926년 10월 17일**	조선로동당출판사	1995. 8. 5.

위의 〈표 1〉에서 보듯, 김일성 저작집에서는 1946년 2월 8일 보고에서부터, 1945년 10월 13일 연설, 1930년 6월 30일 보고, 더 나아가 1926년 10월 17일 보고까지 김일성의 역사를 소급한다. [1946년 2월 8일 → 1945년 10월 13일 → 1930년 6월 30일 → 1926년 10월 17일]

〈표 2〉 김정일 저작집의 역사 소급

저작집	제목	출판사	출판년월일
『김정일선집』 1	현실발전의 요구에 맞게 청년동맹사업을 개선강화할데 대하여 조선민주청년동맹 중앙위원회 일군들과 한 담화 **1964년 4월 22일**	조선로동당출판사	1992. 5. 7.
『김정일선집』 1 (증보판)	≪경애하는 김일성동지를 수반으로 하는 당중앙위원회를 목숨으로 사수하자!≫, 인민군대는 이 구호를 더 높이 들고 나아가야 한다 조선인민군 제105기계화사단 군인들과 한 담화 **1960년 8월 25일**	조선로동당출판사	2009. 6. 10.
『김정일전집』 1	총을 틀어쥐고 혁명을 끝까지 하여야 한다 조선인민군 최고사령부 일군들과 한 담화 **1952년 7월 10일**	조선로동당출판사	2012. 1. 20.

위의 〈표 2〉에서 보듯, 김정일의 저작집에서도 1964년 4월 22일 조선민주청년동맹 중앙위원회 일꾼들과 한 담화「현실발전의 요구에 맞게 청년동맹사업을 개선강화할데 대하여」에서부터, 1960년 8월 25일 조선인민군 제105기계화사단 군인들과 한 담화「≪경애하는 김일성동지를 수반으로 하는 당중앙위원회를 목숨으로 사수하자!≫, 인민군대는 이 구호를 더 높이 들고 나아가야 한다」, 더 나아가 1952년 7월 10일 조선인민군 최고사령부 일꾼들과 한 담화「총을 틀어쥐고 혁명을 끝까지 하여야 한다」까지 김정일의 역사를 소급하고 있다. [1964년 4월 22일 → 1960년 8월 25일 → 1952년 7월 10일] 이러하듯, 북조선에서는 이젠 1952년 7월 10일 최고사령부 작전실에서 김일성이 김정일에게 권총을 준 날을 김정일 혁명 역사의 시작으로 잡고 있다. 이런 과거의 소급은 정치적 의도에 따라 과거를 조직하고 통제한다는 것을 반증한다. 또한 이 역사 만들기란 적당한 과거가 없다면 그런 과거는 언제든지 발명될 수 있다는 사실을 역설한다.

여하튼 김정일 체제를 정당화한 선군사상은 '군사를 앞세우고 혁명군대에 의거하여 혁명과 건설을 밀고 나갈 데 대한 사상'이라고 말해진다. 선군사상에 초점을 맞추어 모든 것을 재해석하면서 북조선의 역사를 재구성해 나간 것임은 분명하다. 이 선군사상은 1994년 7월 김일성 사망한 후, 김정일 체제의 정당성을 부여하기 위해 고안된 사상적 거점에 해당된다.

선군혁명문학은 선군정치가 구현되고 있는 오늘의 현실을 반영하고 있는 문학만을 의미하지 않는다. 선군혁명문학은 생활소재와 주제령역에서 한계가 없으며 선군시대에 창조된 문학 전체를 포괄한다.[26]

김정일의 선군사상을 거점으로 하는 선군문학은, 처음부터 확고한 사상적 거점을 가지고 이론화된 것처럼 북조선 문학예술계에서 주장하는 것과 달리, 여러 과정을 거치면서 정교화된 것이다. 사실 모든 담론이 그러하겠지만, 선군문학도 그 사상적 거점이라는 것이 처음에는 미미했던 것이고,[27] 시간이 지나면서 이론화 과정을 거치면서 정교화된 것임은 분명하다. 여하튼 김정일 시대의 문학은 수령영생문학, 태양민족문학을 거치면서 선군문학으로 귀결된다. 선군문학은 김정일의 선군(정치)시대를 반영한 문학, 선군사상을 옹호하는 문학, 더나아가 '선군시대에 창조된 문학 전체를 포괄'하는 것이다.[28]

선군문학은 우리 시대, 선군시대에 새롭게 출현한 새형의 문학이며 선군혁명위업수행에 이바지하는 혁명적문학이다. (……) 선군문학은 주체사실주의문학발전의 새로운 단계를 이루는 새형의 문학이다. (……) 선군문학은 주체사실주의문학이 이룩한 사상예술적성과와 창작경험을 전면적으로 계승하고 선군시대에 맞는 새로운 사상미학적문제들을 내세우고있는것으로 하여 주체사실주의문학발전의 보다 높은 단계로 되고있다.

—김정웅, 「주체사실주의문학발전의 새로운 단계로 되는 선군문학의 본성과 특징」(론설), 『조선문학』 687, 2005. 1, 59쪽.

---

26) 방형찬, 「선군혁명문학은 주체사실주의문학발전의 높은 단계이다」(론설), 『조선문학』 665, 2003. 3, 18쪽.

27) 김순림, 「우리 당의 위대한 선군령도를 따라 힘 있게 전진하는 주체문학」, 『조선문학』 636, 2000. 10, 5~7쪽; 김일수, 「선군시대 청춘찬가: 서사시 「조국이여 청년들을 자랑하라」에 대하여」, 『조선문학』 636, 2000. 10, 47~52쪽; 방철림, 「위인의 손길 아래 빛나는 선군혁명문학」, 『천리마』 498, 2000. 11, 70쪽.

28) 최길상, 「선군혁명문학령도의 성스러운 자욱을 더듬어」, 『조선문학』 652, 2002. 2, 41쪽; 고철훈, 「주체성과 민족성은 새 세기 문학예술창조와 건설에서 나서는 근본문제」(론설), 『조선문학』 656, 2002. 6, 18쪽.

북조선 문학예술계에서는 2000년 새해 주체사실주의의 새 역사로 평가한 태양민족문학을 선언했으나, 2001년 이후 주체사실주의문학 발전의 높은 단계, 새로운 단계로 규정한 선군문학을 주창한다. 위의 지적에서 보듯, 선군문학은 역사적 합목적성에 따라 주체사실주의문학에서 발전된 형태, 즉 새로운 선군시대를 반영한 문학이라는 것이다.[29] 이것이 북조선 문학예술계의 주장이다.

하지만 선군문학이 김정일 시대의 새로운 문학이라고 주장하지만 여전히 주체문학의 큰 틀 안에서 벗어나지 않는다. 김정일의 선군사상이 주체사상에 기초하기 때문에 주체사상의 큰 틀에서 벗어나지 못하듯, 선군문학은 주체사상에 기초한 선군사상을 반영한 것이기에[30] 주체문학이라는 큰 틀에서 벗어난 이론화 작업을 하기란 어렵다. 따라서 이런 이론적 한계를 가진 선군문학은 김정일 시대를 설명하기 위한 주체문학의 자기 수정적 변용의 결과물임은 분명하다.

이전시기 사회주의문학에서는 로동계급이 기본주인공으로 등장하였으며 로동계급의 전형을 창조하는것이 기본형상과업으로 제기되였다. (……) 혁명군대를 혁명의 주력군으로 보는 견해는 선군시대의 요구와 사회계급관계를 정확히 반영하고있는 가장 과학적인 견해이다. (……) 우리 시대에 혁명의 주력군은 로동계급이 아니라 인민군대이다. 우리 시대에 있어서 혁명의 제일생명선을 지켜선 혁명대오는 바로 인민군대이다. 인민군대는 사회

---

29) 「2천년대가 왔다 모두다 태양민족문학건설에로!」(론설), 『조선문학』 627, 2000. 1, 4쪽; 최길상, 「새 세기와 선군혁명문학」(론설), 『조선문학』 639, 2001. 1, 5쪽; 방형찬, 「선군혁명문학은 주체사실주의문학발전의 높은 단계이다」(론설), 『조선문학』 665, 2003. 3, 15쪽.
30) 김정웅, 「위대한 장군님의 령도밑에 찬란히 개화발전하는 선군문학」, 『문학신문』 1905, 2004. 10. 23; 리병간, 강은별, 『새 세기 선군혁명문학의 발전면모』, 평양: 사회과학출판사, 2015, 244쪽.

주의위업수행의 주력군이며 전초병이다.

―김정웅, 「선군혁명문학의 특성과 그 창작에서 나서는 요구」, 사회과학원 주체문학연구
    소, 『총대와 문학』, 평양: 사회과학출판사, 2004, 33~34쪽.

그러면 기존의 북조선 문학론과 어떤 차이가 있을까? 선군문학을
이론화하는 과정을 거치면서 발견한 핵심적 주장은 혁명의 주력군인
인민군대를 기본주인공[31]으로 하여, 수령결사옹위정신과 결사관철
의 정신, 영웅적 희생정신을 기본 내용으로 하는 혁명적 군인정신과
군민일치의 전통적 미풍을 그린다는 것이다. 여기서 기존의 사회주의
문학의 기본주인공이 노동계급이었다면 선군문학에서는 인민군대를
기본주인공으로 설정하는 것이 기존의 문학론과의 변별점이다.

김정웅은 「선군혁명문학의 특성과 그 창작에서 나서는 요구」에서
선군(혁명)문학의 특성을 구체화시킨다. 선군(혁명)문학의 특성은, 첫
째 반제혁명사상을 전면적으로 반영해야 하며, 둘째 조국애를 숭고
한 높이에서 구현해야 하며, 셋째 시대정신을 가장 높은 수준에서
구현해야 하며, 넷째 비상한 견인력과 감화력을 가져야 한다는 것이
다.[32] 이런 특성 중에서 시대정신을 구현하는 문제가 가장 핵심적인
것인데, 이는 김정일의 선군사상을 반영하는 것과 밀접한 관련을 갖
는다.

    수령의 군대, 당의 군대로서의 혁명군대의 사상정신적특질은 혁명적군인

---

31) "기본주인공: 문학작품에 등장하는 주인공들가운데서 중심적인 위치를 차지하며 종자를
    실현하는데서 가장 적극적인 역할과 기능을 수행하는 주인공. 중심주인공이라고도 한다."
    (사회과학원, 『문학대사전』 1, 평양: 사회과학출판사, 1999, 205쪽)
32) 김정웅, 「선군혁명문학의 특성과 그 창작에서 나서는 요구」, 사회과학원 주체문학연구소,
    『총대와 문학』, 평양: 사회과학출판사, 2004, 24~31쪽.

정신에서 집중적으로 표현된다. (……) 혁명적군인정신에서 기본은 수령결사옹위정신, 결사관철의 정신, 영웅적희생정신이다. / 수령결사옹위정신은 혁명무력의 사상정신적특질에서 핵을 이룬다. (……)

수령결사옹위정신은 수령에 대한 한 없는 그리움과 절대적인 숭배심을 가지고 수령을 끝없이 믿고 따르며 수령의 권위와 위신, 업적을 백방으로 옹호하며 수령의 안녕과 건강을 위하여 모든것을 다 바쳐 싸우는 숭고한 사상정신이다. (……)

혁명군대의 결사관철의 정신이란 수령의 명령지시, 당의 로선과 정책을 절대적인것으로 받아 들이고 어떤 엄혹한 환경과 조건에서도 최상의 수준에서 무조건 끝까지 집행하고야 마는 절대성, 무조건 끝까지 집행하고야 마는 절대성, 무조건성의 정신이며 수령의 구상과 의도를 실현하기 위해서라면 무에서 유를 창조하고 돌우에도 꽃을 피우며 자기 힘으로 기적과 위훈을 창조해 나가는 자력갱생, 간고분투의 혁명정신이다. (……)

혁명군대가 발휘하는 영웅적희생정신은 당과 수령, 조국과 인민을 위하여서는 물과 불속에라도 서슴없이 뛰여 들어 자기 한목숨 다 바쳐 희생적으로 싸우는 높은 집단주의정신이며 애국주의정신이다. 영웅적희생정신은 수령의 군대, 당의 군대, 인민의 군대인 혁명군대만이 발휘할수 있는 숭고한 사상정신이며 투쟁정신이다.[33]

선군사상이 혁명의 주력부대를 인민군대에 두듯, 선군문학에서도 기본주인공이 혁명적 군인이며, 이들은 수령결사옹위정신과 결사관철의 정신, 영웅적 희생정신을 기본으로 하는 혁명적 군인 정신을 지닌 군인이다.[34] 따라서 선군문학은 '수령결사옹위정신을 사상정신

---

33) 사회과학원 철학연구소, 『우리 당의 총대철학』, 평양: 사회과학출판사, 2003, 42~50쪽.

적 특질의 핵'으로 하는 혁명적 군인 정신을 가진 인민군대를 그리는 것이며, 더 나아가 이런 혁명적 군인 정신을 가진 북조선 인민을 그리는 것이 주된 과제가 된다. 위의 인민군대의 사상정신적 특질에 대한 '장황한 설명'에서 보듯, 이는 북조선 체제가 요구하는, 김정일 체제를 '하늘처럼 믿고 따르는 인민', 즉 국가적 기획에 복종하는 '신민(臣民)'을 형상화하는 것이다.

공사는 첫시작부터 난관을 동반했다. 천연바위를 뚫으며 얼마간 전진하면 강줄기같은 물이 터져 삽시에 갱을 메웠고 붕락구간이 너무도 많아 한메터를 전진하는데도 숱한 시간과 로력을 들여야 했다. 하지만 그들은 조금도 실망하거나 주저앉지 않았다. 난관이 크면 클수록 더욱 신심에 넘쳐 ≪김일성장군의 노래≫를 높이 부르며 과감한 전투를 벌려 100리물길굴을 한치한치 열어나갔던것이다.

—최정남, 「혁명적군인정신이 나래치는 땅: 안변청년발전소를 찾아서」(기행), 『조선문학』 590, 1996. 12, 62쪽.

여기서 선군문학에서 주장하는 인민군대의 혁명적 군인 정신은 안변청년발전소(금강산발전소) 건설 과정에서 보여준 군인 건설자들의 면모에서 쉽게 찾을 수 있다. 위에서 보듯, 실제로 안변청년발전소 건설에서 엄청난 자재와 노력을 투입했고, 공사가 한창일 때는 인민군이 물 속에서도 작업을 했는데, 그 과정에서 수많은 군인들이 희생되었다고 한다.[35] 정태현의 「군인성격」이나 조인영의 「군복입은 사

<hr>

34) 김정일, 「선군혁명로선은 우리 시대의 위대한 혁명로선이며 우리 혁명의 백전백승의 기치이다: 조선로동당 중앙위원회 책임일군들과 한 담화 주체92(2003)년 1월 29일」, 『김정일 선집』 15, 평양: 조선로동당출판사, 2005, 358~362쪽.

람들」, 한웅빈의 「스물한발의 ≪포성≫」 등은 서해 쪽으로 흐르는 물줄기를, 경사가 급한 동해 쪽으로 끌어들이는 100리 대형 물길굴(수로터널) 공사를 한 군인 건설자들의 이야기를 형상화하고 있다.

> ≪생각을 해 보 시 오. 목 숨 을 바 쳐 서 라 도 최고사령관동지의 명령을 기어이 관철하려는 군인성격이 아니고서야 어림이 있겠소!≫
> 순경의 눈앞에는 결패있고 락천적이며 난관을 맞받아나가는 배심과 결단성, 어려운 일에 앞장서는 이신작칙이 그대로 체질화된 그 지휘관의 거인 같은 모습이 방불하게 그려졌다. (……) 그이께서 혁명적군인정신의 선구자라고 높이 치하해주신 차금석은 행복의 최고절정에 오른 인간이였다.
> ─정태현, 「군인성격」, 『조선문학』 590, 1996. 12, 49~52쪽.

정태현의 단편소설 「군인성격」은 안변청년발전소 건설장을 배경으로 차금석 중대의 투쟁과 위훈(偉勳)을 다루고 있는데, 이 과정을 통해서 군인의 면모란 어떤 것이며 군인의 양심이란 무엇인가에 대해 말하고 있다. 차금석 중대의 여러 난관을 극복한 투쟁을 다룬, 신문기자 림순경이 쓴 '궁정교양기사'[36]를 보고, 차금석 중대장은 군인의 양심에 먹칠을 했다고 항의하는 편지를 보낸다. 그 이유는 '자신이 직접 잡지 않은 착암기(鑿巖機)를 돌리며 전투지휘를 했다'는 기사가 중대장의 깨끗한 마음에 흠집을 냈기 때문이다. 그때 착암기는 현장에 내려왔던 여단정치위원이 잡았고 중대장은 양수기를 보강(보충)하

---

35) 황장엽, 『나는 역사의 진리를 보았다』, 한울, 1999, 231쪽.
36) "물론 총적으로는 기사내용에서 그만한 허구적인 일화가 큰 문제가 되지 않겠지요 말그대로 궁정교양기사니까…"(51쪽)라는 말에서 짐작되듯, 허구적인 일화를 가미한 '궁정교양기사'를 통해서 인민을 계몽하고자 하는 북조선 체제의 문제성을 읽어낼 수도 있다.

기 위해 뛰어다녔기에 그러하다. 이를 통해, 이 작품은 군인의 양심이란 티끌만한 가식도 용납하지 않는다는 것을 보여준다. 또한 건설현장의 여러 난관을 극복하는 차금석 중대의 투쟁을 통해서 목숨을 바쳐서라도 명령을 기어이 관철하려는 것이 군인의 성격임을 제시하고자 한다. 따라서 정태현의 이 단편소설은 깨끗한 양심을 지닌 군인의 성격이란 명령에 대한 '결사관철의 정신'을 핵으로 하는 '혁명적 군인 정신'에 있음을 역설한다. 그런데 '혁명적 군인 정신의 선구자'로 평가한 차금석 중대장은 '팔방미인'이라고 작품에서 언급하듯, 성장하지 않는 '완성된 인간'이다.37) 여기서 우리는 혁명적 군인 정신을 체현한 인물, 차금석 중대장을 통해 선군문학의 징후를 읽어낼 수 있다.

지휘관들은 자못 숙연히 그의 방안을 음미하는듯 했다. 한동안 지속된 고요는 강창덕의 방안이 얼마나 엄청난 희생을 각오한것인가를 강조해 주었다. 강창덕이 선택한 자기희생적인 물주머니타개책으로 하여 3대대는 오랜 나날 물속에서 힘겹게 공사를 해나가는 반면에 린접의 대대들과 부대들은 수많은 설비와 자재를 끌어 내지 않고 안전하게 시공을 할수 있게 된것이다. (……)

후날 부대에 온 기자들은 신문과 방송을 통하여 김경진상좌와 강창적중좌의 담대한 선택을 가리켜 커다란 희생이라고 격찬하였다.

하나 그들, 군복 입은 사람들은 도리머리를 저었다고 한다. 동지와 린접을 위한 헌신, 그것은 희생이 아니라 우리 군대의 보통의 의리이고 사랑이라고.

—조인영, 「군복 입은 사람들」, 『조선문학』 653, 2002. 3, 42쪽.

---

37) 정태현, 「군인성격」, 『조선문학』 590, 1996, 52쪽, 47쪽, 50쪽.

조인영의 단편소설 「군복 입은 사람들」은 옛 소대장 시절의 친구인 김경진 부대장과 강창덕 대대장의 담대한 선택을 통해서 군인들의 희생정신을 그리고 있다. 3대대장 강창덕은, 물길굴(수로 터널) 공사 과정에서 생긴 물주머니(땅속에 물이 차 있는 부분)를 효과적으로 극복할 타개책을 모색하다가, 공사 현장에서 광차(鑛車)를 막다가 눈을 잃은 분대장 림성철 때문에 고심한다. 그는 고심 끝에 인민학교 소년단 지도원으로 일하는 딸 혜옥을 분대장과 맺어주려고 한다. 한편 성철의 담당간호원인 명해는 성철과 남다른 사이였다는 근거 없는 낭설을 기정사실화하여, 병사의 의리를 지키고자 앞 못 보는 청년의 영원한 반려자가 될 결심을 하고, 아버지 김경진에게 이 사실을 전한다. 이에 대해 아버지는 여러 상념 끝에 무척 자라버린 딸을 긍정하면서 그 의견을 지지한다. 김경진의 선택에 고무된 강창덕은 다른 인접 부대에게 피해를 주지 않으면서 막장을 계속 밀고 나갈 수 있는 타개책을 내놓다. 이는 3대대 경계선에 차단벽을 쌓는 것인데, 엄청난 자기 희생이 따르는 물길굴 타개책이다. 훗날 이런 김경진 상좌(上佐)와 강창덕 중좌(中佐)의 담대한 선택을 가리켜 '커다란 희생'이라고 격찬하지만, 군복 입은 사람들은 '동지와 인접을 위한 헌신, 그것은 희생이 아니라 우리 군대의 보통의 의리이고 사랑'이라고 말한다.

그런데 정태현의 작품에 나오는 차금석 중대장보다 그들은 내면의 흔들림이 더 심하지만, 여전히 성장하지 않는 '완성된 인간'이다. 내면의 성장을 핵으로 하는 '근대소설'로 읽혀지기보다는 인민을 계몽하기 위한 '긍정교양기사'로 더 읽혀진다. 여하튼 정태현이나 조인영의 단편소설은 선군문학에서 주장하는 인민군대의 명령에 대한 결사관철의 정신과 영웅적 희생 정신을 읽어낼 수는 있지만, 선군문학의 원리를 반영한 대표 작품으로 평가하기에는 미흡하다.

선군문학의 대표작이라 할 만한 한웅빈의 연속단편소설[38] 「스물한발의 ≪포성≫」은 정태현이나 조인영의 단편소설보다 진전된 면모를 갖추고 있다. 이 단편소설은 〈1. 군대와 사민은 어떻게 다른가〉, 〈2. 군대의 철학〉, 〈3. 스물한발의 ≪포성≫〉이라는 3부분으로 나누어져 있는데, 〈1〉에서는 자력갱생의 정신, 혁명적 군인 정신, 〈2〉에서는 총대 정신, 수령결사옹위정신, 〈3〉에서는 조국애를 형상화하고 있다.

> ≪군인에게선 손에 쥔것이 무엇이던, 그것이 착암기던, 동발톱이던 모두 총대로 되여야 해. 군인은 총대를 잡은 사람이거든. 때문에 군인이 잡는것은 어렝이든 밥주걱이든 다 총대로 되는거고 웅, 군인은 그 자신이 총대라고 할수 있는거야. 그래야 군인이야.≫
>
> 소장동지는 잠시 사이를 두었다가 천천히 말을 맺었다.
>
> ≪위대한 장군님의 총대이지. 나도 동무들도 다─≫
>
> ─한웅빈, 「스물한발의 ≪포성≫: 안변청년발전소 군인건설자의 일기중에서」, 『조선문학』 643, 2001. 5, 34쪽.

깨끗한 양심을 지닌 차금석 중대장과 마찬가지로, 전호진은 억세고 깨끗하고 강인하고 정열적인 소대장, 혁명적 군인 정신을 체현한 인물이다. 엄격한 지휘관, 자신에 대해서는 더 엄격한 소대장, 조선인민군 군관, 전호진. 그는 신대원 나(박철)에게 다음과 같은 질문을 한다.

---

38) "련속단편소설의 특성은 총체적으로는 하나의 이야기로 줄거리가 세워지고 있으나 매개 부분으로 나눈 토막으로써도 기승전결을 가지고 생활의 단면들로 그 이야기가 련속되고 있는것이다. 이러한 구성형식을 취하면 주인공의 성격을 여러모로 형상할수 있는 우점이 있고 주인공의 주도적인 성격적특성만을 해명하는 단편소설형태의 작품에서도 중요인물들의 성격을 여러모로 발전과정속에서 쉽게 그려 나갈수 있는 유리성이 있다."(리창유, 「탐구와 사색의 뚜렷한 자취: 잡지 『조선문학』 주체90년 1~6호에 실린 단편소설들을 두고」 (평론), 『조선문학』 647, 2001. 9, 29쪽)

'군대와 사민은 어떻게 다른가?' 이에 대한 물음은 중요하다. 군인 건설자들은 바위투성이인 발전소 공사장에서 사흘만에 모래를 만들고, 기초 콘크리트 작업을 완성하며, 공사 도중의 여러 난관 속에서도 방도를 찾아낸다. 이는 모래가 없는 곳에서 바위를 깨뜨려 모래를 만드는 것과 같이, 모든 것이 부족하고 없는 고난의 시절에 보여준 자력갱생의 정신의 단적인 모습이다. 또한 어떤 난관 속에서도 명령 앞에서 '알았습니다' 한 마디밖에 모르는 사람들이 군인이다. 바로 군인이란 혁명적 군인 정신으로 무장한 인민(공민)들인 것이다. 조선 인민군의 군대 복무는 '나'라는 걸 잊고 '우리'가 되는 것, 자기가 아니라 동지를 먼저 생각하는 것, 개인적 영웅주의가 아니라 집단적 영웅주의를 배우는 과정이다. '군인은 손에 쥔 것이 무엇이든 모두 총대가 되어야 한다.' 즉, 군인은 그 자신이 곧 총대이며, 수령을 결사 옹위하는 총대이다. 한웅빈의 이 단편소설은 군대의 철학이란 총대 정신이며, 그 핵이 수령결사옹위정신에 있다고 말한다.

다시 말해서 선군시대 인물의 전형적인 성격적 특질이 바로 혁명적 군인정신이다. 이것은 '그 어떤 조건에서도 당이 맡겨준 전투적 과업을 어김없이 수행하는 절대성, 무조건성의 정신이며, 아무리 어려운 과업도 자체의 힘으로 해내고야 마는 자력갱생(自力更生), 간고분투(艱苦奮鬪)의 정신이며 당과 혁명, 조국과 인민을 위하여서는 자기 한 몸을 서슴없이 바쳐 싸우는 자기 희생정신, 영웅적 투쟁 정신'이라고 말해진다.[39] 여기서 혁명적 군인 정신의 핵이 바로 투철한 수령결사

---

39) 최언경, 「혁명적군인정신이 맥박치는 명작들을 더 많이 창작하는것은 시대와 혁명의 요구」 (론설), 『조선문학』 590, 1996. 12, 54쪽(김정일, 「김일성동지의 청년운동사상과 령도업적을 빛내여 나가자: 청년절 5돐에 즈음하여 김일성사회주의청년동맹중앙위원회 기관지 ≪청년전위≫에 준 담화 1996년 8월 24일」, 『김정일 선집』 14, 평양: 조선로동당출판사, 2000, 224쪽).

웅위정신이다.

≪(······) 난 언젠가 세면장에 갔다가 소대장동지가 군복을 빠느라고 꺼내 놓은 수첩을 슬며시 본적이 있어. (이건 절대비밀이야!) 거기에 군관학교를 졸업하고 우리 소대장으로 오면서 쓴 결의 같은 글이 있었는데 어떻게 썼는지 아나? 난 지금도 기억에 생생해. 〈나는 이제는 조선인민군군관이다. 경애하는 최고사령관동지의 군대, 당의 군대의 지휘관이다. 내가 대원들에게 사랑과 존경을 받는 지휘관이 될수 있을가. 되지 못할지도 모른다.… 그러나 나는 한가지만은 확신한다.〉 그 다음은 소대장동지가 획 돌아 보는 바람에 채 못보았지만 그래 어떤가 말이야. (······)≫ (······)

그때 우리는 소대장이 ≪한가지만은 확신한다≫고 한것이 무엇일가에 대하여 짐작해 보려고 하였다. 이런저런 견해들이 있었으나 강정희상등병의 추측에 모두의 의견이 합쳐 졌다. ≪죽으나사나 나는 경애하는 최고사령관동지의 전사라는것을!≫ 이것이 그의 추측이였다. 그런데서는 전투소보원답게 머리가 번쩍번쩍하였다. (······)

≪나는… 조선인민군… 군관이다.

나는… 한가지만은 확신한다. 나의 생명은 오직 하나, 위대한 장군님을 위하여… 조국을 위하여… 가장 신성하고 아름다운것에 바치기 위하여… 있다는것을…≫

조국을 위하여 그는 자기의 생명은 가장 신성하고 아름다운것, 조국을 위하여 바치기 위하여 있는것이라고 확신하였다. 그런데 그는 우리를 위하여 자기의 생명을 서슴없이 바쳤다.

아, 그러니 그에게서는 우리가 가장 신성하고 아름다운것, 조국이였단 말인가. (······) 그렇다. 병사는 곧 조국이였다!

소대장은 자기의 생명으로 우리의 심장에 병사는 곧 조국이라는 그 자각을 새겨 주었다.

—한웅빈, 「스물한발의 ≪포성≫: 안변청년발전소 군인건설자의 일기중에서」, 『조선문학』 644, 2001. 6, 57~61쪽.

분대장 오운섭은 우연히 소대장 전호진의 수첩을 보게 된다. 소대장의 수첩에는 '나는 이제는 조선인민군 군관이다. 경애하는 최고사령관 동지의 군대, 당의 군대의 지휘관이다. 내가 대원들에게 사랑과 존경을 받는 지휘관이 될 수 있을까. 되지 못할지도 모른다. … 그러나 나는 한 가지만은 확신한다'라고 적혀 있다. '한 가지만은 확신한다'는 그 다음의 말을 몰라서 궁금해하던 차, 상등병 강정희가 말한 '죽으나 사나 나는 경애하는 최고사령관 동지의 전사이라는 것을!'에, 모든 소대원들이 동의한다. 그러나 정작 소대장의 수첩에는 '나의 생명은 오직 하나, 위대한 장군님을 위하여… 조국을 위하여… 가장 신성하고 아름다운 것에 바치기 위하여… 있다는 것을…'로 적혀 있다. '위대한 장군님'이란 말이 나오긴 하지만, 만약 북조선의 검열체계40)에서 당

---

40) 북조선에서는 '심의와 출판검열'이 있다. 조선작가동맹 심의는 심의요강에 따라 한다. 심의요강은 수십 개의 조항으로 이루어져 있는데, 주요 조항은 교시, 말씀을 적을 때 존칭사, 즉 "위대한 수령 김일성원수님께서는 다음과 같이 교시하시였다", "친애하는 지도자 김정일동지께서는 다음과 같이 지적하시였다"라는 문장을 반드시 적어야 한다, 김일성 김정일 '존함' 활자는 일반 활자보다 큰 활자로 인쇄해야 한다 등이다. 일반 요강으로써는 "문학작품에서 삼각련애를 다루지 말라", "교원들의 애정을 소설에서 묘사하지 말라", "불교의 상징인 련꽃을 문학작품에서 형상하지 말라" 등이다. 분과 내 작가들은 창작한 작품을 국가 심의에서 먼저 통과해야 한다. 발표하려는 원고에 심의실 인증 도장을 받은 후 출판사 편집부에 투고해야 한다. 출판 검열의 경우, 출판사(담당편집원)는 일체 출판물을 발행하기 전에 모든 원고에 대해 출판검열을 받아야 한다. 출판검열의 주목표는 출판하려는 원고의 내용이나 표현에 김일성, 김정일 권위와 사회주의 제도에 손상을 주는 부분이 있는가를 살펴보고 골라내는 것이다. 출판검열은 전문성보다 정치적 안목이 더 우선시된다. 출판검열에서 통과되지 못한 원고는 절대로 출판될 수 없다(최진이, 「작가와 조선작가동맹」, 『임진강』 9, 2010년 가을, 163쪽).

연히 쓸 수밖에 없는 것이라고 판단한다면, 그의 생명은 가장 신성하고 아름다운 것을 위해 바치기 위한 것이다. 그래서 전호진은 가장 신성하고 아름다운 것인 병사들의 생명을 위해 기꺼이 자신의 목숨을 바친다. 그는 자기의 생명으로 병사들의 심장에 군인은 조국이라는 자각을 새겨준다.

여기서 작가는 혁명적 군인 정신이란 가장 신성하고 아름다운 것을 위해서 목숨을 바칠 수 있는 것이라고 말한다. 그런데 이 부분은 매우 중층적 독해를 가능하게 한다. 지도 체제의 목소리를 대변하는 듯하지만, 사실 작가는 가장 신성하고 아름다운 것, 즉 병사 더 나아가 북조선 인민들을 위하여 전호진처럼 생명을 바칠 수 있어야 한다는 것을 말하는 듯하다. 즉, 작가의 진정한 속내는 혁명적 군인 정신의 핵이 '수령결사옹위정신'에 있는 것이 아니다라는 것을 지적하는 듯하다. 작가는 진정 받들고 모셔야 할 존재가 김정일 또는 지도체제가 아니라 병사, 더 나아가 북조선 인민임을 역설하는 듯하다. 이런 한웅빈의 「스물한발의 ≪포성≫」은 혁명적 군인 정신을 핵으로 하는 선군문학의 대표작이라 할 만하다.[41]

그런데 이런 선군문학이 보여준 북조선의 현실은 어떠한가? 김정일은 '수령님께서 총대로 개척하신 주체의 혁명위업을 총대로 끝까지 완수하려는 것은 나의 변함 없는 의지이고 확고한 결심'이라고 지적한다. 여기서 총대는 선군정치의 푯대이다. 북조선 지도 체제는 현재의 총체적 난국에서도 불구하고 '사회주의 우리 조국이 끄떡없이 서

---

41) 최길상은 "단편소설 ≪스물한발의 포성≫은 위대한 장군님께서 주신 전투명령을 한몸이 그대로 육탄이 되여 결사관철한 안변청년발전소 군인건설자들의 형상을 통하여 그들이 지닌 혁명적군인정신이야말로 선군시대인간들의 전형적인 성격적특질로 된다는것을 예술적으로 확증하였다"고 지적한다(최길상, 「선군으로 위용떨치는 조국과 문학적형상」(론설), 『조선문학』 683, 2004. 9, 5쪽).

있고 그 존엄과 위용을 높이 떨치며 우리 혁명, 우리의 사회주의가 승승장구하고 있'42)다고, 선군정치를 통하여 지도 체제를 유지하며 체제 안보의 전략으로 이용한다. 이러하기에 풀죽으로 끼니를 때우는 비참한 현실에 대한 이야기보다는 '국력이 강하고 모든 것이 흥하며 인민들이 세상에 부럼없이 사는'43) 이야기를 하게 마련이다.

여기서 김정일 시대의 담론이 문 앞에서 서서 한 얼굴은 앞(미래)을 바라보고 다른 얼굴은 뒤(과거)를 보는 두 얼굴의 야누스적 면모를 갖고 있다는 것은 흥미롭다. 즉, 현재의 고난을 극복하기 위해, 하나의 얼굴은 '항일혁명투쟁'의 과거를 보며, 다른 얼굴은 '강성대국'의 미래를 본다. 과거와 미래를 향한 시선은 현재 겪고 있는 고통의 무게를 실감나게 한다. 이런 시선은 현재의 고통을 끝없이 연기시킨다. 결국 그만큼 고통스러운 현재를 역설하고 있을 뿐이다. 1990년대 후반 총체적 난국에 허덕였던 북조선의 현실이 이런 사실을 증명하고도 남는다.

　나는 오늘아침에도 풀죽으로 끼니를 에우고 나왔다. 차차 나아 지겠지 하고 생각했던 생활은 점점 더 어려워만 간다. (……) 그래도 한해전까지는 먹고 입고 쓰고 사는데서 불편은 했지만 참을수 있었고 저녁이면 음악공부도 할수 있었다. 하지만 이제는 사정이 다르다. 제국주의자들의 고립압살책동으로 기름 한방울, 비료 한줌 사들여 오기 힘들었고 이상기후현상까지

---

42) 김정일, 「청년동맹초급조직들의 역할을 더욱 높이자: 김일성사회주의청년동맹 모범초급일군대회 참가자들에게 보낸 서한 주체88(1999)년 9월 29일」, 『김정일 선집』 14, 평양: 조선로동당출판사, 2000, 469~470쪽.

43) 김정일, 「올해를 강성대국건설의 위대한전환의 해로 빛내이자: 조선로동당 중앙위원회 책임일군들과 한 담화 주체88(1999)년 1월 1일」, 『김정일 선집』 14, 평양: 조선로동당출판사, 2000, 452쪽.

겹쳐 농사도 잘 안된다. 설사 곡괭이로 땅을 뚜지고 등어리로 가대기를 끄는 한이 있어도 제 손끝으로 낟알을 만들고 물고기를 길러야 했으며 등잔불밑에 글을 읽고 신발을 기워 신어야 했다.

—리영환, 「버드나무」, 『조선문학』 640, 2001. 2, 39쪽.

'시련은 일시적이고 승리는 영원하다.'[44) 이 명제는 거짓말만은 아니다. 그러나 나무껍질로 발을 동이고 초근목피(草根木皮)로 연명해가면서, 얼음을 깨물고 허기진 배를 달래야 하는 혹한과 굶주림의 과거는 현재의 빈곤과 질곡을 옹호하는 체제 이데올로기에 봉사한다. 김일성의 항일무장투쟁과 같은 '과거의 기억'은 개인의 사회화나 집단의 결속, 사회적 정통성의 유지와 그에 대한 도전의 과정에서 인민의 정체성을 지키는 결정적인 요인이 된다. 그래서 북조선 지도 체제는 과거를 적절하게 통제해서 인민의 정체성을 만들고자 의도한다.[45) 현재의 고난에 대한 지도 체제의 대응은 항일무장투쟁과 같은 '혁명적 과거(신화적 과거)'의 회복을 꿈꾸는 반동적 형태인 것이다.

양귀비가 마약 중독의 원료가 되듯, 과거는 지배 이데올로기의 원료가 된다. 과거는 이런 이데올로기의 '가장' 본질적인 구성 요소에 해당된다. 만약 적당한 과거가 없다면 그러한 과거는 언제든지 발명될 수 있다. 과거는 비참한 현재를 영광스럽게 만드는 배경을 제공한다. 그래서 과거는 비루한 현재를 정당화시킨다.[46) 또한 과거에 대한 자기 과장은 현실에서 패배한 약자의 전도된 열등의식의 발로이다. 결국 이런 혁명적 과거는 인민이 겪는 현재의 빈곤과 질곡을 변호하

---

44) 최한섭, 「시련과 승리」(수필), 『조선문학』 603, 1998. 1, 54쪽.

45) 姜尙中, 이경덕, 임성모 역, 『오리엔탈리즘을 넘어서』, 이산, 1997, 160쪽.

46) E. Hobsbawm, *On History*, The New Press, 1997, p. 5.

는데 이용되고, 북조선 지도 체제의 이데올로기에 봉사한다.

4. 민족의 서사와 주체의 문학

이런 참담한 현실 속에도 북조선은 의롭고 순결한 인민, 즉 여성을
호명하고 있다. 그래서 북조선 문학에서도 여성에 대한 상징인 꽃을
호명하는 것은 흔하다.

> 이 땅에
> 장군님 품안아 키우시는 딸들이 있는 한
> 나의 목소리, 녀성들의 이 노래는
> 그이께서 무성히 안아가꾸신
> 대화원의 설레임처럼
> 그 무수한 꽃잎들의 노래처럼
> 소리높이, 자랑높이 올리리라
> ―나는 조선녀성이다!
> ―정은옥, 「녀성의 노래: 나는 조선녀성이다」, 『조선문학』 593, 1997. 3, 67쪽.

북조선에선 태양(김일성이나 김정일)을 따르는 해바라기나 '태양의
빛발' 아래 붉게 피어나는 달리아(dahlia), 온몸의 열정을 모두 다해
불타오르는 나리꽃 등의 꽃은 북조선의 여성을 표상한다. 여기서 진
달래는 지속적으로 호명되는 대표적인 꽃이다. 북조선에서 '진달래는
빨치산 여대원들이다'.[47] 더 나아가 진달래는 '수령결사옹위의 앞장
에서 한몸이 그대로 방패가 되어 겪던, 아슬한 순간의 고비들을 언제

나 웃으며 맞받아나가던 김정숙의 고결한 모습'이며, 이런 '순결하고 고상한 아름다움의 상징'인 '김정숙에 대한 한없는 그리움'을 나타내는 꽃으로 불러진다.[48) 여기서 김일성이 항일무장투쟁기 김정숙을 비롯한 여대원들을 꽃으로 호명한 것과 같이, 북조선의 여성은 꽃으로 호명된다. 북조선의 여성은 곱고도 강하며 아련하면서도 억센 조선의 꽃이며, 주체형 공산주의자이다. 인간을 위해 큰일을 하고도 제자랑을 할 줄 모르는 꽃을 귀중히 여기고 좋아하는 것, 이것은 근로하는 인민의 이익을 모든 사고와 실천의 첫자리에 놓고 언제나 인민을 위하여 모든 것을 다 바치는 것과 동일하다.[49) 꽃을 가꾸고 아끼는 마음은 의롭고 순결한 사람이 품을 수 있는 것이며, 꽃처럼 아름다운 삶은 바로 영원한 전사의 길이다. 꽃을 가꾸고 아끼는 마음, 즉 이런 전사의 길은 더 나아가 국토에 대한 사랑으로 전이된다.

> 울창한 숲을 휘젓는 비
> 이깔, 삼송, 자작, 송림속으로
> 저벅, 저벅— 걷는 사람이 있었네
> 산협에서 맹수들이 들뛰며
> 그에게 달려 들었네
> 하건만 물리치려 하지 않는구나
> 오히려 목메인 사나이 웃음소리
> ≪아— 이 숲에 산짐승들이 찾아 들었구나!≫
> 눈가에선 흘렀네 비물인지 눈물인지

47) 리종렬, 『진달래』(『충성의 한길에서』 제5부), 평양: 문예출판사, 1985, 399쪽.
48) 안혜영, 「어머님과 진달래」, 『문학신문』 1901, 2004. 9. 18.
49) 「목화꽃」(위대한 인간), 『조선문학』 598, 1997. 8, 22쪽.

이 얼마만이더냐

여기 산판에 첫 나무모를 내던 그때가

어허라 이제는 스무해도 지났구나

우-우-우… 우-우—

7월의 비발은 한껏이나 퍼붓고

비물은 뼈속까지 젖어 드는데

굳어 진듯 애어린 이깔목을 그러안고 있었네

어느덧 고요가 내리고 황혼도 내리고

저벅, 저벅—저벅, 저벅…

수림을 헤쳐 나오는 그대

내물에 언듯 비쳐 지는

젖은 얼굴을 얼쓸어 내리는데

희여 진 머리에선 흰 머리칼이 떨어 졌네

푸른 숲 비끼인 파아란 수면우에

조용히 얼굴 들어 앞을 바라 보니

아, 산천은 푸르고나!

—김명익, 「숲: 강동땅에는 한 오랜 산림감독원이 있다」, 『조선문학』 634, 2000. 8,
40쪽.

김명익의 시 「숲」은 20여 년을 강동땅에서 푸른 숲을 가꾼 산림감독원의 체험을 시화하고 있다. 백발의 산림감독원은 산협(山峽)에서 나타난 맹수를 보고 짐승이 살 수 있게 된 숲에 대해 기쁨의 눈물을 흘리며, 7월의 한껏(반나절) 내린 비에 매우 어린 이깔목(잎갈나무)을 두 팔로 싸잡아 껴안아 보호하는 인물이다. 이런 그의 행동을 보여주

면서 숲을 가꾼 사람의 체험을 그리는데, 이는 울창한 숲을 가꾼 산림
감독원의 노력, 숲에 대한 사랑, 더 나아가 국토에 대한 사랑을 형상화
한 것에 해당된다. "산좋고 물맑은 금수강산 / 성실한 노력과 진한 땀
으로 가꾸는 / 동방의 아침해 솟는 나라 / 인간사랑의 전설이 꽃피는
/ 사회주의 내 조국"50)처럼, 이런 국토에 대한 사랑은 조국애로 전이
되는 것은 당연하다.

지금 당에서는 조국의 무궁한 번영과 후손만대의 행복을 위하여 국토관
리사업에 청년들이 앞장설 것을 요구하고있지 않은가. (……) 아버지의 몸에
서 풍기는 숲향기, 그것은 오로지 숲을 위해 자기의 진정을 바친 숲의 주인
에게서만 느낄수 있는것이다. 그것은 단순한 향기가 아니라 자기를 위해
모든것을 다 바친 애국자에게 조국의 푸른 숲이 드리는 감사이며 표창인것
이다.

—김명진, 「숲향기」, 『조선문학』 598, 1997. 8, 39~42쪽.

리성식의 단편소설 「푸른 산천」처럼,51) 김명진의 단편소설 「숲향
기」는 국토관리사업52)이라는 정책적 지표에 답하고 있다. 특히 김명
진의 「숲향기」는 산림처장 신혁과 아버지 김정욱의 삶을 대비하여

---

50) 윤경남, 「조국에 대한 생각」, 『조선문학』 587, 1996. 9, 40쪽.

51) 리성식, 「푸른 산천」, 『조선문학』 599, 1997. 9, 36~40쪽.

52) 북조선은 1995~1996년 홍수 피해 이후 효율적이고 체계적인 국토 관리의 필요성을 절감하
여 국토관리사업에 지속적인 관심을 기울이고 있다. 김정일은 "국토관리사업은 토지와
산림, 도로, 강하천, 연안, 령해를 비롯한 나라의 전 령토를 관리하고 보호하는 사업입니다.
국토관리사업은 사회주의건설에서 매우 중요한 자리를 차지합니다. 국토관리사업을 잘하
여야 내 나라, 내 조국을 부강하게 만들고 인민들에게 자주적이고 창조적인 생활을 마련해
줄수 있습니다"라고 지적한다(김정일, 「국토관리사업에서 새로운 전환을 일으킬데 대하
여: 조선로동당 중앙위원회 책임일군들과 한 담화 1996년 8월 11일」, 『김정일 선집』 14,
평양: 조선로동당출판사, 2000, 203쪽).

보여줌으로써, 김정욱의 아들 은철의 깨달음을 그린 작품이다. 관료주의자로 그려진 신혁에겐 연한 향수 냄새가 난다. 이와 달리 벌목공과 산림보호원 생활을 한 김정욱의 몸에선 숲의 향기가 풍긴다. 이런 대비를 통해서 이 단편소설은 뜨거운 조국애를 그린다. 아들 은철이 아버지 정욱의 삶을 통해 깨달은 바는 다음과 같다. '아버지의 몸에서 풍기는 숲 향기, 그것은 오로지 숲을 위해 자기의 진정을 바친 숲의 주인에게서만 느낄 수 있는 것이다. 그것은 단순한 향기가 아니라 자기를 위해 모든 것을 다 바친 애국자에게 조국의 푸른 숲이 드리는 감사이며 표창인 것이다.'

  흘러간 세월의 하루하루를
  단 하루도 헛되이 그냥 보내지 않았구나
  하루하루를 모두 거머쥐여
  아름드리 나무에 년륜으로 휘감아놓았구나
  내가 존경하는 그 사람

  (……)

  오리오리 흰 머리칼 빛을 뿜는듯
  가락가락 주름살이 그처럼 돋보이는 사람
  수령님 만족에 우리 장군님 기쁨에
  인생을 몰아 깡그리도 바치는 그 사람
  내가 존경하는 그 사람

  이 집의 처마는 낮아도

푸른 수림들이
하늘을 메우며 치솟아
그처럼 무진장한 재부를
후대에게 넘겨줄 유산의 창조자
토방돌우엔
바닥이 다스른 로동화 한컬레

그 사람 누구인가
심산유곡의 산림감독원
심장의 박동우에 당증을 얹은
수천수만의 당원중에 한사람이였네
내가 존경하는 그 사람

　　　―김정곤, 「내가 존경하는 그 사람」, 『조선문학』 696, 2005. 10, 55쪽.

　김정곤의 시 「내가 존경하는 그 사람」에서 '하늘을 메우며 치솟아 그처럼 무진장한 재부를 후대에게 넘겨줄 유산의 창조자', '내가 존경하는 그 사람'인 산림감독원처럼, 김명진의 「숲향기」에서도 김정욱이 한평생을 바쳐 가꾸어 온 운림에 새롭게 조성된 나무숲은 이 땅을 위해 조국을 위해 자기 한 몸을 밑거름으로 바친 뜨거운 조국애의 표상이다. 이런 김정욱의 산림조성은 수령의 유훈(遺訓)을 받들고 나라의 은덕에 보답하는 행위로 말해진다. 여기서 북조선에서 향토를 가꾸고 아끼는 마음은 자연에 대한 사랑으로 전이되고, 조국에 대한 사랑으로 규정되며, 조국애는 수령에 대한 충성으로 귀착된다. 바로 김명진의 단편소설은 이런 귀결을 잘 보여준다. 그렇다면 향토에 대한 애정은 어떤 의미를 갖는가?

≪윤갑이 보라구. 저게 바로 우리 고향일세. 위대한 김일성장군님께서 찾아주신 내 고향이란말이야. 해방전에야 언제 한번 우리 마을이 이렇게 아름답다구 생각이나 해보았나. 그래서 이 산의 풀 한포기까지 내 살붙이처럼 여겨지누만.≫ (……) 피발이 선 두눈, 날이 선 코마루, 살이 빠지고 광대뼈가 두드러져 힐끔해진 얼굴, 체소한 몸집… 난데가 없는 사람이 바로 그처럼 향토에 대한 변함없는 성실성과 큰 열정을 지니고있는 까닭이 그제야 리해가 갔다.

　　　　　—신리섭, 「고향을 이야기할 때」, 『조선문학』 596, 1997. 6, 60쪽.

　　신리섭의 단편소설 「고향을 이야기할 때」처럼, 향토에 대한 변함없는 성실성과 큰 열정, 조국에 대한 열렬한 사랑은 '생명이 충만한 내셔널리즘'과 관련된다. 지리적으로 특정하게 제한된 향토는 내셔널리즘의 충동과 자연의 신성화를 잇는 고리 역할을 한다. 북조선에서 자연을 신성시하는 것은 '자연스러운' 집단적 단위인 민족을 신성시하는 것이며, 이런 자연과 민족에 대한 상상은 '수령에 대한 충성'으로 표현된다.53) 이런 향토에 대한 집착은 현재의 비참한 고통에 대한 반작용에 해당된다.54) 그리고 여성과 자연은 '선한' 민족(善民)과 결합함으로써(조국의 상징으로 호명될 때) 현실적 힘을 발휘하는데, 남성 중심의 서사와 공모 관계에 놓인다. 남성 중심의 서사는 여성이 '성숙한' 주체형 인간으로 형상화되지 못하게 막는 역할을 한다. 여성은 남성 중심의 내셔널리즘55)과 지도 체제에 의한 계몽의 기획에 감응할 때만이

---

53) 리용일, 「우리 민족제일주의정신으로 불타는 향토애의 형상문제: 최근에 발표된 장중편소설들을 두고」(평론), 『조선문학』 559, 1994. 5, 73쪽.

54) M. Neocleous, 정준영 역, 『파시즘』, 이후, 2002, 169~195쪽.

55) 형제애로 충만한 공동체를 상상하는 내셔널리즘은 민주적인 관념을 강조하면서도, 실제로

주체형 인간이 될 수 있다. 주체적 인간, 여성 안에는 개별적 주체로서의 여성은 없다. 북조선에선 개별적 욕망을 지닌 여성이 아니라 강철과 같은 여성을 요구하는 것이다.56) 북조선의 '정의롭고 순결한 여성성'은 국가적 기획에 의해 탄생한 것임은 자명하다. 그리고 꽃과 같은 '특정한' 아름다움에 여성을 결부시키는 것은 지도 체제가 부여하는 이데올로기가 당연히 그래야 하는 것, 자연스러운 것으로 인식하게 만드는 역할을 한다. 가령 '붉은 꽃을 사랑하는 것이 무엇이 나쁜가'라고 질문할 수도 있다. 붉은 꽃을 사랑하는 것은 나쁘지 않다. 그런데 붉은 색은 자연스럽게 공산주의를 떠올리게 하고, 꽃은 당연히 여성을 상상하게 만든다. 이렇게 당연하고 자연스럽지만 사실은 이데올로기의 침전물이 스며있는 것이다. 그러면 북조선 지도체제가 지속적으로 호명하는 '정의롭고 순결한 여성'과 같은 주체형 인간은 어떤 의미를 갖는가?

우리 당 중앙은 문학이란 인간학이며 산 인간들을 그리고 그들의 생활을 그리는 것이 곧 문학이라고 하면서 우리의 혁명문학은 지난날의 문학과는 달리 모든것을 사람을 중심으로 생각하고 사람을 위하여 복무하는 주체사상의 근본요구를 전면적으로 구현하고있는 주체의 인간학, 새로운 공산주의적인간학이라고 가르쳤다. (……) 수령에게 끝없이 충직하고 수령이 개척한 혁명위업수행에 몸바쳐 투쟁하는 공산주의자의 전형을 훌륭히 창조하는것은 문학예술을 참다운 공산주의적인간학으로 되게 하는 확고한

는 구체제의 계급적 위계질서를 재구성해 왔다(Elaine Kim, 최정무 편, 박은미 역, 『위험한 여성』, 삼인, 2001, 21쪽).

56) 이런 사실은 중대 상관인 외사촌 오빠(명도철)가 군복무 생활을 하는 여동생(조순아)에게 하는 "넌 아녀자가 아니라 강철이 돼야 해"라는 말에서 짐작하고도 남는다(조근, 「녀전사의 길」, 『조선문학』 581, 1996. 3, 30쪽).

담보로 된다.

—사회과학원 문학연구소, 『주체사상에 기초한 문예리론』, 평양: 사회과학출판사,
1975, 52쪽, 61쪽.

북조선의 문학은 공산주의적 인간학인 사람을 중심으로 생각하고
사람을 위하여 복무하는 주체사상의 근본요구를 전면적으로 구현하
고 있는 주체의 인간학에 수렴된다. 주체의 인간학의 본연의 임무는
'수령에게 끝없이 충직하고 수령이 개척한 혁명위업수행에 몸바쳐
투쟁하는 공산주의자의 전형을 훌륭히 창조하는 것'이다. 1990년대
이론화된 '우리식의 사회주의적 사실주의', 즉 '주체사실주의'는 가장
선진적이고 혁명적인 창작 방법이며, 주체사상에 가장 충실한 창작
방법이라고 한다.57) 이것은 현대의 유일하게 정당한 창작 방법으로
평가되었던 '사회주의적 사실주의'58)에서 질적으로 발전된 형태라고
말해진다.

사회주의적사실주의는 유물변증법적세계관에 기초하고 있지만 주체사
실주의는 사람중심의 세계관, 주체의 세계관에 기초하고있다. (……) 선행한
사회주의적사실주의에서는 주로 인간을 사회적관계의 총체로 보고 그리였
다면 주체사실주의에서는 인간을 자주성, 창조성, 의식성을 가진 사회적존
재로 보고 그린다. 관점상의 이러한 차이로 하여 두 창작방법에는 인간을
보고 그리는데서 근본적인 차이가 있게 된다.

—김정일, 『주체문학론』, 평양: 조선로동당출판사, 1992, 95~100쪽.

---

57) 김정일, 『주체문학론』, 평양: 조선로동당출판사, 1992, 96~97쪽.
58) 김일성, 『조선 로동당 제4차 대회에서 한 중앙 위원회 사업 총화 보고(1961년 9월 11일)』,
평양: 조선로동당출판사, 1961, 92쪽.

사회주의적 사실주의와 주체사실주의의 질적 차이는 세계관에 있다. 사회주의적 사실주의가 유물변증법적 세계관에 기초한 것이라면, 주체사실주의는 사람 중심의 세계관, 즉 주체의 세계관에 기초하고 있다. 여기서 주체의 세계관은 세계에서 사람이 차지하는 지위와 역할의 문제를 철학의 근본 문제로 제기하며, '사람이 모든 것의 주인이며 모든 것을 결정한다'[59]는 철학적 원리로 규명된 사람 중심의 세계관이다. 이것은 자주성, 창조성, 의식성을 가진 사회적 존재인 인간 중심의 세계관이다. 사회주의적 사실주의가 인간을 사회적 관계의 총체로 보고 형상화한 것과는 달리, 사람을 중심으로 세계에 대한 견해를 세우고 사람을 중심으로 세계에 대하는 관점과 입장을 밝힌 주체의 세계관을 바탕으로 한 것이 바로 주체사실주의이다. 다시 말해서 북조선에서는 주체의 세계관에 기초한 창작 방법이 주체사실주의라고 설명한다.

주체의 인간학은 자주적인 인간을 자연과 사회를 개조하고 변혁하는 력사의 주체로 형상한다.

---

59) 김일성은 "주체사상이란 한마디로 말하여 혁명과 건설의 주인은 인민대중이며 혁명과 건설을 추동하는 힘도 인민대중에게 있다는 사상입니다. 다시말하면 자기 운명의 주인은 자기자신이며 자기 운명을 개척하는 힘도 자기자신에게 있다는 사상입니다"라고 말한다. 특히, 김일성은 "사람이 모든것의 주인이며 모든것을 결정한다는것이 주체사상의 진수입니다"라고 지적한다. 황장엽의 주체사상(인간중심철학)은 "인간이 우주의 주인, 자기 운명의 주인으로 된다"는 철학적 원리를 기반으로 한다. 이런 황장엽의 사상은 지배 체제가 주장하는 '혁명적 수령관'의 관점에서 논리적으로 변용되면서, 유일사상체제를 이념적으로 옹호하는 통치 이데올로기로 변모한다(김일성, 「우리 당의 주체사상과 공화국정부의 대내외정책의 몇가지 문제에 대하여(일본 ≪마이니찌신붕≫ 기자들이 제기한 질문에 대한 대답)」, 『로동신문』 9164, 1972. 9. 19(김일성, 「우리 당의 주체사상과 공화국정부의 대내외정책의 몇가지 문제에 대하여: 일본 ≪마이니찌신붕≫ 기자들이 제기한 질문에 대한 대답 1972년 9월 17일」, 『김일성저작집』 27, 평양: 조선로동당출판사, 1984, 390~400쪽); 황장엽, 『인간중심철학의 몇가지 문제』, 시대정신, 2001, 37쪽).

우리 문학은 자주적이며 창조적인 삶의 길, 보람차고 가치있는 인생길을 개척해나가는 인간의 전형, 주체형의 공산주의적인간을 빛나게 형상하고 있다.

—김의준, 「시대의 참된 교육자들의 형상을 훌륭히 창조하는데서 나서는 몇가지 문제」
(론설), 『조선문학』 599, 1997. 9, 50쪽.

주체의 문학에서는 사상감정과 내면세계를 가진 생동하고 살아있는 인간을 형상화할 것을 요구한다.[60] 여기서 자주적이고 창조적인 삶을 개척해 나가는 주체형의 공산주의적 인간이란 어떤 인물인가? 말하자면 주체의 인간이란 자주성, 창조성, 의식성을 가진 사회적 존재이다. 이런 주체형 인간은 「추억과 소묘」의 려형진이나 「보람」의 김승호, 「왁새골의 주인들」의 장칠성, 「백두산바람」의 박시중 등의 인물에서 쉽게 확인된다.

려형진은 부상당한 사람같지 않게 몸을 일으키고 한참동안 달빛에 드러나는 주변지형을 살피더니 머리를 설레설레 혼드는것이였다.
≪폭약위치를 바로 정한것 같지 못하오. 너무 덤비다나니 저 철뚝곁에 있는 마을을 보지 못했구만… 몇집 안되지만 폭파때 강뚝이 무너져 사람들이 피해를 입을수 있소.≫

—박윤, 「추억과 소묘」, 『조선문학』 593, 1997. 3, 33쪽.

박윤의 단편소설 「추억과 소묘」는 내가 '조국해방전쟁승리기념탑'

---

60) 「총서 ≪불멸의 력사≫의 첫 본보기 작품이 나오기까지」(령도자와 작가), 『조선문학』 706, 2006. 8, 10쪽.

주변을 깨끗이 정리하는 건축가 김송이를 보면서, 전쟁 당시의 공병 분대장인 려형진과 관련된 추억을 떠올리면서 시작된다. 려형진은 사단의 새로운 공격 작전을 위해서 교량을 폭파하는 임무를 수행하던 중 부상을 당한다. 그럼에도 불구하고 임무 수행을 완수하는 동시에 한 소녀(김송이)의 목숨을 구하고 최후를 맞는다. 위의 단편소설에서 보듯, 그는 적의 중요한 퇴각로가 될 수 있는 철교 폭파의 임무 과정에서, '폭약 위치를 바로 정한 것 같지 못하오. 너무 덤비다 보니 저 철둑 곁에 있는 마을을 보지 못했구만… 몇 집 안되지만 폭파 때 강둑이 무너져 사람들이 피해를 입을 수 있소'라고 말하며, 폭파 위치를 고친다. 또한 꽃묶음을 안고 철교 둑 위에 우두커니 서서 다가오는 군용열차를 바라보고 있는 한 소녀를 구하기 위해 자신의 몸을 던지며, 죽음 직전 따뜻한 미소를 지으며, 설계 메모가 적힌 소중한 수첩을 소녀에게 주며, 죽음을 맞이한다. 이런 려형진은 사람을 먼저 생각하고 사람을 중심으로 행동하는 주체형 인물의 표본이다.

그는 빙그레 웃으며 주먹으로 내 잔등을 툭 쳤다.

≪여, 넌 생긴건 그렇지 않은데 잔근심이 많구나. 현실적으로 새는데가 없지? 그럼 됐지 뭘 그래, 자꾸 복잡하게 생각하면서… 그런건 다 반장이나 직장장이 생각할거야. 괜히 직장장이 있고 반장이 있는줄 알아? 우린 그저 하라는대로 하면돼…≫ (……)

성찬은 한심하다는듯 나를 보며 훈시를 하는것이였다. ≪로동자란 그저 시키는대로 하면 되는거야. 너두 참…≫

시키는대로 한다구? 로보트가 아닌 사람이 어떻게 좋건 나쁘건 시키는대로만 하겠는가. 그럴수 없는게 또 그러지 말아야 하는게 인간이 아닐가.

—배경휘, 「보람」, 『조선문학』 599, 1997. 9, 56~61쪽.

배경휘의 단편소설 「보람」은 성찬과 명철의 사고방식의 차이를 통해서 사회주의 건설현장에서 '물질적 부의 창조자인 노동계급이 어떤 인물인가'를 제시한다. 키가 작고 몸이 뚱뚱한 성찬은 '노동자는 하라는 대로 하면 된다'는 타성에 젖은 사고방식을 갖고 있다. 이에 대해 노동 생활의 첫걸음을 걷고 있는 명철은 '시키는 대로 한다고? 로봇이 아닌 사람이 어떻게 좋건 나쁘건 시키는 대로만 하겠는가. 그럴 수 없는 게 또 그러지 말아야 하는 게 인간이 아닐까'라고 반문한다. 명철을 이끌고 있는 환갑에 가까운 김승호도, 반장이 '오늘 '고난의 행군' 정신으로 일하자는데 당에서 하라면 백 가지, 천 가지라두 하는 게 옳지. 무슨 말이 그리 많습니까?'라는 말에, 준절한 음성으로 '함부루 당의 이름을 외우지 말게. 당에선 자네처럼 일하라는 게 아니야.' '일을 하려면 타산을 하고 방도를 찾아야지. 한 가질 해두 잘 해야 하구… 머리를 쓰지 않군 백 가질 하려다가 한 가지두 제대루 못해'[61]라고 꾸짖는다. 이와 같은 명철과 김승호의 생각을 통해서, 북조선 사회의 만연한 상명하달식 관료주의와 타성적 노동자의 노예근성을 비판하면서, 진짜 노동계급의 의미를 제시한다. 바로 진짜 노동계급은 당과 인민이 바라는 것을 위해, 자기 일터의 참다운 주인이 되기 위해 안타까워하고 머리를 쓰는 것, 자기 머리를 가지고 창조할 줄 아는 인간이다. 이런 노동계급이 바로 주체형 인물인 것이다.

　　나는 엄숙한 낯색으로 목청으로 높였다.

　　《지금 이 어느때요. 예? 인민경제 모든 부문들에서 '고난의 행군'을 하는 이때에 글쎄 조건이 좀 불리하다고 구실만 대며 건들거려서야 되겠소. 안변

---

61) 배경휘, 「보람」, 『조선문학』 599, 1997. 9, 58쪽.

청년발전소 건설자들이 발휘한 혁명적군인정신을 발휘해서 우린…≫

≪우동무, 생각을 좀 바로 가지오—≫

칠성의 눈에서는 여직 볼수 없었던 노기가 병끗 내비끼였다.

≪조금만 머릴 쓰고 노력하면 얼마든지 좋은 조건을 마련할수 있는것두 못하고 주먹구구식으로 일하는 그게… 그게… 숱한 사람들을 고생시키면서… 가슴아픈 일이요.≫

—리성식, 「왁새골의 주인들」, 『조선문학』 593, 1997. 3, 75쪽.

리성식의 단편소설 「왁새골의 주인들」은 '고난의 행군 시기의 진짜배기 주인은 누구인가'에 대한 하나의 대답을 제시한다. 노동자가 주인 구실을 한다는 것은 무엇인가? 이 단편소설은 농업전문학교를 졸업하고 부분조장을 하고 있는 실농군(實農軍)인 우만동과 당 일꾼으로 활동한 진출자(전출자)인 장칠성과의 미묘한 대립적 구도를 통해서, 이런 물음에 답하고 있다. 동만은 한랭전선의 영향으로 10월 초에 우박이 내리기 때문에 닷새 안으로 벼를 모두 베어서 묶어야 한다고 하면서, 가을비가 오는 것을 무릅쓰고 분조원들에게 벼 베기를 강요한다. 이런 동만의 '무조건 해야 된다'는 주장에 대해, 칠성은 '무조건 해야 된다는 것은 둘째 문제'라고 지적한다. 칠성은 조금만 머리를 쓰고 노력하면 얼마든지 좋은 조건을 마련할 수 있는 것도 하지 않고 주먹구구식으로 일하는 것을 비판한다. 동만처럼 비 내리는 조건에 맞게 고장난 수확기를 고쳐 쓸 생각은 조금도 하지 않고, 낫을 들고 자신뿐만 아니라 많은 분조원들을 찬비가 내리는 논에서 일을 하게 한 것은, 고난의 행군 정신이 아니다. '무조건 해야 된다'식이 아니라 고쳐 쓸 수 있는 기계를 비 오는 조건에 맞게 개조해 사용하는 것이, 바로 고난의 행군 정신이다. 즉, 고난의 행군 정신이란 부족한 것은 찾아내고 없는 것은 만들어내는 '자력갱생'의 정신에 있다는 것이다. 고난의 행군이란 역경 속에서도 칠성처럼 '언제나 창발적이고 헌신적인 인간들'[62]이, 바로 주인 구실을 하는 노동자이며 주체형 인간이다.

> 나는 그의 모습이 멀리 어둠속으로 사라진후에도 입원실 창가에 점도록 서서 생각하였습니다. 여전히 등에다 배낭을 지고 아바이는 또 어디로 저렇듯 총총히 가고있는것인가. 조금도 권세를 부리지 않고 스스로 앞장에 서서 투신하는 일군, 나같은 이런 청년도 허물없는 친구로, 따뜻한 혈육, 진정한 동지로 대해주는 저런 일군이 바로 우리 시대의 충신이 아닐가.
>
> —백보흠, 「백두산바람」, 『조선문학』 612, 1998. 10, 63쪽.

백보흠의 단편소설 「백두산바람」은 백두산 삭도(하늘 찻길) 건설 과정을 배경으로 하고 있다. 당 중앙위원회 일꾼이지만 무던한 농군과 같은 인물인 박시중을 통해서 젊은 연공, 문공술의 각성과 깨달음을 축으로 한 성장 서사이다. 이 단편소설은 다음과 같은 문공술의 박시중에 대한 생각을 통해서 주체형 인간이란 누구인가를 제시한다. '맑고 깨끗하고 투명한 인물, 부지런하고 소박하고 궂은 일, 마른 일을 가리지 않는 인물, 무던한 농군과 같은 말투로 정겹게 말하는 인물, 조금도 권세를 부리지 않고 스스로 앞장에 서서 투신하는 일꾼, 나같은 청년도 허물없는 친구로, 따뜻한 혈육, 진정한 동지로 대해주는 일꾼, 곧 겸허한 당 일꾼.' 노동 현장에서 영웅성과 용감성을 발휘하여 당원이 되고 대학에 진학하려는 나(문공술)의 개인적 영웅주의를 깨우치게 하여 대중적 영웅주의를 가르치는 인물,[63] 선량하고 평범하지만

---

62) 리성식, 「왁새골의 주인들」, 『조선문학』 593, 1997. 3, 77쪽.

인간을 중심으로 실천하는 박시중, 바로 이런 숨은 공로자가 주체형 인물이다.

그런데 지금까지 설명한 려형진이나 김승호, 장칠성, 박시중과 같은 주체형 인물은 진짜 근대적 인간인가?

수령형상을 창조하는것은 주체문학건설의 기본의 기본이다. 우리문학에서는 수령의 형상을 창조하는것을 주선으로 틀어쥐고나가야 한다.

—김정일, 『주체문학론』, 평양: 조선로동당출판사, 1992, 126쪽.

사회주의적 사실주의나 주체사실주의의 긍정적 인물은 이상적 인물이 아니라 영웅적인 노동계급의 훌륭한 자질을 소유한 인간이어야 한다. 특히 '사실주의(Realism)'의 인물은 구체적이고 생동감 있는 현실적인 정황 속에서 살아있는 인물로, 구체적 보편성을 지녀야 한다.[64] 그런데 주체사실주의에서의 인물은 충신형 인물이다. 북조선문학에서 수령과 인민은 영도자와 전사의 관계를 넘어서 혈연적 유대를 가진 어버이와 자식의 관계로 형상화된다. 여기서 주체의 인간은 믿음과 사랑, 충성과 효성을 근본으로 하는, 수령을 '하늘처럼 믿고 사는 성격적 핵'[65]을 지닌 충신형 주인공이다. 지도 체제의 목소리를 대변

---

63) 김홍섭, 「로숙한 형상」(평론), 『조선문학』 622, 1999. 8, 44쪽.

64) 사회주의 리얼리즘의 긍정적 인물은 이상형의 주인공이 아니며 진부한 선인들의 총합도 아니며, 영웅적인 노동계급의 훌륭한 자질을 소유한 인간이다. "사상적 신념, 고도의 정치의식, 사회에 대한 의무의 이해, 혁명 전통들에 대한 신뢰; 노동과 민중의 자질에 대한 새로운 태도, 조직성과 책임감, 사회주의 애국심과 프롤레타리아 인터내셔널리즘; 고도의 사회, 정치적 적극성; 자발적으로 자신의 개인적 기쁨을 사회를 위해 희생할 각오와 집단주의, 그러한 행동에서 만족과 행복을 느끼는 성격 등등, 이러한 특성들이 새로운 인간형의 뛰어난 모습이다."(Shcherbina 외, 앞의 책, 276쪽)

65) 김려숙, 「인민대중과의 혼연일체속에서 위인형상을 부각하는것은 수령형상창조의 중요한 요구」(론설), 『조선문학』 592, 1997. 2, 65쪽.

하는 위의 인용에서 보듯, 이런 주장에서도 주체사실주의 문학이란 수령의 문학임을 반증한다.66) 북조선 지도 체제에 대한 강력한 믿음의 반영이라고 하더라도, '인민'은 '주권을 가진 노동계급'이나 '참다운 주인'이라기보다 국가적 기획에 복종하는 신민(臣民)에 가깝다. 또한 주체형 인물은 내면이 빈곤한 이상적 주인공이다.

그렇다면 근대문학의 주인공은 어떠한가?

5. 근대적 인간 그리고 근대 미달 양식

근대는 개인의 주체성을 긍정함으로써 이전 시대와 확연히 구분된다. 근대는 자기 자신에 대한 성찰을 담은 자의식의 발견과 밀접한 관련을 갖는다. 근대적 인간은 자의식을 발견함으로써 정체성을 확립하고 주체성을 보존하고자 한다. 그런데 언어로 말미암아 사유를 하게 되고, 이 사유가 '저주의 몫'이기도 한 '자의식의 과잉(넘치는 에너지의 비생산적 소모(dépense))'을 낳는다.67) 이런 자의식 과잉의 형상이 바로 진짜 근대적 인간이 아닐까? 그래서 근대소설은 근대사회의 이

---

66) 은종섭, 「주체사실주의문학창조의 불멸의 본보기」(평론), 『조선문학』 592, 1997. 2, 21쪽; 최길상, 「우리 식대로 창작하는것은 주체문학의 위력을 강화하는 근본담보」(론설), 『조선문학』 603, 1998. 1, 44쪽.

67) 마르크스가 생산 개념을 중심으로 문명의 역사를 해석한 것이라면 바타이유는 소비 개념으로 문명의 역사를 설명한다. 바타이유는 소비를 두 가지로 구분한다. 하나는 재생산을 위한 소비, 즉 일정한 사회의 개인들이 생명을 보존하고 생산 활동을 지속시키는 데 필요한 최소한의 비용으로 표현되는 것이다. 이것은 생산 활동에 필요한 기본적 조건으로서의 소비이다. 또 다른 소비는 소비 그 자체를 목적으로 삼는 활동, 즉 궁극적인 생산 목적 또는 생식 목적과는 상관없는 사치, 장례, 전쟁, 종교 예식, 기념물, 도박, 공연, 예술 등에 바쳐지는 소비이다. 이런 소비들은 생산의 중간 수단으로 이용되는 소비와는 차별되기 때문에 '순수한 비생산적 소비'의 형태이다. 바타이유는 이런 소비를 '소모(dépense)'라고 지칭한다(G. Bataille, 조한경 역, 『저주의 몫』, 문학동네, 2000, 32쪽).

런 근대적 인간에 대한 이야기를 담고 있다.

　　그 후로 몇 달 그녀를 더 만나면서 그녀와 나는 으레 돈까스나 비프스테
이크로 저녁을 먹고, 맥주를 마시고, 그리고 요령부득인 상태가 되어 여관을
들어가 메마른 섹스에 열중했다. 그러니까 이런 식이었다. 돈까스, 맥주, 섹
스. 비프스테이크, 맥주, 섹스. 돈까스, 맥주, 섹스…… 섹스에 미친 것이 아
니라 웬일인지 무인도에 유배된 사람들처럼 다른 할 일을 찾지 못하고 있었
던 것이다.

—윤대녕, 「은어낚시통신」, 『한국문학』 219, 1994. 1·2, 208쪽.

　　근대소설은 경험을 주고받을 수 있는 능력이 사라진 근대사회에서
'고독한 개인'의 경험을 소통 가능하도록 고안된 서사의 양식에 해당
된다. 그래서 근대소설은 고독한 개인, 근대적 인간의 탄생과 밀접한
관련을 갖는데, 이런 고독한 개인이 지닌 '삶의 깊은 혼란'을 드러낸
다.68) 근대적 인간은 삶의 깊은 혼란 속에서, '돈가스, 맥주, 섹스.
비프스테이크, 맥주, 섹스. 돈가스, 맥주, 섹스…… 섹스에 미친 것이
아니라 웬일인지 무인도에 유배된 사람들처럼 다른 할 일을 찾지 못
하고 있'는 '넘치는 에너지의 비생산적 소모'에 시달리는 존재이다.
　　자의식 과잉에 시달리는 근대적 인간에 반해 북조선의 뜨거운 심장
을 가진 주체형 인물은 진짜 근대적 인간은 아니다.

---

68) "소설의 탄생은 고독한 개인으로부터 비롯된다. 그는 자신의 가장 중요한 관심거리들을
　　예로 들어 가며 자기 자신을 표현할 수도 없거니와 스스로 조언하지도 않고 다른 사람에게
　　조언할 수도 없는 것이다. / 소설을 쓴다는 것은 인간의 삶을 표현함에 있어서 같은 표준으
　　로 비교할 수 없는 것들을 극단적으로 쫓아가는 것이다. 충족한 인생 가운데 그리고 그
　　충만함의 표현을 통해 소설은 삶의 깊숙한 혼란을 드러낸다."(W. Benjamin, 이태동 역,
　　『문예비평과 이론』, 문예출판사, 1987, 101쪽, 105쪽)

≪갑자기 굴천정에서 크지 않은 붕락이 지며 조명등을 깨놓았습니다. 그래서 한 동무가 인차 조명등을 가지러 굴밖으로 뛰여 나갔는데 글쎄 우리가 붕락을 다 처리할 때까지도 그가 나타나지 않았습니다. 저는 그때 부소대장 동지에게 불도 없는데 잠간 허리쉼을 하자고 했습니다. 그랬더니 부소대장 동진 자기의 신발을 벗어 불을 붙이고 계속 착암기를 돌렸습니다. 얼굴이 고무연기에 꺼멓게 그슬리는것두 모르구 말입니다. 그렇게 일하다 보니 신을 벗은 한쪽발은 돌부리에 찔리우고 쓸리우면서 상처까지 입었습니다.≫

—송상원, 『총검을 들고』, 평양: 문학예술출판사, 2002, 65~66쪽.

주체혁명위업을 위해 작업 도중에 있었던 붕괴 사고로 조명등이 꺼지자 자기의 신발을 벗어 불을 붙이고 계속 작업하는, 얼굴이 그을리고 발이 피 터지고 끼니조차 잊고 일하는 전사나 사상과 직결된 '뜨거운 심장'[69]을 가진 인물은, 주체형 인물이지만 에너지의 비생산적 소모에 시달리는 진짜배기 근대적 인물은 아니다. 그래서 주체의 인간은 자의식이 부족한 이상적 주인공인 동시에 근대적 성격이 결여된 인물이다. 주체형 인간의 자주성, 창조성, 의식성의 고상함은 비루한 현실에서 겪는 빈곤과 질곡을 변호하는 데 이용된다. 이는 북조선 사회가 겪고 있는 현재의 위기를 극복하기 위한 지배 이데올로기에 봉사한다는 것이다. 주체의 인간은 위대하다. 이 명제는 생판 거짓말만은 아니다. 그러나 이 명제는 현재의 비참한 현실을 보상하는 대치물로써 기능한다. 진정 빛을 알기 위해서는 어둠의 중심에 서 보는 것이 필요

---

69) "인간은 변할수 있다. 하지만 변화되 좋게 변해야 한다. 인간, 인간은 아름다운 존재이며 힘 있는 존재이다. 이 철학을 그이께서는 언제 한번 의심해 본적이 없으시였다. / 변화되 좋게 변할것이다. 과오는 일시적인것이며 이번의 시련은 그를 더 억세게 일으켜 세울것이다. / 참다운 동지애의 세계에 들어 선다는것은 결코 쉬운 일이 아니다. 그것은 사상과 직결된 뜨거운 심장만이 하는 일이다."(박윤, 『총대』, 평양: 문학예술출판사, 2003, 192쪽)

하지 않을까? 인민을 교양하는 북조선의 기획은 '위대한 주체시대'라는 이상아래 인민을 동원하고, 조직하고, 거듭나게 하는 공명기계의 역할을 한다. 이는 주체시대를 상상하고 인민을 호출하는 북조선문학 본연의 임무이다. 여기서 북조선의 문학은 근대적 인간의 전형이 없는, 고상한 인간(주체형 인간)만이 존재하는 근대 미달 양식이다. 하지만 북조선의 문학이 '근대문학이 아니다'라는 것은 결코 아니다.

여기서 북조선의 문학을 규정할 수 있는 미학적 원리는 무엇인가? 연구자는 '이야기의 힘'을 통한 '감응의 수사학'이라고 규정한다.

> 문학을 다른 예술형태들에 앞세워 발전시킬데 대한 문제는 대중교양에서 문학이 노는 역할과 관련하여 필수적으로 제기된다. (⋯⋯) 문학은 바로 이와 같은 형태상특성으로 하여 사람들의 사랑을 받고 그들의 감성에 크게 작용하며 사람들을 사상미학적으로 교양하는 힘이 대단히 크다. 따라서 문학을 발전시키는것은 그 풍부하고 다양한 표현적기능을 옳게 리용하여 대중교양에 적극 이바지하기 위한 원칙적요구로 제기된다.
> ―한중모·정성무, 『주체의 문예리론 연구』, 평양: 사회과학출판사, 1983, 377~378쪽.

사회주의 문학이 그러하듯, 북조선의 문학은 '인식교양적 기능과 감화력'을 대단히 중요시한다. 그러하기에 문학은 '아름답고 숭고한 풍모'를 지닌 '주인공의 긍정적 모범'에 인민들을 감화시킴으로써 인민들을 교양한다.70) 긍정적 형상들은 사상미학적 감화력을 통하여

---

70) "그렇게 그려지는 구체적이며 개성적인 성격에 그 시대 사람들이 지니고있는 본질적이며 일반적인 특질, 아름답고 숭고한 풍모가 반영되어야 한다. 이렇게 창조된 전형적성격이여야 그것을 통하여 사람들에게 생활의 참다운 진리를 가르쳐줄수 있고 주인공의 긍정적모범으로 사람들을 교양할수 있는것이다. 문학작품이 생활의 교과서라고 할 때 그것은 사실 전형이 주는 감화력을 두고 하는 말이다."(『창작의 벗』(평양제1사범대학 국어문학강좌),

인민의 감정을 고양시킨다. 그래서 이 문학은 '시대의 지향과 이념을 발전시킴으로써 인민의 자주위업 수행에 적극 이바지할 수 있도록 하는 인식교양적 역할'을 강조한다.[71] 여기서 고상한 정신적 풍모를 지닌 김일성과 같은 주체형 인간에 감응하고 몰입하면 상당히 감동적이다. 이것이 이야기의 힘이다. 그래서 북조선의 문학은 이야기의 힘을 강조하는 전형적인 남성의 서사에 해당한다.

> 위대한 수령님의 원대한 구상대로 조국의 하많은 강하천기슭에는 잡초대신 무성한 갈숲이, 나라의 억만재부가 설레일것이다. 그때 후대들은 이 갈숲의 력사에 대하여, 이 재부를 마련해주시기 위하여 우리 수령님께서 기울이신 사랑에 대하여 잊지 못하리라! 그 심저에 도도히 굽이치는 열렬한 애국의 넋에 눈굽을 적시리라! (……) 로인의 눈에서는 눈물이 걷잡을수 없이 흘러내렸다. 우리 인민의 다함없는 감사의 눈물, 행복의 눈물이였다.
>
> ─최봉무, 「푸른 기슭」, 『조선문학』 597, 1997. 7, 18~19쪽.

여기서 말해지는 이야기의 힘이란 무엇인가? 이야기는 '정의로운' 인간이 그 속에서 바로 그 자신을 만나게 되는 그런 인물의 세계에 대해 말한다. 소설의 얽히고설킨 관계는, 이야기에서는 단순한 이분법적 원리로 구성된다. 이는 소설의 복잡한 구조가 이야기의 감동을 반감시키기 때문이다. 추악한 인간과 의롭고 순결한 인간, 즉 '주체형 인간'을 형상화하는 이야기의 윤리는 소설의 가독성을 높임으로 감동을 증가시킨다. 즉, 이야기의 선악 구도는 감동을 배가시킨다. 그래서

평양: 사로청출판사, 1974, 18쪽)

71) 김정일, 『주체문학론』, 평양: 조선로동당출판사, 1992, 31쪽.

북조선의 문학은 친근한 이야기 양식을 답습하고 있기 때문에 감동적이다. 흔히 이야기에서 볼 수 있는 감응의 수사학은 이상적 세계를 이미 알고 있는 듯한 느낌을 준다. 인민들은 감정이입의 방식을 통해서 이상적 세계를 소유하게 된다. 그래서 '감사의 눈물이나 행복의 눈물'을 흘리는 멜로드라마를 창출한다. 이것이 바로 이야기가 지닌 힘이다. 그런데 완결된 인간이 지배하는 이야기는 한 번 자기동일화하고 나면 아무도 그 마법에 흥미를 가지지 않는다. 그래서 도식적이고 지루한 것이다. 결국 북조선의 자기동일화의 최면술적 미학은 인민에게 자존심과 행복을 부여하는 반면에 현재 지도 체제의 질서를 영구화하게 만드는 작동 원리로 작용한다.

경애하는 수령 김일성동지께서 항일혁명투쟁시기에 창시하신 주체적문예 사상과 리론은 인류문예사상사의 가장 높은 단계를 열어놓은 위대한 사상리론이며 자주시대의 민족문학예술건설에서 나서는 모든 문제에 과학적 해명을 주는 옳바른 지도적지침이다. 일제침략자들을 격멸소탕하는 류례없이 간고한 환경에서 문학예술을 혁명의 무기로, 문학예술창작을 혁명사업의 한 부분으로 삼고 손에 총을 잡은 투사들 자신이 노래를 짓고 연극을 창조한 그 전투적인 창작기풍은 오늘 자주적인 민족문학예술을 건설하는 모든 창작가들의 귀중한 본보기로 된다. 불후의 고전적명작을 비롯한 항일혁명문학예술작품과 우리 당의 지도밑에 불후의 고전적명작을 옮긴 혁명영화와 혁명가극, 혁명소설은 그 사상예술성에 있어서나 인식교양적가치에 있어서 종래의 민족문화유산이 미칠수 없는 최상의 높이에 이르렀으며 세계적으로 커다란 경탄을 자아내고있다.

—김정일, 『주체문학론』, 평양: 조선로동당출판사, 1992, 62쪽.

그런데 '수령(김일성)'의 '항일혁명문학'을 중핵으로 만들어진 주체문학을 어떻게 보아야할 것인가? 즉, 이는 과거의 개조나 해석, 재창조 문제를 어떻게 보아야 할까에 대한 물음 말이다. 또한 이 혁명적 문학은 얼마만큼 조작될 수 있을까? 주체문학은 이 조작을 위해 혁명적 문학을 이용되고 실제로 발명해내려는 의도가 있었음은 분명하다. '과거의 사건들은 객관적으로 존재하는 것이 아니라 오직 기록된 자료와 인간의 기억 속에서만 존재하며, 과거는 그 자료와 기억이 한데 뭉친 것'일지도 모른다.72) 김일성이 '친필'한 것으로 말해진 '항일혁명문학'은 이런 과거 개조의 대표적인 예일 것이다. 즉, 김일성의 혁명적 문학은 통상 식민지 시대에 만들어진 것처럼 보이지만, 실제로 기원을 따져본다면 최근의 것일 뿐만 아니라 발명된 것이다.73) 또한 이는 북조선 지도 체제가 정치적 의도에 따라 과거를 조직하고 통제한다는 사실을 반증한다. 이는 과거의 규율을 통하여 인민을 예속화시킨다는 말이기 하다. 즉, 인민은 그 규율의 구조를 모르면서 스스로 창출한 것이란 환상에 사로잡히고, 그 환상을 믿을수록 규율은 인민들을 더욱 억압한다는 것이다. 따라서 수령의 혁명적 문학을 중핵으로 만들어진 주체문학은 실제의 기술이 아니라 혁명적 전통을 발명한 것이다. 즉, 이는 "과거를 지배하는 자는 미래를 지배한다. 현재를 지배하는 자는 과거를 지배한다"74)는 것이기에 더욱 그러하다. 다만,

---

72) G. Orwell, 정회성 역, 『1984』, 민음사, 2003, 296~297쪽; 박경서, 「전복적 상상력: 아나키즘적 유토피아에서 전체주의적 디시토피아로: 『없는 곳에서 온 소식』과 『1984년』을 중심으로」, 『영미어문학』 104, 2012. 9, 64~65쪽; 송한샘, 「조지 오웰의 『1984』에 드러난 감시와 처벌 메커니즘 연구: 미셸 푸코의 이론에 근거하여」, 『국제한인문학연구』 22, 2018. 8, 23~24쪽.

73) E. Hobsbawm 외, 박지향, 장문석 역, 『만들어진 전통』, 휴머니스트, 2004, 19쪽.

74) G. Orwell, 앞의 책, 53쪽.

현 단계에서 북조선 지도 체제에 의해 만들어진 과거를 복원할 필요가 절실하다.75)

마지막으로, 연구자가 북조선의 문학을 자의식이 빈곤한 근대 미달의 양식이라고 규정했지만, 그렇다고 북조선의 문학이 '근대문학이 아니다'라는 진술은 결코 아니다. 근대문학은 근대성이나 반근대성, 전근대성, 탈근대성 등으로 다양하게 변주되는 근대성의 역동성에 의해서 성립된 것이며, 자신을 끊임 없이 혁신하고자 하는 근대 내적 작동 원리의 산물이다. 특히 북조선의 문학은 '총서 ≪불멸의 력사≫' 처럼, 리얼리즘과 '반'리얼리즘 문법을 봉합하는, 끊임없이 문학을 통일하고 평준화하는 근대문학의 탐욕성의 그 일단을 보여 준다.76) 그런데 수령과 관련된 부분이 '반'리얼리즘 문법으로 독해된다고 하더라도, 근대에 창작된 작품 치고 '근대문학'이라는 상표를 붙여서 안 될 것이 어디 있겠는가. 근대문학을 독해하는 익숙한 미학주의가, 북조선의 문학을 근대문학으로 읽기를 차단하는 것이 아니겠는가. 그렇지 않다면 무협문학, 더 나아가 대중문학은 근대문학이 아닌가. 이에 대해 부정적이라면 문학성이니 예술성이니 하는 근대문학을 바라보는 익숙한 문법이 그것을 차단하는 것은 아닐까. 현재 북조선의 문학을 남한의 익숙한 문법으로'만' 읽는 것은 아닐까. 현재 북조선 사회를 읽는 방법과도 닮아 있는지도 모른다.77)

---

75) 남원진, 「'혁명적 문학'의 발명」, 『한국언어문화』 68, 2019. 4, 208~209쪽.

76) M. Robert, 김치수 역, 「기원의 소설, 소설의 기원: 왜 소설인가」, 『예술과 비평』 1, 1984년 봄, 270~271쪽; M. Robert, 김치수, 이윤옥 역, 『기원의 소설, 소설의 기원』, 문학과지성사, 1999, 11~12쪽.

77) 남원진, 「'혁명적 대작'의 이상과 '총서'의 근대소설적 문법」, 『현대소설연구』 40, 2009. 4, 216쪽.

참고문헌

1. 기본 자료

「2천년대가 왔다 모두다 태양민족문학건설에로!」, 『조선문학』 627, 2000.
1.

「결정서」, 『로동신문』 18395, 1997. 7. 10.

「목화꽃」, 『조선문학』 598, 1997. 8.

「불 타는 창작적열정을 안고 선군문학창작의 붓대를 달리자」, 『조선문학』
665, 2003. 3.

「선군혁명문학창작으로 새 세기 사회주의 붉은기진군을 고무추동하자」,
『조선문학』 641, 2001. 3.

「위대한 령도자 김정일동지를 조선민주주주의인민공화국 국방위원회 위
원장으로 추대」, 『로동신문』 18818, 1998. 9. 6.

「위대한 선군혁명령도 10돐을 문학작품창작에서의 일대 혁신으로 빛내이
자」(사설), 『문학신문』 1903, 2004. 10. 9.

「위대한 수령 김일성동지의 서거에 즈음하여」, 『로동신문』 17298, 1994.
7. 9.

「조선로동당 중앙위원회 조선로동당 중앙군사위원회 특별보도」, 『로동신
문』 18486, 1997. 10. 9.

김경욱, 「누가 커트 코베인을 죽였는가」, 『21세기 문학』 10, 2000년 여름.

김경욱, 「작가, 화자, 주인공」, 『문학사상』 402, 2006. 4.

김경욱, 『누가 커트 코베인을 죽였는가』, 문학과지성사, 2003.

김려숙, 「인민대중과의 혼연일체속에서 위인형상을 부각하는것은 수령형

상창조의 중요한 요구」, 『조선문학』 592, 1997. 2.

김명익, 「숲」, 『조선문학』 634, 2000. 8.

김명진, 「숲향기」, 『조선문학』 598, 1997. 8.

김성일, 「강위력한 사상적무기로 보시고」, 『문학신문』 2036, 2008. 6. 21.

김순림, 「우리 당의 위대한 선군령도를 따라 힘 있게 전진하는 주체문학」, 『조선문학』 636, 2000. 10.

김의준, 「시대의 참된 교육자들의 형상을 훌륭히 창조하는데서 나서는 몇 가지 문제」, 『조선문학』 599, 1997. 9.

김일성, 「우리 당의 주체사상과 공화국정부의 대내외정책의 몇가지 문제에 대하여」, 『로동신문』 9164, 1972. 9. 19.

김일성, 「천리마시대에 상응한 문학예술을 창조하자」, 『조선문학』 237·238, 1967. 5·6.

김정곤, 「내가 존경하는 그 사람」, 『조선문학』 696, 2005. 10.

김정웅, 「문학예술에 선군정치의 반영과 그 정당성」, 『문학신문』 1895, 2004. 5. 8.

김정웅, 「위대한 장군님의 령도밑에 찬란히 개화발전하는 선군문학」, 『문학신문』 1905, 2004. 10. 23.

김정웅, 「주체사실주의문학발전의 새로운 단계로 되는 선군문학의 본성과 특성」, 『조선문학』 687, 2005. 1.

김정학, 「선군태양찬가」, 『문학신문』 1983, 2006. 12. 23.

김홍섭, 「로숙한 형상」, 『조선문학』 622, 1999. 8.

류명호, 「6월 19일」, 『문학신문』 1964, 2006. 6. 17.

류정옥, 「금대봉마루」, 『조선문학』 689, 2005. 4.

리명숙, 「특색있는 인간관계를 설정하는것은 수령형상문학의 중요한 요구」, 『조선문학』 558, 1994. 4.

리성식, 「왁새골의 주인들」, 『조선문학』 593, 1997. 3.

리성식, 「푸른 산천」, 『조선문학』 599, 1997. 9.

리영환, 「버드나무」, 『조선문학』 640, 2001. 2.

리용일, 「우리 민족제일주의정신으로 불타는 향토애의 형상문제」, 『조선문학』 559, 1994. 5.

리종렬, 『진달래』, 평양: 문예출판사, 1985.

리창유, 「탐구와 사색의 뚜렷한 자취」, 『조선문학』 647, 2001. 9.

박윤, 「추억과 소묘」, 『조선문학』 593, 1997. 3.

박윤, 『총대』, 평양: 문학예술출판사, 2003.

방철림, 「위인의 손길 아래 빛나는 선군혁명문학」, 『천리마』 498, 2000. 11.

방형찬, 「선군혁명문학은 주체사실주의문학발전의 높은 단계이다」, 『조선문학』 665, 2003. 3.

배경휘, 「보람」, 『조선문학』 599, 1997. 9.

백보흠, 「백두산바람」, 『조선문학』 612, 1998. 10.

송상원, 『총검을 들고』, 평양: 문학예술출판사, 2002.

신리섭, 「고향을 이야기할 때」, 『조선문학』 596, 1997. 6.

신병강, 「빛나라, 위대한 선군길이여!」, 『문학신문』 1971, 2006. 8. 26.

심문경, 「우리의 6월 19일」, 『조선문학』 656, 2002. 6.

안혜영, 「어머님과 진달래」, 『문학신문』 1901, 2004. 9. 18.

윤경남, 「조국에 대한 생각」, 『조선문학』 587, 1996. 9.

윤대녕, 「은어낚시통신」, 『한국문학』 219, 1994. 1·2.

윤대녕, 『은어낚시통신』, 문학동네, 1995.

은종섭, 「주체사실주의문학창조의 불멸의 본보기」, 『조선문학』 592, 1997. 2.

정은옥, 「녀성의 노래」, 『조선문학』 593, 1997. 3.

정태헌, 「군인성격」, 『조선문학』 590, 1996. 12.

조인영, 「군복 입은 사람들」, 『조선문학』 653, 2002. 3.

최길상, 「새 세기와 선군혁명문학」, 『조선문학』 639, 2001. 1.

최길상, 「선군으로 위용떨치는 조국과 문학적형상」, 『조선문학』 683, 2004. 9.

최길상, 「선군혁명문학령도의 성스러운 자욱을 더듬어」, 『조선문학』 652, 2002. 2.

최길상, 「우리 식대로 창작하는것은 주체문학의 위력을 강화하는 근본담보」, 『조선문학』 603, 1998. 1.

최봉무, 「푸른 기슭」, 『조선문학』 597, 1997. 7.

최언경, 「혁명적군인정신이 맥박치는 명작들을 더 많이 창작하는것은 시대와 혁명의 요구」, 『조선문학』 590, 1996. 12.

최윤의, 「림형빈교수」, 『조선문학』 682, 2004. 8.

최정남, 「혁명적군인정신이 나래치는 땅」, 『조선문학』 590, 1996. 12.

최한섭, 「시련과 승리」, 『조선문학』 603, 1998. 1.

한웅빈, 「두번째 상봉」, 『조선문학』 623, 1999. 9.

한웅빈, 「스물한발의 ≪포성≫」, 『조선문학』 642~644, 2001. 4~6.

2. 논문

고인환, 「작은 목소리와 스승의 메아리」, 『문학수첩』 2(4), 2004년 겨울.

김성수, 「선군(先軍)사상의 미학화 비판」, 『민족문학사연구』 37, 2008. 8.

김태운·노찬백, 「김정일시대 주요 통치담론의 실천상 특징에 관한 고찰」, 『통일정책연구』 15(1), 2006. 6.

남원진, 「'혁명적 대작'의 이상과 '총서'의 근대소설적 문법」, 『현대소설연구』 40, 2009. 4.

남원진, 「'혁명적 문학'의 발명」, 『한국언어문화』 68, 2019. 4.

박경서, 「전복적 상상력」, 『영미어문학』 104, 2012. 9.

서옥식, 「김정일 체제의 지배이데올로기 연구」, 경기대학교 박사논문, 2006.

송한샘, 「조지 오웰의 『1984』에 드러난 감시와 처벌 메커니즘 연구」, 『국제 한인문학연구』 22, 2018. 8.

심진경, 「소설의 매혹」, 『문학동네』 36, 2003년 가을.

오일환, 「북한의 선군정치의 현황과 쟁점 분석」, 『아태 쟁점과 연구』 1(1), 2006년 봄.

최진이, 「작가와 조선작가동맹」, 『임진강』 9, 2010년 가을.

문일호, 「북한 선군정치(先軍政治)의 특성에 관한 연구」, 『통일전략』 4(1), 2004. 8.

신대진, 「김정일 시기 지배권력 재생산 전략으로서 선군정치」, 성균관대학교 박사논문, 2015.

3. 단행본

『창작의 벗』, 평양: 사로청출판사, 1974.

김인옥, 『김정일장군선군정치리론』, 평양: 평양출판사, 2003.

김일성, 『김일성장군의 격려의 말씀』, 평양: 문화선전성, 1951.

김일성, 『김일성저작집』 6, 평양: 조선로동당출판사, 1980.

김일성, 『김일성저작집』 14, 평양: 조선로동당출판사, 1981.

김일성, 『김일성저작집』 27, 평양: 조선로동당출판사, 1984.

김일성, 『조선 로동당 제4차 대회에서 한 중앙 위원회 사업 총화 보고』,

평양: 조선로동당출판사, 1961.

김정일, 『김정일 선집』 14, 평양: 조선로동당출판사, 2000.

김정일, 『김정일 선집』 15, 평양: 조선로동당출판사, 2005.

김정일, 『주체문학론』, 평양: 조선로동당출판사, 1992.

남원진, 『양귀비가 마약 중독의 원료이듯…』, 경진, 2012.

남원진, 『이야기의 힘과 근대 미달의 양식』, 경진, 2011.

돌베개 편집부 편, 『북한 '조선로동당' 대회 주요 문헌집』, 돌베개, 1988.

리병간·강은별, 『새 세기 선군혁명문학의 발전면모』, 평양: 사회과학출판
　　　사, 2015.

리철·심승건, 『위대한 령도자 김정일동지께서 밝히신 선군혁명령도에 관
　　　한 독창적사상』, 평양: 사회과학출판사, 2002.

북한연구학회, 『북한의 언어와 문학』, 경인문화사, 2006.

사회과학원 문학연구소, 『주체사상에 기초한 문예리론』, 평양: 사회과학
　　　출판사, 1975.

사회과학원 주체문학연구소, 『총대와 문학』, 평양: 사회과학출판사, 2004.

사회과학원 철학연구소, 『우리 당의 총대철학』, 평양: 사회과학출판사,
　　　2003.

사회과학원, 『문학대사전』 1, 평양: 사회과학출판사, 1999.

오현철, 『선군과 민족의 운명』, 평양: 평양출판사, 2007.

유기환, 『노동소설, 혁명의 요람인가 예술의 무덤인가』, 책세상, 2003.

이종석, 『(새로 쓴) 현대북한의 이해』, 역사비평사, 2000.

조한혜정·이우영 편, 『탈분단 시대를 열며』, 삼인, 2000.

한중모·정성무, 『주체의 문예리론 연구』, 평양: 사화과학출판사, 1983.

황장엽, 『나는 역사의 진리를 보았다』, 한울, 1999.

황장엽, 『인간중심철학의 몇가지 문제』, 시대정신, 2001.

姜尚中, 이경덕·임성모 역, 『오리엔탈리즘을 넘어서』, 이산, 1997.

柄谷行人, 조영일 역, 『근대문학의 종언』, 도서출판b, 2006.

Bakhtin, M. M., 김근식 역, 『도스또예프스끼 시학』, 정음사, 1988.

Bataille, G., 조한경 역, 『저주의 몫』, 문학동네, 2000.

Benjamin, W., 이태동 역, 『문예비평과 이론』, 문예출판사, 1987.

Bisztray, G., 인간사 편집실 역, 『마르크스주의 리얼리즘 모델』, 인간사, 1985.

Elaine Kim, 최정무 편, 박은미 역, 『위험한 여성』, 삼인, 2001.

Hobsbawm E., 외, 박지향·장문석 역, 『만들어진 전통』, 휴머니스트, 2004.

Hobsbawm, E., *On History*, New York: The New Press, 1997.

Lenin, V. I., 『문학에 관하여』, 평양: 조선로동당출판사, 1957.

Neocleous, M., 정준영 역, 『파시즘』, 이후, 2002.

Orwell, G., 정회성 역, 『1984』, 민음사, 2003.

Robert, M., 김치수·이윤옥 역, 『기원의 소설, 소설의 기원』, 문학과지성사, 1999.

Shcherbina 외, 이강은 역, 『소련 현대문학비평』, 흔겨레, 1986.

3부 북조선 대표 정전 선집

노동일가

리북명

건국실 겸 식당은 지금 인민학교[1] 아동교실처럼 잡담과 웃음으로 한창
꽃을 피우고 있다.

점심을 필한 선반공[2]들은 큼직하게 만 담배를 피워 물고 기운찬 목소리
로 왁자지껄 떠들어댄다.

오늘 이 자리에는 '털털이'라는 별명을 가진 정반공(正盤工)에게 인기
가 집중되어 있다.

'털털이' 문삼수(文三洙)는 말더듬이지만 「노랫가락」과 「양산도」가 명
창인 데다가 특히 남의 연설이나 표정 동작을 흉내내는 데는 신통한 재간
을 가지고 있는 친구다.

---

1) 인민학교(人民學校): 북조선어. 초등 교육을 실시하는 학교.
2) 선반공(旋盤工): 선반(금속, 나무, 돌 따위를 회전시켜서 갈거나 파내거나 도려내는 데
   쓰는 공작 기계)을 사용하여 일을 하는 노동자.

아직 음악 서클이 조직되지 못한 이 선반공장 노동자들은 휴식시간을 이용하여 돌림박으로 노래를 부르고 포재[3]를 내놓게 되어 있다. '털털이' 먼저 두 친구가 「아리랑」하고 「도라지타령」을 불렀으나 둘 다 양철통을 두드리는 듯한 목청이었기 때문에 그다지 동무들의 갈채를 받지 못했다. 그렇기 때문에 '털털이'의 인기는 더욱 높았다.

요란한 박수를 받으면서 책상 앞에 나선 '털털이'는 아주 얌전을 빼면서 에헴, 에헴 하고 목청을 닦는다.

떠들썩하던 건국실 안은 밀림 속처럼 잠잠해졌다.

"그럼 처음 노랫가락입니다."

하고 두어 번 입을 다시 드니 청청한 목소리로 한 곡조 멋들어지게 뺀다.

"좋다."

하고 무릎장단을 치는 친구들도 있다.

'털털이'의 노랫가락은 선반공들의 마음을 위로해주기에 충분하였다.

터질 듯한 박수갈채리[裡]에 「노랫가락」은 끝나고 「양산도」가 시작되었다.

"어 좋다."

"얼씨구 좋다."

선반공들은 젓가락장단을 쳐가면서 어깨를 씰룩거린다.

"좋―다."

하면서 안경을 콧등에건 선반공 주문식이가 일어나더니 실실 춤을 춘다.

누구의 얼굴에도 명랑한 웃음빛뿐이다. '털털이'의 목청은 정말 아름답다.

「양산도」가 끝나자 또 한바탕 건국실 내는 떠들썩하였다.

이번에는 '털털이'의 강연이 시작될 차례다.

---

3) 포재(抱才): 가지고 있는 재주.

"에— 외람하나마 지금부터 박 부장의 강연을 제가 대신 보내드리겠습니다. 에헴."

하고 수건으로 입술을 닦는 흉내를 낸다.

아까 노래에서도 그러했지만 한번 더듬도 없는 유창한 연설이다.

그러나 '털털이' 친구의 버릇과 솜씨를 잘 알고 있는 동무들은 미처 시작도 하기 전부터 벌써 입술을 깨물고 킥킥 웃기 시작한다.

깨물어도 깨물어도 웃음은 터져 나왔다.

"쉬—."

하는 소리와 함께 건국실은 다시 무풍지대로 변하였다.

그러나 '털털이'는 시치미를 딱 떼고 천연스러운 거룩한 박 부장의 태도로

"에— 민주조선의 건국을 위해서 증산에 돌격 또 돌격하고 있는 여러 동무들, 나는 자나 깨나 여러 동무들에게 뜨거운 감사를 디리오. 에헴, 에헴."

가느스름하나 힘 있는 목소리로 이렇게 연설의 첫머리를 떼어놓고는 눈알을 재빠르게 굴리면서 고개를 숙였다 들었다 하기도 하고 두 손으로 책상을 눌러보기도 하고 뒷짐을 짚고 천장을 쳐다보기도 한다.

그 연설 투와 그 표정과 동작이 박 부장을 먹고 닮았다.

침착하고 인격 있는 박 부장의 연설 흉내니 우스울 것은 조금도 없지만 평소에 말을 더듬고 털털거리던 사람이 갑자기 얌전을 빼고 청산유수격으로 연설 목대를 쓰는 데야 제아무리 부처님이래도 우습지 않을 수가 있으랴!

'털털이'는 다음 말이 얼른 생각나지 않아서 박 부장의 표정과 동작을 되풀이하면서 입을 쩍쩍 다신다.

바로 그때다.

웃음이 헤픈 한 친구가 참다못해 으하하하 하고 간간대소하는 바람에

다른 친구들도 배를 안고 돌아갔다.

한번 터진 웃음은 전염되고 전파되어 얼른 끊기지 않는다. 배꼽 나가는 줄도 모르게 하도 웃어대서 모두가 기진맥진해 한다.

'털털이'는 얼굴을 찡그리고 서서 그 웃는 꼴을 지키다가

"거 시 시 싱거운 사 사 사람들이군. 씨 씨름이나 안겠다."

하고 말을 더듬으면서 붙잡을 새도 없이 밖으로 뺑소니쳐버렸다.

"삶은 소대가리가 웃을 노릇이군."

한 친구가 이렇게 중얼거리자 웃음은 또 한바탕 건국실을 뒤혼들었다.

참으로 유쾌한 몇 분이 지나갔다.

담배 연기가 뽀—얗게 건국실에다 문을 돋치면서 떠돌고 있다.

한바탕 푸지게 웃고 난 선반공들은 또 담배에다 맞불4)을 붙이기 시작한다.

식후의 한때—이것은 애연가에게는 별미로 되어 있지만 증산경쟁에 일분일초를 아껴가면서 돌격을 감행하고 있는 그들에게는 점심 후의 한 대가 말할 수 없는 활력소인 동시에 진미였다.

심심풀이로 빼빼 빨다가 내던지고 또 새 궐련을 피워 무는 그런 들뜬 사람들에게는 상상도 할 수 없는 각별한 맛이 났다.

입술을 뾰족히 빼어가지고 쑥 들여 빨아서는 연기를 뱃속 깊이 몰아넣었다가 후— 하고 내뿜는 그 표정에는 우울도 고민도 없다. 다만 혈색 좋은 얼굴에는 무한한 행복과 희망의 빛만이 아롱지고 있다.

요즈음 새로 단장한 건국실은 선반공들에게 한결 정다운 매력을 주었다.

'가세잉'5)을 새로 칠해서 새하얘진 벽에 정오의 태양광선이 반사되어

---

4) 맞불: 마주 대고 붙이는 담뱃불.
5) 가세잉: 퍼티(putty). 산화주석이나 탄산칼슘을 12~18%의 건성유로 반죽한 물질.

건국실 내는 한결 눈부시게 밝다.

200명 가까이 수용할 수 있는 넓은 건국실이다.

남쪽 유리창 위에 마르크스, 레닌, 김일성 장군, 스탈린 대원수의 순으로 초상화가 나란히 걸려있고 바로 그 밑 유리창과 유리창 사이의 벽에는

"배우고 배우고 또 배우자. 새로운 과학지식으로 무장하자. 기술을 배우자. 무식은 파멸이다."

라는 표어와

"우리는 없는 것은 새로 창조하고 부족한 것을 부족한 대로 모든 곤란과 장애를 이를 악물고 뚫고 나가야 살 수 있고 새로운 부강한 나라를 세울 수 있다."

라는 우리의 영명하신 영도자 김일성 장군의 말씀이 붙어 있다.

왼쪽 벽에 걸린 흑판에는 이 선반공장에 부과된 1947년도 인민경제계획 2/4분기의 책임수치가 크다랗게 표시되어 있다.

로바텔(橫型遠心分離機6))용 롤러베어링7) 30개!

육단압축기(六段壓縮機)용 피스톤로드8) 18개!

플랜지9) 각종 4,000개

볼트 너트 각종 10,000본

24인치 벨트 컨베이어10) 롤러11) 일기분(一基分)

---

6) 원심분리기(遠心分離器): 원심력을 이용하여 섞여 있는 액체와 고체 또는 비중이 서로 다른 액체 혼합을 분리하는 장치.

7) 로라베아링(원문) → 롤러베어링(roller bearing): 스핀들과 베어링 사이에 몇 개의 롤러를 끼운 베어링.

8) 피스톤·롯트(원문) → 피스톤로드(piston rod): 피스톤(실린더 안에서 왕복 운동을 하는, 원통이나 원판 모양으로 된 부품)에 고정되어 피스톤의 운동을 실린더 밖으로 전달하는 금속 막대.

9) 푸란지(원문) → 플랜지(flange): 관(管)과 관, 관과 다른 기계 부분을 결합할 때 쓰는 부품.

......

그밖에도 이름 모를 기계부속품들이 많은 숫자를 표시하고 있다.

1/4분기의 성적을 말하는 그래프12)도 붙어 있다.

출근율은 91.8%이고 책임량은 107%에서 스톱하고 있다.

30분 조기 출근으로써 독보13)에 힘쓰자!

2/4분기 책임량 150% 초과 완수에 총궐기하자!

각 공장 직장에서 개인의 예정 책임량을 다하는 데서만 1947년 인민경제계획은 완수된다!

생산은 건국의 토대 기술은 노력자의 무기다!

이밖에 47년도 인민경제계획 완수에 관한 표어가 벽마다 붙어 있다.

벽보판에는 오늘 처음으로 벽소설14)이 붙었고 공장당부에서 발행하는 『속보』와 직맹15) 문화과에서 발행하는 『직장소식』이 붙어 있다.

동쪽 유리창 곁에 비치한 책장에는 십여 종류의 책자가 진열되어 있다.

『스타하노프운동이란 무엇인가』, 『5.1절의 자유와 의의』, 『새민주주의』, 『조선정치형세에 관한 보고』, 『소설집』, 『시집』, 『조소문화』, 『문화전선』, 『건설』 그밖에도 여러 가지 팸플릿16)과 신문철도 있다.

---

10) 콤베어(원문) → 컨베이어(conveyor): 물건을 연속적으로 이동, 운반하는 띠 모양의 운반 장치.

11) 로라(원문) → 롤러(roller): 금속재의 두께를 줄이거나 평평하게 하는 데 쓰는 기구.

12) 구라후표(원문) → 그래프(graph): 여러 가지 자료를 분석하여 그 변화를 한눈에 알아볼 수 있도록 나타내는 직선이나 곡선.

13) 독보(讀報): 북조선어. 신문 따위의 교양 자료를 여러 사람에게 알리기 위하여 소리 내어 읽음. 또는 그런 선전 활동.

14) 벽소설(壁小說): 벽에다 써 붙이는 소설.

15) 직맹(職盟): 북조선어. 직업동맹(職業同盟). 노동 계급의 대중적 정치 조직.

건국실 북쪽 벽에는 목욕탕의 탈의장 같은 의복장이 놓여 있다. 170명에 가까운 선반공장 노동자들이 아침저녁으로 현장복과 통근복을 번갈아 넣어두는 데다 그 의복장에는 자기의 기술을 자랑하는 자기 고안의 각형각색의 자물쇠가 달려 있다.

한 대씩 맛나게 담배를 피우고 난 선반공들은 뿔뿔이 헤어져서 책자도 뒤적거려보고 흑판 앞에 모여 서서 책임숫자에 대해서 토론도 하고 벽보판에 붙어 서서 『속보』, 『직장소식』에 실린 기사와 벽소설을 읽기도 한다.

그러나 아까부터 이달호만은 웬일인지 우울한 표정으로 긴 의자에 혼자 앉아 있다. 마치 자기는 건국실의 명랑한 분위기하고는 상관없는 사람이라는 듯한 싸늘한 표정이다.

무슨 뾰족한 창의고안 때문에 깊은 사색에 잠겼느냐 하면 그런 것 같지도 않고 그저 혼자서 속으로 호박씨를 까면서 초조해하는 모양이다.

이달호의 손가락 짬에서 타고 있는 생담배에서는 한 줄기의 연기가 가늘게 떠오르고 있을 뿐이다.

이기고 말테다. 달호는 이렇게 중얼거리고 나서 입술을 깨물어보는 것이다.

바로 그때다.

"아하하하."

하고 기분 좋은 너털웃음이 벽보판 곁에서 터졌다.

그것은 「건달」이라는 제목으로 쓴 벽소설을 읽는 김진구의 웃음소리였다.

"뭐야, 뭐야."

선반공들은 그 웃음소리에 홀린 듯이 우 하고 벽보판 곁으로 몰린다.

---

16) 팸플릿(pamphlet): 설명이나 광고, 선전 따위를 위하여 얄팍하게 맨 작은 책자.

김진구의 웃음은 동무들에게 전염되었으나 단지 이달호에게만은 불쾌의 대상밖에 되지 않았다.

이달호는 김진구의 웃음소리가 틀림없이 자기를 비웃는 것만 같아서 얼굴을 찡그린다.

달호는 연거푸 담배를 세 모금이나 들여 빨아 가지고 후유— 하고 한숨에 섞어서 내뿜는다.

"글쎄, 이 벽소설 좀 읽어보게. 소설가란 어쩌면 이렇게두 남의 일을 잘 꼬집어낼까. 하하하."

김진구는 또 한바탕 웃어댄다.

그 말을 들은 동무들은 그 벽소설에서 웃음을 찾아내자는 듯이 중얼중얼 내려 읽는다. 초시작부터 킥킥 하고 웃기 시작하는 동무들도 있다.

그 벽소설의 내용은—47년도 인민경제계획을 초과달성하기 위해서 총궐기해야 한다고 빈 대포만 탕탕 놓는 어떤 친구가 기실 속통에는 개똥이 들어차서 아프다는 핑계로 공장을 쉬면서 야미17)장사를 하다가 동무에게 들켜서 당장 공장을 쫓겨나는 모양을 회극적으로 쓴 작품인데 사실 이런 일이 있었다.

이 벽소설의 주인공 같은 건달꾼을 잡아낸 사람이 바로 김진구다.

맴돌처럼 몹시 굴러다니는 어떤 친구 하나가 서투른 기술을 가지고 요행 채용되었는데 공장에서 쌀통장을 받은 후부터는 배가 아프다니 머리가 아프다니 요리 핑계 조리 핑계를 해 가지고 바쁜 공장을 쉬면서 야미장사를 하는 것을 진구가 장마당에 나갔다가 발견하고 직장대회에 부쳐서 그 날로 쫓아낸 사실이 있었다.

그런데 이 벽소설 작가가 그 사실을 모델 삼아 이 소설을 썼는지 그렇잖

---

17) 야미(yami): '뒷거래'의 일본어.

으면 상상으로 썼는지는 모르지만 하여튼 김진구에게는 너무나 신기한 일이 아닐 수 없었다.

"거 참 신통한데."

김진구는 또 한 번 감탄한다.

"음, 거 용하게 썼군. 바루 그 사건하구 꼭 같네."

텁석부리가 목을 기웃기웃하면서 맞불을 놓는다.

"소설쟁이는 거짓말을 잘 꾸민다는데 그렇지도 않은가 봐."

안경을 콧등에건 중에 나먹어 보이는 친구가 이를 쑤시면서 말을 건넨다.

"그건 옛날 이얘길세 전책[18]쟁이하구 소설 쓰는 사람하구는 천양지판 이지."

염병을 앓았는지 머리털이 몹시 설핀[19] 친구가 한몫 낀다.

"암, 지금 소설에야 어디 헷소리가 있나 옳은 것과 그른 것을 딱딱 지적 하면서 우리들을 옳은 길루 인도해준단 말이야. 용하지 용해."

텁석부리가 또 중얼중얼 내려 읽기 시작한다.

"우리를 위해서 홍남에두 소설가가 와 있다지?"

"우리 공장에두 여러 번 왔다는데 난 아직 한 번두 만나 못 보아서."

"인차 각 공장을 돌아댕기면서 강연을 한다데."

"그 분들 하구 친해야 하네 그 분들한테서 좋은 가르침을 받음으로써 우리는 더 배우며 생산능률을 올릴 수 있을 거네."

"물론이지. 러시아 10월 혁명에서두 소설의 힘이 퍽 컸다네. 또 딱딱한 책보다두 재밌구. 알기 쉽지. 우리두 소설을 읽는 습관을 붙여야 하네. 한글두 배울 겸 저기 보게. 앓는다 쫓았다라구 저렇게 쓰지 않나."

---

18) 전책(傳冊): 『홍길동전』, 『전우치전』 따위와 같이 고전 소설 가운데 '전(傳)' 자를 붙인 책.
19) 설피다: 북조선어. 연기나 안개, 햇빛 따위가 짙거나 세지 아니하고 옅거나 약하다.

김진구는 앞에선 동무의 등에다가 기름 묻은 손가락으로 써본다.

"읽을 필요가 있구 말구. 그런데 어쩌문 그렇게 무궁무진하게 써낼까. 아마 머릿속에 활판소가 들어 있나 보네."

안경 쓴 주문석이가 콧등의 안경을 올려 밀면서 중얼거렸다.

"다아 재간이지. 글 쓰는 사람은 좋은 글을 많이 쓰구, 우리는 기계를 많이 만들어내구, 농사꾼은 농사를 많이 짓구, 여편네는 일 잘 하구, 아이를 많이 낳구……. 그래야만 민주주의 조선독립이 빨리 되는 법이야 알겠는가?"

머리털이 설핀 친구가 안경 쓴 주문석이의 어깨를 탁 치면서 유머를 내놓자

"오라, 그래서 자네 마담은 또 배가 남산이 됐구나."

하고 털보가 수염 새에 숨은 큰 입을 벌리고 앙천대소 하는 통에 건국실은 또 한바탕 웃음으로 떠들썩한다.

머리털이 설핀 친구의 부인은 지금 여섯째 아이를 배었는데 만삭이다.

"하여튼 지금 우리 조선에는 친일파, 민족반역자, 반동분자, 건달꾼을 내놓구는 무에든지 많은 것이 좋네."

한 친구가 이렇게 주장하자

"옳네, 옳네."

하고 모두가 찬동한다.

"우리 이제부터 소설 읽는데 재미를 붙이기로 하세. 저기 소설집두 있구 잡지두 있으니까."

진구는 이렇게 말을 심으면서 책장 곁으로 갔다. 그러자 하나 둘 또 그리로 몰린다. 그럴 때마다 그들 작업복에서는 기름 냄새가 확확 풍긴다.

이것이야말로 47년도 인민경제계획의 승리를 약속하는 제일선 부대의 명랑 유쾌한 휴식 광경이다.

그들은 이 한 시간이란 휴식시간에 얻은 위안과 명랑한 기분으로 오후의 중산돌격전을 승리로 맺는 것이다.

김진구는 담뱃불을 찾아 돌아섰다가 긴 의자에 팔을 베개 맺고 누워 있는 이달호를 발견하고 마음에 안된 생각이 나서 그리로 걸어갔다.

"어디 아프오?"

진구는 부드러운 목소리로 묻는다. 진구는 달호의 우울한 모양을 보았을 때 자기가 되려 미안했던 것이다.

"아니, 뭘 좀 생각하느라구……."

달호는 뾰족뾰족 내민 수염을 어루만지면서 빙그레 웃는다. 그러나 그 웃음은 이달호의 우울한 표정을 감추어주지 못했다.

"담배 있소? 한대 피오."

진구는 자기가 피자고 말아 쥐었던 담배를 달호 앞에 내밀었다. 피차에 허물없이 지내고 농담도 곧장 잘 주고받고 하던 둘 새가 아니었는가!

"아니 내게두 있소. 금방 피었소."

달호는 일어나 앉으면서 굳이 사양한다. 요즈음의 이달호는 너무나 태도가 달라졌다. 이런 이달호 동무의 태도를 볼 때마다 마치 그 죄가 자기에게 있는 것같이 생각되어서 김진구는 마음이 송구했다.

"달호 동무, 너무 작업에만 골몰해두 못쓰오. 두구두구 할 일이 아니오. 그러기다 일할 때는 죽을내기[20] 대구 일하고 그 대신 놀 때는 또 만판 푸지게 놀아야 하오."

진구는 이러다가는 필경 달호와의 정의를 상할 것만 같아서 그것이 은근히 걱정이 되었다. 자기 마음은 전이나 지금이나 한결같으나 달호의 심경은 이 며칠 동안에 확실히 변하였다.

---

20) 죽을내기: 북조선어. 있는 힘을 다한 행동.

"잘 알겠소. 내 저기……."

달호는 그 자리에 그 이상 더 앉아있기가 면구해서 변소 가는 시늉을 하면서 밖으로 나가버렸다.

김진구는 나가는 달호의 뒷모양을 지키고 섰다가 시계를 쳐다보았다. 1시까지에는 아직 17분이나 남았다.

김진구는 무안한 듯이 그 자리에 우두머니[21] 서 있다. 저 동무는 필시 작업을 시작하려 나가는 것이리라—고 생각하면서

"달호 어데 아프다는가?"

안경 쓴 친구가 진구에게 담뱃불을 빌리면서 묻는다. 책장 곁에서는 중얼중얼 글소리가 들린다.

"그 사람 요즈음 태도가 이상하네."

"가정에 무슨 딱한 사정이 생기잖았는가?"

"아니, 그 사람 나하구 경쟁을 시작한 후부터 태도가 달라졌네."

진구는 이런 말을 입 밖에 내고 싶지 않았으나 중에 자기하고 친한 친구 앞이기 때문에 실토를 했던 것이다.

"옳지. 지지 말자구 그러는 게로군."

"아무리 그렇다구 해두 저렇게야 골몰할 수 있는가."

"원체 저 친구는 성미가 어지간히 다급한 편이지."

"그렇기는 하지만서두 달호는 아마 나하구 경쟁을 개인 숭강다툼이나 하듯이 아는 모양이야."

"그럴 리야 있나."

"아니, 필시 그런 것 같애."

"그렇다면 그것은 인민경제계획이란 어떤 것인가를 잘 이해하지 못하

---

21) 우두머니: 우두커니. 넋이 나간 듯이 가만히 한자리에 서 있거나 앉아 있는 모양.

는 거지."

"문제는 그거야 달호는 작업에는 가장 열성적이면서도 그 방법과 태도에 안된 데가 있어."

"그건 한번 잘 이야기해주어야지. 두구두구 할 일을 우물을 들구 마시는 격으로 해서야 어데 계속 할 수 있는가. 애간장만 탔지."

"요는 사상적 무장이라구 생각하네. 소련 인민들의 그런 강철 같은 정신 말이야."

"그래 그래. 1차 2차 3차 5개년 계획을 승리적으로 완수하고 파쇼 독일과 일본 제국주의를 즉살시켜버린 그 단결된 애국정신을 본받아야 하네."

안경 쓴 문식이와 김진구의 사상은 합치되었다. 이것은 오늘 우연히 합치된 사상이 아니라 전부터 합치되어 있기 때문에 둘 새는 각별히 친하다.

이 두 친구는 독보소조나 기술강좌나 학습회에서까지 으레 같은 걸상에 붙어 앉았다. 그렇게 떨어지기 싫게 둘 새는 친근하며 사상적으로 합치되고 있다.

오늘 점심시간에 있어서 여느 때보다 다른 광경이라면 그것은 중얼중얼 글소리가 끊어지지 않는 것이다.

신문을 유심히 들여다보는 친구, 머리를 맞대고 잡지의 소설을 읽으면서 이야기를 주고받고 하는 친구들, 소설집을 서로 제 앞으로 끌어당기면서 중얼거리는 친구들— 그 동무들은 담배 연기를 조심성 없이 남의 얼굴에다 내뿜으면서 열심히 한 줄 두 줄 내려 읽는다.

독서가 시들해진 친구들은 의복장 앞 긴 걸상에 모여 앉아서 마분지로 만든 장기말로 장이야 궁이야 하면서 떠들어댄다. 건국실마다 장기판하고 장기말을 비치하기로 되어 있으나 장기말은 지금 건축계에서 제조 중이었다.

그럼 여기서 잠깐 건국실 밖에서 전개되고 있는 선반공들의 휴식 광경을 간단히 그려보기로 하자.

선반공장 남쪽 모래판에서는 두 파로 나누어 가지고 씨름 경기가 벌어졌다. 씨름 구경도 구경이려니와 응원하는 모양이 더욱 장관이다.

승부가 결정될 때마다 엉덩이춤이 나오고 곱새춤이 나오고 장타령이 나오고 구호를 외치고 하면서 물 끓듯 한다.

아까 건국실에서 연설 도중에 뺑소니를 친 '털털이' 동무는 씨름 심판을 하느라고 눈알을 뒹굴리면서 이리 뛰고 저리 뛰고 한다.

한편에서는 새끼줄을 쳐놓고 발리볼[22]도 하고 캐치볼[23]도 하는데 모두가 탄력 있는 소리로 떠들어대면서 기운 좋게 날뛴다.

내다보기만 해도 가슴이 활짝 트이는 검푸른 동해 바다 위를 불어오는 사월의 해풍은 아직 몸에다 닭살을 돋쳐주었으나 그러나 노동자들에게는 그 바람은 강심제가 되었다.

'오존'[24] 냄새를 마음껏 들이 삼키면서 바닷가를 걸어 다니는 노동자도 보인다.

씨름하고 독서하고 운동하고 농담하는 태도에도 그 일거일동에도 진정 조선인민의 공장에서 인민의 행복을 약속하면서 중산전에 돌격하고 있는 영예스러운 자기들이라는 감출 수 없는 환희와 프라이드가 어느 동무의 얼굴에도 아롱지고 있다.

믿음성 있는 얼굴들이다. 탐스러운 그 기개들이다.

이리하여 전달보다는 이 달, 어제보다도 오늘— 달이 바뀌고 날이 흐를수록 그들의 육체는 단련되어가고 불패의 정신, 즉 민주조선의 승리를

---

22) 발레뿔(원문) → 발리볼(volley ball). 배구(排球).

23) 캣취뿔(원문) → 캐치볼(catch ball). 야구에서, 공을 던지고 받는 연습.

24) 오죵(원문) → 오존(ozone): 3원자의 산소로 된 푸른빛의 기체.

쟁취하고야 말 증산돌격정신이 부쩍부쩍 자라가고 있는 것이다.

×

17분 앞서 선반공장에 나온 이달호는 회전을 정지하고 잠자는 동물처럼 휴식하고 있는 선반기 곁에 붙어 서자 무척 쓸쓸한 고독감에 사로잡혔다.

'이기고야 말겠다.'— 달호는 그 밉살스러운 고독감을 박차버리듯이 머리를 내혼들고 입술을 깨물면서 선반기를 응시하고 있다.

16척 선반기에는 합성계(合性係) 육단압축기(六段壓縮機)의 생명인 피스톤로드가 물려 있다. 길이 15척이나 되는 피스톤로드는 얼핏 보면 기다란 샤프트25) 같기도 하고 또는 장거리포의 포신26) 같기도 하다.

'어떻게 하면 빨리 깎아낼까.'— 달호는 이런 생각을 하다가 그 결론도 맺기 전에 마음이 초조해 나서 모터의 스위치를 꾹 찔렀다.

앵 하고 모터가 회전을 시작하자 동시에 선반기가 돌기 시작한다.

바다 속처럼 어두컴컴하고 잠잠하던 선반공장 안은 또다시 기계 소리에 삼키어버리기 시작한다.

그 기계 소리는 이달호의 고독감을 어느 정도 풀어줄 수 있었다. 그러자 불현듯이 종잡을 수 없는 반발심이 불쑥 가슴에 치밀었다. 그는 퉥 하고 침을 내뱉었다. 그것은 자기의 실력과 열성을 몰라주는 동무들에게 보내는 쑥스러운 화풀이였다.

이달호는 선반기를 공전시킨 채 뒷짐을 짚고 서서 새삼스레이 공장 안을 돌아본다.

---

25) 샤후트(원문) → 샤프트(shaft): 회전 운동이나 직선 왕복 운동으로 동력을 전달하는 둥근 막대 모양의 기계 부품. 축(軸).
26) 포신(砲身): 포의 몸통 전체.

대소 80대나 되는 각종 각국 제품인 선반기 세파 정반(正盤) 보링 다닝 훗뻥 미렁…… 같은 기계가 일정한 간격을 두고 보기에도 단정스럽게 배치되어 있다.

귀여운 자기 자식을 사랑하는 심정— 꼭 그와 같은 정성이 기계에 배어서 어느 기계 할 것 없이 반질반질 윤택을 내고 있다.

이 선반공장은 말하자면 신식과 구식의 혼성 공장이라 하겠다. 그렇기 때문에 기계의 반수는 모터 직결(直結)이요, 나머지 반수는 피대27)로 연결되어 있다.

기계 자신이 구식인 것이 아니라 능률에 상관이 많다.

모터 직결은 고장이 생기면 그 고장 난 한 대만 운전을 정지하면 되지만 피대로 연결한 것은 그렇지 못하다.

만약 50마력 모터가 고장난다면 지붕 밑에 달린 메인 샤프트가 회전을 정지하게 된다. 메인 샤프트가 회전을 정지하게 된다면 피대로써 연결된 그 밑의 수십 대의 기계는 동시에 운전을 정지하고 마는 것이다.

이것을 모터 직결로 개조할 수는 있지만 그 귀한 모터가 없다.

수십 줄의 피대가 메인 샤프트와 기계를 연결하고 있는 그 광경은 기계의 입체미를 한결 돋구어주는 동시에 박력 있는 기계의 위력을 어마어마하게 표현하고 있다.

바이트28)의 세례를 받은 제품들—밸브29) 샤프트 플랜지 기어30) 풀리31)…… 그 외에 이름은 물론 생전 처음 보는 기계부속품들이 그 특유한

---

27) 피대(皮帶): 두 개의 바퀴에 걸어 동력을 전하는 띠 모양의 물건. 벨트(belt).
28) 바이트(bite): 금속을 자르거나 깎을 때 선반 따위의 공작 기계에 붙여 쓰는, 날이 달린 공구.
29) 발브(원문) → 밸브(valve): 유체(流體)의 양이나 압력을 제어하는 장치.
30) 기야(원문) → 기어(gear): 톱니바퀴의 조합에 따라 속도나 방향을 바꾸는 장치.
31) 푸리(원문) → 풀리(pulley): 바퀴에 홈을 파고 줄을 걸어서 돌려 물건을 움직이는 장치.

금속광채를 발산하면서 기계 결마다 쌓여 있다.

기계 밑바닥에는 타래송곳[32]처럼 묘하게 달린 쇠찌끼와 부스러기 쇠가 오전 중의 돌격전을 증명하듯이 널려 있다.

선반공장 북쪽 철문 옆에는 주철공장에서 부어 만든 험상궂은 기계부속품들이 손대지 않은 채 쌓여 있다.

기계에서도 흙에서도 공기에서도 기름 냄새가 풍긴다.

기름은 기계의 수명을 장수하게 하는 동시에 우수한 제품을 제작하는 데 인체의 피와도 같은 역할을 하는 것이다.

이 선반공장의 역학적 기계 배치는 현대미의 한 개의 대표적 표현이라 하겠다.

또한 그것은 생명 있는 동물의 규율적인 아름다운 집단 같기도 하다.

기계미(機械美)!

기계미!

뒤덮어 놓고 기계는 무서운 것이라는 선입감을 고집하고 있는 완고한 사람들에게까지 손을 내밀어 어루만져 주고 싶은 충동을 주기에 넉넉하다.

마치 잘 드는 면도칼로 수염을 밀듯이 험상궂은 주철물 또는 선철을 깎아 말쑥하고도 아담스러운 기계부속품을 만드는 선반기나 세파는 일 잘하는 처녀처럼 어여쁘고 고귀한 작품을 제작하는 예술가의 솜씨처럼 위대하다.

이달호 자신 이 기계미에 홀리고 그 사랑스러움에 반하고 그럼으로써 자기의 정신과 피가 선반기에 통해서 열성적으로 생산에 돌격하고 있으나 요즈음에 와서는 웬일인지 그 선반기의 매력이 통 느껴지지 않을 뿐더러 생산능률은 전에 비해서 더 올리면서도 마음이 뒤설레고 빠락빠락

---

32) 타래송곳: 나무에 둥근 구멍을 뚫는 데 쓰는 송곳.

짜증이 날 때가 많았다.

그런 심경으로는 좋은 제품을 제작할 수 없다는 것을 번연히 알면서도 자기 마음을 자기도 달래줄 수 없는 그런 초조한 분위기에서 갈팡질팡하고 있는 것이 최근 이달호의 심경의 일면이다.

섣달그믐날 빚쟁이한테 졸리우는 안타까운 마음 또 미운 것을 때려 부숴보고 싶은 울숲뚝하는 감정. 그러면서도 또 한편으로는 암만 기를 쓰고 뛰어도 앞에선 놈을 따라갈 수 없는 애타는 심경— 이런 착잡된 심경을 이달호는 가지고 있다.

이달호의 이 심리 상태는 비단 공장에서만 표현되는 것이 아니라 가정에서까지 노골화하였다.

바로 어제 저녁에도 달호는 아내에게 공연한 트집을 건 일이 있다. 그 원인은 저녁이 늦었다는 것이다.

그러나 아내가 능령천(陵嶺川) 개수 공사에 애국돌격대로 나갔다 와서 저녁이 늦은 것을 번연히 알면서도 생주정[33]을 부렸던 것이다.

"왜 빨리빨리 와서 저녁 준비를 못해……."

"어쩌 또 야단이오. 그래 단체루 나갔는데 혼자 먼저 빠져오는 법두 있소?"

아내는 남편에게서 칭찬은 못들을 망정 욕먹는 것이 정녕 통분하였다.

"어쩌 못 와, 오면 오지……."

달호는 와락 음성을 높였다.

"당신은 그래두 난 그러지 못하겠소. 저 수돌 아버지를 보오. 수돌 엄마가 일 나간 날에는 자기두 밥해 먹는다오. 당신은 그러지 못한들사나[34]

---

33) 생주정(生酒酊): '건주정'(술에 취한 체하고 하는 주정)의 방언(강원).

34) 못한들사나: 못한다 하더라도.

욕이나 작작하오."

아내의 넋두리는 달호의 가슴에다 동침을 찔러주었다.

수돌 아버지는 바로 김진구다.

김진구는 그제 저녁에 자기 손으로 밥을 짓고 국을 끓여서 아내가 능령천 개수 공사장에서 돌아오기를 기다려 아들 수돌이[35]와 셋이서 정답게 저녁을 먹었다.

이 이야기를 진구의 아내, 무슨 말끝에 달호의 아내에게 말했던 것이다.

"남이야 어쨌든 간에 상관 있니."

달호는 또 한 번 허세를 피었다.

"제발 당신두 잊어버리구래두 한 번 그렇게 해보오."

달호 아내는 밥상을 차리면서 고시랑거렸다.[36]

"듣기 싫다."

이야기의 대상이 김진구라는 데서 달호의 마음은 한결 우울해졌다.

그렇게 하잖아도 좋은 일인데도 괜히 그랬다고 밥을 씹으면서 몇 분 전의 일을 후회를 하면서도 한순간의 착잡된 감정을 내리누르지 못해서 불화를 일으켰던 것이다.

모두가 내가 못난 탓이지— 이렇게 자신에다는 자비를 하면서도 붉으락푸르락하는 아내에게다는 한마디 양해의 말도 던져주지 않았다.

사실인즉 그럴 생각도 없지 못해 마음 한구석에 있기는 했으나 그의 좋한 마음에는 그럴 용기가 없었다.

이달호에게는 휴식보다도 무엇보다도 김진구와의 경쟁에서 어떻게 해

---

35) 수동이(원문) → 수돌이.

36) 고시랑거리다: 못마땅하여 군소리를 좀스럽게 자꾸 하다.

서든지 이기고야 말겠다는 강직한 일념 외에는 아무 생각도 없었다.

김진구를 이김으로써 자기의 솜씨를 동무들에게 뽐낼 수 있으며 그럼으로써 47년도 인민경제계획 책임량을 완수하는데 자신을 얻을 수 있을 것이라고 생각하고 있다.

이렇게 열성을 다하여 경쟁에 지지 말자고 빠등빠등 애쓰는 것은 좋은 일이지만 그로 인해서 마음의 안정을 잃고 기분까지 우울해져도 좋다는 법은 없건마는 이달호는 이번 경쟁만이 자기의 실력을 자랑할 수 있는 결정판이라는 꼭 한마음을 단단히 가졌기 때문에 그는 학습도 창의성도 노동규율도 우정도 잊어버리고 오로지 승리에만 정신이 쏠렸다.

어떻게 해서든지 이기고야 말겠다— 이달호는 이 말을 자주 되풀이한다. 그러나 이 어떻게 해서든지—라는 말투는 위험성을 내포한 언사다.

예를 들어 말하자면 볼트를 깎는데 그 규격37)과 골의 깊이가 약간 틀린다손 치더라도 기한 내에 남보다 먼저 책임수량을 달성만 하면 된다는 그런 용서 못할 경솔한 작업태도를 배태할 염려가 있는 언사다.

작업에 대한 열성은 누가 보던지 칭찬하지 않을 수 없으리만치 발휘되고 있으나 그 열성과 반대로 이달호는 제품을 질(質)적으로 향상시키기 위한 노력을 게을리 하고 있다는 것을 자기 자신, 미처 깨닫지 못한 채 양(量)적으로만 편중하고 있다.

이달호는 지금 17분이라는 시간을 아껴서 피스톤로드를 더 깎자고 나온 걸음이다.

길이 열다섯 자나 되고 직경이 6인치나 되는 특수강을 4인치로 여섯 자, 6인치로 넉 자, 3인치로 다섯 자가 되게 깎아야만 피스톤로드가 된다.

이것은 천분지 반 밀리38)가 틀려도 안 된다.

---

37) 귀격(원문) → 규격(規格): 제품이나 재료의 품질, 모양, 크기, 성능 따위의 일정한 표준.

질소(窒素)와 수소(水素)의 혼합가스를 압축해서 액체 암모니아를 만드는 데는 피스톤로드와 압축기 내부 사이에 바늘끝만큼한 짬이라도 있다면 가스는 도망해버리는 것이다.

이달호는 핸들을 조작하여 바이트 끝을 피스톤로드에 갖다 대었다 떼었다 하면서 몇 번 바이트의 위치를 조절하고 나서야 바이트 대의 너트39)를 단단히 조였다.

이달호는 정신을 부쩍 차려 가지고 피스톤로드에다 기름칠을 하면서 횡(橫)핸들을 틀어 조심히 바이트 끝을 들이댔다.

순간 폴싹 하고 바이트 끝에서 가는 연기가 떠오르자 피스톤로드에서는 벌써 쇠찌끼가 꼬불꼬불 타래지면서40) 떨어진다.

이달호는 연송 붓으로 바이트 끝에다 기름을 주면서 이미 깎은 데와 이제부터 깎을 데를 비교해본다. 아직 4분지 3이나 남아 있다.

아니 볼 때는 모르겠던 것이 비교까지 해보고 나니 마음이 또 초조해났다.

"쩟!"

이달호에게는 선반기의 회전이 여느 때보다 한결 더디게 생각되었다.

더 빨리 회전시킬 수도 있으나 그렇게 급회전을 시킨다면 도저히 작업할 수가 없을 뿐더러 바이트가 견디지 못한다.

생각다 못해 이달호는 기계를 세우고 바이트 대를 2분지 1밀리쯤 더 들여 물리고 기계를 회전시켰다. 바로 그 순간이다.

기계가 회전을 시작한 것과 뿌쩍 하는 소리와 폴싹 흰 연기가 떠오른 것은 동시였다.

---

38) 밀리(millimeter): 미터법에 의한 길이의 단위.
39) 너트(nut): 쇠불이로 만들어 볼트에 끼워서 기계 부품 따위를 고정하는 데에 쓰는 공구.
40) 타래지다: 북조선어. 연기, 구름, 먼지 따위가 빙빙 맴돌며 타래 모양이 되다.

앗!

달호는 깜짝 놀라면서 재빠른 솜씨로 기계를 세웠다.

연송 혀를 차면서 들여다보니 바이트 끝이 뭉창 부러지고 피스톤로드는 아주 거칠게 깎아졌다.

두 번 깎아야 할 것을 단번에 깎아버리자는 달호의 무리한 욕심은 바이트 끝과 동시에 부러지고 말았다.

"제—기, 이 자식이 미쳤다."

달호는 자기 자신을 꾸짖었다. 그러자 자기로서 자기가 무척 미워났다.

달호는 쥐었던 스패너를 땅바닥에 팽개치고 철판 위에 철썩 앉아버렸다.

제 김에 부아가 동해서 얼굴을 찡그리고 더러운 꼴을 보았다는 듯이 튀튀 하고 아무데나 침을 내뱉는다.

달호는 무뚝뚝한 표정으로 앉았다가 흘끔 건국실 쪽을 내다보고 빠른 걸음으로 진구의 선반기로 갔다.

달호는 진구의 피스톤로드를 유심히 들여다보았다. 별로 자기보다 나은 솜씨 같지 않은 데다가 작업능률도 자기보다 몇 시간 뒤떨어져 있다고 생각하면서 돌아섰다.

그렇게 생각하니 이달호는 어지간히 마음이 놓였다. 그러나 달호는 또 한 번 자기의 불평을 되풀이하지 않을 수 없는 충동을 받았다.

기술로나 능률로나 열성으로나 어느 면으로 뜯어보든지 김진구에게 상좌를 양보해야 옳을 조건을 하나도 가지고 있지 않은데도 불구하고 동무들이나 공장 측에서는 자기와 진구의 경중을 다룰 때에는 으레 정해놓고 진구를 높이 올려 앉히는 것 같아서 그것이 늘상 가슴에 걸려 내려가지 않았다.

동무들 모두가 김진구 편만 들어주지 자기의 실력을 알고 자기를 정당한 위치에까지 올려 앉혀줄 줄 아는 위인들은 한 사람도 있는 것 같지 않게 생각되었다.

　여기서 이달호의 불평은 시작되었다.

　아니 그래, 내 기술을 이렇게 몰라준단 말인가. 도대체 무엇이 진구한테
진단 말이냐!

　내가 진구한테 한몫 잡히는 것이라면 그것은 나이가 두 살 아래라는
것과 김진구가 나보다 일 년 먼저 선반기술을 배웠다는 그것뿐이 아니냐.
그밖에는 심지어 기운이나 포재까지도 진구는 어림도 없지 않느냐. 학교
도 나는 보통학교 6학년을 졸업하구…….

　그런데 어디다 근거를 두고 사람의 경중을 다루는 것일까.

　후배가 선배를 따르지 못할 리 어디 있으며 나이 두 살 아래라는 것이
무슨 문제가 되랴!

　이달호는 두고두고 생각하여보아도 모를 일이었다.

　그러나 그렇게 불평을 말하는 이달호 자신 역시 제 똥 구린 줄은 몰랐다.

　솔직히 말하자면 이달호에게는 두 개의 마음이 있다.

　진정 건국을 위해서 자기의 몸과 기술을 바치겠다는 마음과 또 하나는
안락한 생활과 보다 유리한 조건을 찾아서 동요하는 마음이다.

　그 실례로서는 금년 2월에 달호는 고향인 풍산에 갔다 오겠다고 핑계하
고 그 길로 단천, 성진, 청진 등지로 돌아다니면서 보다 유리한 생활조건
을 찾았다.

　그러나 결국 그 구상은 실패로 돌아갔다.

　그때부터 달호는 그런 옳지 못한 마음을 버리고 지금 공장에서 열심히
일하고 있다. 그러나 그 옳지 못한 마음이 달호의 육체에서 송두리째 뿌리
빠졌느냐 하면 아직 그렇지 못하다.

　지금도 간혹 가다가는 마음이 왜지41)밭으로 달아날 때가 있었다.

이 마음이 달호 자신에게 큰 해독을 준 것은 사실이다.

이달호의 기술에는 발전이 없다— 이것은 전달 선반기술자 토론회에서 계장 한 동무가 한 말이지만 확실히 이달호는 지금 자기 기술에서 일보도 전진하지 못한 채 답보를 하고 있다.

이것도 말하자면 그 옳지 못한 마음의 결과라고 볼 수 있다.

전달 토론회 석상에서는 꿔온 보릿자루처럼 앉아서 아무 말도 하지 않았으나 자기 기술에 발전이 없다는 계장 동무 말을 지금까지도 달호는 굳게 부정하고 있다.

흥 무얼 안다구 건방지게— 이달호는 이렇게 코웃음을 치는 것이다.

이달호는 금년 스물 아홉이다. 선반기술을 배워서 5년 반철이다.

김진구하고 실력을 떠보고 자기 실력을 계장 동무에게까지 시위하는 데는 경쟁을 해서 승리하는 외에는 뾰족한 방법이 없을 것이다.

앞으로 5.1절도 있고 하니 5.1의 명절을 증산으로 기념하는 의미에서 김진구에게 도전을 하자!

옳다. 그것이 제일 상수다. 밑져야 본전인데 거는 송사를 어디 가서 못하랴!

그러자 일이 신통하게 되자니 이때 마침 합성계의 6단 압축기 피스톤로 드를 깎는 과업이 이달호와 김진구에게 내렸다. 이 주일 동안에 책임지고 두 개를 깎아야 한다는 명령이다.

정 급한 작업이 있을 때를 제외하고는 야업을 안 하기로 되어 있는 이 선반공장에서는 이 주일 동안에 두 개라는 것은 알맹이 여덟 시간의 과업이다.

이달호에게는 바라던 좋은 찬스였다. 그는 깊은 생각을 할 여유도 없이

---

41) 왜지: '자두'의 방언(함경).

김진구에게 경쟁을 신입하였던 것이다.

이달호의 가슴은 울렁거렸다. 혼자서 어둠을 헤매든 사람이 밝아오는 생문방[42]을 찾은 듯이 무한히 반가웠다. 승리에 대한 투지가 육신을 잔침질해[43] 주었다.

"진구 형, 우리 피스톤로드 깎는 경쟁을 하잖겠소?"

이달호는 점심시간에 건국실에서 김진구에게다 말을 걸었다.

"거 좋소. 경쟁이래야 별것이 아니니까."

김진구는 혼연히 달호의 도전을 받아들였다. 진구는 식은 죽 먹기로 대답을 했으나 벌써 그의 마음속에는 언제든지 누구의 도전이라도 받아들일 수 있는 마음의 무장과 준비가 되어 있었다.

14일 간 경쟁이다.

"그럼 내일부터 시작합시다."

"그런데 경쟁하는데 여러 가지 조건이 있는 줄 아오?"

김진구는 따졌다. 여러 가지 조건이란 일정한 시간 내에 계획성과 창의성을 발휘하여 질적으로 우수한 제품을 양적으로 계획 생산하는 것과 노동규율 엄수와 출근성적의 100%, 학습과 연구열의 제고 등등이다.

이것은 저번 기술자 토론회 때 직맹 위원장으로부터 주의가 있은 문제다.

"알다 뿐이겠소."

이달호는 자신 있게 대답하였으나 기실 그런 것을 문제시하지 않았다.

이달호와 김진구는 직맹 초급단체위원장 최 동무와 선반계장 한 동무와 작업반장 엄 동무 앞에서 경쟁을 맹세하고 작업상 여러 가지 주의를

---

42) 생문방(生門方): '생문(生門)'(길(吉)한 문)의 방위.
43) 잔침질하다(잔鍼질하다): 침을 깊게 찌르지 아니하고 얕게 여러 번 연거푸 찌르다.

받았다.

이것은 에누리 없는 알맹이 여덟 시간 노동시간을 엄수하면서 하는 경쟁이다.

그런데 이달호는 그 이튿날 아침에 벌써 독보회44)가 필하기도 전에 살랑 빠져서 기계를 돌렸다.

그 날 아침부터 이달호는 큰 부채를 짊어진 사람처럼 오싹오싹 걱정이 되었다.

그렇게 침착성이 풍부한 사람은 아니나 그 침착성조차 잃고 선반기와 씨름하기를 시작했다.

작업에 대한 계획성이 통 서지 못하였기 때문에 일의 순서를 잃고 덤비었다.

자기의 그 태도가 옳지 못한 것을 깨달으면서도 그것을 시정할 줄을 모르고 그 길로 질질 끌려 들어갔다.

선반공장은 2/4분기에 접어들자 주철공장과 단조(鍛造)공장을 상대로 책임량을 초과 달성할 것과 출근율 제고와 직장청소—이 세 가지 조목을 내세우고 삼각경쟁을 시작하였던 것이다.

물론 이것은 노동자 동무들 간의 자발적 건국 증산경쟁이었다.

흥남 인민공장과 함흥 철도부와 광산 새에 맺어진 삼각경쟁의 교훈과 전투력을 이 세 공장이 본받은 것이다.

삼각경쟁이라는 것은 창의성의 발휘와 계획성의 구체화와 단결된 노동력에 의한 기능적 분업화와 과학적 노력조직과 건국정신의 앙양 학습열

---

44) 독보회(讀報會): 북조선어. 비교적 적은 사람들 앞에서 신문 따위의 교양 자료를 소리 내어 읽으면서 정책과 시사 문제 따위를 해설하는 간단한 모임.

의 제고…… 등등 인민경제부흥의 튼튼한 터전을 닦는 정치적 의의를 가진 일시적이 아닌 운동이다.

이 운동을 전개함으로써 생산품은 질적으로 향상되며 양적으로 풍부해지는 것이다. 이것이 삼각경쟁의 원칙일 것이다.

그런데 이달호는 주철, 단조 두 공장과의 삼각경쟁과 자기와 김진구의 경쟁을 전연 딴 것으로 분리시켜 해석하고 있다.

삼각경쟁은 삼각경쟁이고 개인경쟁은 삼각경쟁하고는 상관없는 것이라고— 얼핏 생각하면 그럴 듯도 하지만 그러나 그것은 달호의 하나를 알고 둘을 모르는 생각이었다.

이달호는 또 이렇게도 생각한다.

삼각경쟁에 져도 개인경쟁에는 이겨야 한다고…….

이 얼마나 모순된 해석이랴!

이달호란 개인은 어디까지든지 삼각경쟁에 참가한 조직체의 한 사람이라는 것을 잊어서는 안될 것이며 나아가서는 개인경쟁 정신은 어디까지든지 삼각경쟁 정신의 일부분이 되지 않아서는 안될 것인 동시에 개인경쟁의 성과 여하가 삼각경쟁의 승패를 좌우한다는 것을 우리의 이달호 친구는 미처 생각지 못하고 어쨌든 간에 김진구 동무에게 이기기만 하면 소원 성취라는 암통한[45] 생각만 가지고 있다.

따라서 김진구는 자기도 모르는 새에 점점 이달호의 '적'이 되어가고 있었으며 야심의 대상이 되지 않을 수가 없게 되었다.

여기에 개인경쟁이 자칫하면 우정을 상하게 할 미묘한 심리 상태가 내재하고 있는 것이다.

올해만 넘기면 된다— 이달호는 이런 생각을 하면서 자기의 초조한

---

45) 암통하다: 북조선어. 머리가 트이지 못하고 막히어 생각하는 것이 답답하다.

마음을 살살 달래주는 것이었다.

이달호는 1947년이라는 1년을 무척 바쁜 해로 생각하고 있다.

그는 47년도 1년 간에 자기에게 부과된 책임량만 달성하면 명년부터는 생각이니 개인이니 하는 시끄러운 경쟁도 없어지고 안정된 마음으로 제 마음 나는 대로 일할 수 있으리라고 생각한다.

그렇기 때문에 이달호에게는 47년 1년이 무척 긴 해로 생각될 때가 종종 있었다.

이달호에게는 금년처럼 열성적으로 일해본 해도 없었으며 제품을 많이 제작해본 해도 일찍이 없었다.

일제(日帝)가 소위 대동아전쟁의 완수를 위해서 채찍을 들고 12시간 노동을 강요할 때에도 이달호는 금년처럼 생산능률을 올리지 못했다. 아니 기술적으로 올리지 않았던 것이다.

이달호는 금년에 접어들어서는 청진 바람이 불어서 한 이주일 공장을 쉰 외에는 열성적으로 증산에 돌격하고 있다.

그러면서도 그는 자칫하면 그 열성을 47년도 1년에만 국한시키려는 경향을 가지는 것이다.

금년 1년만 지나가면 된다— 이달호는 이런 안가(安價)한 자기만족에 도취할 때가 드문드문 있다.

1시 사이렌이 채 소리를 끊기도 전에 선반공들은 공장 안으로 흘러 들어와서 자기 기계 곁에 붙어 섰다.

그러자 공장 안은 갑자기 요란한 금속음(金屬音) 속에 삼키어지고 말았다.

피대 도는 소리, 기계가 회전하는 소리, 마치46)로 철판을 두드리는 소리, 그라인더47)에서 바이트를 벼리는 소리, 전기기중기(電氣起重機)가 육중한 철재를 물고 왔다 갔다 하는 소리, 소리, 소리……. 처음 듣는 사람들에게는 귀청이 떨어질 듯이 요란한 소리였으나 이 공장 동무들은 그 소리를 생산부흥의 노래로 여기고 있다.

이달호는 끝 부러진 바이트를 그라인더에서 갈고 있다. 결국 그렇게 되고 보니 작업 시간을 아낀다는 것이 시간을 낭비하는 결과를 나타내고 말았다.

김진구는 건국실에서 웃던 웃음을 채 거두지 못한 채 기름 넝마로 선반기의 바이트 대를 닦고 있다.

그저 전장금사 그대로의 명랑한 얼굴 표정이다.

김진구는 매 같은 눈으로 바이트 끝과 피스톤로드의 깎은 자리를 점검하고 공구를 갖추어놓고 다시 한 번 청사진한 도면을 세심히 들여다보고야 선반기를 돌려 조심조심히 깎기 시작한다. 김진구는 지금 그가 깎고 있는 피스톤로드에다가 자기의 기술적 역량을 깡그리 바치고 있다.

흥남지구 인민공장에 부과된 47년도 생산책임량은 하늘이 무너져도 이것을 달성해야 하겠지만 그 중에서도 유안비료(硫安肥料)만은 눈에다 쌍심지를 달아가지고라도 책임량을 완수해야 한다고 김진구는 생각한다.

뭐니뭐니해도 25만 톤의 유안비료 생산이 선결문제였다.

본궁 공장에서 '돌술'(석회석에서 카바이트를 제조하는 과정에서 화학적으로 빼어내는 알코올)이 나온다고 동무들이 좋아서 날뛸 때에도 김진구는 유안비료의 중요성에는 비길 수 없을 것이라고 자기의 의견을 진술한 일이 있다. 하기야 한 컵의 술이 노동자의 피곤을 풀어주며 마음을 위안시켜준다는 것은 상식화된 이야기다.

---

46) 마치: 못을 박거나 무엇을 두드리는 데 쓰는 연장.
47) 구라인더(원문) → 그라인더(grinder): 회전 숫돌을 회전하여 공작물의 면을 깎는 기계. 연삭기.

물론 진구 자신, 이것을 잘 알고 있다.

한 되에 2백 원, 3백 원하는 술을 사서 마신다는 것은 거의 불가능한 일이다.

본궁 공장에서 싼 술이 나와서 노동자의 증산 의욕을 돋우어준다면 예서 더한 일은 없을 것이다. 그러나 정신을 그쪽에 팔아서는 안된다는 것을 진구는 말하는 것이다.

식량 증산의 유일한 열쇠인 유안비료의 책임량을 달성하지 못한다면 다른 부문의 책임량을 넘쳐 완수하더라도 흥남지구 인민공장의 47년도 영예는 그 빛을 잃고 말 것이다. 부족한 식량 생산을 풍부한 식량 생산으로 전환함으로써 민주주의 조선의 산업은 더욱 부흥하며 인민의 생활은 향상될 것이다. 그러기 위해서는 화학비료의 다량 생산이 제일 조건이다. 이렇게 따져본다면 '돌술'은 둘째 문제다. 김진구는 이 자기 생각을 고집한다.

그런데 지금 하루 평균 6백 톤의 유안비료가 생산된다. 1년 잡고 21만 6천 톤의 유안비료가 생산되는 회계다. 그렇다면 책임량까지에는 아직 3만 4천 톤이 부족된다.

하루에 7백 톤을 생산하지 않고는 책임량을 달성할 수 없다.

그러면 하루에 6백 톤밖에 생산하지 못하는 애로가 어디 있느냐 하면 그것은 나먹은 유안 공장의 보수용재(保守用材)의 부족도 원인이 되겠지만 긴급한 당면문제로서는 합성계(合成係) 육단압축기의 피스톤로드 마멸에 있다.

피스톤로드가 마멸되었기 때문에 질소와 수소의 혼합가스를 완전히 압축 못하는데 원인이 있는 것이다.

1년에 25만 톤의 유안비료를 생산하자면 하루에 액체암모니아가 2백 톤으로부터 2십 톤이 절대 필요하다.

그런데 피스톤로드가 마멸된 관계로 현재 겨우 170톤밖에 생산하지 못한다.

1,500마력 모터로 운전하는 육단압축기는 최후의 육단압축기에 들어가서는 750기압으로 혼합가스를 압축해야 하는데 지금 550기압밖에 올리지 못하고 있다.

이것은 큰 문제다.

그래 기사 기술자들이 토론하고 연구한 결과 성진 고주파 공장의 성능으로 보아 피스톤로드의 원형을 만들 수 있다는 결론에 도달했던 것이다.

과연 그 결론대로 고주파 공장에서는 제작할 수 있었다. 18개의 주문에 대해서 우선 4개가 도착되었다.

"왔다, 왔다."

이 원형이 밀 구루마[48]로 선반공장에 운반되었을 때 선반공들은 기뻐했다. 그러나 누구보다도 기뻐한 사람은 김진구다. 진구는 원형을 어루만져주면서 반가워했다.

이 원형을 깎아 압축기에 맞추기만 하면 25만 톤의 유안비료는 문제없을 것이다.

"우리 선반공들은 비료공장을 잊어서는 안될 것이오. 이 늙은 공장을 잘 살리고 못살리는 데는 우리 선반공들의 책임이 절대 큰 것이라고 나는 생각하오."

바로 어제 기술강좌 시간에 진구는 비료공장에서 오는 기계부속품은 우선적으로 취급해야 한다고 호소하면서 이렇게 주장했다.

이번 피스톤로드를 깎으라는 명령을 받았을 때 진구는 도면만 보고 그대로 깎으면 된다고 고집을 쓰는 달호를 끌고 합성공장에 가서 압축기

---

48) 구루마(kuruma): 수레. 바퀴를 달아서 굴러가게 만든 기구.

를 세밀히 보았다.

직접 자기 눈으로 봄으로써 더 훌륭히 깎을 수 있으며 기계의 성능을 높일 수 있다고 생각하였기 때문이다.

이 피스톤로드는 깎기만 하면 당장 사용되는 것은 아니다.

선반공장에서 깎은 피스톤로드는 단조공장(鍛造工場)에서 침탄(浸炭) —이것은 탄소를 이용하여 연철을 강철로 만드는 법이다—하여 표면경화(表面硬化)를 시켜가지고야 비로소 사용하게 되는 것이다.

김진구는 지금 세심의 주의를 두 눈과 손끝에 집중시켜 가지고 피스톤로드를 깎고 있다.

그 통일된 정신과 긴장한 시선은 곁에 벼락이 떨어져도 꿈쩍도 할 것 같지 않다.

도면하고 조금도 틀리지 않는 훌륭한 피스톤로드를 제작하여 유안비료 25만 톤을 생산하는데 이바지하고야 말겠다는 노력이 그의 얼굴에 역력히 아롱지고 있다.

김진구가 선반기를 세우고 제품을 이모저모로 살피고 그것을 연구하고는 컴퍼스를 대어보고 하는 것이 얼핏 보면 대단히 느린 솜씨 같으나 그 치밀한 주의력과 용의주도한 태도는 제품을 질적으로 한 계단씩 향상시키고 있는 것이다.

이달호는 바이트의 날을 내면서 김진구의 작업태도를 몇 번이나 건너다보았다. 바이트의 날을 내는 것이 꽤 시간이 걸리는 일이었다.

바이트의 날을 잘 내고 못내는 데서 미끈한 제품이 나오느냐 꺼칠꺼칠한 제품이 나오느냐가 결정된다고 말할 수 있다.

특히 제품을 반질반질하게 닦는 연마용(研磨用) 특수 페이퍼가 없는 지금에 있어서는 바이트의 날을 잘 내는 것이 제품의 질을 향상시키는 중요한 조건의 하나가 되어 있다. 이달호는 바이트의 날을 내는 데는 재간이 있다. 그리고 샤프트를 깎는 데는 특히 훌륭한 기술을 가지고 있다.

그렇기 때문에 이번 피스톤로드를 깎는 과업이 달호에게 내린 것이다.

그런데 오늘도 결국 빨리 하자던 일이 바이트가 부러져서 더디게 되고 보니 마음만 상하고 빠락빠락 짜증만 났다.

그러면 그럴수록 이달호는 차츰 김진구를 피하게 되고 침묵을 지켜갔다.

김진구는 남이야 뭐라고 하든 말든 혀끝으로 연송 입술에다 침을 발라가면서 명랑한 마음으로 한결같이 작업을 계속하고 있다.

그 침착한 태도와 유쾌한 표정은 자신만만한 그의 기술적 역량을 증명하는 것이다.

김진구야말로 스물네 시간을 압축한 여덟 시간의 노동을 하고 있는 동무다.

그뿐 아니다.

김진구의 주머니 속에는 어느 때나 간직하고 있는 두 가지 물건이 있다. 하나는 학습장이오. 다른 하나는 롤러베어링의 모형이다.

이 베어링은 달걀처럼 타원형으로 생긴 것인데 그 표면을 맴돌처럼 깎자면 선반기로서는 도저히 불가능한 일이다. 어떻게 하면 깎을 수 있을까— 진구는 짬만 있으면 그 연구를 계속한다.

그 베어링은 유안공장의 로바텔(橫型速心分離機)의 샤프트에 붙는 것이다.

김진구의 창의 고안이 성공하는 날 2주일밖에 못 쓰는 베어링의 생명이 2개월로 연장될는지도 알 수 없는 일이다. 그의 친한 동무 문식이는 그 연구는 도저히 불가능하니까 단념하라고 두 번씩 권고했으나 진구는 어디 두고 봅시다 하고 더욱 연구심을 굳게 가진다.

흥남지구 인민공장의 근본정신은—단결, 민주, 생산, 학습—이 네 가지 문구에 여실히 표현되어 있다.

독자여!

그대들이 만약 홍남에 올 기회가 있다면 그대들은 거리거리에서 공장 콘크리트 벽에서 이 네 가지 문구를 어렵잖게 찾아볼 수 있으리라!

김진구는 이 네 개의 문구를 가슴속 깊이 명심하고 있다.

김진구는 이 네 개의 문구를 설명으로보다도 수학적으로 재미있게 풀이할 줄 안다.

단결+민주+생산+학습=부강한 민주주의 조선—이라고.

독자여! 이 얼마나 재미있는 답안이냐!

김진구는 8.15 직후부터 오늘까지 돈 들여 공부해도 다 못 배울 많은 지식을 배웠다.

보통학교를 겨우 4학년밖에 나오지 못한 김진구는 어려서부터 철공소에서 심부름을 하다가 기계수리공으로서 전전하면서 선반기술을 배운 후에는 밤낮 없이 대동아전쟁에 부스덕거리느라고[49] 글을 배우지 못하였다. 그의 머릿속에 남은 것은 기계 이름밖에 없었다.

무식은 파멸이다!

배우며 일하고 일하며 배우자!

---

49) 부스덕거리다: 북조선어. 가만히 있지 아니하고 몸을 자꾸 움직움직하며 좀스럽게 부산을 피우다.

해방 후 김진구는 이 표어에 고지식하게 순종한 한 사람의 노동자다. 그는 이 표어를 자기 집에다도 크게 써 붙였다.

학습회, 독보회, 기술강좌, 열성자 대회에는 특별한 사정을 제외하고는 주문식 동무와 함께 꼭꼭 참석하여 열심히 듣고 배웠다.

지금 그의 주머니 속에 들어 있는 학습장에는 어느 누구의 학습장보다도 많은 지식이 적혀 있다.

주문식이도 김진구의 열성에는 따르지 못했다.

김진구보다 네 살 위인 주문식은 졸기를 잘한다.

그래 지금까지 모임에서 무려 십여 번 진구에게 무릎을 꼬집힌 일이 있다.

김진구도 처음에는 거의 날마다 있는 모임에 싫증이 나고 가서도 하품이 터질 때가 많았다.

그럴 때마다 김진구는 제 손으로 제 무릎을 꼬집어주면서 자신을 책하는 것이었다.

무식은 파멸이다. 그래도 좋으냐— 하고.

김진구는 단지 그 자리에서 배움에 그치는 것이 아니었다. 그는 집에 돌아가서는 아들 수돌이가 공부하는 곁에서 배운 것을 꼭꼭 복습했다.

그는 나아가서는 그 지식과 그 정신을 자기 일에다 살리기에 노력했다. 뿐만 아니라 가정에까지도 살렸다.

자기가 알 수 있는 데까지 아내에게 가르쳐주었다. 아니 알기 쉽게 이야기해주었다.

아내도 처음에는 들은 둥 마는 둥 하더니 차츰 귀가 터서 남편의 이야기에 재미를 붙였다. 이것이 부부간의 애정을 두텁게 해준 것은 사실이다.

김진구의 주머니 속에 들어 있는 롤러베어링의 모형도 학습을 일에 살리는 한 개의 좋은 표본이라 하겠다.

이 귀중한 로바텔의 부분들이 사방팔방으로 물색하여도 통 구득하기 곤란하였다.

그렇다고 해서 47년도 인민경제계획을 기어코 달성해야 할 바쁜 대목에 기계를 세울 수는 도저히 있을 수 없는 일이다.

차라리 목을 바치면 바쳤지, 기계를 세우다니 이것이 될 말이냐―.

김진구는 이를 악물었다.

이리하여 김진구는 금년 2월 중순부터 롤러베어링을 연구하기 시작했다.

그러나 그는 롤러베어링을 만드는 데는 단조와 주철의 기술자 동무들과 손을 잡지 않고는 성공이 불가능하다는 것을 알고 자기 외의 단조 공장에서 두 동무 주철 공장에서 두 동무를 뽑아 가지고 힘과 기술을 한데 뭉쳐서 연구한 결과 3월 하순에 6인치 롤러베어링을 다섯 개를 만들어냈다. 처음이니만큼 한 개의 제작비가 1,600원 가량 걸렸다.

실제로 로바텔에 끼어 시험한 결과 처녀 작품으로는 훌륭한 성적을 나타내었다.

일본 제품 S·K·F 베어링의 일주일 내지 열흘의 생명에 비한다면 2주일의 성능을 나타내었는데 U·S·A 베어링에 비한다면 멀리 따르지 못했다.

U·S·A는 적어도 2개월 이상의 수명은 가지고 있다.

그러나 김진구가 만든 제품은 솔직히 말해서 창의 고안은 아니었다. 외국 제품의 한 개의 모방밖에 되지 않았다.

그러나 우리는 이 제품에서 우리 노동자 동무들의 우수한 솜씨를 넉넉히 엿볼 수 있는 것이다.

김진구는 그 성공에 조금도 만족하지 않고 수명이 적어도 1개월은 견딜 수 있는 롤러베어링을 만들어낼 결심을 하고 우선 모형을 만들었던 것이다.

그는 연구의 결과 타원형 강구(鋼球)의 표면을 굴곡이 없이 정타원형으로 만드는 데서 그 수명을 연장할 수 있다는 결론을 얻게 되었다.

김진구는 선반으로 그것을 해결하자던 자기의 연구심을 차츰 다른 방법으로 해결하자고 돌리고 있는 중이다.

그는 틈만 있으면 그 모형을 손바닥에 올려놓고 묵상을 계속하고 있다.

그 모형에는 그의 참된 노력을 말하는 손때가 까맣게 올라 있다.

이것은 내가 맡은 47년도 과업의 하나다—.

진구는 이렇게 자기 자신을 독려하면서 그 연구에 몰두하고 있다.

김진구는 김일성 위원장이 발표하신 47년도 인민경제계획 예정숫자는 꼭 힘에 알맞은 숫자라고 믿는다.

그 좋은 예로서는 1/4분기에 있어서 8만 7천 톤의 유안비료를 기일을 열흘 앞당겨서 출하를 완수하지 않았는가!

결국 따져서 말한다면 정신과 기술과 계획성의 문제라고 김진구는 생각한다.

"하여튼 정신과 기술을 통틀어 내놔보오. 작년도 두 배의 능률쯤이야 문제없지. 사실 툭 털어놓구 말해서 우리 작년에 하루에 알맹이 다섯 시간 노동밖에 더했겠소. 계획만 잘 세운다면 문제없소. 문제없어……."

김진구는 47년도 인민경제계획이 발표되었을 때 야— 하고 놀라는 동무들에게 자신 있는 말로 이야기하였다.

김진구는 인민경제계획을 1년 간이라는 기한부적 계획이라고는 처음부터 생각지 않았다.

마치 우리 민족의 사상의식 개변운동이 일시적 운동이 아니라고 그가 믿어 의심하지 않았듯이.

김진구는 인민경제부흥계획과 건국사상의식 개변운동은 인간의 혈육처럼 분리시킬 수 없는 절대적인 유기성을 가지고 있다고 믿고 있다.

진정 돌아온 조국을 사랑할 줄 알며 47년도 인민경제계획이 부강한 민주주의 조선의 튼튼한 경제 터전을 닦는 우리 민족 역사상 처음 보는 건국대업(建國大業)이라는 사상과 의식이 똑바로 박혀 있지 못하다면 그런 사람이 어떻게 제때의 자기 과업을 옳게 달성할 수 있을 것이냐. 드문드문 큰소리를 탕탕 치지만 결국 그것은 이불 아래 잠꼬대에 지나지 못한다.

그런 친구들 가운데는 대단찮은 일에도 척하면 불평을 말하기를 좋아하며 눈치만 밝히고 자기네끼리만 모아서 숙덕공론을 펼쳐놓는 경향이 많았다.

김진구는 47년도 인민경제계획을 승리적으로 완수함으로써 빛나는 자기네들이 갈망하는 행복스러운 사회가 머지않아 건설될 수 있다는 커다란 희망을 생각할 때마다 제1차 제2차 제3차 5개년 계획을 영웅적으로 완수하여 부강한 민주주의 국가를 노동계급의 영도 밑에서 건설한 위대한 소련 국가와 소련 인민을 생각하는 것이었다.

소련의 노동계급은 조국건설을 위해서 5개년 계획을 제1차 때에보다는 제2차 때에 제2차 때보다는 제3차 때에 백열화한[50] 애국심을 총동원하여 영웅적으로 돌격 또 돌격하였기 때문에 전 세계 근로인민이 앙모하는 오늘날 소련 국가를 건설한 것이 아니냐!

파쇼 독일을 거의 독력으로 물리치고 그 전진(戰塵)을 털 새도 없이 동방의 강도 일본 제국주의를 때려부수고 우리 조국을 해방시켜주었다.

소련 인민들은 조국전쟁의 피곤도 잊고 오늘 또다시 5개년 계획을 실시하고 있다.

대체 이 무궁무진한 정력이 어디서 나오는 것일까—.

진구는 이런 것을 연구하여보기도 한다.

---

50) 백열화하다(白熱化하다): 상황이 매우 열띤 상태로 되어 가다.

소련 인민에게 이 같은 조국의 발전과 부흥을 위한 애국심과 전투력의 계속이 있었기 때문에 오늘날의 승리를 얻은 것이다.

위대한 영도자이며 수령인 스탈린 대원수 영도 아래 자라가고 있는 소련 인민의 단결되고 조직된 애국심과 초인적 건설의욕을 우리는 배워야 한다고 주장한다.

동시에 진구는 조선민족의 영명한 영도자 김일성 장군에게 만공의 감사를 올린다.

토지개혁이 실시되고 20개조 정강이 발표되고 산업국유화법령, 노동법령, 남녀평등권법령, 그밖에 모든 민주법령이 발표되고 과업이 내릴 때마다 김일성 장군의 명철하신 영도력이 김진구의 가슴속에다 하늘하늘 건국의 불길을 이루어주었다.

옳다. 진정 옳다. 어느 법령 어느 과업 하나가 조선인민의 이익과 행복을 위해서 내리지 않은 것이 있느냐 말이다!

이 은혜를 무엇으로 보답하랴! 머리털을 베어 신을 삼아 올려야 옳을까.

아니다, 아니다. 나는 오직 47년도 인민경제계획의 책임숫자를 초과달성함으로써 또 그 정신과 기술과 창의성을 조국 창건을 위해서 길이길이 살리는데서만 김일성 장군의 은혜에 보답하리라!

×

툭 털어놓고 말해서 김진구는 이달호와의 경쟁을 그다지 대수롭게 여기지 않는다.

김진구는 지금 한 몸뚱이로서 세 개의 경쟁에 참가하고 있다.

그러나 그 세 개의 경쟁이란 결국 별개의 것은 아니다.

일정한 노동시간 중에 이것도 저것도 무한정하게 만들 수는 도저히 없는 일이다. 인간의 정력에는 한도가 있는 것이니까ㅡ.

김진구는 주철 단조 공장과 삼각경쟁을 전개한 외에 이달호와의 개인 경쟁 그밖에 또 '가정 삼각경쟁'을 내세우고 있다.

즉 아내와 아들과 자기 세 사람 가족 간의 삼각경쟁이다.

이 가정 삼각경쟁에 있어서 김진구의 책임량은 사월 그믐날까지 주택 주위를 청소할 것과 집 뒤에 있는 200평 가량 되는 황무지를 뒤져서 강낭 씨과 앉은당콩씨와 봄배추씨를 뿌릴 것이다.

아들 수돌에게 준 과업은 이 학기말 시험에 우등을 할 것이다.

수돌은 인민학교 4학년생이다.

머리가 둔한 편은 아니나 원체 장난이 세찬 아이다. 그렇게 장난이 세찬 마련했어는 성적이 좋은 편이다.

일 학기에도 '우(優)'가 셋이고 그밖에는 모두 '양(良)'이었다.

어떻게 하면 우등생을 만들어볼까ㅡ.

진구는 늘상 아들의 공부 때문에 머리를 썼다.

흙을 파먹는 한이 있더라도 수돌이를 김일성 대학에 보내고야 말겠다 는 철석같은 결의가 김진구의 골수에 들어차 있다.

이번 이 가정 삼각경쟁도 아들의 공부열을 북돋기 위해서 내세운 것 이다.

그러나 이 경쟁을 내세웠을 때 수돌이 놈은 속으로 호박씨를 까면서 가타나 부타나 통 말이 없었다.

좋다고 승낙만 하면 그때부터 장난을 못할 것을 생각하니 얼른 대답이 나오지를 않았다.

"어서 놀구 싶을 때는 네 마음대로 놀아라. 그 대신 공부할 때는 열심히 공부해서 좋은 성적을 올리면 되지 않니."

김진구는 아들의 머리를 어루만져주면서 경쟁의 취지를 설명하여주었다.

아버지의 '놀 때는 놀아도 좋다—'는 말에 수돌은 마음을 놓고 "좋소." 하고 승낙하였던 것이다.

아내의 책임량은—공도51) 흥남의 47년도 큰 과업의 하나인 능령천 개수공사에 보름 동안 무보수 애국 노동에 참가하되 매일 평균 150%, 즉 한 사람 반의 능률을 올릴 것이다.

이 150%란 아내가 자진해서 내세운 퍼센티지다.

150%는 너무 과하니 120%로 낮추자고 진구는 아내를 사랑하는 마음에서 사정하여 보았으나 아내는 생글생글 웃으면서 끝내 자기주장을 굽히지 않았다.

이렇게 되고 보니 김진구는 경쟁에 지게 되면 이중삼중으로 지게 되고 이긴다면 이중삼중으로 이기게 되는 것이다.

그러므로 이겼을 때의 커다란 만족과 우월감에 비해서 졌을 때의 불명예는 몇 갑절이나 더 큰 것이 될 것이다.

가정 삼각경쟁을 맺은 날 밤 김진구는 공장에서 하던 대로 계획을 세웠다.

하수구까지 깨끗이 수리하자면 뜨락 청소에 이틀 저녁 품은 들어야 하겠다.

그 다음 황무지 개간은 하루 저녁에 너끈 잡고 40평씩 닷새면 뚜질52) 수 있겠다. 밭이랑 만드는 데 하루 저녁, 씨 뿌리는데 이틀 저녁…… 이렇게 회계해보니 4월 스무이레까지면 책임을 완수할 계획은 서지만 그 새에 세포회53)가 한 번, 열성자54) 대회가 한 번 있기 때문에 스무아흐레까지

---

51) 공도(工都): '공업 도시'가 줄어든 말.
52) 뚜지다: 파서 뒤집다.
53) 세포회(細胞會): 북조선어. 세포회의. 공산당의 말단 조직에서 주재(主宰)하는 회의.

완수할 안을 짜서 벽에다 붙였다.

김진구는 공장에서도 그러했지만 집에 돌아와서도 조심하여 신체를 무리하지 않았다. 신체를 과로시킨다는 것은 증산경쟁에 있어서 큰 잘못이라고 그는 생각하고 있다.

다짜고짜로 증산경쟁이라고 해서 제 몸도 제 힘도 돌보지 않고 야근까지 겸해서 죽을내기를 대다가 그만 노골이 나서 사흘 쉬거나 이틀 일하고 나흘 쉬는 그런 친구들의 실례를 김진구는 잘 알고 있다.

이것은 증산경쟁인 것이 아니라 증산경쟁을 실패로 이끌어 가는 죄악 외에는 아무것도 아니었다.

김진구는 이런 태도를 절대로 배격한다. 계획성이 없는 일이란 것은 소경이 막대질하는 것과 같다고 진구는 믿고 있다.

김진구는 계획성 없는 작업이 얼마나 위험한 것인가를 작년 겨울에 자기 눈으로 똑똑히 보아 잘 안다.

기후 관계와 석탄의 질 관계, 그밖에 여러 가지 관계로서 유화철광(硫化鐵鑛)이 원활히 입하되지 못하던 어느 짧은 시기에 있어서 증산이다, 증산이다 해서 단꺼번에55) 원료를 너무 많이 사용해 가지고 욕보던 기억이 지금도 진구의 기억에 새롭다.

김진구는 딱딱 계획을 세워가지고 일하기 때문에 하루 스물네 시간이란 시간을 가장 잘 이용하며 능률을 올리고 있는 노동자의 한 사람이다.

수돌이는 공부실로 윗방을 독차지하더니 아주 딴 아이처럼 열심히 공부하는 것이다.

---

54) 열성자(熱誠者): 북조선어. 열성적으로 일하는 사람. 소년단 조직 따위에서 일하는 초급 간부.
55) 단꺼번에: 북조선어. 단번에 몽땅.

그러다가도 밖에서 아이들의 습진곡을 치는 소리가 들리기만 하면 불시에 귀가 떠서 문구멍에다 눈을 대고 한참씩 밖의 광경을 내다보다가는 호— 하고 한숨을 토하면서 도로 책상 앞에 앉을 때도 있었다.

정 구미가 동해서 못 참을 지경에 이르면 살금살금 뺑소니 쳐서 만판 푸지게 놀고야 시치미를 딱 떼고 돌아오기도 하였다.

"너 이 녀석 새끼 그렇게 장난만 하구 우등만 못해봐라."

하고 어머니가 가시 돋친 목소리로 가로 보면서 욕해주면

"놀 때는 놀아야지. 그 대신 공부할 때는 죽을내기 대구 공부해야 한다."

하고 아버지는 무게 있는 목소리로 훈계를 주는 것이었다.

그럴 때마다 수돌의 어린 가슴에도 꼭 우등하고야 말겠다는 뾰족한 결심이 떠올랐다.

그러면서도 역시 장난에 반해서 사흘에 한 번씩은 어머니한테 책망을 들었다.

맨 처음 친 국어시험에서 85점을 얻어 자기 학급에서는 여섯째로 우수한 성적이었으나 수돌은 그 시험지를 아버지에게 보이지 않았다.

25일 날 성적표와 함께 내놔서 아버지와 어머니를 동시에 놀래주자는 엉뚱한 계획을 수돌은 가지고 있었다.

김진구의 아내는 능령천 개수공사장에서도 유안비료 하조[56] 출하 작업 때와 마찬가지로 모범 여성으로서 하루에 책임량을 150%로부터 300%로 올리었다. 원체 몸집도 좋지만 남편보다는 걸걸한 성미를 가진 진구의 아내는 어느 일터에서도 선봉적으로 그 솜씨를 나타냈다.

"한 가래[57] 더 주오."

---

56) 하조(荷造): 운송할 짐을 꾸림.
57) 가래: 흙을 떠서 세는 단위.

삽질하는 남자에게 이렇게 타구질하면서 흙을 이어 날랐다.

"거 여장부군."

삽질하던 친구가 이마의 땀을 씻으면서 곁의 친구에게 중얼거렸다.

"그 집은 가풍이 그렇다네."

김진구 일가의 내막을 잘 아는 친구가 김진구의 이야기로부터 가정 삼각경쟁 이야기를 들려주었다.

"호오, 거 참 묘안이군. 옳아, 그럼직한 일이야."

삽질하는 남자들은 신통한 이야기를 듣고 감동하는 것이었다.

이 아내를 이렇게 만든 데는 남편 김진구의 숨은 힘과 흥남 여성동맹의 선전사업이 큰 영향을 준 것은 사실이다.

김진구는 자기가 마음 놓고 공장에서 증산경쟁에 돌격하자면 우선 가정기풍부터 고쳐야 한다고 생각하고 우선 아내의 교양사업과 가정미화운동을 시작했던 것이다.

옛날 금사 그대로 자기만 알면 되고 여편네는 몰라도 좋다고 생각하는 그런 가정이 있다면 그것은 불구자의 가정이라고 진구는 생각한다.

그렇기 때문에 앞에서도 썼지만 진구는 독보회나 강연회에서 들은 이야기 또는 신문에서 읽은 이야기를 아내에게 차근차근 들려주는 공작을 한 개의 자기의 과업으로 계속하고 있다.

날이 갈수록 아내의 머리는 틔어갔다. 아내는 남편에게서 이야기를 듣는 것을 저녁의 낙으로 삼고 있다.

토지개혁, 20개조 정강, 노동법령, 남녀평등권법령도 대강대강이나마 해설해주고 광주 참안 남조선 인민항쟁도 이야기하고 김제원 노인과 김회일 동무의 이야기도 들려주고 흥남 인민공장 여자 모범 노동자들의 미담도 소련 여성들이 조국전쟁 때 용감하게 싸운 실화도 들려주었다.

그러는 동시에 집을 깨끗이 거두는 운동을 시작했다.

아내는 부엌을 기름이 돌돌 굴게 깨끗이 거두었다. 진구는 문맹퇴치에 관한 표어와 인민경제계획 완수에 관한 표어와 여성에게 관한 표어를 흰 종이에 써서 벽에 붙였다. 자기 손으로 책장을 만들고 책자도 한 책 두 책 사 모으고 노동신문도 꼭꼭 철하여 두었다.

김진구는 노동신문을 사전(辭典)으로 알며 교사로 여긴다. 그렇기 때문에 그는 신문을 한 장도 없애지 않고 보관하고 있다.

어느 때인가 수돌이가 신문을 찢어서 코 푸는 것을 보고 당장 신문지의 코를 씻겨서 도로 붙이게 하고 볼기를 세 개씩 때려준 일까지 있었다.

노동자 사무원들의 아내와 누나들이여! 가정에서 그들을 따뜻이 맞이하자, 격려하자!

이 표어는 거리거리에는 물론 김진구의 가정에도 붙어 있다.

이것은 흥남 여성동맹에서 3만 명에 가까운 노동자 가정 부녀에게 호소하는 표어다.

말씨를 삼가자. 바가지를 긁지 말자. 남편의 증산의욕을 북돋워주자. 가정기풍을 개선하자─ 이런 운동을 제기하고 흥남 여성동맹은 선두에 나서서 선전 지도공작을 전개했다.

그러나 그때는 벌써 김진구의 가정에서는 그 일부분을 실천에 옮기고 있을 때다.

김진구의 아내는 이 운동에서도 많은 것을 배우고 많이 깨달았다. 하나를 배우고 둘을 깨닫고 하는 새에 그는 차츰 일에 대한 욕망을 가슴에 품게 되었다. 이런 자발적 욕망이 가슴에서 꿈틀거리기 시작하였을 때 붓는 불에 키질하는 격으로 남편은 무보수 애국노동운동이 시작된다는 이야기를 들려주었다.

"여보 당신두 이번 무보수 애국노동운동에 부디 참가해야 하오. 당신두 이제부터는 나라 일에 몸을 바칠 각오를 해야 하오. 뼈를 애꼈다 어데다 쓰겠소."

김진구는 아내에게 진심으로 호소하였다.

"나 같은 기 무스 거 알아야지오."

아내는 글 못 배운 것을 한탄하면서 한숨지었다.

"그런 못난 소릴랑 아예 하지 마오. 아 글 쓰는 일은 못할지언정 힘으로 하는 일이야 못하겠소."

한 번 말하면 두 번 깨우치고 세 번 호소하는 새에 무엇보다도 인민경제계획 완수가 중요하다는 정신이 아내의 머릿속에 뿌리박히게 되었다.

그때 마침 홍남을 진감[58]하는 무보수 애국노동운동이 시작되었다.

춘기 파종용 유안비료 8만 7천 톤의 포장 출하 무보수 성원대운동이 그것이다.

이 8만 7천 톤의 비료는 하늘이 무너져도 춘기 파종 전에 북조선 각 농촌에 분배해야 하는 것이다.

그러나 비료공장 노동자들의 주야분투의 결사적 노력에도 불구하고 알프스 산 같은 비료 산 앞에서는 손이 모자라서 기쁜 비명을 지르면서 쩔쩔매었다.

이때 홍남시 민전(民戰) 의장 서휘 씨의 발안[59]으로 민전 산하 각 기관 정당 사회단체 대표자들은 긴급 연석회의[60]를 개최하고 무보수 애국성원대운동을 제기하는 동시에 그들 인민의 지도자들이 솔선하여 작업복에다 이마에 수건을 동이고 비료 산을 향하여 돌격하였다.

여기에 깊이 감동된 13만 홍남 시민과 원근 각처 농민들이 하루에 천여 명씩 물밀 듯 동원되었다.

---

58) 진감(震撼): 울리어 흔들림. 또는 울리어 흔듦.
59) 발안(發案): 토의에 부칠 안건을 내어놓음.
60) 연석회의(連席會議): 둘 이상의 회의체가 합동으로 여는 회의.

여성들도 남성에 지지 않고 민주 여성의 기치를 높이 들고 용약[61] 진격했다. 그 가운데는 김진구의 아내도 끼어 있었다.

진구의 아내는 열나흘을 애국성원대에 참가하여 하루 150가마니의 출하 책임량을 200가마니로부터 최고 380가마니까지 능률을 올렸다.

이 사실은 그때그때마다 비료공장당부 『속보(速報)』로써 또 직맹 문화부 『직장소식』으로 널리 알려졌다.

김진구는 아내의 애국노동에 깊이 감동하면서도 한편 아내에게 단단한 주의를 주었다.

"여보 너무 무리는 하지 마오. 다짜고짜로 애국노동을 한다구 해서 제 몸두 돌보지 않구 일하다가 병이나 생기면 그것은 나라에 대해서 도루 미안한 일이오. 두고두고 할 나라 일을 그렇게 숨차게 해서야 되겠소."

"산 같은 비료를 보니 나두 모르게 기운이 자꾸만 납디다."

아내의 말을 듣고 진구는 옳다는 듯이 목을 끄덕끄덕 하였다. 자기가 비료 산을 보았을 때의 감상과 아내의 그것과 꼭 맞았던 것이다.

김진구는 아내가 한결 사랑스러웠다. 그런 때마다 아내의 애국열에 져서는 면목이 없다는 증산의욕이 무럭무럭 가슴에 용솟음쳤다.

이렇게 되고 보니 아내는 아내면서도 좋은 경쟁자의 한 사람이었다.

아내의 비단결 같은 열성은 일부 주책없는 부인들의 오해를 받으면서도 차츰 부락 부인네들 새로 침투되어갔다. 하나 둘 열 스물 애국성원대에 참가하는 부인들이 날마다 늘어갔다. 나중에는

"공장에서 점심들 준다니까. 거기 혹해서 나가지, 일하러 나간다구."

하고 입을 비쭉거리던 아낙네들까지 자진해서 성원대에 참가하였다.

이렇게 되고 보니 김진구의 아내는 자기의 명예를 위해서도 더 많이

---

61) 용약(勇躍): 용감하게 뛰어감.

일하지 않고는 배겨내지 못할 마음의 충동을 받았다.

남녀 애국성원대원으로 욱실거리는 비료공장에서 가마니를 이어 나르는 노동이 진구의 아내에게는 무척 재미가 났다. 아침부터 밤까지 집에 들어박혀 있을 때에는 세상이 어떻게 돌아가는지 모르고 겨우 남편에게서 얻어듣기만 했으나 직접 자기 발로 나와서 생산현장인 흥남 공장의 활기 띤 생산 광경을 목격하니 첩첩이 닫쳤던 문을 활짝 열어젖힌 듯이 새 공기가 풍기고 마음이 탁 틔었다.

진구의 아내 눈에는 차츰 공장에 다니는 여성들의 행복스러운 모양이 부러워났다. 자기보다 나 먹어 보이는 여성들도 많았다.

나도 공장에 다녔으면……. 이런 희망이 어느새 그의 머릿속에서 자라가고 있었다.

진구의 아내는 유안비료 출하 작업을 하면서 얼마든지 좋은 이야기를 얻어들을 수 있었고 많은 새 지식을 배울 수 있었던 것이다.

그뿐이랴!

점심시간에는 흥남 음악동맹을 중심으로 한 연예대가 날마다 비료 공장에 들어와서 좋은 연예를 보여주고 명랑한 음악을 들려주었다.

이 연예위안대의 지극한 위안으로 오전 중의 피곤은 간데온데없이 사라지고 오후 작업에서는 한층 높은 능률을 올렸던 것이었다.

이리하여 진구 아내는 차츰 자기가 땀 흘리면서 하는 그 노동이 직접 공장으로부터 농촌을 통해서 나라를 세우는데 보탬이 되어간다는 행복감을 느끼게 되었다. 이것은 그 여자가 세상에 나서 처음 느껴보는 커다란 행복감이었다. 그러는 동시에 여자는 집만 지키고 남편의 주머니 속만 들여다보면서 살 것이 아니라 남자와 같이 일터에서 일할 수 있다는 신념을 가지게 되었다. 그러면서도 진구의 아내는 결코 가정을 잊지는 않았다.

자기가 노동한다고 해서 살림살이를 잊어버린다면 남편이나 아들이 어떻게 집에다 마음을 붙일 수 있을 것인가!

일은 일대로 하면서 살림을 알뜰히 하는 것이 여자의 본분이라고 진구의 아내는 생각한다.

그렇기 때문에 그 여자는 그릇 같은 것도 집에서 놀 때보다 더 윤채[62]나게 닦아 올려놓고 방도 아침저녁으로 깨끗이 치웠다.

그리고 아들 수돌에게다 밥 짓는 법도 가르쳐주었다.

쌀은 이렇게 씻어 가마에 안치고 물은 이만큼 붓고 밥이 끓어 번질 때는 이렇게 하고 이만큼 밥이 잦았을 때는 불을 꺼야 한다고 가마뚜껑을 열어 보이면서 가르쳐주었다.

남편이나 자기가 혹시 늦게 돌아올 때를 생각하고 이렇게 용의주도한 계획까지 세워 놓았던 것이다.

애국성원대의 애국정신과 전투력은 추기 파종용 8만 7천 톤의 유안비료의 포장 출하 작업을 예정 시일보다 열흘 앞당겨서 승리적으로 완수하였다.

이 날 감격에 넘치는 승리의 만세 소리가 비료 공장 안을 진동하였다.

이 비료 수송이 끝나자 진구의 아내는 다시 함지를 이고 능령천 개수공사장으로 자진해서 나갔던 것이다.

능령천은 본궁 공장과 화약 공장의 옆을 흐르는 하천인데 넓이가 좁은 데다가 제방이 낮고 허약한 관계로 해마다 여름 장마철에는 홍수가 나서 능령천 벌판의 곡초[63]를 뿌리째 파가고 가옥을 무너뜨리고 능령벌 농민들을 산등에서 울게 하였다.

그밖에 본궁 공장과 화약 공장에다 큰 위협을 주었다.

---

62) 윤채(潤彩): 윤이 나는 빛깔.
63) 곡초(穀草): 갖가지 곡식 풀의 이삭을 떨고 남은 줄기.

심한 때에는 탁류가 공장에 침수하여 수천 명 공장 노동자들이 기계를 피난시키고 방수 작업에 결사적 노력을 한 때도 한두 번이 아니다.

또 6개 리 2만 명 주민은 장마철이 올 때마다 마음이 콩쪽만큼 되어서 공포와 불안 속에서 발발 떨고 있었다.

1947년도 인민경제계획이 발표되자 그전부터 현안 중에 있던 능령천 개수문제가 대두되었다.

이 문제는 공도 흥남으로서는 당연한 일인 동시에 시민의 조직된 전투력을 시위하는 좋은 시험장이 아닐 수 없다.

이 능령천을 개수함으로써 흥남지구 인민공장에 부과된 47년도 인민경제계획 예정숫자를 넘쳐 완수할 조건을 지을 수 있다는 것은 흥남 시민이라면 누구든지 잘 알고 있는 사실이다.

흥남 시민들이여! 능령천 개수공사를 완수함으로써 1947년도 인민경제계획을 넘쳐 실행할 조건을 창조하자!

농민들이여! 능령천 개수공사를 완수함으로써 땀의 열매 농작물을 보호하자!

노동자들이여! 공장을 수재로부터 방위할 능령천 제방에 다 같이 돌격하자!

해방 조선의 여성들이여! 남자에게 지지말고 능령천 제방을 쌓자!

흥남시 능령천 개수 공동위원회는 각계각층에 보내는 표어와 기치를 높이 들고 13만 흥남 시민에게 호소하였다.

이 능령천 개수공사는 전 시민의 애국열과 단결심과 전투력을 절대조건으로 하는 말하자면 제2의 보통강 개수공사에 틀림없다.

공도 흥남의 조직된 군중은 드디어 총궐기했다.

나가자 능령천으로—.

이렇게 외치면서 노동자도 농민도 여성도 학생도 시민도 삽을 메고 함지[64]를 이고 능령천으로 능령천으로 진군을 개시하였다.

매일 수천 명씩 동원되고 있다. 특설한 마이크는 능령천 개수의 중요성을 호소하기도 하고 경쾌한 음악과 명랑한 가요를 방송하기도 한다.

귀인순(진구의 아내)은 공사가 시작된 맨 첫날 벌써 선봉대[65]로서 함지를 이고 나섰다.

아니 자기 혼자만 함지를 이고 나선 것이 아니라 부락 아낙네들까지 가정 방문해서 이끌어 가지고 나섰던 것이다.

"글쎄 그런 소리 말구, 빨리 함지를 이구 나오라는데 저 방천[66]을 쌓아야지. 금년 여름에는 발편잠[67]을 자내오."

이회(里會)[68]에서 동원 명령을 받고도 요리핑계 조리핑계 하면서 뺑소니를 치자는 몇몇 아낙네들을 자기 성심성의로써 끝내 설복시켜 가지고 공사장으로 나가게 한 일도 있다.

귀인순은 차츰 높이 쌓여져 가는 제방을 보고는 더욱더 기운을 내어 흙을 이어 날랐다.

"저건 쇠[牛] 같은 계집이야. 저 근력이 어데서 나오는지……."

웬만한 남자는 찜 쪄 먹을 만큼 세차게 흙을 이어 나르는 모양을 보고 다른 부인네들은 다 같이 놀라는 동시에 감탄하는 것이었다.

그러나 그 여자들 중 몇몇은

---

64) 함지: 나무로 네모지게 짜서 만든 그릇.

65) 선봉대(先鋒隊): 앞장서는 대열이나 부대. 또는 그런 사람.

66) 방천(防川): 둑을 쌓거나 나무를 많이 심어서 냇물이 넘쳐 들어오는 것을 막음. 또는 그 둑.

67) 발뼨잠(원문) → 발편잠: 근심이나 걱정이 없어져서 마음을 놓고 편안히 자는 잠을 비유적으로 이르는 말.

68) 이회(里會): 동네의 일을 의논하는 모임.

"무슨 상을 타겠다구. 저리 분주한지 에구 미련두 해라."

하고 귀인순을 비소[69])질 하는 참새같이 입이 다사한[70]) 아낙네도 있었다.

그러나 귀인순의 일 잘하는 귀염성은 능령천 벌에서는 물론 차츰 부락에서도 모범여성으로서 드소문[71])하게 되었다.

이 모범여성의 사실을 흥남시 여성동맹에서 모를 리 없었다.

아니나 다를까. 벌써 흥남시 여성동맹 사무실에 걸린 흑판에는 이귀인순(李貴仁順)이란 넉 자가 뚜렷이 씌어 있었다. 물론 귀인순 자신은 이런 줄 저런 줄 알 리 없었지만 한 함지의 흙이 적다 하나 그것이 흥남지구 인민공장과 능령천 벌을 지켜주고 나아가서는 조선인민이 다 같이 잘 살 수 있는 나라를 세우는데 절대 필요한 것이라는 남편의 신념을 고지식하게 본받아 가지고 그 신념의 길로 똑바르게 나가고 있는 귀인순이다.

처음에는 부려먹기 좋은 계집이라고 귀인순을 알랑알랑해 가지고 여맹 부락 밭일을 시켜먹던 학교 나온 여성들까지 귀인순의 순정에 감화되어 그를 홀홀히[72]) 대하지 않게 되었다. 그러면서 자기네가 점점 귀인순보다 뒤떨어져간다는 것을 깨닫자 그것이 마음에 무서워나는 동시에 자기네들의 잘못을 뉘우치고 열성적으로 여맹 사업에 협력하기 시작하였다.

귀인순에게는 원망의 능령천이었다. 무인년 홍수에 외삼촌을 잡아간 것도 이 능령천이다.

그때 외삼촌은 능령천 벌에 터전을 잡고 농사를 지었다.

밤낮 사흘을 두고 그악스럽게[73]) 퍼붓던 비에 능령천 방축이 위험하게

---

69) 비소(非笑): 남을 비방하거나 비난하여 웃음. 또는 그런 미소.

70) 다사하다(多事하다): 다사스럽다. 보기에 쓸데없는 일에 간섭을 잘하는 데가 있다.

71) 드소문(-所聞): 북조선어. 소문이 멀리 퍼지는 일. 또는 그 소문.

72) 홀홀히(忽忽히): 조심성이 없고 행동이 매우 가볍게. 별로 대수롭지 아니하게.

되자 외삼촌은 동리 사람들을 모아 가지고 능령천 방수공사에 나갔다가 불시에 방축을 테고[74] 내미는 무서운 탁류에 휩쓸려 수중혼[75]이 되고 말았다. 희생자는 외삼촌 외에도 세 사람이 있었다.

시체는 나흘 후에 내호 바다에서 건져냈다.

건국 의욕에 불타는 귀인순의 마음에는 이 철천의 원한이 엉켜서 기어이 능령천을 정복하고야 말겠다는 강심이 하늘하늘 화염을 올렸다.

귀인순은 평균 다른 부인들이 세 번 이어 나를 새에 네 번은 이어 날랐다.

그러면서도 귀인순은 자기 힘을 보아 가지고 여력이 있을 때는 열성 부인들을 모아 가지고 한 시간 또는 두 시간씩 남아서 일을 더했다.

"거 남자보다 더한데……."

이런 이야기가 일터에서 떠돌자 마이크는 귀인순의 모범적 역할을 높이 찬양하는 방송을 하였다.

"…… 친애하는 노동자 농민 여성 학생 여러분 우리는 이귀인순 여사의 열성과 애국심을 본받아 가지고 능령천 개수공사를 기한 내에 승리적으로 완수하기를 맹세합시다. 1947년도 홍남지구 인민공장에 부과된……."

마이크는 이틀을 두고, 이귀인순 여사의 뒤를 따르자—고 호소를 계속하였다.

자기 이름이 마이크에서 방송될 때마다 귀인순은 부끄러워서 얼굴을 붉혔다. 어디 구멍이 있으면 숨어버리기라도 싶었다.

쓸데없는 방송을 한다고 귀인순은 도로 방송자를 나무랐다.

귀인순은 그런 칭찬은 받고 싶지 않았다. 받음으로써 더욱 부끄러운

---

73) 그악스럽다: 보기에 사납고 모진 데가 있다.
74) 테다: 북조선어. 봉해 있거나 묶은 것을 열거나 풀다.
75) 수중혼(水中魂): 물에 빠져 죽은 사람의 넋.

생각이 났다.

귀인순은 집에 돌아와서도 그 사실을 남편에게 말하지 않았다. 수많은 군중 가운데서 수치를 당한 듯하여 그저 부끄럽기만 하였다.

귀인순은 몸이 찌긋찌긋 아프고 기분이 우울해서 하루를 쉬고 그 이튿날 나갔다.

그런데 그 날부터 남자들은 귀인순을, '여자 스타하노프'라고 불렀다.

그러나 무식한 귀인순은 그 말이 무슨 말인지 통 몰랐다.

아마 나를 놀려주는 말인가 부다— 하고 생각하니 슬그머니 부아가 동했다.

그 날 저녁 때 진흙을 한 함지 이고 집에 돌아온 귀인순은 밥상 곁에 누워서 롤러베어링의 모형을 들여다보고 있는 남편에게

"스타노피 무시기요?"

하고 뾰로통한 목소리로 물었다.

"뭐?"

진구는 일어나 앉으면서 도로처 물었다.

"아마 스타노피라구 하는 것 같애."

아내는 잘 웃는 웃음도 거두고 불쾌한 표정을 짓는다.

"스타노피, 스타노피 모르겠는데……."

남편은 목을 기웃기웃하면서 허리를 주무른다. 밥 짓고 뜨락을 거두고 밭을 뚜지고 났더니 허리가 몹시 아팠다.

"모르겠소? 글쎄 나를 여자 스타노피라구 놀려줍디다."

"자아 알겠소, 알겠소."

진구는 무릎을 탁 치면서 한바탕 너털웃음을 웃고 나서

"스타노핀 게 아니라 스타하노프란 말이오. 그러면 그렇지 여보……."

진구는 아내의 손목을 덥썩 잡아 앉혀주면서 무한히 반가워하는 표정

이다.

"무슨 말이오."

남편의 명랑한 표정에서 그 말이 자기를 놀려주는 말이 아니라는 것을 알자 비로소 아내의 얼굴에는 보름달같이 명랑한 웃음이 떠올랐다.

"스타하노프는 소련에서 유명한 노동 영웅의 이름이오. 스타하노프 동무는 석탄을 파내는 광분데 어떻게 하면 석탄을 남보다 더 많이 파낼까고 연구하고 또 연구한 결과 남이 하루에 일고여덟 톤밖에 파내지 못하는 것을 백 톤 이상 파내서 훈장을 받고 전 소련 인민에게 모범을 보여준 동무요. 스타하노프 운동76)이라면 온 세계에서 모르는 사람이 없소. 우리는 이 동무의 연구심과 계획성을 본받아야 하오. 여자 스타하노프라구. 여보 반갑소."

진구는 애정과 환희가 끓어 번지는 자기 가슴에다 사랑스러운 아내를 꽉 껴안아주는 것이었다. 귀인순은 무한히 반가웠으나 부끄러운 생각이 나서 얼른 물러앉았다.

"글쎄 일터에서 이귀인순이 일 잘한다구, 요 앞서라 방송합디다. 열해서(부끄러워서) 죽을 뻔했다우."

귀인순은 그 사실을 남편에게 그 이상 더 숨길 수 없어서 이야기했다.

"그런데 왜 그것을 이제야 이야기하오."

"열해서 그랬지요."

귀인순은 생글생글 웃으면서 역시 얼굴을 붉힌다.

"제 남편께두 열해. 못난이 같으니 여자 스타하노프가 그래 쓰겠소. 하여튼 수고했소. 자 어서 밥 먹읍시다."

---

76) 스타하노프 운동(Stakhanov 運動): 1935년 우크라이나 지방의 광부 스타하노프(Stakhanov, A. G.)가 새로운 기술로 보통 사람의 14배를 채탄한 것이 계기가 되어 일어난 노동 생산력 증대 운동.

진구는 싱글병글 웃으면서 밥상에 덮은 흰 보를 치우고 냄비 뚜껑을 들었다.

냄비에서는 구수무레한 냄새 나는 김이 확 떠올랐다.

"에구 또 멕국이오."

아내는 고마운 김에 남편의 얼굴을 바라보면서 샐샐 웃기만 한다.

"두어 사발 먹소. 그런데 여보 스타하노프란 이름은 세상에서 제일 귀한 이름이오. 당신두 그리 알구서리 더 열심히 나랏일에 몸을 바쳐야 하오."

진구는 정신 없이 미역국을 퍼 넣는 아내를 애정이 불붙고 있는 두 눈으로 지키고 앉았다.

순간 진구는 눈물이 나도록 감격했다.

김일성 장군을 영도자로 모신 북조선 인민의 참된 행복을 지금 미역국을 마시고 있는 자기 아내에게서 역력히 찾아볼 때 그 감사와 감격에 가슴이 터지는 것 같았다.

작년 이 때에 비한다면 이 얼마나 향상된 생활이냐. 여기 무슨 걱정이 있으며 불평불만이 있을 것이냐. 47년도 인민경제계획을 승리적으로 완수하는 날 우리에게는 더 커다란 행복이 오리라! 김진구는 밥을 씹으면서 벽에 붙인 표어를 눈으로 읽어본다.

우리 민족의 영명한 영도자 김일성 장군 만세!

모든 노동자는 1947년도 인민경제계획 실천에 선봉적 모범이 되자!

저녁 설거지를 필할 때에야 수돌이가 학교에서 돌아왔다.

"또 장난하구 왔지?"

어머니는 수돌이를 보자 이렇게 따져 묻는다.

"오, 오 운동회 연습을 했는데 알지두 못하구."

수돌은 뾰루퉁해서 밥상 앞에 앉는다.

"어서 밥 먹어라. 운동두 다른 아이한테 져서는 안 된다. 공부는 물론……"

진구는 담배를 피면서 정신 없이 밥을 퍼 넣는 아들의 모양을 지키고 있다. 보면 볼수록 귀여운 아들이었다.

수돌의 밥상을 치우고 난 어머니는 밥상 위에다 잡기장77)을 펴놓고 국어 공부를 시작하는 것이었다.

겨울 동안 성인학교를 열성적으로 다닌 관계로 꽤 쓸 줄도 알고 읽을 줄도 알지만 아직 받침에 들어서는 쩔쩔 매는 편이다.

"내가 부를 게. 어디 써보오."

남편은 롤러베어링의 모형을 손바닥에 굴리면서

"오 일 절 은 근 로 대 중 의 명 절 이 오 우 리 공 장 에 서 는 이 날 을 성 대 하 게 기 념 하 오."

라고 천천히 띄엄띄엄 부르면서 아내가 쥔 연필 끝을 들여다 본다.

"너무 디려다 보지 마오."

아내는 부끄러운 듯이 손으로 잡기장을 가로막고 한 자 한 자 생각해가면서 쓴다.

윗방에서 수돌의 글 읽는 소리가 귀염성 있게 들려온다.

"우리 공장에서는— 그 담이 무시기오."

아내는 연필 끝을 갈면서 묻는다.

"이 날 을 성 대 하 게 기 념 하 오—. 잘 생각해서 쓰오."

진구는 싱글생글 웃기만 한다.

아내는 두 번 다시 읽고 나서

---

77) 잡기장(雜記帳): 여러 가지 잡다한 것을 적는 공책.

"앳소 보오."

하고 잠기장을 내밀었다.

"오 일 절 은 근 로 대 중 에 명 절 이 오 우 리 공 장 에 서 는 이 나 를 선 대 하 게 기 념 하 오ㅡ. 하나 둘 셋 넷 다섯 여섯, 여섯 자가 틀렸소. 앞서보다 많이 늘었소."

김진구는 틀린 글자 곁에다가 차근차근 설명해주면서 고쳐주는 것이었다.

"'근로대중에'가 아니라 '근 로 대 중 의'ㅡ오. 이 '의'와 '에'는 나두 잘 모르오. 내 배워서 가르쳐주지. '이 나를'이 아니라 '이 날을', '선대'가 아니라 '성대'ㅡ. 무슨 말인지 알겠소?……."

진구는 자기가 아는 데까지 아내에게 가장 알기 쉬운 말로 가르쳐주었다.

틀린 자를 고쳐주고 힘든 문구를 해석해주고 나서 진구는 5.1절ㅡ이란 어떤 명절인가를 아내에게 이야기하여 주었다.

5.1절의 간단한 역사와 노동자의 튼튼히 뭉친 단결의 힘이 얼마나 큰 것이며 무서운 것인가를 보여주는 날이라는 것과 이 날이 진정 노동자의 설날이라는 것을 소련과 미국 노동자들의 실례를 들어가면서 설명하였다.

"그럼 또 거리를 줄쳐 댄기겠지요?"

아내는 5.1절이 진정한 노동자의 설이라는 남편의 말에 귀가 떠서 헌것이라도 깨끗이 빨아서 설빔을 할 양으로 이렇게 물은 것이다.

"물론이지. 줄쳐 댄기는 게 아니라 그것을 시위행진ㅡ이라구 하오. 시위행진, 시 위 행 진. 잊어서는 안되오. 그럼 또 한 가지 부를까?"

"자겠소. 봄철이 돼서 그런지 어찌두 곤한지……."

곤한 것을 봄 탓으로 돌리는 갸륵한 귀인순은 팔을 베개 삼고 입은 채로 방 아랫목에 누웠다.

진구는 얼른 일어나서 베개와 이불을 가져다주었다.

그러고 나서 밥상 위에다 베어링의 모형을 올려놓고 쏘는 듯한 눈으로 들여다보고 앉았다.

수돌이도 자는지 글소리가 들리지 않는다.

김진구는 지금 베어링 연마기(研磨機)를 연구 중인데 벌써 그 서광이 보이기 시작했다. 이것은 선반공장에 있는 큰 연마기에서 힌트를 얻어 고안하고 있는 것이다.

연마기의 급회전을 이용하여 타원형 베어링을 만들어내자는 것이다.

날카로운 시선과 신경을 모조리 베어링에 쏟고 있던 진구는 무엇을 생각했는지 부랴부랴 종이와 자[尺]를 찾아 가지고 도면을 그리기 시작한다.

그 때 공장에서 열 시를 알리는 사이렌이 울려왔으나 진구의 귀에는 그 소리가 들리지 않았다.

×

우선 피스톤로드 한 대를 완성할 예정 날은 왔다.

이 날 이달호의 침울하던 얼굴에는 김진구와의 경쟁 후 처음으로 명랑한 웃음이 떠올랐다.

어디 보라는 듯이 활개를 치면서 다니는 걸음걸이에도 승리자의 기세가 보인다.

점심시간에 건국실에서 맛나게 담배를 피면서 동무들에게 농담도 걸고 「승리의 5월」도 불렀다.

저렇게 명랑한 사람이 어째서 그새 그처럼 우울해졌을까? 하고 의심하리만치 이달호는 명랑한 인간으로 변하였다.

이것을 본 김진구는 은근히 마음이 놓였다.

이달호가 지난 일주일 동안 명랑성을 잃고 초조한 기분으로 작업하는 것을 볼 때 마치 자기가 이달호를 그렇게 만든 듯이 마음이 송구했던 것이다.

우정을 상하지나 않을까— 진구는 은근히 이런 것을 걱정했다.

그러던 것이 자기보다 피스톤로드를 먼저 깎은 이달호가 그때부터 지나치게 명랑해지고 말솜씨에도 한결 서슬기가 차 있는 것을 보았을 때 김진구는 누명을 벗은 사람처럼 마음이 가뿐해졌다.

이달호에게는 승리자의 의기가 있었다. 예정 기간 중의 능률로 보아 이달호는 100%를 초과하였다.

즉, 피스톤로드 한 대를 완성하고 두 대째 선반기에 물려놓고 작업을 시작했다.

김진구는 아직 한 대를 가지고 내일 오전 10시에나 가서야 완성할 예정이다. 기계를 사랑하는 그는 경쟁 중에 있어서 선반기 분해 소제[78]를 하느라고 네 시간이나 허비(실인즉 허비가 아니지만)했으나 이달호에게는 그런 것은 문제도 되지 않겠고 결국 퍼센티지로 따져본다면 자기의 패배[79]는 결정적이라고 김진구는 자인하는 것이었다. 승패의 판결은 내일이지만.

그러나 김진구의 얼굴은 패배당한 사람 같지 않게 여전히 명랑하다.

이달호는 자기의 솜씨를 보여주었으니 소원성취라는 듯한 자부심을 자기고 몇 시간 전까지의 열성과 태도를 잃고 빈둥빈둥하는 기색을 보였

---

78) 소제(掃除): 더럽거나 어지러운 것을 쓸고 닦아서 깨끗하게 함. 청소(淸掃).

79) 패북(원문) → 패배(敗北): 겨루어서 짐.

으나 김진구는 천리 길을 가는 황소처럼 한결같은 태도와 근기80)로써 작업을 계속하는 것이었다.

이달호는 김진구의 시종여일한81) 작업 태도를 보고 처음에는 심정이 둔하고 발전이 없는 사람이라고 비웃었다.

그러나 진구의 작업태도를 두 번 보고, 세 번, 네 번 살피는 새에 웬일인지 김진구라는 인간이 무서워나기 시작했다.

황소 같은 사람이다. 47년도 인민경제계획 예정숫자를 넘쳐 완수하자면 김진구 같은 정력과 태도를 가지고 저렇게 작업해야 옳지 않을까?

이달호는 드문드문 이렇게 생각하여보는 때도 있었다. 그러나 달호는 그것이 옳다는 결론에까지 도달하지 못하고 머리를 흔들어 진구의 생각을 잊어버리려고 애를 쓰는 것이었다.

그러나저러나 간에 이달호는 무척 기뻤다.

강적 김진구를 물리치고 자기의 우수한 선반기술을 뽐낼 수 있게 되었다는 우월감이 달호의 마음을 들뜨게 하였다.

그 날 밤 달호는 기쁨과 만족에 이기지 못해서 공장에서 배급 준 술을 모아 가지고 몇몇 동무들과 승리의 축배를 들었다.

"그러기다. 길구 짜른 건 대봐야 아는 거야."

술이 거나해지자 달호는 의기양양해서 이렇게 기세를 올렸다.

"그렇구 말구. 실력이란 속일 수 없는 거네. 자 축배를 한 잔 받게."

친구들은 번갈아 가면서 달호에게 축하의 술잔을 권한다.

"47년도 인민경제계획 예정숫자 달성은 문제없네, 문제없어."

달호는 신이 나서 팔소매를 걷어올리면서 큰소리를 탕탕 친다.

---

80) 근기(根器): 근성(根性)과 기량(器量)을 아울러 이르는 말.

81) 시종여일하다(始終如一하다): 처음부터 끝까지 변함없이 한결같다.

"암 그야 문제없지."

한 친구가 혀 꼬분 소리로 맞장구를 친다.

"이번에는 누구한테 도전할까? 태식에게, 아니 털보에게다 걸어야지."

달호는 아직 앞으로 1주일이란 경쟁 기간이 남은 줄도 잊고 마음 탁 놓고 호기를 피운다.

"털보라니."

"박종수 말이야."

박종수란 선반공은 12년의 경험을 가지고 있는 가장 우수한 모범 선반공이다.

"호로쇼호로쇼.[82] 그러나 털보는 강적인 걸."

"뭘 문제없네. 밑져야 본전이지."

이달호는 천하를 삼킬 듯한 기세를 보이면서 「승리의 5월」을 노래 부르는 것이었다.

김진구는 같은 시간에 열성자 대회가 열린 노동회관 의자에 앉아 있었다. 그의 곁에는 역시 주문식이가 앉아 있었다.

김진구는 7시 반이 조금 넘어서야 집에 돌아갔다.

"빨리 오우다."

아내는 맨발로 뛰어나와 남편의 빈 밥그릇을 받아 들여다가 가마뚜껑 위에 놓고 그 발로 윗방에 올라가더니 종이 꾸러미를 들고 나왔다.

"수돌이 우등했다오."

"응? 우등? 어디……."

진구는 아내의 손에서 종이를 빼앗아 가지고 신발도 벗지도 않고 방바닥에 앉아서 펴본다. 그새 아내가 남편의 신발을 벗겨준다.

---

82) 호로쇼호로쇼: '좋다'의 러시아어.

시험지를 보니 산수는 두 장 다 100점, 국어는 한 장이 85점, 한 장은 92점이다. 인민은 95점……. 진구는 무슨 판결장을 받은 사람처럼 가슴을 조이면서 통신표[83]를 홀쩍 폈다.

보니 도화[84]하고 음악이 '양(良)'이고 그 밖의 학과는 모두가 '우(優)'다. 총평이 '우(優)'니 아내의 말대로 우등에 틀림없다.

진구는 감개무량한 듯이 한참 통신표를 들여다보다가 무릎을 탁 치고 일어서더니 아내의 손목을 붙잡고 덩실덩실 춤을 추기 시작한다.

"이거 놓소. 남이 보겠소."

아내는 남편의 춤추는 모양이 우스워서 간간대소하면서[85] 손을 빼려고 애를 쓰나 남편은 놓아주지 않는다.

"남이 보면 어떠오. 좋아서 춤추는데……."

김진구는 진정 반가웠다. 얼마나 은근히 마음을 졸이면서 아들의 성적표를 기다렸던 것인가…….

만약 이번에 수돌이가 좋은 성적을 얻지 못하였다면 낙망 끝에 식음전폐라도 하였을는지 모를 일이다.

"수돌이 또 학교 갔소?"

"운동회가 있다구 연습하러 갔소."

"그 놈 사과 사다주오."

진구는 10원짜리 지폐를 두 장 끄집어내서 아내에게 주었다.

아직까지도 공부 못한 설움이 골수에 사무쳐 있는 김진구는 자기 아들 수돌에게 하늘만 한 희망을 가지고 있다.

---

83) 통신표(通信票): '생활 통지표(生活通知表)'의 전 용어. 학교에서 학생의 지능, 생활 태도, 학업 성적, 출석 상태 따위를 기재하여 가정에 보내는 표.
84) 도화(圖畵): 도안과 그림을 아울러 이르는 말. 그림을 그리는 일. 또는 그려 놓은 그림.
85) 간간대소하다(衎衎大笑하다): 얼굴에 기쁜 표정을 지으며 크게 소리 내어 웃다.

공부만 잘하면 나랏돈으로도 대학교에 갈 수 있고 노동자의 자제도 이제부터는 활개치고 대학교에 갈 수 있는 이 행복스러운 세대에 맹세코 수돌을 김일성 대학에 보내고야 말겠다고 강철 같은 결심을 품은 김진구는 매달 월급에서 100원씩 잘라 저금하고 있는 것이다.

　　물론 그것은 돈이 남아서 저금하는 것은 아니다. 다만 그의 강직한 신념, 즉 김일성 장군을 수반으로 모신 근로대중의 힘으로 다 같이 잘 살 수 있는 나라를 세울 때까지 살림이 다소 옹색하더라도 그것을 참아야 한다는 것과 수돌이를 김일성 대학까지 보내어서 훌륭한 일꾼을 만들겠다는 철석같은 신념이 김진구로 하여 모든 곤란을 참게 하고 다달이 100원씩 저금을 시키게 했던 것이다.

　　"여보 행복자란 별것이 아니오. 우리가 행복자란 말이오. 죽을내기 대구 일합시다. 그리고 당신은……."

　　진구는 말을 끊고 빙글빙글 웃기만 한다.

　　"나는 어쩌란 말이오?"

　　"과업이 있소."

　　진구는 과업—이란 말을 잘 쓰기 때문에 아내는 그 말의 뜻을 알고 있다.

　　"무슨 과업?"

　　"아이를 하나 낳으란 말이오."

　　진구는 어린것이 그리웠다. 하기야 일당백이라고 하나라도 되기는 하지만 그래도 역시 어린것이 그리웠다.

　　이것은 진구의 욕심일는지 모르지만 그는 이제 딸 하나 아들 하나 더 낳고 아내가 단산하여 주었으면 하고 바라는 것이다.

　　"낳기만 하문 무실하오."

　　아내는 수돌이 아래로 딸을 낳았다가 제자리에서 죽여버렸다. 원체 드문 터울이지만 손을 꼽아보면 금년이 가져야 할 해에는 틀림없다.

"하여튼 금년도 과업으로 맡소."

김진구는 자기의 말이 자기로서도 우스워서 껄껄 웃는다.

"……."

사실인즉 아내는 남편보다도 더 기다리고 있는 중이다. 기다리면 안된다는 노인네들의 이야기를 듣고 기다리지 말자고 애를 쓰면서도 역시 은근히 기다리는 것이었다.

남편에게 말하지는 않으나 전달부터 꿈자리가 이상하였다. 수돌이를 가질 때처럼 강아지도 안아보고 호랑이 새끼도 안아보고 과수원에 가서 새빨간 사과도 따먹어보았으니 필시 무슨 소식이 있을 것만 같았다.

"이거 먹소."

진구는 손바닥만 한 구운 가자미 한 마리를 아내 앞에다 내밀어 놓았다.

"난 안 먹겠소. 싫소."

아내는 가자미를 도로 밀어 내놓는다.

"먹으라니까 그래."

가자미는 또 아내 앞으로 밀려갔다.

"아까 먹었소. 어서 잡숫소."

가자미는 이번에는 진구 앞으로 미끄러져 왔다.

"그럼 절반씩 나누지."

진구는 가자미를 두 톳을 내서 대가리 쪽을 아내에게 주고 꼬리 쪽을 자기가 먹었다. 수돌이 해가 한 마리 있었으니 말이지 없었더라면 진구는 으레 세 톳을 냈을 것이다.

그러나 대가리 쪽도 몇 번 상위를 왔다 갔다 하고 난 후에야 아내의 입에 들어갔다.

진실한 애정이 꽃처럼 피어나는 행복스러운 식사풍경이다.

"사과 사다 수돌일 주오."

진구는 뒷밭에 뿌릴 씨앗 사러 나가면서 다시 한 번 아내에게 일러주었다.

×

그 이튿날은 김진구와 이달호의 경쟁에 대한 중간 심사가 있는 날이다.

이달호는 머리가 아프다고 수건을 물에 축여서 머리를 동이고 있으나 역시 얼굴 표정은 명랑하다.

오늘 아침도 이달호는 작업에 대해서 솜씨를 내지 않는다.

이만하면 내 솜씨를 알 텐데 더 낼 필요가 없다는 듯한 태도가 이모저모에서 보인다.

이달호의 속통[86]을 툭 털어 내놓고 본다면 그는 두 개째 피스톤로드를 깎는 데는 김진구한테 져주어도 좋다고 생각하고 있다.

실력이란 한 번만 보여주면 되지. 두 번 세 번 보여주면 실력의 가치가 떨어지는 것이라고 달호는 자기의 실력을 퍽이나 아낀다.

오늘 승리의 판결이 내리면 그 자리에서 털보 박종수에게 도전할 것을 결심하고 오후 4시가 오기만 기다리고 있는 이달호다.

그러나 이것이 웬일일까!

천만만만[87] 뜻밖에도 심사의 결과 승리는 김진구에게로 결정되었다는 정보가 달호의 귀에 들어왔다.

이달호에게는 청천의 벽력이 아닐 수 없었다.

---

86) 속통(속桶): '마음'을 속되게 이르는 말.

87) 천천만만(千千萬萬): 횟수나 수량이 많거나 정도가 더할 수 없이 심함. 또는 그런 모양.

아마 나를 놀려보는 수작이겠지, 지다니, 되는 말이냐! 달호는 처음에는 이렇게 늘어진 생각도 하여보았다.

그러나 자기 생각이 한 개의 이불 아래 공상이었고 김진구의 승리가 확실하다는 것을 똑똑히 알자 이달호는 된뭉치에 뒤통수를 얻어맞은 사람처럼 정신이 허전허전해졌다.

너무나 커다란 정신적 타격에 맥이 풀려서 통 일이 손에 붙지를 않았다. 명랑하던 얼굴은 다시 침울해졌다.

그러면서도 한편으로는 통분한 생각이 불쑥불쑥 치밀었다.

"흥 되지 못한 것들이 무스거 안다구."

이달호의 암통한88) 마음에는 모두가 한패가 되어서 자기를 돌리자는 계책을 꾸미는 것만 같이 생각되었다.

"너희들이 정 그렇게 한다면 내게두 생각이 있다."

이달호는 가라앉았던 청진 생각을 되살리기 시작하는 것이다. 전에도 말했지만 처음부터 이달호와의 경쟁에 그다지 커다란 관심을 가진 김진구는 아니었다. 그의 관심은 주철공장 단조공장과의 삼각경쟁에 쏠려 있고 나아가서는 25만 톤 유안비료를 생산하느냐 못하느냐는 데 집중되어 있다.

이번 피스톤로드를 깎는 데도 진구가 상대로 하는 것은 이달호가 아니라 25만 톤 유안비료의 생산에 있다.

김진구는 이달호가 붉으락푸르락하는 것도 모르고 또 자기가 승리했다는 것도 모르고 모든 것에서 귀를 가리우고 오로지 우수한 피스톤로드를 깎아내는 데만 전심전력을 다하고 있다.

---

88) 암통하다: 앙큼스럽고 앙똥하다.

오후 4시 반부터 건국실에서 김진구 대 이달호의 생산경쟁 중간 비판회가 열렸다.

선반공장 노동자 70명 가량 모였다. 이런 모임은 이것이 처음은 아니다. 한 달에도 몇 번씩 있는 것이고 기술강좌는 매주일에 한 번 이상 계속되고 있다.

이런 모임에서 선반공장 기술자들은 자기의 기술을 한층 더 향상시키며 창의 고안에 대한 발표를 하고 연구 토론을 전개하고 앞으로 계획을 수립하는 것이다.

김진구는 주문식이와 붙어 앉아서 잡담을 주고받고 한다. 마치 그 표정이 남의 강연을 들으러온 사람처럼 서늘하다. 건국실은 웃음과 잡담으로 떠들썩하다.

이달호는 그 분위기를 피하는 듯이 맨 뒤 의자에 혼자 앉아서 뾰족뾰족 내민 턱수염을 뽑고 있다.

먼저 요란한 박수를 받으면서 계장 한 동무가 등단하였다.

한 동무는 작업반장 엄 동무와 피스톤로드를 엄밀히 조사한 결과 서로 합치된 의견을 발표하기 위해서 등단한 것이다.

"동무들, 나는 이번 달호 동무와 진구 동무의 생산경쟁에서 중대한 문제를 발견했소."

선반계장 한 동무의 이 말에서 벌써 선반공들은 긴장하기 시작한다. 나오는 말투가 심상치 않았기 때문이다.

계장 한 동무는 선반공들의 주의를 자기에게 끌어 당겨놓고 말을 잇는다.

"간단히 생각한다면 100%의 능률을 올리지 못한 김진구보다 100% 이상의 능률을 올린 이달호가 승리했다고 누구나 생각할 수 있을 것이오. 하지만 이번 경쟁만은 그렇게 단순하게 결론지을 것이 아니라는 것을 동무들은 명심해야 하오. 나와 작업반장 임 동무가 조사한 결과를 이제부터 보고하겠소."

한 동무는 주머니 속에 손을 찔러 부시럭거리더니 한 장의 종이를 끄집어내서 책상 위에 펴놓았다.

이달호는 한 동무의 말을 귓등으로 들으면서도 어쩐지 가슴이 뜨끔해났다. 한 동무는 말을 계속 한다.

"달호 동무는 일주일 경쟁기간 중에 피스톤로드를 한 개를 깎는 데 바이트를 네 번 분질렀소. 그러면 이것은 무엇을 말하느냐…… 하면 물론 쇠가 강질이란 원인도 있겠지만 나는 자재나 도구를 소모하더라도 빨리 만들어 이겨보겠다는 이런 초조한 심리에서 나온 결과라고 보오. 제품을 조사한 결과 두 동무의 제품 모두 규격에는 틀림없소. 그런데 달호 동무의 제품을 조사한 결과 얼룩이 많다는 것을 엄 동무와 나는 찾아냈소. 즉, 달호 동무가 깎은 피스톤로드를 자세히 보면 육칠 년 경험 있는 선반공이 깎은 데가 있는 대신 삼사 년 되는 선반공이 깎은 데도 있단 말이오. 간단히 말하면 한 사람의 솜씨 같지 않단 말이오. 여기서……."

한 동무는 여기서……란 말에 특히 힘을 준다.

김진구는 선생님 앞에서 강의를 듣는 학생처럼 얌전하게 앉아서 듣는다.

이달호도 아까보다는 딴판으로 냉정한 표정으로 한 동무의 얼굴을 지키고 앉아 있다.

"여기서 나는 두 가지 옳지 못한 경향을 발견할 수 있었소. 그 하나는 국가의 인민경제 부흥을 위하여서는 경쟁이 아니라 개인을 위한 또는 자기를 위한 재간다툼을 하는 경향이 있었단 말이오. 또 한 가지는 제품의 질을 고려하지 않고 양에만 치중하는 경향이오. 우리는 이런 옳지 못한 경향은 이 순간부터 청산해야겠소. 경쟁이라니까 다짜고짜로 결과야 어떻게 되든지 간에 남보다 빨리 많이 만들기만 하면 된다는 이런 마음을 우리는 시급히 숙청해야겠소. 문제는 일정한 노동시간 내에 작업계획을 세우고 창의성을 발휘하면서 질적으로 우수한 제품을 양적으로 넘쳐 제작해내는 데 있는 것이오. 이런 건국정신이 없이는 1947년도 인민경제계획에 있어서 우리 공장이 짊어진 책임량을 넘쳐 완수하지 못할 것이오. 나는 솔직히 말해서 이번 경쟁에 있어서 이달호 동무는 자기의 기술과 역량을 충분히 발휘하지 못했다고 생각하오. 그러면 그 원인이 어데 있었는가. 나는 이렇게 해석하고 싶소."

한 동무는 말을 끊고 선반공들을 돌아본다. 모두 숨을 죽이고 열심히 듣고 앉았다.

이달호는 아까보다 점점 풀이 죽어져갔다. 어떻게 된 영문인지 그는 한 동무의 자기에 대한 비판을 반박할 용기를 상실하기 시작하였다.

나아가서는 한 동무의 칼날처럼 예리한 비판은 백 명에 가까운 선반공들에게 높은 경각성을 주는데 충분하였다.

"다음 나는 달호 동무의 민주주의 조선 건국을 위한 마음의 무장이 박약하다는 것을 지적하구 싶소. 이 동무는 점심시간에도 쉬지 않고 일한 때가 있었소. 이것은 좋은 일 같기도 하지만 삼가야 할 일이오. 왜 그런가 하면 우리에게 부과된 47년도 생산 책임량은 우리가 휴식시간에까지 작업을 계속하지 않고는 달성하지 못하리만큼 그렇게 무리한 책임량은 결코 아니란 말이오. 이것은 다만 경쟁자에게 지지 말겠다는 그런 욕심에서 나온 자기 행동이라고 나는 생각하오. 동무들 만약 동무들에게 이런 경향이 있다면 이 즉석에서 청산해주기를 바라오. 아까 지적을 번복하는 것 같소만 이달호 동무는 이번 경쟁에서 확실히 계획성 창의성 기술연구를 등한시했소. 그저 빨리 만들어서 진구 동무한테 지지 않겠다는 그런 단좁은 마음으로 작업했기 때문에 제품을 질적으로 향상시키지 못한 것이오. 이것은 비단 이달호 동무에게 한한 문제가 아니라 우리 전체 선반기술자

동무들이 주의해야 할 문제라고 생각하오."

선반공들은 숨도 크게 쉬지 않고 점잖게 앉아서 귀를 기울이고 있다.

드디어 이달호는 자기 잘못을 뉘우치기 시작했다.

듣고 보니 계장 한 동무의 한마디 한마디가 과연 옳았다. 마치 의사가 아픈데다가 주사를 찌르듯이 자기의 흠점[89]을 찔러주는 데야 뉘우치지 않을 수가 없었다.

한 동무는 달호 동무에게 대한 결론을 맺기 위해서 입을 열었다.

"끝으로 나는 달호 동무가 우리들의 영명하신 김일성 위원장께서 47년도 인민경제계획을 내세운 그 근본 의의를 좀 더 깊이 연구해달라는 것을 부탁하오. 우리는 북조선에서 장성한 모든 민주 역량과 47년도 인민경제계획 완수가 삼팔선이 틔우고 민주주의 조선 정부가 수립될 때 그 주춧돌이 되며 기둥이 된다는 것을 뼈에 새겨 명심해야 하오. 내가 보건대 이달호 동무는 앞으로 얼마든지 기술적으로 발전할 소질을 가진 동무요. 부탁은 오늘의 승부를 절대 염두에 두지 말고 앞으로 더욱 노력해주기를 바라오."

15년의 경험을 가진 선반 기술자 한 동무는 이 같은 예리한 판단과 심각한 비판으로 이달호에게 대한 결론을 맺었다.

이것은 비단 이달호뿐만 아니라 전체 선반공들에게 대해서도 중대한 문제를 제시하여준 것이다.

특히 그 중에서도 정신이야 어디가 있던 간에 왜놈 밑에서 배운 기술만 가지고 작업하고 있는 그런 친구들에게는 아픈 동침이 아닐 수 없었다.

이달호는 머리를 푹 수그리고 죽은 듯이 앉아 있다.

계장 한 동무는 이번에는 김진구를 비판에 올려놓았다.

"김진구 동무는 어느 편인가 하면 작업하는 태도가 다른 동무들보다

---

89) 흠점(欠點): 부족하거나 잘못된 점. 흠절(欠節).

더딘 편이오. 그러면서 이 동무는 계속적으로 상당한 능률을 올리고 있소. 이번에도 반나절이나 걸려 선반기 분해 소제를 하지 않았더라면 100% 능률은 문제없었을 것이오. 진구 동무가 기계를 자식처럼 사랑하는 줄을 나는 잘 아오. 우리는 이런 점은 진구 동무의 본을 받아야겠소. 그러나 기계 소제를 작업 시간 중에 한다는 것은 이제부터 삼가야겠소. 우리는 작업하는 데만 알맹이 여덟 시간을 바쳐야 하겠소. 그럼 이제부터 진구 동무의 제품을 비판해보기로 합시다. 동무들 담배들 피시오. 나두 한 대 피겠소."

선반공들은 그 명령이 내리기를 하도 기다렸다는 듯이 명령일하90) 주머니 속에 손을 찔러 담배쌈지를 끄집어내 가지고 종이조각에 말아 피워 물었다.

그러자 긴장하던 공기가 풀리고 이 구석 저 구석에서 잡담이 시작되었다.

그러나 이달호는 여전히 아까금사 그대로 머리를 수그린 채 죽은 듯이 앉아 있다.

한 5분 지냈을까? 한 동무는 구두 끝으로 담뱃불을 끄고 나서

"그럼 동무들 담배를 피면서 들어도 좋소."

하고 말을 계속한다.

"김진구 이 동무는 작업을 시작하기 전에 우선 어떻게 하면 일정한 시간 내에 좋은 제품을 제작하는데 능률을 올려낼까— 하는 계획을 세우고 기술적으로 연구해 가지고 작업을 시작하기 때문에 얼핏 보면 더딘 것 같지만 그것이 결코 더딘 것이 아니고 따라서 작업상에 실수가 없소. 이번 피스톤로드에는 진구 동무의 솜씨가 그대로 나타나 있소. 어데 흠잡

---

90) 명령일하(命令一下): 명령을 한 번 내림.

을 데 없는 훌륭한 제품이오. 나는 이번 제품을 보고 진구 동무의 기술적 발전을 알 수가 있었소. 문제는 여기 있단 말이오."

계장 한 동무는 전기 시계를 돌아다보고 말을 잇는다.

"진구 동무는 이밖에도 지금 우리가 제조에 성공한 로바텔 베어링보다 더 수명이 긴 베어링을 창의 고안 중에 있소. 나는 이 동무의 성공을 빌어 마지않소. 끝으로 진구 동무에게 바라는 것은 작업하는데 좀 더 민활성91) 을 가져달라는 것이오. 그럼 이만 내 말을 끊겠소."

한 동무는 동무들의 박수를 받으면서 단을 내려왔다.

다음 직맹 초급단체 위원장 최 동무가 등단하였다. 또 한바탕 요란스러운 박수가 터졌다.

"오늘 동무들은 한 동무의 말에서 높은 경각성을 가졌으리라고 생각하오. 아까 한 동무도 말했지만 우리는 왜놈들이 남겨두고 간 썩은 정신을 하루바삐 청산하고 생기발발한 민주 조선 건국정신으로 무장을 해야 하오. 이 사상 개벽과 학습이 없이는 우수한 제품이 다량으로 생산될 수 없을 것이오. 조그만 볼트를 한 개 깎는데도 자기의 건국사상과 창의심이 침투되지 않구는 결국 그 제품은 한 개의 모방에 지내지 않을 것이오. 또 모든 것을 건국을 위해서 바치겠다는 숭고한 정신이 없는 그런 사람의 기술에는 발전도 향상도 없다는 것을 나는 단언하고 싶소. 47년도 인민경제계획은 건국정신 총동원 기술향상 창의성의 발휘 학습 단결이 없이는 완수할 수 없는 것이오."

최 동무는 벌써 흥분하기 시작한다. 연단에 올라설 때마다 흥분하는 것은 그의 버릇이다.

"이달호 동무가 이번 경쟁 기간 중에 있어서 학습에 태만했다는 사실을

---

91) 민활성(敏活性): 날쎄고 활발한 성질.

나는 여기서 엄격하게 지적하오. 학습하지 않고는 건국사상을 파악할 수 없을 것이며 나아가서는 민주주의 조선 건국에 이바지할 수도 없을 것이오. 또 학습하지 않는 사람에게 창의성이 생길 수 없으며 계획성이 있을 수 없는 것이오. 일하며 배우고 배우며 일하자— 우리는 끝까지 이 정신을 살려야 하겠소. 동무들도 알다시피 진구 동무는 학습하는데 가장 열성적이오. 그 열성적 정신을 작업에 살리기 때문에 우수한 제품을 제작하는 것이오. 증산 경쟁은 건국을 위해서 하는 것이지 개인을 위해서 하는 것이 아니라는 것은 아까 한 동무도 말했지만 경쟁을 일시적 승부다툼으로 알고 상대자를 적대시하거나 우정을 상하는 일이 있다면 이것은 용서 못할 죄악이라 아니할 수 없소. 물론 동무들 가운데는 이런 일은 없겠지만 그러나 있을 수도 있음직한 일이라는 것을 명심해주기 바라오."

최 동무의 말의 화살은 이달호의 심장에 정통으로 들이박혔다. 이달호는 그만 정신이 아찔해졌다. 더 견딜 수 없게 양심의 가책이 심장을 쥐어뜯는다.

사실인즉 최 동무 역시 이 효과를 겨누고 화살을 보냈던 것이다.

"이 자리에서 너무 진구 동무 이야기만 하는 것 같지만 끝으로 한 가지 이 동무는 지금 가정에서도 삼각경쟁을 제기하고 있소. 참 재미있는 삼각 경쟁이란 말이오."

최 동무는 진구 아내의 기특한 건국열과 아들의 우수한 성적과 그 개변되어가는 가풍을 이야기하였다.

김진구는 그것이 되려 부끄러워서 목을 자라목처럼 옴츠렸다.

선반공들은 혹은 놀라서 눈알을 뒹굴리기도 하고 혹은 과연 그럼직한 일이라는 듯이 목을 끄덕거리기도 한다.

이달호는 얼굴을 무릎 짬에 파묻고 앉아서 자기 잘못을 뼈가 저리도록 뉘우치는 것이었다.

기술적으로나 학습적으로나 또는 인간적으로 김진구보다 자기가 멀리 뒤떨어져 있다는 것을 이달호는 비로소 깨달았다. 깨닫는 동시에 아무 준비도 없이 일시적 혈기와 개인적 야심에 못이겨 저돌적(猪突的)으로 김진구에게 도전한 자기의 어리석음을 생각할 때 천길만길 땅구멍으로 떨어져 들어가는 현훈증92)을 느꼈다.

최 동무가 박수를 받으면서 제자리에 가서 앉자 이달호는 비장한 각오를 얼굴에 그늘 지우면서 일어섰다. 이달호는

"5분 동안만 언권93) 주실 수 없겠습니까?"

하고 계장 한 동무에게 간청했다.

승낙을 얻은 이달호는 심각한 표정으로 등단했다.

동무들은 이달호를 격려하듯이 요란스러운 박수를 보냈다.

김진구는 아까 한 동무나 최 동무가 등단하였을 때보다도 더 힘찬 박수를 보내주었다.

이달호는 두 손으로 책상을 짚고 머리를 수그리고 섰다가 박수가 끝나자 훌쩍 고개 들면서

"동무들"

하고 진심에서 우러나오는 목소리로 불렀다.

"나는 한 동무와 최 동무의 지적을 정말로 옳은 지적이라고 생각하면서 달게 받겠소. 나는 이 자리에서 동무들 앞에 나의 잘못을 깨끗이 자아비판94)하겠소."

이달호는 만감이 끓어 번지는 가슴을 내려 누르면서 무거운 입을 열어

---

92) 현훈증(眩暈症): 정신이 아찔아찔하여 어지러운 증상.

93) 언권(言權): 회의에서 자기의 의견을 말할 수 있는 권리. 발언권(發言權).

94) 자아비판(自我批判): 자기의 생각이나 언행에 대하여 좋고 나쁘거나 옳고 그름을 스스로 따져 말함. 자기비판(自己批判).

이까지 말하고는 다시 고개를 수그렸다.

김진구는 또 전처럼 이달호를 그렇게 만든 것이 자기라는 듯한 송구한 마음으로 앉아 있다. 이달호는 고개를 들면서 입을 떼었다.

"사실 말이지. 나는 학습을 게을리해 온 것만 사실이오. 오늘 저녁부터 학습을 열심히 하겠다는 것을 동무들 앞에서 맹세하오. 또 이번 피스톤로드를 깎는데 있어서도 나는 기술적 향상도 창의성도 계획성도 생각지 않고 다짜고짜로 빨리 깎아서 진구 동무를 이겨먹음으로써 나의 솜씨를 동무들 앞에 뽐내보겠다는 개인적 야심으로 경쟁해왔습니다. 우리 조국의 경제 부흥에는 오랜 시일과 한결같은 열성과 형제적 단결이 필요하다는 것을 오늘 새삼스레이 뼈가 저리도록 느꼈습니다. 이 모든 점을 동무들 앞에서 자아비판하면서 이제부터는 많이 배우고 학습하고 기술을 연마하여 계획성 있는 작업을 해서 47년도 인민경제계획 책임량을 질적으로 양적으로 넘쳐 달성하는데 내 몸을 바치겠다는 것을 맹세하면서 동무들의 지도를 바랄 뿐이오."

이때 누가 먼저 박수를 치자 모두가 힘찬 박수를 이달호에게 보낸다.

맨 처음 박수친 사람은 김진구다. 진구는 달호의 솔직한 자아비판을 듣고 감격했던 것이다.

"끝으로 진구 동무에게 대해서는 진심으로 사과하오. 모든 것을 용서하고 전과 같은 우정으로 잘 지도해주오. 다시는 이런 잘못을 되풀이…… 하지…… 않으…… 리다."

이달호는 가슴속에서 뜨거운 불덩이가 뭉클하고 목구멍에 치민 것을 억지로 삼키고 눈을 닦으면서 단을 내렸다.

동무들은 이달호에게다 감격과 격려의 박수를 길게 보내준다.

그 때 김진구가 의자에서 일어나서 동무들 짬을 빠져나오더니 달려가서 달호의 손목을 덥석 잡았다. 선반공들의 시선이 일제히 그 감격의 장면으로 쏠렸다.

"달호 동무 고맙소. 정말루 고맙소. 우리 지내간 잘잘못은 잊어버립시다. 이제부터는 더 배우고 더 연구하고 더 친밀성을 가지구 47년도 인민경제계획 25만 톤 유안비료 책임량을 넘쳐 생산하는데 친형제처럼 협력합시다. 저 김일성 장군의 초상화를 쳐다보시오. 우리는 영명하신 김일성 장군 주위에 내[我]라는 것을 버리고 튼튼히 뭉칩시다. 김일성 장군……김일성 장군 만세!"

진구는 감격에 넘쳐 이렇게 만세를 외쳤다. 이달호도 따라 외쳤다.

동무들은 그 소리에 놀란 듯이 뛰어 일어나면서 기운차게 만세를 제창하였다.

만세가 끝나자 한동안 박수소리가 건국실을 뒤흔들어주었다. 박수가 끝나자 동무들은 번갈아 가면서 달호의 손을 잡아주고 격려해주었다.

속히 직맹 사무실까지 오라—는 전화를 받은 김진구는 다른 동무들보다 먼저 건국실 문을 나섰다.

직맹에 가서 위원장께서 모범노동자로서 5.1절에 표창을 하겠다는 천만뜻밖의 이야기를 듣고 정신이 얼떨떨해서 집에 돌아가니 능령천 개수공사에서 돌아온 아내가 밥상을 차리고 있었다.

"오늘 조밥은 수돌이가 지었다오. 제법 잘 지었소."

하면서 아내는 기뻐한다.

"수돌이가 호—."

진구는 이렇게 대답하면서도 정신은 딴 곳에 가 있었다.

모범 노동자—자기가 무슨 일을 하였다고 표창을 받을까 진구는 되려 부끄러운 생각이 났다.

직맹 위원장의 말에 의하면 자기가 자재를 애호하고 출근율이 100%로 가장 열성적으로 학습하고 작업하고 가풍을 개변하고 창의 고안에 열중하는 것은 다른 노동자들의 모범이 된다는 이유로 모범 노동자로 추천하였다는 것이다.

그러나 자기가 하고 있는 그런 일쯤은 다른 동무들도 하고 있지 않을까?

아직 롤러베어링 연마기도 완성하지 못하고 표창을 받는다는 것이 얼마나 부끄러운 일이냐. 진구는 생각할수록 외람한 생각이 났다.

"오래간만에 술 한 잔 잡수시오."

아내가 어느 때보다 유달리 명랑성을 발휘하면서 유리컵에다 술 한 잔 따라서 내놓는다. 공장에서 배급 준 것을 마시지 않고 두었던 것이다. 그렇잖아도 한 잔 마시고 싶던 차라 진구는 좋아서 싱글벙글한다.

"수돌은?"

"운동 연습 갔소."

수돌은 전교 릴레이 선수로 뽑혔던 것이다.

"여보 시장하겠지만 그놈 오두룩 기대립시다."

아내는 아무 대꾸도 없이 밥상에다 보를 덮고 나서

"당신은 모범 노동자가 못되오?"

하고 애정이 찰찰 끓어 넘치는 눈으로 남편의 얼굴을 바라본다.

"저…… 그건 왜 묻소?"

진구는 발표하려다가 주춤하고 빙글빙글 웃기만 한다.

"나를 여성동맹에서 5월 초하룻날에 상을 주겠다오."

아내는 외람한 듯이 얼굴을 붉힌다.

"여성동맹에서? 자 이렇게 기쁠 데가 또 어데 있소. 나두 이번 5.1절에 모범 노동자로서 표창을 받게 되었소."

"정말?"

아내는 남편에게 바싹 붙어 앉으면서 샐샐 눈웃음을 친다.

김진구는 아내의 손등을 어루만져주면서 무엇을 기원하듯이 사르르 눈을 감는다. 이것은 김진구가 무량한 감개에 잠길 때에 짓는 얼굴 표정이다.

"소련 군대의 덕분으로 조국을 찾고 김일성 장군 덕택으로 이렇게 행복스러운 생활을 하구……. 여보 일합시다, 일합시다."

진구는 아내의 손을 으지끈 쥐어주는 것이다.

"여성동맹에서 나를 공장에 댕기지 않겠는가구 그럽디다."

"그래 뭐랬소."

"쥔하고 물어보겠다구 했소."

"좋소, 댕기시오."

"정말?"

"정말이구 말구."

"나 같은 기 할 일두 있소?"

"있구 말구. 비료섬두 이어 나르구. 비누두 맨들구. 양초두 맨들구. 일이야 얼마든지 있지."

벌써 김진구는 아내가 공장에 다니게 된다면 생활양식을 그 조건에 알맞도록 개선할 것을 머릿속에서 궁리하기 시작한다.

그때 수돌이가 숨이 차서 헐떡거리면서 뛰어들어 왔다.

단란한 식사시간이 시작되었다.

"수돌아, 삼 학기두 우등해야 한다. 공부 잘 해서 김일성 대학까지 가야지."

진구는 정신 없이 밥을 퍼 넣는 아들의 머리를 어루만져주면서 소주컵을 든다.

술이 거나해진 진구는 오늘 건국실에서 벌어진 감격된 장면을 아내에게 차근차근 이야기한다.

"……그래 나는 어찌나 감격했던지 나두 모르게 김일성 장군 만세를 불렀단 말이오."

아버지의 이야기를 듣고 수돌은 씹든 밥알을 내뿜으면서 간간대소한
다. 그러자 어머니도 웃고 진구 자신도 웃어 밥상머리에는 웃음의 꽃이
피었다.

"아부지, 김일성 장군 노래를 아시오?"

수돌은 숟가락을 놓으면서 묻는다.

"알구 말구. 그러나 너보다야 못하지. 어디 한번 불러봐라."

김진구에게는 「김일성 장군의 노래」가 제일 좋았다. 그 노래는 들으면
들을수록 부르면 부를수록 김일성 장군의 위대함이 오싹오싹 뼈에 사무
치고 건국을 위해서 47년도 인민경제계획을 완수하고야 말겠다는 강철
같은 결의가 무럭무럭 용솟음치는 그런 매력을 가진 노래였다.

수돌은 양치질을 하고 나서 기착하고 섰다.

진구는 눈을 감고 앉아서 듣는다.

　　　　장백산 줄기줄기 피어린 자욱
　　　　압록강 굽이굽이 피어린 자욱
　　　　오늘도 자유조선 꽃다발 위에
　　　　역력히 비쳐주는 거룩한 자욱

　　아— 그 이름도 그리운 우리의 장군
　　아— 그 이름도 그리운 김일성 장군!

무한한 감격이 오싹오싹 진구의 가슴을 잔침질해 주는 순간이다.

"아부지, 어떻소."

수돌은 아버지 얼굴을 들여다보면서 묻는다.

"좋다. 정말루 좋은 노래다."

진구는 남은 술을 쭉 들이마시고 나서 무릎을 탁 치면서

"아— 참으로 좋은 세상이 왔다. 좋은 세상이 왔다."

하고 감격에 넘친 어조로 중얼거리는 것이었다.

• 수록: 「노동일가」, 『조선문학』 1, 1947. 9(1947. 9. 15).
• 「노동일가」, 『노동일가』, 문화전선사, 1950(1950. 5. 10).
• 「로동 일가」, 김사량 외, 『개선』, 조선작가동맹출판사, 1955(1955. 6. 25).
• 「로동 일가」, 『해풍』, 조선작가동맹출판사, 1959(1959. 12. 30).
• 「로동일가」, 리기영 외, 『조선단편집』 2, 문예출판사, 1978(1978. 12. 25).

불타는 섬

황건

    1950년 9월 12일 밤이 깊어 해군 통신수[1] 김명희는 같은 통신수 두 어린 여성 동무와 함께 월미도에 있는 리대훈 해안포[2] 중대에 배속되어 나갔다.

    '지구'에서 차를 내려 인천 시가지를 뚫고 섬에 나가는 사이 내내 명희는 좌우 사방에 캥 캐캥…… 쿵 쿠궁…… 하고 쉴 사이 없이 날아와 떨어지는 함포[3]에 엎드렸다가는 일어나고 또 엎드리고 하며 마음이 한줌만 해 달려야 하였다. 바다 먼 해안에서는 전짓불을 켰다 껐다 하듯 포들이 연속 아가리를 벌리고 머리 위에는 비행기가 으르렁대며 맴돌고 있었다. 시가지는 여기저기 불길에 싸이고 애처로운 냇내[4]가 멀리까지 쿡쿡 코를 찔러

---

1) 통신수(通信手): 통신에 관한 일을 맡아보는 기술자.

2) 해안포(海岸砲): 주로 적의 함선을 쏘기 위하여, 해안 요새에 설치한 화포.

3) 함포(艦砲): 군함에 장비한 화포.

왔다.

월미도는 그보다도 더하였다.

월미도는 이미 이틀 전부터 건물도 초목도 죄 잿더미의 발가숭이로
되어 화광은 보이지 않았으나 함포는 줄곧 이곳을 제일 노리고 있는 듯
다섯 발짝 걸음이 어려웠으며 거의 기다시피 하여야 하였다. 연잇다시피5)
하는 포탄 구덩이 가생이6)에서 가생이에로 길이 아니라 생판 험산7) 묏
등8)을 더듬는 것 같았다. 그리고 머리 위에는 조명탄이 둥둥 떠 있고
무엇을 쏘는지 뚜루륵 뚜루륵 귀 아픈 기총9) 사격 소리가 계속되었다.
미처 흠채기를 못 찾고 등을 못 넘는 흙더미를 의지하고 누워서도 턱밑에
물결이 선연한 세라복의 통신수들은 포탄과 기총 사격을 피하느라 가슴
이 수시 지지눌리워야10) 하였다.

"수고했소. 함께 싸워봅시다."
하고 아무렇지도 않은 얼굴로 중대장이 가리키는 대로 무전기 앞에 나란
히 앉아서도 한동안은 마음을 진정시키기 어려웠다.

월미도는 줄창11) 몸소리치는 지진 염병 속에 허덕였다. 낮은 밤보다도
더하였다. 거만스런 놈의 함포들은 이른 새벽부터 아가리를 일제히 쳐들
고 북 치듯 땅을 흔들고, 하늘이 까맣게 덮여 오는 비행기들은 연속 폭탄을
퍼붓고 휘발유통을 던지고 기총 사격을 하였다. 연기와 흙먼지에 가리어

---

4) 냇내: 연기의 냄새.

5) 연잇다(連잇다): 어떤 일이나 상태가 끊이지 않고 계속되다. 또는 어떤 일이나 상태가
끊어지지 않게 계속하다.

6) 가생이: '가장자리'의 방언(경기, 전북).

7) 험산(險山): 가파르고 험악한 산.

8) 묏등: 무덤의 윗부분.

9) 기총(機銃): 탄알이 자동적으로 재어져서 연속적으로 쏠 수 있게 만든 총. 기관총.

10) 지지누르다: 지지르듯이 내리누르다.

11) 줄창: 줄곧. 끊임없이 잇따라.

태양은 종일 달걀 속처럼 흐리었다. 사르고 파헤치고 또 뒤집어 엎었다.

조국의 작은 섬은 이 악독한 짐승들의 발악 앞에 맞고 할키우고 불에 지지웠다.12)

포중대 동무들은 계속 부상당하고 죽고 하였다.

그러나 명희는 그리고 명희 동무들까지도 해안포 중대원들과 함께 그들의 말못할 싸움 가운데 있는 사이 자기 두려움은 어느새 잊고 말았다.

그 무서운 포화 속에서 포중대 동무들은 두려움도 없이 지칠 줄도 모르고 얼마나 슬기로운 것인지…… 명희는 그들 생각에 눈물이 날 지경이었다.

포중대 해병 동무들은 윗도리는 거의 셔츠 바람이나 무서운 폭풍에 찢기우고 너덜이 나 그 사이로 살결이 비죽비죽 드러났다. 그리고 그 살결은 폭풍에 모래가 박혀 피가 발갛게 배어 나왔다. 동무들은 포 곁을 떠나려고 하였으며 졸음도 배고픈 줄도 몰랐다. 포를 쏘기에, 무너진 전호를 파 올리고 위장하기에, 부상당한 동무들을 나르기에, 해병들은 한시도 가만히 섰지 않았다. 물레방아처럼 중대장 리대훈을 축 삼아 동무들은 나무랄 것 없는 충직한 수채13)가 되고 물레가 되고 방아에 방아확14)이 되었다. 매명15) 가슴들은 원수에 대한 굴할 줄 모르는 투지와 전우에 대한 한없는 애정에 끓었다.

그 중에도 중대장 리대훈은 바다를 향하여 섰는 눈에 갈수록 불길이 줄기차지며 성난 범이 몸 둘 곳을 몰라 하는 형상이었다. 굳게 다문 입술은 강직하게 벌린 이마와 함께 군은 투지와 그 어떤 자랑을 말해주었

---

12) 지지우다: 북조선어. '지지다'의 피동사.
13) 수채: 집 안에서 버린 물이 집 밖으로 흘러 나가도록 만든 시설.
14) 방아확: 방앗공이로 찧을 수 있게 돌절구 모양으로 우묵하게 판 돌.
15) 매명(每名): 한 사람 한 사람.

다. 그 역시 군복은 폭풍에 찢기우고16) 너덜이 나 그 사이로 비죽비죽 드러난 어깨며 팔이며 가슴은 모래 돌에 박히우고 찢기워 피가 발갛게 배어 나왔다.

중대원들의 한결같은 투지와 충직한 마음들은 더욱이 이런 중대장과 함께 있으므로 하여 더할 것이라 생각되었다.

그는 함포가 그칠 사이 없는 속에도 포가 있는 전호와 전호 사이를 집안 드나들 듯하며 전투 지휘를 하였고, 묘준경17)에 달려 있었다.

그는 무너진 전호를 자신 파 올렸으며 위장하였다. 죽은 동무의 시체를 자기 손으로 파묻고 부상당한 동무들의 후송을 일일이 보살폈다.

부상당한 동무는 동무의 등에 업히우지 않으려 두 번 세 번 팔을 뿌리쳤다.

"싫어요, 나는 안 가요. 나는 아직 싸울 수 있어요. 같이 남아 끝까지 싸우겠습니다."

무거운 눈길로 지키고 섰던 중대장은

"업히우오! 동무는 자기 생각만 했지 동무들에게 오히려 짐이 되리라는 생각은 못하고 있소."
하고 엄하게 꾸짖었다.

중대장은 부상당한 동무가 끝내 업히어 중대부에서 교통호18)로 하여 밖으로 나갈 때까지 그 자리를 떠나지 않았다. 중대장은 초연19)에 싸인 어둠 속을 더듬듯 사라지는 동무들의 뒷모습이 보이지 않을 때까지 오래

---

16) 찢기우다: '찢기다'의 북조선어.

17) 묘준경: '조준경'(조준을 쉽고 정확하게 할 수 있도록 총포의 몸통 위에 붙이는, 원통으로 둘러싼 렌즈)의 북조선어.

18) 교통호(交通壕): 참호와 참호 사이를 안전하게 다닐 수 있도록 판 호.

19) 초연(硝煙): 화약의 연기.

지키고 섰었다. 그러던 중대장은 이쪽에는 눈길도 돌리지 않고 감정이 격한 사람처럼 곧장 포진지로 나갔다.

저녁 무렵이었다. 하늘의 날강도들이 돌아간 다음 취사병 동무는 동무들의 식사를 근심하다 물가로 내려갔다. 물거품이 바위에 얽힌 물가에는 놈들의 함포에 얼을 먹은 보가지[20]가 서너 마리 밀려나와 푸들거리고 있었다. 그런데 취사병 동무가 물가에 닿았을까 말았을까 한데 때마침 날아온 포탄은 취사병 동무를 거꾸러뜨리고 말았다. 그것을 본 동무의 '앗!' 하는 소리가 들렸다.

깨어진 포를 수리하던 중대장은 '앗' 하는 그 동무의 눈길을 좇아 물가를 바라보았다. 그리고 다시 동무를 돌아보던 중대장 리대훈은 눈길에 팍 열이 끼치는 듯 싶더니 아무 말 없이 전호를 나가자 성큼성큼 물가로 내려갔다. 포탄에 허옇게 이지러진 바위 옆에 다다르자 넘어진 동무의 상처를 살피고 가슴에 손까지 대었다 난 다음 안아 일으키자 팔을 이끌어 등에 업었다. 좀 떨어진 물 속에 또 포탄이 떨어져 물기둥을 세웠으나 대훈은 돌아도 보지 않았다. 중대장은 넘어진 동무를 업은 그대로 일어나 도로 올라왔다. 취사병 동무는 이미 숨이 넘어갔었다. 중대장은 동무의 시체를 묻은 다음 다시 포 수리에 착수하였으나 오래도록 말이 없었다.

이 모두를 명회는 바로 곁에서 목도하였다.[21] 중대 동무들의 수가 적어지고 포탄이 더하면 더할수록 중대장의 주위에 더욱 뭉쳐 도는 이유가 환해지는 것 같아 명회 또한 가슴이 긴축되고[22] 끓어오르는 것이었다.

포중대 동무들은 이틀 낮과 밤을 꼬박 전투로 보냈다. 전투를 쉬는 참에는 무너진 전호를 파 올리고 교통호를 파고 포를 수리했다.

---

20) 보가지: 참복과의 바닷물고기.
21) 목도하다(目睹하다): 눈으로 직접 보다. 목격하다.
22) 긴축되다(緊縮되다): 바짝 줄거나 조여지다.

10일 이후 나흘 동안 꼬박 함포와 비행기 폭격으로 눈코 뜰 사이 없게 하던 놈들은 13일 오전 11시를 넘어 함포를 멈추자 해안에 다가들기 시작하였다.

동무들은 전신이 땀 먼지투성이가 되어 포탄을 나르고 포를 쏘았다. 하얀 수주23)가 계속 일어섰다. 순양함 구축함들을 뒤로 하고 경비정 상륙정 상륙보트…… 크고 작은 각색 함선의 움직임과 뱃전에 거슬리는 높은 물결과 일떠서는24) 수주가 통신수들에게는 너무나 아름차고도25) 분에 겨운 목메는 광경이었다. 저 속에는 3백여 척의 대소 함선이 있다고 하였다. 신호수는 두 번 세 번 명중을 고했으나 배 기울어지는 것은 좀처럼 볼 수 없었다. 원수들이 미운 생각은 박박 가슴을 찢는 듯하였다.

12시경이었다. 마침내 구축함 한 척이 한쪽 꼬리에 꺼먼 연기를 토하기 시작했다. 그러던 놈은 거의 흑연26)에 가리워지면서 함체를 기울이며 도망치기 시작했다.

동무들은 기쁨에 서린 얼굴을 서로 쳐다보며 어쩔 줄을 몰랐다.

중대원들은 땀투성이 흙투성이 그대로 포를 계속 쏘았다.

10분 후에는 또 구축함 두 척이 거의 동시에 선체에 불길을 올리고 흑연을 뿜으며 도망치기 시작하였다.

동무들의 눈에는 눈물이 글썽글썽하였다.

"자식들 꼴 봐라! 꼴을……."

하고 자기를 잃고서 중얼거리는 동무도 있었다.

중대장 리대훈은 흥분을 누릴 길 없어 높은 소리로 명회를 부르자 무전

---

23) 수주(水柱): 솟구쳐 뻗치거나 내리쏟아지는 굵은 물줄기. 물기둥.

24) 일떠서다: 기운차게 썩 일어서다.

25) 아름차다: 힘에 겹다.

26) 흑연(黑煙): 검은 연기.

으로 보고할 것을 명령했다.

기세를 꺾기운 놈들은 진격을 멈추자 다시 함포질를 시작했다.

비행기가 까맣게 덮여 와 섬을 아주 말아먹을 작정을 했다.

전투는 오후 네 시가 가깝도록 계속되었다. 놈들은 거듭거듭 흑연을 올리며 함체를 기울이고 바다 속에 대가리를 거꾸로 박고 도망쳤다.

중대원들은 단 네 문의 포로 하루 동안에 구축함 한 척을 격침시키고 네 척은 격파하고 상륙정 상륙보트 여덟 척을 격침 격파했다.

밤에 전선 사령관에게서는 축하문이 내려왔다. 동무들은 다시금 눈물이 글썽글썽해 어쩔 줄을 몰랐다.

중대장 리대훈도 여전히 타는 듯한 열 오른 눈을 명회에게 돌렸으나 기쁨에 거북스레 눈을 껌벅이었다. 물 흐르듯 하던 땀이 아직 채 잦아들지 못한, 흙먼지에 얼룩이 진 얼굴이며 너덜이 난 셔츠며, 바지며, 그 사이로 비죽비죽 내어민 피흘리는 살이며 명회는 중대의 모든 동무들과 함께 그에게 벌써부터 마음이 흠뻑 사로잡혀버렸다.

이들과 함께면 죽음의 두려움 외로움까지도 잊어버릴 것이었다.

그러나 이 날의 전투에서 중대의 손실 또한 적지 않았다. 포가 두 문 다 파괴되어 완전히 쓸 수 없게 되고 전투원들이 많이 부상당하고 죽었다.

새벽녘이 가까워 섬에는 포탄이 한 자동차 운반되었다. 같이 떠난 한 차는 폭격에 중로[27])에서 타버렸다고 하였다.

한 차마저 제대로 돌아가 넿는지 알 수 없었다.

14일은 일곱 시부터 전투가 시작되었다. 놈들은 먼 해상에 함정들을 멈춰 세우고 미친 듯이 함포를 퍼부었다. 섬은 온통 포탄에 가루가 되고 티끌이 되어 날아갈 것 같았다.

---

27) 중로(中路): 오가는 길의 중간.

오후 한 시경이 되자 놈들은 다시 상륙을 기도했다. 전호 깊숙이 도사리고 섰던 포중대 동무들은 일제히 포에 매어 달렸다. 놈들이 3마일 지점까지 다가왔을 제 포는 불을 토하기 시작하였다. 포탄은 연거푸 놈들의 심장부를 헤치고 날아 들어갔다. 드디어 구축함 한 척이 또 연기를 뿜으며 도망쳤다.

이어 경비함 상륙함에도 불이 달렸다.

중대는 이 날도 대소 적함을 여섯 척이나 물 속에 매장했다. 놈들은 두 번째 상륙 기도를 포기하고 말았다.

그러나 중대에는 포 한 문에 포탄이 얼마 남지 않았다. 중대 인원 역시 그랬다.

리대훈 중대장은 그러나 조금도 당황한 빛을 보이지 않았다.

그는 대원들에게 전혀 대비도 되지 않는 힘으로 이틀이나 놈들을 막은 위에 엄청난 전과를 올린 것을 역설하면서 오히려 더 투지만만해 하였다. 동무들 또한 몇 명 못되나 그를 따라 투지 완강한 가운데 싸움에서 살아 남겠거니는 이미 생각지 않고 있는 것이었다.

명희는 송신기의 키를 부지런히 눌렀다.

"현재 중대원 8명. 포 한 문 남았음. 포탄을 보내어달라, 포탄을……."

밤이 깊도록 명희는 같은 내용의 무전을 세 번 쳤다. 사령부에서는

"임무 중함. 계속 중대의 용맹을 바람. 한 시간 한 초라도 더 놈들의 상륙을 막아라. 포탄은 수배 중……." 그러더니 새벽이 가까운 조금 전 사령부에서는 다시

"무전수들은 전부 들어 오라"는 명령이 내려왔다.

같이 나온 두 동무에게 명령을 전달하기에 앞서 명희는 어쩌면 좋을지 모를 괴로운 생각에 잠겨버렸다. 싸움을 중간에 놓고 포중대 동무들과 헤어지겠거니는 명희는 조금도 생각 못했었다.

일종의 절망에 가까운 말못할 쓰라림 없이 당장에 명희는 이들과 헤어질 일은 생각할 수 없었다. 그 중에는 싸움 속에 마음도 몸도 불붙는가 싶은 대훈의 모습은 지울 길 없는 진한 영상으로 혈육과도 같이 가슴에 하나 가득해 왔다. 그리고 명희는 벌써 오래 전부터 하여온 생각이면서 지금에야 한 생각처럼 생명을 내어놓고 싸우는 한 자기도 함께 남아 생명을 바치는 것은 자기의 가장 귀중한 의미라는 생각이 들었다. 자기 생애에는 이보다 더 절박하고도 더 중대한 시간이 있지도 않았지만 있을 것 같지도 않고 이 시간이야말로 자기의 가장 귀중한 것이 결정되는 시간이라는 생각이 가슴 허비듯28) 했다. 아직도 적정은 보고되어야 할 것이고, 중대는 사령부와 연락되어야 할 것이고, 또 포중대 동무들의 싸움은 모든 부모 형제들에게 전하여져야 할 것이었다. 어려운 이 전국에 당하여 중대원 자신들의 비장한 각오도 그러려니와 사령관도 또 뒤에 있는 모든 사람들도 비장한 마음 없이 지금 월미도에서 싸우는 이들을 생각할 수는 없을 것이었다.

명희는 동무들에게 명령을 전달하기 전에 키를 두들겼다. 가슴이 와짝29) 저려오고 손끝이 떨렸다.

"일 번수는 남을 것을 허가하라. 일 번수는 남아 계속 보고할 것을 허가하라."

회답이 없는 사이 명희는 동무들 쪽에 당황한 얼굴을 겨눴다 앗아왔다 하며 또 키를 눌렀다.

"일 번수는 남아 적정과 포중대원들의 전투를 끝까지 보고할 것을 허가하라. 꼭 허가하라."

---

28) 허비다: 아픈 마음을 세게 자극하다.
29) 와작(원문) → 와짝: 기운이나 기세가 갑자기 커지는 모양.

이윽고 사령부에서는 일 번수는 남아도 좋다는 회답이 왔다.

명희는 동무들의 손을 정다웁게 잡았다. 동무들은 돌아가기 싫어하고 갈라지기 애석해 하였다. 동무들은 교통호를 나가 포중대 동무들을 일일이 만나고 왔다. 깨어진 전호를 나가 초연과 어둠 너머 멀리 이 밤도 불바다를 이루고 있는 인천시가를 바라보며 눈에 눈물이 자욱하던 동무들의 뒷모습을 바라보며 명희는 눈굽[30]이 뜨거워오는 가운데도 알 수 없는 가라앉은 마음으로 행복감이 목을 치받듯 했다.

"동무, 몸을 주의해요."

"난 염려 말구, 동무들 주의해 들어가요."

"또 만나!"

"그래…… 잘 싸워요…….”

"그래…….”

전호에 돌아왔을 제 무전기가 놓인 책상 옆에는 리대훈 중대장이 우두머니[31] 서 있었다.

명희를 보자 대훈은 적이 무거운 얼굴을 지었다.

"동무는 왜 들어가지 않소?"

명희는 잠깐은 당황한 속에 대답을 못했다.

"남아 있으라는 명령을 받았어요."

"명령?……."

하던 대훈은 중얼거리듯 말했다.

"그렇지만 이제는 동무 할 일두 없을지 모를 것이오."

"왜 없어요. 중대장 동무두 중대두 모두 그냥 싸우구 있지 않아요?

---

30) 눈굽: 북조선어. 눈의 안쪽 구석이나 눈의 가장자리.
31) 우두머니: 우두커니. 넋이 나간 듯이 가만히 한자리에 서 있거나 앉아 있는 모양.

······."

"··········."

명회의 얼굴을 뚫어지게 바라보고 섰던 대훈은

"동무의 마음을 알 수는 없소만······ 어떻든 고맙소."

하자 눈길을 먼 바다로 가져갔다. 무슨 말을 더 할 것처럼 입술을 씨물씨물
하던[32] 대훈은 자기 감정에 얽힌 사람처럼 말을 못하고 외면한 채 더딘
걸음으로 전호를 나가버렸다.

대훈이마저 돌아간 다음 혼자 남은 명회는 이상하게도 갑자기 마음속
이 회오리바람일 듯 허전해졌다. 그러면서도 명회는 자기 한 일을 끝내
후회하는 마음은 없었다.

×

벌써 날이 새는 듯 바다 먼 섬 봉우리들이 희끄무레[33] 밝아왔다.

송신기에서 손은 놓은지 이슥한 명회는 나무걸상에 걸터앉은 채 전호
출입구 너머로 어둠 속에 괴괴한 바다를 어느 때까지고 지키고 앉았다.

그 왼켠 뒤에는 대훈이가 그 역시 말없이 한 방향을 바라보고 섰다.

지난밤은 수리도 못하고만 포탄에 무너진 전호 출입구 위턱에는 허리
부러진 통나무가 드나드는 사람의 이마를 찌를 듯 드리워 있다. 통로에
가득 쏟아진 흙이며 돌은 포중대 동무들이 포 주위에서 떨어 못지는 사이
명회가 혼자서 간신히 처내어 통행할 수 있게 하였었다.

바다 먼 어둠 속에서는 함포들이 계속 아가리에서 불을 토했다. 지진에

---

32) 씨물씨물하다: 입술을 약간 실그러뜨리며 소리 없이 잇따라 웃다.
33) 희끄무레하다: 어떤 사물의 모습이나 불빛 따위가 선명하지 아니하고 흐릿하다.

울리듯 전호는 간단없이 울렸다. 이따금 가까이에 떨어지는 포탄 폭풍에 먼지가 전호 속까지 휙 풍겨들었다.

아직 채 가시지 않은 별빛 아래 거밋거밋[34] 멀고 가까운 섬들을 뒤에 두르고 인천 바다는 새벽 대기 속에 마치 헛바닥들을 다시는 피에 주린 악귀들의 소굴처럼 생각되었다. 크고 작은 함정들은 바다 한가운데 한 해적 도시를 이루고 있지만 지금도 히뜩히뜩[35] 눈에 띄는 마스트[36]며 굴뚝이며 포 아가리며 선체가 피 묻은 이빠디[37]로 발톱, 손톱으로 살기 서린 눈깔들로 보였다.

"이젠 포탄 오기두 틀렸어……."

혼잣말하듯 대훈의 굵은 음성이 느릿느릿 들려왔다.

"날이 다 밝는군요."

명희 역시 혼잣말처럼 중얼거렸다.

대훈은 더 말이 없었다.

다시 둘은 묵묵한 속에 아직 어두운 바다 멀리 시퍼런 불이 번쩍이는 함포 아가리들만 바라보았다.

명희는 자기도 모를 힘에 끌려 대훈의 얼굴을 돌아보았다. 어쩐지 명희는 이 시간의 대훈의 얼굴 표정이 마음에 걸리는 것이었다. 어둠 속에 희미는 하나 대훈은 여전한 투지만만한 긴장된 얼굴이어서 명희는 다시금 안도되는 마음이었다.

대훈에게서 도로 고개를 돌린 명희는 무슨 이야기를 해야 할지도 생각 못했으면서 어쩐지 바로 이 시각에 기어코 나누어야 할 것 같은 이제껏

---

34) 거밋거밋: 북조선어. 군데군데 검은 듯한 모양.
35) 회뜩회뜩(원문) → 히뜩히뜩: 언뜻 자꾸 휘둘아보는 모양.
36) 마스트(mast): 돛을 달기 위하여 배 바닥에 세운 기둥. 돛대.
37) 잇바디(원문) → 이빠디: '이빨'의 방언(경남, 전남).

못한 서로의 마음속 그 어떤 이야기를 나누고 싶은 간절한 충동을 어쩌는 수 없었다. 명희는 적이 망설이던 가운데 다시 휙 고개를 돌렸다 난 다음 몸을 일으켜 나무결상 한 귀를 내어주며

"좀 여기 앉으세요. 중대장 동무……."

하고 대훈에게 권했다.

"좋소."

하고 대훈은 걸상을 굽어볼 뿐 머뭇머뭇했다.

명희는 몸을 일으킨 그대로

"앉으세요. 좁은 대루 앉으세요."

하고 재차 권했다.

대훈은 그러고도 얼마를 머뭇거리다 말없이 걸상에 걸터앉아 오른팔을 책상 위에 버리듯 늘혀 놓았다.

거북스런 가운데 둘은 다시금 한동안 묵묵히 앉아만 있었다. 명희는 자기도 모르게 가슴이 와짝 저려왔다. 명희는 이제 서로 마지막 시간이 가까워 왔다는 생각이 절실하게 들었다. 그러며 명희는 지금 이 동무는 무슨 생각을 하고 있을까 그 생각이 들었다. 어쩐지 명희는 자신에 대한 생각보다도 중대장에 대한 생각이 가슴에 가득했다. 그런데 불쑥 대훈은

"동무는……."

하고 느린 어조로 혼잣말처럼 말했다.

"지금이라두 들어가는 것이 좋지 않겠는지……."

"왜요?"

하고 명희는 얼굴을 들었다.

"포탄이 안 오는 한 월미도는 오전 중에 저 놈들한테 주어야 할 것이오."

명희는 그 말에는 대답을 하지 않았다. 명희 자신 이미 그것을 생각하고 있었다. 그보다도 명희는 딴 간절한 이야기가 나누고 싶은 것이나 생각도

말도 나가지 않고 가슴만 저렸다.

　다시 얼마의 막막한 시간이 지나간 다음 대훈은 어성을 고치듯 갖추매[38] 없는 굵은 음성으로

　"동무는 죽음이 무섭지 않소?"

하고 물었다.

　말을 하는 사이도 눈은 바다 속 놈들의 함정들을 겨누고 있었다.

　명희도 한 곳을 지키며 말을 못하다가

　"아니오."

하고 나직이 대답했다. 그러다 명희는 자기도 모를 흥분에 적이 창창한 목소리로

　"그보다두 저는……."

하고 다시 입을 열었다. 말은 무엇에 걸리듯 멈춰 서는 때도 있었다.

　"그보다두 저는 중대장 동무며 중대 동무들과 알게 된 시일이 짧은 게 안타까운 생각을 하구 있어요…… 그렇지만 저는 두렵거나 슬픈 생각은 없이…… 어떻게 말루 표현할 수는 없어두 기쁘구 행복한 마음이에요. 참말 저는 중대장 동무며 중대 동무들 때문에 지금은 제 일생의 그 중 귀중한 시간에 있다는 생각이 들어요. 저를 욕하지 않으시겠어요?"

　대훈은 입을 열지 못했다. 대훈은 명희의 일로 벌써부터 마음이 괴로웠다. 그의 마음이 무조건 고맙고 귀중하게 생각되면서 자기도 모르게 그에 대한 생각에 잠기게 되고 그것은 또 이상하게 마음을 무겁게 하였다. 대훈은 얼마 후에야 말이 목에 걸리듯 거북스레 입을 열었다.

　"지금이야 나는 동무의 일루 마음이 괴로워지오. 무어라구 해야 할지 동무에게 나는 그저 감사하는 마음이오. …… 어쩐지 나는 동무를 십 년두

---

38) 갖추매: 북조선어. 갖추거나 마련한 모양새나 차림.

전에 안 것 같은 그런 생각이 드오. 같이 있을 시간은 한정이 목전에 있지만 목숨을 바쳐 싸우려는 여기서 동무에 대한 생각까지 겹치게 된 것은 너무나 기이하게 생각되오. 물론 이것은 안타까우면서두 나에게는 기쁘고도 찬란한 일이오…… 그러나 나는 그만큼 또 동무가 괴롭게 생각되오."

"저를 용서해주세요. 저를 참된 길루 그냥 채찍해 주세요."

하고 명희는 자기 생각만 하듯 외우듯 말했다.

대훈은 더 말은 없이 말 대신 책상 위에 가지런히 놓인 명희의 두 손을 꼭 잡았다.

서로 겨눈 방향은 달라도 눈들은 타는 듯했다.

바로 전호 앞 얼마 떨어지지 않은 곳에서 포탄이 터졌다. 폭풍이 확 전호 안에 밀려들고 모래돌짝[39]과 먼지가 날아들었다. 그러나 대훈이도 명희도 고개를 약간 들었다 낮을 뿐 그와도 관계없는 사람들처럼 앉아 있다.

명희는 그냥 높기만한 이름못할 감정에 가슴이 찢어지는 것 같다.

대훈은 한결 어성을 고치어 명희에게 물었다. 이제사 이것을 묻는 것이 새삼스런 생각이 들었다.

"동무는 고향이 어디지요?"

"청진이에요."

"입대하시기 전에는 무얼 하셨소?"

"방직공장에 있었어요. 47년부터 방직공으루 있다가 작년에 군대에 들어왔어요. 들어오자 이내 해군기술학교에 가게 되구 졸업한 지 반 년만에 이번 전쟁에 나오게 되었어요."

말을 하는 간간이 검은 속눈썹을 내려 덮은 명희의 전에 없이 친근하게

---

39) 모래돌짝: 북조선어. 모래와 넓적한 큰 돌이 섞인 것.

생각되는—어쩐지 펑펑 첫눈이 내리던 날을 연상시키는 탐스럽고도 밝은 얼굴에서 떼지 못하다 눈을 명희의 손을 잡은 자기 손등으로 가져갔다. 대훈은 회상하듯 입을 열었다. 자신 무슨 때문에 이 이야기를 하고 싶은지 이유 없이 쑥스러워지며……

"나는 고향이 충청남도요. 어렸을 제 이민열차로 동북에 들어가 크고 거기서 해방을 맞구 의용군[40]에 들어갔댔소……. 전쟁이 끝나면 고향에 돌아가 어렸을 적 그리운 이들을 찾은 뒤 마을을 위해 무척 많은 일을 하려고 마음먹어왔었소……. 욕심꾸레기처럼 무슨 일이든 많이 하지 않으면 한 것 같지 않은 것이오……. 오늘 이렇게 싸우는 것만도 한은 없지만…… 또 내 아니라두 얼마든지 열렬한 동무들이 고향을 위해 일을 해주겠지만 진격하는 길에 잠깐이라두 고향 마을에 들러보고 싶었었소."

"친척들도 아직 계세요?"

"삼촌 사촌들이 있습니다……. 동무는 제사공장에 만나구 싶은 동무들이 많으시지?"

"많아요. 그렇지만 거의 전쟁에 나왔을 거예요……. 저는 동무들과 책 읽은 이야기를 하는 게 제일 기쁜 일이었어요. 읽던 책에 너무 감동돼서 밤중에 미치광이처럼 동무네 집에 달려가 동무한테 읽어준 적도 있었어요."

기쁨에 서린 눈들은 다함없이 서로의 눈길을 찾았다.

날은 더욱 밝아오고 함포는 더 세차게 주위를 울렸다. 둘은 싸움 속에 있지 않은 사람들처럼 또 모든 이야기를 이 시각에 죄 털어놓아야 하는 사람처럼 어렸을 적 자라던 이야기며 군대에서 공장에서 지내던 이야기

---

40) 의용군(義勇軍): 국가나 사회의 위급을 구하기 위하여 민간인으로 조직된 군대. 또는 그런 군대의 군인.

를 시름없이 하여 갔다. 시간이 갈수록 애정은 더 깊이 얽혀 가는 듯했다.

문득 명희는 이야기를 바꿔

"지금 우리들이 월미도에 이렇게 앉아 있는 줄을 장군께서는 아실까요?"

하고 웃으며 말했다. 대훈이 역시 웃음 어린 눈길을 치떴다 놓으며

"알구 계실지두 모르지요."

하고 혼잣말처럼 중얼거렸다.

"어떻게요?"

"장군은 지금 지도 앞에서 월미도를 꼭 보구 계실 겁니다⋯⋯. 원수들이 더러운 발을 쳐드는 조국 땅 어디에나 자기의 사랑하는 아들딸들이 그 중에도 미더운 당원들이 총칼을 들고 서 있을 것을 사람들은 모든 정을 기울여 눈 앞에 지키고 있을 겁니다."

역시 이것은 얼마나 귀중한 일인가. 조국은 말로는 표현도 할 수 없는 얼마나 큰 것인가. 명희는 이런 생각을 하며 더 말은 못했다.

적함들의 움직임이 현저하게 눈에 띄었다.

점점 밝아오는 바다를 묵묵히 지키고 앉았던 대훈은 부수수41) 걸상에서 일어섰다.

"적정 보고를 부탁하오. 놈들은 또 상륙할 작정이오."

대훈은 이제껏 이야기하던 것과도 달리 다시금 전신에 탄력을 모두고 눈에 불길이 성성해서 교통호를 나갔다.

명희는 미진한 가슴을 누를 길 없어 하며 무전기 키를 두들겼다.

어느덧 바다는 눈 앞에 환하게 떠올랐다. 크고 작은 가지가지 배들은 가로세로 움직이며 가까워오고 있고 함포들은 발악하듯 포탄을 퍼부었

---

41) 부수수: '부스스'(누웠거나 앉았다가 느리게 슬그머니 일어나는 모양)의 방언(충남).

다. 전호 안이 뒤집힐 듯 울리고 출입구 밖이 초연에 뿌옇게 되었다.

더 가까이에 기어들 때를 기다리는 듯 우리 포는 단 한 문 남았으되 아직 침묵을 지켰다.

이윽고 먼 바다 속 섬 봉우리에 햇살이 비치자 이번은 하늘을 가릴 듯 항공기가 날아와 날쳤다.[42]

앉은 자리가 마구 구겨지고 숨이 콱콱 막히는 것 같은 질둔한[43] 시간이 계속 되었다.

함포와 폭격이 좀 뜸해지는가 싶자 또 놈들은 뱃머리에 흰 물결을 세우며 가까워오기 시작했다.

드디어 우리 포가 불을 토했다. 먼 해변에 시허연[44] 수주가 일떠섰다. 그리고 또 일떠섰다. 그러나 포탄은 한 발씩 한 발씩 너무나 외롭고 안타깝다. 단 한 문이 쏘는 포탄이 맞춰주었으면 하는 미운 적의 함정들은 짐승의 무리처럼 얼마나 욱실득실한가![45] 배마다 마스트마다 날리는 붉고 푸른 깃발들은 세상에도 악착스러운 어떻게 저처럼 눈에 가시 같은 미운 물건일 수 있을까! 짐승들에게는 죄 없는 조선 사람의 간장이—간장의 피가 요구되는 것이다. 선한 생명의 모든 피가 요구되는 것이다.

마침내 단 한 문의 우리 포탄은 적의 구축함에 명중되었다. 바로 기관부에 맞은 듯 시커먼 연기가 용트림[46] 쳐 올라가더니 연기는 함체를 완연히 덮기 시작했다. 폭음 속을 새듯 포좌지[47] 전호에서 동무들의 기쁨의 아우성 소리가 들렸다. 그리고 단 한 문의 포탄은 또 경비함을 갈겼다. 경비함

---

42) 날치다: 자기 세상인 것처럼 날뛰며 기세를 올리다.

43) 질둔하다(質鈍하다): 생각 따위가 어리석고 둔하다.

44) 싯허연(원문) → 시허연.

45) 욱실득실하다: '욱시글득시글하다'(여럿이 한데 모여 몹시 어지럽게 들끓다)의 준말.

46) 용트림(龍트림): 거드름을 피우며 일부러 크게 힘을 들여 하는 트림.

47) 포좌지: 북조선어. 포를 사격할 수 있게 설치하는 자리.

은 이내 수중에 함체를 기울였다.

계속 우리 포는 해상에 외로운 수주를 올렸다.

그러나 우리 포 소리는 그만 멈춘 채 울릴 줄을 몰랐다.

명회는 두 손을 무릎에 놓은 채 교통호 쪽에만 귀를 기울였다. 포진지에서는 아무 소리도 들려오지 않았다.

명회는 걸상에서 일어서자 초연에 눈을 뜰 수 없는 교통호를 달음박질로 나갔다.

전호 안에는 포를 쏘다 만 수병복[48]이 남루한 땀투성이 먼지투성이의 동무들이 손을 드리운 채 늘어서고 그 가운데 중대장 리대훈이가 왼팔을 동무에게 맡기고 눈살을 찌푸리며 서 있다. 대훈의 팔을 잡은 동무는 그 팔에 붕대를 감고 있고 붕대는 피에 벌써 발갛게 물이 들었다.

그러나 대훈은 명회를 보자 태연한 얼굴로

"구축함 한 척이 격파되구 경비정 한 척이 격침된 걸 보고했소?"

하고 물었다.

"네. 보고했습니다. 이젠 포탄이 다 떨어졌습니까?"

하고 명회는 부상당한 것은 묻지 못했다.

"떨어졌소."

하고 무심하게 대답한 다음 대훈은 옆 동무에게

"자 그만해 놓소."

하고 나머지 붕대를 받자 오른손으로 아무렇게나 끝을 매물귀 팔을 그냥 드리워버렸다.

"이젠 모두 수류탄에 따바리[49]들을 드오. 그리구 사장으로 기어나가야

---

48) 수병복(水兵服): 수병들이 입는 군복.
49) 따바리: '따발총'의 북조선어.

겠소."

하고 대훈은 자기부터 전호 구석에서 수류탄을 집어 띠에 차고 호주머니에 넣기 시작했다.

명희는 먼저 중대부에 돌아왔다. 명희는 걸상에 앉을 생각도 못하고 무전대 앞에 멍해 서 있었다.

바다 속에 해적의 무리는 흰 물살을 더욱 거칠게 올리며 가까이에 퍼져다가왔다.

이윽고 교통호로부터 리대훈 중대장을 선두로 중대원들이 매명 따바리에 수류탄들을 차고 나타났다. 명희는 동무들의 얼굴이 유달리 일일이 살펴졌다. 중대장 이하 전원 여섯 명 누구나가 여전한 한결같은 기개 드센 얼굴이었다.

명희는 눈물이 날 것 같았다.

잠깐 동안 대훈이도 명희도 동무들도 한 곳에 우중충 모여서 바다 속 놈들의 함체의 움직임이며 흰 파도를 지켰다.

놈들은 훨씬 가까워지면서 함포를 멈추었다. 비행기도 뒤로 물러갔다.

중대장은 대원들에게 전호를 기어나가 물가에 진을 칠 것을 명령했다. 동무들이 나가는 뒷모양을 일일이 살피던 대훈은 명희 쪽에 돌아섰다.

"부상당하셨어요?"

하고 기다렸듯 명희가 먼저 물었다. 대훈은 생각하는 그리고 동두들을 생각하는 뜨거운 물결이 끓듯 가슴을 송두리쳤다.

"파편에 좀 맞았소."

"많이 다치셨나 분데."

중얼거리며 명희는 자기 손을 대훈의 피 더욱 배어나 흐르는 팔 가까이에 다치지 않을 정도로 엉거주춤 가져갔으나 지금 어쩌는 수도 없었다.

그러나 대훈은 그것에는 생각도 돌지 않는 듯 다시 놈들이 밀려드는

바다 쪽에 고개를 돌렸다 난 다음

"자 서루 마지막 임무를 깨끗이 수행합시다."

하며 성한 오른손을 내어 밀었다.

뜨거운 눈길이 서로 맞부딪치며 말들이 나가지 않았다.

명희는 힘들여 들어가듯 자기 손을 대훈에게 주었다.

"전국이 어려워지는 것 같소……. 그렇지만 우리 뒤에는 또 딴 동무들이
이를 갈며 나설 것이오."

명희는 가슴에 고패치는 마음 어찌할 길 없어 대훈의 손을 두 손으로
잡자 끌었다. 그 등에 얼굴을 묻었다. 그러던 명희는 휙 고개를 들자 메어
오는 목을 겨우 가누며

"중대장 동무 저두 함께 나가 싸울 수 없어요? 저두 나가 싸우게 해주세
요."

하고 간원하듯[50] 말했다. 그러나 대훈은

"안되오. 동무의 임무는 그것이 아니오."

하고 엄하게 말했다. 그래도 얼마를 대훈의 얼굴을 간절하게 바라보던
명희는 단념하듯 이윽고

"저한테 수류탄을 하나 주세요. 보고를 더 계속할 수 없을 적에 쓰겠어
요."

대훈은 그 불길 같은 눈으로 명희를 뚫어지게 바라보다 말없이 바지
주머니에서 수류탄을 꺼내 주었다.

그리고 한 발짝 다가서던 대훈은 경련하듯 충동적인 동작으로 다시
오른팔을 들어 명희의 목을 안자 자기 얼굴을 명희의 얼굴에 부비듯 맞대
었다.

---

50) 간원하다(懇願하다): 간절하게 원하다.

명희는 무전대 앞에 단정히 앉아 키를 잡았다.

전건[51] 옆에는 쪽철[52]을 펴놓은 수류탄이 이내 손이 닿을 수 있게 놓여 있다.

명희는 무전기 키를 두들겼다. 다행히 명희는 지난밤 헤어져 돌아간 삼 번 통신수를 찾아냈다. 명희는 타는 듯한 마음으로 키를 눌렀다.

"이것은 나의 마지막 통신이 될 것이다. 통신이 그칠 때 그때에는 전건 옆에 쪽철을 펴놓은 수류탄이 터질 것이다. 마지막 나의 통신을 정성껏 받아다고. 너와 모든 동무들에게 굽힐 줄 모르는 싸움과 싸움의 승리가 있을 것은 빈다…… 일 번수."

명희도 다시금 몸을 단정히 하며 눈을 바다로 가져갔다.

바다를 가르며 바다를 덮듯 놈들의 상륙 보트들이 물가를 향하여 쏜살같이 다가왔다. 놈들은 물결을 차며 배에서 쏟아져 내리자 물가에 개무리처럼 까맣게 밀려들었다.

×

서울시 봉래 인민학교[53] 교실 한 모퉁이 유리창 아래 무선대 앞에서는 턱 밑에 물결이 선연한 세라복의 삼 번 무전수가 눈물 고인 눈도 씻지 못한 채 전 정신을 수신지 위에 기울이고 있었다. 자줏빛 연필이 수신지 위를 넘어지듯 달렸다. 이윽고 무전수는 수신지들을 책책[54] 겹친 다음 자리에서 일어서자 옆에 따로 밀어놓았던 자기에게 온 수신지를 잡고

---

51) 전건(電鍵): 전기 회로 중 이를 개폐함으로써 전류를 접속하거나 단절하는 장치.
52) 쪽철(쪽鐵): '짜개못'(대가리는 하나이고 몸은 두 갈래로 짜개진 못)의 북조선어.
53) 인민학교(人民學校): 북조선어. 초등 교육을 실시하는 학교.
54) 책책: 차례차례.

망설이다가 그것까지 겹쳐 들자 사령관실로 들어갔다. 사령관은 방안을 거닐던 그대로 발을 멈추자 전문을 읽기 시작했다. 먼저 삼 번수에게 온 첫 전문을 읽은 다음 분초의 사이를 못 두고 다음 수신지를 옮아갔다.

"8시 47분…… 중대장 이하 중대원 여섯 명 수류탄과 따바리를 휴대하고 물가로. 배에서 내린 놈들은 개무리처럼 까맣게 물가에 오르기 시작. 해안포 용사들은 바위틈에서 포탄 구덩이에서 따바리를 휘두르며 수류탄을 던지며 일떠선다. 놈들은 물가 긴 흙탕55)에 까맣게 쓰러져 간다. 거품이 어지러운 조수는 피빨래 풀리듯 붉게 물들어 간다. 우리 범들은 몸도 감추지 않고 물 가까이 나가 감탕56) 속에 버티고 섰다. 용사들의 탄환 수류탄은 겹쳐 나오는 놈들의 배통57) 골통58)을 그대로 가르고 마슨다.59) 놈들의 전진은 수라장60)을 이루고 있다……. 일 번수."

"8시 57분…… 뒤따라 나온 놈들의 상륙정은 물가에 탱크를 내려 놓았다. 탱크는 중기 경기를 미친 듯이 휘두르며 흙탕 속을 기어온다. 우리 동무들은 저마다 엎드렸다 또 일어났다간 엎드린다. 그냥 보이지 않는 동무도 있다. 불쑥 오른손에 수류탄 묶음을 든 리대훈 중대장이 일어섰다. 탱크를 향하여 수류탄 묶음을 던졌다. 수류탄이 터진 뒤 탱크는 무한궤도가 끊어진 듯 감탕 속 한자리에서 뭉갠다. 또 하나 탱크가 그 옆을 기어나온다. 중대장은 더 보이지 않는다. 놈들의 세찬 불길 속에 또 한 동무가 일어섰다. 수류탄은 던지지 못한 채 넘어지고 말았다. 우리 동무는 더

---

55) 흙탕(흙湯): 흙이 풀리어 몹시 흐려진 물. 흙탕물.
56) 감탕: 갯가나 냇가 따위에 깔려 있는, 몹시 질어서 질퍽질퍽한 진흙.
57) 배통: '배'를 속되게 이르는 말. 배통이.
58) 골통: '머리'를 속되게 이르는 말. 골통이.
59) 마스다: 북조선어. 일정한 대상을 부수거나 깨뜨리다.
60) 수라장(修羅場): 싸움이나 그 밖의 다른 일로 큰 혼란에 빠진 곳. 또는 그런 상태. 아수라장.

볼 수 없다……. 일 번수."

"9시 5분…… 놈들의 선두 탱크는 벌써 내 전호 우측을 뒤로 달리고
있다. 또 한 대가 그 뒤를 따라 올라온다. 그도 보이지 않고 또 딴 탱크와
탱크…… 그리고 개무리들이…… 미국 놈 검둥이에 일본 놈까지 또 까맣
게 따라 올라오고 있다…… 전호 출입구에 미국 놈 한 놈이 막아섰다.
놈은 총을 겨누며 나를 향하여 다가……."

밤잠을 못 자 눈이 부석부석한 사령관은 다 읽은 뒤에도 수신지에서
눈을 못 떼다 손을 떨궜다.

시체에 덮인 감탕이 피에 물드는 거품 흐린 조수가 어수선히 눈앞에
떠올랐다.

옆에 와 선 참모장이 수신지에 손을 내어 밀었다.

사령관은 참모장에게 수신지를 주며 혼자 생각에 얽혀 중얼거리듯 말
했다.

"이 사람들을 잊지 말아야 하겠소."

- 1952년 1월 -

- 「불타는 섬」(1~?), 『로동신문』 1783~?, 1952. 1. 20~?.
- 수록: 「불타는 섬」, 『불타는 섬』, 문화전선사, 1952(1952. 10. 15).
- 「불타는 섬」, 황건 외, 『화선』, 국립도서출판사, 1953(1953. 6. 13).
- 「불타는 섬」, 권정룡 외, 『영웅들의 이야기』, 조선작가동맹출판사, 1955(1955. 8. 15).
- 「불타는 섬」, 『목축기』, 조선작가동맹출판사, 1959(1959. 7. 10).
- 「불타는 섬」, 고병삼 외, 『승리자들』, 문예출판사, 1976(1976. 8. 20).
- 「불타는 섬」, 리기영 외, 『조선단편집』 2, 문예출판사, 1978(1978. 12. 25).
- 「불타는 섬」, 량덕모 외, 『승리자의 선언』, 문학예술종합출판사, 1993(1993. 6. 1).
- 「불타는 섬」, 황건 외, 『명령』, 문학예술출판사, 2010(2010. 8. 10).
- 「불타는 섬」, 유항림 외, 『불타는 섬』(현대조선문학선집 60), 문학예술출판사, 2012 (2012. 4. 25).
- 「불타는 섬」, 『조선문학』 671, 2003. 9(2003. 9. 5).

길동무들

김 병 훈

그것은 내가 작년에 도당 전원회의[1]를 마치고 돌아오는 길에서 있은 일이다.

전원회의에서 아주 무거운 과업을 받은 나는 미리 군에 전화를 걸어서 내일 아침 군당 집행위원회를 소집하게 기별을 하고 떠났었다.

나는 찻간에 앉아서도 줄곧 전원회의 결정을 되씹고 씹으면서 집행위원회에 내놓을 구체화 안을 궁리하고 있었다. 신통한 국량[2]이 떠오르지 않았다. 워낙 이번 과업은 산간벽지인 우리 고장 실정으로는 좀 아름[3]이 변[4] 것이었다. 나는 이럭저럭 생각을 뒤굴리다가[5] 몇 가지 기본적인 방침

---

1) 전원회의(全員會議): 소속 성원 전체가 모여서 하는 회의.
2) 국량(局量): 남의 잘못을 이해하고 감싸 주며 일을 능히 처리하는 힘.
3) 아름: 두 팔을 둥글게 모아서 만든 둘레.
4) 아름이 벌다: 힘에 겹거나 매우 벅차다.

과 방법을 궁리해 냈다. 다음으로 나는 내일 아침에 모일 집행위원들을 한 사람씩 꼽아가면서 과업을 나누었다. 그러고는 방금 그 모든 사람들이 눈앞에 있기나 한 것처럼

"어떻소? 자신들 있소?……."

하고 속으로 다짐을 놓았다.

그러자 집행위원들의 모습이 하나하나 눈앞에 떠오른다. 그 어느 얼굴도 선뜻 대답을 못한다. 새 과업이 주는 낭만으로 하여 한결같이 흥분한 얼굴들이긴 하나 한편 머뭇거리는 꼴들이 어딘가 자신심6)이 없고 무엇인가 불만족을 느낀다는 표정들이다.

나 자신도 내가 궁리해낸 구체화 안과 사업 분공7)에 불만족을 느끼는데 그렇지 않을 수 있으랴…….

무거워진 머리를 들고 창 밖을 내다보니 열차는 어느덧 산골짜기를 벗어나 넓은 벌판으로 나서서 질풍같이 달리고 있었다. 차창으로 혹혹 밀려드는 6월의 훈풍8)에서는 쌉쌀하고도 상긋한 벌판의 쑥 냄새가 풍긴다. 스피커에서는 관현악의 부드러운 선율이 흘러나오고 있었다.

(하여튼 좀 아름찬 과업인 만큼 더 심중히 연구를 하자…… 내일 아침엔 결정서나 전달하고 기본 방침만 토의한 다음 더 연구들을 하게 하지…….)

나는 담배를 붙여 물고 자리에서 일어났다.

찻간 저 앞머리에서는 한 패의 손님들이 때때옷9) 입은 어린애에게 별의별 재롱을 다 피우게 하면서 떠들썩 웃어대곤 한다.

---

5) 뒤굴리다: 함부로 마구 굴리다.

6) 자신심(自信心): 어떤 일을 해낼 수 있다거나 어떤 일이 꼭 그렇게 되리라는 데 대하여 스스로 굳게 믿는 마음.

7) 분공(分工): 일을 나누어 맡김. 또는 맡겨진 일.

8) 훈풍(薰風): 첫여름에 부는 훈훈한 바람.

9) 때때옷: 어린아이의 말로, 알록달록하게 곱게 만든 아이의 옷을 이르는 말. 고까옷.

내 옆 걸상에는 할아버지들 몇 분이 창문턱에 고인 식탁 위에 생강술 병을 놓고 둘러앉아 권커니 작커니 껄껄 웃으면서 유쾌히 담소를 하고 계시었다. 나는 승강대10) 쪽으로 슬금슬금 걸어나갔다. 승강대 난간 두리11)에는 일여덟 명의 남녀 청년들이 몰키어12) 서서 아마 금방 유행되는 듯한 서정적이고도 씩씩한 노래를 부르고 있었다.

청춘이여, 행복한 우리 생활이여
그대 준엄한 투쟁과
시련 속에서 자랐구나…….

이 한 구절만이 유난히 똑똑히 들린다. 세찬 바람이 청년들의 머리카락을 마구 헝클어뜨려서는 갈기13)처럼 나부끼게 한다. (청춘! 준엄한 투쟁과 시련! 참 얼마나 훌륭한 말인가!……)

어느덧 내 가슴속에서도 걱정이 가셔지고 그 대신 어떤 그윽하고 부드러운 감정이 가슴 뿌듯이 차오르는 것이었다.

노랫소리는 더욱 높아만 간다. 뚜― 기관차는 우렁찬 기적 소리를 지르며 내달린다.

이윽고 열차는 다음 역 플랫폼에 들어섰다. 승강대에 서서 노래 부르던 젊은 패거리들이 와― 하고 뛰어내리더니 역전 공지에 설치해 놓은 배구장으로 달려갔다. 벌써 누가 때려 올렸는지 하얀 배구공이 푸른 하늘로 뱅글뱅글 날아올랐다가 포물선을 그으며 떨어진다. 와야와야 떠들면서

10) 승강대(昇降臺): 오르내릴 수 있도록 만든 층계.
11) 두리: 둘레. 사물의 테두리나 바깥 언저리.
12) 몰키다: 북조선어. 한곳에 빽빽하게 모이다.
13) 갈기: 말이나 사자 따위의 목덜미에 난 긴 털.

그들은 배구 경기에 신이 났다. 나는 달려 내려가 한몫 어울리고 싶은 충동을 가까스로 눌렀다.

이윽고 발차 준비를 알리는 로루 소리가 구내에 길게 울려 퍼졌다.

바로 이때에 역사 쪽으로 와자지껄 떠드는 소리가 들렸다. 웬 처녀가 오른손에는 초롱14)을 들고 왼손엔 보따리를 끼고 플랫폼으로 다급히 뛰어나오고 있었다. 그 뒤로 개찰원15)이 개찰 집게를 쥔 손을 머리 위에 높이 들고 휘저으면서 달려나온다.

"아— 동무, 동무— 안되오. 안— 돼……."

하고 개찰원은 고래고래 소리지른다. 처녀는 힐끔 뒤돌아보더니 더욱 입을 꼭 앙다물며16) 기를 쓰고 뛴다.

그러나 처녀는 끝내 승강대 여남은 발자국 앞에서 개찰원에게 초롱을 붙들리고 말았다. 처녀는 홱 돌아서더니 개찰원 청년의 얼굴을 마주 쳐다본다. 숨이 가빠서 두 어깨가 세차게 들먹거린다.

"놓으세요, 동무…… 동문 어쩌문 그렇게 딱딱해요!……."

뜻밖에도 처녀의 목소리는 낮고 부드러웠다. 처녀는 개찰원 청년을 원망스러운 눈으로 말끔히 쳐다본다.

처녀는 균형이 잘 잡힌 날씬한 몸에 곤색 작업복을 가뜬히 차려입었다. 탄력있게 디디고 선 자그마한 발에는 발등을 동그랗게 도려낸 까만 편리화17)를 신었다. 머리에는 하늘색 머릿수건을 뒤로 돌려 꼭 졸라매 썼는데 수건 안에 둘둘 말아 넣은 머리태18)가 뒤더수기19)에 봉긋이 부

---

14) 초롱: 석유나 물 따위의 액체를 담는 데에 쓰는, 양철로 만든 통.
15) 개찰원(改札員): 예전에, 들어가는 어귀에서 승차권이나 입장권 따위를 확인하는 일을 하던 사람.
16) 앙다물다: 힘을 주어 꽉 다물다.
17) 편리화(便利靴): 가볍고 부드러워서 신고 다니기에 편한 신.
18) 머리태: 머리채. 길게 늘어뜨린 머리털.

풀어 올랐다.

게다가 햇볕에 그을어 가무스름하면서도 불깃불깃[20] 혈색이 좋은 처녀의 둥실한 얼굴과 좀 깊숙한 안확[21] 속에서 은근히 빛나고 있는 까만 눈동자와 자주 까막거리는[22] 긴 속눈썹 등 처녀의 인상은 대번에 사람의 마음을 잡아끄는 그 어떤 발랄한 생기를 느끼게 하는 것이었다.

개찰원 청년도 처녀의 얼굴을 오래 마주볼 용기를 못 가진 모양이었다. 이네 고개를 떨구더니 빼앗아 쥐었던 초롱을 발치[23]에다 놓았다.

"안된다니까 그러오, 될 걸 가지구 공연히 그러겠소……."

아까의 꽥꽥 게사니[24] 소리와는 판다르게[25] 이렇게 중얼거렸다.

"때워주세요, 동무, 오늘 못 가문 이게 몽땅 죽어요. 기계적으로 그러지 마세요……."

"뭐요? 기계적이라구요!……."

기계적이라는 말이 개찰원 청년을 몹시 불쾌하게 한 모양이었다. 그의 얼굴이 시뻘게졌다.

"동문 규정을 지키는 것도 기계적이오? 안되오, 절대 안되오!"

처녀의 얼굴도 더욱 빨개졌다.

"규정이라구요? 아니 그런 규정이 있어요?……."

"있구말구요, 산 동물이나 생물은 일체 휴대할 수 없다고 찻간 게시판에도 붙어 있소, 대합실에두 있구……."

---

19) 뒤더수기: 뒷더수기. '뒷덜미'의 북조선어.
20) 불깃불깃: 북조선어. 군데군데 조금 불그스름한 모양.
21) 안확(眼확): 눈알이 박혀 있는 구멍. 눈구멍.
22) 까막거리다: 작은 눈을 자꾸 가볍게 감았다 떴다 하다.
23) 발치: 발이 있는 쪽.
24) 게사니: '거위'의 북조선어.
25) 판다르다: 아주 다르다.

"뭐요?······ 아이 참······."

처녀는 그만 말문이 막힌 모양이다. 한참은 그냥 입을 못 떼고 우물우물 하더니 문득 무슨 생각이 들었는지 청년에게로 한 발 다가섰다.

"그래 그런 규정은 나도 읽었어요, 하지만 자—."

하면서 처녀는 초롱을 가리켰다.

"이게 어디 산 동물입니까? 고기알이지. 그래 동무 말대로 한다면 닭알 도 생물이구 명란젓도 산 동물이겠구만요. 아이 참 우스워······."

처녀는 제 딴에도 픽 하고 웃는다. 개찰원 청년은 하도 어이가 없는지 입만 벙하게[26] 벌리고 서 있었다. 이때 출발의 고동 소리가 길게 울렸다.

처녀는 흠칫하고 놀라더니 다짜고짜로 초롱을 냉큼 집어들고 승강대로 뛰어왔다. 초롱을 어깨 높이까지 헹강[27] 쳐들어 올리더니 왼손으로 초롱 굽을 받들어 조심스레 내가 선 발판에 올려놓으려 한다. 어언간[28] 나는 그 초롱을 맞받아 들었다. 나는 초롱의 무게에 끌려 비칠하였다.[29] 초롱을 받아 승강대 위에 놓는 순간 열차는 움찔하고 움직였다.

"아, 동무! 조심하오, 자 그 보따리도 보내오."

나는 왼손으로 그의 보따리를 받아 쥐고 오른손으로는 그의 왼팔을 맞잡아 승강대에 끌어올렸다.

개찰원 청년은 몇 발자국 따라오다가 그 자리에 멎어 서더니

"허 참 엉터리로군······."

하고 입맛을 다신다. 나는 받아 쥔 보따리를 어떻게 할지 몰라 처녀에게 내밀었다. 보따리 한 귀퉁이로는 자전거 펌프의 자루가 쑥 내밀었고 또

---

26) 벙하다: 얼빠진 사람처럼 멍하다.

27) 헹강: 냉큼. 머뭇거리지 않고 가볍게 빨리.

28) 어언간(於焉間): 알지 못하는 동안에 어느덧.

29) 비칠하다: 몸을 바로 가누지 못하고 쓰러질 듯이 약간 비틀하다.

다른 쪽귀에는 바가지 뒷등이 불룩이 솟아 있다.

"고마워요 선생님, 어디 옷 더럽히지나 않으셨어요?……."

처녀는 상냥하게 웃으며 나에게 인사를 건넨다. 보따리를 초롱 옆에 놓은 처녀는 승강대 발판으로 내려서더니 개찰원 청년이 서 있는 쪽을 얼굴을 내밀고

"미안해요 개찰원 동무, 정말 미안해요…… 용서하세요!……."
하고 소리친다.

처녀의 얼굴에는 진심으로 사고하는 빛이 어려 있었다. 그러면서도 처녀는 이제 마음이 놓이는지 호— 하고 한숨을 내쉰다. 처녀는 작업복 윗주머니에서 하얀 손수건을 꺼내더니 이마며 콧등과 하얀 목덜미에 송골송골30) 내돋는 땀방울들을 꼭꼭 문질러낸다. 바람이 혹혹 몰려들 때마다 귀밑머리가 하르르31) 나부낀다. 담뿍 비쳐드는 햇빛에 눈이 시어선지 처녀는 눈시울을 가느스름하게 쪼프리고32) 철길을 따라 흐르는 계곡의 맑은 흐름이며, 그 저편 아아한33) 푸른 산봉우리들이며 가없이 맑게 비낀 하늘을 바라보면서 시원한 바람을 가슴이 봉긋하게 부풀도록 들이그었다가는34) 후유— 내뿜곤 한다.

나는 어언간 나를 철도 규정 위반의 공모자로 만든 작업복 차림의 예쁜 처녀와 고기알이 들었다는 초롱과 자전거 펌프와 바가지가 불룩한 보따리 사이에 무슨 관련이 있을까 하여 유심히 살피며 생각해 보았으나 종내 알 수가 없었다. 장돌뱅이 장삿짐 같기도 하고 (그러나 지금 세상에 그런

---

30) 송골송골: 땀이나 소름, 물방울 따위가 살갗이나 표면에 잘게 많이 돋아나 있는 모양.

31) 하르르: 종이나 피륙 따위가 얇고 성기며 풀기가 없어 매우 보드라운 모양.

32) 쪼프리다: '찌푸리다'(얼굴의 근육이나 눈살 따위를 몹시 찡그리다)의 북조선어.

33) 아아하다(峨峨하다): 산이나 큰 바위 따위가 험하게 우뚝 솟아 있다.

34) 들이긋다: 숨이나 연기 따위를 들이켜다.

게 있을 리 만무다.) 이삿짐 같기도 하고…….

처녀는 문득 무슨 생각이 들었는지 돌아서더니 초롱 옆으로 가서 꼬부리고 앉는다. 초롱 아구리35)는 가제 천으로 덮고 오라기36)로 빙빙 돌려 맸다. 처녀는 오라기를 풀고 가제 천 한쪽 귀를 빼꼼히 열고 들여다보더니 손을 넣어 그 속에서 온도계를 꺼냈다. 나는 더욱 눈이 휘둥그레졌다. 온도계를 살피던 처녀의 얼굴에 홍조가 살짝 오르며 방긋이 웃음이 피었다. 이젠 정말 맘이 놓인다는 표정이다.

나는 물론이거니와 아까 정거장에서의 소동 바람에 승강대에 나왔던 일여덟 명의 길손들이 모두 처녀의 초롱에 호기심을 가지고 있었으므로 처녀가 초롱을 열었을 때 서로 이마를 찧으며 들여다보았다. 그러나 나는 피끗37) 그 어떤 멀건 액체 같은 것이 눈에 띄었을 뿐 알아볼 수가 없었다.

하긴 아까 개찰원과 다툴 때 무슨 고기알이라 했는데 명란젓은 물론 아니고 그밖에 식용으로는 심어38)나 홍어39) 알젓 같은 것이겠는데 그건 나도 몇 번 먹어 봐서 잘 알고 있지만 저런 맹물 같은 것은 아니었다.

"처녀 동무, 아니 그게 무슨 고기알인가요?……."

나는 참지 못하고 물었다. 다른 사람들도 궁금증이 어린 눈으로 그를 쳐다보았다. 그러자 웬일인지 처녀의 얼굴이 홍당무가 되었다. 그리고 당황히 초롱 아구리에 가제를 꼭 눌러 덮더니 오라기를 챙챙 돌려 감았다.

"거, 무슨 알젓인가요?……."

배구를 치던 패의 키 큰 상고머리 청년 하나가 큰 눈을 두리번거리며

---

35) 아구리: '아가리'의 북조선어.

36) 오라기: 실, 헝겊, 종이, 새끼 따위의 길고 가느다란 조각.

37) 피끗: 피뜩. 어떤 모습이나 생각이 갑자기 나타났다 사라지는 모양.

38) 심어(鱘魚, 鱏魚): 철갑상엇과의 바닷물고기.

39) 홍어(洪魚, 鮏魚): 가오릿과의 바닷물고기.

뒤에서 넘겨다보다가 불쑥 이렇게 물었다.

"뭐, 알젖이라구요?!…… 아이참……."

이렇게 말하며 고개를 번쩍 들어 상고머리 청년을 바라보는 처녀는 어이가 없다는 표정이다. 그러나 처녀는 이내 다시 고개를 수그리더니 입 속에 기어드는 목소리로 중얼거렸다.

"사실 전…… 개찰원 동무에게…… 거짓말을 했어요…… 이 초롱 안에는…… 잉어가 5만 마리 들어 있어요……."

이렇게 떠듬거리는 처녀의 귀밑은 새빨개졌다.

"뭐, 뭐요? 잉어가요?!……."

"아니 5만 마리나요??……."

"원 처녀 동무두 농담은 그만두……."

모여 선 사람들이 저마끔40) 한마디씩 눈이 둥그래서 떠든다. 마지막 말이 처녀의 심경을 몹시 건드린 모양이다. 그는 다시 고개를 들며 일어섰다.

"아이 제가 무슨 농담을 하겠어요, 잉어 새끼라니깐요. 그 그저께 깐 걸요, 한 마리가 티눈만큼씩 하거던요……."

처녀의 맑은 눈은 누가 그런 못마땅한 소리를 했느냐는 듯이 둘러선 사람을 죽 돌아본다.

"아니 거 좀 봅시다!"

"나두 좀 봬 주……."

하면서 사람들은 처녀에게 다가섰다. 예로부터 길손들이란 워낙 호기심이 많은 사람들인 것이다. 처녀는 당황하여 다시 그 자리에 쪼그리고 앉으며 초롱 목을 두 손으로 그러안는다.

---

40) 저마끔: '저마다'의 북조선어.

"뵈 드려요, 그렇지만 여러분에게 다 뵈 드릴 순 없어요. 새끼 고기가 돼서 함부루 다루질 못해요. 어느 분 한 분이 대표해서 보세요, 참 아바이[41]가 보시고 확인하세요……."

그 처녀는 나를 아바이라고 불렀다.

아직 쉰 줄에도 채 안 들어섰는데 아바이라니…… 하긴 귀밑에 희끗희끗 성긴 서리가 돋힌 것이 처녀로 하여금 대뜸 아바이라고 부르게 한 것 같았다. 그러나 나는 처녀의 말을 시비할 경황이 없었다. 우선 나는 베풀어진 특전을 달게 받아야 했던 것이다. 나는 처녀 곁에 엉거주춤 꾸부리고 앉아서 처녀가 열어주는 초롱 귀퉁이를 자세히 들여다보았다. 그러나 역시 멀건 물밖에 아무것도 보이지 않았다.

"맹물이구만……."

"햇빛을 등지고 이쪽 귀에서 자세히 들여다보세요. 그래요, 아바이, 이제 물 속 어느 한 점을 주의해서 살피세요, 보이지요, 아바이?……."

처녀는 연신 아바이 아바이 하면서 나의 어깨를 조종하여 각도를 바로 잡아 준다. 나는 아바이란 말이 귀에 거슬릴 새도 없이 처녀가 시키는 대로 하였더니 그제야 정말 티눈보다도 작은 어떤 투명한 반점 같은 것들이 물 속에 무수히 얽혀 알른거리고 있는 것을 발견하였다.

"아! 보이오, 틀림없소!……."

처녀의 둥실한 얼굴에 상긋이 미소가 피었다.

상고머리 청년이 기어코 떼를 써서 한 사람 더 보게 되었다.

"어이구, 끔찍하군 막 아물아물하누만!"

청년은 큰 눈이 더욱 휘둥그레 가지고 환성을 올린다.

처녀는 그냥 방글방글 웃으면서 초롱 귀퉁이를 꼭 덮고 오라기로 꽁꽁

---

41) 아바이: '아버지'의 방언(경상, 평안).

비끄러매고[42] 있었다.

"아니 체네, 그런데 저걸 어떻게 하자는 거웨까?"

내 옆자리에서 생강술을 나누던 영감 한 분이 자못 의아스럽다는 듯이 대통을 한 손에 든 채 처녀를 멍하니 바라보다가 이렇게 물었다.

"기르지요 뭐, 할아버지……."

"허허 기른다."

할아버지는 자못 놀랍다는 듯이 고개를 끄덕인다.

상고머리 청년이 하는 소리다.

"동문 참 성급하구만요. 아무거나 갓 낳을 땐 다 저렇게 작구 미더워 보이지 않지요 뭐, 범 새끼도 갓 낳으면 쥐만 해요. 저래 뵈두 인제 이태만 있으면 팔따시[43]만 한 잉어가 되거던요!"

"뭐요 이태에 팔따시요? 이 동무가 정말 사람 놀리는군!"

"아네요, 정말예요. 이태가 되면 한 마리 무게가 반 킬로가 넘구, 3년이 되문 한 킬로까지 돼요. 그러니까 이 초롱 속에는 물고기 25톤 내지 50톤이 있다고 볼 수 있어요!"

처녀는 방금 그 초롱 안에 오십 톤의 잉어가 들어 있기나 한 듯 자못 당당하고 대견스럽게 초롱을 바라보며 말하였다. 상고머리 청년은 어이 없다는 듯이 손을 내저으며 웃었다.

"허허 참 동무, 그야말로 모래성을 쌓는 게 아니오?"

순간 홍조가 올랐던 처녀의 얼굴이 해쓱해지며 눈동자에는 노기가 편 뜩[44] 지나갔다.

"아, 여보게 젊은이, 실없는 소린 그만두게!…… 자— 그래 체네, 이걸

---

42) 비끄러매다: 줄이나 끈 따위로 서로 떨어지지 못하게 붙잡아 매다.

43) 팔따시: '팔때기'('팔'을 속되게 이르는 말)의 방언(제주).

44) 편뜩: 북조선어. 눈을 갑자기 뜨는 모양.

그래 어떻게 기르나? 멕이긴 뭘 멕이구?……."

생강술 마시던 할아버지는 부쩍 구미가 당기는 모양으로 청년을 뒤로 떠밀며 앞으로 비집고 나서서 처녀에게 이렇게 말한다. 처녀는 노기가 가시지 않은 눈으로 한참이나 청년을 바라보며 뭐이라 말할까 말까 하다가 그만두고 할아버지에게로 고개를 돌렸다.

"할아버지, 아무데서구 다 기를 수 있어요. 저수지와 논판45)과 늪에서두 기르구 일부러 양어 못을 파고도 기르지요. 우리나라에선 어디서나 다 기를 수 있어요, 그리구……."

처녀의 얼굴에선 어느덧 노기가 가시었다. 발가우리하게46) 상기한 얼굴에서는 두 눈이 반짝거린다.

"또한 잉어를 기르는 유리성은 사료 해결이 쉽다는 점이죠. 우선 잉어는 물 속에 있는 무수한 미생물과 모기 유충과 벼를 해롭히는 온갖 벌레를 잡아먹으며 잡초를 뜯어먹으면서 제절로 자라나거던요!"

"아니 거, 꿩 먹구 알 먹기구만요!"

뒤에 몰렸던 상고머리 청년이 고개를 내밀며 또 환성을 올렸다.

"그러문요, 게다가 잉어의 배설물은 훌륭한 비료가 되구요……."

이번엔 청년에게 웃는 낯을 돌리며 처녀는 말을 이었다.

"그렇지만 인공 사료를 조꼼만 보태주면 더 빨리 키울 수 있어요. 동물성, 식물성 가리지 않고 먹는데 식물성은 독 없는 풀이면 다 먹일 수 있구 동물성은 번데기, 지렁이, 올챙이……."

신이 난 처녀는 마치 연단에서 강연이나 하는 듯이 손가락을 꼽아가며 내리 엮는다. 이리하여 양어에 대한 강의가 때아닌 때 열차 위에서 벌어지

---

45) 논판: 논을 이루고 있는 땅.
46) 발가우리하다: 은은히 도는 빛깔이 발갛다.

게 되었던 것이다.

처녀는 보따리에서 양어학이라는 두툼한 책을 꺼내서 갈피를 후루루 넘기더니 잉어 생태에 대한 그림을 펼쳐 보이면서 알을 깨울 때로부터 시작하여 엄지고기[47]로 키울 때까지의 전 과정을 세세히 강의하였다. 심지어 나중에는 그렇게도 엄격하게 단속하던 초롱의 덮개를 열고 매개 사람들에게 다 뵈어 주었다.

생강술 마시던 할아버지와 농민인 듯한 사나이와 내가 그중 많은 질문을 들이댔다. 처녀는 지치는 빛도 없이 연성 이마와 콧등에 맺히는 땀방울을 훔치면서 차근차근 설명하는 것이었다. 마지막에 그는 이렇게 결론지었다.

"……그러니 여러분, 담수 양어는 결코 업수이녀길[48] 수 없는 일입니다. 우리나라에서 얕잡아도 20내지 30만 정보[49]의 논과 저수지에다 고기를 기를 수 있는데 앞으로 여기서만 해도 한 해에 20만 톤 이상의 생선이 나올 수 있습니다. 자 그렇게 되면 온 강산이 쌀과 고기더미 속에 묻히지 않겠습니까! 이것은 절대로 꿈이 아니라 내일의 현실입니다!……"

처녀의 이야기가 어찌나 자신만만하고 선명하고 격동적이었던지 우리는 그의 흥분으로 하여 붉어진 얼굴과 열정에 불타는 까만 눈동자를 바라보면서 세상엔 양어공보다 더 보람찬 사업은 없으며 그리하여 당장이라도 양어공으로 직업을 바꾸고 싶은 생각이 일어났을 지경이었다.

정말 할아버지와 중년 농민은 조합에 돌아가면 관리위원회에 제기하여 꼭 양어를 시작하도록 해야겠다고 스스로 다짐을 놓으면서 처녀의 손목을 잡고 거듭거듭 치하하는 것이었다.

---

47) 엄지고기: '성어(成魚)'(다 자란 물고기)의 북조선어.
48) 업수이녀기다: '업신여기다'의 방언(평안).
49) 정보(町步): 땅 넓이의 단위.

"체네, 이제 우리 조합에도 본때[50] 있는 양어장을 만들어 놓겠소!"

"감사해요 할아버지, 꼭 그렇게 해보세요!"

"원, 감사야 내가 해야지……."

이렇게 주고받으면서 처녀와 악수를 나눈 사람들은 각기 자기의 찻간으로 헤어져 갔다.

처녀는 호— 한숨을 내쉬면서 그들의 뒷모습을 자못 흡족한 눈길로 바래우고[51] 있었다.

"처녀 동무, 자 초롱을 갖구 들어가기요. 내 옆에 앉을 자리가 있소."
하고 내가 권했다.

"고마워요…… 하지만 괜찮아요, 여기 있어야겠어요. 공기가 시원해서 새끼고기에게 더 좋아요. 아이참 내 정신 봐라, 얘기 바람에 팔려서……."

처녀는 웬일인지 다급히 초롱 귀때기를 열고 온도계를 꺼냈다. 처녀의 그 해맑던 얼굴이 흐려진다. 처녀는 부랴부랴 초롱 옆에 놓은 보따리를 풀어헤치고 그 속에서 자전거 펌프를 꺼냈다. 그러고는 바람 나가는 호스를 초롱 안에 깊숙이 꽂더니 잼싸게 펌프를 누르기 시작하였다.

(아니 이건 또 뭐야??……)

나는 한참이나 퀭하여 바라보았다. 그러나 이내 까닭을 알아차렸다. 글쎄 고기들에게 산소를 공급하고 있는 것이다. 아니 어쩌면 저런 궁리를 다 해냈단 말인가! 그냥 지혜와 열정으로 빚어놓은 처녀군!……

처녀는 더욱 빨리 손을 놀린다. 푸른 수건을 가뜬히[52] 맨 그의 하얀 뒷덜미에 땀줄기가 흘러내리고 있었다.

"인 주오, 내가 저을 테니 동문 호스를 꼭 쥐오."

---

50) 본때(本때): 본보기가 되거나 내세울 만한 것.

51) 바래우다: '바래다'의 북조선어.

52) 가뜻이(원문) → 가뜬히: 가볍고 간편하여 다루기에 손쉽게.

"괜찮아요."

"아, 인 주오."

나는 그의 손에서 펌프를 빼앗아냈다. 초롱 안에서는 공기 소리가 꾸루룩 하고 났다. 그제야 처녀는 고개를 들어 쳐다보며 상긋이 웃는다.

공기를 불어 넣어주고 나서 나도 처녀와 헤어져 찻간으로 들어가 앉았다.

어느덧 열차는 깊은 산골짜기에 들어섰다. 나는 가방 속에서 소설책을 꺼내들었다. 그러나 글줄들은 살아 움직이기나 하듯 가물거리며 눈에 밟히지 않았다. 어째서인지 나의 생각은 처녀에게로만 돌아서는 것이었다. 나는 다시 일어나서 처녀가 앉아 있을 승강대로 나갔다.

처녀는 승강대 계단 한편 구석에 걸터앉아 있었다. 무릎에는 두툼한 책을 펼친 채 엎어놓고서 어딘가 멍하니 열차 바깥을 바라본다. 나는 측은한 생각이 들어서 초롱을 봐줄 테니 들어가 편히 앉아서 좀 쉬고 나오라고 권하고 싶었다. 나는 그의 옆에 가서 쪼그리고 앉았다.

그러나 말을 걸려고 그의 얼굴을 들여다보는 순간 나는 놀라지 않을 수 없었다. 양미간을 쪼프리고 그 어딘가 아득히 먼 곳을 바라보는 까만 눈동자, 눈굽에 그렁하게 고인 맑은 이슬…… 무슨 생각에 그리 골똘했는지 처녀는 인기척도 못 느낀다.

"아니 처녀 동무, 웬일이오?…… 어디 편찮소?……."

그제야 처녀는 흠칫하고 나를 돌아본다. 그는 당황하여 눈굽을 손가락으로 꼭 누르면서 고개를 가로 흔든다.

"아이참, 아바이세요……."

처녀는 열적게 웃더니 다시 고개를 돌려 멀리 푸른 하늘가로 연줄연줄 어깨를 겯고 파도처럼 밀려간 산발들을 바라보고 있었다.

나는 그의 무릎 위에 펼쳐놓은 책을 살펴보았다. 그것은 강경애의 소설

『인간문제』였다. 펼친 자리로 보아 거의 다 읽은 모양이다. 나는 그제야 영문을 알아차릴 수 있었다. 그의 옆에 바투 다가앉으며 무릎에서 책을 집어 들었다. 나는 갈피를 후루루 넘기면서

"아니 원, 용감한 처녀 동무가 소설책을 읽고 눈굽을 적시다니……."

농 삼아 이렇게 말하면서 그의 얼굴을 쳐다보았다.

처녀는 그대로 덤덤히 말이 없이 앉았더니 이윽해서야 문득 나에게 고개를 돌렸다. 그의 불룩한 가슴은 몹시 들먹거리고 있었다.

"아바이…… 어떻게 선비가 죽을 수 있단 말야요…… 그 어질고 예쁜 선비가 어떻게…… 뭐 때문에…… 그렇게 짓밟히우구, 그러구 나중엔 세상에 났다 행복이란 그림자도 못 보구 피를 토하고 죽는단 말이에요!……."

너무도 격한 처녀의 말소리는 오히려 가늘게 떨리는 것이었다.

"!……."

나는 계급 사회의 잔인한 발굽에 짓밟힌 한 소설의 여주인공의 운명 앞에 참을 수 없는 울분을 토하는 이 처녀에게 뭐이라 대답할 말을 못 골랐다.

처녀는 다시 입을 꼭 앙다물고 앉아서 이윽히 생각에 잠겼다가 한숨을 내쉬며 말을 이었다.

"아바이, 우리 사회에선 누구나가 다 이런 생각을 하고 살지요. 어떻게 하면 사람들에게 더 많은 행복을 가져올까? 모든 사람들이 백 년 이백 년씩 만수무강하여 온갖 기쁨을 다 누리며 살게 할 수는 없을까?……."

처녀의 까막거리는 눈동자에는 마치 꿈꾸는 듯한 그윽한 빛이 돌았다.

"아바이, 그러나 우리는 누가 이런 생각과 신념을 가졌다고 해서 뛰어난 사람이라고 생각하지는 않죠. 우리나라에서야 그런 생각을 하는 것쯤은 사람으로 태어난 이상 너무나 당연하고 평범한 일상이라고 여기지 않아 요……."

"그렇소……."

처녀는 아랫입술을 꼭 사려 문 채 이윽토록 말이 없었다.

"그런데 아바이, 어떻게 사람으로서 사람의 운명을 마구 짓밟아 뭉개버리 수 있단 말이에요!…… 심지어 그놈들은 사람의 대가리를 가지구두 사람들을 마구 죽여버릴 그런 궁리만 짜내고 있잖아요!……."

처녀의 얼굴은 벌겋게 달아올랐고 눈망울은 숯불처럼 이글거린다. 나는 새삼스러운 놀라움과 흥분으로 처녀를 바라보았다.

"그러니 그것들은 사람이 아니라 승냥이라고 하지 않소, 승냥이!……."

사실 나는 처녀에게 더 절절한 말을 하고 싶었지만 적당한 말이 떠오르지 않았다.

"옳아요 아바이, 승냥이! 그래요, 나두 봤어요!…… 우리 고향에서 마을 사람들을 돌구덩이에다 몰아넣고 바윗돌을 굴려뜨려 짓이겨 죽이며 껄껄 웃는 미국 놈들을 제 눈으로…… 봤어요…… 아바이 지금도 생각하문…… 치가…… 치가 떨려요!"

격한 나머지 처녀의 말은 토막토막 끊어진다. 무릎에 꽉 그러쥔 그의 주먹은 떨고 있으며 가쁘게 숨을 몰아쉬는 가슴은 물결치듯이 들먹거린다. 이윽해서야 처녀는 좀 진정이 되었다.

"아바이 난 이런 생각이 들어요…… 이 지구 위에 고인 물은 모두가 『인간문제』의 원소(怨沼)처럼 수천 년 동안 우리 선조들의 피눈물이 고인 늪이라고 말입니다. 우리는 그 고통과 서러움의 피눈물 늪들이 원한을 풀고 흐르도록 해줘야 해요. 이 세상에 있는 착취 계급이라는 그 더러운 돼지 새끼들을 말짱 쓸어버려야 할 사명이 저의 세대에 맡겨진 것이라고 생각해요. 아바이!……."

깜박이지도 않고 불타는 처녀의 맑은 눈동자는 나를 쳐다본다. 나는 대구 고개만 끄덕여줄 뿐이었다.

우리는 한참이나 그대로 묵묵히 앉아서 흥분을 삭이며 각기 생각에 잠겼다.

뚜— 하고 길게 기적 소리가 울렸다. 멀리 굽이도는 앞길에 신호탑이 보인다.

처녀는 갑자기 자리에서 일어나서 초롱으로 다가앉아 덮개를 열고 온도계를 꺼내 눈금을 들여다본다.

"아니 또 뭐이 잘못됐소?…… 내 펌프를 저으라오?……."

"아뇨, 물을 갈아줘야겠어요. 아바이……."

처녀는 돌따보지도53) 않고 대답하더니 작업복 윗주머니에서 파란 뚜껑의 수첩을 꺼냈다. 갈피를 넘기며 들여다보더니 다시 수첩을 접어 주머니 속에 넣었다. 그리고는 보따리를 풀고 바가지를 꺼내 들었다. 어느덧 열차는 플랫폼에 들어서고 있었다. 처녀는 승강대 난간을 쥐고 가슴을 앞으로 내밀고 정거장 쪽을 유심히 살피다가 차가 거의 멎으려 할 때 나를 돌아다보며 방긋 웃었다.

"아바이 초롱 좀 봐주세요."

하는 말과 함께 훌쩍 뛰어내린 처녀는 벌써 플랫폼을 가로질러 쏜살같이 개찰구 쪽으로 달려나가는 것이었다.

"아니 저 저 처녀가?!……."

나는 쾡하여 그의 뒷모습을 바라보았다. 출찰구54)를 휘딱 지나 역 뒤로 사라졌던 처녀는 이내 다시 출찰구에 나타났다. 이번에는 두 손으로 바가지를 받쳐들고 자못55) 조심스럽게 아기작거리며 뛰어나오고 있었다. 나는 서서 볼 수가 없어서 플랫폼에 뛰어내려 마주 달려나가 바가지를 받았

---

53) 돌따보다: '돌아다보다'의 북조선어.

54) 출찰구(出札口): 차나 배에서 내린 손님이 표를 내고 나가거나 나오는 곳.

55) 자못: 생각보다 매우.

다. 처녀는 숨이 차서 할딱거렸고 얼굴에는 무수한 땀줄기들이 흘러내렸다. 작업복 저고리는 땀에 푹 젖어 등과 가슴에 착 달라붙었다.

우리가 차에 올라서자 발차 벨 신호가 났다. 처녀는 땀도 들일 염도 않고 이내 초롱 앞에 쪼그리고 마주 앉더니 가제 천 덮개를 씌운 채 초롱을 한쪽 모로 기울여 물을 한 바가지 가량 찌운다.56)

(그렇지! 가제 천을 씌우지 않고서야 티눈 같은 새끼고기들이 샐까 봐 어떻게 물을 찌운담!……)

나는 처녀의 꾀에 다시 한 번 탄복하면서 주머니에서 손수건을 꺼내 그의 목덜미로 흘러내리는 땀줄기를 훔쳐주었다. 처녀는 고개를 돌려 방긋이 웃으며 고맙다는 뜻으로 고개를 까딱한다. 그리고 이번에는 바가지의 물을 조금씩 초롱에 붓고 손으로 가볍게 저어주곤 한다. 그건 왜 그러느냐 물으니까 대번에 부으면 초롱 물의 온도가 갑자기 내리어서 새끼고기에게 지장이 있다는 것이다. 나는 또다시 감탄을 금치 못하면서 바가지를 들고 옆에서 시중을 들었다.

그러나 이것은 아직 처녀가 하는 일의 극히 일단일 뿐이었다. 어언간 나는 처녀의 충실한 조수가 되어 일을 거들어주면서 차츰 허물없는 사이가 되었다. 그래서 토막토막으로나마 처녀에게 대하여 더 알게 되었다.

물을 갈아주고 나서 한 정거장이 지나면 펌프로 공기를 불어넣어야 하며 두 번째 정거장에 닿으면 처녀는 바가지를 들고 뛰어내리었고 나는 시계의 초침을 가슴을 조이고 들여다보며 기다리곤 하였다.

그런데 처녀의 출발지는 아까 그 옥신각신한 성천역인 것이 아니라 그보다 훨씬 더 먼 삼등이었다. 지난밤 삼등 양어장에서 고기를 받아 가지고 차를 탄 그는 밤새껏 펌프질을 하고 물을 갈아주고 하면서 아침에야

---

56) 찌우다: 고인 물을 없애거나 줄어들게 하다.

성천역에 닿았다. 성천역에서는 또한 본 바와 같이 개찰원과 '운명을 좌우하는 투쟁'을 한 끝에 겨우 차를 갈아탈 수 있었던 것이다. 나는 그 처녀가 쪽잠57) 한 잠 못 자고 꼬박 밤을 지새우며 바가지를 들고 뛰어다녔을 것을 생각하니 가슴이 뜨거워서 그의 얼굴을 다시 한 번 쳐다보지 않을 수 없었다. 생기 넘치는 까만 눈동자, 볕에 그으른 억실억실한 얼굴, 부단히 청춘의 힘과 정력을 발산하는 듯한 탐탁하고 탄력있는 몸매!…… 피곤이나 지친 빛이라곤 그림자도 찾을 수가 없었다.

또한 처녀의 그 수수께끼 같은 파란 수첩장에는 정거장마다 우물이나 개울물이 어디 있는가 하는 약도가 아주 세밀히 적혀 있다는 것도 알게 되었다. 이미 가는 길에 다 '정찰'해 둔 것이라 한다.

물을 너덧 번 갈아준 것을 미루어 그로부터 일여덟 정거장을 지났을 때였다. 뜻하지 않은 사건이 일어났다.

물을 갈아줘야 할 정거장이 멀지 않았는데 처녀는 연신58) 초롱에서 온도계를 꺼내 보고는 미간을 찌푸렸다. 온도계의 수은주가 20도의 눈금을 거의 올려 짚고 있었다. (13도에서 17~18도 가량이 정상이다.) 그렇지만 다음 역에서 물을 갈아줄 차롄데 왜 저럴까?…… 그러나 처녀는 수첩을 꺼내 들고 들여다보더니 더욱 침울해졌다. 웬일일까? 나도 몹시 불안해졌다.

"아니 왜 그러오, 다음 정거장에서 갈아줄 차례가 아니오?"

처녀는 나를 돌아보며 서글프게 미소를 지었다.

"다음 정거장의 우물은 좀 멀어요, 그래서 다음다음 정거장에서 갈아주려던 건데……."

---

57) 쪽잠: 짧은 틈을 타서 불편하게 자는 잠.
58) 언성(원문) → 연신: 잇따라 자꾸.

"그럼 펌프로 환기나 하고 한 정거장 건너뛰지……."

나는 자신 없이 권고했다.

"안 되겠어요, 인젠 온도가 급격히 자꾸 올라가요. 제가 바보였어요, 갈 적에 여기 역 구간이 멀고 구배59)길인 데가 긴 굴간60)이 있다는 것을 타산해두지 않았거든요. 이러다간 고길 다……."

처녀는 차마 그 다음 말이 안 나오는지 입술을 잘근잘근 씹는다. 나는 뭐이라 그를 도울 방도를 찾지 못하는 것이 안타까웠다.

"아바이!"

처녀의 까만 눈동자에 번뜩 결심의 빛이 지나갔다. 열차는 서서히 플랫폼에 들어서고 있었다. 처녀는 초롱 옆에서 바가지를 집어들더니 열차가 채 멎기도 전에 냉큼 플랫폼으로 뛰어내렸다.

"아바이, 얼핏 갔다 오겠어요!"

어찌도 빨리 철길을 가로질러 뛰어가던지 파란 머릿수건의 꼬리가 해병모의 쟈바라61)처럼 뒤로 나부낀다.

(아니 어쩌자구…….)

그러나 미처 말릴 사이도 없었다. 나는 몹시 조바심이 나서 팔뚝시계 초침을 연방 들여다보면서 처녀가 다시 출찰구로 뛰어나오기만 고대하였다.

그러나 일은 틀렸다. 차장이 푸른 기를 들었던 것이다.

"아, 잠깐만!……."

하고 나는 저도 모르게 소리질렀으나 뚜— 하고 길게 발차 기적이 울렸다. 차는 흠칠하면서62) 발자국을 뗀다.

---

59) 구배(勾配): 수평을 기준으로 한 경사도.

60) 굴간(窟間): 길이가 짧고 방처럼 생긴 갱도.

61) 쟈바라(じゃばら): 수평으로 두른 띠 모양의 장식적 돌출부.

나는 안절부절못하고 승강대 계단을 오르고 내리고 하면 서성거렸다. 내릴까?…… 그럴 수도 없고…… 타고 있으라니 불방석63)에 앉은 마음이다.

이 때에 처녀가 출찰구로 총알같이 뛰어나왔다. 그렇지만 때는 늦었다. 차는 벌써 속력을 내면서 플랫폼을 거의 벗어나고 있었던 것이다. 처녀는 주먹을 부르쥐고64) 달려온다. 오른손에 든 바가지에서 넘쳐나는 물이 햇빛에 번뜩거리고 어깨 뒤로는 푸른 수건 자락이 날린다. 처녀는 뭐이라고 자꾸 고함을 지르며 달려오지만 알아들을 수 없다.

나도

"어어— 빨리빨리—."

하고 소리지르다가 그만 맥을 놓고 말았다. 벌써 처녀는 까맣게 떨어져버린 것이다. 처녀는 플랫폼 끝까지 달려와서는 우뚝 서서 멍하니 차 꼬리를 바라보다가 그 자리에 털썩 주저앉고 말았다.

"저런!"

나도 가슴이 덜렁 내려앉았다. 순간 나는 왜 그런지 처녀의 그 맑은 눈동자에 이슬이 맺혔을 것을 생각했고 그래서 내 가슴도 찡해졌다.

자, 어떻게 할 것인가?…… 나는 고개를 돌려 승강대 위를 바라보았다. 어느새 아까 처녀에게서 강의를 받던 길손들이 모두 나와 서서 근심어린 얼굴들로 초롱을 바라보고 있었다. 나는 웬일인지 한구석에 놓인 초롱을 보자 서글퍼졌다.

"야단났구만!……."

---

62) 훔칠하다: 북조선어. 몸을 반사적으로 움직이며 갑자기 놀라 떨다.
63) 불방석: 북조선어. 불이 타오르는 방석이라는 뜻으로, 앉아 있기가 괴로운 자리나 상황을 비유적으로 이르는 말.
64) 부르쥐다: 주먹을 힘을 들여 쥐다.

상고머리 청년이 침울하게 중얼거렸다.

"다음 정거장에다 내려놓으면 안될까요?……"

중년의 농민이 자신 없이 말하며 나를 쳐다본다.

"그게 좋겠습니다. 참 제가 다음 정거장에 닿으면 뛰어내려가서 지나온 정거장에다 전활 걸지요, 처녀더러 와서 찾아가라구요!……"

큰 수라도 난 듯이 청년은 앞으로 나서며 이렇게 역설한다. 사람들은 모두 나만 쳐다본다.

"그렇게 하면 될 수 있갔쉐까. 선상님?……"

생강술 마시던 할아버지가 불이 죽어가는 대통은 빨 염도 없고 든 채 근심한다.

(그렇지 다음 역에 내려놓고 전활 건다…… 될 수도 있지…….)

그러나 다음 순간 나의 눈앞에는 아까 초롱 속을 들여다보며 흐려지던 처녀의 얼굴이 떠올랐다.

(물도 안 갈아준 걸 그대로 내려놓고 가?…… 처녀가 찾아갔을 땐 고기 새끼들이 다 물 위에 둥둥 뜰 게 아닌가!…… 안되지 안돼!)

나는 고개를 가로저었다. 나는 우선 긴급조치를 보따리를 풀고 펌프를 꺼냈다. 사람들이 의아해한다. 내가 까닭을 말했더니 참 신통한 처녀라고 혀들을 끌끌 찬다.

내가 호스 끝을 쥐고 상고머리 청년이 땀을 뻘뻘 흘리면서 펌프를 저어 공기를 불어넣었다. 그러고 나서 우리는 다시 공론을 하였다.

결국 초롱을 그냥 내려놓을 것이 아니라 우리들 중 한 사람이 초롱과 함께 내려서 물도 갈아주고 처녀를 기다렸다가 밤차에 함께 타는 것이 좋겠다는 의견에 합의를 보았다. 그러나 다시 논쟁을 일으킨 것은 누가 남느냐 하는 문제였다. 저마끔 제가 내릴 수 있다고 열렬히 들고 나오는 바람에 어떻게 결론을 지을 수 없었다.

(누가 내릴 것인가?…… 상고머리 청년?…… 할아버지?…… 아니면 저 농민?…….)

그러나 그것은 안될 말이다. 그들을 믿고 내맡길 수가 없다. 말하자면 이 초롱 속에 있는 처녀의 '과학과 기술'을 그들은 모르고 있는 것이 아닌가! 온도계도, 펌프도, 물을 한 바가지씩 줄금줄금[65] 갈아준다는 것도…… 암, 내가 내려야지…… 내가…… 하지만 내일 아침…….

이런 생각들이 꼬리를 물고 일어난다.

그런데 어언간 차는 다음 역에 닿았다. 나는 경황없이 찻간으로 달려들어가 가방을 들고 나와서 다른 사람들이 미처 시비할 사이도 없이 처녀의 초롱과 보따리를 부둥켜안고 플랫폼으로 뛰어내렸다.

내일 아침 회의 때문에 망설임이 안 간 것은 아니나 밤차를 타면 새벽에 닿을 수 있겠기에 결심을 내리고 만 것이다.

열차는 떠나갔다. 길동무들은 숭강대 난간에 얼굴을 내밀고 손을 저으며

"부탁합니다!……."

"수고하시겠소!……."

라고 소리를 친다.

내가 초롱을 들고 몇 발자국 옮겼을 때였다. 역사에서 모자에 붉은 테를 두른 역장인 듯한 사람이 달려나왔다. 그는 떠나가는 열차를 보자 우뚝 멎어 서서 실망한 듯이 손을 홱 내리저었다. 그러다가 문득 그는 나를 발견하고 한참 바라보더니 나에게 다가왔다.

"저 미안하지만 이게 물고기알이 들었다는 초롱이 아닌가요?……."

하고 묻는다.

---

65) 줄금줄금: 북조선어. 액체가 조금씩 자꾸 나왔다 그쳤다 하는 모양.

그렇다고 하니까 방금 저편 역에서 전화가 왔는데 임자가 찾으러 갈 터이니 내리워 보관했다 달라는 부탁이 왔다는 것이다. 내가 초롱을 가지고 내린 사연을 말했더니 그는 더 좋다고 하였다.

나는 급히 정거장 앞의 우물로 뛰어가서 물 한 바가지를 퍼다가 처녀가 하던 식으로 새 물을 갈아 부었다. 온도계를 꺼내 보니 14도로 내렸다. 초롱 안의 고기들도 퍽 활발하게 노는 것 같았다. 하지만 여남은 마리가 배를 뒤집고 둥둥 뜬 것을 건져내면서 나는 못내 가슴이 아파 견딜 수 없었다.

하여튼 나는 안도의 숨을 내쉬고 초롱을 들고 대합실에 돌아왔다. 해도 안 들이쪼이고 통풍이 잘됨직한 대합실 복판에 초롱을 놓고 걸상에 가서 털썩 주저앉았다. 허리 마디가 뻐근하였다. 정말 아바이란 말을 듣게 되었구나 하는 서글픈 생각을 하면서 담배를 붙여 물고 대합실 안을 살펴보았다.

꽤 넓은 대합실은 휑뎅그렁[66] 비었다.

정면에 높이 달아맨 시계만이 유난히 똑딱거리고 이따금 길게 짧게 울리는 전화 신호가 사무실 쪽에서 자지러지게 울릴 뿐 그야말로 적막하다.

불쑥 나는 이 외롭고 호젓한 산간 역에 다시는 그 우렁찬 열차의 기적 소리가 찾아오지도 않을 것 같은 생각이 들었다. 그러자 나는 까닭도 없이 외로운 섬에 남은 것 같은 고독감을 느꼈다. 그러나 다음 순간 나는 이 어린애 같은 착각을 스스로 픽 하고 웃어 지워버렸다. 아무튼 밤차 시간까지는 아직 열 시간이 더 남아 있다.

나는 나의 길을 방해한 길동무 처녀에 대하여 화를 내야겠다고 생각했

---

66) 휑뎅그렁: '휑뎅그렁하다'(속이 비고 넓기만 하여 매우 허전하다)의 어근.

다. 그러나 화가 나지지 않는다. 그 대신에 땀을 발발 흘리며 걸어오는 처녀의 그 어글어글한 얼굴이며 가뜬한 몸맵시가 눈앞에 떠올라오곤 했다. 더군다나 나를 보면 얼마나 놀랄까?…… 이런 생각을 하면 오히려 내 마음은 흡족해지고 픽하고 웃음까지 나는 것이었다.

시계를 보니 처녀가 길 떠났으리라고 생각되는 시간으로부터 아직 한 시간이 될까 말까 하다. 이십오 리니까 아무리 빨리 걸어도 세 시간은 걸릴 것이다. 이렇게 생각하며 나는 가방 속에서 읽던 소설책을 꺼내 들었다. 그러나 역시 글줄은 눈에 잡히지 않고 종주먹67)을 쥐고 걸어올 처녀의 파란 머릿수건이 눈앞에 얼른거린다. 처녀의 고기 초롱에 눈이 간 나는 문득 이런 생각이 떠올랐다.

(우리 군에서두 담수 양어를 크게 할 수 있지 않을까?……)

사실 이 문제는 당에서 치산치수68) 사업을 제기했을 때, 건설된 저수지에서는 담수 양어를 하라고 함께 제기됐던 문제다. 우리 군만 하여도 작년에 치산치수 사업을 통해 열두 개의 대소 저수지를 만들었는데, 그때 양어를 하라고 한 번 강조를 했을 뿐 그 뒤로 어떻게 됐는지 까맣다. 하긴 내가 실제 사업 조직을 해준 일이 없는데 하늘에서 저수지들에 고기새끼들이 뛰어내렸을 리는 만무구…… 안됐군, 안됐어!…… 좀더 모든 문제에 정신을 차려야지, 나 하나의 무관심이 생활에 얼마나 큰 손실을 주었는가? 처녀식으로 계산한다면 수백 톤? 아니 수천 톤의 물고기일지도 모른다…….

나는 적이 가책이 되었다. 그러나 지나간 일을 어쩌랴, 처녀가 오면 의논해보자, 우리 군 실정도 이야기해주고…… 일부러 양어 못을 파고도

---

67) 종주먹: 쥐어지르며 을러댈 때의 주먹을 이르는 말.
68) 치산치수(治山治水): 산과 내를 잘 관리하고 돌봐서 가뭄이나 홍수 따위의 재해를 입지 아니하도록 예방함. 또는 그런 일.

기른다는데 글쎄 파놓은 저수지에서야…… 에이 참!…….

이렇게 나는 생각에 생각을 이어 골똘하였다.

그런데 문득 밖에서 퉁탕거리는 발구름 소리가 나더니 대합실 문이 덜렁 열렸다. 처녀가 뛰어든 것이다. 나도 어지간히 놀랐지만 내 앞에 숨이 턱에 닿아 헐떡거리며 서서 눈이 휘둥그레진 처녀는 더욱 놀라운 모양이다. 입을 딱 벌린 채 한참이나 말을 못하고 서 있었다.

"아, 아니…… 아바이!……."

이십오 리를 한 시간 동안에 달려오느라 온통 땀과 먼지로 얼룩이 진 그의 온 몸과 얼굴…… 그리고 걱정에 잠겨 생기를 잃고 뿌옇게 잠긴 처녀의 큰 눈을 바라보자 나도 가슴이 뜨거워 미처 할 말을 고르지 못했다. 나는 덧없이 빙긋이 웃으며

"자, 어서 저 초롱 속이나 살펴보우, 제대루 됐는지 원……."
하고 중얼거리며 초롱을 가리켰다. 그제야 처녀는 황급히 초롱으로 다가가 귀퉁이를 들치고 들여다보더니 온도계를 꺼내 들었다.

푸른 수건을 두른 처녀의 머리가 나에게로 홱 돌려졌다. 순간 환희와 생기에 넘쳐 빛나는 그의 두 눈동자는 그야말로 이슬을 머금은 머루알이라고나 할까, 나는 평생 그런 눈을 본 일이 없었다……. 그러자 처녀는 일어서서 몇 발자국 다가서더니 목이 꺽 메인 목소리로

"아바이!……."
하고 부르며 와락 달려들었다. 그의 부드러운 두 손이 내 손을 꽉 그러쥔다.

"아바이…… 물까지…… 갈아주셨군요…… 고마워요…… 고마워요……."

처녀는 말을 더듬기나 하는 사람처럼 이렇게 더듬거렸다. 환희와 뜨거운 정을 억제 못하는 그의 큰 눈에서 맑은 이슬이 주르르 흘러내린다.

그의 두 손에 꼭 그러쥔 나의 손목으로 처녀의 뜨거운 정과 환희가 그대로 맥맥히 흘러 들어오는 것 같았다.

"에이구, 이게 무슨 못난이 짓이오. 큰 처녀가 울긴……."

이렇게 나무라는 나도 웬일인지 눈굽이 뜨거워졌다. 눈물이란 슬픔만이 아니라 그 어떤 맑고 그윽한 감정의 복받침이기도 한 모양이다.

그러자 나를 쳐다보는 처녀의 얼굴이 살짝 붉어지며 두 볼에 보조개가 패었다. 우리는 나란히 걸상에 앉았다.

"아바인 나 때문에 내리셨으니 어떡해요?…… 밤차 타셔야겠군요, 무슨 급한 일로 가시는 길이나 아니세요?…… 정말 미안해 죽겠어요……."

처녀는 거듭거듭 걱정한다.

"아니요, 아무런 바쁜 일도 없소……."

나는 처녀가 너무 미안해하기 때문에 그가 안심할 수 있도록 그럴듯한 구실을 생각해보려고 했으나 당장 뭐이라고 꾸며댈지 떠오르지 않는다.

처녀는 보따리를 풀더니 오리알을 한 개 꺼내서 흰자위를 발가내고 노란 자위만 부드럽게 부스르뜨려서 초롱 안에 뿌려주면서 이렇게 물었다.

"아바인 어디까지 가시나요?"

"난 풍산까지 가오."

"네?! 풍산이라구요!…… 전 송봉까지 가는데요……."

나는 깜짝 놀랐다. 아니 그럼 한 고향 처녀로군그래…….

"어느 협동조합이오?……."

"천개리야요."

"천개리라…… 그렇댔구만……."

"아바인 어느 리나요?……."

"나 말이오?……."

나는 뭐이라고 대답할까 망설였다.

"읍에 사오."

"저 어느 기관에서 일보시나요, 읍에 들르면 찾아뵙겠어요, 아바이 신셀 어떡하면 다 갚을까 참……."

"뭐…… 난……."

하고 우물쭈물 넘기려는데 처녀는 그냥 간곡히 대달란다. 군당 위원장이라고 하면 처녀가 얼마나 당황해할 것인가. 그리고 나 자신도 그렇게 하여 우리의 이 훌륭한 친구 사이를 어색하게 만드는 것이 싫었다.

"저…… 난 군 인민위원회 지도원이오, 참 그것보다두 처녀 동무…… 아니 인젠 이름을 좀 대주오."

"명숙이야요, 오명숙……."

"그래 명숙 동무, 이렇게 어려운 일을 어떻게 혼자 떠났소, 너무 영웅주의를 부려서 무리한 게 아니오?……."

이 물음에 처녀는 뭐 때문엔가 허거프게[69] 웃더니 시무룩해졌다. 그리고 그는 고개를 떨구고 한참이나 그렇게 덤덤하게 앉아서 오른손으로 무릎팍[70]만 쓸고 있었다. 내리깐 길다란 속눈썹들이 자꾸 깜박거렸다…….

문득 처녀는 고개를 들었다. 그리고 빙그레 웃었다.

"아바이 건 아무것도 안야요, 정말 아바이 말씀마따나 내가 영웅주의를 좀 부른 거야요. 그 말은 그만둬요…… 참 아바이 어디 갔다 오시는 길이나요? 정말 무슨 급한 출장이나 다녀오시는 거 아니나요?……."

처녀는 말꼬리를 돌리면서 자못 걱정스럽게 나를 쳐다본다. 그러니 이 처녀가 끝내 나 때문에 마음을 못 놓겠다는 것이다. 나는 문득 좋은 생각이

---

69) 허거프다: 북조선어. 허전하고 어이없다.
70) 무릎팍: '무릎'의 방언(경상).

떠올랐다.

"근심 마오! 휴양 갔다 돌아오는 길이오, 그러니 한가한 여행이지 뭐요……."

"네— 그러세요……."

그제사 처녀는 마음이 좀 놓이는 모양인지 숨을 호 내쉰다.

"그래 어느 휴양소에 가셨댔어요?……."

"어디냐구…… 아 저 묘향산이오……."

나는 어디 갔댔다는 것까지도 미리 생각지 못 했댔으므로 얼결에 이렇게 대답했다. 평소에 늘 묘향산 구경을 하고 싶었던 탓일 것이다.

"아이 참, 묘향산엘요?!……."

처녀는 가슴에 두 손을 모아 마주 쥐면서 이렇게 환성을 올렸다.

"서산대사께서 살던 절간에도 가보셨나요."

처녀의 눈동자는 부러움과 호기심이 어려 반짝거린다. 나는 언젠가 화보에서 본 묘향산의 모습이 눈앞에 떠올랐다.

"암, 보구말구……."

"아바인 참 좋겠어요, 난 아직 가본 적이 없어요……."

처녀의 목소리는 몹시 부드러웠고 그의 검은 두 눈은 꿈꾸는 사람처럼 조프려졌다.

"아바이, 난 늘 이런 생각을 해요, 이 세상 모든 곳을 다 가봤으면…… 온갖 명승고적71)들이며, 대건설장들이며, 구름 위에 솟아오른 산마루와 가없는 동해바다…… 그리구 그리구……."

"가 보구려, 그야 어렵겠소, 해마다 휴가를 받으면 기러기처럼 아무 데고 훨훨 날아다녀 보구료……."

---

71) 명승고적(名勝古跡): 훌륭한 경치와 역사적인 유적.

"기러기처럼요?!…… 아이 좋아요! 꼭 그러겠어요…… 하지만……."

처녀는 갑자기 시무룩해지더니 대합실 복판에 놓인 물초롱을 물끄러미 바라본다.

"지금은 안 돼요……."

"왜?……."

"……."

"저것 때문에?……."

나는 처녀의 시선을 따라 물초롱을 바라보며 물었다.

처녀는 그냥 심란한 표정으로 고개만 끄떡인다.

"아니 동무 혼자서 양어를 도맡아 하오?……."

처녀는 고개를 숙이고 발끝만 바라보며 아랫입술을 잘근잘근 씹는다. 그러다가 명숙이는 혼잣말처럼 이렇게 중얼거리는 것이었다.

"우리 관리위원장 동문 날더러 닭알 장사래요……."

"뭐, 닭알 장사라니?……."

"옛날에 웬 사람이 닭알 한 꾸러미를 들고 얼음판을 건너가면서 그 닭알을 깨워서 닭을 치구, 거기서 또 닭알을 받아 더 많은 닭을 깨워 기르 구…… 이렇게 해서 10년 후엔 큰 돈을 모아 열 칸짜리 기와집을 살까 열 마지기 옥답을 살까 망설이다가 그만 얼음판에 미끄러 넘어져서 닭알 도 기와집도 공상도 다 박살이 되었대요……."

"아니 그, 그래 동문 가만있었소? 그렇게 사람을 모욕할 수가 있소! ……."

처녀보다 내가 울컥 화가 치밀어 견딜 수가 없었다.

"전 자꾸 얘기했어요, 우리 조합의 저수지와 수리안전답72)들과 천개천

---

72) 수리안전답(水利安全畓): 수리·관개 시설이 잘되어 가뭄에도 안전하게 농사를 지을 수

흐름을 이용하여 고기를 기를 수 있는데 이삼 년 후이면 여기서 얕잡아도 오륙십 톤을 낼 수 있고 사오 년 후엔 백 톤을 너끈히 잡을 수 있다는 것을 말씀드렸는데 그게 바로 닭알 장사 셈이라는 거야요……."

처녀는 호— 하고 한숨을 내쉰다.

"흥, 그럴 법이 어디 있소!……."

나의 눈앞에는 당돌하게 생긴 천개리 관리위원장의 모습이 떠올랐다. 천개리 협동조합은 군내에서 쑬쑬하게[73] 되어가는 편이고 관리위원장 사업 작풍도 좋다고 들었는데…… 어린 처녀의 제기라고 얕본 게지…….

"전 별 어리석은 생각을 다 했어요. 집어치울까도 생각하구, 심지어 학교 졸업하구 조합에 남은 걸 후회까지 했답니다. 전 졸업할 때 마음대로 대학을 선택할 권리가 있었거던요……."

"최우등이었소?……."

나는 뻔한 소리를 물었다. 사실은 무엇인가 더 따뜻한 말을 하고 싶었는데…….

"네—."

명숙의 얼굴이 빨개졌다.

"전, 우리 고향 두메골[74]을 생선 고장으로 만들어보자는 꿈 때문에 다 버리고 남았는데 일 년이 지났어도 아무 일도 못 치르었으니…… 게다가 관리위원장 아저씬 귀두 안 기울이지…… 그래서 저는 모든 것을 후회하기 시작했구, 정말 내가 궁리한 것이 닭알 장사 같은 망상이나 아닌가 싶은 생각도 들었어요."

있는 논.

73) 쑬쑬하다: 품질이나 수준, 정도 따위가 웬만하여 기대 이상이다.

74) 두메골: '두멧골'(도회에서 멀리 떨어져 사람이 많이 살지 않는 변두리나 깊은 곳)의 북조선어.

"그럴 택이 있소!······."

"그래요, 아바이 하지만 그땐 그렇게 생각했어요, ······ 어느 날 밤 나는 괴로움을 이기다 못해 뒷동산에 올라가서 실컷 울었지요. 그러자 웬일인지 정신이 좀 거뜬하게 맑아졌어요. 나는 앉아서 곰곰이 생각에 잠겼어요······."

"저런!······ 그래서 어찌 되었소?······."

처녀는 대답이 없이 이윽토록 묵묵히 앉아 있었다. 망설이는 빛이었다. 그러나 간절하게 이야기를 기다리는 나의 얼굴을 보자

"아바이, 웃지 마세요······."

하고 다짐을 놓으면서 이야기를 계속하였다. 그러나 처녀의 이야기는 결코 웃음거리가 아니었다.

"우리 고중 동창생들 가운데는 졸업한 다음 제 고향에 남아 일하겠다는 애들은 거의 없었어요. 대학이요, 공장이요 하고 제각기 꿈과 이상을 따라 날아갈 생각들뿐이었죠. '하늘 아래 첫동네'에서 어떻게 썩겠느냐는 것이었어요. 저도 처음엔 그 패였어요. 그런데 2학년 때 한 번은 마을에 사는 박 노인님과의 상봉 모임이 있었어요. 저희들은 지주라군 구경한 일도 없기 때문에 '지주 이야기'를 들을려고요.

'우리 이 고장 조상들은 먼 옛날부터 평생을 살아도 이밥 한 숟가락, 생선 한 토막 먹어보지 못하고 이 벽촌에다 뼈를 묻어왔단다······.'

하는 말로 할아버지는 이야기를 시작했어요. 혹 어쩌다가 이밥 한 그릇, 생선 몇 꼬리 입맛이나 다셔본 사람이면 그게 평생을 두고 큰 자랑거리였다나요. 그런 데다가 악독하긴 산골 지주 놈이 더하다구 일 년 내 뼈빠지게 돌밭을 뚱구쳐야 죽물 우려 먹을 귀밀 감자알 토리도 변변히 남기지 않고 지주 놈들이 싹 훑어가군 했대요.

그 할아버지는 머슴을 살았는데 한 번은 하두 배가 고파서 지주집 외양

간을 치다가 소똥에 콩알이 섞인 것을 보고 그걸 몰래 갖다가 물에 걸러 콩알을 주워내서 끓여 잡수셨대요. 그 말을 하면서 할아버지는 그것이 벌써 30년 전이라는 먼 옛날 얘기건만 백골이 되어도 잊을 수 없다면서 책상을 치며 통곡하셨어요…….”

처녀는 이야기를 끊었다. 얼굴에는 침통한 빛이 어렸다.

“그 모임이 있은 뒤부터 자신의 생각을 다시 검토하기 시작했어요. 우리가 늘상 그렇게 궁벽하고 아무런 희망도 없다고 생각해온 이 고향 땅에 사실은 당의 햇볕 아래 새로운 것이 움트고 있었거든요. 우리는 강냉이, 감자, 연초, 산채와 산과실 가공품을 나라에 보내고 당은 우리에게 우리 조상들이 평생에 한 순갈도 못 떴다는 입쌀을 끼를 비우지 않게 보내주시지요! 어려서부터 나는 마을을 꽉 둘러싼 산발들을 바라보면서 언제 다커서 날개를 달고 저 산벼랑을 넘어 훨훨 날아서 흥성거릴 대도시나 공장으로 가서 살아보나 생각했는데 그 꿈에 금이 가기 시작했어요.

당이 이 ‘하늘 아래 첫동네’ 인민들에게도 행복을 가져다주려고 무진 애를 쓰시는데, 우리 이 고장에서 태어난 자식들이 제 고장을 꾸릴 생각은 않고 다 둥지를 툭툭 털고 날아간다면 누가 당의 뜻을 펴서 우리 고향 땅을 낙원으로 꾸미겠어요. ‘우리 고장은 벽지니까 좀 뒤늦게 낙원으로 들어서도 할 수 없습니다.’ 이렇게 말할 수 있어요?!…… 그리하여 어느 날 저녁 일기책에다 ‘나는 내 고향 땅에서 공산주의 노을을 맞이하리라!’ 이렇게 결심을 적어 넣었지요…….”

처녀의 얼굴은 사과알처럼 붉게 탔다.

어쩌면 그의 꿈은 나의 생각과 신통히도 같은가! 나도 당의 뜻과 빛을 따라 지난날은 이 나라에서도 가장 궁벽하고 낙후했던 우리 하늘 아래 첫동네 인민들과 더불어 약진하는 조국의 맨 선두에 나서서 공산주의 대문을 열어 제끼고야 말리라고 굳게 속다짐하고 있는 터이었다. 이것은 공산주의자로서의 나의 필생의 염원이며 사업인 것이다. 그렇다면 이 처녀는 얼마나 미더운 나의 길동무인가!…….

"옳소, 명숙 동무! 동문 참 기특한 생각을……"

하고는 말을 못 이었다. 그의 높은 뜻을 찬동할 만한 말이 나에게는 더 없었던 것이다.

"아이 참, 아바이두 그야 당연한 생각이죠 뭐……."

하고 처녀는 말을 계속 하였다.

"그 후 '그렇다면 나는 고향 땅에다 무엇을 해놓을 것인가?…….' 하는 생각에 골똘하게 되었어요. 그러던 어느 날 생물 시간에 담수 양어에 대한 강의를 듣다가 문득 우리 고향에선 양어를 할 수 없을까 하는 궁리가 들었어요. 글쎄 평생을 두고도 생선 꼬리 구경 못했다는 고향 사람들에게 아침저녁으로 펄펄 뛰는 생선을 잡숫게 한다면! 생각만 해도 심장이 쿵쿵 뛰어서 저는 그 날 종일 선생님의 강의는 귀 밖에 흘리며 공상에 잠겼댔어요. 그때부터 저는 양어학을 공부하기 시작했어요. 여름방학에는 삼등에 가서 한 달 동안 실습도 하구요…… 이리하여 고향에 남은 제가 글쎄…… 공산주의는 고사하고 사회주의 낙원도 채 완성치 못했는데 뜻을 꺾다니…… 그 날 밤 뒷동산에 앉아서 이 모든 것을 회상한 나는 고맛75)한 일에 쿨쩍거린76) 것이 스스로 부끄럽고 화가 나서 자리를 털고 벌떡 일어났어요. 산 아래 마을에서는 마치 내가 마음을 바로잡은 것을 반기기나 하는 듯 집집의 등불들이 다정하게 깜박이었어요. 그러자 저는 자기 자신에 대하여 더욱 화가 치밀어 견딜 수 없었어요. 저는 종주먹을 쥐고 마을로 내리달렸어요……."

---

75) 고맛: '고만'(상태, 모양, 성질 따위의 정도가 고만한)의 방언(평북).
76) 쿨쩍거리다: 북조선어. 눈물을 조금씩 흘리며 작은 소리로 자꾸 울다.

처녀는 이 말을 하면서 부끄러운 듯이 고개를 숙인다.

(암, 그러면 그렇겠지! 명숙이가 손을 들었을 수야 있는가!……)

나는 속이 후련하였다.

"참, 용하오! 그래 그 후는 어떻게 되었소?……."

"그렇지만 그 후에 전 또 어리석은 짓을 했다니깐요…… 문제를 조직적으로 제기할 대신에 그 밤 그 길로 저 혼자 삽과 괭이를 메고 천개천 기슭의 미리 점 찍어둔 곳에 가서 새끼고기를 넣어 기를 치어지[77] 못을 파기 시작했어요. 그 날부터 매일 밤 조합 일이 끝나면 어머니에겐 민청에서 야간작업한다고 속이고는 몰래 나가서 파군 했지요. 한 보름 지나니까 몸이 축갔어요. 그렇지만 난 어떤 일이 있어도 치어지를 파고 다문 몇 마리라도 몰래 길러내서 내년엔 관리위원장 아저씨의 고집을 꺾고야 말겠다는 옹색한 생각에 잡혀서 그만두지 않았어요.

그러던 어느 날 밤 웬 사람이 구덩이의 흙무지 위에 나타났어요. 민청위원장 동무였어요. 글쎄 어머니가 밤마다 웬 작업이냐고 알아보러 찾아오셨더라는 게 안야요? 위원장 동문 나더러 무슨 일이냐 대라는 거야요. 나는 입을 꼭 다물고 대지 않을 작정이었지만 할 수 없었지요. 민청원이 동맹 앞에 감출 일이 있느냐 하는 걸요 뭐. 시들하게 사연을 말했더니 뜻밖에도 그인 그만 무릎을 탁 치면서

'아니, 그런 굉장한 문젤 왜 벌써 조직적으로 제기하지 않았소? 동문 참 독선주의자요.'

이렇게 말했답니다. 글쎄 독선주의자가 뭔지는 잘 모르겠지만 전 맹꽁이였고 조직성이라곤 없었지요. 그 후 민청원들의 지지를 받구 리당 위원장 아바이도 저의 계획을 찬성하셨기 때문에 관리위원장 아저씨두 아직

---

77) 치어지(稚魚池): 어린 물고기를 기르는 연못.

찌뿌득한 얼굴이었지만 하여튼 금년에 우선 한 초롱 갖다가 키워 보라구 반승낙이 되어 이렇게 떠났답니다. 어쨌든 우선 금년에 한 초롱을 키워서 명년에는 팔따시 같은 잉어를 잡아내기만 하면 그땐 아마 우리 관리위원장 아저씨두 눈이 둥그레서 생각을 다시 할 거야요. 그렇게 되면 명년부턴 본격적으로 저수지에 넣어 기를 수 있을 테지요…… 일 년 밑지기는 하지만…….”

나는 그의 이야기를 들으면서 안절부절못하였다.

(일이 잘못됐군, 그 좋은 계획을 일 년 밑지다니, 아니 시정해야지…….)

“아니 일 년 밑져서는 되겠소, 명숙이 이 일은 곧 시정하도록 하자우!”

“네? 시정하다니요?…….”

(아차 실수했구나!)

나는 불쑥 나온 나의 말이 실수임을 깨달았다. 그러나 명숙이는 아직 별다른 눈치를 못 챈 모양이다. 나는 슬쩍 말을 돌렸다.

“명숙이, 난 동무의 계획이 꼭 성공되리라고 믿소, 암 되구말구! 지성이면 감천이라우!”

“고마워요 아바이!”

“그런데 명숙이 난 아까부터 이런 생각을 했소, 동무의 그 양어 계획을 우리 군에 전반적으로 도입할 수 있지 않을까 하고 말이오…….”

“뭐요, 아바이? 전체 군에라구요!!…….”

처녀는 손뼉을 딱 치면서 발딱 자리에서 일어난다. 그 어떤 생기와 환희의 불찌[78]들이 눈동자에서 튕긴다.

“아바이 그렇게 되문 얼마나 좋아요, 저두 그런 걸 생각했댔어요!”

“아 그럼 왜 벌써 군에다 제기하지 않았소?”

---

78) 불찌: 북조선어. 불티나 불똥을 이르는 말.

그러자 처녀는 시무룩해지더니 자리에 주저앉았다.

"전 아직 우리 동네 하나도 설복하지 못했는데 어떻게 군에까지……."

"원, 동무답지 않소, 그래 명숙이 우리 군에 저수지가 몇 개나 되는지 아우?"

"여남은 개 되잖을까요?……."

"옳소, 열두 개요, 동무네 천개리의 것이 제일 작지, 그래 여기서 양어를 한다면 얼마나 고기를 낼까?"

"매년 수백 톤, 아니 천 톤은 더 낼 거야요!"

"그렇게 되면 온 고을 사람들이 아침저녁 생선국을 먹구두 공장을 하나 더 세워야겠군!"

"공장이라구요?"

"암 통조림 공장을 만들어서 우리 하늘 아래 첫동네 생선맛을 좀 보시오 하고 온 공화국에 보낼 수 있을 게 아닌가 하하하……."

"호호호, 아바이두 참……."

이리하여 우리는 어느덧 군 전체에 양어를 할 계획을 토의하게 되었다. 나는 군내 저수지들의 크기를 대체로 알고 있었으므로 명숙이는 그에 근거하여 2~3년 내에는 연간 천 톤 내외의 양어업이 우리 군에 생길 수 있다는 계산을 해냈다. 적합한 어종으로는 잉어, 붕어, 산천어 따위가 '결정'되고 사료 원천은 무진장하다는 것이 탐구되었고, 그밖에도 각 저수지들의 풍토적 특성에 따라 어떤 어종을 배치할 것인가 등 아주 세세한 문제까지 '토의'되었다. 끝으로 나는 이런 것을 제기하였다.

"명숙이, 내 생각엔 동무네 조합에서 각 저수지에 새끼고기를 공급할 종어장79)을 담당하는 게 좋을 것 같소."

---

79) 종어장: 북조선어. 일정한 설비를 갖추어 놓고 양어장이나 강 같은 데에서 양어할 새끼

"아이, 그렇게 어마어마한 일을 감당해낼 수 있을까요?"

"암, 문제없을 거요. 참, 명숙이 그러구 보니 양어란 아주 유리한 부업이요, 새끼고기 키워낼 종어장만 좀 노력을 들이면 다른 저수지들에는 그냥 갖다 집어넣구 보호하면 별 노력을 들이지 않구 몇 년 후엔 고기더미 위에 올라앉게 되니, 명숙 동무 우리 꼭 해내기요!"

"그래요 아바이…… 하지만 군에서…… 될까요?……."

처녀는 못미덥다는 듯이 나를 쳐다본다. 군 인민위원회 지도원인 나에게 그렇게 할 힘이 있느냐 하는 미덥지 않다는 표정이다. 나는 웃으면서 말하였다.

"하하 동문 날 과소평가하누만……."

"안야요, 그런 건 안야요."

"좋소 좋소, 명숙이 건 농담이고…… 난 이렇게 생각하오. 우리 사회에선 어떤 직위의 사람이 문제를 제기했는가가 중요한 것이 아니라 그 제기가 인민에게 이로운 진리인가 아닌가가 중요하다고 생각하오. 벌써 우리 군에선 이태동안 저수지를 공놀린[80] 셈이오, 인민에게 손해를 끼쳤지 손해를……."

나는 격한 목소리로 말했다. 그것은 일종의 자책으로부터 오는 흥분이었다. 처녀는 눈이 둥그래서 쳐다본다.

"명숙이, 내 군에 돌아가면 오늘 우리가 토의한 계획을 군당에 꼭 제기하겠소, 그리구 겸해서 동무네 관리위원장이 동무의 양어 사업에 관심을 더 돌리게 해달라는 것도 부탁하고 어떻소?"

"군당에요? 될까요?……."

물고기를 마련하는 곳이나 기관.
80) 공놀다(꽁놀다): 북조선어. 하는 일 없이 놀다.

"암, 되구말구. 꼭 될 거요!"

"그래요? 하긴 조합에서 보장만 해주구, 그리구 전 군적으로 양어를 한다면야 얼마나 좋겠어요! 아바이, 그럼 그렇게 해주세요. 네, 꼭!……"

우리는 계획과 계산들을 다시 검토했고 나는 그것을 수첩에다 상세하게 적어 넣었다.

이렇게 우리가 한참 신이 났는데 갑자기 역 사무실 쪽에서 고함 소리가 들려왔다.

"네? 네— 46화물차 아— 뒤의 세멘81) 두 차량 떼구, 네— 알았습니다……."

명숙이는 사무실 쪽으로 고개를 갸우뚱하고 귀를 기울이고 입술을 잘근거리며82) 무엇인가 생각하는 듯하더니 문득 일어섰다.

"아바이, 좀 기다리세요……."

하고는 빠른 걸음으로 출찰구 문을 제끼고 나갔다.

"?……."

이윽고 사무실 쪽에서 명숙이의 낮으나 다부진 목소리가 도란도란 들려왔다. 나는 무슨 영문인지 몰라서 한참이나 멍하니 그쪽을 바라보다가 담배를 붙여 물고 어슬렁어슬렁 사무실 문 앞으로 걸어갔다.

"역장 아바이, 그러시지 말구 절 도와주세요, 글쎄 국가적 견지에서 보시문 되잖아요, 철도 규정도 국가 사업 잘하자는 건데 글쎄 잉어 새끼— 아니 잉어알이 다 죽으면 어떡해요? 역장 아바이께두 양심적으로 보문 책임이 있죠 뭐……."

사람 좋게 생긴 늙수그레한83) 역장은

---

81) 세멘: '시멘트(cement)'(건축이나 토목 재료로 쓰는 접합제)의 방언(강원, 경상, 충청, 평안, 함경, 중국 길림성, 중국 요령성, 중국 흑룡강성).

82) 잘근거리다: 질깃한 물건을 가볍게 자꾸 씹다.

"아니 뭐, 허허허…… 그러니 내가 승낙을 안 하면 동무네 조합 양어업이 총파탄이 되구 따라서 국가적이고 양심적인 견지에서 보문 역장인 나에게도 책임이 있다 그 말씀이구만! 하하하! 내 원 오십 평생 철도에서 살며 별의별 손님을 다 대해봤지만 동무 같이 당돌한 손님은 처음이오……."

"그러문요 아바이, 그 대신 태워만 줘보세요, 제가 내년 가을에 제일 큰 놈으루 열 마리를 골라 말려서 역장 아바이께 선물할 테야요……."

"아마 열 마리?! 원 간에 기별도 안 가겠소…… 하여튼 어쩌겠소, 내 차장한테 말해보지, 거저 잉어 50톤을 죽였다구 재판소에 고발하지만 마우. 체네, 응, 하하하……."

"그건 걱정마세요, 역장 아바이, 호호호……."

…………

진심이란 모든 사람을 감동시키게 마련이다.

십 분 후에 길다란 화물차가 구내로 달려들었다. 덕분에 나도 화물차에 타게 되었다.

우리는 바람새[84] 시원한 차장차[85] 승강대 위에 앉았다. 우리의 이야기는 다시 계속되었다.

명숙이는 앞으로 군적으로 양어할 산천어와 붕어에 대한 강의를 들려주었다.

그 다음에는 나의 요청으로 천개리 청년들의 생활에 대한 이야기를 하게 되었다.

축력제초기[86]를 뜨락또르[87] 제초기로 개조한 꺽다리 박 동무며, 농사

---

83) 늙수그레하다: 꽤 늙어 보이다.
84) 바람새: '바람씨'(바람이 불어오는 모양)의 북조선어.
85) 차장차(車掌車): 차장들이 타고 다니는 철도 차량.

를 과학적으로 지어야 한다면서 기상대를 설치하고 매일 아침 일기예보를 하는 김 동무며, 가을에 받을 자동차를 맡기 위하여 양성소에 간 총각과 양돈공 처녀에 대한 이야기며, 새로운 레퍼토리를 준비하고 있는 연극 서클이며, 강냉이 개량종을 연구한다는 최 동무에 대하여서며, 금년 가을을 끝내면 평양 관광단을 조직한다는 등 이야기는 끝이 없을 상 싶었다. 나는 명숙이의 이야기를 들으면서 천개리 협동조합은 마치 북받치는 힘과 열정과 지혜에 찬 저 처녀와도 같이 자기의 미래를 향하여 확신성 있게 달음쳐[88] 가고 있다는 것을 믿게 되었다.

이야기를 일단락 짓고 명숙이는 자리에서 일어나더니 승강대 난간에 기대어 섰다.

철둑을 따라 그닥 넓지는 않으나 푸른 강이 흘렀다. 높은 강 벼랑에는 잣나무와 물오리나무의 검푸른 숲이 무성하다. 드문드문 햇빛에 번득거리며 뒤설레는 초록빛 가지를 온몸에 두른 비단결같이 하얀 자작나무들이 마치 자기의 몸매를 물 속에 비추어 보기라도 하는 듯이 휘우뚱하니[89] 벼랑 턱에 고개를 기울이고 서 있었다.

명숙이는 명상에 잠긴 채 서서 그 모든 것을 바라본다. 시원한 강바람이 그의 옷자락과 푸른 수건과 귀밑머리를 흩날린다. 쨍쨍한 햇빛은 명숙이의 온몸을 담뿍 안아준다. 그의 통통한 입술이 열리더니 낮고 은근한 노랫소리가 흘러나왔다.

청춘이여, 행복한 우리 생활이여

---

86) 축력제초기(畜力除草機): 북조선어. 가축의 노동력을 이용하여 끄는, 김을 매는 기계.

87) 뜨락또르(traktor): '트랙터'(무거운 짐이나 농기계를 끄는 특수 자동차)의 북조선어.

88) 달음치다: 달음질치다. 달음박질치다. 힘 있게 급히 뛰어 달려가다.

89) 휘우뚱하다: 사람이나 물체가 중심을 잃고 한쪽으로 기울어지다. 또는 그렇게 하다.

그대 준엄한 투쟁과
시련 속에서 자랐구나…….

나는 넋없이 그의 모습을 바라보다가 문득 이런 생각이 떠올랐다.

어찌하여 저 스물을 금방 넘겼음직한 어린 처녀에게 그렇게도 깊은 국량이 깃들어 있을까?…… 어찌하여 저 자그마한 가슴속에 든 심장은 그처럼 크고도 뜨거울까?…… 온밤 온낮 쪽잠 한 잠 못 들고 뛰어다니고 웃고 울고 걱정하고 열변을 토하고 그러고도 생기와 정력에 넘쳐 팽팽한 저 작은 몸의 큰 힘은 대체 어디서 솟구치는가?…… 저러한 심장하고라면 끝이 없다는 우주의 끝까진들 못 가랴! 아 행복하구나, 행복!…….

나는 새삼스럽게 행복하다는 흐뭇한 감정 속에 잦아들었다. 머리 위엔 언제나 밝은 태양— 우리 당이 빛을 뿌리고 그 밑에는 저렇게 총명하고 열정적이고 억센 붉은 심장들이 사는 이 땅 이 나라에서 함께 살며 함께 미래를 당겨오는 투쟁에 몸을 바친다는 것은 얼마나 행복한 일이냐!

나는 부풀은 가슴을 가까스로 진정하면서 어느덧 귀에 익기 시작한 처녀의 노래 곡조에 콧노래를 맞추기 시작하였다. ……어언간 열차는 송봉역에 닿았다. 나는 정신을 차리고 처녀를 도와 초롱을 정거장 출찰구까지 맞들어다주었다. 나는 정다운 길동무와 헤어지기가 싫었다. 더군다나 송봉리에서 명숙이네 천개리까지는 팔십 리나 된다. 갈 길이 근심스러워서 나는 이렇게 말했다.

"명숙이, 좀 기다리오, 내 송봉리 분주소[90]장과는 잘 아는 사이인데 동무네 쪽으로 가는 차편을 도모해주라고 쪽지를 써줄 테니 갖구 가우……."

---

90) 분주소(分駐所): 북조선어. 사회 안전 기관의 하부 말단 단위의 하나.

"쪽지요?…… 고마워요, 아바이…… 하지만 괜찮아요. 저…… 민청위원장 동무가 송봉리 야장간[91]에 맡긴 제초기 수리한 것도 찾을 겸…… 달구지 갖구 나온뎄어요……."

그런데 명숙이는 민청위원장 말을 꺼내면서 얼굴이 새빨개져 떠듬거렸다. 하하, 옳지 그런가 보구나……! 나는 속으로 이렇게 생각하며 빙긋이 웃었다.

"그렇뎄소?…… 참 동무네 민청위원장 동문 아주 좋은 동무구만……."

"……."

명숙이는 목덜미까지 새빨개졌다. 나는 주책없이 농담한 것을 후회하였다. 때마침 발차 신호가 나기에 나는 명숙이와 악수를 나누고 헤어졌다. 그는 거듭거듭 은혜를 못 잊겠노라고 되풀이하였다.

되돌아서면서 나는 비록 본의는 아니었지만 결국 끝까지 나의 신분을 처녀에게 숨긴 채 헤어진다는 것이 가슴에 걸렸다. 그러나 인젠 사연을 풀 겨를도 없거니와 인차 틈을 내어 겸사겸사 천개리를 한 번 찾아 갈 생각을 다짐하면서 플랫폼으로 걸어 나왔다. 그렇다, 곧 천개리 조합에 종어장을 설치할 조치를 취하자, 책임자는? 아무럼 명숙일 시키지, 아직 어린데?…… 원 별소릴, 심장이 중요하지 심장이! 그 앤 해내구야 말걸! …….

이런 생각을 하면서 내가 승강대 난간을 잡고 발을 올려놓으려는 순간이었다.

"아바이—."

하고 부르는 소리가 뒤따라왔다. 내 곁에 뛰어온 명숙이는 머뭇머뭇하다가 이렇게 말했다.

---

91) 야장간(冶場間): 쇠를 달구어 온갖 연장을 만드는 곳. 대장간.

"아바이, 저 군당에 제기할 때 관리위원장 동무에 대한 문제만은 그냥 두세요……."

"왜 또 갑자기?……."

"사실 우리 위원장 동무는 좋은 분인데 워낙 양어 사업에 대한 건 판판 모르다나니…… 그런 거야요……."

"그렇지만 일 년이나 밀져서야 되겠소?"

"안야요, 안 밀져요. 것두 저의 나약한 생각이야요. 어떡하든 저의 힘으로 위원장 동물 설복하여 두 초롱을 더 가져오겠어요. 그러니 아바인 군적인 양어 문제에만 힘써서 꼭 해결해주세요. 네?"

"동무 힘으로 해결할 수 있을까?"

"하구말구요, 그래도 만일 정 안되면 정말 아바이한테 찾아가든지 직접 군당 위원장 동지한테 가서 말하겠어요!"

"군당 위원장?!……."

글쎄 명숙이는 바로 내가 그 사람인 줄 모르니 어쩌랴.

"좋소, 명숙이 용하오. 그렇게 하오. 당 단체에도 제기하구, 특히 관리위원장에겐 고향 땅에 대한 동무의 그 절절한 심정을 얘기하는 게 좋겠소. 그 사람에겐 바로 그게 부족한 것 같소. 그리구 그 민청위원장 동무 방조도 받구…… 그래도 만약 제대로 안되거든…… 그땐…… 그땐 군당 위원장을 직접 찾아가오, 그게 좋겠소……."

이렇게 우리는 헤어졌다.

처녀는 출찰구에 나가서 초롱과 보따리를 들고 돌아섰다. 나에게 보따리 든 손을 높이 흔들면서

"안녕—히 가세요— 아바—이!……."

하고 온 구내에 울리도록 소리지르더니 종종걸음으로 정거장 앞길을 걸어나갔다.

나는 푸른 수건자락을 팔팔 날리며 마치 걷는 것이 아니라 튕겨 나가듯이 가볍고 힘있게 걸어가는 처녀의 뒷모습을 오래오래 바라보며 서 있었다. 마치 암만 들여다보아도 그 아름다움을 다 이해할 수 없는 한 폭의 그림을 바라보듯이……

나는 문득 이런 생각을 하였다.

(그렇지, 내일 아침 집행위원회서 이렇게 하자, 전원회의 결정 실행에 대한 기본방침만 세우고는 집행위원들에게 조합들을 나눠 맡겨서 내려보내자! 그렇지, 난 천개리부터 가봐야겠다. 당 결정의 글발 속에서 실무적인 지표나 목표만이 아니라 그 속에서 사랑하는 조국과 고향 땅의 미래 운명을 감득하는[92] 저 크고 뜨겁고 총명한 심장들을 찾아가 툭 털어놓고 의논하자!……)

회의 때마다 강조하고 책에서마다 읽은 말이지만 그것이 한 사람, 한 일꾼의 실생활 속에 진리로 용해되며, 품성으로 체득되기란 얼마나 힘든 것인가!

뚜— 하고 긴 고동 소리가 울렸다. 열차는 덜컹 하고 몸을 떨더니 새로운 사업을 향하여 벅차게 들먹이는 나의 온몸을 앞으로 떠밀며 기운차게 발자국을 떼는 것이었다.

• 수록: 「길'동무들」, 『조선문학』 158, 1960. 10(1960. 10. 9).
• 「길'동무들」, 『길'동무들』, 조선문학예술총동맹출판사, 1963(1963. 7. 10).
• 「길동무들」, 리기영 외, 『조선단편집』 2, 문예출판사, 1978(1978. 12. 25).
• 「길동무들」, 『조선문학』 672, 2003. 10(2003. 10. 5).

---

92) 감득하다(感得하다): 느껴서 알다.

백일홍

권 정 웅

낙석 감시원 현우혁은 방한모를 푹 눌러 쓰고 눈이 잔뜩 묻은 왕바신을 털썩거리며 철둑길을 걷고 있었다.

눈보라는 점점 더 기승을 부린다.

하루 한낮 함박눈이 펑펑 쏟아지더니 저녁때에는 난데없는 서북풍이 터지면서 온 골안을 발칵 뒤집어놓는다.

전선줄이 몸부림치고 강가에서는 얼음이 쩡쩡 소리를 내며 터진다.

사위는 캄캄하고 눈보라는 촌보1)를 가릴 수 없게 앞을 흐려놓는다.

현우혁은 선로에 짓궂게도 들이쌓이는 눈을 초저녁부터 치다가 밤 한 시가 실히 넘어서야 일손을 뗐다.

공인역에서 3킬로나 상거한2), 해발 1,500미터의 높은 산상에는 눈이

---

1) 촌보(寸步): 몇 발짝 안 되는 걸음.

많이도 온다.

독로강과 청천강의 분수령을 이루는 이 높은 영마루로 모진 바람이 거슬러 올라와서는 철길이 뻗은 손가락 짬3) 같이 좁은 산협으로 용을 쓰면서 냅다 빠져나가곤 한다. 그러면 온 천지가 뒤흔들리는 듯한 요란한 소리를 내면서 숲이 흔들리고 산봉우리의 눈은 한 알도 남지 않게 언덕진 이 철둑으로 들이몰리곤4) 한다.

그 중에서도 현우혁이 배치된 239제표 지구는 좀 심한 편이었다.

겨울이면 눈보라와 싸워야 하고 여름이면 물과 사태와 싸워야 한다.

예전에 모진 장마가 졌을 때 산이 뭉청5) 떨어져 내리밀리다가 걸렸다는 '흘러온 산' 지점은 전쟁 때 폭격을 심히 받아 사철 돌이 굴러 내리고 연년이 낙석 사고를 일으키는 곳이다.

현우혁은 오늘도 두 사람 몫을 하느라고 모진 고생을 했다.

240제표 지점을 담당한 감시원이 병결을 하고 강계로 간 후 보름이 넘도록 돌아오지 않기 때문이다.

현우혁은 밤 12시 평양행 여객 열차를 통과시키고도 한 시간은 실히 눈을 쳤다. 1,000미터가 넘는 구간을 몇 번이나 왕복하면서 걸싸게6) 해제끼었다.7) 워낙 바람이 심해서 돌아서면 또 도루메기8)가 되곤 한다. 굴간의 얼음 까기도 마찬가지다.

---

2) 상거하다(相距하다): 서로 떨어지다.
3) 짬: 두 물체가 마주하고 있는 틈. 또는 한 물체가 터지거나 갈라져 생긴 틈.
4) 들이몰리다: 마구 몰리다.
5) 뭉청: 북조선어. 어떤 물건의 부분이 대번에 큼직하게 잘리거나 끊어지거나 허물어지는 모양.
6) 걸싸다: 일이나 동작 따위가 매우 날쌔다.
7) 해제끼다: 해치우다. 어떤 일을 빠르고 시원스럽게 끝내다.
8) 도루메기: '도루묵'의 북조선어.

그러나 현우혁은 밤이 들면서부터 더 기운차게 눈을 쳤다. 그 바람에 눈보라도 어지간히 기운이 눌렸는지 좀 뜸직해졌다.9)

철길이 훤히 트이었다.

이쯤하면 서너 시간은 실히 견디어냄직하다.

현우혁은 어깨가 느른하고 속도 출출해 나서 그만 일손을 뗐다.

목덜미가 척척하고 얼굴과 손발이 홧홧10) 달아난다. 그 중에도 오른 다리가 뿌듯하고 오금이 숭숭 쑤시어서 견디기 뻐근하다. 전쟁 때 파편이 관통한 다리인데 겨울이 되고 또 이렇게 고되게 다루면 통세11)가 나곤 하였다.

그는 절뚝거리며 징검다리를 건넜다.

그리하여 풀어놓은 댕기12) 오리13)처럼 오불꼬불한14) 물줄기를 따라 산모퉁이 집으로 향했다.

한겨울인데도 독로강 상류인 이 강물은 얼지 않고 야무진 소리를 내면서 흘러내린다.

들판 위로 난 오솔길은 발을 붙일 수 없이 쭐쭐 미끄러진다.

그는 저려나는 다리를 겨우 옮겨놓으면서 한참 걷고 있노라니 무심중 집이 너무 멀다는 것과 어차피 두일이가 돌아오지 않을 바에는 아예 239와 240 제표 지점의 중간인 바윗골 어귀로 집을 옮겼으면 한결 헐하게 되리란 생각이 들었다.

그러나 곰곰 생각하면 이 눈 속에 어디다 가마를 붙이며 또 아내가

---

9) 뜸직하다: 말이나 행동이 매우 속이 깊고 무게가 있다.

10) 홧홧: 달듯이 뜨거운 기운이 이는 모양.

11) 통세(痛勢): 상처나 병의 아픈 형세.

12) 댕기: 길게 땋은 머리 끝에 드리는 장식용 헝겊이나 끈.

13) 오리: 실, 나무, 대 따위의 가늘고 긴 조각.

14) 오불꼬불하다: 요리조리 고르지 아니하게 굽은 데가 있다.

선뜻 찬성해 나설 것 같지도 않거니와 두일이가 되돌아올 희망이 바이없지도15) 않은 것이어서 이사에 대한 생각은 곧 흐리마리해지고16) 말았다.

마당에서 발을 탁탁 굴러 눈을 터는 소리가 나자 부엌문이 방싯17) 열리더니 깜장18) 치마저고리를 입은 아내— 금녀가 사분사분19) 걸어나와 눈가래20)와 지렛대 그리고 연장 망태21)를 받아 들면서 어깨의 눈을 털어 준다.

"아유 이 날씨두 온…… 왜 이리 늦었어요."

"아직 기다렸소? 영호가 학교 갔다 혼쌀22)났겠는 걸."

"혼쌀이 다 뭐예요. 방금까지 아버지 오시는 길을 친다고 가래를 들고 야단이였는데 이 마당을 갸가 다 쳤다우."

"허허 참 자식두."

방안으로 들어간 현우혁은 간데라23)불부터 돋구어 놓았다. 불줄이 쭉 늘어나자 도배를 한 벽이 눈부시게 희어지고 방안은 한결 더 아늑해진 것 같았다.

뒷벽에는 금녀가 손수 수를 놓은 흰 옷보24)가 걸렸다. 흰 바탕에 백일홍이 활짝 피었는데 꽃송이 위에는 범나비 한 쌍이 나래25)를 펼치고 있다.

---

15) 바이없다: 어찌할 도리나 방법이 전혀 없다.

16) 흐리마리하다: 말끝을 분명하지 않고 모호하게 하다.

17) 방싯: 문 따위가 소리 없이 살짝 열리는 모양.

18) 깜장: 깜은 빛깔이나 물감.

19) 사분사분: 가만가만 가볍게 행동하거나 말하는 모양.

20) 눈가래: 눈을 치는 데 쓰는 넉가래(곡식이나 눈 따위를 한곳으로 밀어 모으는 데 쓰는 기구).

21) 망태(網태): '망태기'(물건을 담아 들거나 어깨에 메고 다닐 수 있도록 만든 그릇)의 준말.

22) 혼쌀: '혼쭐'의 북조선어.

23) 간데라(kandera): 칸델라(국제단위계에서 광도(光度)의 단위).

24) 옷보(옷褓): 옷을 싸는 데 쓰는 보자기. 또는 옷을 싼 보퉁이.

25) 나래: 흔히 문학 작품 따위에서, '날개'를 이르는 말.

옷보에는 잔잔하고 섬세한 금녀의 솜씨가 잘 드러났고 그것으로 하여 방안은 언제나 따뜻한 봄날처럼 아늑하게 느껴졌다.

그래 그런지 현우혁은 어느새 백일홍을 무척 좋아하게 되었고 선반에 얹어 둔 백일홍 꽃씨 봉투를 며칠에 한 번씩은 으레26) 내려보는 손버릇까지 생기었다.

그럴 적마다 간절하게 봄이 그리웠다.

아궁27)에서는 우직우직28) 봇나무 장작이 타고 솥이 벌렁벌렁29) 끓는다. 금녀는 재빨리 저녁상을 놓았다.

두루반30)에 두부찌개, 도라지 무침, 고사리, 갓김치 그리고 국, 숭늉들이 챙겨지자 현우혁은 한 걸음 나앉아 국사발부터 들어 마시려 하였다. 그때 금녀가

"여보! 이거."

하면서 두 장의 봉투 편지를 상 위에 올려놓았다.

현우혁은 사발을 놓고 봉투를 뜯었다.

한 장은 영호 담임 선생님한테서 온 것인데 성적이 좋고 품행도 모범인데 지각이 잦다는 통지고, 또 한 장은 두일이한테서 온 통사정이었다.

"……고질인 위병이 도졌는데 좀 오랜 치료가 요구된답니다. 그렇게도 극진히 도와주었지만 은혜에 보답 못해 미안합니다. 더구나 나에게 조석을 끓여주었고 신변을 보살펴준 아주머니에게 면목이 없습니다. 윗방에 있는 내 트렁크와 책들은 아무 때든 제가 가서 처리하겠습니다. 나의 후임

---

26) 으레히(원문) → 으레: 틀림없이 언제나.
27) 아궁: 방이나 솥 따위에 불을 때기 위하여 만든 구멍. 아궁이.
28) 우직우직: 짚이나 나뭇가지 따위가 자꾸 불에 타는 소리. 또는 그 모양.
29) 벌렁벌렁: 아주 가볍고도 재빠르고 크게 잇따라 행동하는 모양.
30) 두루반: '두리반(두리盤)'(여럿이 둘러앉아 먹을 수 있는, 크고 둥근 상)의 방언(황해).

에 대해서는 선로반장에게 부탁……."

다음은 보나마나하였다.

현우혁은 딱한 얼굴을 짓고 입맛만 쩝쩝 다시다가 이윽해서 국사발을 든다.

의아쩍게 보고 있던 금녀가

"두일 동무가 앓는대요!"

하고 물으니 현우혁은 입이 쓰거운지[31] 국만 후후 불고 있다.

현우혁은 두일의 눈치를 벌써부터 알고 있었다. 240제표 지점에 온 지석 달도 못되어 한다는 소리가 늘 불평뿐이었다.

보는 것은 산과 하늘뿐이요 듣는 것은 기적소리와 물소리, 새소리뿐이라는 것이다. 감시원은 백 년 가야 더 발전할 길이 없다. 초소 근무는 한 달에 한 번씩 윤번제[32]로 해야 한다. 등 모름지기 오래지 않아 어디로 뺑소니칠 기미가 보였던 것이다.

상을 물리고 금녀가 부엌에서 올라오는 것을 기다려 현우혁은

"여보!"

하고 신중한 어조로 부르더니

"당신과 좀 의논할 일이 있소."

하였다.

이때 현우혁은 집을 옮겨볼 생각이 불연간 떠올랐던 것이다.

금녀는 행주치마를 벗어 말코지[33]에 걸더니 방긋 웃으며 옆에 와 앉는다.

"다름이 아니라 두일 동무가 못 오게 되니 대책을 세우자는 거요."

---

31) 쓰겁다: '쓰다'의 방언(함경).
32) 윤번제(輪番制): 돌아가며 차례로 하는 방식이나 제도.
33) 말코지: 물건을 걸기 위하여 벽 따위에 달아 두는 나무 갈고리.

하자 금녀는

"아유 그게 무슨 의논할 일이에요. 내일쯤 선로반에 나가서 대신으로 누굴 보내달라면 되잖아요? 그리구 반에서도 어련히 대책을 세우고 있잖을라구요."

하면서 호호 웃는다.

금녀는 남편의 심산을 벌써부터 알고 있었다. 그래 미리부터 짐작해오던 차에 아니나 다를까 딱 들어맞았다.

"그런 것이 아니라 당신의 결심이 있어야 하는 건데. 뚝 찍어 말하면 240제표 중간에 이사를 하자는 거요."

"에그 망칙해……."

금녀는 벌써 어지간히 기분이 처졌다.

"내 그럴 줄 알았어요. 까놓고 말해서 밥 한 그릇을 게눈 감추듯 하는 사람이 위병은 무슨 위병이에요 꾀병이지. 좀 어루만지지 말고 톡톡히 비판을 하세요. 머리를 바로잡아줘야 하잖아요. 하긴 당신 같은 이나 자원해서 무기한으로 이 산중에서 살 작정을 하지 이 세상에 하늘로 머리 둔 사람이 어디서 이런 데서 한평생 살겠다고 하겠어요."

금녀는 귓부리[34]까지 새빨개지고 어깨가 달싹거린다.

"이사야 뭐 당신 결심이면 그만이죠. 의논은 무슨 의논이오. 강계서 공인, 공인서 여기 굴러온 신세에 이제 십 리 아니라 게서 더한 덴들 못 들어가겠나요."

어지간히 속이 비탈렸다.[35]

현우혁은 금녀에게서 대번에 시원시원한 대답이 나오리라고는 생각지

---

34) 귓부리: '귓불'(귓바퀴의 아래쪽에 붙어 있는 살)의 방언(강원).
35) 비탈리다: 북조선어. 조금 비틀리다.

않았다. 그러나 금녀의 옹고집이 이렇게까지 뿔을 세우고 일어날 줄은 몰랐다.

현우혁은 너무 어처구니없어서 하하 한바탕 웃고 나서 예쁘장하니 끝이 뚫린 깜찍한 들창코[36]를 호되게 튕겨[37] 주려고 손을 슬며시 턱 밑으로 가져갔다.

금녀는 눈치를 채자 냉큼 한 걸음 물러앉으며 고개를 돌리었다.

그 바람에 둘이서 한바탕 웃었다.

한참 있다가 금녀가 입을 열었다.

"낙석 감시원은 당신이니까 당신 맘대로 해요. 그러나 영호가 그럼 몇 리를 걸어야 하는지 알아두세요. 25리예요. 두일이 편지만 생각지 말고 학교에서 온 편지도 고려하세요. 솔직히 말해서 내가 낳은 자식이라면 25리가 아니라 그보다 더 멀어도 난 반대 않겠어요……."

절절 끓는 구들 아랫목에 누워 자던 영호가 낑 하고 몸을 뒤채면서 발길로 이불을 걷어찬다.

금녀는 얼른 이불을 여미어주고 머리맡에 놓았던 책들을 접어 한쪽으로 밀어 놓는다.

"그리고 여보! 영호도 영호려니와 당신 몸도 생각해야죠, 당신의 그 다리로써 하루에 몇 리를 걸을 수 있어요…… 당신이 정 못 가면 내라도 선로반에 가서 두일이 대신 누굴 보내달라 하리다."

금녀는 남편의 성격이 소탈하고 너그럽다는 것을 잘 알고 있다. 하지만 그런 성격으로 하여 건달뱅이[38] 두일이와 같은 사람의 몫을 맡아 고생을 한다고 생각하니 그 어떤 억울한 생각이 치밀었다. 그러나 짐짓 성을 누르

---

36) 들창코(들窓코): 코끝이 위로 들려서 콧구멍이 드러나 보이는 코 또는 그렇게 생긴 사람.
37) 튕기다: 다른 물체에 부딪치거나 힘을 받아서 튀어 나오다.
38) 건달뱅이(乾達뱅이): '건달'을 낮잡아 이르는 말.

며 은근히 남편을 타이르는 것이었다.

사업도 사업이려니와 건강도 돌봐야 할 게 아니냐는 것이었다.

현우혁은 건강에 대한 이야기(부상당했던 우측 다리)가 나오자 울컥 분이 치밀었다.

"그게 날 위해서 하는 소리요?"

정색해서 금녀를 쳐다본다.

"……."

금녀는 고개를 숙이고 고름[39) 끝만 만지고 앉았다.

×

이들은 작년에 결혼한 신혼부부다.

현우혁은 삼십을 갓 넘은, 생김새부터 의젓하고 틀이 잡힌 건장한 청년 이고, 금녀는 바야흐로 활짝 핀 꽃처럼 온몸에서 젊고 생신한[40) 기운이 풍기었다.

언제 보나 옷매무시[41)가 단정하고 깨끗한 것을 좋아했다.

남들 보건대도 그럼직하거니와 금녀 자신도 이런 젊은 때에 이 심심산 중[42)에 묻혔다는 것은 참기 어려운 노릇이 아닐 수 없었다.

허나 금녀는 영예군인[43)인 남편에 대해서 더없이 극진하였으며 그를

---

39) 고름: 저고리나 두루마기의 깃 끝과 그 맞은편에 하나씩 달아 양편 옷깃을 여밀 수 있도록 한 헝겊 끈. 옷고름.

40) 생신하다(生新하다): 종기나 상처 따위의 헌데가 나으면서 새살이 돋아나다.

41) 옷매무시: 옷을 입을 때 매고 여미는 따위의 뒷단속.

42) 심심산중(深深山中): 깊고 깊은 산속.

43) 영예군인(榮譽軍人): '상이군인(傷痍軍人)'(전투나 군사상 공무 중에 몸을 다친 군인)의 북 조선어.

위해서라면 산 속이건 물 속이건 가릴 바가 아니었다.

그러길래 결혼하는 날로 현우혁은 열 살짜리 더벅머리44) 영호더러 금녀를 어머니라고 부르라 했지만 총각이라던 사람이 아이가 웬 거냐고 묻지도 않았고 제법 어머니 구실을 척척 해냈던 것이다. 또 그런 지 한 달이 되나마나 해서 강계에서 공인으로 자원해서 전근하게 되었을 때도 아무 말 없이 남편을 따라 선뜻 나섰던 것이다.

하긴 강계에서 공인으로 올 때도 노45) 의견이 없는 것은 아니었다. 살림을 차리자 바람으로 짐을 싼다는 것도 문제려니와 강계 보선구에서도 천리마도 타고 혁신도 일으키고 창의 고안도 얼마든지 할 수 있는데, 또 성한 사람도 많은데 하필 다리를 상한 영예군인이 걸음을 많이 걸어야 하는 산중으로 자청해 갈 필요가 무어냐고 까박할46) 수 있었다. 그러나 내색을 하지 않고 속을 썩이고 말았다.

그런데 공인에 와서 이삿짐을 부린 지 한 달도 못되어 다시 도로리에 이삿짐을 싣고 온다는 게 아흔아홉 굽이 비탈을 에돌아 바위벽이 이마에 와 맞부딪칠 듯한 벼랑 짬사리에 초막을 치고 가마를 걸게 되었다. 그때는 막 배알이 뒤틀리고 목구멍까지 울화가 치미는 것을 겨우 눌러 버렸었다. 더구나 이렇게 끌고 오는 남편의 속심도 알 수 없거니와 몸이 편치 않은 그가 으등으등47) 어깨를 들이밀고 고생을 맡아 나서는 것을 도무지 이해할 수 없었다.

그래도 살면은 고향이라더니 239제표 지점인 여기 와서 반 년이 되는 동안 박우물48)도 파고 빨래터도 만들어놓고 오 리쯤 가서 인가가 서너

---

44) 더벅머리: 더부룩하게 난 머리털.
45) 노: 언제나 변함없이 한 모양으로 줄곧. 노상.
46) 까박하다: '대꾸하다'의 방언(함남).
47) 으등으등: 자꾸 몹시 기를 쓰며 고집을 부리거나 애를 쓰는 모양.

집 있는데 찾아다니면서 사귀어도 놓고, 차츰 정이 들만하니 또 자리를 뜨자는 것이다.

그렇지 않아도 한 달 가도 인기척을 볼 수 없는 여기서 또 가면 어디로 간단 말인가?

바람소리 물소리에다 밤마다 소쩍새 소리만 들리고 마당가에는 산짐승이 욱실거린다. 하루 몇 번씩 기적 소리를 듣는 것이 그 중 낙이다. 기적 소리는 처음 얼마쯤은 그 무엇인가 새 소식과 환희를 가져오는 듯하였다. 그러나 그것도 차차 역겨워나고 이제는 오히려 더 마음을 뒤숭숭하게 만들어놓는다.

산모퉁이로 열차가 꼬리를 감추고 길고 요란한 기적소리가 메아리를 일쿠었다가[49] 그 여음도 차차 사라질 때면 왜 그런지 가슴이 허전하고 텅 비는 것 같다. 가슴속에서 무엇이 왈칵왈칵 무너져 내리는 것 같다. 이럴 때면 돌등에 무료히 앉아 하염없이 그 무엇을 더듬어 생각하게 되었다.

왜 거리에서 남들처럼 난 보람있게 살지 못하고 천하를 들추어봐도 단 하나밖에 없을 이런 산중의 길목지기를 한단 말인가?

남편은 노상 철길에서 사철 살다시피 하고 텅 빈 방안만 지키고 앉았어야 한다. 이것이 무슨 낙인가. 꿈꾸어 오던 행복들은 다 어디 갔단 말인가?

그는 눈에 빤히 보이고 손에 잡힐 듯 잡힐 듯 하는 그 무엇을 잡지 못하고 애타게 헤매는 것 같았다.

역장이었던 아버지를 따라 기수 없이 이사도 했건만 그래도 가는 곳마다 비록 한적하기는 하지만 언제나 자그마한 거리가 있었다. 그래 고중도

---

48) 박우물: 바가지로 물을 뜰 수 있는 얕은 우물.
49) 일쿠다: '일으키다'의 방언(강원).

순순히 나올 수 있었으며 또 이런 생활은 그에게 거의 타고난 것처럼 느껴졌었다.

한데 일 년도 못되는 동안 급자기50) 신세가 거꾸로 서는 듯하였다.

금녀는 영호의 통학 거리를 내걸기는 했지만 실은 이제 더 물에 뜬 나뭇잎처럼 정처 없이 밀려다니고 싶지 않았다.

남편은 야속하게 남의 사정을 몰라주는 듯했다.

광부의 아들이며 포병 일곱 해, 그리고 선로원을 시작한 그는 너무나 생각이 단순하고 고지식한 것 같다.

방안에 침묵이 흐른다.

……현우혁은 구들이 뜨거워 나서 두세 번 자리를 고쳐 앉으며 속으로 아내의 심정을 그려보고 있다.

옆에 누운 이마가 번듯하고 안창코인 영호가 팔을 내저으면서 잠꼬대를 한다.

영호를 보고 있노라니 옛일이 물밀 듯이 떠오른다.

영호 아버지는 전쟁 때 이 지점의 선로 감시원이었다. 시한탄51)을 제거하다가 폭발되어 순직하였다. 그러나 현우혁이 호송하던 포탄 열차는 무사히 통과하였다. 그 후 제대되어 선로 감시원의 가족을 찾았다. 그리하여 3년 만에 폭격에 어머니마저 잃고 고아원에 있는 영호를 찾아내고야 말았던 것이다.

그 후 현우혁은 되도록 영호를 제 아버지의 뜻을 이은 믿음직한 철도 일꾼으로 키울 결심을 했다.

(영호의 통학 거리를 연장시키고 내가 헐하게 일해서는 안되지.)

---

50) 급자기(急자기): 미처 생각할 겨를도 없이 매우 급히.
51) 시한탄(時限彈): 일정한 시간이 지나면 폭발하도록 장치한 폭탄. 시한폭탄.

이렇게 생각한 현우혁은 모든 것을 다 잊어버리려고 고개를 가로저었다.

바람이 분다. 모래알 같은 눈이 창문을 후려갈긴다.52)

"여보 자오. 난 240지점을 좀 순회하고 오겠소."

현우혁은 움쭉53) 일어나 모자를 벗겨든다. 그리고 곁따라54) 일어서려는 금녀의 어깨를 눌러 앉히고 밖으로 나섰다.

눈보라가 얼굴에 뿌려친다.

×

금녀는 며칠 동안 눈치를 봐가다가 하루는 영호를 불러 앉히고 지각하는 까닭을 캐기 시작했다.

"조반이 늦냐?"

"……."

"그럼 다리가 아파 가다 쉬니?"

"……."

이래도 저래도 도리질뿐이다. 금녀는 우습기도 했지만 한편 속이 상해 얼굴이 발그레해지며 별의별 수단을 다 쓴다.

그런데도 마구답답이55)로 영호는 벙글벙글 웃기만 한다.

"그럼 너 중간에서 장난하는구나."

"아니래두요."

금녀는 안타까웠다. 그러다가 문득 좋은 꾀를 생각해냈는데 그 이튿

---

52) 후려갈기다: 채찍이나 주먹을 휘둘러 힘껏 치거나 때리다.

53) 움쭉: 몸의 한 부분을 움츠리거나 펴거나 하며 한 번 움직이는 모양.

54) 꼐따라(원문) → 곁따라. 곁따르다: 북조선어. 남이 하는데 옆에서 뒤따라 하다.

55) 마구답답이: 북조선어. 안타까울 정도로 답답한 것. 또는 그런 사람.

날 아침 일찌감치 밥을 해주고 영호의 뒤를 밟아 학교까지 가보리라 생각했다.

이튿날 아침이 왔다.

"지각하지 않게 장난 말구 빨리 가거라."

"네, 갔다 오겠습니다."

영호는 귀엽게 모자를 벗어 꾸벅 절을 하고는 엉덩이에서 책가방이 털썩털썩 뛰게 총총걸음을 쳐 산모퉁이로 사라지는 것이었다.

금녀는 길차비56)를 하고 바삐 뒤를 따랐다.

한 오 리쯤 가서 이깔나무 숲을 빠져 나섰였다. 영호는 곧은 길을 버리고 철둑길로 올라서는 것이었다. 신바람이 나는지 목청을 돋우어 노래를 뽑는다.

(옳지 요녀석…….)

금녀는 영호가 뒤를 돌아다볼까 조마조마해서 바위 그늘에 숨었다. 영호가 철길에 들어서서 레일에 올라 줄타기를 하듯 팔을 벌리고 뒤뚝거리며 재주를 피우는 것을 보자 금녀는 웃음이 탁 터질 것 같아 입을 싸쥐고 홈이 진 웅덩이로 슬쩍 내려섰다.

(고 깜찍한 장난꾸러길 어쩌문 좋아.)

금녀는 숨바꼭질이라도 하는 것처럼 마음이 간질간질하고 고소하기도 했다.

아니나다를까 책가방을 벗어놓더니 두리두리 사방을 살피다가 큼직한 돌을 집어서 레일을 대고 땅땅 두드린다.

(네가 못하는 짓이 없구나, 곧은 길로 가지 않고 철길로 오 리나 에돌면서 게다가 장난이야. 그러고도 아니라고 도리질이지. 요 깜찍한 것…….)

---

56) 길차비(길差備): '길채비'(여행이나 먼 길 떠날 준비)의 북조선어.

어느새 50미터 거리에 다가갔다.

한데 영호는 허리를 꼬부리고 한참 땅바닥을 긁적거리다가 냉큼 일어나 가방을 집어들더니 꽁지가 빳빳해서 달아난다. 짧은 다리가 어떻게나 빨리 침목57)을 번갈아 디디는지 마치 재봉틀 바늘이 오르내리는 것 같았다. 영호는 잠시 동안에 산 굽인돌이58)에 사라졌다가 다시 저쪽 산모퉁이에 나타났다.

그러더니 이번에도 또 아까처럼 가방을 벗고 돌을 집어든다.

금녀는 차차 얄궂기도 하고 수상한 생각도 들고 해서 영호가 앉았던 자리로 달려갔다.

금녀는 영호가 앉아서 돌을 부숴뜨리던59) 장소에 이르자 그만 굳어진 듯 그 자리에 서버리고 말았다.

철장에 대고 돌을 두드린 것은 끝이 뾰죽한 돌을 얻기 위한 것이었다. 돌을 깨뜨려 그 중 모가 나고 뾰죽한 놈을 골라 그것으로 산에서 흐르다가 밤사이에 붙은 얼음버캐60)를 까낸 것이다.

철길을 향해 밀려든 얼음을 돌로 쪼아내고, 물이 흐르다가 곬61)으로 빠져나가게 움푹하니 도랑도 째놓았는데 손으로 얼음을 긁어낸 자리가 역력하다.

이것을 보고 섰던 금녀는 온몸이 오싹해졌다.

(손이 오죽 시렸으랴.)

남편이 여름에 타온 면장갑을 내주고는 한 해 겨울이 지났다. 그런데도

---

57) 침목(枕木): 선로 아래에 까는 나무나 콘크리트로 된 토막.

58) 굽인돌이: '굽이돌이'(굽어 도는 곳)의 북조선어.

59) 부숴뜨리다: 부서뜨리다. 단단한 물체를 깨어서 여러 조각이 나게 하다.

60) 얼음보키(원문) → 얼음버캐: 북조선어. 푸석푸석하게 얼어서 잘 부스러지는 얼음. 또는 잘고 희게 부스러진 얼음 조각이 바닥에 널려 있는 것.

61) 곬: 한쪽으로 트여 나가는 방향이나 길.

그 장갑은 아직 새것대로 있다. 장갑이 어지러워질까 봐 맨손으로 얼음을 닦은 것이 분명하다.

금녀는 두 손을 모두어 가슴에 대고 한참 섰다가 영호가 앉은 쪽을 바라보았다.

영호는 또 침목을 밟으며 아까처럼 달아난다.

(네가 지각을 할까 봐 그러는구나.)

금녀는 콧마루가 저리고 눈굽이 뜨거워졌다. 눈에는 안개가 낀 듯이 앞이 차차 흐려진다.

(뛰기는 왜 뛰나 저러다가 넘어질라구.)

금녀는 그렇게도 기특한 영호를 믿지 않았던 자신이 너무 옹졸하고 미련하였다는 생각이 울컥 치밀었다.

영호는 5리나 더 먼 길을 에돌면서 아버지가 관리하는 선로를 손수 보살피고 있는 것이다.

지각이 좀 있었던들 무슨 상관이랴.

그는 벌써 장난꾸러기가 아니라 철도를 위해 목숨을 바친 아버지의 넋을 이어받고 있는 것이다.

그 날 저녁 세 식구가 마주 앉은 밥상머리에서 금녀는 영호의 이야기를 했다.

그런 다음 우선 학생은 지각이 있어서는 안된다고 타일렀다.

"너 이제부턴 철길로 돌아다니지 말고 직발62) 지름길로 가라 응!"

현우혁은 머리를 쓸어주며 포동포동한 그의 얼굴을 들여다본다.

"괜찮아요. 아버지가 거기까지 돌아오시자면 다리가 아프시잖아요. 난 다리가 튼튼해요…… 낼부터는 좀더 빨리 뛰어갈래요. 그럼 돼요."

---

62) 직발: '곧장'의 방언(평안, 중국 요령성).

이 말을 듣자 금녀는 눈굽이 뜨거워졌다. 다리를 절고 있는 아버지를 도우려는 거다. 그런데 아내된 자신은 아무것도 도움을 주지 못하고 있는 것이 아닌가. 이렇게 생각한 금녀는 쏟아지려는 눈물을 참지 못해 물사발을 들고 얼른 부엌으로 나와버렸다. 통학 거리를 코에 걸고 바윗골로 이사하는 것을 반대한 것이 얼마나 우직했던가 후회가 났다.

이런 일이 있은 후 금녀는 팔을 부르걷고 이사 차비에 나섰다. 그리하여 따뜻한 어느 날을 택해 짐을 옮기기로 했다.

현우혁은 바윗골에 가서 초소를 손질했다. 이미 지었던 집에다가 온돌을 놓고 부엌을 붙이고 불을 땠다.

이제 천반63)이나 흙매질64) 같은 것은 우선 옮겨놓고 할 작정이다.

현우혁은 지게에 농짝을 올려놓고 뒤에 따라섰고 그 앞에는 금녀가 고리짝과 트렁크를 겹쳐 이고 보따리를 손에 들었다. 영호는 털모자를 제껴 쓰고 책가방과 배낭을 메고 달랑달랑 앞서서 걸어간다.

따뜻한 날씨다.

눈이 덮이었던 철둑이 군데군데 드러났고 아늑한 바위벽에는 밤새 유리알 같은 알른알른한65) 얼음이 얼었다. 양지쪽에는 나뭇가지들에 아이들 손가락 같은 고드름이 달리었다. 가문기66)떼는 알룩알룩한67) 날개를 펴고 산허리를 에돌면서 한가롭게 지저귄다.

산봉우리 위에 해가 쑥 올리밀었다.68) 눈에 덮인 산발은 은백색 빛을

---

63) 천반(天盤): 갱도나 채굴 현장의 천장.

64) 흙매질: 북조선어. 흙물을 바르는 일.

65) 알른알른하다: 무엇이 약간씩 보이다 말다 하다.

66) 가문귀(원문) → 가문기: '갈까마귀'의 방언(함경).

67) 알룩알룩하다: 북조선어. 여러 가지 밝은 빛깔의 작은 점이나 줄 따위가 고르게 무늬를 이룬 상태이다.

68) 올리밀다: 북조선어. 아래에서 위쪽을 향하여 내밀다.

뿌린다. 골짜기에서는 신선한 아침 공기가 흘러오면서 코가 쩡하니[69] 시려나게 한다. 사위는 깜박 조을 듯한 정적이 깃들었다.

"영호야! 너 선반에서 꽃씨를 걸었니?"

저만치[70] 앞서 나간 영호에게 현우혁이 고함을 지르면서 지게를 추슬러 올렸다.

"꽃씬 웬 거요?"

하고 금녀가 받으니

"저 강계서 받아 둔 백일홍 있잖아?"

영호는 징검다리를 다 건너 손에 쥔 꽃씨 봉투를 내혼들었다.

"있어요!"

그런 후 얼마 동안 말없이 걸어가다가

"백일홍이 어느 달에 피죠?"

하고 금녀가 방긋 웃으며 물었다.

"아마 6월에 가야 필걸."

"그럼 그 때까지 거기 계시게요?"

"글쎄. 가봐야 알지. 그 때가 되겠는지, 그보다 더 있겠는지."

"그럼 꽃은 혼자 보시게 되겠는데요. 두고보세요. 백일홍이 피기 전에 나는 혼자라도 내빼겠는 걸요. 호호."

"여보 생각해보오. 그래두 크나 적으나 집이라구 꾸려놓은 사람이 단 몇 해두 안 살구 집어치우는 법이 어디 있소. 암만 허술해두 삼사 년이야 살아봐야지 하하."

입이 써서 그런지 금녀는 억지로 웃기는 하지만 더는 대꾸를 하지 않

---

69) 쩡하다: 정신이 번쩍 들 정도로 자극이 심하다.

70) 저발치(원문) → 저만치: 저만한 정도로. 저만큼.

는다.

"어때? 응?"

"백 보 양보해서 내 이사는 하지만요 두고 보세요. 5.1절이 지나면 내가 가서 도로릴 끌고 오지 않나."

"잔소리 말구 저거나 좀 봐."

현우혁은 짐짓 딴전을 피우려고 작시미[71]를 들어 분지나무 가지를 가리켰다.

멧새 한 쌍이 울깃불깃한 가슴을 쑥 내밀고 부리를 맞비빈다. 그러다가 인기척에 놀랐는지 말똥말똥한 눈으로 금녀를 의아쩍게[72] 쳐다본다.

장수봉 위 활짝 트인 군청색 하늘에는 수리개 한 쌍이 빙빙 원을 그리며 돌아간다.

금녀는 짐을 내려놓고 소녀들처럼 황홀해져서 맑은 하늘을 쳐다본다.

"참 하늘도 곱네!"

금녀는 저도 모르게 소리를 지르는데 영호는 허리를 굽히어 눈을 움키고 있다.

×

금녀는 대야에 냉수를 떠다가 수건을 짜서 남편 머리에 얹었다.

현우혁은 얼굴이 벌겋게 돼서 가슴을 들먹이며 누워 있다. 감기가 온 모양이다.

눕고 보니 잔소리가 심한 축이다.

---

71) 작시미: 작대기.
72) 의아쩍다(疑訝쩍다): 의심스럽고 이상한 데가 있다. 의아스럽다.

어느 모퉁이에 물도랑을 가보라, 어느 비탈에 매부리 같은 돌이 걸렸었는데 떨어지지 않았나 보라, 상호등에 불이 잘 켜지는가 미리 손질하라. 이런 따위로 사람을 들볶으면서 하라는 몸 간수는 통 하지 않는다.

며칠 전부터 몸이 지긋지긋하다[73] 할 때 좀 누웠다면 얼마나 좋았으랴. 금녀는 속이 바질바질[74] 타들어 갔다.

이틀째 뜬눈으로 밤을 샌다.

그러니 고였던 물목[75]이 터진 듯 아무 소리나 막 내뱉게 되었다.

"에그 속상해 죽겠네, 병원이 있나, 오 리나 십 리가 돼서 업고라도 어딜 가겠나⋯⋯."

혀를 쯧쯧 차면서 현우혁이 들고 있는 책을 뺏는다.

"책을 놓고 머리를 좀 쉬우세요. 낙석 감시원이 뭐 박사가 되겠나요. 밤낮 책만 들구. 초소 근무 기한이 얼마나 넘은 지나 아세요. 게다가 두 사람 몫을 하면서, 6월이 다 가는데도 끔적 않고 있다가 이게 뭐예요. 몸이 건강해야 사회주의 건설두 하고 혁명두 할 수 있는 게 아니에요."

아닌 게 아니라 현우혁은 요새 무척 과로를 했다.

선로를 감시하는데는 눈보라 치는 겨울도 어지간하지만 눈석이[76] 때와 여름 장마철은 그보다 갑절이나 힘이 든다.

산에는 가을이 빨리 온 벌충[77]으로 봄도 한량없이 늦잡는다.[78] 그러나 산의 봄도 역시 들에서처럼 몰래 오는 버릇이 있다.

양지바른 쪽에 이미 다 고삭아버린[79] 묵은 쏙새[80] 그루 밑에서 노르끄

---

73) 지긋지긋하다: 몸에 소름이 끼치도록 몹시 잔인하다.

74) 바질바질: 속이 상하거나 안타까워서 애가 자꾸 타는 모양.

75) 물목: 물이 흘러 들어오거나 나가는 어귀.

76) 눈석이: 눈석임. 쌓인 눈이 속으로 녹아 스러짐.

77) 벌충: 손실이나 모자라는 것을 보태어 채움.

78) 늦잡다: 시간이나 날짜를 늦추어 헤아리다.

레하고 야들야들한 싹이 돋아 오르면 골짜기마다에는 시뻘건 눈석이물[81] 이 사태를 일군다. 이럴 때면 삽과 괭이를 메고 산으로 올라가야 한다. 도랑을 째고 둑을 치고 웅덩이를 메우기도 해야 한다.

어느새 멧새들이 흐뭇흐뭇 봄볕이 내리쪼이는 양지바른 가지에서 졸게 되고, 까치란 놈이 삭정가지[82]를 물고 꽁지를 까불면서 마을로 드나들게 된다. 그러면 산봉우리들에 오르내리며 산불을 봐야 한다. 구배[83]가 심한 이 대목에서는 기관차에서 불꽃이 튕기고 그것이 날리어 먼 산에 불을 일구는 수가 있기 때문이다.

산에서 산으로 덤불을 헤치고 가지를 휘어잡으면서 기어오른다. 벼랑 낭떠러지에서 굴러 떨어지는 수도 있다. 부상당했던 다리는 못 견디게 쑤신다. 그러나 이를 악물고 어석어석 눈을 밟으며 능선을 따라 나아간다. 몸이 노근해 난다. 그러면 따뜻한 양지쪽에 앉아 다리를 쉬며 담배를 한 대 피우는 맛이란 천하일미라고 할 수 있다. 그런 후는 바위에 기대어 깜박 존다.

얼마쯤 쪽잠이 가물가물 깊어갈 무렵 머리 위에서 궁상맞은 뻐꾸기 우는 소리가 나면 눈을 번쩍 뜨게 된다.

먼 산비탈에 불을 본다. 소스라쳐 일어나 눈을 비비면 그것은 불이 아니라 진달래다.

산허리에 붉은 띠를 휘감은 듯한 진달래, 그 건너에 해를 묵은 눈, 그 위에 푸르러 가는 이깔나무 숲, 발 밑에 곤청색 댕기오리 같은 독로강

---

79) 고삭다: 북조선어. 곯아서 썩거나 삭아 빠지다.
80) 쑥새: '억새'의 방언(경남).
81) 눈석이물: 눈석임물. 쌓인 눈이 속으로 녹아서 흐르는 물.
82) 삭정 가치(원문) → 삭정가지: '삭정이'의 방언(전북, 충남).
83) 구배(勾配): 수평을 기준으로 한 경사도.

물줄기, 흘러가는 목화송이 같은 구름떼…… 들이 절경을 이룬다.

쟁기 망태를 거느적이 메고 산에서 산으로 오르내린다. 산에서 자고 산에서 먹으며 몇 순 지내는 동안 진달래에서 철쭉꽃으로 봄은 옮겨가고 미구에 장마철이 온다.

이때면 벼랑과 병풍바위를 톺아 오르내리려야 한다.

억수로 쏟아지는 비, 굴러 내리는 돌과 일종 전투를 한다.

그러다가 맥이 빠지고 다리가 쑤시면 돌등에 앉아 무릎을 주무른다.

"내 다리야, 너는 내 사정을 잘 알지? 참아다오. 참아야 해, 미제가 조국 강토에 발을 붙이고 있는 한 우리 전투는 끝나지 않았어. 너는 전쟁 시기의 여기 늙은 감시원을 기억하고 있지? 폭탄을 안고 걸어 나간 그이[84]의 다리를 알지 않니. 그렇게 너두 싸워야 한다. 참아다오……."

그는 다리를 물끄러미 들여다보며 이렇게 타이른다. 그러고는 잔디밭에 드러누워 청청 맑은 하늘을 쳐다보며 통일된 조국의 앞날을 그려본다. …….

저주로운 분계선[85] 팻말을 탕탕 찍어 던지고 무너지고 쑥이 길로 자란 철둑을 다시 쌓아 올려 끊어졌던 철길을 맞이어 놓을 제, 언덕에 선뜻 올라 푸른 신호기를 번쩍 쳐들면 만포발 부산행 열차가 막 살같이 달려나 가리라. …….

그는 후더워진 가슴을 만져보며 일어나 앉는다.

회상기를 뒤 제목 읽는다. 그러면 한결 기운이 난다.

현우혁은 다리를 절면서 또 높은 산으로 향한다.

옷은 갈기갈기 찢기었고 신발은 형체를 알기 어렵게 해졌다. 그래도

---

84) 그이: '그 사람'을 조금 높여 이르는 삼인칭 대명사.
85) 분계선(分界線): 서로 나누어진 두 지역의 경계가 되는 선. 전쟁 중인 쌍방의 협정에 따라 설정한 군사 활동의 한계선.

그는 벼랑을 기어올라 돌을 안아낸다.

이렇게 며칠 동안 지내며 비를 맞고 밤을 세웠더니 그만 몸살이 온 것이다.

"여보! 잔소린 됐다 하고 불이나 좀 돋우오. 잠을 이룰 수 없군그래. 자 한 제목 더 읽어주오 웅!"

현우혁은 아내가 뺏어놓은 『항일 빨찌산86) 참가자들의 회상기』를 집어 들고 싱긋 웃으며 눈짓을 한다.

금녀는 억지로라도 뺏고 싶지만 하는 수 없이 다시 읽기 시작한다.

벌써 몇 번인지 모르게 『돈화87)의 수림 속에서』를 읽어 허두만 떼면 줄줄 내려간다.

명화 어머니의 초상이 우렷이88) 떠오르고 잣나무에 기어오르는 그의 모습이 눈앞에 나타난다.

금녀는 어느덧 감동되어 눈물이 앞을 가려 글줄을 잘 가리지 못한다. 자주 눈물을 훔친다.

명화 어머니가 나무에서 떨어져 정신을 잃은 것이다.

더는 글줄을 잊지 못한다.

현우혁은 잠든 듯이 누워서 돈화의 수림과 이 낭림산맥의 수림을 번갈아 그려본다.

방안은 물 뿌린 듯 조용한데 도란도란 울리는 금녀의 말소리는 자주 끊어진다.

창 밖에서는 구성진 밤새 소리가 손에 잡힐 듯이 들려오고 바로 문턱

---

86) 빨찌산: 빨치산(partizan). 적의 배후에서 통신, 교통 시설을 파괴하거나 무기나 물자를 탈취하고 인명을 살상하는 비정규군.

87) 돈화(敦化): 중국 길림성(吉林省) 연변 조선족 자치주에 있는 도시.

88) 우렷이: 북조선어. 눈앞에 보이거나 떠오르는 모양 따위가 좀 희미한 가운데 은근하면서도 뚜렷하게.

넘어 백일홍 씨를 뿌린 꽃밭에서 새록새록 귀뚜라미 소리가 다정스럽게 흘러온다.

×

그 이튿날 중낮[89]이 되어 공인 선로반 반장이 뜻밖에 나타났다. 1주일에 한 번씩 순회하는 계획대로면 사흘은 더 있어야 할 것이었다. 그래 무슨 좋은 소식이라도 있나 해서 금녀는 매우 마음이 조급해났다.

본래 말수가 많은 반장은 그간 선로반에서 있은 일부터 두서없이 늘어놓기 시작했다.

국에서 부국장이 왔다간 이야기, 직맹[90] 반장네 쌍둥이 난 이야기, 상점에 뉴똥[91] 치맛감이 잔뜩 온 이야기, 선전차가 왔는데 서클이 무적 재미있더란 이야기 등등. 지어[92]는 뉘집 내외가 싸운 것, 앞으로 비가 많이 올 기상 통보가 있다는 등을 늘어놓았다. 그리고 보태서 강계 보선구에서 6.25를 지나 곧 선로원 회의가 있다는 것과 6.25때 반에서 강연회가 있다고 하였다.

반장은 병에서 물 쏟듯 내리엮었다.

다음은 가져온 보따리를 풀었다.

신문 『선동원』 『천리마』 『회상기』 그밖에 소설책들이 수십 권 쏟아져 나왔다.

현우혁은 앓는 체도 하지 않고 일어나 앉아 신이 나서 맞장구를 친다.

---

89) 중낮: 대낮. 환히 밝은 낮.
90) 직맹(職盟): 북조선어. 노동 계급의 대중적 정치 조직.
91) 뉴똥: 빛깔이 곱고 보드라우며 잘 구겨지지 아니하는 명주실로 짠 옷감.
92) 지어(至於): 더욱 심하다 못하여 나중에는. 심지어.

듣고 앉았던 금녀는 가슴이 알찌근하고[93] 어지간히 기분이 상했다.

서클이 오면 뭘 하며 상점에 물건이 온들 무슨 소용이 있겠는가. 붙는 불에 키질이라고 사람을 무작정하고 이런 산중에 두면서 그런 말이나 전해 무엇하랴! 언제 한 번 보란 듯이 차리고 나서서 구경인들 하며 구색이 갖게 물건을 사들여 방치례도 하고 집안을 계란 노랑자위처럼 알뜰히 꾸리고 살아본단 말인가? 한 달이 멀다 하게 솥을 떠 이고 초소막을 찾아다니는 형편에…….

게다가 박달나무 같던 몸에 병까지 들고…….

화가 나는 대로 한다면 모두 앉은 자리에서 사실이 여차여차하여 몸도 약해졌고 앞으로도 계속 두 사람 몫을 할 수 없을 뿐더러 더구나 초소 근무 기한이 6개월이나 지났으니 당장 후임을 정해 보내달라고 들이대고 싶었다.

더구나 다친 다리가 도져날 수 있으니 온천에도 한 번 갔다 올 겸 휴가도 해야겠다고 사정을 털어놓고 싶었다.

그러나 남편 앞에서는 꾹 참았다.

한바탕 이야기를 주고받은 다음 선로 반장은 부시럭부시럭 신문 꾸러미를 펼치더니 도라지색 뉴똥 치맛감을 하나 꺼냈다.

"자! 이건 반의 동무들이 아주머니에게 보내는 선물이외다. 어떻소? 이걸 척해 입고 이젠 공인으루 이살 나와야겠는데…… 하하."

현우혁은 담배를 붙이고 금녀는 어리둥절하여 반장의 얼굴만 쳐다본다.

"아주머니 안됐습니다. 벌써 교대두 하고 두일이 대신두 보내야 했을 건데…… 현 동무!"

반장은 지금 금녀에게가 아니라 현우혁에게 말할 꼭지를 따고 있는

---

93) 알찌근하다: '알짝지근하다'(살이 알알하게 아프다)의 준말.

셈이었다.

벌써 몇 달째 초소 근무 교대를 하자고 사람을 여러 번 보냈는데 번번이 현우혁은 거절해버렸던 것이다. 두일이 대신도 보내지 말라고 완강하니 뻗쳤다.

"현 동무! 오늘은 확답을 해줘야겠소. 난 동무 때문에 보선 구장한테 갈 적마다 꾸중을 듣는데 더는 나도 참을 수 없소. 동무 몸도 몸이려니와 아주머니나 영호 생각두 좀 해얄 게 아니오. 모든 것을 다 참작해서 당과 행정에서는 초소 근무 기한을 정했고 노력 기준도 만들어놓은 건데……이삼 일 내루 교대할 준비를 해주오."

선로 반장은 차차 엄격한 어조로 말을 한다.

금녀는 가슴이 확 트이는 것 같았다. 아무럼 그렇겠지. 당에서야 산중에다 사람을 이렇게 오래 처박아두라고는 하지 않을 거니까…….

그는 남편이 얼른 "좋수다." 하고 시원시원히 대답을 하든지 정 대답이 내키지 않으면 고개라도 끄덕이었으면 했다.

금녀는 속이 조마조마해서 치맛감을 펼쳐보는 척하면서 남편의 눈치를 슬슬 살폈다.

현우혁은 묵묵히 앉아 담배를 빨다가 입을 열었다.

"걱정해주시는 뜻은 알겠습니다. 그러나 난 자릴 뜰 생각이 없습니다. 더 권하지 말아주십시오, 참."

"하하, 이런 고집 봤나."

반장이 큰 소리를 치는데 금녀는 너무도 놀라 들었던 치맛감을 떨어뜨리고 만다.

금녀는 눈물이 찔끔 쏟아질 지경으로 속이 탔고 가슴이 얼얼하였다. 이 자리에 반장이 없었던들 남편에 와락 매어 달려 한바탕 행패라도 부리고 싶었다. 억울하고 분한 생각이 북받쳤다.

반장은 더 말을 하지 않았다. 말해봤대야 듣지 않을 것이 뻔했다.

그래 강계 보선구에서 있는 모범 선로원 회의에 꼭 참가해달라는 부탁과 토론 준비도 잘해야겠다고 다짐을 두고 저녁 무렵에 떠났다.

금녀는 굴 근처까지 따라 나가서 속에 맺혔던 울화를 다 쏟아놓고야 말았다.

"며칠 후에 도로리를 들여보내주십시오. 그러면 제가 억지를 써서라도 짐을 싸게 할 테니까요. 난 더는 여기서 견디지 못하겠습니다. 감기가 놓이는 대로 짐을 싸겠습니다."

금녀의 말을 듣고 있던 반장은 웬일인지 히죽히죽 웃고 있다가 말하였다. 우리끼리는 힘이 모자라서 더는 방법이 없으니 이번에 강계 회의에 가도록 하고 회의하는 동안 보선 구장한테 연락을 해서 아예 명령으로 강계에 눌러앉게 짜놓자는 것이었다.

듣고 보니 닭 대신 꿩도 좋다는 격으로 강계에 있게 되면 더욱 좋을 것이었다. 그래 쌍수를 들었다.

머리를 짓누르던 검은 구름이 차차 금이 가고 방싯이[94] 트인 짬으로 햇살이 내리비치는 것 같았다.

금녀는 기쁘다고 할까 괴롭다고 할까 하여간 종잡을 수 없는 어수선한 감정에 휩싸여 하루를 지냈다.

금녀는 시름없이 앉아 밤이 깊어 가는데 남편이 하라는 책을 읽고 있었다.

책장 위에는 반장의 얼굴이 자꾸 얼른거린다. 글줄이 오락가락한다.

그럴 적에 벽시계가 열한 시를 땡땡 쳤다.

"좀 나가보오."

---

94) 방싯이: 문 따위가 소리 없이 살짝 열리는 모양.

현우혁은 몸을 일쿼 세울 수가 없어 아내더러 11시 55분 평양행 열차를 봐 달라고 하였다.

금녀는 자리에서 일어나 감시 초소로 나갔다. 상호등에 불을 켜서 현우혁의 모자가 걸린 벽에 가지런히 걸어 놓고 감시창을 향해 쪼그리고 앉았다. 차가 산모퉁이를 돌아서서 기적을 울리면 얼른 나가려는 것이다.

안개비가 뿌려치고 뿌옇게 달무리가 낀 축축한 밤은 을씨년스럽기 그지없다.

금녀는 눈썹은 꼿꼿하고 눈이 자꾸 내리감긴다. 눈을 거무룩하고 앉아 있으려니까 오늘 낮에 반장이 왔던 일이 물밀 듯이 떠오른다. 왜 그런지 어떤 불길한 예감마저 떠오르며 머리를 짓누른다.

그는 기껏해야 한 보름 있다가 이삿짐을 꾸려지고 이 골짜기를 아예 훌쩍 떠나리라 굳게 다짐을 했다. 그러고 보니 모든 일이 귀찮아졌다.

그러다가 그는 깜박 잠이 들고 말았다.

기적소리가 귀청을 때려 화닥닥 일어난 그는 얼결에 벽에 건 상호등을 들고 밖으로 뛰쳐나가 팔을 쳐들었다.

열차는 차고 눅눅한 바람을 금녀의 온몸에 들씌우면서 쾅당쾅당[95] 땅을 구르며 지나간다.

금녀는 넋없이 팔을 들고 서 있다.

그때 방안에 누웠던 현우혁이 문을 열어 제끼더니 다급한 소리를 지르면서 달려나왔다.

"어떻게 됐소. 무슨 사고요? 왜 응답 신호가 없이 통과하오."

열차는 으레 통과 신호를 받으면 응답 신호를 하게 되어 있는 것이다.

---

95) 쾅당쾅당: 북조선어. 무거운 물체가 잇따라 단단한 바닥에 매우 세게 떨어지거나 판자를 두드리는 소리.

그때야 금녀는 정신을 차리었다.

"신호를 했는데두⋯⋯."

"상호등이 어디 있소?"

"이거⋯⋯."

금녀는 손에 든 것을 내들었다.

그것은 상호등이 아니라 모자였다.

얼결에 금녀는 상호등과 가지런히 걸렸던 모자를 들고 나온 것이다.

현우혁은 나는 듯이 초소막으로 달려가더니 벽에 걸린 상호등을 들고 나와 발을 돋우며 팔을 높이 쳐들어 휘두르는 것이었다.

정거하려고 서서히 속력을 죽이던 열차는 늦게야 신호를 받고 숨가쁜 기적소리를 길게 뽑으면서 다시 속력을 내기 시작했다.

기적소리는 침침한 밤하늘을 울려놓으면서 오래오래 어음[96]을 끌었다.

내의 바람에 맨발로 뛰어나갔던 현우혁은 고개를 떨구고 방안으로 들어와 아내를 불러들이었다. 한참 침묵이 흘렀다.

"인민 앞에 죄를 지었소. 규율을 위반했소. 사회주의 건설을 위해 달리는 열차에 내가 부레끼[97]를 걸었소⋯⋯."

현우혁은 무릎을 꿇고 고개를 다소곳이 숙인 아내의 어깨를 주시하면서 엄격히 말을 이었다.

"우리에게 맡긴 일이 비록 적고, 보잘 것 없고, 벅찬 일이 아니라 합시다. 그러나 이것은 필요한 것이고 따라서 중요한 것이오. 열차가 1초 더디게 달린다는 것은 그만치 우리의 사회주의 건설 속도가 지연된다는 것이나 다름없소. 그렇다면 임무 초소가 산이건 물이건 지어는 바다 속이건 가릴

---

96) 어음(語音): 말의 소리.

97) 부레끼: '브레이크(brake)'의 방언(경남).

것이 없소…… 그런데 당신은 졸고 있었다니…….”

그는 잠시 끊었다가 다시 이었다.

“당신은 감시원의 아내답지 않소. 더구나 노동당원의 아내답지 못하오.”

듣고 앉았던 금녀는 삿바닥에 털썩 엎드려 흐느껴 울기 시작했다.

노동당원의 아내답지 못하다는 말이 그의 가슴을 모질게 들이찔렀던 것이다.

가슴이 갈기갈기 짖기는 것 같았다.

그래도 그는 여적까지 당원인 남편을 진심으로 존경했고 극진히 공대를 해왔다. 그렇길래 그 어떤 괴로움도 참을 수 있었고 울어야 할 때도 웃으며 지내왔었다. 그로서는 모든 것을 고스란히 영예군인이며 감시원이며 당원인 남편에게 바쳐온 것이라고 생각했다. 그리고 이것만은 남편도 그렇게 믿고 있었을 것이며 또 바랄 것은 오직 그것뿐이라고 생각해왔었다.

허나 지금에 와서는 공들인 모든 것이 졸지에 산산이 부서져 허공에 날아가는 것 같았다. 앉은 자리가 꺼져 내리는 것 같다.

(감시원의 아내답지 못하다. 노동당원의 아내답지 못하다. 사회주의 건설을 더디게 한다…….)

금녀는 이 말마디를 열 번 스무 번 곱씹어 외우면서 울고 또 울었다.

울 수밖에 없었다…….

방안은 물뿌린 듯 고요하다.

강물소리가 들려온다.

장수봉쪽에서 담담한 밤공기를 흔들며 소쩍새 우는 소리가 흘러온다.

돌담 위에 후둑후둑[98] 빗방울이 든다.

×

현우혁이 공인으로 떠나게 된 전날은 6월 24일 일요일이었다.

그는 해가 뿌리뽑힐 무렵에 금녀와 영호를 데리고 500미터 추도 있는 데로 갔다.

그는 지게에다 시멘트와 석회를 지고 금녀는 점심 그릇과 물통을 이었으며 영호는 삽을 메고 활개를 치며 걷는다.

현우혁은 뒤를 따라가며 끝없이 뻗어나간 두 줄기 레일을 보고 있노라니 전쟁 때 일이 갈피갈피 회상된다.

그는 다리를 절면서 이 길을 기수 없이 걸었다. 그러나 그 어느 한 때도 전쟁 시기 바로 이곳에서 있은 일을 잊은 적이 없다.

삼 년 동안이나 온 조선 고아원을 다 찾아다니면서 기어이 영호를 만나고야만 일이며 또 자청해서 이 감시 초소로 오게 된 것도 다 전쟁 때문이다.

현우혁은 가슴에 서리서리 엉킨 이야기를 가족들에게 낱낱이 이야기하리라 마음먹었다. 그리하여 그는 6.25를 앞둔 이 날에 가족을 데리고 바로 그 이야기가 깃들어 있는 500미터 추도 있는 데로 가고 있었다.

추도 입구에는 전쟁 시기에 입은 상처가 많았다. 로켓포에 맞은 바가지만큼한 구멍, 기총 사격에 맞은 크고 작은 구멍들, 그리고 폭탄 파편에 맞아서 모서리가 떨어진 것들이 보기 흉하게 한 벌 널리었다. 물을 길어다가 시멘트와 모래를 섞어 이기고 그것으로 구멍을 메운 다음 그 위에 회칠[99]을 한다.

---

98) 후둑후둑: 북조선어. '후두둑후두둑'의 준말.

99) 회칠(灰漆): 석회를 바르는 일.

현우혁은 다 준비를 해놓고 영호더러 구멍을 메우라고 하였다. 영호는 시멘트로 보기 흉하게 뚫린 구멍을 바른다. 사다리가 모자라는 높은 데는 현우혁의 어깨에 목말[100]을 타고 바른다. 수십 개소의 전쟁 상처가 어린 것의 손으로 하나하나 지워져나간다.

한낮이 되어서는 벌써 시멘트를 다 바르고 빗자루에 석회를 묻혀 색칠을 했다.

세 사람은 모두 온몸에 석회투성이가 되었고 땀을 **쫙쫙** 흘리며 회칠을 했다.

굴문은 눈부시게 희어져 새로 준공한 것처럼 생생하다. 일이 끝난 다음 그들은 잔디가 포근한 철둑에 둘러앉아 점심을 먹었다.

현우혁은 담배를 한 대 피우고 나서 영호와 금녀를 가까이 불러 앉히고 입을 열었다.

"영호야! 나는 이미부터 너한테 말해오기는 했지만 너는 너의 아버지가 어디서 어떻게 돌아가셨는지 자세히 모를 것이다. 그리고 당신에게도 한 번 자세히 말한다는 것이 그럭저럭 밀려왔댔소. 알다시피 바로 10년 전 내일이오. 그때 6월 25일은 일요일이었소. 나는 광산에 있었는데 일을 끝내고 돌아와 잠들고 있었소. 날이 맑으면 개울에 물고기 잡으러 갈 작정이었던 것이오. 헌데 바로 그날 아침 미제는 조선에 불을 질렀소. 때문에 모든 조선 사람이 불행을 겪게 되었고 영호도 역시 그렇게 되어 부모를 잃었고……."

현우혁은 목이 메어 오는지 말을 중단하고 기침을 몇 번하더니 그때 있은 일을 눈에 선히 보듯이 말을 하였다.

……1951년 무더운 여름날 새벽녘에 현우혁은 포탄을 실은 유개차[101]

---

100) 목말: 남의 어깨 위에 두 다리를 벌리고 올라타는 일.

에 앉아 순천을 향해 만포를 떠났다. 따발총102)을 멘 그는 호송 임무를 수행하기 위해 무진 애를 썼으며 차간에서 밤을 세웠다. 열차는 강계를 지나 공인을 거쳐 2킬로 지점을 달리었다. 그 대목에 갑자기 한 방의 총소리가 나더니 열차는 급정거를 하였다. 현우혁은 열차에서 뛰어내렸다. 만포에서부터 줄곧 강계까지 적기가 꽁무니를 따랐지만 요행 별일 없이 온 그는 좁은 산골짜기와 굴이 많은 데 접어들어서는 적이 마음을 놓았던 것이다. 사위를 살폈지만 정황에 별로 위험이 있는 것 같지도 않았다. 선로에서 50미터 좀 떨어진 벼랑 밑에 선로 감시초소가 있었는데 거기서 신호했던 것이다. 달려가 보니 50가량 되는 아바이103)와 20세 되나마나한 젊은 선로 감시원이 있었다.

50미터 전방에 30분 전에 시한탄이 수십 발 떨어졌다는 것이다.

곰방대를 손으로 가리고 담배를 피우는 감시원 아바이는 담뱃불에 비치어 벌거우리한 낯에 큼직한 코가 유독 눈을 끌었고 진한 눈썹이 하늘로 치켜 오른 사납게 생긴 장대한 늙은이였다.

"아바이 어떡하면 좋습니까. 좋은 수가 없습니까?"

현우혁은 바쁜 소리를 쳤다.

"글쎄……."

시간은 10분, 20분, 30분 급히 흘러갔다.

동켠이 훤히 트인다. 차차 산봉우리들이 드러난다. 산굽이를 에돈 철길이 유독 잘 나타난다.

시간은 없다. 추도는 바로 200미터 앞에 있는데 전진할 수가 없다. 퇴행을 하재도 경사가 급해 위험하고 모험을 한다 해도 뒤에는 20차량이라

---

101) 유개차(有蓋車): 비, 이슬, 눈, 서리 따위를 가릴 수 있도록 지붕을 해 덮은 차량.

102) 따발총: 탄창이 뙈리 모양으로 둥글납작한 소련제 기관 단총.

103) 아바이: '아버지'의 방언(경상, 평안).

되는 긴 열차를 은폐할 만한 추도가 없었다.

원수들도 이런 대목을 노렸던 것이다.

현우혁은 기관사더러 10분 내에 퇴행해서 두 개소의 추도에 분산 은폐시키자고 요구했다.

시간이 얼마 흘러서였다.

기관차가 퇴행 기적을 울리며 움쭉 자리를 뜨자 감시소에서는 또 퇴행 정지 신호 총소리가 야무지게 울렸다.

감시소에서 뒤로 물러나는 것을 보고 아바이가 또 쏜 것이다. 한 걸음도 뒤로 물러서서는 안된다고 생각한 것이다.

이윽고 아바이는 철길에 나섰다. 터벅터벅 침목을 밟으며 시한탄이 있는 데로 다가간다. 시한탄이 여기저기 널린 곳에 이르자 아바이는 한숨을 크게 몇 번 내쉬면서 잠시 침묵하고 있더니 드디어 허리를 굽히었다.

아바이는 불이 이글거리는 눈을 치켜뜨면서 시한탄을 그러안고 허리를 폈다. 그러고는 저벅저벅 철둑을 넘어 절벽 낭떠러지까지 이르자 끙하고 안감힘을 쓰면서 시한탄을 언덕에 내굴리었다.104)

하나…… 또 하나…….

아바이는 비칠거린다. 떨리는 다리로 겨우 몸을 지탱하면서 같은 동작을 반복한다.

현우혁이도 기관사도 아바이 뒤를 따라 나섰다.

열한 개째가 마지막이었다.

마지막 포탄을 안고 아바이가 철둑을 넘어섰을 때다.

폭탄이 고만 폭발하고 말았다…….

요란한 폭음은 마치 아바이가 그 어떤 어마어마한 큰 총으로 열차 통과

---

104) 내굴리다: 함부로 내돌려서 천하게 다루다.

신호라도 내리는 것 같았다.

열차는 순식간에 추도로 달리었다.

"아바이는 이렇게 싸우다 돌아가셨고 나는 파편이 관통되어 피가 흐르는 다리를 싸매고 포탄차에 앉아 원산으로 갔소…….

영호야 바로 그 아버지가 너의 친아버지였더란다. 나는 제대되면 이 만포선으로 올 것을 언제나 생각했댔다. 그리하여 제대 후 3년 만에 돌도 못돼 어머니마저 폭격에 잃은 영호 너를 내가 만났고 또 너와 함께 내가 이 초소에 너의 아버지의 뜻을 이어 이 자리에 서 있는 거란다. 이 굴이 바로 그 굴이다."

현우혁은 담배를 붙여 물고 깊숙이 빨아들이면서 감시소에서 곰방대를 빨고 앉았던 아바이를 그려보았다. 시한탄을 안고 저벅저벅 발걸음을 옮겨놓던 아바이의 영상이 눈앞에 삼삼히 떠오른다.

말을 끝내고부터 먼 산을 바라보던 현우혁은 흘러내리는 눈물을 참을 수가 없었다. 금녀도 영호도 말없이 고개를 숙이고 있었다. 그는 손수건으로 눈물을 씻으며 혼잣소리로 웅얼거린다.

"석회가 눈에 들어가더니만 고약하게 쓰리구만…… 아!"

그때 고개를 든 영호는 눈물을 떨구는 현우혁을 보자 와락 가슴에 안기며

"아버지!"

하고 소리를 지른다. 얼굴을 가슴에 비비며 목을 꼭 그러안는다. 가느다란 팔목이 바르르 떨린다.

"아버지!"

현우혁은 울음을 터뜨린 영호의 잔등을 쓸어주고 있다.

금녀는 수건으로 얼굴을 가리고 돌아앉는다.

여지껏 현우혁에게서 영호에 대해서 많은 이야기를 들었었다. 그러나

이렇게 뼈에 사무치는 심정을 이해하지는 못했었다.

그는 가슴에 아픈 상처를 할퀴인 듯하여 높이 들먹이는 젖가슴을 움켜잡고 눈을 내리감았다.

왜 이다지도 어리석었는지 알 수 없다.

현우혁은 다리를 절면서 눈이 오나 비가 오나 이 철길을 걷고 있지 않은가. 영호는 손끝이 얼어드는 것을 참으면서 학교 가던 길에 얼음을 까낸다. 한데 내가 선로원의 아내답게 한 일이 무엇인가? 더구나 노동당원의 아내다운 점이 나에게 바늘 끝만치라도 있었는가? 그는 영호를 그러안고 실컷 울었으면 좋을 것 같다. 그래서 지난날의 잘못들을 모두 사과하고 싶었다.

×

금녀는 밤이 깊었는데도 바느질감을 무릎에 놓은 채 고개를 다소곳이 숙이고 앉았다. 내일 길을 떠날 남편의 옷을 손질하고 있었다. 바느질감은 보이지 않는데 눈물만 자꾸 쏟아진다.

그는 낮에 "아버지!" 하고 소리를 지르며 목에 매어 달리던 영호를 생각했다. 누운 그의 얼굴과 석회를 다루어서 손끝이 빨갛게 충혈된 것을 보고 있노라니 목이 꽉 메어왔다. 지각을 하지 말라고 한 번 타이른 다음부터는 통학 거리가 5리나 멀어졌으나 한 번도 지각을 해본 일이 없는 기특한 아이다. 아버지의 넋을 그대로 이어받았다. 바늘을 든 금녀의 손이 파르르 떨린다. 눈물은 바느질감에 쉴 새 없이 떨어진다.

자던 현우혁이 끙 하고 돌아누우면서 앓음소리를 한다. 얼굴을 가리웠던 책이 미끄러져 툭 떨어진다.

금녀는 깜짝 놀라 눈물을 훔치고 밀려나간 이불을 끌어다 덮어준다.

현우혁은 이불을 젖히면서 손을 자꾸 내두른다.

금녀는 남편의 손을 얼른 잡아보았다. 손바닥은 돌에 긁히고 째져서 만신창이다. 피가 터진 자리에 검은 딱지가 앉았는데 그것이 조여드는 모양이다.

그러고 보니 저녁상을 받고 얼른 숟가락을 들지 못하던 일이며 밥을 몇 술 뜨다가 숟가락을 덜렁 떨어뜨리던 까닭을 이제야 알 수 있었다.

현우혁은 오전 중에 추도에 회를 바르고 오후에는 강습 갈 차비를 하느라고 고되게 일을 했다. 강습 가 있는 동안 사고를 내지 않게 하자면 많은 일을 미리 해놓아야 했다. 떨어질 만한 돌을 탐사해서 미리 떨구어 치워야 했다.

그는 망태에다가 쐐깃감, 망치, 밧줄, 뻥끼105) 통을 넣어 가지고 벼랑터을 기어올랐다. 드노는106) 돌에다가는 쐐기107)를 쳐놓고 미타한108) 놈은 지렛대로 미리 떨구어 버린다. 균열이 간 벼랑에다가는 뻥끼를 칠해서 먼 데서도 알아보게 해둔다. 발을 붙일 수 없는 데는 허리에 밧줄을 메고 허공에 데룽데룽 달리어 돌을 꺼낸다. 총대봉, 장수봉, 왁새봉을 오르내리는 동안 수갑은 거덜이 나고 손은 긁히어 쓰렸다.

이렇게 하루를 보낸 현우혁은 지금 고단히 잠이 들었다.

금녀는 남편의 손을 쥐고 몸을 떨었다.

왜 내가 벌써부터 도와 나서지 못했는가. 내가 남편을 사랑했고 그를 위한다는 것이 과연 무엇이었던가. 밥을 짓고 옷을 손질하고 그저 고스란

---

105) 뻥끼(penki): 페인트(paint). 안료를 전색제(展色劑)와 섞어서 만든 도료를 통틀어 이르는 말.
106) 드놀다: 들놀다. 들썩거리며 이리저리 흔들리다.
107) 쐐기: 물건의 틈에 박아서 사개가 물러나지 못하게 하거나 물건들의 사이를 벌리는 데 쓰는 물건.
108) 미타하다(未妥하다): 든든하지 못하고 미심쩍은 데가 있다.

히 남편 일을 구경한 것밖에 더 뭣이 있는가. 영예군인이고 선로 감시원이며 당원인 그를 위한 것이 무엇이었던가 생각하니 제 손은 너무나 희고 부드럽다. 한 일이 너무 없다.

금녀는 남편의 손을 끌어다가 가슴에 대었다.

그는 부르짖었다.

여보! 차라리 이 주먹으로 나를 칵 때려주구려. 이 미련하고 우둔한 계집이 정신을 버쩍 차리게…… 네? 왜 나를 이렇게 버려두시우. 언제까지 버려두시려우. 당신은 너무 야속해요. 내가 왜 당신의 팔다리가 될 수 없겠어요. 너무 약한가요. 내 손은 너무 가늘고 희지요. 허나 나는 살이 찢기고 뼈가 가루가 되어도 좋아요, 당신을 도울 수 있어요…… 종잇장도 맞들면 낫다지 않아요. 그는 지나온 모든 것이 후회되었으며 부끄러워졌다.

바윗골로 이사하는 것을 반대한 어리석은 짓이며 산이래서 나무리고[109] 들떠서 거리 생활만 바라보고 선로 반장에게 한 불평이며 초소 근무 기한만 따지던 일들이 단꺼번[110]에 떠올랐다. 더구나 가슴을 오려내는 듯 아프게 한 것은 저녁상을 받고 남편이

"거 무슨 천 쪼박[111]이 좀 없겠소? 굴러내림직한 돌짬에다가 먼 데서도 알 수 있게 깃발을 만들어 꽂았으면 좋겠는데, 삥끼로 짬을 바르기는 했어두 이제 색이 날고 풀이 성하면야 알아볼 수 있어야지. 생각해보니 대를 해서 깃발을 꽂으면 돌이 기울어들자 깃발도 자연 기울 거란 말야. 그럼 소경 막대질하듯 아무데나 벼랑을 기어오르지 않아두 미리 알 수 있거든……"

---

109) 나무리다: '나무라다'의 방언(함경).
110) 단꺼번: '단번'의 방언(경상, 평북, 함남).
111) 쪼박: '조각'의 북조선어.

했을 때 금녀는 탐탁히 듣지도 않았거니와 오래 생각지도 않고 얼른

"그런 천이 어디 있어요."

해버린 것이다.

금녀는 얼굴을 싸쥐고 돌아앉았다. 몸이 부르르 떨린다.

그는 빚어 세운 듯이 넋없이 앉았다가 정신이 들자 농짝문을 열고 옷가지를 꺼내기 시작했다.

양복, 내의, 치마, 저고리, 그밖에 광목과 비단천도 나왔다. 어느 하나 깃발이 됨직한 것이 없었다. 흰 것, 검은 것, 초록, 모두 수풀 속에서 잘 나타나기 어려운 빛깔이다.

그는 재빨리 일어나 선반에서 고리짝을 내리었다. 거기에는 한지에 싼 홍치마가 있었다. 시집올 때 어머니가 입었다는 것을 대를 물린다면서 넣어준 것이다.

"좋아 이게 어디서나 잘 뵐 거야."

금녀는 이렇게 중얼거리며 눈이 부시게 붉은 홍치마를 폭을 갈라 활짝 방바닥에 펼쳐 놓았다.

(어머니도 그런 데 썼다면 오히려 기뻐하실 거야.)

금녀는 가위를 들고 숨을 기껏 들이그었다가 흐 내쉬었다.

한결 가슴이 가벼워지는 것 같았다. 가위는 다홍치마 한복판을 사박사박 가르며 나간다. 가로 자르고 세로 자르니 책장만큼씩한 기폭이 되었다. 금녀는 가슴이 헌헌히 트이는 것 같았다. 애지중지 건사해오던 치마폭이다. 어머니가 대를 물린 치마폭이다. 그러면 어떠랴! 폭탄을 안고 걸어나간 영호의 친아버지의 넋이 이 철길에 깃들었고 영호의 원한의 눈물이 잦아든 이 철길을 지키는 것이라면 아까울 것이 무엇이랴. 3년 간이나 고아원을 돌아다니며 영호를 기어이 찾아낸 지성의 천분 만분의 일이라도 이것으로 보답이 된다면 그것으로 기쁠 것 같았다.

목숨으로 지켜낸 철길이다. 휘황한 공산주의 내일을 향해 온 나라가 이 길로 연결되고 있다. 비가 오나 눈이 오나 다리를 절며 이 길을 걷는 것은 한 노동당원이 이 선로를 떠받들고 있는 것을 의미한다. 아니 영호 친아버지는 가슴으로 이 철길을 받들고 있는 것이다. 거기에서 나도 침목 밑에 깔린 자그마한 한 개 돌처럼 되어야 한다.

금녀는 벌써 치마가 아니고 붉은 기폭으로 된 다홍치마를 집어 들었다. 붉은 바탕은 윤이 돌고 눈이 부시다.

금녀의 가슴은 높이 들먹이었다. 눈물이 볼을 적시며 치마폭에 굴러 떨어진다.

그는 다시 가위를 든다.

반나마 열어놓은 창문으로는 교교한 달빛이 흘러든다. 마치 흰 명주필을 엇가로112) 내리드린 듯하다.

×

그 이튿날 현우혁은 회의에 떠나게 되었다.

금녀와 영호는 멀리까지 따라나갔다.

"영호야 너 백일홍을 잘 가꾸어라, 이제 곧 필 게다."

"네!"

영호는 제법 손을 내밀어 악수를 한다.

널찍한 마당가에는 키가 한 뼘이나 자라고 도톰하고 야들야들한 잎이 몇 장씩 달린 백일홍이 봉긋한 망울을 모두 하늘로 쳐들고 있다.

"여보! 그동안 잘 부탁하오. 그리고 이 백일홍을 철길가에 옮기면 어

---

112) 엇가로: 북조선어. 엇비슷하게 가로.

때?"

"염려마세요."

"그리고 또 숙제가 있는데 몇 번이고 짬이 있는 대로 읽소 응?"

이렇게 말을 하며 염낭[113]에서 회상기를 꺼내준다. 금녀는 하도 여러 번 읽어 이제는 줄줄 외우다시피 한 것을 뭘 또 새삼스레 그러느냐고 하는 듯이 상긋 웃어 보이며 책을 받아든다.

현우혁은 시물[114] 웃으며 금녀의 어깨를 두드린다.

"읽고 또 읽어야 하는 거야. 몸에 푹 배게. 그리구 내가 없는 동안 반에서 대신으로 누굴 보내게 하지……."

"네?"

금녀는 흠칫 놀라며 한 걸음 뒤로 물러나며

"그럼 당신은 나를 아직…… 믿지 못……."

현우혁은 껄껄 웃어 뵈며 믿지 못해서가 아니라 농담을 했다고 얼른 둘러대고 나서 손을 내저으며 성큼성큼 내처 걸었다.

금녀는 얼굴을 살짝 붉히며 고개를 숙여 인사를 한다. 그러면서 그는 감시원의 아내답게, 노동당원답게 초소를 지킬 터이니 염려말고 다녀오라고 말하려 하였으나 입을 열 수가 없었다.

현우혁이 떠나간 후 금녀는 곧 집으로 돌아와 집안을 치우고 싸리[115]를 꺾으러 산으로 올라갔다. 치마를 오린 기폭에다가 대를 만들자는 것이다.

싸리로 대를 만들어 가지고 노동복을 입고 노동화를 단단히 조여 신은 다음 '흘러온 산' 쪽으로 갔다.

거기에는 석축을 쌓고 콘크리트도 했지만 워낙 낙석이 심해서 어제

---

113) 염낭(염囊): 허리에 차는 작은 주머니의 하나. 두루주머니.
114) 시물: 시물거리다. 입술을 약간 실그러뜨리며 소리 없이 자꾸 웃다.
115) 싸리: 콩과의 낙엽 활엽 관목.

하루 현우혁이 무진 애를 쓴 곳이다. 뺑끼칠을 해놨다고 하지만 물이 흐르면서 빛이 벌써 낡아져서 철길에서는 알아볼 수 없게 되었다.

날씨는 마뜩지116) 않다. 동해 쪽에서 구름떼가 몰려온다. 날은 무덥고 침침하다. 필경 비가 올 징조다.

금녀는 벼랑 밑에 가 섰다. 거의 90도의 절벽인데 군데군데 불쑥불쑥 내민 바위뿔이 있고 진달래가 바위짬에 검질기게117) 뿌리를 박았다. 그 새짬으로는 자질구레하니 물이 흐르고 돌등에는 이끼가 한 벌 돋았다.

금녀는 벼랑에 기어오르기로 결심했다.

바위뿔을 든든히 잡고 조심조심 한 발씩 옮겨 디딘다. 한 걸음 한 걸음 절벽을 정복해 나간다. 올려다보면 구름이 흐르면서 하늘이 빙빙 도는 것 같고, 발 밑을 굽어보면 아찔하다. 벌써 두 길이나 올라왔다.

그럴 때에 발이 미끄러지면서 굴러 떨어졌다. 몇 번 기어올랐지만 거듭 미끄러져 내렸다. 그는 다시 일어나 이를 악물고 벼랑에 달라붙었다.

(올라가야 한다. 그래서 깃발을 꽂아야 한다.)

그는 아슬아슬한 벼랑턱에 기어올랐다. 이번에는 곧추 오르지 않고 엇가로 질러 올라가기로 했다. 아차 발을 빗디디면 또 떨어질 수도 있다. 그러나 그는 입술을 깨물면서 팔에 힘을 주어 몸을 추어올렸다.

영호 아버지가 목숨으로 지킨 철길을 위한다고 생각하니 못할 일이 없었다. 그리고 또 귀에서는 돈화의 수림 속을 헤매는 명화 어머니의 말소리도 들리는 것 같았다.

'금녀! 용감하라! 응 굴하지 말라!'

(그렇다! 굴하지 말아야 한다. 저 산에 오르자. 그래서 기를 꽂자.)

---

116) 마뜩하다: 제법 마음에 들 만하다.
117) 검질기다: 성질이나 행동이 몹시 끈덕지고 질기다.

금녀는 얼결에 가슴을 만져보았다. 가슴에는 싸리로 대를 만든 붉은 깃발들이 그냥 꽂혀 있었다. 금녀는 팔을 벌리고 바위벽에 든든히 달라붙였다.

그는 머리를 쳐들어 산봉우리 한끝을 주시하며 발을 옮겼다.

명화 어머니를 생각하니 마음이 든든하다. 아래에서 떠받들어 주기라도 하는 것 같다.

그는 무서울 것이 없고 오르지 못할 벼랑이 없을 것 같았다.

금녀는 드디어 '홀러온 산' 높은 봉우리에 올라섰다. 그리하여 현우혁이가 뺑끼를 칠한 위험 개소에 붉은 기를 꽂았다.

금녀는 소리 높이 외치고 싶었다.

'명화 어머니 내가 올라왔어요.'

하면 어디선가 화답해 나설 것만 같다.

금녀는 해가 저물도록 30개소에 깃발을 다 꽂고 산을 내려왔다.

산을 내려가서 뒤를 돌아보았다. 장수봉에는 철쭉꽃이 붉게 피었고 왁새봉에는 개나리가 한숏 깔렸다. 그런데도 유표나게[118] 눈이 부시게 붉고 나풀거리는 금녀의 다홍치마폭 깃발은 어디에서나 잘 보이었다.

금녀는 무거운 발길을 천천히 옮겨 디디면서 집으로 돌아왔다.

날이 어두워지자 안개비가 굵어지더니 차차 빗발이 서기 시작한다.

집에 오니 영호가 비를 맞으며 철둑 가장자리에 백일홍을 옮겨 심고 있다.

줄을 지어 가지런히 심어놓은 어린 백일홍은 봉긋한 망울을 일제히 하늘로 쳐들었다. 해만 나면 금방이라도 아이들 손바닥 같은 꽃송이가 짝짝 펴질 것 같다. 빗방울이 봉우리에 떨어지면 한들한들 흔들리면서

---

118) 유표하다(有表하다): 여럿 가운데 두드러진 특징이 있다.

진주알 같은 물방울을 뱉어놓는다.

영호는 손에 진흙을 잔뜩 매닥질[119]쳐 가지고 성수가 나 돌아간다.

"내일 아침이면 피겠죠?"

"그래."

"어째 이 꽃 이름이 백일홍이나요?"

"오래오래, 백 날두 더 붉게 피어 있다고 백일홍이란다."

"난 새빨간 빛이 참 좋아!"

금녀는 영호를 도와 백여 포기나 되는 꽃을 다 옮기고 저녁을 했다.

밤이 들자 비는 대줄기처럼 쏟아지고 바람은 사납게 울부짖었다.

금녀는 자리에 누울 수 없었다.

그는 등불을 들고 철길에 나섰다.

먹물을 부은 듯이 밤은 캄캄하다.

얼마 가지 않아 비옷을 흠뻑 젖어 속으로 꿰뚫고 물이 스며든다. 등골로 허리로 찬물이 흘러내린다. 그런데도 온몸은 노그라지고[120] 무릎은 잘 놀려지지 않는다. 몇 걸음 나가다는 침목에 발부리를 걸고 엎어진다. 그러면 등불은 어딘가 굴러 떨어진다. 눈알이 뽑힌 듯이 사위는 캄캄한데 벌벌 기며 손더듬을 해서 등불을 얻어낸다. 골짜기에서는 와와 물흐르는 소리가 들리고 어디선가 쿵쿵 돌담 무너지는 소리도 난다.

금녀는 졸음을 쫓느라고 벼랑에서 떨어지는 물에다가 머리를 들이댄다. 그러면 얼음물처럼 찬물이 머리를 식히고 한결 기운이 솟는다. 그러고는 또 걷는다. 돌을 안아 낸다. 물도랑을 친다.

비바람은 짓궂게 기승을 부리면서 밤을 지새는 금녀를 철길에 자빠뜨

---

119) 매닥질: 반죽이나 진흙 따위를 아무 데나 함부로 뒤바름. 매대기.

120) 노그라지다: 지쳐서 맥이 빠지고 축 늘어지다.

리기라도 하려는 것 같더니 먼동이 훤히 트이면서 차차 머리를 숙이려
들었다.

지쳐버린 금녀는 감시소에서 아무렇게나 몸을 던지고 눈을 잠시 붙였
다가 일어났다.

날씨는 동켠 하늘이 푸르스름해지고 선들바람이 불면서 가랑비로 바뀌
었다.

그러나 재빨리 손을 써야 했다. 골짜기에서는 차차 더 물이 터져 나왔고
6시 평양행 여객 열차 시간이 박두하였다.

금녀는 급히 서둘러서 지렛대를 메고 철길로 나섰다. 학교 갈 시간이
멀었다면서 영호도 씩씩거리며 뒤따라 나섰다.

금녀는 언제나 위험 감시 지점으로 되어 있는 '홀러온 산' 쪽으로 달려
갔다.

철길에는 군데군데 너저분하니 돌이 굴러 내려와 있었다. 골짜기에서
는 벌건 흙탕물이 철둑을 넘어 침목 밑을 들이 파면서 요란한 소리를
낸다. 금녀는 나는 듯이 달려들어 철길에 돌을 안아 나르고 물에 패인
웅덩이에다가는 돌을 넣어 준비해두었던 비상용 가마니를 끌어다가 틀어
막았다.

이렇게 네다섯 군데를 손질하면서 계속 240제표 지점을 향해서 달리
었다.

눈치 빠른 영호는 금녀를 따라오지 않고 그의 반대쪽인 239제표 지점으
로 달려갔다.

한참 나가다가 금녀는 서 말들이 독만 한 돌과 맞다들었다. 그는 지렛대
를 밑에 들이박고 어깨를 추어올렸다. 독테처럼 둥글게 생긴 이 놈은 앉은
자리에서 끄떡하지 않았다.

그 때 벌써 산 너머에서 들릴락말락한 기적소리가 울린다. 레일은 열차

바퀴에 울리어 아룽아룽 울기 시작한다.

금녀는 초조하고 불안해 났다. 팔다리가 후들후들 떨린다. 덤벼서 그런지 지렛대는 자국에 박히지 않고 자꾸 벗어져 나간다.

또 한 번 기적소리가 울린다. 이번에는 확연히 추도를 넘어서는 신호 같다. 이쯤하면 3분 아니면 기껏해야 5분이면 여기에 와 닿는다.

금녀는 온몸의 힘을 모아 지렛대를 메고 일어선다. 돌은 움쭉하더니 내리막 도랑으로 미끄러져 내렸다.

금녀는 안도의 숨을 호 내쉬면서 허리에 찼던 신호 깃발을 뽑아 들었다.

그런데 생각지도 않았던 반대 방향인 239제표 지점 쪽에서 영호가

"엄마—."

하고 다급한 고함을 지른다. 고개를 피끗 돌린 금녀는 철길 한복판에 엎드려서 돌을 안고 빙빙 돌아가는 영호를 보았다.

(아! 늦었구나.)

하는 순간 금녀는 허리춤에 넣고 온 비상용 정차 신호 뇌관을 생각했다.

뇌관을 레일 위에 놓으려다 말고 금녀는 영호 있는 데로 달려가며 위험하다고 고함을 지르며 허리를 안아 일으켰다.

영호는 돌을 그러안고 떡 들러붙어 떨어지지 않는다.

"영호야 차가 온다!"

"엄마!"

영호는 울상이 되어 쳐다본다.

금녀는 이 순간에 영호가 무엇을 생각하고 있는지 짐작하기 어렵지 않았다. 폭탄을 안고 철둑을 걸어나간 친아버지며 다리를 절며 밤낮을 철길에서 지내는 양아버지를 생각하는 것이리라!

하지만 이제 벌써 때가 늦었다. 그는 다급히 허리춤에서 뇌관을 꺼냈다. 이것을 철장에 놓기만 하면 열차가 통과하다가 신호를 받게 된다. 그러면

열차는 멎을 것이다.

금녀는 철장을 향해 허리를 굽히려는데 영호의 고함소리가 또 들려왔다.

"엄마! 빨리—."

금녀는 고개를 들었다. 영호는 손짓을 하다가 다리에 매어 달란다.

순간 금녀의 머리는 찡해 나고 귀가 멍멍해졌다. 별안간 그 언젠가 졸다가 신호등 대신에 모자를 들고 나왔을 때 남편이 하던 말이 귀에 쟁쟁 울려왔다.

"사회주의 건설을 위해 달리는 열차를 지체시킨다는 것은 인민 앞에 범죄요…… 노동당원의 아내답지 못하오…….'

금녀는 나는 듯이 달려들어 영호와 한덩어리가 되어 돌을 그러안았다. 굴릴 수도 없고 들 수도 없는 뿔이 나고 밑이 널찍한 놈이 철길 복판에 들이박히었다. 둘이서 기를 써야 한켠 귀가 삐끔히 들렸다가는 또 털썩 주저앉군 한다.

(어떤 일이 있어도 차를 세워서는 안된다. 그렇다! 이 철길은 영호 아버지가 목숨을 바쳐 지켜온 길이다.)

이렇게 생각하니 눈앞에서 불이 이글거리고 수십 개의 영호의 얼굴과 그 아버지의 얼굴이 번갈아 빙글빙글 돌아간다. 명화 어머니의 얼굴도 보인다. 남편의 얼굴도 나타난다.

금녀는 눈을 질끈 내리감고 돌을 안았다. 두 발을 레일에 벗디디고 안간 힘을 썼다.

돌은 한 바퀴 뒤치었다.

다시 '옥' 소리를 지르며 금녀와 영호는 허리를 폈다.

도랑 밑으로 두 사람이 돌을 따라 데굴데굴 굴러 내리었다.

그 때에 산굽이를 돌아선 열차는 경적 소리를 요란히 울리며 쏜살같이 다가왔다.

금녀는 자리를 차고 일어났다. 그리고 허리에 찼던 신호 깃발을 뽑아 들었다. 고개를 돌려 질주해오는 열차를 주시하면서 금녀는 푸른 깃발을 내들었다. 그리고 발을 돋우며 팔을 혼드는 것이었다.

열차는 산이 쩡쩡 울리게 길고 요란한 기적소리를 울리었다.

통과 신호 응답이다.

열차는 질풍처럼 내달리면서 금녀와 영호에게 거센 바람을 들씌운다.

기적소리는 오래오래 여음을 끌면서 독로강 물줄기를 감기며 풀리며 흘러내리는 산골짜기들을 울려놓는다.

마치 은은한 북소리가 미구에 닥쳐올 여명을 알리는 것 같다.

금녀는 가슴에 희열이 넘쳐흘렀다. 팔다리는 마냥 진정할 수 없이 뛴다.

그의 눈에서는 두 줄기 눈물이 볼을 적시며 흘러내린다.

그래도 그는 열차가 사라진 산굽이를 뚫어지게 바라보고 있다.

이때 문득 그 언젠가 남편이 들려준 한 마디 말이 떠올랐다.

"분계선 팻말을 찍어 던지고 끊어졌던 레일을 다시 이을 때 거기에 가서 우리 이 푸른 깃발을 쳐듭시다. 우리가 다음 이사갈 곳은 거기요."

또다시 산 너머에서 기적소리가 울린다. 둔중한 그 음향은 온 천지를 진감시키면서[121] 끝없이 메아리를 일구며 멀리멀리 울려 퍼진다.

금녀는 팔을 더 높이 쳐들며 발을 돋운다.

대가 꺾일 듯이 깃발이 나부낀다. 금녀의 옷자락과 치마쪽도 물결친다.

열찻간에서는 활짝 들어올린 창문으로 사람들이 얼굴들을 내밀고 있다.

철둑에는 치마저고리가 물에 흠빡[122] 젖고 온몸에 흙투성이를 한 젊은 여인과 볼꼴[123]없이 어지러워진 어린 소년이 팔을 내젓는다.

---

121) 진감하다(震撼하다): 울리어 흔들리다. 또는 울리어 흔들다.
122) 흠빡: 함빡. 물이 쪽 내배도록 젖은 모양.
123) 볼꼴: 남의 눈에 비치는 겉모양.

이윽고 소년은 발을 모으고 오른 팔을 들어 소년단 경례를 한다.

동쪽 산봉우리에는 일년감빛124) 아침해가 솟아오른다. 비가 오다 멎은 초여름의 산골짝에서는 싱그러운 바람이 불어온다.

사람들은 바로 이것들—낭림산맥의 아아한125) 연봉들과 운무가 흐르는 이 산협에서의 해돋이에 매혹되었을 수도 있고, 철쭉꽃이 만발한 독로 강 기슭 살뜰한 풀향기에 취했을 수도 있었으리라.

하지만 철둑에 나선 이 사람들이 누구이며, 그들의 생애에는 과연 어떤 사연이 깃들어 있으며 더구나 달리는 열차를 바라보는 그들의 얼굴에는 왜 그렇게도 희열이 넘쳐흐르는지…….

이것을 아는 사람은 아마도 없었으리라!

더구나 달리고 있는 열차 밑에 끝없이 뻗어 나간 레일들이며 그것을 떠받들고 있는 침목이 얼마인지, 그리고 그 밑에 자그마한 한 개 한 개의 돌들이 그 육중하고 또 질풍처럼 달리는 열차의 괴임돌126)이 되고 있음을 누구나 다 이때 알고 있지는 못했으리라…….

철둑에 이슬을 담뿍 먹은 한 떨기 백일홍이 피었다.

바람에 꽃잎이 혼들린다. 춤을 춘다.

♦ 수록: 「백일홍」, 『조선문학』 169, 1961. 9(1961. 9. 9).
♦ 「백일홍」, 『백일홍』, 문예출판사, 1974(1974. 12. 30).
♦ 「백일홍」, 권정웅 외, 『조선단편집』 3, 문예출판사, 1978(1978. 11. 30).
♦ 「백일홍」, 『조선문학』 677, 2004. 3(2004. 3. 5).

---

124) 일년감빛: 북조선어. 토마토처럼 빨간 색깔. 토마토 색깔의 빛.
125) 아아하다(峨峨하다): 산이나 큰 바위 따위가 험하게 우뚝 솟아 있다.
126) 괴임돌: 굄돌. 물건이 기울어지거나 쓰러지지 않도록 아래를 받쳐 괴는 돌.

자기 위치 앞으로!

엄단웅

1

우리나라 ××지역에 새로 일떠서는[1] 대야금[2]기지 건설장의 어느 한 중요건설대상을 맡은 ××건설 사업소 지배인 전창민은 말없이 창문가에 버티고 서서 밖을 내다보고 있었다.

그는 아침마다 사업을 착수하기 전에 의례히[3] 이렇게 하는 버릇이 있다.

연대장 지휘 감시소에서 전선을 감시해오던 몸에 밴 군대 생활의 관습인지도 모른다.

---

1) 일떠서다: 북조선어. (비유적으로) 건축물 따위가 건설되어 땅 위에 솟다.
2) 야금(冶金): 광석에서 금속을 골라내는 일이나 골라낸 금속을 정제(精製), 합금(合金), 특수 처리하여 여러 가지 목적에 맞는 금속 재료를 만드는 일.
3) 의례히(依例히): 전례(前例)에 의하여.

창 밖의 모든 것은─솟아오르는 아침해도 푸른 바다도 짙은 안개 속에 잠겨버리고 지붕을 채 씌우지 못한 혼선로4)의 트라스5)와 삐죽이 머리를 내민 탑식6) 기중기7)의 거밋한8) 윤곽만이 뚜렷이 드러나 보였다. 어디선지 야무진 호각 소리와 함께 검은 물체 하나가 공중으로 불쑥 솟아오른다. 기중기에 매달린 검은 그 물체─철판에는 어느덧 햇솜 같은 안개가 휘감겨 돌아간다. 안개 덮인 지붕판은 천천히, 갈수록 속도를 죽여가며 지붕을 향해 내려앉는다. 이윽고 트라스에 맞물리는 장쾌한 철판 부딪침 소리가 찌르릉! 하고 사무실의 유리창문을 두드리며 건설장의 넓은 공간으로 번져 나간다…….

창 밖을 내다보고 섰던 지배인은 초조하게 자리에 와서 앉았다. 지배인의 책상 위에는 용수철처럼 타래진9) 초록색 전화줄이 달린 다섯 대의 전화기가 주런이10) 놓여있다.

지배인은 그 중에서 수화기 하나를 집어들었다.

"기사장실에 대시오."

지배인은 수화기를 귀에 갖다대고 다른 한 손에 쥔 붉은 색 연필 끝으로 복잡한 선과 점이 교차된 도면 위를 훑어나가는가 하면 연필을 거꾸로 세워 책상 위에다 꽉 누르며 그 어떤 생각 속에 파고들기도 했다.

수화기에서 아직도 응답이 없다. 지배인은 못마땅한 듯이 전화기를 툭

---

4) 혼선로(混銑爐): 고로(高爐)에서 나오는 녹은 선철(銑鐵)을 제강로에 보내기 전에 저장하여 그 온도와 성분을 고르게 하는 노.
5) 트라스: '트러스(truss)'의 북조선어. 직선으로 된 여러 개의 뼈대 재료를 삼각형이나 오각형으로 얽어 짜서 지붕이나 교량 따위의 도리로 쓰는 구조물.
6) 탑식(塔式): 탑 모양으로 생긴 형식. 탑을 이용하는 방식.
7) 기중기(起重機): 무거운 물건을 들어 올려 아래위나 수평으로 이동시키는 기계.
8) 거밋하다: 북조선어. 검은 듯하다.
9) 타래지다: 사려지거나 꼬이며 타래를 이루다.
10) 주런이: 북조선어. 줄을 지어 가지런히.

툭 잡아 두드렸다. 이때 손기척 소리와 함께 문이 열리며 키가 후리후리한 기사장이 들어섰다.

"지금 전화로 찾고 있는 길이었소. 기중기 문제는 어떻게 됐소?"

지배인은 수화기를 내려놓으며 기사장이 자리에 채 앉기도 전에 못마땅한 목소리로 조급하게 물었다. 기사장은 말없이 한 동안 서 있었다. 그는 책상 앞에 있는 의자를 당겨놓고 자리에 앉은 다음에도 잠시 그냥 말이 없었는데 길쯤한11) 그의 얼굴에는 어딘지 모르게 피로의 그늘이 져 있었다.

"아직 신통한 방도를 찾지 못했습니다. 기술 부장의 제안을 다시 검토해 보았으나 덮어놓고 소극적이라고 나무할 근거가 없습니다."

"그러니 25톤 기중기 하나를 15리밖에서 옮겨오는데 넉 달이 꼭 걸려야 된단 말입니까?"

지배인의 목소리는 거칠었다.

"지배인 동지도 아시다시피 우리가 그것을 처음 접수해올 때는 6개월이 걸리지 않았습니까. 그래도 그 때에 비하면……."

기사장은 말을 중도에 끊어 버렸다.

지배인은 주먹으로 이마를 받치고 앉아 있었는데 진한 그의 두 눈썹이 이그러지면서 미간에다 깊은 주름살을 지어 놓았다. 침묵이 흘렀다…… 전화 종소리가 요란스럽게 울렸다. 건설 국장으로부터 온 전화였다.

"산소로 건물 조립 작업 말입니까? 언제 착수하겠느냐구요?"

지배인은 대답을 못하고 잠시 망설이다가 말을 이었다.

"곧 착수하려고 합니다. 그런데 지금은 권양기12) 능력에 걸려 있습니

---

11) 길쯤하다: 꽤 기름하다.

12) 권양기(捲揚機): 밧줄이나 쇠사슬로 무거운 물건을 들어 올리거나 내리는 기계.

다. 25톤 기중기를 여기에 인입하려고[13] 하는데 옮겨오는데 상당한 시간이 걸립니다. 이 문제가 해결되는 대로 정확한 계획 날짜를 보고하겠습니다."

지배인은 수화기를 내려놓자 말없이 옷걸개에서 작업모를 벗겨 머리에 푹 눌러썼다. 그리고 양복저고리 위에다 작업복을 껴입었다. 기사장도 책상에 놓았던 사업 수첩을 쥐고 자리에서 따라 일어났다.

"기중기 문제는 더 연구해 보겠습니다."

기사장은 작업복을 껴입고 있는 지배인의 등에 대고 말하였다. 지배인은 못 들은 것처럼 아무 말 없이 문으로 걸어나갔다. 그러다가 갑자기 걸음을 멈추고 뒤따라선 기사장에게 말하였다.

"기사장 동무는 지금 자기가 어떤 위치에 서 있는가를 생각해 봐야겠소. 중대나 소대가 아니라 한 개 사단을 책임진 참모장의 입장에서 말이요."

그는 이렇게 말하고 나서 작업복 주머니에 두 손을 깊숙이 찌르고 머리를 수그린 채 빠른 걸음으로 층층대를 내리기 시작했다.

건설 사업소 앞마당은 늘 외부에서 찾아오는 손님들과 자동차들로 붐비었다. 방송위원회 기자가 방송차를 마당에 세워놓고 사무실로 달려 올라가는가 하면 도면을 말아 쥔 설계 일꾼들과 자재 인수원들, 신문기자들이 분주히 드나들기도 하고 경제 선동 사업을 위해 파견돼 내려온 배우들과 예술인들, 지원노력들이 마당에 앉아 자기들의 인솔자가 사무실에서 나오기를 기다리기도 하였다.

전창민 지배인이 작업복 차림에다 모자를 눌러쓰고 현관에 나타나자 대기중에 있던 운전수가 지체없이 '갱생' 승용차를 발동시켜 현관에다 갖다대었다.

---

13) 인입하다(引入하다): 안으로 끌어들이다.

전창민은 차에 오르려다가 잠시 멈춰 서버렸다. 사무실에서 계획부 지도원이 비준 문건을 들고 달려나온 것이었다.

"무엇이오?"

지배인은 자동차 디딤판에 한 발을 올려놓은 채 뒤를 돌아다보았다. 지도원은 어찌나 급히 달려나왔던지 말을 꺼내지 못하고 숨을 가라앉히느라고 씨근거렸다.

전창민은 그가 내민 비준 문건을 대충 훑어보고 나서 그것을 무릎 위에다 올려놓고 수표를 해주고 차에 올랐다.

"지배인 동지, 몇 시쯤 돌아오십니까? 아직도 비준받을 문건이 남아 있습니다."

지배인은 문을 닫으며 밖을 향해 소리를 쳤다.

"지도원 동무, 밤에 봅시다."

계획부 지도원은 걱정스러운 듯 배기 가스를 내뿜으며 달리는 자동차를 바라보고 있었다.

……자동차는 흰 모래불[14] 위에 새로 다진 건설장 구내길[15]을 달리고 있었다. 강철기둥들이 백사장 여기저기에 거목처럼 뿌리를 박고 서있었다. 자동차는 그 강철기둥의 숲을 이리저리 헤치며 갈색 도색칠[16]을 한 엄청나게 큰 기둥 밑을 스쳐 지나갔다.

새로 아연 도금을 한 고압 전주탑이 햇볕에 번쩍거리고 아직 불을 지펴본 적이 없는 새 굴뚝들이며 탑식 기중기들이 하늘을 찌를 듯이 솟아올랐다. 하늘과 땅 곳곳에서 용접봉의 푸른 불빛이 번쩍거리고 눈길이 닿는

---

14) 모래불: '모래부리'(모래가 해안을 따라 운반되다가 바다 쪽으로 계속 밀려 나가 쌓여 형성되는 해안 퇴적 지형)의 북조선어.

15) 구내길(構內길): 북조선어. 공장, 기업 안에 있는 길.

16) 도색칠(塗色漆): 색칠하는 일.

곳마다 오색 깃발이 펄럭거렸다. 화물차들이 꼬리를 물고 허공에다 먼지를 말아올리며 내달리는가 하면 굴착기와 기중기차들이 포신[17]을 추켜든 탱크처럼 육중한 몸체를 기우뚱거리며 지나갔다. 손에 용접면[18]을 든 나이 많은 노동자 한 사람이 길을 내주느라고 길가에 비켜 서 있었다. 지배인은 불시에 차를 멈춰 세웠다. 그리고 차에서 내려 정중하게 모자를 벗어들었다.

"아바이[19], 그새 안녕하십니까?"

머리가 이미 백발이 된 용접공은 처음에는 어리둥절해 있다가 반색을 하며 마주 걸어왔다. 지배인은 윗사람과 나이 많은 연장자를 존대할 줄 알았다.

그는 아무리 바쁜 길에도 나이 많은 이 용접공 앞에서는 반드시 차를 멈춰 세우고 짤막하나마 인사를 나누군 하였다. 해방 직후 용광로를 복구하여 첫 쇳물을 뽑아낸 공로자의 한 사람인 오랜 이 용접공은 연로보장 연한이 지난 지 이미 오랬으나 거듭되는 권고에도 불구하고 손에서 용접봉을 놓지 않았다. 그는 지금도 사람들과 마주 앉으면 해방 직후 용접면이 없어서 돋보기 안경에다 고무신을 태워 그슬음[20]을 올려 가지고 용접을 하던 때 수령님께서 용접공들이 자외선을 받아 눈을 앓는다는 소식을 들으시고 친히 용접면을 보내주시던 일들을 감회깊이 회상하군 했다.

"그러지 않아도 지배인을 한 번 찾아가자고 했네. 조용히 할 말도 좀 있고…… 그런데 좀처럼 지배인을 만날 기회가 있어야지."

---

17) 포신(砲身): 포의 몸통 전체.
18) 용접면(鎔接面): 용접할 때에, 불꽃의 강한 빛이나 열로부터 눈과 얼굴을 보호하기 위하여 얼굴에 대고 가리는 물건. 방광면.
19) 아바이: '아버지'의 방언(경상, 평안).
20) 그슬음: 불에 겉만 약간 타게 하는 일.

노인은 마침 잘 됐다는 듯이 길가에 쭈그리고 앉아 담배를 꺼내 물고 성냥을 그어댔다. 전창민은 난감하여 잠시 망설이다가 손에 쥐었던 모자를 눌러썼다.

"급한 일이 생겨 제관 직장으로 가는 길입니다. 후에 다시 찾아뵙겠습니다."

전창민은 서운해하는 노인에게 거듭 양해를 구하고 나서 차에 올라앉았다.

그러나 차는 얼마 못 가서 다시 멈춰 서지 않으면 안되었다. 바로 한 시간 전에 굴착기가 와서 제관 직장으로 들어가는 자동차길을 거의 한 길나마 파헤쳐 놓았던 것이다. 지하 배관 공사였다. 거창한 이 건설장은 끊임없이 땅을 파헤집고 시시각각 지각을 변형시켜 놓았다.

지배인은 차를 그 자리에 세워놓고 배관 구덩이를 기운차게 훌쩍 뛰어넘었다. 그러나 그는 얼마 못 가서 맥이 빠지기 시작했다. 모래판에 발목이 푹푹 빠져 걸음을 옮길 수 없었던 것이다. 모래판을 벗어나자 이번에는 발 밑에서 사각사각 스라크가 밟히는 새 자동차길이 나타났다. 지배인은 다시 모자와 작업복 어깨 위에 용접봉의 불꽃이 내려앉는 고층 용접 작업장 밑을 지나갔다.

건설장은 끝없이 넓다.

지배인은 바쁜 몸이었다.

2

25톤 기중기는 건설장의 거인이다. 그와 어깨를 겨루는 것은 고압 전주 탑과 아찔하게 새로 일떠선 굴뚝밖에 더는 없다. 그와 다정하게 속삭일 수 있는 것도 지나가는 흰구름과 기러기떼뿐이다.

25톤 기중기는 힘장수이다. 짐을 실은 화물자동차도 손을 내뻗치면 장난감처럼 넝큼 들어 높은 지붕 위에 올려놓을 수 있다.

지배인이 이곳에 당도하였을 때 기중기는 트라스 위에 철판을 물어 올려 지붕을 씌우고 있었다. 지배인에게 있어서 이 탑식 기중기는 결코 처음 보는 낯선 물건이 아니었다. 그러나 이 며칠째 이 기중기 때문에 신경을 써온 그에게 있어서 이전에는 평범하게 대하였던 이 물체가 오늘은 그 어떤 새로운 의의를 가지고 눈앞에 나타나는 것이었다. 전창민은 우선 25톤 탑식 기중기의 거대한 몸체 앞에서 알지 못할 그 어떤 위압감을 느끼지 않을 수 없었다. 그는 머리를 힘껏 뒤로 제끼고 하늘을 찌를 듯이 아찔하게 솟아오른 기중기 끝을 오래도록 지켜보고 있었다. 지금 그의 마음을 사로잡고 있는 것은 다만 25톤 기중기의 거대한 그 위용만이 아니었다. 이 육중한 물체가 가지고 있는 다른 한 측면, 신기하리만치 자유롭고 기민한 그의 움직임에 끌려 들어가고 있는 것이었다. 마주 보이는 지붕 위에 젊은 연공[21] 하나가 서있었다. 그는 호각과 날랜 손동작으로 이 거대한 물체를 자유자재로 조종하고 있었다. 그가 가리키는 손길을 따라 기중기는 육중한 몸을 움직여 앞으로 걸어나가기도 하고 혹은 뒤로 움쭉 물러서기고 하였다. 때로 기중기는 허공에다 팔을 휘저으며 반원을 쭉 그리다가 높은 트라스 위에 문득 멈춰 서기도 하였다. 기중기는 마치 감각을 가진 동물 같았다.

그 거물은 마치 신호공의 손끝을 지켜보며 그의 호각소리에 귀를 기울이는 곡마단의 길들인 짐승 같았다.

지배인은 어마어마한 이 괴물을 손가락으로 조종하고 있는 지붕 위의

---

21) 연공(鳶工): 높은 곳에 올라가거나 높은 곳에 매달려서 하는 일을 전문으로 하는 기술자.

그 연공이 마치 그 어떤 신기한 힘을 가진 장수와도 같이 돋보였다.

지배인은 밑에서 철판 네 고리에다 기중기 고리를 물려주고 있는 한 연공이 곁으로 다가갔다. 그리고 기중기 밧줄 고리에다 철판 고리 하나를 걸어주며 물었다.

"저 동무가 누구요? 위에서 지휘하는 저 신호공 동무 말이오."

"우리 조장 동무 말이오?"

얼굴에 주근깨가 약간 있는 연공은 철판 쇠고리에다 밧줄을 매느라고 전창민을 쳐다보지도 않고 반말을 하다가 그가 지배인인 줄 알아차리자 당황하여 삐뚤어진 안전모를 바로 잡으며 군대식으로 대답하였다.

"최영길 동무입니다."

"뭐, 최영길 동무라구?"

"예, 작년 가을에 우리 작업반에 왔습니다. 군대에서 제대되자 바람으로 말입니다."

지배인에게 있어서 그것은 뜻밖의 대답이었다. 그가 연공 경험이 불과 반 년밖에 안되는 젊은 제대 군인이라는 것은 지배인도 알고 있다.

"그런데 벌써 신호 조장으로 임명됐단 말이오?"

전창민은 믿기 어렵다는 듯이 다시 물었다.

"위에서 누가 임명한 것도 아니지요. 신호공에 대한 선택권은 전적으로 기중기 운전공 처녀들에게 있으니까요. 말하자면 행운이라고도 볼 수 있지요."

연공은 익살스럽게 이렇게 덧붙이고 나서 점직한[22] 듯 스스로 낯을 붉혔다.

제관 조립 직장에서는 연공들과 기중기 운전공 처녀들로 작업조를 무

---

22) 점적한(원문) → 점직한. 점직하다: 부끄럽고 미안하다.

올23) 때 기중기 운전공들이 마음에 드는 신호수를 선택하는 것이 상례로 되고 있었다. 그것은 운전공들과 신호수 간의 긴밀한 협동 동작만이 어려운 설비 조립 작업을 성과적으로 보장할 수 있는 담보로 되기 때문이었다.

호각 소리가 길게 울렸다. 땅에 늘어졌던 밧줄이 차츰 팽팽해지면서 지배인이 딛고 섰던 철판이 움쩍움쩍24) 움직이기 시작하였다. 전창민은 머리를 뒤로 제끼고 서서 공중으로 높이 떠올라 가는 철판을 한참 바라보다가 기중기의 운전실을 향해 걸음을 옮겼다.

지배인이 쇠다리를 톺아25) 올라 운전실 문을 처음 열었을 때 안에서는 낯익은 처녀 하나가 운전대에 올라앉아 한참 기중기를 운전하고 있었다. 두 발이 땅에 닿지 않아 발 밑에다 발판을 놓고 있었으나 퍽 야무지게 생긴 처녀였다. 지배인은 그의 작업에 지장을 주지 않으려고 잠시 비켜서 있었다. 처녀는 물어올렸던 철판 하나를 지붕 위 제자리에 내려놓고서야 자리에서 일어나 깍듯이 인사를 하고 곁에 있는 걸상을 내놓았다. 그러나 처녀는 지배인과 마주 앉아 다음 말을 미처 꺼내지 못한 채 다시 운전대에 돌아앉지 않으면 안되었다. 신호공의 호각 소리가 들려왔던 것이다.

전창민은 쪽걸상26)에 걸터앉아 창 밖을 내다보았다. 여기서는 아까 땅 위에서보다 훨씬 가까이 연공들의 작업 모습이 바라보였다. 안전띠로 몸을 가뜬히 죄여맨 젊은 신호공이 쳐다보기만 해도 어질어질한 그 높은 곳에서 외나무다리와 같은 천장 트라스 위를 날쌔게 오르내리면서 작업을 지휘하고 있었다. 운전공 처녀는 잠시도 놓칠세라 그의 일거일동을 지켜보면서 연공의 손과 호각 소리에 따라 손에 익은 능숙한 동작으로

---

23) 뭇다: 여러 사람이 한데 모여서 조직, 짝 따위를 만들다.
24) 움쩍움쩍: 몸의 한 부분을 움츠리거나 펴거나 하며 크게 자꾸 움직이는 모양.
25) 톺다: 가파른 곳을 오르려고 매우 힘들여 더듬다.
26) 쪽걸상(쪽걸床): 널조각으로 만든 조그마한 걸상.

운전대의 손잡이를 조종하고 있었다. 처녀의 빛나는 시선이 측정계기의 예민한 바늘 끝처럼 연공의 손끝을 따라 움직일 때마다 육중한 25톤 기중기는 엄청나게 큰 그 팔을 허공에서 휙 내돌리기도 하고 연공의 호각소리가 처녀의 예민한 청각을 자극할 때마다 기중기는 아래로 쇠밧줄을 천천히 내리우기도 하고 우로 감아올리기도 하였다.

지배인은 홀연히 정신을 잃고 운전공 처녀를 바라보았다.

처녀의 빛나는 두 눈! 그것은 어마어마한 이 25톤 기중기의 눈이었으며 귀여운 처녀의 귀! 그것은 장대한 이 거인의 청각이었다. 커다란 이 거물의 중추신경이 바로 여기에 있는 것이었다.

지배인은 이 며칠 동안 자신이 어째서 이 25톤 기중기의 높이와 중량과 장대한 그 체대에 대해서만 정신을 팔고 이 거물의 중추신경인 운전공 처녀를 보지 못했는지 이해할 수 없었다.

지배인은 오늘 하루의 행동 계획을 바꾸어 잠시 만나보고 가려던 연공 작업반에 눌러앉아 마술사의 채찍을 휘두르는 신호공도 만나보고 이 기중기의 중추신경인 처녀 운전공과 더불어 기중기 이동 문제를 상론하리라 결심하였다.

3

기중기 이동 문제를 풀기 위한 소참모회의는 밤 10시부터 지배인실에서 시작되었다. 지배인의 제의에 의하여 제관 조립 직장의 연공들을 대표하여 신호 조장 최영길을 포함한 몇 명의 연공들이 여기에 참가하였다. 지배인은 낮에 기중기 운전공 순금이를 여기에 꼭 참가시키라고 당부하였으나 근무 교대를 채 하지 못한 관계로 오지 못했다는 얘기를 듣고 몹시 서운해 하였다. 그는 낮에 작업 현장에 눌러앉아 그들의 일손도 도와주고 점심도 같이 나누면서 이 문제를 연공들과 진지하게 토론하였다. 아직 이렇다할 묘안이 나온 것은 아니었으나 한 가지 결심만은 뚜렷해졌다. 그것은 공사 기일로 보나 노동자들의 충천하는 기세로 보나 이 기중기 하나를 이동하는데 종래대로 몇 달씩 긴 시간을 소비할 수는 없으며 노동자들의 힘을 잘 발동한다면 시간을 훨씬 앞당길 수 있겠다는 신념이었다. 기술자들의 의견을 종합하여 작성한 기술 부장의 제안으로부터 토의가 시작되었다. 기중기의 팔을 해체하고 동체 부분을 다시 세 토막으로 크게 분해하여 운반하자는 것이었다. 그렇게 되면 시간을 두 달로 단축할 수 있다는 것이다.

최소한도 넉 달이 걸려야 된다던 시초의 제안에 비해 시간을 절반으로 단축한 대담한 제안이었다. 혁신적인 대담성과 과학적인 타산이 안받침27)된 이 제안을 기사장이 적극 지지하였다. 전창민 자신도 기술 부장의 이 합리적인 제안을 나무랄 근거는 아무것도 없었다.

그러나 당장 새 구조를 조립 전투를 벌려야 되겠는데 앞으로 두 달 후에야 기중기를 쓸 수 있다는 막연한 불만이 그의 가슴에서 꿈틀거렸다.

방안에는 담배 연기만이 가득 차 있었다.

지배인은 자리에서 일어나 환기창을 열어 제꼈다. 이때 신호 조장 최영길이 자리에서 벌떡 일어났다.

"우리는 지금 강철 고지를 점령하기 위하여 강행군을 하고 있습니다. 군대에서 말하면 기중기는 포와 같다고 말할 수 있습니다. 그런데 우리가 기중기 하나를 옮기는데 두 달씩 걸려서야 어떻게 적과 싸워 이길 수 있습니까. 때문에 저는 이 제안을 반대합니다."

---

27) 안받침: 안에서 지지하고 도와줌.

지배인은 머리를 끄덕였다. 기술 부장 역시 흥미 있는 표정으로 연공의 얼굴을 바라보았다.

그러나 기사장은 침울한 얼굴로 젊은 연공의 빳빳하게 일어선 앞머리를 지켜보고 있었다. 기사장은 그 어떤 경우에도 흥분을 억제하고 웃은 낯으로 상대방과 이야기할 줄 알았다.

"옳소, 동물의 말이 옳소. 그러자면 문제는 더 좋은 방도가 나와야 될 게 아니겠소. 이 자리에서 우리가 듣자는 것도 바로 그것이오. 다른 방도가 있으면 내놓고 토의해 봅시다."

기사장은 웃으면서 그렇지 않느냐는 듯 좌중을 들러보았다.

신호공은 흥분을 억제하느라고 앞사람의 의자등받이를 두 손으로 꽉 움켜쥐고 서있었다.

"아까 지배인 동지가 돌아가신 다음에 우리끼리 모여 앉아 방도를 더 연구해 보았습니다. 우리의 의견은 기중기를 분해할 것이 아니라 통째로 자동차에 실어 옮기자는 것입니다."

"통째로?"

"네!"

"자동차에?"

"그렇습니다."

놀란 것은 기술 일꾼들만이 아니었다. 지배인 자신도 자기 귀를 의심하지 않을 수 없었다. 젊은 연공은 조리 있게 말을 이어 나갔다.

"물론 25톤 기중기를 한꺼번에 실을만한 큰 자동차는 아직 이 세상에 없습니다. 그러나 작은 통나무들을 무어 큰 뗏목을 뭇[28] 듯이 자동차떼를 뭇는다면 이보다 더한 물체라도 능히 실을 수 있으리라고 저는 생각합니

───────────────

28) 뭇다: 여러 조각을 한데 붙이거나 이어서 어떠한 물건을 만들다.

다."

회의장은 술렁거리기 시작하였다.

"자동차떼를 뭇잔 말이지?"

"그렇습니다. 지배인 동지도 아시겠지만 공병들이 여러 척의 작은 도하
창[29](철선) 위에다 널판을 놓고 큰 도선판을 만들어 탱크며 포를 운반하
지 않습니까? 그런 식으로 60톤 견인차 몇 대로 말하자면 자동차 도선판을
만들어 싣자는 것입니다."

지배인은 그럴듯하다는 듯이 감탄하여 머리를 연속 끄덕였다.

"좋아, 싣는 것은 그렇게 싣는다 치고 그 큰 기중기가 움직이는 차 위에
서 자빠지지 않고 서있을까?"

지배인은 흡족한 얼굴로 능청스럽게 눈을 꿈벅거리며[30] 그의 얼굴을
바라보았다.

"거기에 대해서도 좀 생각해 보았습니다. 소형 기중기 차의 팔로 25톤
기중기를 양익측에서 부축해줄 수 없을까 하는 생각입니다. 말하자면 나
무를 심고 받침대를 세워놓듯이 작은 기중기 팔들로 받침대를 받들어
따라가면서 부축해주자는 것입니다."

"동무의 말대로 자동차에 싣고 온다는 그 15리 길이 어떤 길이라는
것을 생각해 봤소?"

말없이 앉아있던 기사장이 불쑥 물었다. 그의 음성은 점잖았으나 그
속에는 철부지의 무모함을 꾸짖는 연장자의 너그러운 웃음이 섞여 있었다.

"길이 물론 험한 줄 저도 잘 압니다. 그렇다고 이 바쁜 때 언제 노반[31]

---

29) 도하창(渡河艙): 북조선어. 강을 건너기 위한 부두.

30) 꿈벅거리다: '끔벅거리다'(큰 눈이 잠깐씩 감겼다 뜨였다 하다. 또는 그렇게 되게 하다)의
   방언(강원).

31) 노반(路盤): 도로를 포장하기 위하여 땅을 파고 잘 다져 놓은 땅바닥.

을 닦고 침목32)을 깔아 레일을 놓겠습니까? 기중기 앞에서 불도저로 직접 길을 닦으며 나가자는 것입니다. 공병들이 통로를 개척하듯이 불도저로 길을 닦으며 그의 뒤를 따라나간다면 두 달이 아니라 하루면 될 것 같습니다."

장내는 물을 뿌린 듯 조용하였다.

아무도 입을 여는 사람이 없었다.

지배인도 기사장도…… 회의장은 한동안 너무도 대담하고 너무도 엄청난 발기33) 앞에서 넋을 잃은 듯 싶었다.

그러나 침묵은 오래 계속되지 않았다.

기술부의 어느 한 기사는 책상 위에 사업일지를 펼쳐놓고 연필을 달리더니 유동상태에서의 25톤 기중기의 역학적인 중심 모멘트에 대한 계산 숫자를 인용하면서 이 제안의 부당성을 논증하였다.

"이 동무가 납득할 수 있게 좀 더 쉽게 설명을 하면……."

곁에 앉았던 기사장이 주머니에서 상아 물부리34)를 꺼내 성냥갑 위에다 거꾸로 세워놓고 물체의 관성법칙과 유동상태에서의 중심 모멘트의 변화과정을 젊은 연공이 납득할 수 있도록 설명하기 시작하였다.

기사장와 이야기가 끝나자 지금까지 한마디 말이 없던 기술 부장이 자리에서 일어났다.

"25톤 기중기를 통째로 떠옮긴다는35) 것은 흥미 있는 일입니다. 나는 기술적인 타산에 앞서 우선 연공 동무들의 대담한 발기가 마음에 듭니다. 한번 통이 크게, 대담하게 생각하고 판을 크게 벌리는 것이 어떻겠습니까?

---

32) 침목(枕木): 선로 아래에 까는 나무나 콘크리트로 된 토막.

33) 발기(發起): 앞장서서 새로운 일을 꾸며 일으킴. 또는 새로운 일이 일으켜짐.

34) 물부리: 담배를 끼워서 빠는 물건.

35) 떠옮기다: 있던 자리에서 뽑거나 떠내어서 다른 데로 옮기다.

기술적인 난관은 연공 동무들과 함께 우리 기술부가 해결해 보겠습니다."

사람들이 술렁거리기 시작하였다. 기사장의 아량 있는 설명에 기울어지던 방안의 분위기는 다시 일변하였다.

결국 소참모회의는 연공들의 제안의 무모성을 논증하는 기사장의 너그러운 설명과 그 주장에 반격을 가한 기술부장의 제의로 하여 아퀴를 짓지 못하였다.

4

회의는 끝났으나 지배인은 흥분을 가라앉힐 수 없었다. 그는 뒷짐을 지고 텅 빈 사무실 안을 왔다갔다하였다.

(자동차떼를 뭇잔 말이지? 작은 도하창으로 큰 도선판을 무어 탱크를 운반하듯이, 음……)

그는 문득 가열하던 전쟁 시기에 포의 이용률을 높일 데 대한 최고 사령관 동지의 명령을 높이 받들고 76미리 연대포를 분해하지 않고 통째로 직접 고지 위에 끌고 올라가서 통쾌하게 적을 답새우던[36] 일이 되살아났다.

(그때 나도 포병 구분대[37] 전투원들과 함께 연대장 견장이 달린 이 어깨 위에 포신을 떠받들고 험한 산벼랑을 기어오르지 않았던가? 포와 기중기, 비록 환경과 물체는 다르지만 본질적으로 무엇이 다른가. 그때의 그 정신, 그 기백으로 오직 수령님의 교시 관철을 위해 어깨에 25톤 기중기

___
36) 답새우다: 북조선어. 어떤 대상을 몹시 두들겨 패거나 다그치다. 어떤 대상을 냅다 족치다.
37) 구분대(區分隊): 북조선어. 대대나 그 아래의 부대 조직 단위를 통틀어 이르는 말.

를 떠받들고 일어선다면 못해낼 일 무엇인가…… 그런데 관성의 법칙, 그놈의 중심 모멘트가 앞을 가로막는단 말이지?……)

지배인은 잠시도 앉아있지 못하고 방안을 왔다갔다하였다.

"똑, 똑, 똑……."

문 기척 소리가 들렸다. 지배인은 걸음을 멈추었다.

"들어가도 좋습니까?"

여자의 조용한 목소리와 함께 가볍게 문이 열리면서 기중기 운전공 순금이가 들어섰다. 지배인은 반색을 하며 그를 향해 마주 걸어나갔다.

"이제야 왔나? 앉소! 여기 와 앉으라구."

그는 순금이 앞에 의자를 내놓았다. 그러나 운전공 처녀는 의자에 앉으려 하지 않고 서서 똑바로 지배인의 얼굴을 쳐다보았다.

"지배인 동지! 이제 오다가 최영길 동무를 만났어요. 그 동무가 지배인 동지 보고 뭐라고 하는지 아세요?"

전창민은 조금 허리를 굽히고 처녀의 깜박거리는 두 눈을 흥미 있게 들여다보았다.

"그래 영길이가 나더러 뭐라고 하던가."

순금이는 난처한 듯 고개를 떨구었다.

"지배인 동지는 군대 출신이기 때문에 통이 큰 사람인 줄 알았더니 영 담이 작고 결단성이 없다고 해요."

"뭐? 내가 담이 작고 결단성이 없다? 하하하……."

지배인은 통쾌하게 웃음을 터뜨렸다.

"그러면 왜 참모회의에서 기중기 문제를 뒤로 미루셨어요?"

"어째서 뒤로 미루었는가구?"

지배인은 여전히 미소를 띠운 채 천천히 뒷짐을 지고 방안을 돌아갔다. 그는 어쩌면 자기 집 응석꾸러기 딸애와도 같은 이 기중기 운전공 처녀와 이야기를 하는 것이 못내 즐거웠다.

"거기엔 상당한 원인이 있지, 알겠나? 지금 '힘의 물리적인 중심 모멘트', '관성의 법칙'이 내 앞을 가로막고 있소. 그놈의 '중심 모멘트'가……."

그러자 처녀는 눈빛을 빛내며 방실 웃었다.

"저도 영길 동무한테서 들었어요. 우리가 내놓은 의견을 반대하는 동무들은 물리학의 법칙만 알았지 인간이 그 법칙의 주인이라는 주체사상의 본질을 모르거든요. 그래서 '중심 모멘트'에만 포로돼 있는 거야요. 그리고도 우리더러 모른다고 오히려 깔보거든요."

지배인은 즐거운 마음으로 의자에 걸터앉아 담배를 꺼내 물었다.

"그래 포로병들이 동무들을 깔보고 있단 말이지?"

"지배인 동지, 저희들을 믿어주세요. 우리는 25톤 기중기에서 나사못 하나 풀지 않고 그냥 통째로 두 달이 아니라 단 하루 동안에 당이 요구하는 장소에 옮겨 놓겠어요."

"그런데 무슨 방도라도 있나?"

"있어요. 우리는 다람쥐 원리를 이용하려고 해요."

"뭐 다람쥐 원리?"

"예."

처녀는 손등으로 입을 가리우며 웃었다.

"지배인 동지는 다람쥐가 긴 꼬리를 가지고 몸의 중심 모멘트를 조절하고 있다는 말을 듣지 못하셨어요?"

전창민은 입에서 물부리를 뽑아쥐고 흥미 있게 처녀의 얼굴을 바라보았다.

"다람쥐가 회초리 같은 나뭇가지 끝에도 자유롭게 오르내릴 수 있는 것은 긴 꼬리를 가지고 몸의 균형을 옳게 조절하고 있기 때문이에요. 말하자면 다람쥐는 긴 꼬리를 가지고 몸의 중심 모멘트를 조절하고 있는 거예요."

"아, 그렇군!"

지배인은 처녀의 이야기에 그만 정신이 팔려 자기도 몰래 피우던 담배를 재떨이에 비벼껐다.

"그래서 지배인 동지."

처녀는 한 걸음 지배인 앞으로 다가섰다.

"우리는 25톤 기중기의 팔을 떼지 않고 그 팔을 이용하려고 해요. 다람쥐의 꼬리처럼 말예요."

"그렇지!"

지배인은 손으로 책상을 탕 치며 자리에서 벌떡 일어섰다.

"옳아, 이렇게 말이지, 이렇게. 교예극장38) 배우들이 줄타기를 하는 것처럼……."

지배인은 두 팔을 벌리고 몸을 좌우로 흔들며 동작을 시험해 보았다.

지배인은 25톤 기중기를 이제는 통째로 자동차에 옮겨 싣고 갈 수 있겠다는 흥분으로 하여 심장이 높뛰었다.

그러나 다음 순간 그 어떤 불안감이 불쑥 머리를 추켜들었다.

(그러다가 만약…… 아니다, 아니다.)

지배인은 정색을 하고 머리를 설레설레 내저었다.

"지배인 동지, 할 수 있습니다. 제가 책임지고 하겠습니다."

"안되오, 그렇게는 할 수 없소. 그런 위험한 기중기 위에 나는 귀중한 우리 동무들을 올려놓을 수 없소."

운전공 처녀는 한 걸음 더 지배인 앞에 다가섰다.

"안심하세요. 지배인 동지, 제가 꼭 할 수 있어요. 기중기는 저의 몸과

---

38) 교예극장(巧藝劇場): 북조선어. 곡예를 감상하도록 만든 전문 극장.

같은 거예요. 저는 자기 팔을 놀리듯이 기중기 팔을 마음대로 움직일 수 있어요. 경애하는 수령님의 교시를 관철하는 길에서 난관이 제기되었다고 우리가 어떻게 주저하고 동요하고 물러설 수 있습니까.

지배인 동지! 건설을 착수하는 첫 궐기 모임에서 지배인 동지 자신이 말씀하지 않았습니까. 수령님을 받들어 가는 이 한 길은 죽어도 영광이고 살아도 영광의 길이라고 말입니다."

지배인은 갑자기 눈앞이 콱 흐려져서 창문을 향해 돌아섰다. 어둠 속 여기저기에서 용접의 불꽃이 튀고 있었다. 불비처럼 쏟아져 내리던 용접의 그 불꽃들은 차츰 하나로 융합되면서 갈수록 커다란 하나의 불덩이로 흐려졌다. 그의 눈앞에는 트라스 위를 오르내리며 기중기를 지휘하던 신호공의 모습이며 양손에 운전대를 틀어쥐고 잠시도 놓칠세라 연공의 일거일동을 지켜보던 처녀의 빛나는 두 눈이 자꾸 어른거렸다. 나는 어째서 여직[39] 한 대오 속에 있는 이 동무들조차 알지 못하고 지내왔는가? 경애하는 수령님께서는 일꾼들이 항상 군중들 속에 들어가 사업해야 한다고 그토록 간곡하게 가르치시지 않으셨는가. 그는 문득 오늘 아침 기사장에게 지휘관으로서 자기의 위치를 지켜야 한다고 말한 일이 되살아났다. 그러면 여직 지휘관으로서의 나의 위치는 과연 어디에 있었는가? 항일유격대 지휘관들처럼 공격 전투시에 맨 앞장에 서고 어려운 후퇴 시기에 맨 뒤에 서 있었는가? 행군하는 때에는 대오 한복판에 서서 힘겨워하는 전사의 총과 배낭을 메다주기도 하고 부축해주기도 하였는가?……

전창민은 할 말이 없었다. 심심히 뉘우쳐지는 자기를 발견하는 순간 그는 몹시도 가슴이 아팠다.

전창민은 그래도 자신이 노동자들을 이해하고 있다고 생각하고 있었

---

39) 여직: 여태. 지금까지. 또는 아직까지.

다. 늘 현장에서 노동자들과 함께 생사고락을 같이 한다고 생각하고 있었다.

그러나 지금 다시 돌이켜보면 그는 순금이 같은 이 건설장의 주인들을 알지 못하고 있었으며 그들의 곁을 바람처럼 스쳐지나가기만 하였다.

오늘 아침 구내길에서 지배인을 붙잡는 용접공 노인의 곁을 분주히 지나가 버렸듯이 그는 노동자들 속에 깊이 들어가 그들의 목소리에 귀를 기울일 줄 몰랐다.

자기 위치에 들어서자! 항일유격대 지휘관들처럼 전사들 속으로!

포병 중대 전사들과 함께 76미리 연대포를 어깨로 떠밀며 벼랑을 기어 오르던 그때와 같이 또다시 자기 위치에 들어서자!

전창민은 돌아섰다.

"한순금 동무! 돌아가서 오늘 저녁은 푹 쉬시오. 그래야 앞으로의 강행군을 보장할 수 있소. 동무의 의견대로 25톤 기중기를 통째로 떠옮깁시다. 그러기 위하여 우리는 늦어도 내일 중으로 행군 출발 준비를 끝내야겠소"

순금이 얼굴에는 감격의 파도가 물결쳤다.

"알겠습니다."

처녀는 문을 열고 밖을 나가자 2층 층계를 구울 듯이 달려 내려갔다.

지배인은 쿵쿵 계단을 울리는 그의 잰 발구름 소리가 귓전에서 멀리 사라질 때까지 두 눈이 글썽해진 얼굴에 미소를 지으며 한자리에 굳어져 있었다.

5

출발 준비는 해질 무렵에 끝났다. 지배인은 새벽부터 기중기를 차에 신노라고 담배 한 대 피울 짬도 없이 분주히 돌아갔다. 제관 조립 직장의 연공들이 어려운 이 사업을 직접 감당하였다.

그들뿐이 아니었다. 온 건설장이 떨쳐 나와 어려운 이 작업을 도와 나섰다.

기사장을 비롯한 기술일꾼들이 작업의 기술적 지도를 맡아 드바삐[40] 돌아갔다. 그리하여 25톤 기중기를 3대의 60톤 견인차로 무어진 연결차 뗏목 위에 옮겨실을 수 있었다. 대기하고 있던 4대의 소형 기중기차의 무쇠팔들이 하늘 높이 솟아오른 어미 기중기의 양옆구리를 떠받들었다. 견인차 앞에는 길을 다지는 두 대의 롤러차[41]가 서고 다시 그 앞에는 석 대의 대형 불도저가 정렬하였다. 그리고 앞과 뒤에는 지휘차들이 서있었다. 그것은 마치 공격 출발 진지를 차지하고 전투 명령을 기다리는 기계화 군단을 연상시켰다.

출발 시간이 다가올수록 전창민의 가슴은 불안과 흥분으로 조여들었다. 그는 머리를 제껴 허공 높이 솟아오른 기중기 한 끝을 쳐다보기도 하고 견인차의 고무바퀴를 발끝으로 톡톡 다쳐보기도 하였다.

출발에 앞서 지배인은 기계화 행군 대오에 망라된 전체 성원들을 한곳에 모아놓고 준비 상태를 검열하였다. 그는 행군에서 지켜야 할 주의사항을 곰곰이 상기시키고 나서 오랜간만에 군대식으로 구령을 쳤다.

"자기 위치 앞으로!"

정렬했던 대오는 힘차게 첫걸음을 내디디며 각기 제자리로 흩어져갔다.

이동방송실의 확성기에서 울려 퍼지는 항일유격대 행진곡이 사람들의 심장을 격동시켰다.

---

40) 드바삐: 몹시 바쁘게.
41) 로라차(원문) → 롤러차(roller車). 굴대 원리를 이용하여 만든 차.

자기 위치 앞으로!

자동차들은 벌써 발동을 걸어 부르릉거리며 출발 구령이 내리기를 기다리고 있었다.

25톤 기중기를 통째로 차에 실어 떠옮긴다는 소문은 이미 온 건설장에 퍼져 군중들이 떼구름[42]처럼 밀려들었다.

지배인은 출발 준비 상태를 최종적으로 확인하고 나서 25톤 기중기를 향해 걸음을 옮겼다.

승용차 한 대가 급히 달려오더니 그의 곁에 와서 멈춰 섰다. 그것은 항상 지배인을 따라다니던 그의 승용차였다. 운전수는 출발 시간이 늦을세라 차에서 뛰어내려 지배인이 오르기를 기다렸다. 그러나 전창민은 그냥 차의 곁을 스쳐 지나가면서 운전수에게 말하였다.

"차를 들여다 세워놓소. 나는 이제부터 이 동무들과 같이 가야겠소. 내 위치는 저기요."

지배인은 25톤 기중기의 운전실을 손으로 가리켰다. 그는 기중기를 향해 걸어나가다가 긴장해서 기중기의 운전실을 바라보며 흥분한 목소리로 기술자들에게 무엇인가 작업 지시를 주고 있는 기사장과 마주쳤다. 석양이 비낀 기사장의 얼굴은 오늘따라 몹시 수척해 보였다.

전창민은 너그럽게 웃었다.

"기사장 동무, 경애하는 수령님께서는 우리 일꾼들이 항일유격대의 지휘관처럼 언제나 노동자들 속에 들어가야 한다고 간곡히 말씀하시었소. 우리 지휘관들은 가장 어렵고 가장 힘들 때 싸우는 전사들 곁에, 전호 속에 같이 있어야 하오. 그러나 지난날 우리는 그들과 너무도 멀리 떨어져 지내왔소."

전창민은 기중기의 쇠사다리를 오르다가 걸음을 멈추고 밑을 굽어보며

---

42) 떼구름: 떼를 이룬 구름.

큰 소리로 외쳤다.

"기사장 동무는 맨 앞에 서서 불도저로 새 길을 닦으며 나가시오. 출발 시간이 다 되었습니다. 빨리 자기 위치에 들어서시오!"

기중기 운전실에서 곧추 내다보이는 지휘차 위에는 젊은 연공인 신호수 최영길이 깃발을 손에 쥐고 출발을 기다리고 있었다.

지배인이 운전 칸에 나타나자 긴장하게 운전대를 틀어쥐고 앉았던 순금이 놀라운 듯 자리에서 일어섰다.

"앉소, 앉소, 나도 오늘은 여기, 순금 동무 곁에 있어야겠소."

"네?……."

한동안 어리둥절해 있던 순금의 얼굴에 감격의 물결이 세차게 파도쳤다. 운전대를 틀어쥔 순금의 손이 가늘게 떨렸다.

"준비들은 다 됐소?"

"네!"

"그럼 떠납시다."

신호공이 깃발을 휘젓자 발동기 소리가 갑자기 높아지면서 자동차떼가 몸을 떨었다.

"출발!"

자신만만하고 신심에 넘친 지배인의 구령과 함께 어마어마한 기중기를 실은 연결차떼가 움씰 앞으로 움직였다. 순간 건설장이 떠나갈 듯 만세 소리가 폭풍처럼 터져 나왔다. 운전대를 틀어쥔 순금의 손은 더욱 날쌔게 움직이었다.

지배인은 문을 열고 운전탑으로 나갔다.

머리 위에서 기중기 팔이 다람쥐가 꼬리를 휘젓듯이 자유롭게 움직이면서 거대한 기중기체의 중심 '모멘트'를 조종하고 있었다. 불도저는 움씰움씰 용을 쓰면서 번뜩이는 삽날[43]로 마치 이 땅위에 아직 남아있는 온갖 낡은 것들을 쓸어버리듯이 땅바닥을 고루 깎으면서 길 없는 벌판 위에 길을 내고 있었다. 그의 뒤를 이어 롤러차가 땅을 다지며 지나갔다. 가지 런히 늘어선 견인차들은 적진을 향해 밀려나가는 탱크 서열처럼 아무도 아직 밟아보지 못한 새 길 위에 커다란 고무바퀴자국을 찍으며 서두르지 않고 천천히 앞을 향해 움직이었다. 요란한 발동소리가 벌판의 대기를 꽉 채우고 그들이 스쳐 지날 때마다 대지는 무거운 바퀴에 짓눌려 몸을 떨었다.

"순금이! 무섭지 않아?"

전창민은 몸에 익은 손동작으로 능숙하게 운전대를 조종하고 있는 기중기 운전공 처녀에게 말을 걸었다.

"무섭지 않아요. 지배인 동지가 곁에 계시니 어쩐지 마음이 든든해요." 순금은 글썽한 눈으로 지배인을 쳐다보았다.

날이 어두워지자 여러 갈래의 탐조등이 그들의 앞길을 환히 비쳐주었 다. 건설장의 수많은 자동차들도 불빛으로 이에 합류하였다. 오가던 자동 차들도 잠시 길을 멈추고 그들에게 불빛을 한동안 던져주고서야 다시 길을 떠나군 하였다.

멀리서 바라보던 그것은 전등불이 환한 하나의 큰 도시가 어디론지 움직여 가는 것 같았다. 지상과 공중의 곳곳에서는 무수한 용접봉의 불꽃 이 밤하늘에 튀어 오르고 있었다. 25톤 기중기를 실은 장엄한 이 행진 대오는 눈부신 그 축하의 꽃보라44) 속을 헤집으며 수령님께서 밝혀주신 강철 고지를 향해 앞으로 전진하고 있었다.

---

43) 삽날: 삽의 넓적하고 얇은 가장자리 부분.
44) 꽃보라: 떨어져서 바람에 날리는 많은 꽃잎.

• 수록:「자기 위치 앞으로!」,『조선문학』322, 1974. 6(1974. 6. 9).
• 「자기 위치 앞으로!」, 최용규 외,『≪속도전≫의 불길』, 문예출판사, 1975(1975. 3. 25).
• 「자기 위치 앞으로」, 권정웅 외,『조선단편집』3, 문예출판사, 1978(1978. 11. 30).
• 「자기 위치 앞으로」,『자기 위치 앞으로』, 문예출판사, 1983(1983. 6. 10).
• 「자기 위치 앞으로」,『조선문학』767, 2011. 9.(2011. 9. 5).

생명

백남룡

1

강안1) 유보도2) 기슭의 나무들은 저녁노을의 짙은 여광3)을 받아 마치 불붙는 듯 싶다.

8월의 더위에 단 포장돌들에서 후끈한 열기가 풍겨 올랐으나 강녘으로는 서늘한 바람이 불어온다.

리석훈 학장은 감회에 감긴 사람마냥 주위를 둘러보며 천천히 걸었다.

노을빛이 어려 쇳물처럼 번쩍거리는 강이며 물 속에 푸른 머리를 드리우고 늘어선 수양버들, 소공원의 칠벗겨진 벤치들, 큰 나무들, 공지의 풀

---

1) 강안(江岸): 강물에 잇닿은 가장자리의 땅. 강기슭.
2) 유보도(遊步道): '산책로'의 북조선어.
3) 여광(餘光): 해나 달이 진 뒤에 은은하게 남는 빛.

밭둘레를 따라 옹기종기 모여 앉은 다복솔, 우둘투둘한[4] 포장길…… 수년간이나 이른 새벽의 산책에서 맑은 공기와 사색의 안정을 주던 낯익은 그것들은 오늘따라 더 정답고 친근한 정서적 감흥을 자아낸다. 뜻하지 않게 닥쳐온 죽음과 싸우던 병원에서의 스무 날, 요양지에서 보낸 석 달이라는 기간이 석훈에게는 옹근 몇 해가 흘러간 듯 싶었다.

"아, 이거 학장 선생이 오래간만입니다."

등뒤에서 울리는 석쉼하면서도[5] 쾌활한 말소리에 석훈은 고개를 돌렸다.

소공원의 풀밭에서 채양이 넓은 밀짚모자를 쓰고 양철쓰레받기와 자루 긴 빗자루를 손에 든 오십 대의 사람이 미소를 띠고 다가온다.

강안 유보도와 그 옆의 큰 길과 소공원을 맡아보는 관리원이다. 석훈은 아침마다 산책할 때면 어김없이 그와 만나고 담뱃불을 나누기도 하고 날씨며 도시에 생기는 짤막한 소식들을 인사말로 건네군[6] 하면서도 그의 이름은 아직 모른다. 사업상 관계도, 유다른 인연도 없이 지나는 길에 잠깐 사귀군하는 면목[7]손님인 것이다.

"관리원 동무 여전하구만요."

석훈은 양철쓰레받기에 수북히 담긴 휴지조각들과 사과껍질, 담배꽁초들을 보며 반가이 말을 이었다.

"일요일은 좀 쉬어야지요."

"산보도 하는 겸 나왔더니 이렇게 어지러워졌습니다. ……사람들이 일요일엔 극장보다 여기에 더 찾아오지요. 그런데 사회공중질서를 허술히

---

4) 우둘투둘하다: 거죽이나 바닥이 고르지 아니하게 군데군데 두드러져 있다.
5) 석쉼하다: 북조선어. 목소리가 조금 울리는 데가 있게 깊고 쉰 듯하다.
6) 건늬군(원문) → 건네군.
7) 면목(面目): 얼굴의 생김새. 사람이나 사물의 겉모습.

여기는 몇몇 사람들 때문에 그들의 기분을 잡치거던요."

관리원은 '사회공중질서'라는 술어에 그 어떤 해학적 의미를 부여하려는 듯 양철쓰레받기를 내들며 벙긋이 웃었다. 그의 얼굴에는 이런 휴식날에도 일감이 생기는 불만이 아니라 자기 일터에 사람들이 많이 온다는 긍지와 만족감이 어려 있었다.

관리원은 쓰레받기와 빗자루를 내려놓고 웃주머니를 뒤져 담배갑을 꺼냈다.

"학장 선생은 그 사이 어데 갔더랬습니까?"

"무덤 속에 한 발을 들여놨다가 나왔습니다."

석훈은 웃음을 지었다.

"원, 저런 대범한 농담을 하는 걸 보니 진짜 사경에서 구원된 모양이구만."

"소장이 꼬여서…… 대수술을 했지요."

"아니, 갑자기 그런 병이?……."

"전쟁 때 파편에 장천공8)이 돼서 수술을 받았더랬습니다. 그것이 오랜 세월이 지나니까 유착되고 꼬이면서 장불통증을 일으켰지요. 사흘 동안이나 의식을 잃었댔습니다."

"아…… 하마터면 우리 소공원의 단골손님을 다시는 만나보지 못할 번 했구만요."

관리원은 천만다행인 듯 안도와 염려의 기색을 짓더니 선험자의 어조로 말을 이었다.

"옛 상처는 잊어버리기 쉬워서 주의를 안하지요. 난 전쟁 때 오른쪽 옆구리를 다쳤는데 오십 고개를 넘으면서 밤이면 쑤시는 것 같은 아픔이

---

8) 장천공(腸穿孔): 창자벽의 모든 층을 관통하는 구멍이 생기는 병.

오는 때가 드문하거던요."

"일찌감치 병원에 가보시지요."

"뭐 아직은…… 상위에 오른 것 맛이 없는 게 없으니까 무탈하단거지
요…… 아, 손님!…… 휴지통이 코앞인데 담배꽁초를 어데다 버립니까?"

관리원은 마치 형사범을 다스리기라도 하듯이 엄격하게 소리치고는
풀밭에 퍼더버리고9) 앉은 사람에게로 다가갔다. 그 사람이 면구스러워하
며 자리를 털고 일어나자 관리원은 아무 말 없이 담배꽁초를 양철쓰레받
기에 쓸어 담았다. 그리고는 석훈에게 미안한 듯한 눈길을 보내고 유보도
쪽으로 바삐 걸어갔다.

새벽 산책 때마다 늘 있군하던 짤막한 상봉이다. 그때와 같이 인연이
깊은 것처럼 만나고는 푸접10) 없이 헤어졌다. 관리원은 친분이 두터운
사람보다 길바닥에 널리는 쓰레기조각을 더 관심을 기울이는 것이었다.

석훈은 어쩐지 그와 이야기를 더 나누고 싶은 충동을 누르며 느직이
발길을 옮겼다. 문뜩, 그는 자기가 한가하게 저녁 산보를 나온 것이 아니
라는 걸 깨달았다.

시 병원의 복부외과 과장을 집에 청해오라는 아내의 간절한 부탁……
개인 날에 우산을 생각 안 하듯이 병이 낫고 건강해지면 의사를 잊어버려
서는 안 되는 것이라고 아내는 충고했다. 의식을 잃고 사경에 헤매던 남편
을, 여느 의사들은 한숨을 쉬고 도리머리11)를 젓던 환자를 복부외과 과장
이 인간애와 의술을 어떻게 쏟아부었는가를 너무나 잘 아는 아내였다.
아내는 의사를 위해 일요일 저녁을 흥겹게 보내려고 원심을 썼다. 성의껏
식탁을 차리고 전축에 끼울 레코드판을 골라놓았다. ……그것은 한 인간

---

9) 퍼더버리다: 팔다리를 아무렇게나 편하게 뻗다.
10) 푸접: 남에게 인정이나 붙임성, 포용성 따위를 가지고 대함. 또는 그런 태도나 상대.
11) 도리머리: 머리를 좌우로 흔들어 싫다거나 아니라는 뜻을 표시하는 짓.

의 생명을 지켜 구급차에서, 수술장에서, 머리맡에서 긴긴밤을 심혼[12]을 깡그리 바쳐온 의사에 대한 진정한 고마움이었고 초보적 의리였다.

리석훈 학장은 시 병원 접수실에 우정 찾아가서야 복부외과 과장의 집주소를 알았다.

노을빛은 어느 결에 스러지고 하늘에는 어두운 회색빛의 장막이 내리덮인다.

외과 과장의 집은 역전 광장 옆의 3층 아파트였다. 창문들이 작은 둔중한 옛 건물이다. 과장은 집에 없었다.

키가 문손잡이에 닿지 못하는 귀엽게 생긴 소녀애가 나오더니 집안일을 순진하게 터놓았다. 아버지가 오빠 때문에 성이 나서 야단을 하다가 집을 나갔다는 것이다.

"에데 가셨는지 모르냐? 난…… 급한 일이 있어 그런다."

석훈은 소녀애의 머리를 쓰다듬으며 말했다.

"왕진을요?"

소녀애는 제 아버지의 직분을 요약한 술어를 어렵잖게 번지었다.

"그럼, 그러루한 일이지."

소녀애의 얼굴에는 순진한 티가 사라지고 환자가 앓는다는 말을 들은 의사의 표정과도 흡사한 걱정스러운 빛이 어렸다. 예닐곱 살의 아이라고는 믿기 어렵게 꾸밈없고 진실한 태도이다. 집으로 때없이 찾아드는 사람들을 언제나 따뜻이 맞아주고 비 오건, 눈이 오건 왕진 가방을 들고 환자를 찾아가는 아버지의 성실성을 고스란히 물려받은 모양이다.

"저…기 가면 돼요. 저 아파트 새에 끼운……."

소녀애는 손을 들어 광장 건너편을 가리켰다.

---

12) 심혼(心魂): 마음과 혼을 아울러 이르는 말. 온 정신.

"선술집?"

소녀애는 머리를 끄덕였다. 속눈썹이 촘촘한 눈시울도 곁따라 껌벅거렸는데 윤곽이 선명한 검은 눈동자에는 집안의 어두운 분위기가 비껴선지 흐린 호숫물처럼 생기없었다.

"얘야, 걱정말아라. 아버지는 이제 기쁜 맘으로 집에 돌아오실 게다."

"……."

석훈은 소녀애의 머리를 다시금 쓰다듬어주고는 현관 층계를 내려갔다.

차들이 드문히 다니는 역전 광장은 일요일의 마감 시간을 즐기는 사람들과 열차 시간을 앞둔 손님들의 활기찬 소음으로 덮였다. 가로등이 켜지고 네온등의 현란한 불빛이 광장과 거리를 장식하기 시작한다.

'선술집' 안은 창문을 열어놓았는데도 담배 연기가 들어찼다. 바람 한 점 없는 바깥 공기가 담배 연기를 밀어내지 못하는 모양이다. 술 냄새, 고기를 볶는 기름타는 냄새, 혼탁한 말소리, 웃음소리…… 앉은 사람보다선 사람이 더 많다.

석훈은 안개 같은 짙은 공기와 사람들 사이를 비집고 들어가서야 구석쪽 식탁을 혼자 마주 앉은 복부외과 과장을 찾아낼 수 있었다.

눈 같이 흰 위생복에 흰 위생모를 쓰고 사려 깊은 눈매로 침대에 누운 자기를 내려다보군 하던 과장의 얼굴은 간데 없고 수척하고 겉늙은 초췌한 얼굴이 앞에 있다. 바로잡히지 않은 소매 짧은 여름 셔츠와 관자놀이[13]에 흩어져 내린 머리칼, 식탁의 한곳을 응시하는 침울한 눈길은 항상 단정한 옷차림과 상처를 찌르는 주저모르는 확고부동한 눈과 손동작으로 하여 환자들에게 생과 건강에 대한 신심, 믿음을 주던 그 의사가 아니었다.

"과장 선생……."

---

13) 관자노리(원문) → 관자놀이(貫子놀이): 귀와 눈 사이의 맥박이 뛰는 곳.

석훈은 식탁 곁에 다가서선 사람을 알아보지 못하는 그를 조용히 불렀다.

의사의 고민에 덮인 눈시울이 슬며시 열리고 취기로 하여 초점 잃은 눈동자가 앞에 선 손님을 알아보려고 애쓴다. 어느덧 입귀와 눈가에 반가운 주름살이 잡히고 입술이 열리더니 떠듬떠듬 말이 새여 나온다.

"학…… 장…… 선생이구만……."

석훈은 의자를 당겨 앉기 바쁘게 물었다.

"무슨 일이 있었습니까?…… 왜 이렇게 혼자서……."

"학…… 장…… 선생은 술을…… 마셔선…… 안 되오…… 해롭소."

정신은 맑은 듯 했으나 혀는 자유롭지 못했다.

"술은 끊은 지 오랩니다. 난 과장 선생을 데리러 왔습니다."

의사는 그의 말을 못 들은 듯 두 팔을 벌려 식탁을 짚더니 머리를 떨어뜨리고 탄식하듯 말했다.

"일레…… 으스(장불통증—라틴어)란 건…… 내…… 아들놈처럼…… 못 돼먹은 병이요…… 겉으로 약을…… 충고를 줘선…… 소용이 없지…… 만족스레…… 먹을 걸 주면 소화는 고사하구…… 되려 사람을…… 들볶아 놓구 괴롭게 만들지…… 난 한생을…… 수술칼과 입으로 그 놈들과 싸우고 있소.…… 손님한테 권할 게 없구만…… 이건 한 점 집어도…… 될 거요."

과장은 오리불고기가 담긴 접시를 밀어내놓았다.

"과장 선생, 우리 집으로 갑시다."

"누가 또…… 앓소?"

석훈은 머리를 가로젓고 나서 말했다.

"병원에서 헤어진 후로는 오래간만이 아닙니까. 가서 저녁이라도 함께 나눕시다."

복부외과 과장은 취기를 쫓아버리려는 듯 손으로 눈시울과 핏줄이 살아오른 관자놀이를 쓸어만졌다.

"고맙소…… 그렇지만…… 난…… 환자 아닌 사람의 집에…… 가지 않습니다."

"우리 집사람이 기다립니다."

"아…… 사흘 동안을 꼬박 학장 선생의 머리맡에 앉아있던 여성!…… 정성이 지극합디다.…… 이 의사가 건강한 남편을 뵈오니 기쁘더라고…… 인사를 전해주시오."

"!……."

"그래…… 수술 부위가 아프진 않습니까?"

"아무렇지도 않습니다."

"술…… 담배, 찬 음식…… 굳은 음식, 매운 음식…… 근절이요."

"!……."

석훈은 일신상의 그 어떤 괴로움을 안고 있으면서도 의사의 본분을 잊지 않는 과장을 감동스레 쳐다보았다.

과장은 고뿌[14]의 술을 단숨에 비우고 팔굽으로 식탁을 짚었다. 아까와 같이 침울한 눈길에는 회오[15]의 빛이 짙게 어렸다.

"학장 선생…… 내 말을 들어주시겠소?"

"어서 말씀하시지요."

"난 얼마 전에…… 준박사[16] 학위논문을 통과시켰습니다. ……그래서…… 이를테면 복부질환계통에서 임상경험으로나 학술상으로나…… 도에서는 존재가 뚜렷한 의사로 인정받게 됐지요.…… 왜 이런 어리석은 자랑을 하는가 하면…… 단순한 2차 방정식 문제조차 똑똑히 풀지 못하는

---

14) 고뿌(koppu): 컵.
15) 회오(悔悟): 잘못을 뉘우치고 깨달음.
16) 준박사(準博士): 북조선어. 박사 아래 급의 학위. 또는 그 학위를 가진 사람.

아들 녀석이 내한테 있다는 걸 말하기 위해서지요…… 오늘 사촌벌이 되는…… 대학의 교무 지도원을 만났습니다. 억지를 부려 시험지를 보았지요…… 글쎄 입학 기준 점수보다 2점이나 떨어진단 말입니다.…… 수치스러운 일이지요. 애비란 게 제 학문만 파구 아들은…… 후— 참, 긍지높은 준박사지요."

"……."

"난…… 노력을 했습니다."

외과 과장은 술잔을 꽉 그러쥐었다.

손아귀에 든 얇은 유리술잔이 금시 바스라질 것 같았다.

"도대체 제 살붙이를 그렇게 되도록 내버려둘 애비가 어데 있겠습니까…… 그 녀석의 공부를 위해선…… 보장 조건…… 욕설을 아끼지 않았지요. 그 녀석이 한 시간쯤만 책상을 마주하고 엉뎅이를 붙이면 얼마나 기쁘던지…… 후— 인젠 다 쓰라린 과거지요."

"……."

"학장 선생님…… 결국 난 사람들의 병을 고쳤지만 아들의 병은 못 고쳤습니다. 사회 앞에 후대 하나 똑똑히 남기지 못하는 사람이…… 나라의 장래도 모르는 사람이 무슨 의술을 안다고 준박사 칭호를 받겠습니까. 가슴을 찢어도 괴로움을 덜 것 같지 못합니다."

리석훈은 타들어오는 목안을 마른 침으로 적시며 조용히 물었다.

"아들이 어느 대학에 시험을 쳤습니까?"

"부끄러운 일이지만 학장 선생네 대학입니다."

"?!……"

석훈은 언뜻 과장의 눈길을 피하고 잠자코 식탁의 한곳만 바라보았다. 심중은 자못 복잡하고 무거워졌다. 가슴 속 깊이에서는 이 성실한 복부외과 과장에 대한 동정심과 의리가 불길처럼 타오르는가 하면 어느 결에 양심과 원칙의 물줄기가 그 불길을 숯덩이로 식어버리게 한다. 그랬으나 동정의 풀무질17)을 받은 숯덩이는 다시금 서서히 불길을 달린다.

"과장 선생…… 아들 이름이 뭡니까?"

석훈은 자기의 물음에서 학장의 권한과 영향력에 대한 은근한 암시가 배어있음을 느끼자 이맛살을 찌프렸다. 의리의 숯불은 열기가 식어갔다.

"정철욱이라구……."

복부외과 과장은 미안쩍은 감이 들었는지 말꼬리를 흐리었다. 취기 오른 얼굴은 더 붉어졌다.

석훈은 과장의 꾸밈없는 순박성을 보자 자기의 타성적인 결백성에 스스로 화가 났다. 그는 이마의 주름살을 지우자 다시금 온몸을 휩싸는 불길 같은 내심적 충동의 힘을 빌어 웃주머니에서 수첩과 원주필18)을 꺼내어 이름을 써넣었다.

복부외과 과장은 그 어떤 기대와 희망을 품고 생명을 구원받은 어젯날의 환자를 바라보았다.

2

석 달나마 학장 사업을 대리하던 교무부학장이 미처 처리하지 못한 교육 행정 사업들이 더미로 석훈에게 안겨졌다.

생산물이 숫자로, 가격으로, 현물로 나타나지 않는 대학, 학생들의 두뇌 속에 나라의 장래를 위한 지식과 교양의 탑을 쌓는 대학이라는 '기업소'의

---

17) 풀무질: 풀무(불을 피울 때에 바람을 일으키는 기구)로 바람을 일으키는 일.
18) 원주필: '볼펜(ball pen)'의 북조선어.

지배인인 학장은 언제나 분주한 시간을 보내야 했다.

리석훈 학장은 반나절 지나서야 입학생 모집 사업 문제를 가지고 대학 교무 지도원과 마주앉았다.

중키에 몸집이 다부지고 목대19)가 굵은 40대의 교무 지도원은 퇴역한 레슬링 선수를 방불케 하였다. 그는 대학 내 교원들과 직원들 사이에서 신망이 있었다. 그를 '저울추'라고 평가하였다. 입학생 모집이라든가 기타 사람들 문제에서 한 그램도 틀리지 않는 냉철한 공정성과 원칙으로 자기 위치를 지키고 사업을 해나가는 것으로 알려졌다.

석훈은 그에게 말했다.

"지도원 동무, 시험 성적 순위를 정했다면…… 내일부터 수험생들의 인물심사를 합시다."

"학부들에서 강의에 지장이 되지 않게 교원들을 동원시킬려고 합니다."

"그렇게 하시오. 짧은 시간에 끝내야지…… 이번에 입학생 정원이 몇 명이더라?……."

"215명입니다."

"여유가 없지?……."

석훈은 이 물음이 아내가 어젯밤 간절한 기대를 가지고 묻던 것임을 되새겼다. 아내는 그에게 "목숨이 경각에 달했던 당신을 소생시킨 의사를 도와줘야 한다"고, "사람이 의리를 지켜야 한다"고…… 처녀 시절에 그한테 사랑을 고백할 때처럼 열렬히 말했었다.

교무 지도원은 학장의 얼굴에서 무언가 읽으려는 듯 조심스레 살펴본다.

"학장 동지, 정무원20)에서 공문으로 내려보낸 숫자입니다."

---

19) 목대: '목'을 속되게 이르는 말.
20) 정무원(政務院): 북조선어. 최고행정집행기관.

"음……"

석훈은 담배를 꺼내 붙여 물고 재떨이를 당겨놓았다. 눈을 쪼프린[21] 채 묵묵히 담배 연기 사이로 교무 지도원을 건너다 본다.

지도원의 얼굴에는 동요와 주저의 표정이 떠오르고 무언가 자신없어 한다.

(이 사람이 내 의도를 알아차려서 그러는 걸까?…… 아니면?……)

석훈은 학장의 체모와 위신과 원칙을 떠나서 아랫사람의 눈치를 살피는 구차한 자기를 거울보는 듯 싶어 온몸이 달아올랐다. 어쩐지 배의 수술 부위가 뜨끔거리고 잔등에는 바위를 짊어진 것 같다. 복부외과 과장에 대한 의리를 지킨다는 것이 헐치 않으며 이보다 더한 괴로움과 모멸감과 수치감을 느껴야 할지도 모른다는 생각이 들자 그는 가슴이 조여드는 듯했다. 석훈은 힘겹게 말을 짜냈다.

"지도원 동무, 내일 나한테도 인물심사 받을 학생을 여라문 명 보내주시오."

"예, 저…… 수험번호 133…… 학생을 보내랍니까?……"

"왜 133이요?"

"그 학생이…… 정철욱입니다."

조심스레 말귀를 잇는 지도원의 얼굴에서 망설이던 기색은 사라지고 그답지 않은 열적은[22] 미소가 번졌다.

(아, 외과 과장과 사촌벌이 된다고 했지…… 참, 다행스런 일치구나 ……)

석훈은 온몸을 결박한 사슬의 압박감에서 벗어난 듯 싶어 가벼이 숨을

---

21) 쪼프리다: '찌푸리다'(얼굴의 근육이나 눈살 따위를 몹시 찡그리다)의 북조선어.
22) 열적다: 열없다(좀 겸연쩍고 부끄럽다).

내그었다. 그리고는 순결치 못한 의도에 타당성을 부여하고 변명이나 하듯 나직이 말했다.

"예과에서 한 일년쯤 머리를 싸매고 공부하노라면 우수한 학생들을 따라잡을 수 있잖을까?……"

"물론입니다. 노력에 달렸지요. 철욱이가 아버지를 닮아 머리는 좋습니다. 제 어머니가 외아들이라고 신발을 잘못 신겨서 그렇지……"

"그 학생하구…… 입학생으로 선정한 중에서…… 성적이 마감순위에 있는 학생도 불러주시오."

석훈은 아까와 같이 힘겹게 말을 짜냈다.

"알겠습니다. 그런데 저…… 학장 동지…… 이번에 아마 한 학생을 더 고려해야 할 것 같습니다."

"누군데?"

석훈은 이맛살을 찌프렸다.

"도 인민위원회 부위원장 동지의 딸이 우리 대학에 시험을 쳤습니다. 그런데…… 성적이 입학 기준에서 좀 떨어집니다."

지도원의 얼굴은 '정철욱'이 말을 꺼낼 때와는 달리 윗사람에 대한 순종 감으로 해선지 퍽 자연스러웠다.

"학장 동지가 요양소에서 오시기 전에 부위원장 동지가 세 번이나 전화를 걸어왔습니다."

지도원은 자기로서는 어찌할 수 없다는 듯 난감한 표정을 지었다.

"거절하지 못했단 말이지…… 아무튼 생각해 봅시다."

석훈은 지도원에게 입학생 문제에선 그 누구도 예외로 될 수 없다는 것을 냉혹히 말해주지 못하는 것이 괴로웠다. 그러기에는 이미 양심이 허락지 않는 것이다. 어쩐지 불안스러웠다. 의사에 대한 인정과 개인적 의리에 끌려 원칙을 벗어난 복잡하고 깨끗지 못한 일에 발을 들여놓고 있으며 벌써 그 관성력23)으로 걸어나가는 새로운 자기를 본 것이다. 그러나 석훈은 물러설 수 없음을 느꼈다. 사람들의 생명과 건강을 위해 그토록 헌신하는 의사, 외과 과장의 고민, 희망을 외면하기에는 때가 늦은 것이다. 무엇 때문에 입학생으로 선정된 215번째의 학생을 만나려고 했던가?…… 그를 정철옥 대신 고려할 대상으로 점찍지 않았는가?…… 그렇다. 석훈은 일생에 단 한번 처음이자 마감으로 양심을 속인다고 생각했다. 그것으로 복잡하고 불안스런 심정을 달래고 위안했다.

다음날

리석훈 학장은 수험생들의 인물심사에 여러 시간을 바쳤다.

세 번째로 방에 들어선 학생은 예의 그 215번째 학생이었다. 물이 약간 바랜 중학생 교복을 입은 그 학생은 방 가운데 놓인 의자에 단정히 앉았다. 몹시 긴장되는 모양이다. 어떤 질문이 들어올까 하는 데만 온 신경을 쓰는 듯 곁눈조차 살피지 않는다. 숱진 눈썹, 평상시엔 서글서글한 인상을 줄 듯 싶은 검은 동자가 큰 눈, 오뚝한 코, 두툼한 입술…… 학생의 얼굴은 어딘지 낯익은 데가 있었다.

(누구하고 비슷한가?…….)

석훈은 재학중의 어느 학생의 동생일지도 모른다는 생각으로 짓궂게24) 떠오른 의문을 일축해 버렸다.

이름은 오경남이고 강안고등학교 졸업생이다. 두 손을 무릎에 포개고 앉은 경남의 철색을 띤 얼굴은 도시 학생이라기보다 먼 산간 벽촌에서 온 학생처럼 어질게 보인다.

석훈은 잠자코 학생을 바라보기만 했다. 다른 학생들을 상대로 하던

---

23) 관성력(慣性力): 정지하고 있는 물체는 계속 정지하고자 하며, 움직이고 있는 물체는 계속 움직이고자 하는 힘.

24) 지꿎게(원문) → 짓궂게.

그런 자연스런 질문을 하게 되지 않았다. 순박하고 앞날에 대한 희망, 대학에 붙으려는 소원이 피처럼 끓고 있을 이 학생에게 무언가 질문하는 것 자체가 벌써 그를 유린하려는 의도를 품고 그러는 것이 아닌가…… 그는 이미 점찍어놓은 이 학생의 인물심사를 차라리 자기가 하지 말았어야 했을 것이라고 후회하였다. 복부외과 과장을 위한 일이 한 걸음 한 걸음 양심의 대숲을 헤쳐나가는 어려운 길이며 자신의 그늘과 몰랐던 본심과 싸워야 하며 타협과 원칙의 예리한 칼날 위에 올라서는 준엄한 일이라는 걸 점점 통감하게 되었다. 그러나 이미 힘이 가해진 관성25)차는 물리학의 법칙대로 모멘트26)가 큰 방향으로 굴러갔다.

"학생은…… 시험을 잘 치지 못했더군 그래……."

석훈은 조용히 말했다.

순간, 오경남의 긴장했던 얼굴에 불안과 후회의 구름이 꽉 끼었다.

"수학 성적이 특히 낮소."

"전…… 미분을 적용하는 문제를…… 둘 다 틀리게 풀었습니다."

학생은 허아랫소리27)로 말했다.

"미분이란 개념이 뭔지는 아오?"

"그건 저…… 사물의 운동 과정을 시간적으로 공간적으로…… 아주 작게 미세하게 쪼개서 보는 방법입니다. 사물 운동에서 한 순간을 수학적으로 고찰하는 개념입니다. 예를 들면…… 속도가 변하는 총알이 날아갈 때 몇 초 후의 속도를 계산하려면 미분을 이용해야 합니다. 미분을 발견한 수학자는 날아가는 화살도 순간적으로는 서있다고 보았습니다."

---

25) 관성(慣性): 물체가 밖의 힘을 받지 않는 한 정지 또는 등속도 운동의 상태를 지속하려는 성질.

26) 모멘트(moment): 어떤 물리량을 어떤 정점 또는 축에서 그 물리량이 있는 곳까지의 거리의 거듭제곱으로 곱한 양.

27) 허아래소리(원문) → 허아랫소리: 잘 들리지 아니하게 입 안의 소리로 하는 말.

"알고 있는데 응용 문제를 잘못 풀었거던……"

"이제 다시 미분 문제를 내주십시오."

학생은 자신 있게 청원했다.

"대학 입학은 중학교 진급처럼 추후 시험이 없소. 누구나 다 붙이는 목적이 아니니까. 입학 시험은 흘러간 시간과 같이 만회할 수 없는 거요. 실력만이 자기를 평가하고 변호할 수 있소."

"……"

학생은 고개를 떨군 채 입술만 감빨고[28) 있다. 무릎에 포갠 손은 맥없이 드리워졌다.

석훈은 대학의 문전에 온 이 어린 학생에게 본의 아니게 가슴 아픈 말을 했음을 깨달았다. 시험 성적이 낮기는 해도 입학 순위에 드는 학생한테 무엇 때문에 그런 차가운 말을 한단 말인가? 희망을 가지지 말고 불합격 통지를 받을 마음의 준비를 갖추라고?…… 설사 그러더라도 이 자리에 서야 따뜻한 말을 나눌 수 있잖는가!

석훈은 부드러운 어조로 말머리를 돌려 정치 일반 상식을 한두 가지 물었다.

학생의 입에서는 과녁을 향한 총알처럼 여물고 정확한 답변이 튀어나왔다.

철학에 대해 알고있는 걸 말하라고 했더니 고대의 소박한 유물론으로부터 시작된 철학의 발전 역사를 조리있게 풀었다. 개념적으로 상식적으로 알고있는 것이 아니라 철학의 심원한 세계를 원리적으로 파악하고 있다.

"누가 학생한테 철학 공부를 시켜줬소? 중학교에서는 그렇게까지 배우

---

28) 감빨다: 감칠맛 있게 쪽쪽 빨다.

지 못했을 텐데……."

"아버지한테서……."

"음…… 그럼 사회과학을 전공하는 대학에 지망하지 않고 왜 여기 공과대학에 시험쳤소?"

"저의 아버지는 자연과학을 할려면 먼저 자기 자신과 자기를 둘러싼 세계를 알아야 하고 연관 속에서 운동하고 변화하고 발전하는 객관세계의 법칙들을 알아야 한다고 늘 말했습니다."

"아버지는 어느 과학연구기관에 계시오?"

"도시경영사업소에 다닙니다."

"무슨 일을 하오?"

"도로 관리원입니다."

"?……."

리석훈 학장은 그만 놀라서 학생을 뚫어지게 쳐다보았다.

서글서글한 눈, 오뚝한 코, 두툼한 입술…….

(네가 강안 유보도 관리원의 아들이구나!)

석훈은 채찍으로 후려맞은 듯했다. 전류에 감전된 것 같은 몸을 천천히 일으킨 그는 창문가로 다가갔다.

비바람이 불어치고 있었다.

창 앞의 어린 느티나무가 몸부림친다.

대학 마당으로 비옷을 푹 쓴 사람이 등을 구부정하고 진탕29)을 철벅거리며 걸어간다. 그 모습은 어쩐지 관리원을 연상시킨다. 하지만 그는 아닐 것이다.

관리원은 지금 이 비바람 속에서 강안 유보도나 큰 길 아니면 소공원을

---

29) 진탕: 진창. 땅이 질어서 질퍽질퍽하게 된 곳.

돌보고 있을 것이다. 수 년 간을 하루같이 도시 사람들이 잠에서 깨나지 않은 이른 새벽에 거리와 소공원과 유보도의 먼지와 쓰레기를 쓸어내고 담배꽁초와 과실껍질, 종이조각이 들어찬 휴지통을 털어내던 오십 대의 사람, 밀짚모자를 쓴 영예군인[30], 폭우가 내릴 때도, 눈보라가 아우성칠 때도 그 곳에서 초소를 지켜선 보초병마냥 그가 서있다. 밤새 눈이 내린 새벽이면 도시의 어느 혁신자도 숫눈[31]에 발목을 묻으며 공장으로 간 적은 없다. 아침, 산그림자가 도시의 머리 위에 명암의 음영을 던지며 서서히 퍼질 때 반반하고 깨끗한 출근길을 걸어가는 사람들은 그 즐거운 기분의 한 부분이 어디서 마련된 것인지 생각지 않는 것이다.

석훈은 흥분한 얼굴로 창가에서 돌아섰다.

소년은 여전히 두 손을 무릎 위에 단정히 놓은 채 순박하게 앉아 있다.

"학생은…… 나가보시오."

석훈은 애써 부드럽게 말하려고 했으나 음성은 갈려서 소년에게 담화의 불만스런 인상을 던져준다.

학생이 나가자 교무 지도원이 들어왔다. 그는 학장의 흥분한 얼굴을 의아쩍게 바라보며 입을 열었다.

"정철욱 학생을 들여보내랍니까?"

"아니…… 그 학생은…… 다른 선생이 만나보게 하시오…… 난 좀 혼자 있고 싶소……."

"?……."

석훈은 지도원에게서 돌아서 창밖에 눈길을 던졌다. 애써 마음을 진정하려고 했으나 흥분은 점점 부풀어올라 숨막힐 것 같았다. 억눌렸던 그

---

30) 영예군인(榮譽軍人): '상이군인'의 북조선어.
31) 숫눈: 눈이 와서 쌓인 상태 그대로의 깨끗한 눈.

순결한 본심이 일떠서[32] 가슴속에 폭풍을 일으킨 것이다. 모질게 상처입은 양심에서 흘러나온 피는 혈관 속으로 뜨겁게 흘러들었다.

비바람은 여전히 휘몰아친다.

창 앞의 어린 느티나무가 금시 뿌리채 날려버릴 것 같다. 받침대를……받침대를 세워주어야 어린 나무가 잔약한[33] 뿌리로 땅을 든든히 그러잡고 자연의 시련을 꿋꿋이 이겨낼 게 아닌가. 그렇게 자라서 세월이 흐르면 거목으로 될 것이다. 그런데 어째서 다른 나무들처럼 받침대를 세워주지 않았는가. 봄에 나무를 심고 그만 잊어버렸을까?…… 나는 매일 창 밖을 자주 내다보면서도 왜 보지 못했을까?

3

밤새 쉬임없이 속삭였을 강물은 여전히 그 무엇인가 끊임없이 주절대며 새벽 안개를 피어 올린다. 잔물결이 유보도의 화강석기슭을 찰싹찰싹 적신다.

리석훈은 이슬에 젖은 포장돌길을 걸어갔다.

잠을 푹 자지 못해선지 머리가 무거웠다. 큰 나무와 키 낮은 관상용 식물들이 어우러진 소공원 쪽으로 걸을수록 청신한 대기가 폐장[34]을 적셨으나 기분은 여전히 침울했다. 안개 덮인 길 쪽이나 공원 어느 구석에서 빗질을 하고 있을 관리원을 만나게 된다는 생각은 어제부터 지속된 그 죄스러운 압박감에서 벗어날 수 없게 하였다. 그것을 활털어버리려

---

32) 일떠서다: 기운차게 썩 일어서다.

33) 잔약하다(孱弱하다): 가냘프고 약하다.

34) 폐장(원문) → 폐장: 폐와 창자를 아울러 이르는 말.

고 여느 때보다 퍼그나[35] 일찍 산책을 나섰지만 가슴속의 안개는 개이지 못했다.

어쩐지 지난 해 가을 어느 날 새벽의 일이 떠오른다.

……그 날도 신선한 새벽 공기를 마시며 걸음을 옮기던 석훈은 가로수들이 늘어선 큰 길 옆에 멈춰 섰다. 길에는 단풍든 첫 나뭇잎들이 누렇게 깔려있었다. 어찌된 일인가? 왜 아직 쓸지 않았을까?…… 그가 집에서 여기까지 걸어올 때쯤이면 큰 길은 이미 말끔히 쓸어있군 했던 것이다.

그는 주위를 둘러보았다. 큰 길 옆 소공원 쪽에서 거쉰[36] 기침소리가 들렸다. 그리로 다가간 석훈은 관리원에게 인사말을 건네고 나서 물었다.

"오늘은 어떻게 공정을 바꾸었구만요."

"무슨 말씀인지?"

"큰 길을 쓸지 않았으니 말입니다."

"아, 거긴 담배꽁초나 휴지조각을 주어내고 나뭇잎은 우정 쓸지 않았습니다."

"?……."

"학장 선생도 주단 같은 폭신한 단풍잎들을 밟으며 한 번 거닐어 보지요. 기분이 썩 좋을 겁니다. 출근길에 오른 사람들은 가을의 첫 나뭇잎 위로 걸으면서 봄싹이 틀 때부터 있은 즐거운 일들을 회고하구…… 사색에 잠겨 걸을 수 있지 않겠습니까."

"!!……."

"출근 시간이 지난 다음에 쓸어도 도시 미화에 지장이 없을 겁니다. 허허."

---

35) 퍼그나: 퍽.
36) 거쉬다: 북조선어. 목소리가 쉰 듯하면서 굵직하다.

석훈은 감동어린 눈으로 관리원을 바라보았다.

"정서가 깊은 분인데…… 길 쓰는 일을 하다니…… 일찌감치 예술에 종사할 걸 그랬습니다."

"원 학장 선생두…… 사람들의 정서를 지켜주는 것에 비할 정서가 어디 있겠습니까. 예술이나 다름없지요."

"!……."

석훈의 눈앞에는 그때 관리원의 꾸밈없이 소박하고 예사롭던 얼굴 표정이 생생하다.

청춘 시절에 조국을 지켜 피를 흘렸고, 오늘은 사람들에게 즐거운 기분, 정서 생활의 만족을 주기 위해 빗자루와 쓰레기통을 들고 길가에서 일하는 사람, 그것을 자기의 본분으로 여기고 하루도 빠짐없이 성실히 그리고 법관처럼 엄격히 수행하는 사람, 양심에 티 한 점 없이 깨끗한 그를 만나서 어떻게 지난날과 같이 사심 없는 인사말을 건네고 담뱃불을 나누고 날씨를 물을 수 있을 것인가.……

그래도 석훈은 걸어나갔다. 가슴속이 맑은 하늘처럼 깨끗한 사람을 피하는 것 그것은 자신에 대한 기만이며 다시 한번 그 빗자루 쥔 사람의 성실성을 배신하고 모욕하는 것이 아니랴!

밤새 소공원의 구석구석에 깃들었던 안개는 고요히 떠오르고 잠깬 새들이 조심스레 목청을 가늠해 본다.

벤치는 어제 내린 비와 이슬에 푹 젖어있고 그 옆에 있는 목이 긴 휴지통에는 전날의 쓰레기가 가득 차 있다. 길에도 빗질한 흔적이 없다. 관리원은 아직 나오지 않은 모양이다.

석훈은 몹시 서운한 감정에 휩싸여 서 있었다. 어디선가 귀익은 빗질하는 소리가 금시 들릴 것만 같았다. 무엇인가 부드럽게 쓰다듬는 것 같은 그 규칙적인 소리가…… 포연에 끄슬고 땀에 절었던 총과 바꿔 잡은 빗자루, 나무대로 자루를 박은 그 댑싸리 빗자루질 소리가 들릴 것만 같았다.

그러나 사위는 고요하였다.

문득, 석훈의 눈이 빛났다. 공원 소로길 나무 뒤 벤치에서 밀짚모자 귀퉁이가 보인 것이다.

석훈은 반가움과 흥분을 앞세운 채 관리원에게 다가갔다.

관리원은 어째선지 부자연스레 허리를 굽히고 벤치에 앉아 있었다. 한 손은 오른 쪽 옆구리를 그러쥐었고 다른 손은 이마를 받치고서 조각처럼 움직이지 못한다. 빗자루와 양철쓰레받기는 발치에 누워있다.

"밤새 편안하셨습니까?"

석훈은 인사말을 건넸다.

관리원은 천천히 고개를 들었다. 그는 이마에서 손을 내리자 식은 땀이 내돋은 고통이 비낀 얼굴에 애써 미소를 지으려 했다. 마른 입술을 움직여 나직나직 답례의 말을 한다.

석훈은 다급히 그의 어깨를 부축하며 물었다.

"웬일입니까? 어데 아픕니까?"

"아니…… 인젠 일없습니다."

관리원은 혼연히 일어섰으나 한 손은 옆구리에서 떼지 못했다.

"갑자기 진통이 와서…… 아마 환절기의 요술인 모양입니다."

관리원은 범상히 말하며 빗자루를 집어들었다.

석훈은 황급히 만류했다.

"오늘은 그만 쉬지요. 얼굴색이 말이 아닌데…… 병원에도 가보시고 ……."

"학장 선생이 벌써 네 번째 손님입니다. 세 사람이나 어지러운 길로 지나갔지요. 아침부터 기분이 맑지 못했을 겁니다."

"!……."

관리원은 석훈을 남겨두고 여느 때처럼 자기 사명을 수행하기 위해 푸접 없이 헤어졌다.

석훈은 등을 구부정하고 저만치 걸어가는 그를 뒤쫓아갔다.

"양철쓰레받기는 이리 주십시오. 휴지통은 내가 털어 내지요."

"아, 산보나 하시오. 내 어련히 하잖으리요."

"소공원이랑 쓸자면 일이 좀 많습니까. 출근 시간까지는 혼자서 힘들 겁니다."

석훈은 끝내 관리원의 손에서 양철쓰레받기를 뺏어들었다.

안개는 서서히 걷히고 동녘 산발 위로는 장밋빛 노을이 피어올라 회색 하늘을 물들이기 시작했다.

……

한낮이 가까워올 무렵에 학장의 방으로 교무 지도원이 통지서를 발급할 입학생 명단이 적힌 문건을 가지고 들어왔다.

리석훈은 앞상에 문건을 펴놓고 찬찬히 들여다보았다.

"성적 순위로 되었습니다. 그런데……."

지도원은 든든한 몸집을 앞상에 기울이며 말꼬리를 달았다.

"마감 두 학생만은…… 요전에 말씀드린 대로……."

석훈의 손에 쥔 굵직한 원주필이 214번에 멎었다.

"송순희……."

"도 인민위원회 부위원장의 딸입니다."

"입학 기준 점수에서 떨어진 그 학생이지?"

"그래야 1점이 낮습니다. 제가 아침에 출근하는데 부위원장 동지가 승용차를 세우더니 낮에 학장 선생님을 직접 만나러 오시겠다고 했습니다."

"원래 입학생의 이름은 뭐요?"

석훈은 교무 지도원이 몸을 흠칫할[37] 만큼 날카롭게 물었다.

지도원은 서둘러 사업노트를 펼쳐본다.

"한금옥입니다."

석훈은 지도원을 신중히 건너다보고 나서 묵묵히 원주필로 '송순희'를 그어버렸다. 그리고 그 옆에다가 원주필에 힘을 주어 '한금옥'이라고 써넣었다.

지도원은 눈시울을 떨군 채 학장의 가차없는 원주필만 지켜본다.

석훈의 원주필은 문건의 다음 칸으로 내려섰다.

"215…… 정철욱……."

석훈은 괴로운 듯이 나직이 말한다. 원주필은 무언가 주저하는지 움직이지 못한다.

"시 병원…… 복부외과 과장의 아들입니다."

지도원이 고집스레 상기시킨다.

석훈은 눈언저리에 손을 대고 생각에 잠겼다. 짧은 한 순간에 모든 것이 떠오른다. 침울한 의사의 얼굴, 침대에 누운 그를 내려다보던 사려깊은 눈, 하얀 위생복, 약냄새…… 밀짚모자를 쓴 관리원, 지식의 욕망에 끓던 순박한 아들…… 그 모습들은 섬광처럼 눈앞에서 병긋거린다.

왜 의사 앞에서 수첩에 이름을 적었던가?…… 살아난 것이 너무 고마워서? 기뻐서? 수고에 대한 보답으로? 의를 저버릴 수 없어서?…… 아니다. 경솔하게 수첩을 꺼내기 전에 생각해 보았어야 한다. 직권과 그 어떤 인간적 의리에서 출발한 타협과 융화가 낳은 결과에 대해서! 입학의 공정성을 조금도 의심하지 않고 자녀들을 대학문전에 보내는 평범한 사람들에 대해서!

그렇다. 그 사람이 빗자루를 일생의 벗으로 삼고 있다 해도, 얼굴로만

---

37) 흠칠하다: 북조선어. 몸을 반사적으로 움직이며 갑자기 놀라 떨다.

알고 있는 사람이고, 사업상 관계도 인연도 없는 사람이며, 잘못을 사과하지 않아도, 후에 만나지 않아도 될 사람이라고 그들의 성실성과 희망을 농간해선 안된다. 그럴 바에는 차라리 내장을 들어내는 듯한 아픔과 경련, 고통을 당하며 침대에 누워 있는 것이 더 편안할 것이다.

석훈은 결연히 원주필로 '정철욱'을 그어버리고는 '오경남'이라고 써넣었다. 고개를 들자 얼굴이 거무칙칙한 그림자에 덮인 지도원을 향해 조용히 물었다.

"동무는…… 입학 시험을 왜 친다고 생각하오?"

단순하고 직선적인 질문이건만 지도원은 못내 깊이 생각하더니 나직이 대답한다.

"누구나 다 대학에 받을 수는 없잖습니까."

지도원의 음성에는 복부외과 과장의 아들이라고 하던 아까의 고집스런 어조는 풍기지 않는다.

"그렇소. 아무나 대학에 받을 순 없소. 지도원 동무, 그래서 시험을 치는 거요."

석훈은 자리에서 힘들게 몸을 일으켰다. 고개를 수굿한[38] 채 방안을 거닌다. 한 걸음, 또 한 걸음, 방안을 채우는 무거운 발자국 소리…… 그것은 깨끗한 양심을 감싸던 무원칙과 융화의 방패를 짓부시는 포소리처럼 둔중히 울리었다.

"시험 성적은…… 단순한 숫자가 아니지…… 그 학생이 대학에 입학해서 나라에 지식으로 잘 복무할 수 있겠는가 하는 척도이고 준엄한 검열일 게요. 지식에 대한 심판이지. 성적이 낮은 학생은…… 우리 제도가 아무리 좋아도 중학교에서 십 년 동안이나 무료로 공부시켜주었는데도 잘 배우

---

38) 수굿하다: 고개를 조금 숙이다.

지 않은 학생을 또 어루만져 대학 공부를 시키진 못하오."

"!……."

"동무나 나나 수험생의 성적을 부모의 직업과 연관시켜보는 관점은 버리기요. 자본주의적 사고방식이요. 부위원장 직위와 유능한 외과의술이 학생 자녀의 지식을 대변할 수는 없잖소? 부위원장과 의사는 그들대로, 학생은 학생대로 자기 힘과 재능으로 나라에 복무하는 게 아니겠소. 입학 성적은 나라의 장래와 관련되는 일이요."

"!……."

"수재들, 탐구심 있고 실력이 우수한 학생들을 대학에 받아 키워야 진실로 나라의 과학기술을 발전시킬 수 있지 않겠소. 그러니 개인적 의리와 권력에 끌려 건전한 사회적 윤리를 파괴하는 일은 하지 맙시다. 우린 대학의 학장이나 교무 지도원이기 전에 보통 공민이요. 조국이 평등하게 준 다른 공민들의 이익을 침해하고 신성한 권리를 조금이라도 묵살할 때는 범죄를 짓는 것과 같소."

"!!……."

방안에는 오랫동안 정적이 깃들었다.

석훈은 문건 아래에 수표를 하고서 교무 지도원에게 돌려주었다.

자책에 잠긴 지도원은 돌아갈 염을 못내고 그냥 서있다.

석훈은 스스로 미안한 감이 들었다.

자신의 마음 속에 채찍을 안기느라 한 말이 그에게도 몹시 가슴 아프게 들린 모양이다. 석훈은 지도원을 부드러운 눈길로 바라보며 농조로 말을 건네었다.

"이보우, 지도원 동무, 교내에서 동무를 왜 저울추 같은 사람이라고 하오?"

"글쎄요…… 저의 공정치 못한 처사를 두고 하는 비난일 겁니다."

지도원은 서글픈 미소를 띄웠다.

"아니. 참 좋은 평가요. 사람들의 신뢰를 귀중히 알고 한 그램의 편차도 생기지 않게 녹쓸지 마시오. 그러자면 자주 계량 형기[39]로 저울추를 검증해 봐야 할 거요. 허허."

"알겠습니다."

지도원은 얼굴의 그늘을 가시고 문 쪽으로 걸어갔다.

……

밤이 깊어서 리석훈 학장은 가방을 옆구리에 끼고 퇴근길에 나섰다.

대학 청사의 바깥 층계를 내려서던 그는 외등빛에 희붐히[40] 보이는 느티나무 쪽으로 웬 사람이 고개를 떨구고 걸어가는 것을 보았다.

가까이 다가간 석훈은 그 자리에 굳어졌다. 어둠 속에서 옆모습을 보고도 어찌 외과 과장을 모르랴. 그의 심장의 고르로운[41] 율동, 생의 계시와도 같은 맥박을 지켜 싸우던 그 잊을 수 없는 사람의 얼굴을!

복부외과 과장도 걸음을 멈추고 얼굴을 돌렸다.

두 사람의 눈길이 어둠 속으로 부딪친다. 복잡한 가슴속의 천만 마디 말을 대신하는 눈길이!…… 그러자 아무런 불꽃도 일어나지 않고 눈길은 평온스레 오간다.

"과장 선생…… 오신지 오랩니까?"

석훈은 편도선염을 앓은 사람처럼 갈린 음성으로 물었다.

"지도원 동무를 만나고…… 나온 길입니다."

"……."

무거운 침묵이 흘렀다.

---

39) 형기(衡器): 길이, 부피, 무게 따위를 재는 자, 되, 저울 따위의 기구.

40) 희붐히: 날이 새려고 빛이 희미하게 돌아 약간 밝은 듯하게.

41) 고르롭다: 북조선어. 한결같이 고른 느낌이 있다.

정적을 깨뜨린 사람은 외과 과장이다.

"학장 선생님…… 나 때문에…… 괴로웠겠습니다……."

그는 띠엄띠엄42) 말을 이었다.

"환자의 가슴에 청진기를 댄 의사는 융화를 모릅니다. 병세에 대한 무원칙은 죽음을 의미하지요. 그래서 의술은 생명 앞에서 공정합니다. 난 그걸 철칙으로 알고 있으면서도 학장 선생이 사회의 윤리를 벗어나서 내 아들 문제를 처리할 걸 은근히 기다렸댔습니다. 생명을 판가리하는43) 예리하고 가차없는 수술칼을 손에 쥐고서 말입니다."

"!……."

"날씨가 벌써 선기44)나는데 배를 차게 하지 마십시오. 일레으스는 몸이 차면 도질 수 있지요. 부인더러 털실로 요대45)를 두툼히 떠달래서 두르십시오."

"!!……."

석훈은 후더운 눈길로 외과 과장을 바라보았다.

— 1985 —

---

42) 띠엄띠엄: '띄엄띄엄'의 북조선어.
43) 판가리하다: '판가름하다'(사실의 옳고 그름이나 어떤 대상의 나음과 못함, 가능성 따위를 판단하여 가르다)의 북조선어.
44) 선기(鮮氣): 선선한 기운.
45) 요대(腰帶): 바지 따위가 흘러내리지 아니하게 옷의 허리 부분에 둘러매는 띠.

• 수록: 「생명」, 백보흠 외, 『조선단편집』 4, 문예출판사, 1987(1987. 3. 30).
• 「생명」, 김정민 외, 『문학작품집(1985)』, 문예출판사, 1987(1987. 4. 30).
• 「생명」, 안동춘 외, 『1980년대 단편선』, 문예출판사, 1990(1990. 8. 30).
• 「생명」, 『산촌풍경』, 문학예술출판사, 2008(2008. 4. 10).

폭풍우 지난 뒤에

한웅빈

우리 반장은 욕하는 재간 하나만은 신통치 못했다. 오늘만 보아도 화가 머리끝까지 났으면서도 기껏 한다는 욕이 "그러니까 아직 따르는 처녀두 하나 없지. 총각이라는 게!" 하는 싱거운 말이었다. 나는 픽 웃고 말았었다. 그게 무슨 욕인가, 농담이지. 화를 낸 데 비하면 너무도 맺힌 데 없는 욕이었다.

반장이 화를 낸 것은 응당한 일이었다. 오늘 나로 하여 작업반의 명예가 하늘로 날아나고 말았던 것이다.

사업소에서는 두 달째 하여오던 당 중앙위원회[1] 제6기 제17차 전원회 의[2] 결정 관철을 위한 작업반별 파철[3] 수집 경쟁을 중간 총화한다고[4]

---

1) 중앙위원회(中央委員會): 정당, 노동조합 따위의 단체에서 중앙 위원들로 구성된 기관.
2) 전원회의(全員會議): 소속 성원 전체가 모여서 하는 회의.
3) 파철(破鐵): 쇠붙이 그릇의 깨어진 조각. 파쇠.

갑작스레 선포했다. 자동차들이 매 작업반을 돌면서 파철을 저울로 달아서 실었다. 그 차들은 이제 제철소로 직행할 예정이었고 돌아올 때는 사업소에 오는 강재5)를 싣고 오게 되어 있었다. 갑작스레 중간 총화를 하게 된 것도 그 때문이었다. 총화에서는 등수에 따라 상품도 섭섭지 않게 준다고 했다. 물론 그보다 더 중요한 것은 작업반의 명예였다.

반장은 작업반의 파철 인계하는 일을 나에게 맡겼다. 그는 한두 사람이 해야 할 '부스러기일'이 생기면 (군대에서라면 '독립 근무'라고 했을 것이지만) 대체로 작업반에서 제일 나이 많은 성길 아바이6)나 나를 지명하군 했다. 오늘의 파철 인계는 중량물7)을 다루는 일이어서 나에게 차례졌다.

"안됐는데? 번번이 이런 일을 맡겨서……."

하고 반장이 미안한 어조로 말하자 성길 아바이는 나를 위안하듯 한마디 했다.

"믿으니 맡기는 거지."

나 역시 그렇게 생각했다. 아무 의견도 없었다. 다섯 달 전 갓 제대되어 왔을 때쯤이었더라면 의견이 꾸루루했을 것이다. 이제는 나도 철이 좀 들었다고 해야할지.

나는 흥겨운 기분으로 일에 착수했다. 우리 작업반의 파철이 반장의 말대로 1등을 할 만큼 많다는 것이 나를 더 기분 좋게 하였다.

그런데 파철을 저울에 올려놓기 시작했을 때 구미가 동하는 듯 기웃기웃 구경하던 수리공이 (수리공들이란 원래 고물상 주인 비슷한 취미를

---

4) 총화하다(總和하다): 전체적으로 잘 어울어지도록 총체적으로 조율하다.
5) 강재(鋼材): 공업, 건설 따위의 재료로 쓰기 위하여 압연(壓延) 따위의 방법으로 가공을 한 강철.
6) 아바이: '아버지'의 방언(경상, 평안).
7) 중량물(重量物): 부피에 비하여 무거운 물건.

가진 사람들인 것 같다.) 놀란 소리로 끼여들었다.

"아니? 이거 쓸 만한 것들이 많구만!"

그의 시선이 여남은 개의 밀차8) 바퀴와 깨어진 활차9)들, 감속기10) 치차11)들, 크고 작은 볼트 너트들 사이를 욕심스레 갈팡질팡거렸다. 나는 처음은 모르는 척했다. 남 좋은 일하려고 작업반이 두 달을 두고 모아들인 것이 아니다. 그러나 귀밑에서 연신 내지르는 "저 아까운 걸!⋯⋯ 저것 두?⋯⋯ 저기 또 있구만!" 하는 수리공의 '앓음 소리'에는 어쩔 수 없이 손을 멈추게 되었다. 제철소에 가져가면 죄다 무지막지한 파쇄기12)를 거쳐 용광로에 들어가리라는 것이 의심할 바 없었다. 수리공의 '앓음 소리'가 우연치 않았다. '선심'을 쓸 수밖에 없었다.

그런데 철근 반장이 지나가다가 또 멈춰섰다.

"저런! 쓸 만한 것들이 수태 있다?"

구부러진 놈, 꼬인 놈, 콘크리트가 붙은 놈⋯⋯ 조금만 손질하면 쓸 수 있는 철근들이 적지 않았다. 우리 작업반은 토공13) 작업을 하다 보니 온 건설장을 메주 밟듯 하기 마련이어서 땅에서 파낸 것, 이 작업장, 저 작업장에서 뒹구는 것을 주워온 것⋯⋯. 별의별 것이 다 있었다.

그런데 수리반과 철근반에서 골라가고 나니 파철은 거의 절반으로 줄어들었다. 결국 우리 작업반은 1등이 아니라 꼴찌를 했고 반장은 총화에서 비판만 받고 돌아왔다.

"음—! 믿는 도끼에 발등 찍힌다더니!"

---

8) 밀차(밀車): 밀어서 움직이는 작은 짐수레.
9) 활차(滑車): 바퀴에 홈을 파고 줄을 걸어서 돌려 물건을 움직이는 장치.
10) 감속기(減速機): 한 축에서 다른 축으로 동력을 전달할 때, 회전 속도를 줄이는 장치.
11) 치차(齒車): 둘레에 일정한 간격으로 톱니를 내어 만든 바퀴. 톱니바퀴.
12) 파쇄기(破碎機): 고체를 부스러뜨리는 기계. 분쇄기(粉碎機).
13) 토공(土工): 흙을 쌓거나 파는 따위의, 흙을 다루는 공사.

반장은 화가 나서 붉으락푸르락했다.

"그러니 수리반, 철근반 좋은 일만 한 셈이 아닌가? 우린 꼴등을 해서 비판을 받구 그들은 내부예비를 얻어냈다구 칭찬을 받구! 남 좋은 일하려구 매일 낑낑거리며 모아들였는가 말이야?"

성길 아바이는 찬동인지 반대인지 알 수 없게 머리를 절레절레 흔들었다.

"오늘 파철 실어가는 차들을 보니 생각되는 게 있긴 있습네. 약간 손질하면 쓸 것들도 망탕14) 실었더라니."

반장은 아바이에게 화를 냈다.

"그걸 누가 계산한답데까?"

성길 아바이는 '반장 동무 누가 계산해 주길 바라서 일하우?' 할 대신 허허 웃기만 했다. 뻔드름한15) 말은 대체로 하지 않은 것이 아바이의 성미인 것 같았다.

"그건 그거구. 어떻든 사업소적으로 보문야 이익이 아니겠소?"

나였으면 아마 '나라에 이익'이라고 했을지도 모른다. 성길 아바이는 그런 요란스러운 말 역시 좋아하지 않았다. 때문에 그의 말을 들을 때는 별다른 말 같지 않게 들리는 것이 보통이었고 후에 음미해 보아야 그 뜻이 점점 크게 지어16)는 날카롭게 찌르고 들 때가 많았다.

내가 처음 토공 작업반에 배치되어 다른 직종으로 보내달라고 제기하던 때에도 아바이는 지나가는 말처럼 물었었다.

"가고 싶으면 가야지. 그런데 다른 데로는 왜 가려구 하나?"

나는 어이가 없었다.

---

14) 망탕: 되는대로 마구.

15) 뻔드름하다: 북조선어. 속내나 결과가 어떠하다는 것이 아주 뻔하다.

16) 지어(至於): 더욱 심하다 못하여 나중에는. 심지어.

"그걸 몰라서 물어요? 같은 값이면 본때17) 있는 일을 좀 해야 할 게 아니에요?"

나는 겸손해 보이려고 '좀 해야 할 것'이라고 표현했다.

"연공18)이나, 조립공19)이나, 하다못해 타입공20)이라도 해야지. 젊은 놈이 땅만 파고 있겠어요?"

아바이는 그제야 깨도21)가 된다는 듯 머리를 끄덕이며 말했다.

"건 옳아, 땅이야 늙은 것들이나 파야지."

"예?"

나는 당황했다. 다음은 화가 났다.

"아바인 정말…… 그렇게 말꼬리를 잡지 말라요!"

"말꼬릴 잡는다구?"

"그럼 뭐예요?"

"난 그저 저마다 마음내키는 일만 하게 된다면 건설이 어떻게 되겠나 하는 생각이 들어서 그러네."

"아, 그야—."

"이 사람 현호, 노동판이란 건 머사니22) 그 경기장 같은 게 아니라니. 서로마다 무슨 큰일을 쳐보겠다고 뛰어다닌다면 공장이 지어질 것 같나?"

아바이가 그때 토공 작업의 영예에 대해서나 직무에 대한 애착을 두고

---

17) 본때(本때): 본보기가 되거나 내세울 만한 것.

18) 연공(鳶工): 높은 곳에 올라가거나 높은 곳에 매달려서 하는 일을 전문으로 하는 기술자.

19) 조립공(組立工): 기계 제작에서, 여러 기계 부품을 하나의 완전한 기계로 짜 맞추는 일을 하는 사람.

20) 타입공(打入工): 북조선어. 콘크리트 혼합물이나 그 밖의 재료를 일정한 곳에 다져 넣는 일을 하는 노동자.

21) 깨도: 생각하고 궁리하다 알게 되는 것. 깨달음.

22) 머사니: '머시'의 방언(평안).

말했더라면 나는 얼마든지 열을 올려 맞대거리해 볼 수 있었을 것이다. 그러나 단순한 말로만 하다 보니 명백하여 반박할 여지가 없었다. 말이란 단순할수록 부정할 수 없는 것 같다. 그 후에도 때때로 다른 일에 대한 욕망이 불쑥불쑥 일었으나 그때마다 '서로 큰일을 쳐보겠다구 뛰어다닌다'는 말이 도로 주저앉게 만들군 했다. 그런 때면 내가 무슨 '큰일'을 쳐보려고 두리번거리며 동분서주하는 존재처럼 느껴지기도 했다. 상상 속에 떠오르는 그 존재는 좀 모자라는 존재로 보인다는 것을 나는 부인할 수 없었다.

성길 아바이의 말에 반박할 말을 못 찾는 것은 나만이 아닌 것 같았다. 반장도 이때 아바이의 말에 반박을 못하고 거친 숨소리만 내더니 휙 돌아서며 그 욕 같지 않은 '욕'을 하고는 가버렸던 것이다.

"그러니까 따르는 처녀두 하나 없지, 총각이라는 게!"

성길 아바이는 허허 웃었다. 나도 웃었다. 그리고는 잊어버렸다. 밤에 폭풍우가 예견된다고 하여 그 방지대책을 취하기에 다른 생각할 사이 없이 바쁘기도 했었다.

그런데 두어 시간 지났을 때 반장이 미안한 얼굴로 나에게 다가왔다.

"아까는 안됐네, 홧김에 아무 말이나 망탕해서…… 미안하게 됐네."

나는 얼떠름해졌다.[23] 아까 무슨 거칠은 말을 했다고 사과까지 하는 것일까.

"이해하라구, 응? 노여워 말구."

"?"

나는 걸음에서까지 미안해 하는 거동이 느껴지는 듯한 반장의 뒷모습을 여전히 얼떠름해서 바라보았다…….

---

23) 얼떠름하다: 북조선어. 좀 얼떨떨한 데가 있다.

퇴근길에서야 나는 그가 미안하다고 한 것이 어느 말 때문인지 깨달았다. 잊혀졌던 말이 다시 되살아났다.

"그러니까 따르는 처녀두 하나 없지. 총각이라는 게!"

이제는 더는 잊을 수 없다는 게 명백했다…….

나뭇잎들이 서로 부딪치는 조용한 설렁거림 속에서 새소리가 울려나왔다. 그 소리는 물방울 떨어지는 소리 같기도 했고 나뭇잎들이 엷은 금속판으로 되어 서로 부딪치는 소리 같기도 했다. 나무와 새는 마치 서로 떨어질 수 없는 인연을 가진 듯하다……. 나는 건설장과 주택지구 사이에 있는 '소공원'에 앉아 있었다.

'소공원'은 건설과 함께 생겨난 것이었다. 기초작업을 하고 구내선을 늘이면서 그 자리에 있는 나무들을 마구 찍어버리기 아까워서 한 그루 한 그루 옮겨 심은 것이 공원처럼 되었다고 한다. 내가 온 후에도 나무는 스무 그루나마 늘었다. 그러다 보니 나무들은 식물원처럼 수종이 다양했다. 버드나무, 황철나무, 물황철나무, 오리나무, 떡갈나무, 소나무……. 이제는 나무의자까지 몇 개 만들어놓아서 나무랄 데 없는 공원을 이루었다.

우리 합숙생들은 퇴근할 때에는 공원에 앉아 주패를 치던가 장기를 놀던가 지나가는 처녀들을 성나게 하거나 웃기다가 저녁해를 떨구고야 합숙으로 가는 버릇이 있었다.

나는 해당화 덤불이 드리운 의자에 앉아 있었다. 누가 바닷가에 휴양을 갔다가 떠온 것인지, 아니면 새와 함께 광막한 공간을 날아넘은 한 알의 종자가 여기에서 뿌리를 내린 것인지……. 초여름에 해당화가 피었을 때면 그 향기에서는 짭짤한 해초 냄새며 광활한 바다의 물비린내가 느껴지는 듯했었다…….

"오래 기다렸어요?"

덤불 뒤에서 울리는 목소리였다.

"아니 방금 왔소."

"다른 데 가자요. 사람이 있어요."

나를 두고 하는 말이었다.

"무슨 사람?"

"글쎄 누굴 기다리겠죠 뭐."

말소리는 멀어졌다. 나뭇잎들이 설렁거린다. 새소리가 다시 선명하게 들려왔다. 그 소리와 함께 싸늘한 물결처럼 고독감이 나의 가슴속으로 스며들었다. 귓가에서는 반장의 말이 다시금 살아났다.

'그러니까 아직 따르는 처녀두 하나 없지. 총각이라는 게.'

이때에야 나는 그 말이 주는 모욕감과 아픔을 느꼈다. 그 말은 처녀의 '누굴 기다리겠죠.' 하고 응당한 것으로 여기던 말과 함께 귓전을 울렸다.

나는 가슴이 텅빈 듯한 둔한 아픔과 예리한 것으로 찌르는 듯한 날카로운 아픔을 느꼈다. 반장의 말은 둔한 아픔을, 처녀의 말은 예리한 아픔을 주었다. 이것은 공허감이 주는 아픔, 모든 것이 끝났다는 절망이 주는 아픔이었다.

사랑하는 처녀가 없다. 반장의 말이 옳았다. 나에게는 사랑하는 처녀가 없었다. 처녀들의 유다른 웃음과 명랑함, 아름다움을 신비 속에 보고 들으며 사랑을 공상해 왔지만 그것이 아직 나를 위한 것으로 되었던 적은 없었다.

나는 사랑에서 패배자였다.

어제도 나는 여기에 앉아 있었다. 그러나 그때는 자신을 사랑의 패배자로 느끼지 않았다. 오히려 사랑에 대한 행복한 기대로 충만되어 있었다. ……

길을 걸을 때면 자기의 걸음을 음미하기라도 하는 듯 또박또박 걷는 처녀, 연회색의 양복은 그에게 얼마나 잘 어울렸던가. 걸을 때면 어깨

뒤에서 굽실굽실한 머리칼이 가볍게 흔들리군 했다. 바람이 불지 않을 때도 그것은 가만있지 않았다. 마치 순간의 정체도 없이 설레이는 바다 기슭과도 같았다. 가냘퍼 보이는 상큼한 목과 얼굴에 비하여 지내 커서 애수가 깃든 듯이 느껴지는 두 눈, 멀리서 보면 성숙한 체격의 처녀였지만 가까이서 보면 어린애처럼 느껴지기도 했다.

나는 그와 만날 기회가 많지 못했다. 나는 토공 작업반원이었고 그는 사업소의 교환수였다. 다행스럽게도 건설장과 주택지구, 합숙을 연결하는 길이 외통길²⁴⁾이었다. 마음만 먹으면 출근시간이든 퇴근시간이든 하루에 한두 번은 마주칠 수 있었다.

나는 그 처녀가 나에 대해서 무관심하지는 않다고 믿었다. 말을 주고받은 것은 별로 없었지만 (그것도 농담으로서였다. 주지하는 바이지만 농담을 할 때는 소심한 사람도 퍽이나 대담해지는 법이다.) 나는 내가 처녀에게서 평범하지만은 않은 존재로 되었다는 것을 자신 있게 말할 수 있었다. 그는 자기 동무들과 웃고 떠들다가도 내가 지나가면 그 소리가 낮아지거나 조용해지군 했다. 그리고 나는 한두 번만 아니게 나를 스쳐 지나가는 생각에 잠긴 듯한, 탐색하는 듯한 눈길을 느꼈었다. 물론 그것은 한 찰나에 지나지 않는 것이었으나 그 한 찰나는 나에게 온 하루가 명절처럼 되게 해주기에는 충분하고도 남음이 있었다.

아니, 이것만으로는 나는 결코 그 처녀를 만날 용단을 내리지 못했을 것이다. 그런 어마어마한 초인간적인 용단을 (그것은 정말 초인간적이었다!) 내리게 해준 것은 같은 호실에 있는 철진이었다. 그는 가을이면 결혼식을 할 약혼녀를 가진 '졸업기'의 총각이었는데 그의 약혼녀가 바로 그 처녀와 가까운 사이였던 것이다.

---

24) 외통길(외通길): 단 한 군데로만 난 길. 외길.

"얼마 전까진 말이야. 동무가 농담을 한 거랑, 동무의 이상한 행동이랑 시시콜콜히 이야기하군 했는데 (여자들은 그런 이야길 좋아하거든, 뭐? 박사라도 된 것 같다구? 동무도 좀 지나면 알게 돼. 여자들이란 얼굴을 맞대면 뭐든 말하지 않곤 못배기거든) 요즘 와선 며칠째 아무 말도 안한다는 게야. 물어봐도 대답을 피하구……. 이건 재미로 말하던 단계는 지나갔다는 게야. 여자들이란 호기심만일 때는 말하기를 좋아하지만 사랑에 가까워지면 누구도 모르게 감추고 싶어하거든. 그리고 혼자서 자기 자신과 이야기한단 말이야. 이를테면 심장하고 말이지! 알겠어?"

그의 확신이 나에게 용기를 주었다.

철진은 나를 처녀와 만나게 해주었다. 그리고는 야간작업 시간이 되었노라고 중얼대고는 부리나케 사라져버렸다. 그것은 사실이었지만 그보다는 한순간이라도 더 방해하지 않겠다는 지나친 관용이라는 것도 너무도 뻔드름했다.

그의 갑작스러운 퇴장은 나의 입을 막아놓은 것 같았다. 나는 할 말을 완전히 잃어버렸다.

어슬어슬한[25] 밤이 길에 깔리고 있었다. 어둠은 마치 길바닥에서 슴새여[26] 나오는 것 같았다. 길바닥을 잠가버린 어둠은 안개처럼 눈앞으로 피어오르기 시작했다. 어둠 속에서는 건설장에서 풍겨오는 혼합물과 용접가스 냄새, 자동차 배기가스 냄새와 함께 길옆의 슴슴한[27] 풀냄새가 느껴졌다. 주위는 캄캄해져 옆에서 걷는 처녀의 하얀 종아리만 언뜻거릴 뿐이었다. 어둠은 계속 피어올라 하늘까지도 캄캄하게 덮어버릴 것 같았다. 그러나 석양과 교대하여 하늘에서는 별들이 반짝거리기 시작했다.

---

25) 어슬어슬하다: 날이 어두워지거나 밝아질 무렵에 둘레가 조금 어둡다.
26) 슴새다: 북조선어. 조금씩 밖으로 스며 나가다.
27) 슴슴하다: 심심하다(음식 맛이 조금 싱겁다).

우리의 걸음과 함께 별들은 더 많이 쟁쟁하게 빛났다. 얼마 후에는 벌써 별들이 얼마나 총총해졌는지 약간 진동만 주어도 하늘과 함께 쏟아져 내릴 것같이 느껴졌다. 때로는 우리가 별빛을 밟고 걷는 듯한 착각도 들었다. 얼마 후에야 나는 그것이 반짝거리는 처녀의 신발 코숭이[28] 때문임을 깨달았다.

문득 발 밑이 밝아지는 바람에 주위를 둘러본 나는 당황했다. 어느새 벌써 사업소 지휘부 근처에 온 것이었다. 외등 불빛이 우리의 발치[29]에까지 비쳐오고 있었고 그 너머에서는 사무실 창문들이—그 중 한 창문은 처녀가 들어갈 교환실 창문이었다—보였다.

처녀는 총총히 걸음을 옮기고 있었다. 그는 이 길이 어서 끝나기를 바라는 것 같았다. 몇 분만 더 지나면 어쩔 수 없이 작별인사를 하게 될 뻔하였다.

"시간이 바쁘오?"

나는 걸음을 멈추며 물었다.

"예, 근무시간이 다 됐어요."

하면서 처녀는 걸음을 멈추었다.

어둠 속에서 마주선 처녀는 별로 더 커 보였고 엄엄할 만큼 낯설어 보였다. 가슴이 너무 세차게 뛰어서 입을 열기가 두려웠다. 입을 열면 말이 아니라 심장의 고동소리만 울려나갈 것 같았다.

"동무를 만나자고 한 건……."

이 말은 나에게서 나온 것 같지 않게 느껴졌다. 남의 목소리처럼 갈려 있었고 터무니없이 굵어서 공허한 감을 주었다.

---

28) 코숭이: 물체의 뾰족하게 내민 앞의 끝부분.
29) 발치: 사물의 꼬리나 아래쪽이 되는 끝부분.

"동무도 짐작하고 있겠지만……."

"……."

처녀의 눈길이 별빛과 함께 나의 얼굴을 스치고는 도로 아래로 떨어졌다. 놀라움보다 그 어떤 질책을 담고 있는 듯이 느껴지는 눈길이었다.

순간 나는 입을 열었던 것을 후회했다. 차라리 그냥 걷다가 '잘 가시오. 고맙소.' 하고 헤어졌더라면 좋았을 것이다. 그랬더라면 내일 다시 만날 수 있다는 기대가 있었을 것이며 기쁨은 기쁨대로 있었을 것이다. 그러나 나는 입을 열어버림으로써 신비롭게 느껴지던 침묵을 깨뜨려버렸고 더는 기대를 가질 수 없게 해놓았다. 이제는 이렇게든 저렇게든 끝장을 낼 수밖에 없게 되었다. 나는 처녀에게서 긍정적인 대답을 들을 수 없으리라는 강한 예감을 느꼈다.

그 짧은 순간 나는 지난밤의 꿈을 생각했다. 그 꿈에서 처녀는 가냘퍼 보이는 상큼한 목과 지내 커서 무엇에 놀란 듯한 두 눈으로 하여 정말 어린애처럼 보였다. 나는 말했다.

"동문 아직 어린애 같구만."

"전 정말 어린애예요."

꿈에서 깨어났을 때 왜서인지 나는 그 꿈이 나에게 '안 될 것이다. 안 될 것이다.' 하는 말을 한 듯이 생각되었었다.

그 속삭임이 이때에 다시 울렸다. 자신에 대한 쓰거운[30] 환멸이 솟구쳤다. 그러자 나도 생각지 않았던 말이 흘러나왔다.

"난 이런 때 어떻게 말하는지 모르오. 내가 말하려는 건…… 동무와 가까이 알고 지냈으면 한다는 거요. 한마디로 말하여…… 난 동무가 마음에 드오!"

---

30) 쓰겁다: '쓰다'의 방언(함경).

"……."

처녀는 그 어떤 놀란 소리도 지르지 않았고 영화나 책에서처럼 두 손으로 얼굴을 가리우지도 않았다.

침묵, 침묵밖에는 없었다. 싸늘하고 움직임 없는 침묵…… 현장에서 벙끗벙끗 터져 오르는 용접광이 나의 눈을 아프게 지져댔고 처녀의 얼굴을 얼음장같이 파르스름하게 물들였다.

"저— 말하는 뜻을 알겠어요."

마침내 처녀의 입이 열렸다. 눈길은 어딘지 종잡을 수 없는 어둠 속을 지켜보고 있었다. 마치 어둠 속 어딘가에 그가 할 말이 한 자 한 자 씌어지고 있는 것 같았다.

"그런데 전 아직…… 나이두 어리구…… 사회생활도…… 얼마 못했구……."

"그건 나도 같소!"

나는 조용하나 예리한 부정을 거칠은 어조로 막아버렸다.

"나도 다섯 달 전에 제대된 사람이오. 그렇지만 그게 알고 지내는 것과 무슨 상관이 있소? 시간이 지나면 서로 더 잘 알게 될 것이구……."

"그건 옳아요."

하던 처녀는 자기의 말에 스스로 놀란 것 같았다. 물러설 곳이라도 찾는 듯 눈길을 허둥거렸다. 그러나 곧 나를 쳐다보며 또렷한 음성으로 또박또박 말했다.

"그렇지만…… 전…… 이미…… 약속한 데가 있습니다."

"?!"

나는 뒤통수를 한 대 얻어맞은 듯했다. 한 마디의 말도 더는 나오지 않았다. 그 어떤 경우에도 할 말은 있을 수 있었다. 그러나 약속한 사람이 있다는 데는 입이 열 개라도 쓸모없었다. 사랑이란 두 쪽 세 쪽으로 나눌 수 있는 것이 아니다!

"그럼 전 근무시간이 되어서…… 안됐습니다…… 안녕히……."

"가세요."

하는 말은 벌써 그의 모습과 함께 몇 발자국 앞 외등 쪽에서 울리고 있었다.

이렇게 모든 것이 끝나버렸다. 나는 어둠 속에서 장승처럼 서있었다. 수치와 가슴이 텅 비어버린 듯한 상실감…….

"뭐? 어떻게 됐다구?"

철진은 나의 절망적인 '보고'를 듣고는 멀뚱멀뚱 건너다보더니 (내 얼굴이 볼 만했을 것이다.) 한숨을 쉬며 동정할 대신 이만저만 아니게 통쾌한 듯 껄껄 웃어대어 나를 아연하게 만들었다.

"그럼 뭐 동문 처녀가 냉큼 '나도 좋아요!' 할 줄로 알았나? 처녀들이란 마음속으로 은근히 따르다가도 진작 턱 마주가면 도망치려구 하는 특징이 있단 말이야! 알았어? 바보같으니!"

'바보'라는 말이 이때는 매우 기분 좋게 들렸다. 그럴싸하게 들렸다. 따르다가도 마주가면 도망친다? 아니, 모르겠다. 사랑이 무슨 숨바꼭질이라구…… 엉터리다!

"그 처넌 약속한 사람이 있다고 했단 말이야!"

"그건 거짓말이야. 절대로 없어!"

"걸 어떻게 알아?"

"알지!"

하고 그는 어느 한 영화에서 나오는 말로 멋지게 대답했다.

"여자들끼리는 그런 일을 숨기지 못하는 법이야."

자기의 약혼녀를 두고 하는 말이었다.

"그런데 왜 있다고 했을까?"

"이런 바보라구야!"

연달아 내뱉는 '바보' 소리가 조금도 거슬리지 않았다. 도리어 내가 바보라는 걸 완전무결하게 증명해 주면 더 기쁠 것 같았다.

"시꺼먼 밤에 총각이 다짜고짜로 '난 동무가 마음에 드오!' 하니 얼마나 당황했겠어? 피할 생각밖엔 없었을 거야. 그런데 어리다고 해도 들은 척 안해, 사회생활을 못해 봤다는데도 물러서지 않아, 그러니 숨어버릴 수 있는 데야 '약속한 사람'밖에 있어? 내가 처녀라도 그렇게밖엔 대답 못했을 것 같애! 동무 같은 바보가 암만 마음에 들었대두 말이야."

그의 말이 얼마나 설득력 있고 기분 좋게 들렸던지 나는 얼마 후 저도 모르는 사이 그의 표정을 따라 씽긋씽긋 웃고 있는 자기를 발견하고 어이가 없어졌다.

"그런 줄 알았으면 왜 만나라고 했나?"

"남자가 우물쭈물하면 되나? 그래서 남자지!"

어떤 것이든 좋은 측면으로만 척척 둘러맞출 줄 아는 친구를 가진 것을 나는 기뻐해야 할지 화를 내야 할지 알 수 없었다. 어떻든 기분은 얼마간 가벼워졌고 희망은 다시 살아났다…….

그런데 반장의 말을 되새겨보는 이때는 그 모든 것이 반대로 생각되었다. 그는 나 같은 인간은 사랑해주는 처녀란 없을 것이라고 말했다. 그렇다. 자기를 기만하며 위안을 찾지 말자. 모든 것은 끝났다!…….

"오늘 우리 직장장 동지가 뭐랬는지 알아요?"

얼마 떨어진 곳에서 처녀의 맑은 목소리가 들려왔다. 방금 전에 나를 피해간 한 쌍일 것이다.

"안전모를 쓰지 않았다구 성이 잔뜩 나서 '그렇게도 모자를 쓰기 싫소? 그 머리를 모자걸개31)로 쓰기도 싫은가 말이요?' 하지 않겠어요?"

총각의 껄껄 웃는 소리와 처녀의 쟁쟁한 웃음소리가 함께 울렸다. 그것은 마치도 솨— 하는 나무의 설레임과 맑은 새소리가 한데 어울려 들리는 것 같았다. 어디서 읽은 적 있는 시 한 구절이 문득 떠올랐다.

그대가 푸른 나무라면
나는 그 위에 앉은 작은 새
설레이라 숲이여
내 아름다운 노래로 화답할지어니

문득 군대복무 시절에 어느 숲 속에 들어갔던 일이 떠올랐다. 한창 녹음이 짙어가는 한여름의 숲이었다. 나무 밑에서는 묵은 해의 낙엽 냄새와 축축한 흙냄새가 풍겼고 대기 중에서는 더덕 냄새가 쌉쌀한 송진 냄새와 함께 풍겨오고 있었다. 그런데 이상하게도 숲은 침울하고 답답하게만 느껴졌었다. 나는 후에도 여러 번 그 숲이 왜 그토록 침울하고 답답한 느낌을 주었는가를 생각해 보았으나 원인을 알아내지 못했다.

그 원인을 나는 이 순간에야 깨달았다. 그 숲에서는 새소리가 들리지 않았던 것이다. 숲이 '새를 부르는 매력'을 가지고 있지 못했던지, 아니면 그때 숲 위에 사나운 새매가 떠 있었던지…… 새소리가 없는 숲은 생동한 푸른 빛으로 차 있었지만 화석으로 이루어진 듯 침울하기만 했던 것이다. 새가 없는 숲, 새소리가 없는 숲은 숨결 없는 숲과도 같은 것이다.

왜 지금에야 그 원인을 깨닫게 되는 것일까. 그것도 나는 알 수 있었다. 내가 바로 그런 새 없는 숲과도 같았던 것이다…….

해는 이미 산 너머에 떨어졌고 황혼이 잿빛 옷자락을 펼치고 있었다. 그 잿빛 옷자락 밑에서는 벌써 어둠이 안개처럼 습새여 나오고 있었다.

---

31) 모자걸개: '모자걸이'의 북조선어.

이미 합숙으로 돌아갔어야 할 시간이었다.

나는 일어섰다. 그러나 곧 못박힌 듯 서버렸다. 주택지구 쪽에서 너무도 낯익어진 모습이 나타났던 것이다. 누구인지 알아보기도 전에 심장은 와당탕 고패치듯 되돌아누웠고 그 충격은 전류처럼 온몸으로 퍼져갔다. 바로 그 처녀였다.

그는 어둠 속에 발을 잠그고 황혼 속에 몸을 묻고 꺼져가는 석양을 머리에 이고 걸어오고 있었다.

나를 알아본 그는 흠칫하며 잠시 주춤거렸으나 인차 자기를 수습한 듯 그냥 걸어왔다.

"안녕하세요?"

그의 침착한 어조에 나의 심장도 제자리에 가 눕는 듯했다.

"밤 교대를 나가오?"

"예."

머리 위의 석양은 점점 꺼져가고 있었다. 그와 함께 건설장의 여러 가지 불빛들이 밤하늘로 키를 솟구기 시작했다.

"퇴근하던 길이 아니에요?"

나는 처녀를 따라 도로 현장 쪽으로 가고 있었다.

"아니, 저…… 누굴 좀 만날 일이 있어서……."

"철진 동무를요?"

"아니 다른 사람을 좀……."

너무도 빠른 반문에 나는 당황하여 부정해 버렸으나 다음은 눈감고 아웅하는 듯한 자신의 하잘 것 없는 자존심에 얼굴이 화끈해 올랐다.

"철진이두 만날 일이 있구…… 그런데……."

나는 말머리를 돌렸다.

"이렇게 어두울 때 혼자 걷기 무섭지 않소?"

"좀 무섭기도 해요…… 무서워요."

나는 어젯밤과는 달리 한두 개의 별밖에 없는 흐른 하늘을 가슴 아프게 바라보았다.

"그런데 왜…… 데려다 달라구 하질 않소?"

처녀는 놀란 듯 멈칫하며 걸음이 떠졌다.

"누구한테요?"

"그 사람한테 말이오. 약속했다는……."

"아—."

처녀의 걸음은 다시 빨라졌다.

"기억력이 좋군요."

비웃는 듯한 미소가 느껴지는 음성이었다. 나는 마치 자신이 유리옷을 입고 있는 듯이 느껴졌다.

현장 쪽에서 권양기[32]와 기중기, 각종 기계소리가 우릉우릉거렸고[33] 그 속에서 때때로 리벳[34]을 치는 공기망치[35] 소리가 기관총 사격처럼 울리군 했다. 연신 터지는 용접광은 늘어선 구조물들과 언덕에 막혀 우리의 머리 위를 벙끗거리며 지나가고 있었다. 우리는 마치 번개가 벙끗거리는 밤길을 걷는 듯했다.

"지금 하는 일이 마음에 들어요?"

"괜찮은 것 같소."

나는 토공이라는 나의 직업이 처녀의 눈에 차지 않는다는 것을 알았다.

---

32) 권양기(捲揚機): 밧줄이나 쇠사슬로 무거운 물건을 들어 올리거나 내리는 기계.

33) 우릉우릉하다: 북조선어. 비행기나 기계 따위가 요란스럽게 돌아가면서 잇따라 깊고 크게 울리는 소리가 나다.

34) 리베트(원문) → 리벳(rivet): 대가리가 둥글고 두툼한 버섯 모양의 굵은 못.

35) 공기망치(空氣망치): 압축 공기의 힘으로 움직이는 기계 해머.

허나 조금도 놀랍지 않았고 처녀가 불만스럽지도 않았다. 이 벅찬 건설장에서 토공의 일이 제일 눈에 띄지 않는 일이라는 것은 응당하기 때문이었다. 많고 많은 건설에 대한 선전화들을 보아왔지만 나는 아직 삽자루나 곡괭이를 쥔 토공이 그려져 있는 선전화는 단 한 장도 본 적이 없었다. 만일 내가 땅을 파는 '두더지'가 아니라 안전바[36]를 가로 세로 두른 연공이었다면!…… 여자들은 자기 직업보다 사랑하는 사람의 직업이 훌륭하기를 더 바란다고 한다.

"동무는 교환수 일이 마음에 드오?"

"그저 그렇지요 뭐."

"난 그래도 좋아 보이던데……."

"하루종일 한자리에 앉아서 '말씀하세요' 하는 꼭같은 말만 하는데두요? 이 세상엔 그 한마디 말밖에 없는 것처럼 말이에요. 어떤 때엔 세상밖에 있는 것 같아요."

발 밑이 부르르 떨리더니 쿵쿵 하는 폭음이 울렸다. 어디선가 발파[37]를 하는 모양이었다. 노랫소리와 격조 높은 목소리가 발파 폭음 사이로 멀어졌다 가까워졌다 하며 들려왔다. 방송차가 현장을 가로 세로 누벼가고 있는 것이다. 기계소리, 자동차소리, ……이것이 주위의 세상이었다. 교환실에 앉아 있다가 나오면 정말 세상 밖에 나갔다 온 듯한 환각이 들 것 같기도 했다.

"누군가 문을 두드려주는 사람이 있기를 바라겠구만."

"예? 뭘 바란다구요?"

경계심이 어린 반문에 나는 서둘러 설명했다.

---

36) 안전바(安全바): '안전줄'(높은 곳에서 떨어지지 아니하도록 사람이나 물체에 잡아매는 밧줄)의 북조선어.

37) 발파(發破): 바위나 대상물 속에 구멍을 뚫어 폭약을 재어 넣고 폭파시킴.

"군대서 농촌지원을 나갔을 때 한 양수기[38] 운전공 처녀가 하던 말이오. 주위에선 일이 들끓는데 자기는 양수기 앞에만 앉아 있는다면서 자기도 모르는 사이에 다른 일터로 가라고 문을 두드리는 소리가 나기를 바란다는 것이었소."

"그래 그 동문 다른 일터로 갔어요?"

"2년 후에 다시 그 농장에 나갔댔는데 그냥 양수기 운전공으로 있더구만."

"그땐 만족해 하더나요?"

"아니."

나는 처녀의 점점 커지는 흥미에 놀라움과 까닭 모를 불안을 느끼며 머리를 흔들었다.

"조금도 달라진 게 없었소. 그런데……."

"농장에선 일을 잘하는 처녀라고 굉장히 칭찬하는 게 아니겠소?"

"어머나 어떻게…… 이상하군요. 그건…… 참, 전 들어가 봐야겠어요."

우리는 벌써 지휘부 앞에 와 있었다. 창문마다에서 불빛이 흘러나오고 있었다.

"그럼 안녕히 가세요."

하고 돌아서서 걸음을 옮기던 그는 현관 앞에서 문득 생각난 듯 돌아섰다.

"고마워요."

그의 모습은 현관 안으로 사라졌다.

그러나 나는 그 자리에 그냥 서 있었다. 마지막 한마디가 심장을 쿵 하고 울려놓은 것 같았다. 그는 내가 그를 위하여 현장 쪽으로 도로 왔음을 알고 있었던 것이다. 그러면서도 마다하지 않았다. 오히려 '고마워요!'

---

38) 양수기(揚水機): 물을 퍼 올리는 기계.

…… 심장은 벅차게 뛰놀기 시작했다. 심장은 가슴에서가 아니라 머리에서 뛰는 듯했다. 그리고 나의 손과 발, 온몸의 그 어디서나 뛰는 것 같았다. 나의 몸 전체가 심장으로 되어버린 듯했다.

교환실 창문에서 나는 다시 그 처녀의 모습을 보았다. 오가는 사람들에게 들여다보이지 않게 흰 종이를 발라놓은 아래 창유리에는 리시버[39]를 끼고 앉은 처녀의 모습이 또렷이 비쳤다. 그 모습은 이마와 턱, 어깨와 가슴, 지어는 속눈썹의 움직임까지도 포착할 수 있을 듯 싶은 선명한 초상을 이루고 있었다. 그것은 가을의 조용한 달밤 땅위에 떨어진 나무 그림자처럼 고독한 느낌을 주었다. 웃음소리 말소리가 떠들썩 흘러나오는 많은 창문들과는 달리 너무도 조용한 때문인지, 방금 전에 들은 말 때문인지 그 앉아 있는 모습은 마치도 누군가 문을 두드려주기를 기다리며 고독과 싸우고 있는 것처럼 느껴졌다. 지나가는 자동차 전조등 불빛과 폭발하듯 터져오르는 용접광에 희미해지기도 했으나 그 빛들이 지나가면 그 모습은 몇 배로 더 선명해지는 것 같았다. '어떤 땐 세상 밖에 있는 것 같아요.' 나는 그를 이해했다. 그의 고민도 이해했다. 그리고 창문에 비낀 신비한 존재를 그가 지닌 아름다움만이 아니라 그의 고민과 고독까지 모두 포함하여 전에보다 수십 수백 배로 더 사랑했다.

그리고 이 밤 나는 그를 위하여서라도 온 건설장이 깜짝 놀라게 하는 위훈[40]을 세우고 싶었다. 그를 기쁘게 해줄 수 있는 일이라면 그 무엇이든 하고 싶었고 그가 바란다면 당장이라도 토공을 그만두고 연공이나 조립공이나 다른 것으로 되고 싶었다. 위훈을 세우기 위해서라면, 사랑을 위해서라면 그 어떤 일이라도 하고 싶었다.

---

39) 레시바(원문) → 리시버(receiver): 전기 진동을 음향 진동으로 변환하는 장치.
40) 위훈(偉勳): 훌륭하고 뛰어난 공훈이나 업적. 위공(偉功).

나는 호실 창문이 벙긋거리는 용접광으로 하여 푸르게 물드는 것을 느끼며 잠이 들었다. 잠결에 우릉우르릉 하는 둔중한 기계소리를 들었다. 여느 날에는 창문이 그렇게 밝아지거나 기계소리가 높이 들린 적이 없었다. 아마 가까운 곳에 작업장이 생긴 것이라는 생각을 했다. 그리고 철진이에게 좀 미안하다는 것도 생각했다.

교환실 창문을 떠나 호실로 돌아올 때 (지휘부에서 무슨 회의가 끝난 듯 사람들이 몰려나왔다. 그렇지 않으면 나는 언제까지 그 창문 앞에 서 있었을지 몰랐다.) 철진을 만났다.

"오늘은 한 200프로 할 것 같애. 건물 기초 콘크리트를 두 시간 전에 끝낼 수 있거든. 그래서 오늘밤 안으로 아예 대형 압축기 기초 콘크리트까지 쳐버리자는 거야!"

그는 타입 작업반 부반장이었다. 반장이 휴가를 가서 지금은 그가 대리를 하고 있었다.

"기초 굴착41)을 깨끗이 해준 덕이야. 내일 동무네 반장한테 고맙다는 인사를 해야겠어. 그런데 왜 아직 들어가지 않았어? 그 동문 만나봤나?"

"아니."

나는 저도 모르게 머리를 흔들었다.

"못 만났어? 내 내일이나 모레쯤 그 동물 만나보겠어. 오늘밤은 아무래도 시간을 못 내겠단 말이야."

그는 마치 같이 제대되어 자기 혼자 먼저 사랑을 가지게 된 것을 미안해하기라도 하는 것 같았다.

"그럼 난 가보겠어. 오늘밤은 좀 다과대야겠거든42)!"

---

41) 굴착(掘鑿): 땅이나 암석 따위를 파고 뚫음.
42) 다과대다: '다그치다'의 방언(평북).

그는 냅다 달려가면서 걸음을 늦추지 않고 머리만 돌려 소리쳤다.

"걱정말라구! 다 잘될 테니!"

발을 곱디뎌[43] 꼬꾸라질 뻔하면서도 그는 다시 한 번 소리치고야 사라졌다.

그의 뒷모습이 사라진 어둠 속을 보며 나는 생각했다. 왜 나는 그에게 사실대로 말하지 않았을까. 어젯밤처럼 쓰거운 결과로 끝났다면 나는 아마 묻기도 전에 죄다 털어놓았을 것이다. 결국 사랑이란 친구도 피하게 되는 이기적인 것일까. 아니, 그보다도 사랑은 남모르게 키우고 가꿔야 더 아름다워지는 것이 아닐까. 깊은 밤 누구도 보는 사람 없는 별빛 아래서만 조용히 피는 벼꽃처럼…….

나는 상상 속에서 그 처녀에게 말했다.

'난 동무가 그렇게밖에는 달리 대답할 수 없었다는 것을 이젠 알겠소.'

'고마워요.'

이 밤, 나는 이제까지는 기연가미연가해오던[44] 이런저런 현상들, 주위 사람들과 사물들이 깊숙이 또는 비밀히 품고 있는 속성을 모두 알아낼 수 있을 것 같은 놀라운 감각을 자신에게 느꼈다.

"무엇이든 물어 보라. 죄다 대답할 테니!"

하고 나는 외쳤다.

그 외침에 대답하듯 요란스러운 굉음에 창문이 드르릉 떨렸고 나는 잠에서 깨어났다. 눈부시게 푸른 섬광이 한순간 호실의 네 벽과 침대를 파랗게 물들였다가 곧 꺼졌다. 뒤이어 다시금 길다란 굉음…….

나는 벌떡 일어나 앉았다. 잠결에 기계소리와 용접광으로 생각했던 것

---

43) 곱디디다: 발을 접질리게 디디다.

44) 기연가미연가하다(其然가未然가하다): '긴가민가하다'의 본말.

이 우렛소리와 번개였음을 깨달았다. 밖에서 함석판이 왱강뎅강거리며 날아가는 소리가 들렸다. 어느 호실에선가 창유리 깨지는 소리가 아츠럽게[45] 들렸다. 미처 닫지 못했던 모양이다.

나는 창가로 다가섰다. 캄캄한 어둠이 검은 종이를 바른 듯 창유리에 찰싹 달라붙어 있었다.

벙긋하는 푸른 불빛에 세찬 바람을 맞아 한쪽으로 휘몰린 버드나무 가지들이 손에 잡힐 듯이 똑똑히 드러났다. 땅에 던져진 버드나무의 그림자는 푸른 빛으로 사진을 찍어놓은 듯했다. 번개는 한순간에 지나가 버리고 버드나무 잎들은 다시 어둠 속에 잠길 때까지 한쪽으로 가지를 휘몰린 자세 그대로여서 아무리 시간이 흘러도 그냥 그 자세대로 캄캄한 어둠 속에 서있을 것처럼 느껴졌고 내일 아침에도 그 자세대로 굳어진 버드나무를 보게 될 것같이 생각되었다.

굵은 빗방울이 요란스레 지붕과 나뭇잎을 두드리고 있었다. 일기예보에서 알렸던 폭풍우였다.

번개 불빛에 현장으로 달려가는 사람들의 모습이 때때로 보였다.

하늘을 지붕 삼고 일하는 건설자들에게 폭풍우는 하나의 수난이다. 수십 일 동안에 이룩해 놓은 것을 0으로 만들어놓을 수도 있는 것이다.

나는 우리 작업반이 일 주일이나 일하여 마감단계에 이른 굴착 작업장이 떠올랐다. 양옆으로 흐르는 크지 않은 시냇물도 생각났다. 이제까지는 그 시냇물이 일을 끝내고 손을 씻을 때나 공구를 씻을 때 은혜로운 것으로 되어왔다. 우리는 그것을 작업반에 차려진 행운 중의 하나로 여겼었다. 그러나 이 폭풍우에는 그 시냇물이 커다란 화근으로 될 수 있었다. 물이 넘어나 굴착 작업장으로 몰려들면 작업장을 흙과 모래로 메워버릴 것이

___
45) 아츠럽다: 북조선어. 소리가 신경을 몹시 자극하여 듣기 싫고 날카롭다.

고 우리 작업반을 일 주일 전으로 물러서게 할 수도 있었다. 이런저런 방지대책을 취하느라고 했으나 이런 밤에는 별 불의의 일이 다 생길 수 있는 것이다.

나는 비옷을 찾아 입고 밖으로 뛰어나갔다. 세찬 바람이 휙 잡아벗길 듯이 비옷자락을 틀어쥐고 이쪽저쪽으로 태질46)을 쳤다. 총알 같은 빗방울들이 얼굴을 후려갈겼다. 빗방울이 어찌나 굵은지 매 빗방울이 낙숫물처럼 땅에 자기의 자리를 남기고 있었다.

얼마 앞에서 껌벅거리던 외등이 탕하고 폭탄 튀는 듯한 소리를 내며 꺼져버렸다. 기중기 투광등47)의 불빛이 바람에 이리저리 흔들려 눈앞에 있는 모든 것이, 밟고 있는 땅까지도 뒤흔들리는 듯한 착각을 주었다. 그 사이 주먹 같은 빗방울은 팔뚝 같은 빗줄기로 변하여 쏟아지기 시작하였다.

세찬 바람과 억수로 퍼붓는 비, 병끗거리는 번개와 사나운 우렛소리, 온 대기가 폭풍우에 휩싸여 있었다. 번개가 번쩍거릴 때마다 건설장의 여기저기에 제멋대로 생겨난 크고 작은 물도랑들이 드러났다. 어떤 기초 벽체48)들은 벌써 물에 반나마 잠겼다. 그러나 그것은 괜찮다. 콘크리트는 물에 잠기면 더 잘 굳어지는 것이다.

그러나 우리 작업반은 물만 몰려들면 끝장이다. 굴착해 놓은 것이 몽땅 흙과 모래에 묻혀버리게 된다.

벌써 시냇물이 불어나 흘러들기 시작했을지도 모른다. 물은 흙을 깎아 물곬49)을 만들며 점점 더 세차게, 얼마 후에는 폭포처럼 쏟아져 들어가게

---

46) 태질: 세게 메어치거나 내던지는 짓.
47) 투광등(投光燈): 빛을 모아 일정한 방향으로 비추는 등.
48) 벽체(壁體): 벽을 이루는 구조 부분.
49) 물곬: 물이 흘러 빠져나가는 작은 도랑.

될 것이다. 흙과 모래, 감탕50)을 휘몰고…… 빨리 가야 한다. 만일 벌써 삽으로는 막을 수 없게 골을 이루었다면…… 몸으로라도 막아야 한다. 작업반이 일 주일 간 흘린 뜨거운 땀이 차가운 빗물에 씻겨나가지 않게 해야 한다.…… 나는 벌써 위혁51)적으로 소리치며 몰려드는 물줄기와 그 것을 몸으로 막고 있는 나를 보는 듯했다. 암만 물이 사나워도 나를 물러서 게는 못할 것이다. 비가 멎을 때쯤 되어 물이 수그러들기 시작할 때 반장과 반원들이 나올 수도 있다. 그러면 그들은 아무 말도 못하고 바라보기만 할 것이다. (나는 제 생각에 취하여 어느 사이 아이처럼 되어버린 자신을 깨닫지 못하고 있었다.) 그리고 내일에는 속보52)며 방송에서 요란스럽게 떠들 것이다. 온몸이 육탄이 되어 굴착 작업장을 구원했다고!…… 그 소식 이 교환실 창문부터 두드려주기를 내가 바란 것은 물론이다. 그러면 그는 물을지도 모른다. 상상은 내가 달리는 속도와 같은 속도로 가지를 펼쳐나 갔다.

"무섭지 않았어요?"

"무서웠소. 물이 나를 에돌아 흘러 들어갈까 봐."

사상이란 참 달콤한 것이다. 낭만적인 폭풍우였다!…….

"거 누군가?"

하는 거쉰53) 소리에 나는 멈춰섰다. 번개 불빛이 몇 발자국 앞에 삽을 짚고 서 있는 성길 아바이를 비췄다.

"아바이!"

---

50) 감탕: 갯가나 냇가 따위에 깔려 있는, 몹시 질어서 질퍽질퍽한 진흙.

51) 위혁(威嚇): 힘으로 으르고 협박함. 위협(威脅).

52) 속보(速報): 빨리 알림. 또는 그런 보도.

53) 거쉬다: 북조선어. 목소리가 쉰 듯하면서 굵직하다.

"현혼가?"

어느 창고 지붕에서 날아난 것인지 펠트지[54]가 커다란 까마귀 날개처럼 펄럭거리며 날아 지나갔다.

"저런 쯧쯧, 아까운 게 날아가누만."

성길 아바이는 날아가는 뒤에 대고 혀를 차며 나에게로 걸어왔다.

"나올 줄 알았다니. 현호는 나올 거라구 반장과 말했던 참이야."

"반장도 나왔습니까?"

"그럼 저―기 있지."

나는 그가 가리키는 쪽보다 굴착장을 어둠 속에서 분간해 보려고 애쓰며 물었다.

"별일 없습니까?"

"일은 무슨 일? 아무 일도 없네."

"그―래요?"

이렇게 되어 모험과 그 어떤 사변적인 것으로 충만될 듯하던 밤은 아무런 특별한 일도 없는 평범한 밤으로 되고 말았다. 아무런 위험도 돌발적인 일도 없었다. 우리 셋은 굴착 작업장 주위를 논물 보는 농장원처럼 어정어정 돌아다녔다. 삽은 지팡이 대신으로밖에 쓸 데가 없었다. 공연히 나와 있다고 해도 과언이 아니었다.

"에쿠! 하마터면 여기로 물이 넘을 뻔했구만요?"

하고 반장이 말하면 성길 아바이는 느릿느릿 삽을 눌러 흙을 떠놓으며 말을 받는다.

"넘을 뻔한 거야 무슨 큰일인가? 이렇게 사람이 있는데!"

폭풍우는 두어 시간 지나서 즘즘해지기[55] 시작했다. 비도 사람도 조용

---

54) 휄트지(원문) → 펠트지(felt紙): 판지에 타르를 발라 만든 종이.

해졌다. 사방에서 물 흐르는 소리만이 개구리 합창처럼 들려왔다.

"이젠 들어가야지요?"

하는 반장의 말에 성깔 아바이는 타령이라도 부르듯이 흥겹게 대답했다.

"물론 들어가야지, 비도 멎었는데……."

그 흥겨움이 나에게는 생겨나지 않았다. 비옷을 뚫고 들어온 비에 푹 젖어버린 옷이 기분 나쁘게 몸에 달라붙었다. 결국은 아무 한 일도 없이 비를 맞으며 나와 있는 격이 되고 말았다.

나는 터벌터벌[56] 걸음을 옮겼다. 낭만적으로 시작되어 무의미하게 끝난 밤이었다.…….

그러나 모든 사람들에게서 지난밤이 무의미하게 지나간 것은 아니었다. 새날이 시작되어 출근길에 올랐을 때 나는 지난밤이 다른 사람들에게서 얼마나 낭만적이고 사변으로 충만된 밤으로 되었는가를 알게 되었다. 그 때는 벌써 지난밤이 부지런한 속보원[57]들과 종달새 같은 방송원들에 의하여 한껏 찬란하게 장식되어 있었다.

"위훈의 밤! 투쟁의 밤!"

"온몸이 그대로 육탄이 되어!"

"조립 작업반원들 폭풍에 넘어지는 벽체를 구원!"

길옆에 담장처럼 늘어선 속보판들 사이를 달리는 방송차는 한껏 아름답고 격동적인 말을 아낌없이 쏟아놓고 있었다.

"폭풍이 불어도 비바람이 몰아쳐도 그들의 불타는 심장에는 추호의 동요도 없었습니다! 사품치며[58] 몰려드는 물을 몸으로 막으며 기어이

---

55) 즘즉하다: 북조선어. 어떤 일이 있은 뒤 일정한 시간이 지나 조용하다.

56) 터벌터벌: 천천히 힘없는 걸음으로 걷는 모양.

57) 속보원(速報員): 북조선어. 속보 내는 일을 맡아보는 사람.

58) 사품치다: 북조선어. 물살이 계속 부딪치며 세차게 흐르다.

타입 작업을 보장한 3직장 2작업반 전투원들에게 열렬한 축하와 전투적 인사를 보냅니다!"

축하와 전투적 인사를 여가수의 아름다운 목소리가 더욱 화려한 것으로 만들며 출근길을 흔들어놓았다. 지난밤의 폭풍우는 온 건설장을 빗물이 아니라 위훈으로 적셔놓은 것 같았다. 그러나 그 위훈의 폭풍우는 우리 작업반만은 건드리지 않고 지나가버렸다. 우리 작업반에서는 그저 지나가는 폭풍우였을 뿐이었다.

만일 하고 나는 생각했다. 어젯밤 우리 작업반 굴착장에 물이 넘어 들어왔더라면, 그것을 막는 소동이 일어났더라면 절반쯤 메워졌을 수는 있지만 우리 작업반도 이 아침 속보와 방송에서 한자리를 차지했을 것이다. 그런데 우리 작업장에서는 그런 일이 일어나지 않았다. 미리 대책을 취해놓았던 것이다. 그러나 보니 비는 비대로 맞으면서도 논물 관리원처럼 어정어정 돌아다니기만 했다. 그것을 혁신으로 소개할 수 없다는 것은 명백한 일이었다. 그러나 어떻든 우리는 피해를 완전히 막았다. 이것이 중요한 것이 아닐까. 그런데 왜 얼마간 피해받은 작업반들은 피해가 더 커지지 않게 막았다는 것으로 떠들썩 소개되고 우리는 침묵에 묻혀야 하는가, 모순이 아닌가. 하고 나는 생각을 계속 했다. 성길 아바이라면 어떻게 대답했을까. 아마 아무 이상할 것도 없다는 듯한 혼연한 기색으로 말했을 것이다.

"얼마나 힘들었겠나? 그러니 생각해 줘야지. 평가도 해주고. 그렇지만 우리야 뭐 힘들게 한 게 조금도 없잖았나?"

"거야 미리 대책을 취했으니 쉬웠지요."

"그러니 잘된 일이 아닌가!"

이야기는 이렇게 끝나고 말 것이다. 어제 파철 때문에 반장이 비판받은 것을 두고 시작했던 이야기도 이 비슷하게 끝났었다.

"아직 쓸 만한 것들까지 마구 파철로 실어보낸 사람들은 실적이 높다고 평가받구 상품까지 받는데 우리 작업반은 비판을 받구……. 이게 옳은 처산가요?"

"간부들이 그런 내용까지 시시콜콜히 다 알 수야 없지 않나?"

"그럼 말해 줘야지요."

"누가? 자네가? 내가? 말해주는 것보다 말할 필요가 없게 하는 게 더 좋지 않을까?"

"아, 그야……."

"오늘 저녁 우리 집엘 가지 않겠나? 노친네가 두부를 한다구 벼르던데."

"에이, 아바인 참."

"농담이 아닐세."

"나도 농담이 아닙니다."

그때 방송차에서 울린 목소리가 나의 회상 속의 대화를 중단시켰다.

"주순희 동무의 희생적 소행!"

주순희, 나는 깜짝 놀라 방송소리가 울려오는 속보판 너머의 허공을 바라보았다. 아침 햇빛이 붉게 물들인 구름송이들을 배경으로 가냘퍼 보이는 목과 얼굴에 비해 지내 커서 애수에 잠긴 듯이 보이는 두 눈이 선하게 안겨왔다. 그리고 '고마워요.' 하던 음성까지도……. 순희, 그가 어떻게 했다는 것일까……. 방송원의 말을 들으며 나는 지난밤 순희에게서 일어난 일을 상상으로 눈앞에 그려보았다.

……지난밤 폭우가 휘몰아치기 시작했을 때 순희의 눈길은 자주 창밖으로 돌려졌다. 뇌우가 우는 밤이면 방안에 앉은 사람은 일어서서 밖을 내다보게 마련이다. 순희는 더욱 그러했을 것이다. 그 폭우와 뇌성이 그에게는 문 두드리는 소리처럼 느껴졌을지도 모른다. 몇 번째인가 창 밖으로 머리를 돌린 순간 번쩍 하고 번개가 눈부시게 주위를 밝혔다. 그 때 그는

50미터쯤 떨어진 곳의 시멘트 창고 지붕에서 펠트지가 검은 천 조각처럼 펄럭거리는 것을 보았다. 몇 분 후 다시 번개가 번쩍였을 때는 벌써 펠트지가 푸른 섬광 속으로 커다란 검은 새처럼 날아가고 있었다. (그것이 혹시는 내가 굴착장에 이르렀을 때 까마귀처럼 날아 지나가던 그 펠트지일지도 몰랐다.) 그와 함께 순희는 창고 지붕에 검은 눈알처럼 뚫린 구멍을 보았다. 잠시도 망설일 사이가 없었다. 그는 비옷을 입고 달려나갔다. 가까스로 창고 지붕에 올라갔다. 펠트지가 날아난 구멍으로는 빗발이 쏟아져 들어가고 있었다. 주위를 살폈으나 덮을 것이 없었다. 그는 주저없이 비옷을 벗어 덮었다. 세찬 비바람은 비옷을 날려버리려고 날뛰었다. 한쪽을 누르면 다른 쪽이 펄럭 일어서고 그쪽을 누르면 또 다른 쪽이 들고 일어났다. 순희는 절망에 빠졌다. 마침내 그는 두 손과 두 발, 가슴으로 비옷을 덮으며 지붕 위에 엎드렸다. 방송원은 그가 그 순간 사로청원의 의무, 나라의 귀중한 재부인 시멘트 그리고 긴장한 공사 속도에 대하여 생각했다고 확신성 있게 말했으나 나는 순희가 그 순간 창고에 비가 새면 시멘트를 못 쓰게 된다는 것만 생각했으리라는 것을 더 확신성 있게 말할 수 있다. 그런 때의 반응은 거의 본능적인 것이지 그 어떤 복잡하고 갈래 많은 추리의 결과가 아니다. 그런 추리의 결과라면 그것은 타산이라고 해야할 것이다.

비는 더욱 세차게 쏟아 부었고 바람은 사납게 날치었다.[59] 그리고 고막을 찢는 듯한 뇌성과 푸른 번개…… 지나가는 사람들이 그것을 발견하기까지는 반 시간나마 지났으나 그는 그 자세로 폭풍우를 이겨냈고 시멘트 창고를 구원했다.…….

"바로 이런 사로청원들이 우리 혁명의 대를 튼튼히 이어나가는 우리

---

59) 날치다: 자기 세상인 것처럼 날뛰며 기세를 올리다.

당에 충실한 청년전위[60]들인 것입니다!"

아, 지난밤의 폭풍우는 얼마나 많은 이야기를 낳은 것인가. 폭풍우는 순희의 교환실 창문도 아낌없이 두드려주었다. 이제는 교환실 창문에 비끼는 그의 그림자도 그렇게 고독해 보이지는 않을 것이다.

폭풍우는 나에게서만 머리 위를 스치고 지나가 버린 한낱 소낙비였던 것이다. "토공 작업이 마음에 들어요?" 오늘 만나면 혹시 그는 "지난밤엔 뭘했어요?" 하고 물을지도 모른다.

나는 어젯밤의 폭풍우로 하여 그와 나의 사이가 한층 더 멀어진 듯한 두려움을 느꼈다.…….

휴게실에서는 뜻밖의 소식이 나를 기다리고 있었다. 철진의 타입 작업반이 지난밤 대형 압축기 기초 콘크리트 시공에서 오작[61] 사고를 냈다는 것이다.

"300마르카[62] 고강도 시멘트를 써야 하는데 벽체 기초에 쓰던 150마르카짜리를 그대로 처넣었다는 거야."

뜻밖의 일이었다. 지난밤 벽체 기초를 앞당겨 끝내고 대형 압축기 기초 콘크리트를 치겠다던 철진의 말이 떠올랐다. 이미부터 계획하고 있었던 그가 그곳에는 300마르카짜리를 써야 한다는 것을 몰랐을 리 없었다. 그런데 어떻게 되어 그런 엉터리없는 오작 사고를 냈을까. 폭풍우 때문에 무슨 혼란이 생겼을까. 그러나 폭풍우가 시멘트의 강도를 혼돈하게 할 수는 없었다. 이해할 수 없는 일이었다.…….

---

60) 청년전위: 북조선어. 북조선의 이념 달성과 건설 사업을 위하여 그 선봉에 서서 적극적인 역할을 하는 청년. 또는 그런 청년 집단.

61) 오작(誤作): 규격이나 규정에 맞지 아니하게 잘못 만듦. 또는 그런 작품.

62) 마르까(원문) → 마르카(marka): 석재, 모르타르, 콘크리트, 강철 따위와 같은 하중을 받는 건설 자재 강도의 크기를 나타내는 기준.

일을 막 시작하려 할 때 대형 압축기 현장에 갔다온 반장이 나를 불렀다. 나는 그가 입을 열기 전에 먼저 물었다.

"어떻게 됐던가요?"

"까내더구만.63) 시래기64)처럼 됐어."

사람들이 시래기처럼 풀이 죽었다는 소리였다.

"현호 동문 거기 가야겠소. 콘크리트를 까내면 다시 파야 할 테니 동무가 가서 무너지고 메워진 걸 제대로 해놓소. 아무래도 우리가 할 일인데!"

이를테면 또 '독립 근무'였다. 이미 습관된 '독립 근무'여서 나는 머리만 끄떡했고 반장 또한 다른 말을 더 하지 않았다.

압축기 기초 작업장은 어수선한 분위기에 휩싸여 있었다. 비에 젖은 깃발들이 축 늘어진 작업장에서 타입공들이 침침한 얼굴로 콘크리트를 까내고 있었다. 말소리도 없었고 망치질 소리만 맥없이 툭툭 들릴 뿐이었다. 철진은 한쪽 구석에서 수굿하고65) 망치질을 하고 있었다.

철근과 뒤엉킨 콘크리트는 채 굳어지지 않아 망치로 때릴 때마다 퍽퍽 우무러져66) 들어가며 설기떡처럼 부스러지기만 했다. 그렇게 해서는 오늘 하루종일 해도 끝내지 못할 것이 뻔했다. 그러나 철진은 거기에도 생각이 미치지 않는지 망치만 휘둘러대고 있었다. 하룻밤 사이에 눈에 띄게 얼굴이 꺼칠해졌고 눈도 움푹 꺼져 들어갔다.

요란스레 굴착기 소리에 나는 머리를 돌렸다. 현장 옆으로 굴착기가 바가지를 팔목에 잔뜩 우그려67) 붙인 채 지나가고 있었다.

---

63) 까내다: 북조선어. 굳은 것을 깨뜨려 떼어 내다.
64) 시래기: 무청이나 배춧잎을 말린 것.
65) 수굿하다: 고개를 조금 숙이다.
66) 우무러지다: 우므러지다. 물건의 가장자리 끝이 한곳으로 많이 줄어지어 모이다.
67) 우그리다: 물체를 안쪽으로 우묵하게 휘어지게 하다.

나는 그놈을 보자 문득 떠오르는 생각이 있어서 굴착기로 달려갔다. 마침 풋낯[68]이나 아는 운전공이었다. 그는 내 말을 듣더니 끄떡했다.

"재미있겠는데?"

요란한 굴착기 소리가 가까워져도 철진은 머리를 돌리지 않았다. 마치 그 어떤 망각 상태에 빠진 것 같았다.

나는 그의 손에서 함마[69]를 빼앗고 옆으로 밀어던졌다.

"비켜!"

"웅?"

그는 멍해진 눈으로 나를 건너다보기만 했다.

"지휘관이라는 게 이게 뭐야? 멍—해 가지구!"

나는 굴착기 바가지가 내려오기를 기다려 콘크리트에서 삐죽삐죽 나와 있는 철근들을 쇠밧줄로 묶어 바가지에 걸어놓았다.

"올려—!"

굴착기가 힘을 쓰자 땅이 들썩거렸고 채 굳지 않은 기초 콘크리트에 쩍— 쩍— 균열이 가기 시작했다.

"더—! 더—!"

마침내 콘크리트 속에서는 커다란 나무뿌리가 뽑혀 나오듯이 철근 한 묶음이 콘크리트를 잔뜩 매단 채 쑥 빠져나왔다. 다음부터는 더 쉬웠다. 대여섯 번 하고 나니 기초 구덩이가 휑—해졌다. 굴착기는 떠나갔다.

"도대체 어떻게 된 거야?"

다시 조용해졌을 때 나는 철진에게 물었다.

"나도 모르겠어."

---

68) 풋낯: 서로 낯이나 익힐 정도로 앎. 또는 그 정도의 낯.
69) 함마(ハンマ—): 해머(hammer). 물건을 두드리기 위한, 쇠로 된 대형 망치.

전날의 활기와 자신만만한 태도는 그에게서 깡그리 사라져버린 것 같았다.

"벽체 기초를 치는 데 예견보다 한 시간 빨리 끝났지 뭐. 아니 끝난 게 아니라 끝날 것 같았어. (사실 그렇게 끝냈구.) 그래서 끝난 다음에 다시 조직사업할 거 없이 (시간이 아깝더구만.) 벽체 기초가 끝나면 즉시 압축기 기초 타입에 들어가겠다고 선포했지. 혼합물 직장에도 미리 전화를 해두었단 말이야. 전화가 가면 즉시 300마르카짜리를 준비해 달라구. 벽체 기초가 거의 끝나갈 때 비가 쏟아지기 시작했지. 관계 있어? 혼합물 직장에 전화를 걸었지. 그런데 전화가 나와야 연락할 게 아닌가. 거의 30분나마 전화와 씨름하다가 내던지고 혼합물 직장으로 떠났네. 자동차를 붙잡아 타고. 그런데 길이 온통 물에 잠겨버려 차가 서버렸네. 오도가도 못하게 됐지. 그때야 문득 현장에서는 벌써 압축기 기초를 시작했으리라는 생각이 나질 않겠어? 그들은 날 믿고 있었으니까. 혼합물 직장에서는 전화를 못받았으니 150짜리를 그냥 보냈을 거구. 차에서 뛰어내려 현장으로 달려오니 벌써 늦었지. 얼마나 빨리 했는지 절반나마 쳤더군. 기가 막혀서!"

"너무 덤볐구만."

"그래 욕심만 앞섰지."

"그런데 전화가 왜 되지 않았을까? 선이 끊어졌던 게 아닐까?"

"글쎄."

"알아보지 않았나?"

"알아봐선 뭘 해? 사고야 쳐놓은 건데."

"……."

우리는 담배만 피웠다…….

뒤에서 철진을 찾는 소리가 들렸다.

"부반장 동무가 어데 있소?"

직맹위원장이었다. 그는 철진을 알아보고 짤막하게 말했다.

"지배인 동지가 찾소."

굴착기가 끄집어내 놓은 콘크리트 무더기 옆에 지배인과 몇몇 지휘일꾼들이 서있었다. 철진은 어깨를 축 늘어뜨리고 지배인에게로 갔다.

나는 기초 구덩이로 들어갔다. 무너진 것 메워진 것을 파내기 시작했다.

지배인의 무거운 목소리가 들려왔다.

"사고에 대하여 어떻게 생각나오?"

"오늘밤으로 다시 완성해 놓겠습니다."

"오늘밤으로? 그렇게 한다고 해도 사고의 엄중성이 덜어지지는 않소. 낭비된 자재와 노력은 어떻게 하겠소? 동문 부반장이라지?"

"예, 반장 동무가 휴가를 가서 제가 대신……."

"대신했으면 더 책임적으로 해야지. 한심하오. 정말…… 한심하오."

지배인이 머리를 흔드는데 쇠를 긁는 듯한 직맹위원장의 목소리가 끼어들었다.

"망신이요! 동무네 작업반 동무들에게 여러 가지 표창도 내신했댔는데 이제는 어떻게 한단 말이오?"

아마 순희도 표창을 받게 될 것이다. 응당한 평가이다.

"그래 동무는 사고의 원인이 어데 있다고 생각하오?"

"제가…… 덤비고…… 그저 일을 많이 할 생각만 하고……."

"그게 바로 공명심이라는 거요! 동무의 그 공명심과 주먹치기[70] 때문에 이런 사고가 났단 말이오!"

---

70) 주먹치기: 구체적인 계획이 없이 일을 되는대로 처리함.

"……."

철진은 왜 전화가 되지 않았다는 것을 말하지 않을까? 공명심과 주먹치기라는 말이 나는 귀에 거슬렸다. 무작정 내민 것은 아니지 않은가. 전화만 제대로 통했더라면 어떤 사고도 없었을 것이다.…… 나는 삽날에 붙어 떨어지지 않는 끈끈한 흙을 부아가 치밀어 내려다보았다. 그런데 왜 전화가 되지 않았을까. 선이 끊어졌었을까. 그러나 선이 끊어졌다면 전화를 든 철진이 몰랐을 리 없다. 전류 흐르는 소리도 없는 전화기를 들고 30분이나 씨름했을 리가 없다. 철진은 책임을 피하려는 것으로 보일까 봐 침묵하고 있는 것이다. 그런데 왜 전화가 되지 않았을까. 30분 동안이나…… 가만! 가만 있자. 폭풍우가 몰아치기 시작한 때로부터 30분…… 30분……. 나는 삽날에 붙은 흙을 뚫어지게 내려다보았다. 몸으로 오한과도 같은 것이 지나갔다. 바로 그 순간이 순희가 시멘트 창고 지붕을 막은 시간이 아니었을까. 교환대가 비어 있었던 30분…… 30분…… 그렇다. 바로 그 시간이었을 것이다! 철진은 통하지 않는 전화와 씨름하고 순희는 시멘트 창고에서 폭풍우와 싸우고……. 그 때문에 전화는 통하지 않았을 것이다!…… 더는 의심할 바 없었다. 너무도 공교로운 일치였다. 한 사람의 훌륭한 미거71)가 다른 사람에게는 사고의 원인으로 된 것이다.

"오늘 저녁 사고심의받을 준비를 하오."

지배인의 음성은 더욱 무거웠다.

"이 사고는 낭비된 시멘트 몇 톤이나 노력 때문에만 엄중한 것이 아니요. 우리가 건설하는 것은 조국의 만년대계요. 동무와 같은 무책임성이 조장된다면 조국의 만년대계는 어떻게 되겠소?"

사고는 내일과 연결시킬수록 커지는 것이다. 어떻든 철진은 무사치 못

---

71) 미거(美擧): 훌륭하게 잘한 일. 또는 장하고 갸륵한 행동.

할 것이다. 철직, 엄중경고……. 하지만 이것은 그의 잘못이 아니지 않는가. 그는 자기가 할 수 있는 것을 다 했다고 말할 수 있다. 한시라도 일을 더 빨리 더 많이 하려고 했을 뿐이다. 물론 공명심일 수 있다. 그러나 그런 공명심이야 무엇이 나쁜가. 그런 공명심이 결함이라면 우리 일에 무슨 위훈이 있고 기적이 있을 수 있단 말인가.…….

"동문 여기서 뭘 하고 있소?"

나는 머리를 들었다. 구덩이가에서 지배인과 직맹위원장이 내려다보고 있었다. 떠나기 전에 한 바퀴 돌아보다가 삽을 박은 채 땅만 들여다보는 나를 발견한 것 같았다.

"기초를 다시 팝니다."

"타입공이오?"

"아닙니다. 토공 작업반입니다."

"그렇소?"

경시하는 듯한 억양이 자존심을 상하게 했다. 현장을 둘러보는 냉담해 보이는 눈길이 더욱 불쾌감을 주었다. 왜 지배인은 철진에게서 더 구체적인 내용을 알아보려고 하지 않는가. 나는 돌아서려는 지배인에게 반발적으로 물었다.

"사고심의는 오늘 저녁에 합니까?"

"사고심의?"

지배인은 의아한 기색으로 나를 보았다.

"그게 동무에게 무슨 상관이 있소?"

그 말은 자존심을 더욱 상하게 했고 강한 반발심을 불러일으켰다.

"부반장 동문 처벌을 받게 됩니까?"

"동문 무얼 알려는 거요?"

직맹위원장이 맞갖지[72] 않은 눈으로 나를 내려다보았다. 사고로 인한 불쾌감이 나로 하여 더 커진 것 같았다.

"참모부에서 하는 사업을 굳이 알아서 뭘 하겠다는 거요? 맡겨진 일에 대해서나 생각하오."

나는 불끈 치미는 화를 참으로 수 없었다.…… 그때 왜 참을성을 잃었던지? 그때는 단순히 직맹위원장의 말에 대한 반발인 것 같았다. 그러나 지금 생각해 보면 단순히 반발심만이 아니었다. 파철 수집 총화에 대한 의견, 지난밤 폭풍우와의 전투에 대한 의견, 의혹, 그 모든 것이 참을성을 잃는 한순간을 마련했던 것이었다.

"맡겨진 일은 다 하니 걱정마십시오! 난 철진 동무에 대한 사고심의에 의견이 있습니다."

"의견?"

지배인의 눈에는 적이[73] 놀란 빛이 나타났다.

"무슨 의견이오?"

"철진 동무에겐 잘못이 없습니다. 그 동무는 정확히 타산하여 계획을 세웠습니다. 그리고 그대로 했습니다. 그런데 전화가 통하지 않았습니다. 교환대가 비어 있었기 때문입니다."

"교환대가 비어 있었다?"

지배인은 놀란 눈길로 직맹위원장을 건너다보았다. 위원장은 나를 쏘아보며 따지고 들었다.

"동문 교환대가 비어 있었다는 걸 어떻게 아오?"

"그때 교환수 동무는……."

하던 나는 말이 탁 막혀버렸다. 내가 무슨 말을 하게 될지를 깨달았고

---

72) 맞갖다: 마음이나 입맛에 꼭 맞다.

73) 저으기(원문) → 적이: 꽤 어지간한 정도로.

가슴 찌르는 듯한 공포를 느꼈다. 무슨 말을 하려고 하는가. 나는 누구를 고발하려고 하는가.

"교환수가 어쨌다는 거요?"

금시 도망쳐 버리고 싶었다. 차라리 벙어리가 되고 싶었다.

"왜 대답을 못하오?"

"밖에…… 나가 있었습니다.…… 시멘트 창고에…….”

"뭐요?"

직맹위원장의 목소리가 불쑥 높아져서 다시 쇠를 긁는 듯한 날카로운 억양으로 변했다.

"동문 지금 순희 동무에게 책임을 들씌우려는 거요? 그 동문 몸으로 막아 수십 톤의 시멘트를 구원했소. 알기나 하오?"

"……."

"그런 동무에게 동무는 사고의 책임을 지게 해야 한다는 거요?"

아니, 아니다! 내가 어떻게 순희에게 사고의 책임이 전가되기를 바랄 수 있단 말인가…….

"동무 이름이 뭐요?"

"강현흡니다."

"강현호?"

지배인은 무슨 생각을 했는지 머리를 기웃거리더니 나에게 물었다.

"동무는 그래 어떻게 했으면 좋겠다는 거요? 동무의 말이 모두 사실이라고 한다면 말이오.”

유심히 지켜보는 눈길에 나는 시선을 떨구어버렸다.

"나도 모르겠습니다.”

그렇다. 나도 알 수 없었다. 내가 무엇을 바랐는지, 왜 그 모든 것을 말했는지도…….

"모르겠다? 흠— 이상한 사람이로군."

하고 걸음을 옮기는 지배인의 얼굴에는 불쾌해하는 표정이 뚜렷이 나타
나 있었다.…….

"바보 같으니! 그 이야기는 왜 해? 그래서 얻을 게 뭐가 있어? 내가
처벌을 받지 않을 것 같애? 이렇건 저렇건 난 책임을 지게 되어 있단
말이야! 그런데 동무의 그 망동은 한 사람이 더 책임지게 하는 결과밖에
뭐가 더 있어? 이젠 그 처녀와 말도 안 할 테야? 그러구두 사랑한다구?
그게 무슨 사랑이야? 한 번 마주섰다가 신통한 대답을 못 들었다 해서
돌아서서 흠집을 들추어내고 깎아내리는 게! 그게 무슨 남자야?"

"철진이!"

"듣기 싫어! 난 한 사람이라도 더 책임에서 제외시키고 싶어! 내가 작업
을 지휘했으니 책임도 내가 져야지!"

"이건 책임을 누가 지는가 하는 문제가 아니야."

"그럼 뭐야? 그래 그걸 말해 놓으니 이젠 시원해? 자존심이 상했던
게 다 벌충돼?"

"자존심? 자존심이 여기에 무슨 상관이야?"

"무슨 상관인가구? 몰라서 물어? 어떻든 동문 이 일에 참견할 권리가
없어! 우리 작업반의 일이야!"

"아니…… 그건 내 일이기도 해."

"동무가 무슨 상관이야?"

"그건…… 그 처녀의 일이자…… 내 일이기 때문이야."

"뭐?"

"……."

"그럼 진짜루 사랑한다는 거야?"

"……."

"에이, 바보! 그런데 뭣할려구 그 말을 꺼냈는가 말이야? 이젠 처녀가 동무를 돌아보거나 할 것 같애? 보기만 해도 십 리를 피해 갈 거야!"

"아마…… 그럴 테지……."

"사랑이란 게 뭔지 알아? 좋은 것만 사랑인 줄 알아? 상대방에게 있는 결함까지두 모두 사랑하게 되는 게 사랑이야!"

"그건 그래!"

"그런데?"

"그런데? 제길할, 닥쳐! 그만해! 넌 그럼 내가 지금 순희를 비난하고 있는 줄 알아? 비난하지 않아, 조금도! 그렇지만 다르게 할 수야 없지 않은가 말이야. 제길할! 너라면 그래 다른 사람이 너 때문에 처벌을 받게 되었는데 편안히 앉아 칭찬을 받고 있겠어? 순희도 이 일을 알게 되면, 후에 알게 되겠지. 그러면 그 고민이 가벼울 것 같애? 그보다 더 무거운 건 없을 거야. 그런데 나더러 입을 다물라구?"

"……."

"왜 가만있어?"

"나도 모르겠어. 뭐가 뭔지…… 난 가겠어."

"……."

"그러니까 아직 따르는 처녀두 하나 없었지. 바보 같으니."

"……."

그러니 따르는 처녀두 아직 없다. 벌써 두 사람에게서 듣는 말이다. 차이라면 반장은 현재형으로 말했고 철진은 과거형으로 말했다는 것이다. '아직 없었다.' 그럼 이제 있으리란 말인가. 순희…… 순희…… 그가 과연 이것을 이해할 수 있을까……. 어수선한 작업장, 여기저기에 고여 있는 빗물, 부러진 나뭇가지, 폭풍우의 흔적이었다. 방금 전까지 나는 폭풍우가 나의 머리 위를 그저 지나갔다고만 생각했었다. 그러나 폭풍우는 나를 정면으로, 나의 생활의 한복판을 들이친 것이었다.

"현호—!"

반장이 기초 구덩이 옆에 와 있었다. 그는 구덩이를 들여다보더니 머리를 끄덕거렸다.

"다 팠구만.…… 그런데 왜 지배인이 동무를 찾을까?"

나는 놀랐다.

"지배인이오?"

"전화가 왔는데 '토공 작업반이오?' 하기에 그렇다고 하니까 '동무네 작업반에 그 강현호라는 동무가 있지?' 하면서 '나에게로 보내주시오. 지금 말이오.' 하는데……."

반장은 지배인이 나를 왜 찾을까 하는 대답을 나에게서 듣고 싶어 지배인의 말을 한 마디 한 마디 고스란히 그대로 옮겨놓으며 내 입을 지켜보았다.

나는 묵묵히 기초 구덩이에서 나왔다.

"왜 찾는지 모르나? 지배인이 어떻게 동무를 알까?"

만 명을 헤아리는 사업소의 지배인이 토공 작업반에 있는 다섯 달내기 제대군인을 안다는 것이 반장으로서는 이해되지 않을 수밖에 없었다.

"아까 지배인이 여기 나왔댔어요."

"그래? 여기서?"

"몇 마디 이야기를 했지요."

"무슨 이야기를 했나?"

나에게서 전말을 듣고 난 반장은 쯧 하고 혀를 찼다.

"그게 자네와 무슨 상관 있는 일이라구 나섰나? 응— 거 타입 부반장이 같은 호실에 있다구 했던가? 같이 제대되어 왔지?"

"그래서가 아닙니다!"

"성은 왜 내나? 사람도 참!"

그러는 사이 우리는 굴착 작업장에 이르렀다.

반장은 나를 아래위로 훑어보았다.

"옷주제가 말이 아니구만. 휴게실에 가서 옷을 갈아입고 가라구. 지배인 동질 만나는데……."

나는 못 들은 척하고 지휘부 쪽으로 돌아섰다.

"여— 현호! 가서 말을 삼가하라구."

반장은 마음이 놓이지 않아 나의 잔등에 대고 계속 주의를 주는데 성길 아바이는 자기 생각을 내놓았다.

"할 소리는 해야지."

"됐수다. 아바인 그저……."

"반장은 말할 수 없는 일이 있을 수 있지만 노동자는 다 말할 수 있네. 노동자한테는 높은 간부일수록 가까워. 군대서도 장령 앞에서 아무 말이나 다 하는 게 누군지 아나? 전사들이야!"

나는 웃고 말았다. 참 멋진 아바이다. 나는 때때로 나의 입에서 아바지의 말이 그대로 흘러나오는 것을 깨달을 때가 적지 않다. 아바이와 이야기하면 조급증과 초조함은 사라지고 목전의 일보다 더 앞에 있는 일을 생각하게 된다.

"문을 닫지 마오. 더워서 죽을 지경이오."

지배인은 들어서서 문을 닫으려는 나에게 손을 젓고는 그 손으로 책상 앞의 의자를 가리켰다.

"앉소."

나는 앉았다. 그런데 지배인은 한동안 말이 없었다. 잠시 후에야 말을 시작할 듯 몸을 움직였으나 말 대신 담배를 꺼내놓았다.

"한 대 피우오."

"피웠습니다."

"……."

지배인은 담배연기를 내뿜었다. 담배연기는 공중으로 떠올랐다가 나의 머리 위를 지나 열려진 출입문 쪽으로 흘러갔다. 복도로 오가는 발자국 소리들이 들렸다. 총총히 가던 발소리도 나의 등뒤 출입문가에 와서는 사뿐사뿐 옮기는 조심스러운 발자국 소리로 변하군 했다. 어떤 발자국 소리는 문가에 와 머물렀다가 도로 조심스럽게 물러가기도 했다. 지배인을 만나러 온 사람일 것이었다.

"아까 현장에서 들어와…… 동무를 만나고 와서…… 좀 생각해 보았는데……."

지배인은 한 마디 한 마디를 힘들게 하는 것 같았다. 입에서 나오는 말이 생각을 제대로 나타내지 못하는 데 자기도 의아함을 느끼며 문법상으로 맞지 않는 토74)를 동안동안의 침묵으로 대신하는 듯한 감을 주었다.

"동무의 말이 그냥 생각나더란 말이오. 동무의 말이 옳은 것 같고…… 그래 옳다고 해야지. 그런데 옳다고 생각하고 보니 그 일을 어떻게 처리해야 할지 난감해지더란 말이오. 한편으로 보면 칭찬해 주고 평가해 주어야 할 일을 했는데 다른 편으로는 엄한 추궁을 받아야 할 잘못을 저질렀소. 그런데 처음 일이 두 번째 일의 원인이 되었으니…… 동무 생각엔 이 일을 어떻게 처리하는게 옳을 것 같소?"

"?"

지배인이 나에게 이런 것을 묻다니? 이것은 내가 생각할 문제가 아니었다.

---

74) 토: 체언이나 부사, 어미 따위에 붙어 그 말과 다른 말과의 문법적 관계를 표시하거나 그 말의 뜻을 도와주는 품사.

"위원장 동무의 견해는 긍정적인 측면을 내세워야 한다는 거요. 다른 사람들을 교양하기 위해서도 말이오. 그리고 또 못 쓰게 될 뻔한 수십 톤의 시멘트에 비하면 사고로 인한 손실은 크지 않은 것도 사실이오."

"……."

물론 수십 톤의 시멘트는 큰 것이다. 없어질 뻔한 것도 큰일이다. 그러나 '넘을 뻔한 게 무슨 큰일인가!' 하던 성길 아바이의 말처럼 '없어질 뻔'한 게 무슨 큰일인가. 현실적으로 없어진 것이 있는데! 교양을 위해서 없어진 것을 외면한다? 아니, 그럴 수 없다. 정치 사업은 연출가에 의하여 무대에 펼쳐지는 생활과 같은 것으로 되어서는 안된다!

"혹시 동무에겐…… 그 동무에 대한, 그 처녀말이오. 어떤 개인 감정이 있는 게 아니오?"

돌발적인 물음에 나는 얼굴이 모닥불을 뒤집어쓴 듯 달아올랐고 참을 수 없는 모욕을 느꼈다.

"있습니다. 그러나 그건 중요한 게 아닙니다!"

나는 지배인에 대하여 분노에 가까운 의혹을 느꼈다. 냉철한 공정성을 지켜야 할 지배인이 이렇게 편견에 사로잡힐 수 있는가.

"그건 중요한 게 아닙니다! 어떻든 그 일 때문에 다른 부문에선 엄중한 사고가 발생하지 않았습니까? 교양을 위해서라면 그런 교양이 어떤 결과를 가져오겠습니까? 전반적인 일에는 어떤 영향을 주던 관계없이 소문난 일만 하려고들 할 게 아닙니까? 전 우리 노동현장이 저마다 서로 큰일을 치려고 뛰어다니는 경기장이 아니라고 생각합니다. 저마다 모두 큰일, 이름날 일만 하겠다고 뛰어다닌다면 건설은 어떻게 되겠습니까? 어제 일만 해도 그렇지 않습니까? 파철 수집에서 1등을 하려고 아직 쓸 수 있는 것들도 파철로 막 실어보냈는데 그런 작업반들은 평가를 받고 상품까지 받았습니다. 그런데 우리 작업반에선 쓸 만한 것들을 수리반과 철근반에 넘겨준 바람에 양이 줄어들어서 우리 반장 동지가 비판만 받았습니다!"

"아, 동무가 그 동무였구만! 그래서 아까 동무 이름이 귀에 익었군."

"예?"

나는 놀랐다. 지배인이 어떻게 그 일을 알고 있을까? 그러나 그것은 나에게 큰 작용을 하지 못했다. 일단 시작한 말은 마지막까지 해야 했다. 내가 무척 흥분했던 것도 사실이었다.

"그리고 어젯밤의 일을 놓고 보면 또 어떻게 됐습니까? 피해를 좀 입었지만 더 커지지 않게 막기 위하여 소동이 일어났던 작업반들은 아침에 굉장히 소개되었습니다. 노래도 불러주고! 그런데 미리 대책을 세워 피해를 전혀 입지 않은 작업반들에 대해서는 한 마디도 하지 않습니다. '피해가 없소?' 하고 없다고 하면 '좋소!' 이것으로 답니다. 그런데 국가적으로 보면 어느 편이 더 이익을 주었습니까? 아마 우리 작업반도 지난밤 미리 대책을 취하지 않아 물이 넘어 들어왔더라면 그것을 막느라고 소동이 일어났을 것이고 오늘 아침에는 떠들썩하게 소개되었을 겁니다. 유명해졌을 거란 말입니다!"

지배인은 껄껄 웃음을 터뜨렸다. 그러나 곧 정색했고 자기의 웃음에 화가 난 듯 얼굴을 찌푸렸다.

"그러니까 동무는 모든 사업에 대한 평가는 정확한 가감승제[75]를 해보고 그 숫자에 의하여 해야 한다는 거요?"

가감승제, 그 말은 무척 거슬렸다. 나는 결코 연자방아에 매인 하늘소처럼 숫자에 매달려 뱅뱅 도는 사업방법을 말한 것이 아니다. 그러면……
다음 순간 나는 불시에 가슴이 싸늘한 두려움으로 조여듦을 느꼈다. 나는

---

75) 가감승제(加減乘除): 덧셈, 뺄셈, 곱셈, 나눗셈을 아울러 이르는 말.

지금 무엇을 위하여 목청을 돋구고 있는가. 이 담화의 결과로 내가 얻을 것은 무엇인가. 나는 지금 나의 감정과는 반대의 것을 달성하려고 하는 것이 아닌가, 나는 순희가 어떤 비판석에도 앉지 않았으면 한다. 찬사와 꽃보라[76]만 그에게 차려지기를 바란다. 그리고 여기에서 내가 지배인을 반박하려고 하면 할수록 사랑과는 멀어질 수 있다는 것도 안다. 그런데 나는 왜 이렇게 애를 쓰고 있는가. 자기가 바라는 것과 반대의 것을 얻기 위하여? 이 얼마나 역설적인가…….

"그러니 동무는 교환수 동무가…….."

지배인은 말을 고르는 듯 잠시 사이를 두었다.

그러자 침묵의 짧은 공간 사이로 복도에서 울리는 분주한 발자국 소리들이 일시에 새어 들어왔다. 빠른 걸음, 천천한 걸음……. 복도의 콘크리트 바닥을 단단한 부리로 쪼는 듯 또박또박 하는 발자국 소리가 가까워지고 있었다. 여자의 굽 높은 신발일 것이다.

"시멘트 창고의 지붕이 날려난 걸 보고도 교환대를 그냥 지켰어야 옳았을 거라고 생각하오?"

"……."

아니다. 나는 그렇게 생각해 본 적은 없었다. 나였더라도 뛰어나갔을 것이다. 만일 순희가 그때 그것을 보고도 그냥 앉아 있었더라면 나는 그에 대해 심한 의혹을 느꼈을 것이다. 그것은 처녀에게 심장이 없다는 것을 말해 주는 것과 같기 때문이다. 허나 그는 만사를 잊어버리고 뛰어나갔다. 훌륭했다. 폭풍우 속을 달려가는 그의 모습, 그의 얼굴은 얼마나 아름다웠을 것인가!…… 허나 사고에 대한 책임은 져야 한다. 어느 전쟁에선가는 한 전사가 큰 과오를 저질렀다가 그 과오로 인한 후과[77]를 영웅적으로

---

76) 꽃보라: 떨어져서 바람에 날리는 많은 꽃잎.

막았는데 그 영웅성 때문에 높은 훈장을 받았고 과오에 대한 처벌로 총살당했다는 이야기도 있다.…….

나는 우리의 건설장도 그래야 한다고 생각할 뿐이다, 그 어떤 위훈이라고 하여도 과오를 가리우는 장막으로 되어서는 안 된다. 그러면 위훈의 그늘 속에서 과오는 나날이 자라날 것이며 마침내는 위훈과 과오가 나란히 활개치게 될 것이다.

"그럼 동무는 교환수 동무가 위훈을 세워볼 생각으로 교환대를 비워놓고 나갔다고 생각하오?"

나는 벌떡 일어났다. '모욕하지 마십시오!' 하고 고함을 지르려고 했다.

그러나 그 순간 나의 등뒤 방의 출입문 앞 복도에서 쩽그랑 하고 무엇이 떨어져 부서지는 소리가 날카롭게 들렸다. 나는 입을 벌린 채 휙 돌아보았다.

그러자 앞이 캄캄해졌다.

복도 바닥에는 산산이 깨어진 사기 쪼박78)들, 물주전자와 물고뿌79)의 파편들이 널려 있었고 그 옆에는 굽 높은 여자의 신발이 못박힌 듯이 서있었다. 그 신발의 주인은 얼굴이 백지장처럼 된 순희였다.…….

산산이 깨뜨려진 사기 쪼박들 사이로 맑은 물이 흐르고 있었다.…….

나뭇잎 사이에서 새가 울었다. 방울을 굴리는 듯도 하고 아래위 입술을 붙이고 입소리80)를 내는 듯도 한 새소리들, 그 소리들이 가슴을 찌르는 듯 아프게 했다.

나는 무성하게 잎새를 펼친 해당화 덤불을 물끄러미 바라보았다. 가지

---

77) 후과(後果): 뒤에 나타나는 좋지 못한 결과.

78) 쪼박: '조각'의 북조선어.

79) 고뿌(koppu): 컵.

80) 입소리: 깊은 뜻 없이 어떤 느낌을 간단히 나타내는 소리.

마다 돋혀 있는 날카로운 가시들이 저녁 햇빛에 반짝거리고 있었다. 석양의 햇빛으로 하여 가시들은 더 날카로워 보였고 그 날카로움이 그대로 나의 가슴을 찌르고 드는 듯했다. 나는 눈을 감았다.

산산이 깨뜨려진 사기 쪼박, 꼬부리고 앉아 한 조각 한 조각 주워 모으는 순희의 얼굴은 백랍[81]같았다. 가느다란 손가락에서 빨간 피가 흐르고 있었다. 사기 쪼박들은 면도칼처럼 날카로웠다. 그것들은 처녀의 손을 가로 세로 사정없이 에이고 있었다. 그러나 그는 아픔도 피가 흐르는 것도 느끼지 못하는 듯 깨어진 조각들을 주워 모으고 있었다. 잠시 후 그 자리에는 쏟아진 물만이 남았다. 물 위에서 빨간 핏방울이 천천히 퍼지고 있었다.……

"현호 동무, 동무의 말이 옳소. 좋은 이야기를 들었소. 노여워 마오. 동무의 이야기를 좀더 들어보려고 이렇게 저렇게 말해 본 것이니……."
하고 미소를 짓는 지배인의 호의에 찬 얼굴이 나에게는 이미 아무런 의의도 갖지 못했다.

나는 산산이 깨뜨려져 나간 '나의 사랑'을 보고 있었다. 지휘부 복도의 굳은 바닥에서 부서졌던 사기 파편들, 그 위에 떨어지던 장미꽃처럼 빨간 핏방울…… 그것이 나의 사랑이었다. 모든 것은 끝났던 것이다.……

그렇다. 모든 것은 끝났다. 나는 가늘게 흔들리는 해당화 가지를 꽉 쥐었다. 바늘처럼 찌르는 가시들. 그러나 그것은 아픔이 아니었다. 손바닥을 펴보았다. 피는 나오지 않았다. 자름자름한[82] 가시들이 작은 점들로 박혔을 뿐이다. 아, 차라리 붉은 피라도 꽉 터져나왔으면!……

바람 한 점 없는 날씨였다. 폭풍우 지난 뒤의 날씨는 이렇게 조용한

---

81) 백랍(白蠟): 밀랍을 표백한 물질.
82) 자름자름하다: 북조선어. 여럿이 다 크지 않고 작다. 여럿의 길이가 다 짧다.

법인지…… 현장에서 울리는 기계 소리들이 먼 우레 소리처럼, 기슭을 연속 부절하게[83] 때리는 파도 소리처럼 들려오고 있었다.

바람 한 점 없었으나 해당화 덤불은 가늘게 흔들리고 있었다. 저 기계 소리가 파도 소리처럼 들려서일까. 이 해당화는 깊은 체내에 쉼없이 설레는 바다의 숨결이며 거세찬 해풍을 간직하고 있을지도 모른다. 그리고 자기가 그 바다에 있는 꿈속에 빠져 추억 속의 해풍에 몸을 흔드는 것인지도 모른다.

나에게 역시 이제는 추억밖에 남지 않았다. 시작되기도 전에 끝나버린 사랑, 가슴은 텅 빈 듯했고 두 발은 천근 만근 무거웠다. 어디든 앉고 싶었다. 해당화 덤불을 에돌아 의자로 갔다.

그러자 나는 목석처럼 되어버렸다. 의자에는 순희가 앉아 있었다.

그는 팔굽을 무릎에 놓고 어깨를 쪼그린 채 의자에 앉아 있었다. 얼굴은 여전히 해쓱했고 눈은 더 커진 것 같았다. 그는 손바닥을 물끄러미 내려다보며 꼼짝 않고 있었다. 사기 파편, 사랑의 파편에 상처투성이가 된 손바닥만 뚫어지게 보고 있었다. 그의 생각이 어디서 시작되어 어디로 가고 있는지는 알 수 없었다. 때때로 그는 오한이 나는 듯 몸을 떨었다. 그럴 때면 금시 눈물이 쏟으며 흐느낄 것처럼 생각되었다. 그러나 그의 눈은 무섭게 메말라 있었다. 그가 몸을 떨 때마다 해당화 덤불은 가늘게 떨리곤 했다.

얼마 후에야 그는 옆에 누가 있음을 감촉한[84] 듯 천천히 머리를 돌렸다. 그리고는 놀란 빛도 없이 메마른 표정으로 천천히 물었다.

"무슨 일이에요?"

---

83) 부절하다(不絕하다): 끊이지 아니하고 계속되다.
84) 감촉하다(感觸하다): 외부 자극을 피부 감각을 통하여 느끼다.

그의 눈길은 나를 보고 있었으나 초점은 내가 아닌 다른 곳에 가 있는 듯했다. 나는 그의 옆에 서있는 그 어떤 하나의 물체에 지나지 않았다.

"무슨 일이에요?"

나는 두 다리에 실리는 천근 만근의 무게를 느꼈다. 무서운 피로를 느꼈다. 그 피로는 금시 나를 주저앉게 할 것만 같았다.

"왜 왔어요?"

그 물음은 종전의 물음과는 달랐다. 쉰 듯하면서도 날카로운 음성은 모욕당한 심경의 분노와 고민으로 떨고 있었다. 그 음성과 함께 나를 사로잡았던 무서운 피로는 사라졌다. 그 음성에는 둔한 좌절감을 주던 무관심은 없었다.

그러나 나는 아무 말도 할 수 없었다. 어떤 말을 하던 처녀에게는 내 말이 변명으로만 들릴 것이며 더한 분노를 불러일으킬 것이었다.

처녀는 의자에서 몸을 일으켰다. 그제야 나의 입은 열렸다.

"가지 마오. 가더라도 내 말을 들어주고 가오."

"무슨 말인가요? 이제야 나에게 무슨 할 말이 있겠어요?"

나는 앞에 드리운 해당화 가지를 꽉 움켜쥐었다. 내가 얼마나 안타까웠는가를 그가 이해해 주었으면, 내가 그전보다 열 배, 백 배로 더 사랑한다는 것을 그가 알아주었으면!

"미안하다는 말을 하려는 거예요?"

"아니요."

"아, 그럼 저의 고쳐야 할 점들을 가르쳐주려는 건가요?"

나는 해당화 가지를 손이 아플 정도로 틀어쥐었다. 크고 작은 가시들이 손바닥을 찔러댄다.

"아니요!"

"그럼 뭐예요?"

처녀의 음성은 '왜 왔어요?'할 때처럼 다시 날카로워졌다. 참을성을 깡그리 잃어버린 듯한 말마디들이 총알처럼 튀어나왔다.

"이것도 아니고 저것도 아니면 저를 위안하려는 거예요? 비난하고 모욕하고…… 그러고도 시원치 않아요? 위안까지 해주어야 만족되겠어요?"

나는 해당화 가지를 홱 잡아당겼다. 푸른 잎사귀와 날카로운 가시들이 손안에 가득 찼다. 나는 손안에 가득 찬 아픔을 느꼈다.

"비난했다고 해도 좋고 모욕했다고 해도 좋소. 내가 가만있으면 오늘은 동무가 표창을 받을 수 있소. 그러나 내일에 가서 동무가 평가받은 일을 한 그 시간 때문에 한 사람이, 아니 한 작업 반장이 비판을 받았다는 것을 알면 그때는 어떻게 하겠소?"

"그러니 마—치—나를 위해서 그렇게 한 것 같군요?"

"……."

"그리고 또 철진 동무를 위해서구요?…… 그만두세요. 동문 정말 무서운, 무서운 사람이에요! 나에게서 들은 몇 마디가 그렇게 가슴에 맺혔던가요? 그래서 이렇게……."

"그만하오!"

"소리치지 마세요! 그것도 아니면 뭐예요? 무엇 때문이에요?"

"무엇 때문인가구? 그렇게도 모르겠소?"

다음의 말은 나로서도 의외의 것이었다.

"그건 사랑 때문이오!"

"뭐, 뭐라구요! 사랑 때문이라구요? 사랑!…… 아이 우스워라!"

처녀는 날카롭게 소리내어 깔깔 웃기 시작했다. 그 웃음소리에 나는 전율을 느꼈다. 나의 사랑…… 나의 사랑…… 다섯 달 전 제대되어 왔을 때 안겨주던 수수한 꽃다발에서 태어난 나의 사랑…….

처녀는 계속 웃어댔다. 도저히 참을 수 없는 듯한 잠깐 그쳤다가 또 웃었고 멈추려고 했다가는 또 웃었다.

나는 의자에 주저앉았다. 두 손으로 머리를 싸쥐었다. 손바닥에 가득 박힌 가시들이 이마를 아프게 찔렀다.

나는 다시 벌떡 일어났다. 그러자 웃고 있는 처녀의 두 눈에서 흐르는 눈물을 발견했다. 나는 가슴에 찌르는 듯한 아픔을 느꼈다.

"듣기 싫어요!"

처녀의 얼굴에서는 웃음이 씻은 듯이 사라졌다. 강철빛으로 변한 얼굴에 있는 것은 눈물뿐이었다. 분노도 적의도 무관심도 없었다. 다만 폭포처럼 흐르는 눈물뿐이었다.

"비난…… 멸시…… 모욕…… 이게 사랑인가요?"

"그만두오!"

나는 소리쳤다. 정말로 아픔을 더는 참을 수 없었다.

"난 동무를 멸시한 적이 없소! 비난한 적도 없소! 나라고 해도 지난밤엔 그렇게 행동했을 거요! 그러나 사고가 난 것은 사실이 아니오? 눈을 감아야 하는가 말이오?"

"……."

"그래야 사랑이겠소?"

"사랑…… 그게 사랑이라면…… 아니, 모르겠어요…… 모르겠어요. 더는…… 더는……."

서쪽의 산마루, 주택지구 쪽의 하늘은 석양으로 붉게 타고 있었다. 돌아서는 순회의 얼굴에서 흐르는 눈물이 빨간 핏방울처럼 보였다…….

현장 쪽에서 파도 소리 같기도 하고 우레 소리 같기도 한 기계들의 합창이 들려왔다. 석양을 담은 나뭇잎들의 수선거리는 소리가 유달리 가슴을 파고들었다. 이제는 끝났다. 모든 것이.

'그러니까 따르는 처녀두 하나 없지.' 옳았다. 반장은 옳게 말했다. 나는 오늘에야 똑똑히 알았다. 그 처녀 역시 나를 사랑했다는 것을 다섯 달 전 꽃다발을 안겨주던 그의 모습이 나의 가슴에 새겨졌듯이 꽃다발을 받던 나의 모습이 그의 가슴에 새겨졌던 것인지도 모른다. 그러나 이제는 끝나버렸다. 내가 만일 달리 행동하였더라면! 아니, 나는 달리 할 수 없었다. 그렇게밖에 할 수 없었다. 만일 달리 행동했더라면 나의 사랑에서는 비난과 멸시가 싹트기 시작했을 것이다. 사랑은 동정으로 변했을 것이며 우리의 젊음을 기울여 일떠세운 이 자랑찬 시대의 기념비를 떳떳이 볼 수 없었을 것이다. 그런 사랑, 오늘의 의미를 떠난 사랑을 나는 바라지 않았다. 그것을 바라지 않았기 때문에 사랑마저 잃고 말았다. 이제는 추억만이 남았을 뿐이다.

해당화 덤불이 우수수 설레었다. 저녁바람이 부는가 보다. 아니, 저 해당화 역시 추억에 잠겨 추억 속의 해풍에 몸을 뒤척여보는 것인지도 모른다. 추억밖에 남지 않은 나처럼…….

"허, 총각이 쭈그리고 앉아서 뭘 하나? 궁상스레."

성길 아바이였다.

"무슨 일이 있었나? 얼굴색이 말이 아니로구만."

나는 억지로 웃어 보였다.

"별일 없습니다."

"그래?"

아바이는 내 말을 믿는 듯 머리를 끄덕거렸다.

"그럼 우리 집으로나 가세. 노친네가 순두부를 해놓았을 거야."

"전 합숙으로 가겠습니다."

"합숙으로 갔대야 그저 그렇겠지. 그렇잖아도 노친네가 자넬 한 번 데려오라고 성환데……."

나는 허구프게[85) 웃었다.

"날 알지두 못하는데 뭘 데려오라겠습니까?"

"왜 몰라? 내가 집에 들어가 얼마나 이야기했다구."

"무슨 이야길 할 게 있어요?"

"욕을 했지."

성길 아바이네 집은 주택지구의 한쪽 옆에 치우쳐 있었다. 건설장 특유의 나지막한 가설건물인데 마당에 있는 손바닥만한 남새밭에서는 고추와 가지 몇 포기가 줄지어 서있었고 그 둘레로는 꽃이 몇 포기 심어져 있었다. 마당에 있는 수도에서는 맑은 물방울이 눈물방울처럼 똑똑 떨어지고 있었다.

아바이는 마당에 들어서며 소리쳤다.

"여보 노친네, 손님이 왔소!"

집 안에서는 아무 반응도 없었다.

"어데 나갔나? 늙으면 돌아댕기길 더 좋아한다나."

하고 웅얼대며 아바이는 방문을 열었다.

"네가 있었냐? 밤일이 아니냐? 교대를 바꾼다? 거참 안성맞춤이로구나."

이때부터 나에게는 갑자기 모든 것이 꿈속에서처럼 몽롱하게만 느껴지기 시작했다. 모든 것이 현실 같지 않았다.

"나와서 인사하거라. 손님이 왔다."

나는 불을 켜지 않은 방안에서 나를 향해 숙인 머리를 안개 속에서처럼 보였다.

아바이가 나의 어깨를 건드렸다.

"우리 딸일세."

---

85) 허구프다: 허전하고 어이없다.

방안에서 숙였던 머리를 쳐들었다.

나는 눈을 감고 말았다. 방에 서있는 것은 아직 눈물자국이 남아 있는 순희였다!…….

현장 쪽에서 기계 소리들이 먼 우레 소리처럼 웅글게[86] 들려왔다. 파도 소리처럼 느껴지기도 했다. 아바이가 틀어놓은 수돗물이 쏴— 하는 세찬 소리를 냈다. 나는 얼굴에 차가운 물방울을 느꼈다. 그리고 수돗물의 거세찬 소리를 타고 점점 높아지는 가슴 속 심장의 고동소리를 들었다.…….

• 수록: 「폭풍우 지난뒤에」, 『나의 창문』, 문학예술종합출판사, 1992(1992. 12. 30).
• 「폭풍우 지난 뒤에」, 리희남 외, 『조선단편집』 5, 문학예술출판사, 2002(2002. 7. 10).

스물 한 발의 '포성'

: 안변청년발전소 군인건설자의 일기 중에서

한웅빈

1. 군대와 사민은 어떻게 다른가

6월 13일

군대와 사민[1]이 어떻게 다른가. 유치원생에게나 적당할 듯한 이 물음에 대답하는 것이 결코 쉽지 않다는 것을 나는 오늘 비로소 알게 되었다. 글쎄 신병 훈련을 강한 '우'로 마치고 군인선서를 하여 진짜배기 군인이 되고 게다가 여기 발전소 100리 물길굴[2] 공사장에서 벌써 한 주일나마 발파가스[3]와 착암기[4] 소리, 뿌연 버럭[5]물에 절어 신대원 냄새도 어지간

---

1) 사민(私民): 북조선어. 일반인을 군무자(軍務者)에 상대하여 이르는 말.
2) 물길굴(물길窟): '수로터널(水路tunnel)'의 북조선어.
3) 발파가스(發破gas): 폭약이 터질 때 생기는 가스.
4) 착암기(鑿巖機): 광산이나 토목 공사에서 바위에 구멍을 뚫는 기계.

히 빠졌다고 생각하고 있던 오늘에야 말이다…….

"동문 군대요, 사민이오?"

성난 소대장의 물음에 나는 가장 씩씩하게 대답하려고 애썼다.

"군댑니다!"

군대의 지휘관들이란 대답을 어물어물하면 더욱 성을 내는 공통점을 가지고 있다. 이것은 신병 훈련 기간에 충분히 체험한 바였다.

그러나 소대장의 시꺼먼 눈썹은 나의 가장 씩씩한 대답에도 불구하고 화살처럼 위에로 치달아 올라갔다. 좀더 성이 나면 그 눈썹은 이마에서 튀어나가 화살처럼 날아가 버릴 것 같았다.

"군대? 군대라면서 그 꼴이오? 그래 동무 생각엔 군대가 사민과 다른 점이 무언 것 같소?"

"……."

그걸 모를 사람이 어데 있겠는가.

그러나 진작 대답을 할려고 하니 무엇부터 말해야 할지 혼탕6)이 되어 버려 갈피를 잡을 수 없었다. 다른 점이 너무도 많았다. 우선 옷차림에서부터 완전히 다르다. 사민은 옷이고 모자고 신발이고 마음내키는 대로 입고 쓰고 신고 하지만 군대는 오직 군복, 군모, 군화만을 착용할 수 있다. 입대하기 전에 내가 일하던 작업반만 해도 신발들이 몽땅 제각기여서 얼굴을 쳐다보지 않고도 누가 앞에 서 있는지 알 수 있었다. 그러나 군대에서는 어림도 없다. 물론 발이 굉장히 커서 해마다 두 번은 사관장을 애먹인다는 우리 분대장만은 예외이지만…….

---

5) 버럭: '버력'(광석이나 석탄을 캘 때 나오는, 광물 성분이 섞이지 않은 잡돌)의 북조선어.
6) 혼탕(混湯): 북조선어. 온갖 것이 마구 뒤섞이고 질서가 없는 상태.

"한—심하군!"

소대장의 긴 탄식이었다. 그는 분대장에게 턱으로 나를 가리켜 보였다.

"이 동무에게 우리가 처음 왔을 때 이야기를 해주오."

분대장은 그때 나의 목달개7)를 달아주고 있었다. 내가 목달개를 다느라고 군복을 이리 뒤집고 저리 뒤집으며 끙끙대는 것을 보고는 "무슨 놈의 목달개 다는 본때8)가 그래? 한 시간이 걸리겠군. 군대는 무슨 일이든 빨랑빨랑 해치울 줄 알아야 해. 담배 한 대 피우는 사이에 말이야." 하고 제 앞으로 휙 끌어갔던 것이다. 그는 군복을 한번도 뒤집지 않고 목달개를 달아나가며 지체 없이 이야기를 시작했다.

"그—럼 이야기해 볼까? 우리가 여기에 처음 왔을 때 뭐가 있었는지 알아? 동무 생각엔 뭐가 있었을 것 같아?"

"……."

내가 그것을 어떻게 안단 말인가.

"간단하게! 무슨 서론이 그렇게 기오?"

소대장이 툭 내쏘듯 말하자 분대장은 한숨을 쉬었다.

"그럼 서론은 그만 둡시다. 계발9)식으로 해볼까 했는데…… 에— 우리가 여기 처음 왔을 땐 무엇이 있었는가 하면—."

그는 그 수수께끼로 나를 꼭 골탕 먹이고 싶은 듯 말꼬리를 길게 끌었으나 소대장을 흘깃 보고는 스스로 대답했다.

"아무것도 없었어. 물과 돌, 흙, 이게 전부였단 말이야. 비까지 내렸구……. 그러니 동문 우리가 천막을 치고 병실10)부터 전개했을 거라고

---

7) 목달개: 북조선어. 맞섶 양복의 목깃에 대는 좁고 긴 천.

8) 본때: '본새'(어떠한 동작이나 버릇의 됨됨이)의 방언(평북).

9) 계발(啓發): 슬기나 재능, 사상 따위를 일깨워 줌.

10) 병실(兵室): 북조선어. 군인들이 생활하는 방.

생각하겠지?"

하고 그는 내가 그렇다고 대답하기라도 한 듯 통쾌하게 부정하였다.

"천만에! 그따위는 우리 생각 속에 애당초 없었어. 우린 갱 굴진11)을 위한 박토12) 작업부터 시작했단 말이야. 알만 해? 전투부터 시작했다 이거야! 그건 왜서인가? 병사는 전투를 위해 있는 것이구 사는 것이거든. 싸우지 않으면 병사는 죽은 것과 같단 말이야."

병사는 전투를 위하여 산다. 그러니 이것이 사민과 다른 점이라는 것일까. 그러면 사민은 뭐 놀기 위해서 사는가. 사민들도 일을 한다. 그리고 자기들이 하는 일을 전투라고 부른다. '70일 전투', '100일 전투', '200일 전투'…… 좀 많은가. 그들이 하는 일도 어버이 수령님의 유훈13) 관철이며 위대한 장군님의 명령 지시 관철이다. 그런데…….

"안되겠소. 말로 해서는……."

소대장이 머리를 흔들었다.

그 사이 분대장은 목달개 달기를 마쳤다. 5분도 채 안 걸렸는데 반듯하게 달아 놓았다.

"알만 해?"

목달개를 어떻게 달아야 하는지는 알만 했지만 말로써 안되겠다던 소대장의 말뜻은 알 수 없었다. 다른 무엇으로 깨우쳐 주겠다는 건데 그게 무얼까?

그런데 소대장은 더 말없이 나가버렸다. 이제 오겠지. 내가 군대와 사민이 어떻게 다른가를 대뜸 알게 될 그 무엇인가를 가지고…… 나는 이렇게

---

11) 굴진(掘進): 굴 모양을 이루면서 땅을 파 들어감.

12) 박토(剝土): 노천 채광(露天採鑛) 따위에서, 광상(鑛床)을 덮고 있는 흙이나 암석을 깎아 내는 일.

13) 유훈(遺訓): 죽은 사람이 남긴 훈계(訓戒).

생각했다.

그러나 소대장은 시간이 이윽히 지나도록 다시 나타나지 않았다. 그러는 사이 교대 시간이 되었다.

산중턱이 평—하니 뚫려 있는 갱 입구, 그곳으로부터 산허리를 휘감으며 뻗어나간 희슥희슥한14) 버럭장15), 덜컹거리며 굴러가는 광차16)의 행렬, 교대 시간마다 지심17) 깊이에서 먼 포성처럼 울려 나오는 발파 소리, 산의 입김처럼 갱구로 느릿느릿 흘러나오는 습기찬 발파가스…… 이것이 내가 이제부터 군사 복무를 해야 할 초소였다.

갱구 주위에는 자그막씩한 가설 건물들이 몇 채 서 있는데 그것은 소대별 공구 창고와 탈의실, 세면장이다. 그와 좀 떨어져 꽤 큼직하게 지은 건물은 압축기실로서 24시간을 거의 압축기의 동음18)과 진동에 휩싸여 있다.

내가 탈의실에서 작업복을 갈아입고 나왔을 때도 압축기는 변함없이 돌아가고 있었다. 그런데 창고에서 착암19) 정대20)들을 둘러메고 나오던 분대장이 무슨 생각이 들었는지 나를 손짓하며 부르더니 압축기실 창문으로 끌고 갔다. 창문으로는 더운 공기가 몰려나오고 있었다.

분대장은 창턱에 팔꿈치를 올려놓으며 손가락으로 압축기를 가리켰다.

"저게 뭔지 알아?"

나는 어깨를 으쓱했다.

---

14) 희슥희슥하다: 북조선어. 색깔이 드문드문 조금 허옇거나 이따금 드러난 허연색이 있다.

15) 버럭장(버럭場): 북조선어. 버럭을 내다 부리는 곳.

16) 광차(鑛車): 광산에서, 캐낸 광석을 실어 나르는 뚜껑 없는 화차(貨車).

17) 지심(地心): 지구의 중심.

18) 동음(動音): 북조선어. 기계가 돌아가면서 내는 소리.

19) 착암(鑿巖): 바위를 뚫음.

20) 정대: '정'(돌에 구멍을 뚫거나 돌을 쪼아서 다듬는, 쇠로 만든 연장)의 북조선어.

"압축기지요 뭐."

"누가 그걸 묻는가? 저것 말이야!"

그제야 다시 보니 그의 손가락은 압축기가 아니라 그 밑의 기초를 가리키고 있었다. 손가락 끝에는 착암기 기름이 묻어있었다. 분대장은 착암 조장이었다.

"기초지요. 콘크리트 기초."

"맞았어! 그런데 콘크리트를 뭘로 만드는지는 아나?"

픽— 하고 웃음이 나왔다. 완전한 유치원생으로 아는 모양이다.

"모래, 시멘트, 자갈이지요."

"알긴 아누만! 그런데 여기 어데서든 모래를 본 적이 있나?"

"모래요?"

나는 생각해 보고 놀랐다. 모래를 본 기억이 전혀 없었다. 진흙과 석비레,[21] 바위…… 골짜기의 물도 바윗돌들 사이를 흐르고 있었다. 바닥도 바윗돌투성이였다. 그래서 골계수들은 샘물처럼 맑았다.

"없지? 없을 게야. 이 근처엔 모래가 없어. 이건 지질학적으로 확인된 거야."

아하, 이야기는 이제 시작이로구나. 나는 드디어 알아 차렸다. 나는 '유치원생식 문답'에 끌어들인 것은 이야기를 위한 준비였던 것이다.

"그런데 압축기를 설치하려면 기초 콘크리트를 쳐야 하고 기초 콘크리트를 치려면 모래가 있어야 하는데 여기엔 모래가 애당초 없다 이거야. 있다는 건 흙과 돌뿐이고 그런데다 압축기 기초는 고강도 콘크리트로 하여야 하거든. 실어오려면 석삼 년이 걸리겠고 물론 석삼 년이야 아니지. 보름이나 한 달쯤 걸리겠지만 우리한텐 석삼 년 맞잡이[22]거든. 기다린다

---

21) 석비레(石비레): 푸석푸석한 돌이 많이 섞인 흙.

는 건 말도 안되는 것이었지. 지질학적으로는 모래가 없다고 했지만 우린 모래를 찾아냈고 사흘만에는 기초 콘크리트를 멋들어지게 완성했다네."

"어데서 찾았습니까? 지질학적으로도 없다면서?"

"만들어냈지."

"모래를 만들어요?"

허튼 소리로밖에 들리지 않았다. 분대장은 원래 허튼 소리를 잘했다. 허튼 소리로 소대를 웃겼고 떠들썩하게도 했다. 모래란 오랜 세월 풍화 과정이 만들어 내는 것이다. 그런데 사흘 동안에 모래를 만들어냈다구? ······.

"만들어냈다니까. 모래를!······ 산등으로 골짜기로 몽땅 훑었지. 물이 마른 골짜기를 파보기도 하고······ 없더구만. 학자 선생들이 거짓말을 한 게 아니더란 말이야. 그래서 우린 모래란 무엇인가 하는 걸 연구해 보았지. 그랬더니 놀랍게도 모래나 돌이나 흙이나 다 원래는 같은 물질이었다는 결과가 나오는 게 아니겠나. 돌이 좀 굵게 깨지면 자갈이 되고 가루처럼 바스라지면 흙이 되구 알갱이로 깨어 지면 그게 바로 모래고, 흙이구 자갈이구 모래구 돌이 깨어져서 만들어 진 것이더란 말이야. 이 지구도 원래는 하나의 돌덩어리였을 게거든. 안 그래?"

분대장은 하나의 울퉁불퉁한 돌덩어리였던 지구가 쏟아지는 운석비와 솟구쳐 오르는 화산으로 모래와 흙의 지층을 만들어 가던 혼돈의 시대를 그려보기라도 하는 듯 눈을 쪼프리고[23] 앞을 바라보았다.

"그래서요?"

"그래서?"

---

22) 맞잡이: 서로 대등한 정도나 분량.
23) 쪼프리다: '찌푸리다'의 북조선어.

분대장은 자기의 환상에서 빠져나오기 싫은 듯 여전히 한 눈을 쪼프리고 앞쪽만 보고 있었다.

"바위를 깨뜨려 모래를 만들었지. 큰놈은 자갈로 쓰고 가루는 내버리구.…… 여—!"

그는 갑자기 버럭 소리질렀다. 나는 깜짝 놀랬다.

"정희! 그 정대를 어데 가져 가?"

그가 이제껏 눈을 쪼프리고 본 것은 수억만 년 전의 지구가 아니라 공구 창고였던 것이다. 공구 창고에서는 강정희라는 갈데 없는 여자 이름을 가진 상등병[24](초급병사)이 정대를 이것저것 만져보다가 한 대 끄집어내어 들고 있었다. 그는 마주 소리쳤다.

"이거야 못쓰게 된 정대가 아닙니까? 지렛대를 하나 벼릴려고[25] 그럽니다."

"정신 없는 소릴! 그건 수굴[26] 정대를 만들거야. 그 자리에 도루 넣어두라구!"

"알았습니다!"

그제야 분대장의 쪼프렸던 눈이 제대로 되었다.

"그랬더니 얼마나 멋쟁이 모래가 되었겠나? 사령관 아바인 직접 나와 보구 아주 만족해서 '역시 군대가 군대야.' 하였다네."

그제야 나는 그 이야기가 소대장에게서 지시 받은 '처음 왔을 때 이야기'의 계속임을 깨달았다.

"이런 말을 들은 적이 있나? '100리 물길굴을 관통하기 전에는 조국의

---

24) 상등병(上等兵): 북조선어. 군사 계급의 하나. 맨 아래 계급인 전사(戰士)의 바로 위이다.

25) 벼리다: 무디어진 연장의 날을 불에 달구어 두드려서 날카롭게 만들다.

26) 수굴(手掘): 북조선어. 예전에, 광산이나 탄광에서 기계를 쓰지 않고 메, 정대, 곡괭이 따위의 간단한 도구를 써서 굴을 뚫던 일.

푸른 하늘을 보지 말자!' 이건 우리 소대 소보원이 전투소보[27]에 썼던 말이야. 어때?"

"정말 멋있습니다!"

나는 진심으로 감탄했다. 그러나 분대장은 쭛 하고 혀를 찼다.

"멋있다구? 멋있는 게 문제가 아니야. 그 말이 군인 건설자들의 심정을 그대로 담고 있다는 게 중요한 거야. 알았나?"

"예."

"예?"

분대장은 또 한 번 혀를 찼다.

"무슨 대답이 그래?"

나는 얼른 자세를 바로 잡고 규정대로 대답했다.

"알았습니다!"

"그래야지. 군인은 뭘 하고 있든 군인이어야 해. 잠을 자도 웃기는 소리를 하고 있어도 군인이어야 한단 말이야."

이야기가 하도 동서남북으로 왔다갔다하여 미처 따라가기 어려웠다. 어떻든 이 이야기도 역시 군대가 사민과 어떻게 다른가를 알게 해주려는 것이리라…….

그때 모엿 구령이 내렸다. 갱에 들어갈 시간이 된 것이었다.

소대장의 말은 길지 않았다. 원래 긴 말을 좋아하지 않는 성미 같았다.

"오늘 소대의 전투 임무는 어제와 같소. 특별히 강조된 것은 버럭을 완전히 처리하고 발파하는 것이오. 때문에…….”

그는 말을 결속할[28] 때면 거의 어김없이 '때문에'라는 말을 썼다. 그

---

27) 전투소보(戰鬪疏報): 북조선어. 전투 중에 신속하게 간단히 적어서 알리는 짧은 글.

말이 나오는 것은 이야기가 곧 끝난다는 것을 의미했다.

"낙석 작업이 끝나면 지체 없이 일을 시작해야겠소."

……동발29)들과 레일길에서는 물기가 번질거렸고 배관들에서는 압축 공기 흐르는 소리가 성급하게 칙칙거렸다.30) 천반31)에서 물방울이 뚝뚝 떨어졌다. 온몸을 휘감는 탁하고 습기찬 발파가스…….

"저— 소대 전투소보원이 누굽니까?"

나는 동발을 부딪치지 않으려 머리를 잔뜩 수그리고 걸으며 같이 가는 강정회 상등병에게 물었다. 그가 왜 그런 여자 이름을 가지게 되었는지는 분대장이 나에게 이야기해 주었었다. 그의 집에는 아들만 다섯이었는데 아버지는 딸이 하나 있기를 바랐고 여섯째가 태어날 무렵에는 정회라는 이름까지 지어 놓았다. 그런데 아버지는 여섯째가 태어나기 전에 갑작스런 병으로 세상을 떠났고 여섯째는 유복자로 태어났다. 이번에는 또 아들이었다. 그러나 아버지가 유언으로 남긴 이름이라고 하여 그는 정회라는 이름을 가지게 되었다는 것이다. 이름과 반대로 그에게는 여자 비슷한 데라고는 전혀 없었다. 크지 않은 키에 거의 4각형에 가까운 다부진 몸, 게다가 말주변이라군 영 없어서 한 마디 한 마디 할 때마다 고통스러운 듯 씨근거리군 하였다.

이때도 그는 '전투소보원?' 하고 반문하더니 몇 걸음 지나서야 한숨을 쉬듯 씨근거리며 대답했다.

"내가…… 소보원이야."

---

28) 결속하다(結束하다): 하던 일이나 말을 수습하고 정리하여 끝맺다.

29) 동발: '동바리'의 준말. 갱도 따위가 무너지지 않게 받치는 나무 기둥.

30) 칙칙거리다: 북조선어. 물방울이 뜨겁게 달구어진 물체에 잇따라 떨어지는 소리가 자꾸 나다.

31) 천반(天盤): 갱도나 채굴 현장의 천장.

"예?"

나는 놀라지 않을 수 없었다. 말주변이라군 도무지 없고 하루 종일 가야 몇 마디밖에 하지 않는 이 상등병이 전투소보에 그처럼 멋있는 말을 썼단 말인가. 남의 마음속을 알아보려 우정 말주변이 없는 척 능청을 부리는 것이 아닐까 하는 의혹조차 들었다.

뒤에서 광차 내려오는 소리가 들렸다. 나는 동발에 붙여서 늘인 배관 위에 올라섰다. 광차가 잔등을 스치듯이 하며 내려간 뒤에도 나는 그냥 배관을 타고 걸음을 옮겼다. 광차가 또 지나갈 것 같아서였다.

그때 쾅— 하고 배관 두드리는 소리가 뒤에서 울려 나를 화닥닥 놀라게 했다.

"거 배관 타고 가는 게 누구야?"

나는 굴러 떨어지듯 배관에서 내려섰다. 성이 잔뜩 난 사관이 스패너32) 를 들고 뒤에 서 있었다. 그는 한바탕 욕을 퍼부을 기색이었으나 간데라33) 불로 나를 비쳐보고는 흥 소리를 냈다. '신대원이로군.' 하는 뜻이었다. 음성이 낮아졌다.

"이 압축공기 배관은 사람으로 말하면 갱도에선 숨줄34)이라고 할 수 있어. 그런데 숨줄을 밟고 다니면 어떻게 되겠나? 흔들려서 연결 부분이 벌어지고 바람이 새게 돼. 그렇잖아도 막장에선 바람이 약하다고 노상 불평인데."

그의 옆구리에서는 가방이 데룽거리고35) 있었다. 수리공이겠지.

---

32) 스파나(원문) → 스패너(spanner): 볼트, 너트, 나사 따위의 머리를 죄거나 푸는 공구.
33) 간데라(kandera): 칸델라(kandelaar). 금속이나 도기로 만든 주전자 모양의 호롱에 석유를 채워 켜 들고 다니는 등.
34) 숨줄: 척추동물의 후두에서 허파에 이르는, 숨 쉴 때 공기가 흐르는 관. 기관(氣管).
35) 데룽거리다: 큼직한 물건이 볼썽사납게 매달려 잇따라 가볍고 크게 흔들리다.

"알았나?"

잔뜩 주접이 들어 서 있던 나는 서둘러 대답했다.

"알았습니다!"

순간 나는 동발에 머리를 호되게 쫏고36) 주저앉아버렸다.

"아이쿠!"

그는 놀란 듯도 하고 어이없어 하는 듯도 한 얼굴로 나를 보았다.

"갱 안에서 노상 그렇게 차렷 자세를 하다간 하루 못 가서 머리가 감자 자루처럼 될 거야. 동문 함선에 해병들이 어떻게 인사하는지 아나?"

그는 내가 신병 훈련 기간 분동작37)으로까지 배운 팔을 쭉 펴서 꺾어 올리는 거수 경례가 아니라 팔꿈치를 허리에 붙인 채 손만 들어서 이마에 갖다대는 묘한 경례를 해 보였다.

"이건 배갑판이 좁기 때문이야. 그런데 우리 갱도는 천반이 낮단 말일 세. 차렷 자세는 마음속으로 취하면 돼."

그는 스적스적38) 걸음을 옮기다가 앞에 서 있는 강정희 상등병을 보고 는 손가락으로 이마를 쿡 내질렀다.

"상등병이 있으면서도 음—."

강정희 상등병은 뭐라고 알아듣지 못할 말을 씨근거리듯 응얼대고 씩 — 웃기만 했다. 사관이 앞으로 사라지자 나는 강정희 상등병에게 물었다.

"누굽니까?"

"몰라? 중대 위생지도원39)이야."

---

36) 쫏다: '쪼다'(뾰족한 끝으로 쳐서 찍다)의 북조선어.

37) 분동작(分動作): 북조선어. 일정한 동작을 익히는 훈련에서 그 동작을 이루는 하나하나의 요소들을 따로따로 나누어서 하는 동작. 또는 그 개별적인 요소.

38) 스적스적: 북조선어. 힘들이지 않고 자꾸 느릿느릿 움직이거나 슬슬 걸어가는 모양.

39) 위생지도원(衛生指導員): 북조선어. 군대 안의 초급 군의관.

"수리공이 아니구요? 스패너까지 들었던데요."

"사람의 탈도 보고 설비의 탈도 보고……."

그는 잠시 후 갑자르[40] 듯 한마디 더 붙였다.

"지도원은 뭐나 다 사람의 몸처럼 보지."

하긴 공기 배관을 숨줄이라고 했지. 메고 있던 건 수리가방이 아니라 위생가방[41]이었구나…….

"재미있는 사람이구만요."

"그래."

그는 왜서인지 갑자기 우울한 어조로 말했다.

"앞서라구. 내가 뒤에서 가지."

뒤에서 따라오며 내가 더는 실수하는 일이 없도록 보살펴 주겠다는 뜻이었다. 사실 상등병은 전사[42]의 교육 교양을 책임진다. 규정에 그렇게 있었다.

뒤에서 갑자기 꺼지는 듯한 한숨 소리가 들렸다. 왜 저렇게 한숨을 쉴까. 갑자기 우울해지고…… 다시 한 번 한숨 소리가 들리더니 강정희 상등병이 불쑥 물었다.

"나하고 같이 가기가…… 재미없지?"

"예?"

나는 너무도 의외의 물음이어서 돌아보았다.

그는 그냥 걸으라고 손짓을 하였다. 나는 다시 걸음을 옮겼다.

"재미없을 거야……. 이상하거던…… 아무리 재미없는 이야기두 분대

---

40) 갑자르다: 북조선어. 힘이 들거나 뜻대로 되지 아니하여 낑낑거리다.
41) 위생가방(衛生가방): 북조선어. 간단히 치료할 수 있는 의약품들과 위생에 필요한 도구나 물품들을 넣어 가지고 다닐 수 있게 만든, 빨간 십자 표지가 있는 가방.
42) 전사(戰士): 북조선어. 군사 칭호에서 맨 아래 직위. 또는 그 직무에 있는 군인.

장 동지가 하면…… 재미있는데…… 내가 하면 아무리 재미있는 이야기두…… 재미없어 지거든."

나는 하마터면 웃음을 터뜨릴 뻔하였다. 농담인 줄 알았던 것이다. 그러나 머리를 돌리자 너무도 진지한 표정과 부딪쳐 나는 당황하지 않을 수 없었다. 얼른 되돌아서며 얼토당토않은 말로 굼때버렸다.[43]

"그런 거야 뭐랍니까. 큰일도 아닌데……."

"……."

나는 급급히 걸음을 옮겼다. 뒤에서 그의 중얼거리듯 말하는 소리가 들렸다.

"큰일이야…… 아니지. 그렇지만…… 아니, 그건 중요한 거야……. 중요하구 또…… 젠장!"

그 어조에서는 너무도 깊은 생각과 또한 자신에 대한 유감스러운 감정이 가득 담겨 있어 나는 대답할 말을 찾을 수 없었다.

그의 말뜻을 나는 얼마 후에야 깨닫게 되었다…….

드디어 막장에 이르렀다. 그런데 막장에는 마치 소대장이 특별히 강조한 사항에 도전이라도 하는 듯한 정황이 조성되어 있었다. 버럭이 있는 곳까지 10m나마 되는 구간에 레일길이 없었던 것이다. 레일이 보장되지 못해서였다. 이러루한[44] 일들이 요즘은 드물지 않다고 한다. "지금은 모든 것이 부족해." 하고 강정희 상등병은 말했다. 그러나 일은 해야 한다. 전 교대에서는 한 줄로 늘어서서 릴레이[45]식으로 버럭을 날라다 꽝차에

---

43) 굼때다: 북조선어. 불충분한 대로 이럭저럭 메우거나 치러 넘기다. 맞닥뜨린 자리를 모면하기 위하여 슬쩍 둘러맞추거나 대강 치르다.

44) 이러루하다: 정도나 형편 따위가 대개 이러하다.

45) 리레(원문) → 릴레이(relay): 육상이나 수영 따위에서, 조를 이룬 여러 명의 선수들이 일정한 거리를 서로 교대하며 이어 달리거나 헤엄치는 일.

실었다고 한다.

우리 소대는 그들보다 3~4m 더 늘어난 거리로 버럭을 날라야 했다. (오늘은 버럭 처리를 다 하긴 틀렸구나.)

나는 거의 천반에 닿도록 쌓여 있는 버럭을 보며 생각했다.

레일길이 있어야 할 10여m 구간에는 전 교대에서 놓은 침목46)들만 정연한 종대를 이루고 늘어서 있었다. 그것만 보아도 전 교대에서 얼마나 레일을 고대하였는지를 짐작할 수 있었다. 레일만 있으면 우리 소대는 버럭을 얼마든지 처리할 수 있었다. 그러나 레일은 없었다. 10~15m나 날라다 실어서는 저 버럭을 다 처리할 수 없다! 그러나 그것은 우리 소대의 책임으로 될 수 없다. 레일을 보장 못한 일꾼들의 책임이다! 나는 이런 생각을 하며 소대장을 보았다. 다른 대원들도 소대장을 보고 있었다.

소대장은 광차가 멈춰 선 레일길 끝에 서서 막장의 버럭더미47)를 바라보고 있었다. 그러더니 레일길 없는 침목을 밟으며 막장으로 갔고 그곳에서 광차를 바라보았다. 마치 거리를 가늠해 보기라도 하는 듯 했다.

나는 그가 '별 수 없구만! 레일장을 만들어 낼 수는 없는 거고. 여기서 광차까지 쭉— 늘어서오. 개미역사48)라도 해봐야지.' 하고 말하리라고 생각했다. 다른 말이란 할 수 없는 정황이었다.

그런데 소대장은 바닥을 가리키며 명령했다.

"침목들을 몽땅 들춰내오."

화풀이라도 하려는 듯 했다.

전 교대에서 정연하게 박아 넣었던 침목들은 잠깐 사이에 다 퉁겨져

---

46) 침목(枕木): 선로 아래에 까는 나무나 콘크리트로 된 토막.

47) 버럭더미: '버력더미'(버력이 쌓인 큰 무더기)의 북조선어.

48) 개미역사(개미役事): 많은 사람이 한곳에 달라붙어 조금씩 해내는 방식으로 하는 일을 비유적으로 이르는 말.

나왔다.

소대장은 두 팔을 앞으로 내밀어 광차로부터 자기 발 밑까지 두 개의 가상적인 직선을 평행으로 그어 보였다.

"파고 침목들을 든든히 박아 넣소!"

그는 침목을 레일장으로 전환시키려는 것이었다.

이렇게 되어 나는 전후 복구 건설 시기 이야기를 쓴 책들에서나 읽었던 나무 레일길을 여기 100리 물길 공사장에서 눈으로 직접 보게 되었고 나무 레일길로 버럭을 실어 나르게 되었다…….

버럭은 푹푹 자리가 났다. 발파 전에 버럭을 깨끗이 처리할 수 있다는 확신은 시간마다 굳어져 갔다.

만일 침목마저 없었더라면 어쩔 뻔했는가. 그야말로 속수무책이었을 것이다. 아니, 아니다! 그런 경우에도 소대장은 역시 그 어떤 방도를 찾아냈을 것이다. 나에게는 이렇게 생각되었다. 소대장에게는 난공불락이라는 것이 없을 것이라고…….

막장은 언제나 석수49)에 젖어있다. 굴속에는 가물철50)이란 없다. 천반에서도 벽에서도 바닥에서도 늘상 석수가 흐른다. 산의 내장 속에 얼마나 물이 많은지를 나는 여기에 와서 알게 되었다.

그런데 이 날은 석수가 별로 더 많이 흐르는 것 같았다. 양수기가 물을 계속 뽑아내고 있을 것인데도 발 밑에서는 물이 그냥 질벅거렸고 얼마 후에는 발등까지 물에 잠겨 들기 시작했다. 처음은 일하는 정신에 그것을 깨닫지 못했다. '침목 레일'이 물 때문에 뜨기 시작할 때에야 우리는 막장

---

49) 석수(石水): 북조선어. 동굴이나 지하 갱 따위의 천장에서 나오는 물.
50) 가물철: 가뭄이 계속되는 때. 가뭄철.

에 물이 차 오르고 있음을 깨달았다.

"양수기가 고장났습니다!"

밖에서 들어온 강정회 상등병이 소대장에게 보고했다. 소대장이 그를 양수장에 보냈던 모양이었다.

우리 갱은 내리갱이었다. 양수기만 멎으면 막장에는 물이 시시각각으로 차 오른다. 정도가 지나치면 일할 수 없게 되는 것은 두말 할 것 없다. 소대장의 입가에 굵은 주름이 잡혔다.

"수리하고 있겠지?"

"시간이 걸리겠답니다. 날개를 교체해야 한답니다."

"……."

소대장은 불어 오르는 물을 묵묵히 내려다보며 서 있었다.

한 구대원이 투덜거렸다.

"녹았구만! 오늘 일은 다……."

그는 자기 말에 스스로 놀랜 듯 말을 뚝 끊고 입을 다물어 버렸다. 소대장이 휙 돌아보았던 것이다. 눈썹이 위에로 치켜 올라갈 듯 움칫거렸다. 그러나 곧 소대장은 아무 말도 못 들었다는 듯 평온한 기색으로 돌아갔다.

"작업 속도를 더 빨리! 광차에 버력과 물을 같이 퍼담소!"

광차 바가지에 버력과 물이 함께 쏟아져 들어갔다.

"물 더! 흰쌀 한 말에 좁쌀 한 말이 들어간 댔어!"

아까 투덜댔던 구대원이었다. 그는 자기 실언을 보상하려고 서두르는 것임이 누구에게나 빤드름했지만 소대장은 진짜로 감탄하는 듯 목소리를 높였다.

"흰쌀 한 말에 좁쌀 한 말이 들어간다? 그러니 버력 한 광차엔 물이 두 광차쯤 들어가지 않을까?"

와— 하고 웃음이 터졌다. 그 구대원은 소대장의 '감탄'과 소대의 웃음에 완전히 활기를 되찾았다.

"소대장 동지, 제가 학교 다닐 때 뭘 제일 잘했는지 압니까?"

"숙제를 틀리게 하고 변명하는 것이 아니었소?"

"야— 소대장 동지, 너무 그러지 마십시오. 얼결에 한마디 잘못한 걸 가지구……."

또 웃음. 그러자 구대원은 가장 큰 칭찬이라도 받은 듯 벙글거려 댔다.

"그래 뭘 제일 잘했소?"

"수영이었습니다!"

"아주 좋구만! 오늘은 수영을 톡톡히 해야 할 것 같은데."

소대장의 말은 과장이 아니었다. 물은 발목을 넘어서고도 계속 불어 올랐다. 좀더 시간이 지나면 '수영'을 해야 하리라는 것이 불 보듯 명백했다.

그런데 탈은 '수영'을 하기 전에 생겼다. 물이 불어 오르면서 '레일 토막'들이 제각기 떠올라 레일길을 엉망으로 만들어 버리기 시작한 것이었다. 제자리에 억지로 눌러 넣으면 용수철에 튕기기라도[51] 한 듯이 불끈불끈 솟아올랐다. 나무가 물보다 가볍다는 것이 얼마나 저주스러웠던가! 나는 침목을 박아 넣고 손을 떼기 바쁘게 밤물고기처럼 튀어 오르는 그놈에게 턱주가리를 든든히 얻어맞았다.

이젠 별 수 없구나 하는 생각이 턱주가리의 얼얼한 느낌과 함께 스며들었다. 그래서인지 갑자기 나에게는 모든 것이 꿈만하게[52], 아니 꿈처럼 느껴지기 시작했다. 뿌연 물은 걸쭉한 기름처럼 다리를 감고 도는데 수면에 간데라 불빛과 전등 불빛이 어려 물은 맹렬히 소용돌이치는 것 같이

---

51) 튕기다: 다른 물체에 부딪치거나 힘을 받아서 튀어 나오다.

52) 꿈만하다: 어찌하여야 할지 몰라 막막하다.

보였다. 수면에서 반사된 불빛은 천반과 옆벽에서 어지러운 무늬를 그리며 부산스레 흔들렸다. 천반과 옆벽이 흔들리는 듯 했다. 바닥도 흔들리는 듯 했다. 머리가 갑자기 어지러워지면서 메스꺼움이 치밀었다. 팔다리의 맥이 삽시에 쪽— 빠져나갔다. 내가 왜 이럴까. 착암기 소리와 말소리가 아득히 멀어지며 귀가 멍멍해졌다. 뒤이어 눈앞이 새까매졌다.

"이 친구 왜 이래?"

하는 강정희 상등병의 놀랜 소리를 들으며 나는 철썩 넘어지고 말았다. 옷으로 스며드는 차가운 물의 감촉과 야릇한 안도감을 느끼며 나는 의식을 잃었다…….

정신을 차렸을 때 나는 눈앞에서 위생지도원을 보았다. 식초 냄새가 지독하게 풍기고 있었다.

"정신이 좀 드나?"

"내가 어떻게 된 겁니까?"

"별 일 아니야. 가스에 취했던 거야."

발파가스에 취해서 넘어진 것이었다. 머리가 깨어져 나가는 듯이 아프고 계속 구역질이 났다.

위생지도원은 내 코에 마개를 연 병 아구리[53]를 가져다 댔다.

"숨을 크게 들이쉬라구."

콧구멍이 바늘로 찌르는 듯 했고 눈물이 쑥 나왔다. 병에는 농도 높은 식초에 적신 솜이 들어있었던 것이다.

"그냥 들이쉬라구. 계속! 그러면 좀 나아질 거야."

시키는 대로 했더니 그의 말대로 좀 나아지는 듯 했다.

---

53) 아구리: '아가리'(물건을 넣고 내고 하는 병, 그릇, 자루 따위의 구멍의 어귀)의 북조선어.

내 옆에는 두 명의 구대원이 동발에 기대여 앉아 있었다. 그들도 역시 발파가스에 쓰러졌던 모양이었다. 그들은 머리를 몇 번 흔들어 보더니 옆에 놓인 밥국통에서 뿌연 물을 한 식기씩 퍼서 꿀꺽꿀꺽 들이켰다.

"동무도 마시라구."

식초가 좀 많이 들어 간 김치물[54]인데 그 맛이란 어떻다고 말하기 어려운 기묘한 것이었다. 시큼한가 하면 떫고 그런가 하면 쓰기도 하고 송진 냄새도 났다. 세상에 없을 괴이한 '김치물'이었다.

이것이 위생지도원의 발명품이며 중대에서는 '가스 해독제'라고 부르는 것임을 나는 알아차렸다. "저 친군 저절로 박사가 되겠다는 거야." 하고 분대장은 말한 적이 있었다. "한 모금 마시면 깨끗이 해독되는 걸 꼭 만들겠다는 건데 좋다구 하는 건 죄다 쓸어 넣는다네. 아마 좋다구만 하면 양잿물도 서슴없이 쓸어 넣을 거야." 하고는 내가 눈이 둥그래서 쳐다보자 픽— 웃었다. "걱정할 건 없어. 그렇게 만든 걸 저 친군 제가 먼저 둬 식기쯤 마시고는 눈을 뜨부럭거리며[55] 서너 시간씩 기다려 보니까."

바로 그 물건이었다.

두 구대원은 그 발명품에 정신이 든 듯 입가를 쓱쓱 문대고는 비틀비틀 일어났다.

"걸을 만 한가?"

위생지도원의 물음에 그들은 손을 휙 젓고 걸음을 옮겼다. 나는 소대가 우리를 데리고 나가지 않은 것이 이상스럽게 생각되었다. 소대는 철수했으리라고 생각했던 것이다.

그런데 두 구대원은 입구 쪽이 아니라 막장 쪽으로 가고 있었다. 위생지

---

54) 김치물: '김칫국'의 북조선어.
55) 뜨부럭거리다: 북조선어. 큰 눈을 천천히 잇따라 굴리다.

도원이 나에게 눈짓으로 그들을 가리켰다.

"따라가라구."

그제야 나는 두 구대원이 막장으로 '전투를 계속하러' 들어간다는 것을 깨달았다. 소대는 여전히 막장에 있는 것이었다. 나도 그들을 따라 갈 수밖에 없었다. 머릿속에서 뇌수는 수은덩어리처럼 이 구석 저 구석으로 굴러다니는 듯 했고 다리는 후들후들 떨리며 접철56)처럼 접혀 들려고만 했다. 지도원이 너무하다는 생각이 들었다. 아무데나 털썩 드러누워 버리고 싶었다.

그러나 두 구대원은 그냥 가고 있었다. 나도 그냥 따라 갈 수밖에 없었다. 그냥 걸으니 얼마간 나아지는 것 같았다. 마침내 나는 막장에 이르렀다…….

막장은…… 허나 그것은 막장이 아니었다. 물주머니57)였다. 물은 이미 허리를 치고 있었는데 소대는 그 물 속에서 첨벙거리고 있었다. 진짜 '수영'을 하고 있었다.

나무 레일은 이미 없어졌고 광차는 레일길이 끝난, 막장에서 15m나 되는 거리에 못 박혀 서 있었다. 그런데 소대는 무엇을 하고 있는 것일까.

나는 처음에는 그들이 무엇을 하고 있는지 깨닫지 못하였다. 자맥질58)이라도 하듯이 물 속에서 버럭을 담아서는 연신 한곳에 쏟아 놓고 있었다.

소대장이 소리쳤다.

"출발!"

---

56) 접철(摺鐵): 경첩. 여닫이문을 달 때 한쪽은 문틀에, 다른 한쪽은 문짝에 고정하여 문짝이나 창문을 다는 데 쓰는 철물.

57) 물주머니: 탄광, 광산 따위에서 땅속에 물이 차 있는 부분.

58) 자맥질: 무자맥질. 물속에서 팔다리를 놀리며 떴다 잠겼다 하는 짓.

출발이라니? 철수 명령일까. 아니었다. 소대는 모두 버럭더미에 달라붙어 밀기 시작하였다. 소대장은 버럭더미에 출발 구령을 내린 것이었다.

그러자 놀랍게도 버럭더미가 쓱— 쓱— 앞으로 움직여 나가는 것이 아닌가. 마치 환상 영화의 한 장면을 보는 것 같았다.

잠시 후에야 버럭이 뗏목 위에 실려 있음을 알아보았다. 동발과 침목으로 무은 뗏목, 나무 레일을 쓸 수 없게 되자 소대는 물을 레일길로 전환시킨 것이었다. '물레일'이었다!

광차 바가지에는 전투소보가 걸려 있었다.

"우리에겐 불가능이란 없다! 불가능한 것이 있다면 그것은 조선말이 아니라고 하신 최고사령관 동지의 명언을 실천으로 받들자!"

불가능이란 없다. 그렇다. 난공불락이란 없었다!

"소대장 동지!"

누군가의 커다란 목소리다. 나는 아직 구대원들의 이름도 얼굴도 다는 몰랐다.

"왜 그러오?"

"물이 더 불었으면 좋겠습니다!"

"그건 왜?"

"뗏목이 더 잘 뜰 테니까요!"

"인차 소원대로 될 게요!"

웃음소리, 소대는 그 사이 줄곧 웃기만 했던 듯 했다. 뗏목이 광차 곁에 이르자 버럭을 옮겨 싣기 시작했다. 와당탕 쿵당거리는 소리…….

강정희 상등병은 '전투소보'를 벗겨 들고는 몇 줄 써서 다시 걸어놓았다. 말할 때는 한 마디 한 마디를 굼뜨고 힘들게 하던 그가 글에서는 여간 빠르지 않았다.

"명령을 수행하기 전에는 쓰러질 수 없다! 가스에 취해 쓰러졌다가 다시 일어나 전투에 참가하고 있는 전사 박철 동무!"

그런데 왜 내 이름만 있을까. 두 구대원의 이름은 왜 없을까. 다음 순간 나는 스스로 그 이유를 깨달았다. 구대원들에게서는 이런 일이 예사로운 일로 되어 있는 것이리라.

"소대장 동지!—"

떼를 밀고 들어가면서 분대장이 옆에서 밀고 있는 소대장을 보지 못하기라도 한 듯 굉장히 큰 소리로 불렀다. 나는 그가 왜 그렇게 높은 목소리로 찾았는지를 알아차렸다. 자기가 이제 할 말을 온 막장이 다 듣게 하려는 것이었다.

"제가 뭐가 되고 싶었는지 압니까?"

"동무도 수영 선수가 되고 싶었소?"

분대장은 그런 물음만을 기다렸던 듯 큰 소리로 부정했다.

"아닙니다! 유벌공[59]입니다!—"

소대장은 크게 웃었다.

"희망이 성취된 걸 축하하오!"

"소대장 동지 건강을 축복함!"

와— 하고 웃음소리. 나도 웃었다.

옆에서 요란한 한숨 소리가 들렸다. 강정희 상등병이었다. 그는 분대장을 한껏 부러움이 실린 눈으로 쳐다보고 있었다. 이때는 그의 심정이 이해되었다. 나도 부러웠다. 큰 소리로 기지 있는 농담을 하여, 소대가 모두 크게 웃게 하고 싶었다.

분대장은 한 대 생각이 난 듯 주머니에서 담배를 꺼냈으나 곧 낭패한

---

59) 류벌공(원문) → 유벌공(流筏工): 북조선어. 물을 이용하여 뗏목을 물 아래로 내려보내는 일을 하는 노동자.

기색으로 집어던졌다. 물에 죽탕[60])이 되었던 것이다. 누구나 모두 같았다. 소대장도 다를 바 없었다.

그때 강정희 상등병이 씨근거리며 말했다.

"젖지 않은 담배가…… 있습니다."

그의 안전모 속에서 마른 담배가 나왔다. 담뱃갑은 한바퀴 죽— 돌았다. 나에게 왔을 때는 한 대밖에 없었다. 나는 강정희 상등병에게 내밀었다.

"피우십시오."

그는 머리를 흔들었다.

"난 안 피워."

"예?"

분대장이 나의 어깨를 툭 쳤다.

"알고 있으라구. 저 친군 담배를 피우면 안 돼."

"예?"

"규정을 어길 수 없거든!"

분대장은 담배 연기를 길게 내뿜었다.

"담배 공급받으러 연대에 갔더니 양식 공급장이 명단을 보다가 뭐랬는지 알아? '강정희? 동무네 정신 있소? 이 공급장의 목이 날아 나게 하자는 거요? 여성에게 담배를 공급하라는 건 우리 인민군대 후방 규정에 없단 말이오!' 하고 뺙— 그어버리고 말았으니까!"

말이 끝나기도 전에 웃음이 터졌다. 그 중에서도 제일 크게 웃는 것은 강정희 상등병이었다. 그는 자기로 하여 소대가 크게 웃게 된 것이 더없이 기쁜 듯 입이 귀밑으로 돌아갈 지경으로 웃고 있었다. 이때 나는 아까 입갱할[61]) 때 "그건 중요한 거야" 하던 그의 말이 문득 떠올랐다.

---

60) 죽탕(粥탕): 땅이 질어서 뒤범벅이 된 곳. 또는 그런 상태.

웃음, 이것이 없다면 몇 개의 간데라불이 뿌옇게 불어 오르는 수면을 비치는 좁은 막장, 그 속에서 물에 허리까지 잠그고 버럭을 담는 막장은 얼마나 스산할 것인가. 절망 속에서 허우적이는 듯이 보였을 것이다……. 분대장은 떼를 밀고 들어가며 노래를 뽑았다.

어야 더허야 어야 더허야

그는 이 노래를 끄집어내려고 유벌공 이야기를 꺼냈던 것인지도 모른다. 그러자 마치 모두들 분대장처럼 유벌공이 되기를 희망했던 듯 목청을 합친다.

압록강 2천리에 노를 저어라
얼음장을 헤치면서 떼는 흐른다

좁고 어두운 막장에서 울리는 「압록강 2천리」는 신비한 힘을 가진 듯하였다. 이 노래가 이때처럼 구성지게 들린 적이 나에게는 아직 있어 보지 못했다. 강정희 상등병의 목소리가 유달리 두드러지며 청청하게 울렸다. 말 한 마디 하기도 힘들어하던 그의 입에서 노랫소리는 사품쳐[62] 흐르는 급류처럼 흘러나오고 있었다.

백두산의 나무로구나 천년이나 자란
이깔나무 참나무는 떼를 지어서

---

61) 입갱하다(入坑하다): 갱도(坑道)에 들어가다.
62) 사품치다: 북조선어. 물살이 계속 부딪치며 세차게 흐르다.

순간 누구도 뜻하지 않았던 쟁쟁[63]하고 맑은 처녀의 목소리가 웅글은[64] 노랫소리들 위로 새처럼 나래치며 막장을 울려 우리 모두를 깜짝 놀라게 하였다.

혜산 초산 돌고 돌아 몇 밤—새웠나

연대 군의소[65]의 간호원이었다. 현장 치료 차로 나왔다가 우리들 속에 뛰어 들었을 것이다. 누구도 알지 못했다. 그가 언제부터 우리와 함께 일하기 시작했는지를, 갸름한 얼굴에서는 튕겨 오른 물방울들이 간데라 불빛에 반짝거리고 있어 마치 눈물에 젖은 듯이 보였다.

의주 가면 진달래꽃 피여 나리라

그때 내 눈에 눈물이 핑— 돌았는지 나도 알 수 없다. 노래 속에 떼를 밀고 나가니 불현듯 나의 발 밑에서 2천 리 장강이 출렁이며 흘러가고 미구에 눈앞에서 진달래와 철쭉꽃이 핀 강변의 아름다운 벼랑이 솟아오를 듯한 환각을 느꼈다…….

"간호원 동무가 노래를 정말 잘하던데? 가수가 왔다가 울고 가겠어!"

일을 마치고 나오면서 간호원에 대해서 누구나 한 마디씩 했다. 그때 소대장이 지나가는 말처럼 불쑥 말했다.

"그 동문 학교 때부터 노래를 잘 불렀소. 중앙 축전에도 한두 번만 참가한 게 아니고. 가수가 될 줄 알았는데 군복을 입었거든."

---

63) 쟁쟁: 북조선어. 목소리가 야무지고 맑은 모양.

64) 웅글다: 소리가 깊고 굵다.

65) 군의소(軍醫所): 북조선어. 각급 단위 부대에 설치한 의료 기관.

"예?!"

강정희 상등병이 깜짝 놀란 얼굴로 소대장을 쳐다보았다.

"그 그럼 아는 사이입니까?"

소대장은 눈이 휘둥그래서 쳐다보는 강정희 상등병의 안전모 채양[66]을 쿡 눌러 눈 아래까지 씌워 놓았다.

"그랬을 것 같다— 이 말이오!"

와— 하고 웃음이 터졌다. 소대장도 익살에서는 누구에게 뒤지지 않았다. 어찌 보면 군대 생활의 언어는 익살로 충만되어 있는 듯 했다.

소대장은 이제야 수리가 끝난 양수장을 지나면서도 아쉬움이나 불만이 아닌 말로 소대 전체를 유쾌하게 했다. 양수기 돌아가는 윙 소리에 귀를 기울여보고는 이렇게 말했던 것이다.

"1소대는 수영 훈련을 못하게 됐군!"

우리는 1소대에 막장을 인계했던 것이다. 막장에서는 발파 소리가 울리고 있었다. 쿵 쿠쿵…….

병실에 돌아와서야 나는 소대장이 군대와 사민이 다른 점이 무엇인가 묻던 생각이 났다.

교대 시간을 1시간가량 앞두고 휴식할 때 소대 병실 주변을 돌아보던 중대장이 장마가 예견되니 병실 주변 배수로를 깊숙이 파야겠다며 내일 아침에 검열하겠다고 하였다. 나는 분대장에게 말했었다.

"언제 한다는 겁니까? 교대를 끝내면 새벽일텐데……."

바로 이 말을 병실에 들어오던 소대장이 들었다. 그의 눈썹 끄트머리가 화살처럼 위로 치켜 올라갔다.

---

66) 채양(-陽): '차양(遮陽)'(모자 끝에 대서 햇볕을 가리는 부분)의 북조선어.

"동문 군대요, 사민이오?"

군대와 사민은 어떻게 다른가. 오늘 하루 전투를 끝내고 돌아온 지금에야 나는 소대장이 왜 "말로써는 안되겠소." 하였던지를 깨달았다. 오늘의 전투가 바로 그 대답이었다…….

나는 이제까지 왜 이 발전소 건설을 군인들이 해야 하는가 하는 의혹을 가지고 있었다. 그러나 지금은 알만하다. 그것은 바로 이 공사는 명령 앞에서 "알았습니다!" 한 마디 밖에 모르는 사람들만이 할 수 있기 때문이었다. 모든 것이 부족하고 없는 것이 더 많은 이 시기 '고난의 행군'의 나날에는…….

이 일기에 한마디 더 부언하고 싶은 것은 아침에 중대장이 소대병실 주위를 돌아보고 배수로를 잘 팠다고 아주 만족해하였다는 것이다.

2. 군대의 철학

6월 20일

나는 착암공이 되었다. 정확히 말하면 착암 조수가 되었다.

착암기를 막장의 기관총이라고 한다면 착암공은 기관총수이고 착암 조수는 부사수이다. 막장에서는 착암공이 기본이다. 착암기 소리가 울려야 막장은 활기를 띠고 시인들의 표현대로 하면 '거세찬 맥박으로 약동'하기 시작한다. 이것은 자그마한 과장도 없는 진실이다. 그러니 내가 어찌 착암공이 되지 않을 수 있단 말인가!

착암공은 입갱할 때부터 더 위신 있다. 정대, 지렛대, 충진물 다짐대67) 등을 총대처럼 둘러메고 척후병68)처럼 소대보다 앞장서 들어간다.

일이 끝난 다음에는 더 위신 있다. 발파 시간이 되면 소대는 다 철수하지만 착암공과 조수는 화약공과 함께 발파를 진행한다. 발파 결과까지 확인하고 나오면 소대는 이미 병실로 출발한다. 착암공들은 천천히 개별적으로 들어간다. 그러다 보니 식사도 따로 할 때가 많다.

"개별 식사하는 게 누구야? 질서 없이!"

식당 근무 성원들은 짜증을 내기가 일쑤이지만(그들은 개별 식사 성원들을 제일 싫어한다.) "착암공들이오." 하면 군소리가 싹없어지고 오히려 "오늘은 몇 미터[69] 나갔소?" 하면서 은근히 약간한[70] '특별 봉사'까지 해준다.

물론 나는 이런 것들 때문에가 아니라 100리 물길 공사의 제1번 공격수로 되려는 고상한 목적에서 착암을 하겠다고 한 것이었지만 이런저런 '특전'들도 싫지는 않았다.

"이 착암기의 이름은 에— '승리—508'. 우리한테 꼭 맞는 이름을 가졌지, 안 그래?"

분대장은 갱구에서 입갱 시간을 기다리는 사이 이렇게 '강의'를 시작했다. 이 날은 어찌되어선지 전 교대의 발파가 늦어지고 있었다. 다른 날이었다면 분대장이 이런 '빨랫줄 강의'를 하는 만족감을 맛볼 수 없었을 것이다.

"중량은 약 30kg. 별로 무겁지도 않고 가볍지두 않구, 적당한 무게지…… 이걸 한 손으로 척척 꼬누어[71] 내야 착암공이라고 할 수 있어."

---

67) 다짐대: 길이나 터 따위를 다지는 데 쓰는 나무나 쇠로 된 물건.

68) 척후병(斥候兵): 적의 형편이나 지형 따위를 정찰하고 탐색하는 임무를 맡은 병사.

69) 메터(원문) → 미터(meter). 미터법에 의한 길이의 단위.

70) 약간하다(若干하다): 얼마 되지 않다.

71) 꼬누다: '겨누다'의 방언(경남, 전남, 충남).

그는 1m 반은 되게 뽑은 받침대에 착암기 고리를 꿰더니 한 손으로 번쩍 일으켜 세웠다가 도로 눕혀 놓았다.

"물론 이건 중요한 게 아니야. 이따윈 요령이니까. 며칠 지나면 동무도 이렇게 할 수 있어. 중요한 건 100리 물길굴의 돌파구를 열어나가는 공격수라는 걸 자각하는 거야. 막장에선 한시라도 착암기 소리가 멎으면 안돼. 그것은 공격이 멎었다는 거니까. 착암기 소리가 멎으면 막장은 죽은 거야. 알만 해?"

"알만합니다."

드디어 발파 소리가 울렸다.

소대장은 우리 착암공들에게 말했다.

"암질이 더 굳어지고 있소. 3소대가 오늘 발파 시간이 늦은 것도 그 때문이오. 우리는 발파 시간을 1분도 늦추지 말아야겠소. 천공 깊이는 변함 없는 1m 70이오. 때문에."

그는 이 때도 '때문에'로 말을 마쳤다.

"입갱 즉시 착암을 시작해야겠소."

버럭은 여느 때처럼 거의 천반에 닿게 쌓여 있었다.

분대장은 큰 돌 몇 개를 굴러내어 발판 자리를 만들고는 쭈그리고 앉아 착암기를 세웠다. 키 큰 사람이 좁은 공간에 그렇게 앉으니 무릎이 머리보다 더 높아졌다. 그는 환자를 보는 의사의 눈길로 돌의 결과 암벽 상태를 살펴보고는 나에게 천반 한 구석을 가리켰다.

나는 거의 주저앉다시피 하고 정대를 착암기에 꽂고 정머리72)를 천반 구석에 가져갔다.

"왼쪽으로! 좀더! 너무 갔어! 오른쪽으로!"

---

72) 정머리: 정에서 돌을 쪼아 내거나 망치로 때리는 부분.

마치 10m 고정틀 조준 연습 때 조준술73)을 움직이는 만큼이나 까다롭고 조심스러웠다. 천공 배치와 천공 각도에 발파 효과가 달려있는 만큼 그럴 수밖에 없었다.

"됐어!"

분대장은 착암기 밸브74)를 반쯤 열었다. 정대가 손안에서 천천히 돌아가며 암벽을 짓쪼아 댔다. 정날에서 튕겨 나는 돌조각들이 불꽃처럼 얼굴을 때렸다. 팔힘이 다 빠졌을 때에야 겨우 틀이 잡혔다.

분대장은 착암기 위치를 바로잡고는 만바람75)을 놓았다. 그러자 좁은 공간은 착암기 소리와 물안개로 포화되어 버렸다.

그러나 나는 쉴 수 없었다. 막장 착암에서 조수의 일은 이제부터라고 할 수 있었다. 착암공이 첫 구멍을 뚫는 사이 둘째 구멍을 뚫을 자리를 마련해야 하였고 천반 구멍을 뚫는 사이 버럭을 제껴76) 측벽77) 구멍을 뚫을 수 있게, 다음은 바닥 구멍을 천공할78) 수 있게 하여야 하였다. 한 발파한 버럭을 거의 전부 파 제끼는 것과 다름없었다. 잠시도 허리를 펼 사이가 없었다. 나는 첫 구멍을 시작할 때부터 마지막 바닥 구멍을 끝낼 때까지 좋게 표현하면 착암수의 앞에서 나가야 했고 다르게 표현하면 착암수에게 쫓기워야 했다.

그러나 나는 착암수가 된 것을 조금도 후회하지 않았다. 힘들다는 그것이 나에게 나의 위치, 나의 존재를 확인시켜 주는 때문이었다.

---

73) 조준술(照準術): 조준 훈련을 할 때에 목표물 대신에 쓰는 숟가락 모양의 표지.

74) 발브(원문) → 밸브(valve): 유체(流體)의 양이나 압력을 제어하는 장치.

75) 만바람: 북조선어. 가장 빠른 속도를 이르는 말.

76) 제끼다: 제치다. 거치적거리지 않게 처리하다.

77) 측벽(側壁): 구조물의 옆에 있는 벽.

78) 천공하다(穿孔하다): 구멍이 뚫리다. 또는 구멍을 뚫다.

마지막 바닥 구멍 천공이 끝나고 막장이 조용해졌을 때 나는 손가락 하나도 까딱 못할 만큼 지쳐버렸다. 귀에서는 여전히 착암기 소리가 울리었다. 귀 안에 착암기가 두석 대쯤 들이배겨79) 있는 것 같았다. 서 있을 맥도 없었다.

그러나 '발파—' 하는 소리가 울리고 화약과 함께 검은 도화선 퉁구리80)가 펼쳐지자 피곤은 간데 없이 사라졌다. 피곤을 가셔주는 것은 휴식보다 긴장이었다.

"21개 맞지?"

발파수81)가 화약 봉지에 도화선 달린 뇌관을 꽂아 넣으면서 물었다. 화약과 뇌관은 따로 가지고 와서 발파 현장에서 연결하게 되어 있다.

"21개, 돌이 굳어서 보조 심빼기82)를 주었으니까."

분대장이 그와 함께 화약과 뇌관을 연결하면서 대답하였다. 소대장은 구멍마다 돌아가며 막대기를 찔러 천공 깊이와 각도, 청소 상태를 확인하고는 말했다.

"장약하기오.83)"

도화선이 길게 늘어진 화약들이 구멍 안으로 연신 미끄러져 들어가고 충진물이 다져졌다. 잠시 후 한 상자의 폭약은 21개의 구멍 안으로 자취를 감추고 막장 벽에는 21개의 도화선만이 남았다.

"점화 준비!"

---

79) 들이배기다: 북조선어. 몹시 심하게 배기다.
80) 퉁구리: 일정한 크기로 묶거나 사리어 감거나 싼 덩어리.
81) 발파수(發破手): '발파공(發破工)'의 북조선어. 바위나 대상물 속에 구멍을 뚫어 폭약을 재어 넣고 폭파시키는 일을 하는 사람.
82) 심빼기(心빼기): 광석이나 석탄을 캘 때, 발파율을 높이기 위하여 광층의 어느 한 부분을 먼저 깊이 뚫는 것. 또는 그런 방법.
83) 장약하다(裝藥하다): 총포에 화약이나 탄알을 재다.

나는 불심지를 들고 도화선 앞에 서 있는 분대장과 발파수에게 간데라 불을 비쳐주며 서 있었다. 가슴이 후둑후둑[84] 뛰었다. 소대장은 막장을 획— 둘러보고 나서 구령을 내렸다.

"점화!"

심빼기 5개의 도화선에서 거의 동시에 픽— 하고 작은 파란 불꽃들이 튕겨 나왔고 곧 파란 연기를 뿜으며 타들어 가기 시작하였다. 점화에는 엄밀한 순서가 있었다. 처음에는 심빼기 구멍들을 동시에, 다음은 측면 보조 구멍, 천반 보조 구멍, 측면 구멍, 천반 구멍…… 바닥 구멍들은 맨 마지막이었다. 그렇게 해야 쌓인 버럭을 한 번 뒤집어 놓아 다음 교대의 착암과 버럭 처리를 쉽게 해줄 수 있었다.

바닥 구멍들에 불을 달 때는 벌써 막장에 도화선 타는 파란 연기가 자욱하게 채웠다.

"철수!—"

나는 막 달려나가고 싶은 충동을 가까스로 누르며 분대장을 따라갔다. 그들이 별로 천천히 걷는 것처럼 생각되었다. 금시 뒤에서 요란한 폭음이 터질 것만 같았다. 소대장은 맨 뒤에서 따라오며 간데라불로 여기저기를 비쳐보고 있었다. 발파에 손상 받을 것이 없는가를 보고 있었다.

"발파!— 발파!—"

분대장은 입구 쪽에 대고 노래라도 부르듯이 외쳐 댔다.

우리는 막장에서 20m쯤 나와서 대피 장소로 만든 옆으로 움푹 파놓은 곳에 들어갔다. 착암기와 공기호스는 그곳에 끌려와 있었다. 분대장은 둥글게 사려놓은 공기호스 위에 털썩 주저앉으며 잔뜩 긴장하여 서 있는 나에게 말했다.

---

84) 후둑후둑: 북조선어. '후두둑후두둑'의 준말.

"아직 좀 기다려야 해. 도화선 길이가 있는 것만큼 대피할 때 서두를 필요는 없어."

"무슨 소리요?"

소대장이 그의 말허리를 툭 잘랐다.

"점화가 끝나면 지체 없이 발파 장소로 달려야지 혼들혼들거리는 건 쓸데없는 멋이오."

도화선 타는 파르스름한 연기가 대피 장소에까지 밀려나왔다.

"거야 물론 그래야지요. 그러니―"

하고 분대장은 나를 쳐다보았다.

"점화만 끝나면 될수록 빨리 달아 빼야 해. 그건 도망치는 게 아니란 말이야. 대피하는 거지."

발파수는 머리를 끄덕거렸다.

"폭약과는 놀음을 하지 말아야지."

이것은 내가 신대원이라는데서 벌어진 이야기 같았다.

드디어 막장에서 꽝 하는 첫 폭음이 울렸다. 세찬 폭풍에 간데라불이 꺼질 듯 펄럭대고 돌조각들이 동발, 배관, 레일장들에 부딪치는 소리가 소란스레 울렸다. 폭음은 연달아 때로는 두 방 세 방씩 겹쳐서 울리기도 하였다. 귀가 멍멍했다.

한바탕 막장을 들었다놓던 폭음이 멎었다. 조용해졌다. 그러나 누구도 움직이지 않았다.

소대장을 건너다보는 분대장의 눈에는 불안스런 빛이 어려 있었다. 소대장의 얼굴에도 그늘이 비끼는 듯 했다.

그때 한 발의 폭음이 쿵 하고 울렸다. 소대장의 얼굴에서 그늘이 사라졌다. 그는 움쭉85) 일어나며 말했다.

"됐구만!"

분대장과 발파수도 따라 일어섰다.

"예, 스물 하나입니다."

그들은 발파 폭음을 세고 있었던 것이다.

우리는 막장으로 향했다.

막장에는 발파가스가 꽉 차 있었고 버럭은 천반에 닿게 쌓여 있었다.
우리는 거의 기다시피 하여 막장으로 들어갔다.

소대장은 간데라불로 암벽을 비쳐보더니 '불구멍'이라고 부르는 암벽
에 남아 있는 천공 자리에 막대를 찔러 보았다. 반 뼘쯤 들어갔다.

"10cm, 1m 70을 추었댔지?"

"예, 1m 60 나갔습니다."

"1m 50이요, 이쪽이 좀 살아 있었던 것 같은데."

"옳습니다."

하고 분대장은 네모반듯하게 자리잡힌 막장을 훑어보고는 소대장에게
머리를 돌렸다.

"마구리[86]가 고와졌지요?"

나는 막장을 두고 처녀들에 대하여 말할 때처럼 고와졌다고 하는 것이
우스웠다. 익살을 부리는 듯 싶어 소대장의 표정을 살펴보았다. 그러나
소대장은 조금도 웃지 않고 진지한 표정으로 머리를 끄덕거렸다.

"음— 정말 고와졌소."

뚤렁[87]— 뚤렁— 석수 떨어지는 소리 질은 발파가스, 날카로운 모서리
를 도끼날처럼 쳐들고 쌓여있는 버럭더미, 모든 것이 너무도 거칠기만
하였다. 그러나 '고와졌다'는 말이 얼마나 잘 어울리고 마음에 들었던지

---

85) 움쭉: 몸의 한 부분을 움츠리거나 펴거나 하며 한 번 움직이는 모양.

86) 마구리: 길쭉한 토막, 상자, 구덩이 따위의 양쪽 머리 면.

87) 뚤렁: 북조선어. 큰 물방울 따위가 떨어지는 소리. 또는 그 모양.

나는 그 말을 몇 번이고 혼자서 되뇌어 보았다. 막장이 고와졌다 막장이 고와졌다!…….

우리는 공기호스를 막장 안대목에 끌어다 놓고 공기를 차단시키느라 꺾어 맸던 것을 풀어놓았다. 그래야 새 교대가 들어올 때까지 압축공기가 발파가스를 얼마간이라도 몰아내줄 수 있었다.

밖으로 나오니 소대는 세수와 복장 정돈을 마치고서 소대장의 총화를 기다리고 있었다.

우리가 한창 세수할 때 소대는 총화를 짓고 병실로 출발했다. 대열 합창 소리가 울렸다.

결전에로 부르는 당의 목소리
우리들의 젊은 피 끓게 하누나

우리 착암수들은 천천히 세수를 하였고 옷을 갈아입은 다음 역시 천천히 병실로 향했다. 발을 맞출 필요도 대열 합창을 할 필요도 없었다. 이것은 어느 구대원도 누릴 수 없는 특전이었다.

착암수만이 누릴 수 있는 '특전'이었다…….

6월 23일

착암은 삽시에 나를 신대원의 처지에서 벗어나게 해주었다. 나는 당당한 구대원이 된 듯 하였다.

갱도에서는 항상 자질구레한 일들이 무수히 기다리고 있다. 버럭이 수시로 떨어지는 레일길을 늘 청소해야 하고 보수도 해야 한다. 동발을 끌어들일 때나 광차가 탈선되었을 때는 소대가 모두 달라붙어야 한다. 물이 질벅거리지 않게 배수로도 파야 한다. 그러나 착암공들은 그런 일들에 불러대지 않았다. 신성불가침의 존재에 가까웠다. 자질구레한 일들은 거들떠보지 않아도 괜찮았다. 착암은 나에게서 신대원이라는 느낌을 거의 잊어버리게 해주었다……

중대 속보판에는 내 이름이 큼직하게 났다.

"박철이라는 게 누구야?"

교대를 마치고 그 옆을 지나는 데 구대원들 몇 명이 속보판을 보며 말하고 있었다.

"2소대에 온 신대원이야."

"일할 줄을 아누만! 할 바에야 착암을 해야지."

"잡도리[88]부터가 다른 친구야."

"두고 봐야 알지."

나는 얼른 그 옆을 지나쳤다. 그러나 그 말은 귓가에서 사라지지 않았고 꿈속에까지 따라왔다. 꿈에서도 그 말이 좀 더 길었다. "두고 봐야 알지, 가마 끓는 소리보다 쟁개비[89] 끓는 소리가 더 높다더구만. 그게 5분 열도라는 걸세."

나는 잠에서 깨어나 일어나 앉았다. 누군가 그 말을 나의 귀에 대고 한 것만 같았다. 밤일을 끝내고 돌아온 소대는 누구나 다 자고 있었다. 내 옆자리의 강정회 상등병도 코로 풀무를 불고 있었다. 그러나 나는 그 말을 분명히 들었다. 그래서인지 불현듯 갈증이 났다.

나는 옷을 입고 밖으로 나왔다.

물통 있는 곳으로 가는데 3소대에 배치받은 내 또래의 두 친구가 삽과 마대를 들고 지나갔다.

---

88) 잡도리: 북조선어. 어떤 일을 하거나 치를 작정이나 기세.
89) 쟁개비: 무쇠나 양은 따위로 만든 작은 냄비.

"어데 가?"

"흙 파러."

"흙은 왜?"

"충진물로 쓸 거지. 그 흙을 쓰면 발파 효율도 높아 지구 발파가스도 적어진다는 것 같아. 참 동문 착암수이니까 더 잘 알겠구만."

나는 귀가 솔깃해졌다. 충진물이 발파 효율과 발파가스에 영향을 준다는 것은 나도 알고 있었다.

"같이 가자구."

나는 마대를 하나 얻어들고 그들을 따라 섰다. 갈증은 어느 사이 사라져 버렸다.

"착암을 해보니 어때? 힘들지?"

"그저 그렇지 뭐, 처음엔 병실에 들어와서도 귀 안에서 그냥 착암기 소리가 울려서 혼났네."

"우리 소대장 동진 내가 착암을 하겠다니까 군대 생활을 좀 더 해야 한다나?"

"그건 왜?"

"글쎄."

흙이 있는 곳은 가깝지 않았다. 거의 반 시간 걸렸다.

커다란 바위와 바위 사이에 오소리굴 같이 파들어 간 곳이 있었다. 벌써 여러 사람이 파간 것이 알렸다.

한 마대씩 채워서 지고 떠났을 때는 또 한 시간이 지났다. 흙 한 마대는 퍼그나[90] 무거웠다.

현장 창고에 이르렀을 때 나는 마대와 함께 거의 쓰러지다시피 하였

---

90) 퍼그나: '퍽'의 북조선어.

다. 질빵91)에서 팔을 뽑을 기운조차 없었다. 마대 위에 벌렁 누운 채 눈도 뜨지 못하고 헐떡거리는데 갑자기 누군가 질빵을 벗겨주며 수군거리었다.

"빨리 벗고…… 일어나라구."

눈을 뜨니 강정희 상등병의 긴장한 얼굴이 내려다보고 있었다.

"아, 상등병 동지!"

어떻게 알고 왔을까. 그는 더 한층 긴장하여 수군거렸다.

"빨리!…… 빨리!……"

그는 몹시 불안해하고 있었다. 나는 몸을 일으키자 앞에 서 있는 소대장을 보았다. 벌떡 뛰어 일어났다.

"소대장 동지! 전사……"

얼음장 같은 소대장의 시선에 나는 입이 굳어졌다. 소대장의 눈썹이 화살처럼 곤두서 있었다. 그의 뒤에는 소대원들이 침울한 시선으로 나를 보고 있었다.

"동문 누구에게 보고하고 갔소?"

소대장의 첫물음이었다.

나는 설명을 서둘렀다.

"저— 이 흙이 충전물로 좋다기에……"

그러나 소대장은 내 말을 끝까지 들으려 하지 않았다.

"누구에게 보고하고 갔는가 말이오?"

"……"

"동문 도대체 군대요, 사민이오? 군인은 한 순간을, 한 발자국을 대열에서 떠나도 상관에게 보고하고 움직여야 한다는 걸 모르는가! 보고 없이

---

91) 질빵: 짐 따위를 질 수 있도록 어떤 물건 따위에 연결한 줄.

병영 밖으로 나가는 건 탈영이란 말이오!"

"?!"

소름이 쪽— 끼쳤다. 탈영, 군인에게 이보다 더 무섭고 불명예스런 선고가 무엇이 또 있을까. 소대장은 무엇인가 잘못 알고 있다. 나는 다시 한 번 사연을 설명하려 해보았다. 그러나 그는 나에게 변명할 여유를 주지 않았다.

"자유주의! 공명심! 못된 송아지 엉뎅이[92]에서 뿔이 난다더니! 동무 때문에 무슨 소동이 일어났는가 말이오?"

"……."

그때야 나는 구대원들의 옷차림에 눈길이 갔다. 어떤 구대원들은 산발을 훑었는지 바지가랭이에 우엉씨들이 잔뜩 붙어 있었고 분대장과 강정희 상등병의 옷은 버럭과 석수에 젖어 있었다.

"이런 자유주의 무질서는 처음이오! 신대원만 아니라면 음—."

소대장은 휙 돌아섰다.

"1분대장 동무, 소대를 다시 취침시키시오."

"알았습니다!"

소대는 병실로 돌아왔다.

"취침 준비!"

나는 한시라도 빨리 구대원들의 시선으로부터 모포 속으로 꺼져 버리고 싶었다. 그러나 분대장은 취침 구령을 내릴 대신 내 옷에 시선을 박았다.

"이건 뭐요? 옷 정돈을 다시!"

강정희 상등병이 도와줄 듯 손을 내밀었으나 "강정희 동무!" 하는 모가

---

92) 엉뎅이: 엉덩이. 볼기의 윗부분.

선 목소리가 얼른 움츠러뜨렸다. 그리고는 입속말로 웅얼거렸다.

"차근차근하라구."

나는 옷을 다시 개여 놓았다. 그러나 분대장은 눈살을 더 찌프렸다.

"다시!"

소대는 모포를 가슴 앞에 올린 채 취침 구령만 기다리고 있었다. 분대장은 소대장에 이어 나를 소대의 비난의 대상으로 내세우려고 결심한 듯 싶었다. 세 번째로 옷을 갤 때 내 눈에서는 자신도 모르는 사이 눈물이 뚤렁뚤렁[93] 떨어졌다. 마침내 취침 구령이 내렸다. 내 눈물을 보아선지 마침내 옷 정돈이 제대로 되어선지…….

"취침!"

나는 모포를 머리 위에까지 뒤집어썼다. 눈물은 그냥 흘러내렸다.

"여, 됐어, 그만하고…… 자라구, 어서."

옆에서 강정희 상등병이 수군거렸다. 그러나 내가 모포만 더 깊이 뒤집어쓰자 그는 꺼지는 듯한 한숨 소리를 내고는 조용해졌다. 그 한숨 소리 때문인지 도무지 잠들 수 없을 듯 싶던 나는 1분도 못되어 깊은 잠에 곯아떨어지고 말았다…….

6월 24일

발파를 하고 갱에서 나오자 분대장은 전에 없이 독촉해 댔다.

"세수를 하고 빨리 옷을 갈아입소. 소대가 기다려."

나는 무슨 말인지 알 수 없었다. 소대가 기다린다는 건 무슨 뜻일까.

어떻든 소대는 분대장의 말대로 착암수들이 대열에 들어선 다음에야 총화를 지었고 병실로 출발했다. 의심할 바 없이 나 때문에 만들어진 예외

---

93) 뚤렁뚤렁: 북조선어. 큰 물방울 따위가 잇따라 떨어지는 소리. 또는 그 모양.

의 질서였다. '못된 송아지'의 엉덩이에 난 뿔을 도로 이마에 붙여주기 위한 질서였다. 나는 구대원들 앞에서 얼굴을 들 수 없었다.

병실에 이르러 대열이 헤쳤을 때 나는 분대장에게 말했다.

"미안합니다, 나 때문에……."

분대장은 무슨 말인가 하는 듯 잠시 눈을 껌벅거리더니 벌컥 화를 냈다.

"동문 군대야, 사민이야? 군인이 대열을 서서 다니는 거야 응당한 일인데 미안이라는 건 뭐야? 이건 완전히 엉터리라니까!"

"……."

그는 한숨을 쉬었다.

"하긴 동무를 탓할 것도 없지. 내 탓이니까. 신대원이 처음부터 대열에서 떨어져 다녀 버릇하면 무슨 군인다운 군인이 되겠나? 군인이란 항상 대열 속에 있는데 습관되어야 해. 대열 없는 군인이 아니야."

이렇게 되어 소대에 '새 질서'가 생겨났다.

6월 25일

소대는 조차장에서 전 교대의 발파를 기다리고 있었다. 조차장은 비교적 넓었고 천반도 허리를 펼 수 있을 만큼 높았다.

나는 한쪽 구석에 착암 공구들을 내려놓고 앉아 있었다. 분대장은 정날을 가느라고 연마기에 붙어있었다.

말시키는 사람이 없는 것이 다행스러웠다. 누구와 마주 서든 위축감에서 벗어날 수 없었고 말하고 싶은 생각이 없었다. 사그라질 줄 모르는 분함과 억울함, 야속함…… 나는 틀림없이 좋은 일을 했는데 왜 이런 '처벌'을 받아야 하는가. 소대의 '새 질서'는 갈데 없는 나에 대한 '처벌'이었다. 그러면 군대에서는 그 어떤 자각적인 열성도 필요 없다는 것일까? 그럴 수는 없었다. 그러면…….

그때 누군가 내 옆에 와서 털썩 앉았다.

"고민하는군?"

위생지도원이었다. 나는 침묵을 지켰다. 중대에는 이미 우리 소대의 '새 질서'에 대하여 모르는 사람이 없었다. 위생지도원은 내가 대답하기라도 한 듯 머리를 끄덕거렸다.

"고민하라구. 고민하는 건 좋은 거야."

"?!"

화가 났다. 군대에서는 구대원들이 신대원들을 놀려주기 좋아한다. 그렇지만 그것은 즐거운 기분을 위해서이다. 위생지도원은 내 기분 상태 따위는 아랑곳없이 제 흥에 겨워 놀려대는 것 같았다. 나는 흘낏 지릅떠[94] 보았다.

그의 얼굴에는 놀려대는 듯한 능청스런 미소는 그림자도 없었다. 정색한 얼굴이었고 침울해 보이기까지 하였다.

"동문 건강한 육체라는 것이 어떤 건지 아나?"

"……."

나는 계속 침묵을 지켰다. '위생 강의' 따위를 받을 기분 상태가 아니었다. 천반에서 물방울이 뚝뚝 떨어졌다.

"동문 자기 몸에 붙어있는 팔이나 다리, 머리가 부자연스럽게 느껴질 때가 있나? 없지? 그건 바로 동무가 건강하다는 걸 말해주는 거야. 이런 말이 있지. 자기에게 심장이 있다는 걸 느끼지 못하면 심장이 든든하다는 걸 의미한다는."

"……."

그게 어떻다는 것인가, 빨리 가주었으면…….

---

94) 지릅뜨다: 고개를 수그리고 눈을 치올려서 뜨다.

"건강한 유기체는 자기 몸의 어느 부분에 대해서도 부담을 느끼지 않고 어느 부분의 피로를 특별히 느끼지 않아. 자기 몸이 여러 부분이 모여서 이루어졌다는 걸 느끼지 못하는 게 바로 건강한 유기체거든."

"……."

"그런데 우리 군대가 바로 하나의 유기체와 같은 거야. 군대를 왜 가장 힘있는 집단이라고 하겠나? 그건 우리 군인들이 남달리 체격이 크거나 힘장사여서가 아니야. 하나의 유기체와 같은 집단이기 때문이야. 그 어느 부분에도 이상이 없고 잘 조화된 건강한 육체와 같기 때문이란 말이야. 그런데 생각해 보라구. 심장이 별로 빨리 뛴다면 심장 자체로선 열성적인 행동일 수 있지만 사람 전체로 보면 심장병이 있는 사람이 아니겠나. 한쪽 다리가 특별히 걸음을 크게 내디딘다면 그건 절름발이구 한 눈이 특별히 잘 본다고 하면 애꾸눈이[95]에 가까운 거지. 우리 인민군대는 가장 건강한 육체로 되어야 해. 온몸이 조화된 운동이 바로 힘이야. '일당백'이라는……."

나는 어느 사이 그의 앞으로 돌아앉아 있었다.

"그래서요?"

"그래서?"

그는 빙그레 웃었다.

"무슨 그래서가 또 있겠나? 그저 그렇다는 거지, 예를 들어 어느 한 팔이나 다리 또는 눈이 제멋대로 다른 부분보다 더 맹렬히 움직였다고 하자구. 그러면 그 몸은 곧 피로를 느끼고 따라서 힘을 쓸 수 없게 될 게란 말이야."

그는 잠시 망설이는 듯 사이를 두었다가 말을 이었다.

---

95) 애꾸눈이: 한쪽 눈이 먼 사람을 낮잡아 이르는 말.

"동무의 행동이 바로 그랬거든. 동무 혼자라면 참 훌륭한 일이겠지, 자랑할 만한. 그러나 중대 소대로 놓고 보면 부자연스레 빨리 움직인 한쪽 팔이나 다리와 같았거든. 우리 인민군대의 소대, 중대들은 세상에서 가장 건강하고 힘있는 유기체로 되어야 하는데 말이야, 가만!"

그는 몸을 쑥 일으켰다.

"저 배관에서 바람이 새는 것 같지? 광차가 나가며 쪼아 놓았나?"

그는 서둘러 그곳으로 갔다…….

"무슨 '강의'를 받았나?"

분대장이 정날들을 소란스레 내려놓으며 물었다. 정날을 세우면서도 이쪽을 그냥 보았던 모양이었다.

"위생지도원 동지가 정말 이야기를 재미있게 하는구만요."

나는 자신의 활기가 스스로도 놀라왔다. 분대장은 내 말에 동의했다.

"원래 이야기꾼이야."

"군대는 집단이라고 우리 몸에 비교해서 이야기하는데 꼭 무슨 철학가 같습니다."

"철학가?"

분대장은 희죽이 웃었다.

"그럴 게야. 의사들이란 대체루 철학자 비스름한 데가 있으니까."

"그걸 어떻게 압니까?"

"그저 알지."

"그럼 분대장 동지도 철학갑니다."

"엉터리없는 소릴!"

분대장은 화를 냈다.

"철학가는 무슨 철학가야? 내가 철학가면 세상에 온통 철학가투성이게? 그저 내가 알고 있는 건 우리 조선인민군 군인들의 영웅주의는 그 어떤 몇 사람의 영웅적 행동이 아니라 집단적 영웅주의라는 거야."

그는 정날을 손으로 쓸어보더니 한숨을 쉬었다.

"내가 입대했을 때 몇 살이었는지 알아?…… 광산에서 착암을 한 3년 했지. 그러니 벨통96)두 사나웠구, 우쭐렁대기도97) 좋아했어. 여기에 와서는 더했지. 나만한 착암 기능공이 없었으니까. 애도 많이 먹였지, 욕도 많이 먹었구…… 그런데 이제 와서 생각해 보니 군대 복무란 딴 게 아니야. '나'를 잊어버리는 게 군대 복무야. '나'라는 걸 잊어버리구 '우리'가 되는 거지. 그러게 군대에선 모든 데에 '우리'가 붙질 않나? 우리 중대, 우리 소대, 우리 분대, 우리 병실, 우리 착암기…… 군대 복무라는 건 '우리'가 되는 거야, '내'가 없어지구…… 저마다 '내'가 그냥 남아 있으면 아마 저 엉터리 철학가 위생지도원의 말처럼 한쪽 다리나 팔이 제멋대로 놀아나는 몸뚱이 같아지겠지, 안 그래?"

"옳습니다! 정말 신통합니다!"

분대장은 나의 감탄에 역시 감탄으로 대답했다.

"동문 확실히 기자야! 감동이 빠르거든!"

"예?"

나는 약이 올랐다. 그는 내가 일기를 쓰는 것을 처음 보았을 때 짐짓 눈을 크게 뜨며 "이것 봐라! 우리 분대에 기자가 왔구만!" 하고 놀려주며 나를 당황하게 했었다. 그런데 이때 또 그 말을 되새긴 것이었다.

"아, 거 자꾸 기자, 기자 하지 마십시오! 싱겁게—."

나는 얼른 입을 다물었다. 상관에게 이런 투로 말하다간 군인답지 못하다고 경을 칠 수 있었다. 그런데 분대장은 탓하는 기색이 없이 오히려

---

96) 벨통: '심통'(마땅치 않게 여기는 나쁜 마음)의 북조선어.
97) 우쭐렁대다: 북조선어. 우쭐렁거리다. 몹시 잘난 체하며 자꾸 까불어 대다.

병글거리며 말했다.

"싱겁단 말이지, 그럴 수밖에 있나? 내 키가 얼만지 알아?"

갑자기 이야기가 키로 돌아가는 바람에 나는 뻥—해졌다. 그러자 그는 그럴 줄 알았다는 듯 히쭉 웃었다.

"1m 80이야, 안 싱거울 수가 있어?"

웃지 않을 수 없었다. 나의 웃음에 그는 아주 만족해했다. 정대를 둘러메면서 활기 있게 말했다.

"자— 들어가자구!"

따라가면서 나는 나의 웃음에 그토록 흐뭇해하던 그의 표정을 생각했다. 나의 웃음이 그토록 기뻤을까. 까닭 없이 '우리'라는 말이 떠올랐다.

"우리! 우리! 우리!"

이 말은 일하는 동안 줄곧 귓가를 떠나지 않고 울렸다…….

발파가 끝난 후 나는 분대장과 함께 밖으로 향했다.

"분대장 동지, 빨리 갑시다!"

"왜?"

"소대가 기다릴텐데……."

말해놓고 나는 아차 했다. 금시 분대장이 '허— 박철이가 제법이다?' 하고 놀려댈 것만 같았다. 그러나 분대장은 그런 티는 조금도 없이 진지하게 말을 받아주었다.

"그래, 빨리 나가야지."

소대는 여느 때처럼 아직 떠나지 않고 있었다. 그런데 소대장은 우리에게 세수할 시간도 주지 않고 소대를 정렬시켰다. 대열에 들어설 수밖에 없었다.

소대장은 대열을 쭉 훑어보더니 말했다.

"전사 박철, 대열 3보 앞으롯!"

나는 당황했다. 내가 오늘 또 무엇을 잘못했을까. 분대장이 나에게 힐끗 시선을 보냈다. '뭘 해?' 하는 뜻이었다. 나는 한 발자국, 두 발자국, 또 한 발자국, 대열 앞으로 나섰다.

"뒤로 돌앗!"

나는 소대와 홀로 마주서게 되었다. 서른 쌍의 눈이 나를 마주 보고 있었다. 나는 나의 차림새와 얼굴을 그들의 눈으로 헤아려보았다. 버럭에 얼룩지고 석수에 젖은 옷, 돌가루와 착암기 기름 자국이 그대로 있는 얼굴…… 언제나 '군인은 항상 복장이 단정해야 하오' 하고 말하는 소대장이었다. 나오는 길에 대충이라도 씻고 나왔을 걸. 소대장이 금시 '이 동무의 어디에 군인다운 데가 있소?' 할 것만 같았다.

소대장은 대열 우측에서 가서 섰다.

"소대 나란힛!─ 차렷!─."

그리고는 나를 향해 거수경례를 붙였다.

"신입 대원으로서 오늘 전투 임무를 훌륭히 수행한 전사 박철 동무에게 소대장의 권한으로 감사를 줍니다!"

"?!"

나는 당황했다. 한순간이 지나 분대장의 맹렬히 껌벅거리는 눈과 소리 없이 눈만큼 맹렬히 열렸다 닫혔다 하는 입을 보고서야 내가 어떻게 해야 하는지에 생각이 미쳤다.

"조국을 위해 복무하겠습니다!"

그 순간에는 소대장도 내가 규정의 요구를 잊었을까봐 걱정했던 모양이었다. 내가 제대로 대답하자 얼굴에 미소가 떠올랐던 것이다. 그는 손을 내렸다.

"쉬엿!"

박수 소리가 울렸다. 구대원들의 박수 소리였다.

순간 나는 눈앞이 뿌예짐을 느꼈다. 이거 내가 우는 게 아닌가. 이 무슨 창피인가!

"소대 우로 돌앗! 병실 향하여 앞으로 갓!—"

뒤에는 나와 분대장, 착암수들만이 남았다.

나는 소대장이 나의 눈물을 보았고 창피스러워할까 봐 소대를 급급히 출발시킨 것만 같았다. 아마 그랬을 것이다.

……착암수들은 세수를 하고 옷을 갈아입으며 나를 놀려댔다.

"사람도 원, 소대장 동지가 대열 감사를 주는데 그게 뭔가. 얼른 씩씩하게 대답할 대신 얼음판에 선 소처럼 눈만 뜨부럭대다니98)…… 동무네 분대장이 얼마나 바빴으면 물밖에 난 물고기처럼 입을 열 번 스무 번 열었다 닫았다 했겠나?"

분대장은 히죽이 웃었다.

"그래도 이 친군 내가 입대했을 때보다는 한참 나아. 입대해서 얼마 되지 않았을 때인데 소대장이(물론 지금 소대장 동진 아니구) 나에게 '소대장의 권한으로 구두감사99)를 줍니다.' 하질 않겠나? 내가 구두감사가 뭐구 서면감사가 뭔지 알게 뭔가. 그래서 대답한다는 게 '구두까지야 뭘, 전 뭐 그저 지하족100)이면 됩니다.' 하질 않았겠나?"

물론 허튼 소리였다. '구두감사'라는 말이 규정에서 없어진 게 어느 옛 날이라구…….

병실에 가면서도 구대원들은 그냥 나의 어리뻥뻥해 있던 모습을 흉내 내며 놀려댔다. 그러나 그들은 내가 눈물을 보였다는데 대해서는 그런

---

98) 뜨부럭대다: 북조선어. 뜨부럭거리다. 큰 눈을 천천히 잇따라 굴리다.

99) 구두감사(口頭感謝): 북조선어. 말이나 간단한 요지를 적어서 고마움을 나타내는 인사.

100) 지하족(地下足): 북조선어. 예전에, '로동화'를 이르던 말.

일이 전혀 없었다는 듯 한 번도 입에 올리지 않았다…….

6월 26일
요령주의와 모험
오늘 전 교대에서는 불발이 하나 있다는 것을 알려주며 인계하였다. 불발이 된 것은 측벽 구멍이었다. 불에 탄 도화선이 폭풍에 끊어져나가고 3~4cm쯤 되게 남아 있었다.

분대장이 혹시나 하는 기색으로 조심스레 잡아당겨 보느라니 중간에서 툭 끊어지며 도화선 한 토막만 끌려나왔다. 원인은 알 수 없었다. 분대장은 쓴 입을 다셨다.

"시끄럽게 됐는데?"

불발 구멍을 처리하려면 좌우 옆으로나 상하로 20cm 사이를 두고 평행되게 새 구멍을 뚫어서 발파해야 한다. 시끄럽지 않을 수가 없다.

분대장은 잔뜩 눈살을 찌푸리고 불발 구멍을 보다가 머리를 돌려 막장을 둘러보았다.

"소대장 동지가 안 보인다?"

"좀전에 중대장 동지가 찾아서 나갔습니다."

"그래?—"

어쩐지 기뻐하는 듯 하여 나는 의아해졌다.

"왜 그럽니까?"

"왜는 무슨 왜야? 정대나 잡으라구."

그는 지체 없이 착암을 시작했다. 불발을 처리하는 구멍이 아니라 천반 구멍이었다. 정대가 5cm쯤 들어가자 그는 착암기를 끄고 버럭을 제끼는 나를 불렀다.

"착암기를 잡아보겠나?"

나는 귀를 의심하였다.

"정말입니까?"

"동무라구 언제나 조수만 하겠나? 한 번 해보라구, 잡아놓고 천공 각도를 잘 지키면서!"

"예!"

나는 착암기를 덥석 잡았다. 적어도 조수질 대여섯 달 지나야 잡아볼 수 있다던 착암기였다. 왜 갑자기 나에게 착암기를 훌쩍 내맡길까 하는 의혹 따위는 가질 사이가 없었다. 분대장의 생각이 금시 달라질까 봐 덤벼치며101) 착암기를 잡고 공기변102)을 열었다.

착암기의 통쾌한 진동이 두 팔을 걸쳐 온몸으로 흘러들었다. 온몸의 근육이 푸들푸들103) 뛰었다. 이 때의 내 심정은 아마 중기관총 압철104)을 처음 눌러본 부사수만이 이해할 수 있을 것이다. 여느 때에는 귀를 메는 듯 하던 착암기 소리도 이 때는 높게 들리지 않았다. 사수의 귀에 자기의 총소리는 높게 들리지 않는 법이다.

나는 완전히 착암기 속에 빠져버렸다. 다른 모든 것은 망각해 버렸다.

갑자기 옆에서 착암기 소리보다 더 높은 벼락치는 듯 한 목소리가 울렸을 때에야 나는 망각에서 깨어났다. 소대장이었다. 천둥같이 분노하여 분대장에게 소리치고 있었다.

"정신 있소?"

나는 그렇게 성이 나서 소리치는 소대장을 본 적이 없었다. 치솟아 오른

---

101) 덤벼치다: 북조선어. 분별없이 날치다.

102) 공기변(空氣변): '공기밸브(空氣valve)'(연소실 안으로 흡입되는 공기를 조절하는 밸브 장치)의 북조선어.

103) 푸들푸들: 몸을 자꾸 크게 부르르 떠는 모양.

104) 압철(壓鐵): 북조선어. 중기관총의 탄알이 나가도록 누르는 장치.

눈썹이 화살처럼 날아가지 않는 것이 이상스러울 지경이었다. 소대장의 앞에는 분대장이 그 큰 키를 꺼꺼부정하고[105] 서 있었다.

나는 황급히 착암기를 쳤다. 신대원에게 착암기를 맡겼다고 추궁하는 줄로 알았다. 그러나 영문을 알게되자 잔등으로 식은땀이 쭉— 흘렀다. 분대장이 5mm 철근으로 만든 구멍 청소대로 불발 구멍을 파내다가 소대장에게 들킨 것이었다. 충진물들은 벌써 다 파내고 숟가락꼭지 같은 청소대 끝에 하얀 화약가루가 한 덩어리씩 끌려 나오는 중이었다.

그제야 나는 분대장이 왜 나에게 착암기를 맡겼는지를 알게 되었다.

"동문 안전 규정을 모르오?"

"압니다."

"안다구? 알면서도 이 놀음이오? 구멍 하나 더 뚫기가 그렇게도 싫었소? 그렇게도 일을 쉽게 해먹고 싶었소?"

소대장의 시선이 나에게로 휙 돌아왔다.

"동문 왜 보고도 가만있었소? 신대원이라구? 규정을 지키는 데서는 구대원과 신대원이 따로 없소!"

"……."

나는 몰랐다는 말을 하지 않았다. 추궁의 화살이 분대장에게서 나에게 옮겨 온 것이 오히려 다행스러웠다. 직속상관이 추궁 받는 옆에 서 있기는 자기가 추궁 받는 것보다 더 땀이 나는 일이었다. 그러나 분대장으로서는 자기 때문에 전사가 추궁 받는 것이 더 급했을 것이 분명했다.

"소대장 동지, 잘못했습니다. 다시는 그런 모험을……."

"모험?"

소대장의 눈에서 불이 번쩍했다.

---

105) 꺼꺼부정하다: 북조선어. 몹시 꺼부정하다.

"이건 모험이 아니라 요령주의요! 무서운 요령주의! 모험은 용감한 사람들이 하는 거요."

이렇게 소대장은 한마디로 분대장을 요령주의자, 비겁쟁이로 규정해 버렸다.

"다시는……."

"듣기 싫소! 동무의 목소리가 나에게는 죽은 사람의 소리로 밖에 들리지 않소! 착암기를 이리 가져오오!"

마지막 말은 나에게 한 것이었다.

"저 불발 구멍에 막대기를 꽂소! 그리고 정대!"

나는 정대를 가져다 착암기에 꽂았다.

"20cm 아래에 대오!"

분대장이 다가섰다.

"소대장 동지, 제가 하겠습니다."

"비키오! 동문 죽은 사람이오!"

소대장은 공기변을 열었다. 정대는 불발 구멍 20cm 아래에서 정확히 평행선을 그으며 암벽을 파고 들어갔다. 소대장은 천공이 끝날 때까지 분대장과 나를 거들떠보지도 않았다. 오직 불발 구멍만 노려보았다. 그는 정말로 분대장과 나를 죽은 사람으로 그리고 그 불발 구멍을 나와 분대장을 '죽인' 원수로 보는 것 같았다.

천공을 끝냈을 때에야 눈빛은 적이 누그러진 듯 했다.

"소대장 동지."

분대장의 어조는 거의 애원에 가까웠다.

소대장은 그때야 착암기를 넘겨주었다. 그러나 기색은 여전히 풀어지지 않았고 버럭 싣는 곳으로 나가며 맵짠 말을 남겼다.

"동무 문제는 상급에 보고하고 결론을 받겠소."

나는 분대장에게 물었다.

"소대장 동지가 정말 위에 보고할까요?"

"보고할 게야."

"난 그럴 것 같진 않은데요?"

분대장은 머리를 흔들었다.

"동문 아직 잘 몰라서 그래. 오늘 소대장 동지가 왜 그렇게 노하고 나를 죽은 사람이라고 했는지 알아야 돼. 만일 일이 잘못되었더라면 내가 죽는 것은 물론이고 동무도 그리고 막장에서 일하는 소대도 몽땅 변을 당했을 거란 말이야. 이게 보통 일인가. 그렇게 되었으면 소대장 동지는 군사재판이야. 아니, 군사재판 전에 스스로 자기를 처벌해 버렸을 거야. 바로 그런 사람이야. 우리 소대장 동지는……."

"……."

분대장은 잠시 후에 혼잣말처럼 하였다.

"보고하지 말았으면 좋겠는데."

"하지 않을 거예요. 아, 소대장 동지도 그렇지. 자기 소대의 분대장이 처벌받는 게 좋겠어요?"

분대장은 나를 건너다보더니 한숨을 쉬었다.

"한심하군!"

"왜요?"

"내가 뭐 내가 받을 처벌이 무서워서 그러는 줄 알아? 내가 처벌을 받으면 소대장 동진 더 엄중한 처벌을 받게 되기 때문이야. 소대장 동지도 이걸 알고 있지."

"?……."

그러나 나는 소대장이 이 사실을 상부에 보고하지 않으리라고 생각한다…….

6월 28일

나의 예견은 맞지 않았다. 소대장은 '불발 사고'를 상급에 보고하였고 분대장은 처벌을 받았다. 처벌은 중사로부터 하사로의 강직이었다. 소대장은 분대장의 예견대로 더 엄중한 처벌을 받았다. '엄중 경고'였다.

"그건 한평생 당 생활에서 지워지지 않는 거야"

하고 분대장은 더 말을 못했다.

그것이 정말 그렇게 엄중한 사고였을까. 아무 불상사도 일어난 것은 없지 않았는가…….

6월 30일

군인과 시간

'명령 받은 전사에게 시간은 생명이다!'

이것은 갱 입구에 서 있는 대형 속보의 제목이다.

오늘 우리 막장에서는 석수가 터졌다. 며칠 전부터 석수가 눈에 띄게 많아지더니(불발 사고도 석수로 하여 일어난 것으로 판명되었다. 구멍 안에서 나오는 석수가 화약을 적시고 뇌관까지 적신 것으로) 오늘은 마침내 터져 나왔던 것이다.

뚫는 구멍마다에서 물이 찔금찔금106) 흘러나와 줄곧 투덜대던 분대장이 측벽 구멍을 뚫다말고 '이거 착암기가 왜 이리 푸득푸득107)거려? 기름이 말랐나?' 하고 화를 내며 착암기를 떼여 눕혀 놓았다.

---

106) 찔금찔금: 북조선어. 액체 따위가 자꾸 아주 조금씩 쏟아졌다 그쳤다 하는 모양.
107) 푸득푸득: 북조선어. 푸드득푸드득: 든든하고 질기거나 번드러운 물건을 자꾸 되게 문지르거나 마주 갈 때에 잇따라 나는 소리. 또는 그 모양.

"기름통을 가져오라구!"

그런데 그때 구멍에 박혀있던 정대가(거의 한 뼘은 들어갔었다.) 안에서 누가 밀어 던지기라도 한 듯 툭 튀어나왔다. 정대는 바닥에 떨어졌는데도 구멍에서는 무엇인가가 그냥 잇달려 나오고 있었다. 마치 정대가 끝없이 길어져서 계속 나오고 있는 듯한 착각이 들었다.

분대장의 얼굴은 창백해졌다.

"석수다!"

끝없이 길어지는 정대처럼 보이던 그것은 물줄기였다. 수압이 보통 아니었다. 놀랍기도 하였고 재미있어 보이기도 했다.

그러나 막으려고 하고 보니 재미있게 볼 것이 아니었다. 나무를 깎아 물구멍에 함마108)로 때려 박고 물러서자 삥— 하고 튀어나오고 때려 박으면 또 튀어나오고 그러더니 급기야 구멍이 사발만큼 커지며 쐬— 하고 기둥 같은 물줄기가 쏟아져 나왔다. 마치 담벽 안에 양수기라도 있어 만가동하고109) 있는 듯 했다. 막장에는 순식간에 물이 철렁철렁 고였다.

"동발!"

분대장이 소리쳤다. 앞을 비쭉하니 깎고 여럿이 힘을 합쳐 구멍에 처박았다. 그러나 함마로 때려 박기도 전에 펑— 하고 빠져 나왔다. 얼마나 큰 물주머니가 있는지는 가량하기 어려웠다. 빨리 막지 못하면 막장이 침수되어 버릴 것이다. 두 번째 틀어막다가 또 밀려났을 때 소대장이 들어왔다.

그는 잠시 물구멍을 노려보더니 동발을 쳐들었다. 만일 석수에도 눈이 있었다면 소대장의 눈길에 기가 질려 버렸을 것이다. 구멍 앞에 다가선

---

108) 함마(ハンマ—): 해머(hammer). 물건을 두드리기 위한, 쇠로 된 대형 망치.
109) 만가동하다(滿稼動하다): 북조선어. 계획이나 규정대로 완전히 다 가동하다.

그는 몸을 뒤로 젖히었다가 앞으로 숙이며 나무통을 힘껏 처박았다. 그리고는 밀려나지 못하게 가슴으로 버티었다. 옆에서 함께 떠미는 우리의 손에도 높은 압력으로 내미는 석수의 광란이 미쳐 왔다. 소대장의 몸은 부르르 떨리고 있었다. 나무통은 소대장의 가슴을 꿰뚫고 나올 듯 했다.

드디어 내리쏠리던 물의 흐름이 멎은 듯 나무통이 더는 떨리지 않았다.

"함마!"

떵— 떵— 함마 소리가 울렸다.

드디어 석수는 멎었다. 그러나 막장의 물은 이미 무릎은 넘었고 뚫어놓은 구멍에서도 물이 줄줄 흘러나오고 있었다.

소대장이 분대장에게 물었다.

"천공은 얼마나 됐소?"

"바닥 구멍을 못 뚫었습니다."

"광차로 물을 퍼내기요!"

한쪽으로 물을 실어 내가고 한쪽으로는 바닥 구멍을 뚫었다…….

착암이 끝났을 때는 누가 먼저 불렀는지 모두 만세를 불렀다. 만세란 통쾌할 때에 터져 나오는 것이었다.

한창 막장을 철수할 때 발파수가 폭약을 지고 들어왔다. 그는 막장을 둘러보고 입을 딱 벌렸다. 물은 다시 차올라 무릎을 넘는 데다 구멍마다에서 석수가 작은 시냇물처럼 흘러나오고 있었다.

"방수는 했겠지?"

분대장이 발파수에게 물었다.

"하기는 했는데 이건 물이 너무 많구만!"

발파수는 구멍마다 충진물 다짐대를 찔러 보더니 머리를 흔들었다.

"미타한데?"

미타하다[110]는 것은 불발이 있을 수 있다는 것이다. 그러나 이제 다시 방수 대책을 취하려면 한 시간이나 걸려야 한다.

"시간이 없소. 발파 시간이 20분밖에 남지 않았소."

소대장은 발파수에게 물었다.

"이 상태로 몇 분이나 견딜 수 있소?"

"3분…… 5분까지는……."

"2분은 견디겠지?"

"2분은 절대적으로 안전합니다."

2분이면 도화선이 뇌관까지 타들어 가는 시간이다.

소대장은 우리에게 말했다.

"내 결심은 이렇소. 2분 내에 장약도 점화도 끝내고 철수까지 하도록 하자는 거요. 도화선에 불을 달면서 장약합시다."

나는 가슴이 후두둑111) 떨렸다. 그것은 모험이 아닌가……. 그러나 분대 장과 발파수는 말이 떨어지기 바쁘게 대답했다.

"알았습니다!"

위험하고 긴장한 정황일수록 군인은 상관의 명령에 무조건 복종해야 한다. 분대장은 히죽이 웃기까지 하였다.

"그렇게 하면 도화선이 물에 젖을 틈이 없으니 아주 안전합니다."

"준비! 충진물, 다짐대, 불심지!"

"다 준비됐습니다!"

"점화 준비— 점화!"

도화선에서 파란 연기가 풀풀 이는 폭약들이 구멍으로 밀려들어갔다. 뒤이어 충진물이 다져진다. 점화, 장약 사방에서 도화선들이 연기를 펄펄

---

110) 미타하다(未妥하다): 든든하지 못하고 미심쩍은 데가 있다.

111) 후두둑: 북조선어. 후드득. 심장이 세게 뛰는 모양.

뿜고 있다.

"50초…… 55초…… 1분 순서를 삭갈리지 마오. 충진을 든든히! 침착하게! 1분 10초……."

부지중 폭탄을 안고 적진으로 뛰어드는 영화의 장면들이 떠올랐다. 우리 모두가 그 영화 속에 있는 것 같았다.

"1분 40초."

막장은 도화선 타는 푸른 연기로 가득 찼다.

"장약 끝!"

"철수!— 전속력으로!"

도화선 타는 연기는 대피 장소까지 차 있었다. 우리가 대피 장소에 뛰어드는 것과 동시에 폭음이 울렸다. 돌파편들이 날아 나와 동발에 푹푹 박히고 배관과 레일장에 부딪쳐 튕겨 났다. 연속되는 폭음과 폭음…….

드디어 폭음이 멎었다. 21발, 하나의 불발도 없었다.

막장으로 돌아가 보니 결과는 아주 좋았다. 그렇게 사납던 석수는 물주머니가 다 진했는지 아니면 발파에 놀라 도망치고 말았는지(그런 경우가 있다고 분대장은 장담했다. '우리 마을에서 우물을 파다가 물이 잘 나오기에 더 크게 하려고 암반에 발파를 했는데 물이 싹없어져 버렸거든. 그래서 물이 뛰었다고 했지.') 가물철의 시냇물처럼 맥없이 흘러나오고 있을 뿐이었다. 막장도 네모반듯하게 잘 자리잡혔다.

"아주 멋있는데! 하던 중 제일 잘된 것 같지 않습니까?"

"제일 잘되기까지야."

소대장은 우선우선했다.[112]

"그저 쏠쏠한[113] 편이지."

---

112) 우선우선하다: 북조선어. 얼굴에 어두운 기색이 없이 밝고 활기가 있다.

그는 시계를 보고 말하였다.

"제일 잘된 건 시간을 일 분도 초과하지 않았다는 거요."

그 말을 들으며 나는 부지중 갱 입구에 서 있는 대형 속보의 글발을 생각했다.

'명령 받은 전사에게 시간은 생명이다!'

6월 30일(계속)

모험과 용감성 그리고 생명…

우리는 의기양양해서 막장을 나왔다.

소대는 채 나가지 않고 중간에서 우리를 기다리고 있었다. 어떻게 발파를 하는지 알게되자 발이 떨어지지 않았다고 한다.

"어떻게 됐습니까?"

"잘— 됐소! 1m 60!"

"만세!—"

하루 동안에 벌써 두 번째로 터져 오른 만세였다. 어려움과 보람은 정비례하는 것인 듯 했다.

"자— 빨리 나가기요."

우리는 좁은 구간을 벗어나 비교적 넓은 조차장에 이르렀다.

그때 소대장이 멈칫하고 앞을 보더니 모자를 바로 쓰고 웃옷자락을 잡아당겨 펴며 찌렁찌렁114) 울리게 소리쳤다.

"소대— 섯! 차렷!—"

때아닌 구령이었다. 소대는 못 박힌 듯 섰다. 소대장은 거수경례를 붙이

---

113) 쏠쏠하다: 품질이나 수준, 정도 따위가 웬만하여 기대 이상이다.

114) 찌렁찌렁: 북조선어, 조금 크고 우렁차게 자꾸 울리는 소리.

고 발을 탕탕 구르며 정보로 걸어나갔다. 그의 발 밑에서 잔돌멩이들이 튕겨 났다.

그때야 우리는 앞에서 장령115)과 대좌116)들을 보았다.

"소장 동지! 소대는 전투를 끝내고 철수 중에 있습니다. 소대장 소위 전호진!"

그곳에서 부대장과 우리 중대 지휘관들도 있었다. 소장 동지는 쉬엿 구령을 내리게 하고는 소대장에게 말하였다.

"석수를 막았다지? 용해. 그리구 모험적인 발파도 했다며, 응? '모험꾼' 이야. '모험꾼'!"

우리는 소장 동지가 벌써 그 일들을 알고 있는데 놀랐다. 우리가 한창 석수와 싸울 때 중대 지휘관들이 들어왔던 모양이었다. 함께 석수를 맞았을 수도 있었다. 발파하는 것까지도 지켜본 것은 아닌지……. '모험꾼'이라는 소장 동지의 말이 우리는 마음에 들었다. 칭찬처럼 들렸다.

그러나 소대장은 달랐다. 소장 동지의 칭찬에 그는 발꿈치를 소리나게 모았다.

"모험이 아닙니다. 소장 동지!"

"모험이 아니라? 불을 달아 장약하고도?"

"다른 방도가 있을 때 그렇게 하는 것은 모험이지만 더 다른 방도가 없을 때 하는 일은 모험이 아니라고 생각합니다."

"다른 방도가 없었다는 말이지?"

소장 동지는 물방울이 떨어지는 천반을 쳐다보았다.

"방수대책을 취하고 발파할 수도 있지 않았나?"

---

115) 장령(將領): 준장, 소장, 중장, 대장을 통틀어 이르는 말.
116) 대좌(大佐): 북조선어. 좌급(佐級)에서 맨 위의 군사 칭호 또는 그 군사 칭호를 받은 군관.

"그렇게 하면 교대 시간이 지나가게 되고 우리 소대는 오늘 받은 전투명 령을 수행 못하게 됩니다."

"흠!— 그러니 모험이 아니라는 거지?…… 젊은 소대장이 능청스러운 데?"

하고 말한 소장 동지는 자기 말이 마음에 들지 않는 듯 머리를 저었다.

"능청스러운 게 아니지. 능청스러운 게 아니야. 사실이지. 그건 모험이 아니야. 용감성이지. 응?"

"저—."

소대장은 인차 대답을 못하고 머뭇거렸다.

소장 동지는 크게 웃었다.

"겸손하기까지 하군, 응?"

"……."

소장 동지는 정색하였다.

"소대장 동지, 소대를 정렬시키시오."

소대가 정렬하고 소대장이 보고를 하자 소장 동지는 퉁투무레한117) 손을 군모에로 올려갔다.

"경애하는 최고사령관 동지와 당에 대한 충성심을 안고 훌륭한 전투 성과를 거둔 동무들을 축하합니다!"

소대의 합창에 온 갱도가 흔들렸다.

"조국을 위해 복무함!"

……소장 동지는 머리가 희끗희끗한 아바이118)였다. 눈썹도 희끗희끗 했다. 우리는 아들, 아니 손자뻘이나 될 것이었다.

---

117) 퉁투무레하다: 북조선어. 좀 퉁퉁하다.
118) 아바이: '아버지'의 방언(경상, 평안).

"음, 동무네 여기에 그 강급[119] 처벌을 받은 분대장이 있다고 했지. 그게 누구요?"

분대장이 용수철처럼 튕겨 일어났다.

"하사 오운섭!"

소장 동지는 동발에 걸터앉아 있었고 우리는 그 앞에 침목이며 어렝이[120]들을 깔고 빙 둘러앉아 있었다.

"동무야? 그래 군대질을 몇 년이나 했나?"

다른 사람이 군대 복무를 군대질이라고 했다면 무척 우스웠을 것이지만 소장 동지가 그렇게 말하니 군대 복무라는 말보다 더 무게 있게 들렸다.

"4년입니다."

"4년? 4년이면 노대원인데 그런 놀음을 했나?"

분대장의 얼굴은 붉어졌다가 창백해졌다.

"고치겠습니다! 다시는……."

소장 동지는 머리를 끄덕거렸다.

"다시 그런 일이 있어서야 안되지 응, 우리 조선인민군 군인들은 군사복무에서 요령을 부리려고 해서는 안돼. 요령으로 군사복무를 하는 건 자본주의 나라 군대야. 우리는 다르지. 우리는 인민군대란 말이야 응, 당의 군대지. 당에서 하나를 하라면 하나를 하고 둘을 하라면 둘을 하구…… 당에서 하라는 건 우리 위대한 장군님의 의도이구 장군님은 곧 당이기 때문이야.

군대질을 4년이나 했으면 생각이 있어야지. 구멍 하나를 쉽게 먹겠다고 그런 '재간'을 부리면 되나? 기껏 잘된대야 구멍 하나를 덜 뚫으겠지. 그러

---

119) 강급(降級): 급수나 등급이 낮아짐.
120) 어렝이: 광산에서 쓰는 삼태기.

나 잘못되면 막장에 있는 동지들이 어떻게 되었겠나, 응? 군대는 무슨 일을 하던 동지를 생각해야 해. 자기가 아니라 동지를 먼저 생각하는 게 우리 군대야."

그는 동발 밑에서 주먹만한 버럭돌을 집어 들었다. 칼날처럼 날카로운 모서리들을 눈여겨보더니 도로 내려놓았다.

"사고는 물론 나지 않았지. 그렇지만 동무는 사고가 났다고 생각해야 해. 그래서 동무를 처벌준 거야. 동무네 소대장도 처벌을 받았구. 처벌받 았지, 소대장?"

"옛, 받았습니다!"

"의견이 있나?"

"없습니다!"

"처벌을 받아야 돼. 응? 처벌을 받고 좋아할 사람이야 어데 있겠나, 그렇지?"

가벼운 웃음들이 일었다. '아바이'는 미소를 지었다.

"그렇지만 이 처벌은 칭찬보다 더 필요한 거야. 군인이란 일단 필요하 다면 목숨을 서슴없이 바쳐야지. 그러나 바로 그렇기 때문에 우리 군인 한 사람 한 사람 생명은 귀중한 거야. 우리 조선인민군 군인들의 생명 은……."

그는 우리를 쭉— 둘러보았다.

"오직 하나 경애하는 최고사령관 동지를 위하여, 조국과 인민을 위하여 있는 거야. 허투루 버려서는 안되는 거란 말이야."

권양기실에서 신호등이 깜박거린다. 새 교대의 첫 광차가 다 찬 모양이 다. 우릉우릉[121]— 권양기[122] 소리가 울리고 레일복판으로 늘어져 있던

---

121) 우릉우릉: 북조선어. 비행기나 기계 따위가 요란스럽게 돌아가면서 잇따라 깊고 크게

쇠밧줄이 팽팽해져 철썩철썩 침목을 때리기 시작했다. 광차가 올라오고 있었다.

"그전에 왜놈들이 우리 조선 사람들을 두고 뭐라고 했는지 아나? 한 사람의 조선 사람은 무섭지만 열 사람의 조선 사람은 무섭지 않다고 했소. 얼마나 가슴 아픈 일인가. 개개의 조선 사람은 강하지만 뭉칠 줄을 몰랐지. 뭉칠 수가 없었어. 그러나 오늘 우리 인민은 위대한 장군님의 두리[123]에 하나로 뭉쳐 있소. 일심단결, 응, 이 일심단결의 앞장에 우리 군대가 서 있다는 걸 알아야 해. 일심단결은 우리, 군대가 지켜야 해. 그러면 미국 놈이든 일본 놈이든 다 이길 수 있어."

'아바이'는 몸을 일으켰다. 우리도 모두 따라 일어섰다. 그는 나에게서 시선을 멈추었다.

"신대원이나?"

"전사 박철!"

"군복을 입고 이런 일을 하게 되어 섭섭하지 않았나?"

"아닙니다!"

"섭섭했을 수도 있어, 처음에는. 그러나 우리 군인들은 어디에 있건 경애하는 최고사령관 동지를 결사옹위하는 자리에 있으면 되는 거야. 전쟁 때 불타는 1211고지에서도 갱도 공사를 했어. 응, 그들도 1211고지 용사들이었구……."

덜커덩 쿵쿵, 광차들이 레일길을 울리며 끌려 올라오고 있었다. 막장 쪽에서는 착암기 소리가 예리한 기관총 사격 소리처럼 울리고 있었다.

울리는 소리.

122) 권양기(捲揚機): 윈치(winch). 밧줄이나 쇠사슬로 무거운 물건을 들어 올리거나 내리는 기계.

123) 두리: 둘레.

쉭쉭거리며 배관을 흘러가는 거센 압축공기 소리, 포연처럼 머리위로 흘러가는 발파가스…….

"군인에게선 손에 쥔 것이 무엇이던, 그것이 착암기던, 동발톱이던 모두 총대로 되어야 해. 군인은 총대를 잡은 사람이거든. 때문에 군인이 잡은 것은 어렝이든 밥주걱이든 다 총대로 되는 거고 응, 군인은 그 자신이 곧 총대라고 할 수 있는 거야. 그래야 군인이야."

소장 동지는 잠시 사이를 두었다가 천천히 말을 맺었다.

"위대한 장군님의 총대이지. 나도 동무들도 다—."

…….

밖에 다 나오도록 분대장은 말이 없었다.

저녁이었다. 산마루에서는 아침보다 몇 배로 더 커지고 붉어진 저녁해가 무르익은 사과 빛의 석양을 휘뿌리고[124] 있었다. 희슥희슥하던 버럭더미들도 갱구의 오리나무며 떡갈나무의 푸른 잎사귀들도 석양의 폭포 속에 잠겨 있었다. 광차 바퀴에 닳을 대로 닳은 레일장의 은백색 표면들에서는 저녁 햇빛이 반사되어 눈을 부시게 했다.

그 빛에 눈을 쪼프리고 있던 분대장이 문득 뭐라고 중얼거렸다. 나는 그를 쳐다보았다.

"예?"

"이게 철학이란 말이야. 이게!"

"……."

"군인은 곧 총대구 우리는 장군님의 총대라는 이게 진짜 철학이란 말이야. 우리 군대의!"

하고 그는 나를 자기 앞으로 와락 끌어당겼다. 내가 서 있던 레일길로

---

124) 휘뿌리다: 북조선어. 무엇을 흩어지게 뿌리거나 마구 뿌리다.

광차들이 덜컹거리며 지나갔다……

3. 스물 한 발의 '포성'

7월 2일

"소대장 동지, 저 발파 소리가 그 뭐 같습니까."

하고 조차장에서 전 교대의 발파 소리를 듣던 분대장이 불쑥 소대장에게 말했다. 분대장은 늘 그 어떤 이야깃거리를 만들어 내기 좋아했다. 때로는 무슨 말로 주의를 끌거나 웃길까 하고 연구하는 듯이 보일 지경이었다. 그러다 입을 열 때면 비상한 활기를 띠군 하였고 그 활기는 곧 분대와 소대에 퍼져 가군 하였다. 이때도 같았다. 모두다 다음 말을 들으려고 그의 입을 쳐다보았다.

"우리를 맞이하느라고 울리는 예포[125] 소리 비슷하지 않습니까? 거 어느 책에선가 보니까 최고의 국빈을 맞을 땐 스물 한 발의 예포를 쏜다더 군요. 우리 막장에서도 꼭 스물 한 발이니 신통하지요?"

그럴 듯한 말이었다. 분대장다운 발견이랄까. 강정희 상등병은 머리부 터 맹렬히 끄덕이며 열렬한 찬동의 말을 하려고 입술을 움씰거리는데 소대장은 그 낭만적인 발견에 조금도 감동된 기색이 없이 발파 소리가 멎자 머리를 흔들었다.

"신통하긴 하지만 오늘은 우리를 국빈으로 맞아주는 것 같지 않소."

"왜서 말입니까?"

"중간에 한 발을 불어버린 것 같소. 마른 나무 꺾어지는 것 같은 소릴

---

125) 예포(禮砲): 예식 행사에서 경의, 환영, 조의 따위를 나타내기 위하여 쏘는 공포(空砲).

냈는데 그런 거야 예포로 될 수 없지."

분대장은 얼굴을 찡그렸다.

"막장이 또 찌그러졌겠는데."

아닌게 아니라 막장에 들어가 보니 한쪽 절반은 제대로 나가고 다른 쪽 절반은 거의 두 뽐126) 정도 살아 있었다. 측벽 보조 구멍이 불어버리는 바람에 이런 찌그러진 막장이 생겨난 것이었다. 충진물다짐을 제대로 못 했거나 천공 각도를 잘못 잡은 때문일 것이었다. 지렛대를 들고 살아있는 부분을 탕 탕 쪼아본 분대장은 침을 탁 뱉었다.

"일하는 꼬락서니들이란! 여— 정대 잡으라구! 빌어먹을. 우리도 이 모양대로 발파해서 넘겨주고 말자. 이게 벌써 몇 번째야?"

막장을 바로 잡으려면 굴진127) 미터수를 손해볼 수밖에 없다. 분대장은 계속 두덜대는데128) 소대장이 푸접129) 없이 막아치웠다.

"쓸데없는 소릴 그만 두오!"

"예?"

"막장은 반드시 바로 잡아서 인계해 주어야 하오."

"아, 그럼 우리 소대만 골탕 먹지 않습니까?"

"동문 그럼 세 개 소대가 몽땅 골탕먹어야 시원하겠소?"

"……."

말이 막힌 분대장은 입맛을 다셨다.

"홧김에 한마디 해본 겝니다."

그러나 소대장은 조금도 동정하지 않았다.

---

126) 뽐: 뼘. 좁고 기름한 물건의 폭.

127) 굴진(掘進): 굴 모양을 이루면서 땅을 파 들어감.

128) 두덜대다: 두덜거리다. 남이 알아듣기 어려울 정도의 낮은 목소리로 자꾸 불평을 하다.

129) 푸접: 남에게 인정이나 붙임성, 포용성 따위를 가지고 대함. 또는 그런 태도나 상대.

"전투장을 무슨 화풀이해 보는 데로 아는 게 아니오?"

분대장은 어깨를 움츠리며 머리를 흔들었다.

"시정하겠습니다. 하여튼 소대장 동진⋯⋯."

소대장은 홍소리를 냈다.

"너무하다는 거요?"

"소대장 동지에 대해 뭐라고 하는지 압니까?"

소대장은 별로 홍미 없는 듯 살아있는 암반의 불구멍들에 막대기를 찔러보며 건성으로 물었다.

"뭐라고들 하오?"

"면도칼이라고들 합니다."

"면도칼?"

소대장은 불구멍에서 뽑은 막대기를 뽐으로 재어 보더니 픽 웃었다.

"유감이로군. 장검이라면 몰라도."

"아 거야 날카롭다는 뜻이지요. 그리고 면도칼이나 장검이나 다 같은 칼이 아닙니까."

소대장은 막대기를 구석에 집어던졌다.

"그럴 듯 하오. 고양이도 범과 친척간이라니까."

버럭 싣는 곳으로 나가는 그의 뒷모습을 지켜보던 분대장은 머리를 절레절레 흔들며 면도칼이나 장검과는 아무 인연도 없는 말을 했다.

"장령이 될 사람이야. 앞으로."

이것은 소대 전체가 인정하는 것이었다. 우리 소대장으로 말하면 어느 모로 보나 이런 공사를 하는 구분대[130]에 있기는 아깝다고 밖에 할 수 없는 지휘관이었다.

---

130) 구분대(區分隊): 북조선어. 대대나 그 아래의 부대 조직 단위를 통틀어 이르는 말.

우선 대열 동작을 보면 대열 규정의 본보기라고 할 수 있었다. 찌렁찌렁 울리는 구령 소리며 다리부터 군화 끝이 일직선으로 쭉 펴져 땅을 땅땅 구르며 나가는 정보 행진, 그가 대열 보고를 하러 정보로 걸어나갈 때면 부지중 그가 지나간 곳에서 발자국 자리를 찾아보게 된다. 아무리 굳은 땅도 그의 발 밑에서는 움푹움푹 눌리워 들어갔을 듯만 싶다. 그의 대열 동작은 중대뿐만 아니라 연대에도 알려져 있다. 연대장 동지는 '저 소대장이 차렷 구령을 치면 곱사등이도 허리가 쭉— 펴질 게야'라고 했다고 한다. 중대의 재담꾼들은 그 말에 한마디를 더 붙였다. '절름발이도 정보 행진을 할거야.' 하는…….

그뿐이 아니다. 격술[131] 훈련이나 전술 훈련 때에는 '우리 소대장은 타고난 군인이야.' 하는 말이 저절로 나온다. 사격에서는 연대적인 명사수이다. 얼마 전에 사령관 아바이의 참석 하에 있은 연대 군관들의 지휘 훈련에서는 모든 정황 처리에서 강한 '우'를 맞았으며 사령관 아바이가 '참모장감이로군.' 하였다는데 대해서는 모르는 사람이 없다.

또한 소대장은 체격이 그리 다부져 보이지 않는 후리후리한 보통 체격이지만 굉장한 힘을 가지고 있다. 그의 힘에 대한 이야기는 여러 가지가 있는데 여기에는 그 중 한 가지만을 적어두려고 한다.

몇 달 전 갱구 앞마당에서 5중대의 2소대와 우리 소대 사이에 밧줄 당기기를 한 적이 있었다고 한다. 5중대는 우리 중대가 굴진하고 들어가는 막장을 뒤따라오며 확장할 임무를 받은 중대였다. 지금은 갱내 조차장 건설을 끝내고 우리를 부지런히 쫓아오고 있지만 그때는 이런 공사에는 완전한 생둥이[132]들이었다 한다.

---

131) 격술(擊術): 우리나라에 전해져 내려오는 격투기의 하나.
132) 생둥이(生둥이): 북조선어. 어떤 일에 경험이 없어 솜씨가 서툰 사람.

5중대 2소대의 밧줄 당기기 책임자는 그 소대의 부소대장이었고 우리 소대의 밧줄 당기기 책임자는 소대장이었다. 그 소대의 소대장은 두 중대장들의 이야기에 끼여 있으면서 동무들끼리 하라고 손을 저었다는 것이다.

그런데 그 소대의 부소대장으로 말하면 입대 전에 중량급 역기 선수였다는 사람으로 거의 바른 사각형의 체격에 팔은 웬만한 사람의 허벅다리보다 더 굵은 장사였다. '체중만도 100kg을 훨씬 넘지.' 하고 분대장은 말했지만 내가 보기에는(거의 매일 볼 수 있었다.) 90kg은 훨씬 넘을 요란스러운 체격이었다. 그는 기관차처럼 씨근거리며 맨 앞에서 밧줄을 당겼다. 우리 소대의 맨 앞에서 그와 마주선 것은 소대장이었다.

그런데 밧줄 당기기에는 우리 소대가 이겼다. 첫 번째에 이어 두 번째에도 이겼다. 우리 소대는 환성을 올리는데 그 부소대장은 화가 날대로 나서 씩씩거리더니 돌아서면서 투덜거렸다.

"흥, 밧줄 당기기를 지휘하는 게 소대장인가?"

우리 소대장에 대한 비난이었다.

"상사 동무!"

우리 소대장이 그를 불러 세웠다. 부소대장은 육중한 체구를 천천히 돌렸다.

"왜 그럽니까?"

"밧줄 당기기를 군관이 지휘하면 안된다는 규정이 있소?"

부소대장은 차렷 자세를 취했다.

"잘못했습니다. 소위 동지."

"사죄는 나에게가 아니라 동무네 소대장에게 하시오."

"알았습니다."

부소대장은 대원들 앞에서 여지없이 손상당한 자존심으로 하여 더 요란스럽게 씨근거리더니 레일길에 서 있는 광차에서 바가지를 고정시키는 반m 길이의 핀133)을 쭉 뽑아 들었다. 그것은 20mm 철근으로 만든 것이었다. 그는 그놈의 양끝을 잡더니 꿍— 하고 힘을 썼다. 그러자 그 굵은 핀이 툭툭 녹 쓴 껍질을 일구며 ㄱ자로 구부러들었다.

우리 소대는 입을 딱 벌렸다.

"임꺽정이야!"

부소대장은 광차핀을 흔들며 우리 소대를 둘러보았다.

"친구들! 누구 나하고 팔씨름할 사람이 없소?"

그쪽 소대원들은 그때에야 '팔씨름!', '팔씨름!' 하며 다시 기세를 올리기 시작했다.

"나설 용사가 없소? 너무 조용하구만!"

부소대장은 구부러진 광치핀을 내던지고 돌아섰다.

"졸장부들밖에 없군!"

"뭐요?"

우리 분대장이 참지 못하고 나섰다. 우리 소대에서는 제일 체격이 큰 축이었으나 그 부소대장에게는 대비가 되지 않았다. 길기만 한 막대기였다. 부소대장은 우리 분대장을 아래서부터 위로 훑어보고는 픽 웃었다.

"친구, 팔씨름은 키로 하는 게 아닌데?"

"상사 동문 팔씨름을 말로 하오?"

"말로 하는가? 좋소. 그럼 행동으로 보여주지!"

정식으로 팔씨름을 위한 장소가 마련되고 분대장이 나설 때 우리 소대장이 나섰다.

---

133) 삔(원문) → 핀(pin). 고정쇠(固定쇠). 기계나 기구 따위의 부분들이 움직이지 못하도록 고정시키는 쇠.

"상사 동무, 나하고 해보지 않겠소?"

"소위 동지하구요? 좋습니다."

부소대장은 은근히 그것을 바랐던 듯 했다. 그는 책상 위에 팔굽을 올려놓으며 말하였다.

"소위 동지, 전 경기에서 사정을 보지 않습니다."

"그렇소? 난 다른 걸 알고 있는데?"

"뭔데요?"

"경기에선 이겨야 한다는 걸 말이오."

"어— 좋습니다."

그런데 첫 판에서는 우리 소대장이 이겼다. 이것은 그쪽 소대는 물론 우리 소대에게도 뜻밖의 결과였다. 이 결과에 제일 놀랜 것은 부소대장 자신이었다. 그는 자기의 패전이 자기로서도 믿어지지 않아 자리에서 일어서서 자기 발밑과 소대장의 발밑을 내려다보기까지 하였다.

"한 판 더 합시다. 3판 2승으로."

"좋소!"

두 번째에도 역시 우리 소대장이 이겼다. 부소대장은 이번에도 그 결과가 믿어지지 않은 듯 눈이 퀭해 있더니 우리 소대장이 일어서자 따라 일어서며 손을 내밀었다.

"한 번, 한 번만 더해 봅시다. 예?"

"바닷물 맛이야 한두 모금이면 넉넉하지 않소? 그리고 상사 동무, 경기 승부는 밧줄 당기기에서 이미 결정된 거요."

소대장은 돌아서 버렸다.

'아, 이건 뭔가 잘못됐어. 잘못됐다니까.' 하고 부소대장은 투덜거렸다. 자기가 모르게 어떤 급소를 눌러 힘을 못쓰게 꾀를 부렸으리라는 뜻이었다. 그 투덜거림이 너무도 노골적이어서 우리 소대의 격분을 불러일으켰다. 분개한 대원들이 웅성거릴 때 소대장이 땅바닥에서 딩구는 구부러든 광차핀을 집어들고 돌아섰다.

"상사 동무!"

부소대장은 흠칫 하며 입을 다물었다. 군관의 날카로운 시선 앞에서 그는 본능적으로 차렷 자세를 취했다.

"상사 동문 이게 뭔지 아오?"

소대장은 구부러진 광차핀을 쳐들었다.

"광차핀이오. 장난감이 아니라 우리의 전투 임무를 수행하는 전투 기술 기재요. 전투 기술 기재를 이렇게 버려 두는 것은 옳지 않은 행동이오." 하고 소대장은 광차핀의 양끝을 잡고 힘을 주었다. 그러자 광차핀은 그의 손안에서 엿가락으로 변하기라도 한 듯 천천히 펴지기 시작하였다.

부소대장은 입을 딱 벌리고 바라볼 뿐 놀랜 소리도 미처 내지 못하더라고 한다. 소대장이 곧게 펴진 핀을 광차에 꽂고 가버린 후에야 우리 분대장의 팔소매를 덥석 잡으며 "여보 중사 동무, 동무네 소대장 통뼈가 아니오? 응?" 하였다는지…….

"그래서요?"

"그래서? 난 위생지도원이 아니어서 모른다고 했지."

분대장의 이 이야기가 어느 정도로 과장된 것인지는 알 수 없으나 소대장의 몸에 지칠 줄 모르는 무진장한 힘이 잠재해 있는 것만은 확실했다.

발파 직후에 하는 낙석 작업만 보아도 누구나 5분 이상 하기를 어려워하는데 소대장은 지렛대를 잡으면 마지막까지 해냈다. 그의 지렛대 끝에서는 암반의 아무리 사소한 균열이라도 견디지 못하였다. 석수를 막을 때 나는 그 힘에 대해 똑똑히 느꼈었다.

나는 한 번은 감탄한 나머지 저도 모르게 "소대장 동진 어떻게 되어 그렇게 힘이 셉니까?" 하고 물은 적 있었다.

"힘?"

소대장은 나를 잠시 내려다보더니 허— 하고 웃었다.

"동무도 소대장이 되어 보면 알게 돼. 소대장은 소대 전체의 힘을 합친 것만한 힘을 가지게 되거든."

더욱 놀라운 것은 그의 옷차림이었다. 소대가 모두 버럭투성이 되었을 때도 함께 일한 소대장만은 옷도 얼굴도 깨끗하였다. 마치 그의 옷과 몸은 수은으로 되어있어 어떤 먼지나 물방울도 붙지 못하는 듯 했다. 나는 아직 소대장의 옷이 구겨져 있거나 무엇에 어지러워진 것을 본 적이 없었다.

모든 것이 나에게는 경탄만을 자아냈다. 시간이 갈수록 나는 '장령이 될거야.' 하는 분대장의 말에 완전히 공감하게 되었다. 때때로 나에게는 이곳에서 보내는 소대장의 한 시간 한 시간이 나라를 위하여, 혁명을 위하여 더 크게 기여할 수 있는 귀중한 재부의 가슴 아픈 낭비처럼 생각되기도 하였다.

다만 너무도 엄격하다는 것이(이것이 결함이라고 할 수 있다면!) 때때로 소대의 화젯거리로 되군 하였다.

'면도칼이야!'

한 번은 강정희 상등병이 이야기하다가 불쑥 농담처럼 "난 소대장 동지처럼 되었으면 좋겠습니다." 하고 말한 적이 있었다. 그때 소대장은 웃어넘길 대신 딱딱한 어조로 이렇게 말했다.

"소대장을 닮아서 뭘 하겠소? 우리 조선인민군 군인들은 오직 한 분 경애하는 최고사령관 동지만을 닮아야 하오. 우리가 이 공사를 하면서 매일 군사훈련을 하는 것도 바로 그것을 위해서요."

강정희 상등병은 얼굴이 붉어져서 아무 말도 못했으나 소대장은 그의 무안한 마음을 풀어주려고 하지 않았다. 그러나 소대장이 그 자리를 뜨자 분대장은 한바탕의 일장 연설로써 강정희 상등병의 말에 온 소대가 열렬히 공감하게 만들었다.

"그래 정희 동무가 (이거 여자 이름을 부르는 것 같아 좀 별나기는 하지만) 소대장 동지처럼 되고 싶다고 한 게 틀린 말인가. 아니란 말이야! 이건 결코 내가 우리 분대 성원이래서 비호하는 게 아니야. 방금 소대장 동지도 말했지? 우리는 모두 경애하는 최고사령관 동지를 닮아야 한다구. 그런데 우리 소대에서 최고사령관 동지의 의도를 제일 잘 알구 최고사령관 동지를 제일 닮은 게 누구겠나? 소대장 동지란 말이야! 일에서, 훈련에서, 생활에서! 그래서 바로 우리 모두를 지휘하는 것이구. 그러니 우리가 소대장 동지를 닮는 게 그른 것이겠는가? 천만에!…… 난 언젠가 세면장에 갔다가 소대장 동지가 군복을 빠느라고 꺼내놓은 수첩을 슬며시 본 적이 있어. (이건 절대 비밀이야!) 거기에 군관학교를 졸업하고 우리 소대장으로 오면서 쓴 결의 같은 글이 있었는데 어떻게 썼는지 아나? 난 지금도 기억에 생생해. '나는 이제는 조선인민군 군관이다. 경애하는 최고사령관 동지의 군대, 당의 군대의 지휘관이다. 내가 대원들에게서 사랑과 존경을 받는 지휘관이 될 수 있을까. 되지 못할 지도 모른다……. 그러나 나는 한 가지만은 확신한다.' 그 다음은 소대장 동지가 휙 돌아보는 바람에 채 못 보았지만 그래 어떤가 말이야. 우리가 이런 소대장 동지를 닮는 게 응당하지 않은가! 정희 동무, 어때 내 말이?"

강정희 상등병의 눈에는 어느 사이 눈물이 글썽해 있었다.

"나도 그런 의미에서 말한 겁니다."

"그렇지? 그래서 난 동무가 좋단 말이야. 동무 이름이 여자 이름이어서 좋은 게 아니구!"

와— 하고 웃음이 터져 올랐다. 강정희 상등병이 소대장 다음으로 분대장을 따르다시피 하는 것이 우연치 않았다.

그때 우리는 소대장이 '한 가지만은 확신한다'고 한 것이 무엇일까에 대하여 짐작해 보려고 하였다. 이런저런 견해들이 있었으나 강정회 상등병의 추측에 모두의 의견이 합쳐졌다. '죽으나 사나 나는 경애하는 최고사령관 동지의 전사이라는 것을!' 이것이 그의 추측이었다. 그런데서는 전투소보원답게 머리가 번쩍번쩍했다.

그 후부터 나는 소대장이 앞에 오면 눈길이 저절로 군복 상의 주머니에로 끌려가며 '한 가지만은 확신한다'의 뒤에 있는 그 '한 가지'가 무엇일까 하고 생각하게 되는 것을 어쩔 수 없었다. 소대장이 나의 눈길을 보고 자기 옷차림을 내려다보며 의아한 표정을 지은 적이 한두 번만 아니었다.

어떻든 소대장은 소대 전체의 자랑이었고 긍지였다. 중대가 모인 앞에서 소대장이 대열 보고를 하려 정보로 걸어나갈 때면 소대는 키가 더 커지고 가슴이 벌어지는 듯 했다. 저도 모르는 사이에들 소대장을 닮아갔다. 행동도 말투도 성격도……

우리 소대에서는 '때문에'라는 소대장의 전용어가 공용어가 되어있었다. 나의 말투에도 어느 사이 '때문에'라는 말이 자주 끼어 들군 한다. 나는 이것이 기쁘다……

오늘 우리 소대는 1m 30cm밖에 굴진하지 못했다. 그 대신 '찌그러졌던' 막장은 네모반듯하게 '고와졌다'.

7월 5일

오늘 일에 대해서는 도저히 차근차근 쓸 수가 없다. 그 모든 것이 오늘 하루동안 그것도 8시간 사이에 벌어지고 끝났다는 것이 믿어지지 않는다. 오늘 작업은 처음부터 순조롭지 못했다.

"군인은 다른 별은 다 몰라도 하나의 별만은 반드시 알아야 하오."

아니, 이것은 아직 작업이 시작되기 전에 갱 입구에 앉아있을 때 소대장이 한 말이다. 우리는 갱 입구에 앉아 교대를 인계 받으러 갱에 들어간

소대장을 기다리고 있었다.

"동문, 저 별 이름이 뭔지 알아?"

강정희 상등병이 나에게 물었었다. 밤이었다. 하늘에는 별들이 총총했다.

갱도 작업을 하면 바깥 날씨에 대해 무관심해진다. 비가 오건 눈이 오건 춥건 덥건 막장은 한 가지 '날씨'이기 때문이다. 밤낮의 구별도 없다. 나는 교대를 끝내고 밖으로 나올 때면 눈부신 햇살에 새삼스레 놀랜 적이 한두 번이 아니다. 그러다 보니 강정희 상등병에게도 별이 가득 실린 밤하늘이 새삼스러웠던 모양이다.

"오리온 성좌야. 저건 직녀성이구 저기 저건 카시오페이아 성좌……."

그때 바로 갱에서 나온 소대장이 앞의 그 말을 했었다. 하나의 별만은 알아야 한다는…….

"북두칠성 말입니까?"

하는 강정희 상등병의 말에 소대장은 머리를 끄덕이었다.

"북두칠성은 우리 군인들에게 북극성을 찾게 해주는 친절한 안내자와도 같소. 노래에도 있지. '북두칠성 저 멀리 별은 밝은데…….' 좋지 않소?"

나는 지금 소대장의 한 마디 한 마디를 되새겨 보고 음미해 보고 싶다.

"북극성은 왜 항상 북쪽을 가리킬까요?"

강정희 상등병의 말에 소대장은 손목시계를 보고 나서 말했다.

"군인에게는 왜가 아니라 그렇다는 것이 중요하오……. 소대 모엿!"

전 교대의 발파 소리가 먼 포성처럼 울려나왔다. 그것은 소리로서보다 땅의 진동으로 더 똑똑히 안겨왔다. 분대장과 함께 갱으로 향하며 나는 소대장이 강정희 상등병에게 하는 말을 들었다.

"북극성이 왜 항상 북쪽에 있는지 그건 나도 잘 모르겠구만. 후에 천문학자들에게 물어보오. 제대된 다음에……."

"알았습니다."

……오늘 작업은 처음부터 순조롭지 못했다.

전 교대에서 공기호스를 잘 대피시키지 못하여서 발파에 세 군데나 터져 있었다. 터진 부분을 잘라내고 연결해야 하였다. 그러다 나니 여느 날보다 30분이나 늦어서야 작업을 시작했다.

그런데 천반 구멍들을 다 뚫고 측벽 구멍을 시작했을 때 압축공기가 끊어졌다. 버럭 실은 광차가 탈선되면서 큰돌이 쏟아져 배관과 공기호스 연결 부분을 깨뜨려놓은 것이다. 용접기를 끌어들여 용접을 하고 공기호스를 연결하고…… 또다시 한 시간 반을 잃었다.

"아무래두 제 시간에 발파하기 바쁘겠는데?"

분대장이 떡심이 풀려 투덜거렸다. 내 생각도 같았다. 착암기란 힘주어 들이민다고 하여 미는 만큼 암반을 뚫고 들어가는 것이 아니다. 암반도 역시 힘 주어 찌른다고 하여 더 빨리 뚫리우는 호박 같은 것이 아니다. 시간, 시간이 걸려야 한다. 그런데 우리는 벌써 2시간을 잃었다. 8시간 중의 2시간을…….

그러나 소대장은 조금도 에누리가 없었다.

"발파는 반드시 제 시간에 해야 하오."

"착암 한 대를 더 붙이면……."

하는 분대장의 말에 소대장은 압축공기 배관을 턱으로 가리켰다.

"바람이 딸려서 안되오. 압축기 능력이 이게 다니까."

"5중대에 막장 착암을 좀 중지해 달라고 합시다. 지금이야 막장 착암이 기본 아닙니까?"

그 말이 옳았다. 100리 물길굴의 관통은 막장 착암에 달려 있다.

"제가 갔다 올까요? 지금 교대가 '역기' 부소대장네 소댑니다. 거절하지 않을 겁니다."

그러나 소대장은 동의하지 않았다.

"그들도 우리와 꼭같이 명령을 받았소. 명령 집행에서는 기본과 기본이 아닌 것이 따로 없소!"

"에이 참! 그럼 어떻게 하잡니까?"

"동문 착암이나 하오. 최대한으로!"

얼마 후 소대장이 수굴 정대를 한아름 안아다가 와르르 내려놓았다. 그는 착암과 함께 수굴 작업을 하기로 결심한 것이었다.

수굴 작업은 곧 시작되었다. 착암기 소리, 함마 소리.

함마질은 교대로 하였다. 교대 없이 처음부터 마지막까지 함마질을 한 것은 소대장뿐이었다. 그는 처음이나 마지막이나 조금도 차이 없었다. 한결같은 속도, 한결같은 타격, 차이나는 것이란 처음에는 땀이 흘렀고 마지막에는 땀이 흐르지 않는 것이었다. 더 흘릴 땀이 없어서이리라. 허나 누구도 그를 교대해 줄 수 없었다.

"소대장 동지."

나는 보다 못하여 말했다.

"교대합시다."

"일 없소."

"소대장 동지!"

그는 나의 이마를 손가락으로 툭 건드렸다.

"동문 기억력이 나쁘구만."

"예?"

"내 말하지 않았던가. 소대장은 소대 전체의 힘만한 힘을 가진다구. 기억나지?"

"예."

"그럼 됐어. 소대장은 지치지 않아!"

착암기 소리와 함마 소리, 가쁜 숨소리, 천반에서 떨어지는 물방울은 땀방울처럼 느껴졌다. 간데라 불빛에 번들거리는 암벽들도 석수가 아니라 땀에 젖은 듯만 싶었다. 막장은 땀으로 포화되어 있었다.

"소대장 동지!"

분대장이 착암기를 껐다. 문득 좋은 궁리가 떠오른 모양이었다.

"이제부터라도 좀 조절합시다."

"조절?"

"천공 깊이를 1m 50씩 줄입시다. 그러면 착암만으로도 다할 수 있습니다."

소대장은 착암기를 가리켰다.

"1m 50이오?"

"예."

"20을 더 뚫소."

"소대장 동지, 이런 경우에야 좀—."

소대장은 함마질을 다시 시작했다.

"더 뚫소!"

"소대장 동지!"

"더 뚫소!"

"후—!"

발파 시간이 되어 발파수가 폭약 상자를 지고 나타났을 때에야 천공 작업이 끝났다.

소대장은 착암기를 떼는 분대장에게 물었다.

"1m 70이 되오?"

분대장은 화가 동해 있었다.

"재어 보십시오!"

"그건 왜? 분대장의 자막대기와 소대장의 자막대기가 다를 수 없겠는데?"

"에이 참, 소대장 동진—."

"빨리 발파 준비를 하오."

소대장은 막장 철수를 지휘하려고 우리 곁을 떠났다. 발파 시간이 박두하여 소대 전체가 막장 철수에 달라붙었던 것이다. 분대장과 발파수가 마주 앉아 폭약에 뇌관을 연결하고 나는 그 옆에 앉아서 충진물을 빚었다. 분대장은 주위를 둘러보고는 발파수에게 말했다.

"여— 그 연대 군의소 간호원 있지? 우리 갱에 자주 현장 치료 나오는—."

발파수는 화약 봉지 안에 뇌관을 꽂아 넣었다.

"그런데?"

분대장의 화제에 오른 것은 떼로 버럭을 나르던 날 우리와 함께 있은 그 간호원인 것 같았다. 나의 귓가에는 그 날에 듣던 노랫소리가 되살아났고 맑은 눈동자와 물방울이 반짝이던 갸름한 얼굴 그리고 우리 군복이 얼마나 맵시 있는가를 보여주는 듯 하던 호리호리한 모습이 눈앞에 떠올랐다.

"어제 단야[134]칸에서 지렛대를 하나 벼려 들고 나오다가 그 간호원을 만나지 않았겠나. 마당에서 갱 입구를 바라보며 서 있더군. 그런데 내가 서너 걸음 앞에 갔는데도 전혀 거들떠보지도 않더란 말이야. 젠장!"

발파수는 뇌관을 꽂아 넣은 화약 봉지 아구리를 날랜 솜씨로 동여맸다.

"전주대[135]인 줄 알았겠지."

"화가 나더구만. 그래서 '간호원 동무!' 하고 불렀지. 그제야 나에게 시선을 돌리는데 진짜 전주대를 보는 것 같은 눈이 아니겠나? 잠시 후에야

---

134) 단야(鍛冶): 금속을 불에 달구어 벼림.
135) 전주대(電柱대): '전봇대'(전선이나 통신선을 늘여 매기 위하여 세운 기둥)의 북조선어.

'왜 그러세요?' 하더구만. 그래서 '오늘 우리 소대 현장에 와서 노래를 하나 불러주길 바랍니다. 소대 전체의 요청입니다.' 하고 어물쩍 들려댔지. 그랬더니 글쎄 '전 노래를 부르러 다니는 배우가 아니라 치료하러 다니는 간호원인데요. 그리고 노래도 잘 부르지 못하구요.' 하질 않겠나?"

화약수가 짧게 웃었다.

"한 골136) 먹었군!"

"마저 들어보기나 하라구. 그 말에 난 이렇게 대답했지. '너무 그러지 마시오. 다 알고 있습니다. 동무야 학교 때부터 노래를 잘 부르지 않았습니까. 중앙 축전에도 해마다 참가하구.' 그러자 글쎄 대뜸 눈이 이만큼 해지는 게 아니겠나?"

분대장은 손가락을 둥그렇게 하여 눈에 대보이고는 말을 계속했다.

"그러더니 '그건 누구한테서 들었어요?' 하고 따져 묻는데 별 수 있더라구? 소대장 동지가 말하던 대로 '그랬을 것 같아서 해본 말이오.' 하고 말했더니 아, 글쎄 내 얼굴을 똑바로 쳐다보며 '동무네 소대장 동지가 말했지요?' 하는 게 아니겠나? 나는 그만 뻥― 해지고 말았네."

나도 역시 뻥― 해졌다. 그러니 소대장의 말은 정말이었던 것이 아닌가. 틀림없었다. 그들은 입대 전부터 아마 학교 때부터 아는 사이였을 것이다!

"난 한참 지나서야 겨우 이렇게 물었구만. '우리 소대장 동지와 같은 학교를 다녔소?' 물어보나 마나한 것이었지. 간호원은 내 말에 대답할 대신 혼잣소리처럼 말했는데 귀를 기울여서야 겨우 알아들을 정도였어. '그러니 소대장 동진…… 절 처음부터 알아보았구만요……. 그리고도 아직…… 단 한 번도…….' 난 그저 우두커니 서 있었네. 진짜 전주대처럼 말이야. 그때 난 간호원이 왜 내가 곁에 오는 것도 모르고 갱 입구만 지켜

---

136) 꼴(원문) → 골(goal).

보았는지를 알았어. 갱 입구에선 우리 소대장 동지가 동발 위에 앉아 있더란 말일세. 작업 조직을 짜고 있었지."

"……."

발파수는 뇌관을 넣던 것도 멈추고 서리서리 엉킨 도화선을 물끄러미 내려다보고 있었다. 나는 분대장의 입만 지켜보았다. 가장 감동적인 소설이나 영화에 대한 이야기를 듣는 듯 했다.

"간호원은 나에게 '동무네 소대장 동무한텐 이 이야기를 절대로 하지 말아주세요. 그리고 누구에게도.' 하더구만. 난 멍청해 있다가 그저 '그럽시다.' 하고 말았지……."

발파수는 책망하듯 쯧 하고 혀를 찼다.

"그런데 이렇게 말하나?"

"너무 안타까워서 그래. 소대장 동지가 그렇게 할 필요까지야 없잖은가 말이야. 무엇 때문에……."

"쓸데없는 소릴. 왜 그렇게 해야 하는지는 나나 동무보다 소대장 동지 자신이 더 잘 알거네."

"그건 그래."

다음은 말없이 화약에 뇌관을 꽂아 넣고 동여매기만 했다. 나도 충진물만 빚었다. 그러면서 생각했다.

소대장 동지도 그 간호원에 대한 남다른 감정을 가지고 있는 것이 아닐까. 그렇지 않으면 애써 모르는 척 하지 않았을 것이다. 그러나 이 모든 것이 사실이라고 하더라도 소대장은 간호원의 군사복무가 끝나는 날까지 결코 추억과 현실을 연결시키지 않을 것이다. 아마도 간호원이 영장과 모표를 떼고 부대를 떠날 때에야…… 왜서인지 가슴이 조여드는 듯 했다. 간호원의 애수를 띤 듯한 눈동자와 물방울이 이슬처럼 맺혔던 얼굴이 떠올랐다. 동시에 소대장의 강직해 보이는 엄격한 얼굴이 떠올랐다. 그리고 이 순간 나는 소대장에 대한 더 열렬한 존경과 애정을 느꼈다. 엄격한 지휘관, 허나 자신에 대해 더 엄격한 소대장…….

이런 생각을 하던 나는 분대장의 손이 굳어진 듯 움직이지 않는데 시선이 미쳐 그를 쳐다보았다. 그러자…….

분대장은 종이장처럼 창백해진 얼굴을 갱 바깥쪽으로 돌리고 있었다.

"저게 무슨 소리야?"

예리한 외침 소리가 갱구쪽에서 울려오고 있었다. 무엇이라고 하는지를 알 수 없는 '아— 아— 아—' 하는 지속음으로만 들려오는 외침이었다. 몇 초 후에야 나는 그것이 '광차!— 광차!—' 하는 부르짖음임을 깨달았다.

우레 소리와도 같은 굉음이 그 소리보다 더 빨리 막장으로 맹렬히 질주해 오고 있었다. 그 굉음 속에서 결사적으로 울리는 '아— 아— 아—' 소리는 우리의 몸에 부딪쳐 무서운 전율을 일으켰다.

분대장의 입에서 휘파람 같은 소리가 새어나왔다.

"비행기다!"

그는 벌떡 일어섰다. 발파수도 나도 뛰쳐 일어났다. 광차가 경삿길로 자유 질주하는 것을 '바람이 났다'고 하고 더 짧게는 '비행기'라고 한다.

조차장에서 광차를 놓친 것일까, 연결핀이 빠졌는가, 쇠밧줄이 끊어졌는가. 허나 이 순간 그것은 아무 의미도 없었다. 광차들이 그칠 줄 모르는 우레 소리 같은 굉음을 지르며 육박해오고 있었다. 그 속도는 각각으로 무섭게 높아져 몇 초 후이면 전광석화와도 같이 막장에 들이닥칠 것이었다.

"모두 벽에 붙으라!—"

소대장의 외침에 모두들 본능적으로 벽에 붙어 섰다. 그는 막장에서 10m 남짓이 앞으로 나가 레일길에 서 있었다.

우레 소리는 급격히 높아지고 있었다. 그 소리 속에서 '광차!—' 하는 부르짖음은 다만 '아— 아—' 하는 절망적인 비명소리처럼 울릴 뿐이었다.

소대장이 막장을 휘— 둘러보았다. 그의 얼굴에는 절망의 빛이 어려 있었다. 나는 공포로 전율했다. 소대장의 얼굴에서 처음으로 보는 절망의 빛이었다. 막장은 좁다. 몇 대일지 모르는 버럭 실은 광차들이 번개처럼 날아 들어와 막장벽에 부딪치면 막장은 마구 부서지고 뭉그러진 광차의 잔해와 버럭으로 가득 찰 것이다. 아무리 벽에 바싹 붙는다 해도 암반 속으로 파고들 수 없는 한은 구원될 수 없다. 게다가 뇌관을 연결해 놓은 스물 한 발의 폭약까지 있었다.

이 때의 유일한 희망은 광차가 어디에든 걸려 탈선되는 천 번에 한 번이나 있음직한 우연이었다. 그러나 바람난 광차는 탈선되는 예가 거의 없다. 소대장은 왜서인지 벽에 붙어서 있는 우리를 천천히 둘러보았다. 천천히, 아주 천천히…… 한 사람 한 사람을 그리고 나에게서는 유달리 오랫동안 시선을 멈추는 것 같았다…….

허나 그것은 나에게 그렇게 느껴졌을 뿐이었다. 그것은 불과 한 순간이었다. 분대장이 소대장의 의도를 알아차리고 그쪽으로 한 발자국도 채 나서지 못했을 만한 순간이었을 뿐이었다…….

그때 나에게서는 시간이 갑자기 끝없이 길어져서 한 초가 수십 수백의 순간으로 나뉘고 그 매 순간들이 다시 한 초 한 초로 되어 흘러간 듯 하였다. 모든 행동들이 고속도 촬영한 필름을 저속으로 돌릴 때처럼 보였다…….

공포 때문이었을까. 아니, 나는 그것을 인정하지 않는다. 그 매 순간 순간에는 너무도 많은 의미가 집약되어 있었기 때문이다. 내가 태어나서 처음으로 보게 되는, 앞으로도 결코 두 번 다시는 볼 수 없는, 두 번째에는 나의 것으로 되어야 하는 한 영웅의 최후를 영원히 기억시켜 주기 위하여 시간은 자기의 흐름을 멈춰 세운 것이었다.

소대장의 얼굴에 미소가 스쳤다. 그것은 여느 때에 보던 밝은 미소가 아니었다. 우리를 위로하는 듯한, 하여 애수와도 같은 것이 가슴을 찌르고 들게 하는 그런 미소였다. 영원히 이별하는 자식들을 미소로 바래울 때 어머니들의 미소가 그러할 것이다.

소대장은 크게 한 걸음 내짚더니 아름드리 동발을 닁큼137) 쳐들었다. 입갱할 때 6명이 달라붙어 겨우 끌어들인 동발이었다. 소대장이 아무리 힘이 장사라 해도 혼자서는 들 수 없는 것이었다. 그러나 그는 그것을 받들어 총을 했을 때처럼 두 손으로 꼬누어 들었다. 마치 환상 영화의 한 장면 같았다. 그렇듯 모든 것이 초인간적이었다.

소대장은 동발을 앞으로 꼬나든 채 천둥처럼 가까워 오는 굉음을 맞받아 나갔다.

"소— 대— 장— 동— 지!"

벽에서 떨어져 나온 분대장의 목소리가 끝없이 길게 울렸다. 시간은 천천히 더 천천히 흘러가고 있었다.

소대장은 레일 복판에 동발 한 끝을 박고 다른 쪽 끝은 어깨에 뗐다. 다음 순간 광차들이 벼락처럼 동발목에 날아와 부딪쳤다. 소대장은 흠칫 하였다. 그러나 깊이 뿌리박은 거목처럼 버티고 있었다. 앞 광차는 동발에 부딪쳐 버럭을 휘뿌리며 곤두섰고 두 번째 광차는 그 위에 덮쳤다. 세 번째 광차는 그에 부딪치고 모로 딩굴었다. 마침내 조용해졌다…….

그러자 나는 소대장이 서 있던 자리에 삐어져 나온 동발과 광차에서 쏟아진 버럭만이 쌓여있는 것을 보았다. 버티고 서 있는 소대장은 나의 환각이었을 뿐이었다.

"소대장 동지!—"

_____

137) 닁큼: 머뭇거리지 않고 단번에 빨리.

우리는 와락 달려가 정신 없이 버럭무지를 파헤집기 시작하였다.

"소대장 동지, 조금만, 조금만, 참으십시오!"

버럭에 점점이 핏방울이 나타나기 시작했다. 얼마 후에는 제껴 놓은 큰 돌도 작은 돌도 모두 피에 얼룩져 있었다. 우리의 손이 닿는 모든 돌과 버럭은 붉게 물들어 있었다. 아, 소대장 동지의 몸에 이처럼 많은 피가 흘렀단 말인가……

드디어 소대장의 잔등이 나타났다. 잔등은 메고있던 동발에 짓눌려 있었다. 동발을 들어내고 반듯이 돌려 눕히자 입에서 후— 몰려나오는 숨소리가 들렸다.

"소대장 동지!"

그의 얼굴에는 핏자국이 없었다. 옷에도 없었다. 얼굴 한쪽에는 버럭이 묻어 있었고 옷에도 물에 젖은 버럭이 묻어 있었다. 옷의 여기저기에는 피에 젖은 손자국들이 찍혀 있었다. 피는 우리의 손에서 흐른 것이었다. 버럭을 파헤치느라 터지고 갈라진 손끝마디들에서 피가 뚝뚝 떨어지고 있었다. 그러나 누구 하나 이것을 깨닫지도 느끼지도 못했다……

소대장의 눈시울이 떨렸다. 드디어 눈이 떠졌다. 그는 천천히 우리를 둘러보다가 분대장의 얼굴에서 눈길을 멈추었다.

"왜… 발파를… 시간이……"

소대장의 머리맡에 무릎을 꿇고 앉아있던 중대장이(우리는 중대 지휘관이 언제 들어왔는지를 몰랐다.) 탁 쉬어버린 목소리로 말했다.

"발파 준비를… 하오. 소대장 동무의……"

할 말을 잊은 듯한 중대장의 목에서는 한동안 주먹같은 울구리뼈만 오르내리었다.

"……명령을 집행하시오."

"알았… 습니다."

나에게는 중대장이 '마지막 명령'이라고 하려다가 그저 '명령'이라고 한 것으로 느껴졌다. 장약을 하면서도 눈앞에서는 버럭이 묻었던 소대장의 얼굴이 사라지지 않았다. 소대장의 얼굴에 무엇이 묻은 것을 보기는 처음이었다. 물에 젖고 버럭이 묻었던 옷도 사라지지 않았다. 그것 역시 처음으로 보았다. 왜 그것을 씻어주지 못했던가······.

"울긴 왜 울어? 소대장 동진 죽지 않아!"

분대장이 나에게 소리쳤다. 그러나 그의 볼에서도 눈물이 흘러내리고 있었다. 장약을 마치자 분대장은 나에게 불심지를 넘겨주었다.

"점화!"

파란 연기가 막장에 가득 찼다. 그 연기 속에서 또다시 버럭이 묻었던 소대장의 얼굴과 옷이 떠올랐다. 내가 왜 그 버럭을······.

"철수!— 귀가 먹었어?"

분대장이 어깨를 세차게 떠밀어서야 나는 대피 장소로 향했다.

발파수가 말했다.

"나가 보라구. 발파 결과는 내가 보고 나갈 테니."

우리는 입구 쪽으로 나갔다. 거의 100m 달리기를 하듯이 달려나갔다. 침목에 걸려 비틀거리며, 동발에 머리를 짓쪼으며 마치 우리의 걸음에 소대장의 생명이 달려있기라도 한 듯 달렸다.

그러나 조차장에 이르자 우리는 우뚝 서버렸다. 소대장은 담가[138]에 누워 있었다. 머리 옆에는 주머니에서 꺼낸 수첩과 신분증 소지품들이 놓여 있었다. 저것은 왜 꺼내 놓았을까.

소대장의 가슴 위에 군의가 몸을 숙이고 있었고 그 옆에서는 간호원이 소대장의 팔을 잡고 주사를 놓으려고 허둥거리고 있었다. '그 간호원'이었

---

138) 담가(擔架): 들것.

다. 그는 소대장의 팔을 걷고 주사를 놓으려고 혈관을 찾고 있었다. 그러나 혈관을 찾지 못한 듯 다른 쪽 팔을 거두었다. 그의 손이 화들화들 떨리고 있었다.

군의가 소대장의 가슴에서 머리를 들었다.

"간호원 동무… 그만… 두오."

"?!"

간호원의 손에서 주사기가 떨어졌다. 쨍그랑 주사기 깨어지는 소리와 함께 간호원은 울음을 터뜨렸다.

그 울음소리와 깨여진 주사기의 조각들은 우리의 심장으로 일시에 찌르고 들어왔다.

"소대장 동지!—"

그때 쿵 하는 첫 발파 폭음이 울렸다. 쿵 쿠쿵쿵쿵 온 갱도가 흔들렸다. 스물 한 발의 '포성'이 울리고 있었다. 아, 저 '포성'이 오늘 소대장과 영결하는 조포139) 소리로 되리라고 언제 상상한 적이나 있었던가.

담가 위에 놓은 신분증에서는 엄격한 얼굴의 소대장이 우리를 올려다보고 있었다.

이름 전호진, 생년월일 주체61(1972)년 3월 10일…… 23살. 아, 소대장이 그토록 젊은 나이였던가. 소대의 구대원들 속에는 그보다 나이 많은 사람들이 적지 않았다. 그런데 그는 소대의 좌상140)과도 같았다. 소대 나이를 모두 합친 것보다 더 많은 나이를 가진 듯 존경을 받았다. 우리를 이끌었다.

소대장의 옆에 무릎을 꿇고 앉은 분대장이 소대장의 수첩을 펼쳐들고

---

139) 조포(弔砲): 군대에서 장례식을 할 때, 조의를 나타내는 뜻으로 쏘는 예포(禮砲).
140) 좌상(座上): 여러 사람이 모인 자리에서 가장 나이가 많거나 으뜸가는 사람.

천천히 읽기 시작하였다. 그토록 소대의 관심사로 되었던 수첩, 소대장이 자기 한생의 유일한 확신을 적어 놓은 수첩, 그가 유일하게 확신한 것은 과연 무엇이었을까…….

"나는… 조선인민군… 군관이다.

나는… 한 가지만은 확신한다. 나의 생명은 오직 하나, 위대한 장군님을 위하여… 조국을 위하여… 가장 신성하고 아름다운 것에 바치기 위하여… 있다는 것을…….."

조국을 위하여 그는 자기의 생명은 가장 신성하고 아름다운 것, 조국을 위하여 바치기 위하여 있는 것이라고 확신하였다. 그런데 그는 우리를 위하여 자기의 생명을 서슴없이 바쳤다.

아, 그러니 그에게서는 우리가 가장 신성하고 아름다운 것, 조국이었단 말인가. 버럭물에 젖고 돌가루를 뒤집어 쓴 키다리 분대장이, 둥글둥글한 말주변 없는 강정희 상등병이, 버럭물에 얼룩져 어슷비슷해[141] 보이는 구대원들이 그리고 내가…… 정녕 가장 신성한 것이었단 말인가……. 조국, 조국이었단 말인가…….

쿵 하는 마지막 폭음이 울렸다. 그 폭음은 갱도 전체를 뒤흔드는 듯 묵중했고 그 폭음의 무게는 그대로 심장에 실리는 듯 했다. 천반에서 돌부스러기들이 우수수 머리 위에 떨어져 내렸다.

그렇다. 병사는 곧 조국이었다!

소대장은 자기의 생명으로 우리의 심장에 병사는 곧 조국이라는 그 자각을 새겨주었다.

"소대장 동지!"

발파가스가 천천히 흘러나왔다. 그 속에서는 스물 한 발의 발파 폭음이

---

141) 어슷비슷하다: 큰 차이가 없이 서로 비슷비슷하다.

그냥 여운을 끌며 울리고 있는 듯 했다. 그 장엄한 폭음이 어찌 그대로 사라질 수 있단 말인가. 나에게는 그 우렁찬 폭음이 온 갱도를 흔들고 갱도를 품고 있는 산을 흔들고 점점 그 진폭을 넓혀 가며 온 지구를 흔들고 창공에서 찬란히 빛나는 별들을 잡아 흔들며 북극성이 빛나고 있는 먼 우주의 한끝까지 길이길이 울려갈 것만 같이 생각되었다.

우리에게 보내던 마지막 미소도 떠올랐다.

스물 한 발의 '포성', 그것은 결코 소대장을 떠나보내는 조포 소리가 아니었다. 소대장처럼 억세고 깨끗하고 강인하고 정열적인 군인으로 재탄생하는 나를, 소대 전체를 맞이하는 장엄한 예포 소리였다!……

• 「스물한발의 ≪포성≫」, 『조선문학』 642~644, 2001. 4~6(2001. 4. 5~2001. 6. 5).